D1705594

BESTSELLER

Isabel Allende (1942), de nacionalidad chilena, nació en Lima. Ha trabajado infatigablemente como periodista y escritora desde los diecisiete años. *La casa de los espíritus* (1982) la situó en la cúspide de los narradores latinoamericanos e inauguró una brillante trayectoria literaria que, con los años, no ha dejado de acrecentar su prestigio. Entre sus obras, cabe mencionar *Eva Luna*, *Cuentos de Eva Luna*, *El plan infinito*, *De amor y de sombra*, *Paula*, *Afrodita*, *Hija de la fortuna*, *Retrato en sepia*, *Mi país inventado*, *El zorro*, *Inés del alma mía*, *La suma de los días*, *La isla bajo el mar* y la trilogía «Las memorias del Águila y del Jaguar» (integrada por *La Ciudad de las Bestias*, *El Reino del Dragón de Oro* y *El Bosque de los Pigmeos*).

Biblioteca

ISABEL ALLENDE

MEMORIAS DEL ÁGUILA Y DEL JAGUAR

La Ciudad de las Bestias

El Reino del Dragón de Oro

El Bosque de los Pigmeos

DEBOLS!LLO

Allende, Isabel
Memorias del Águila y del Jaguar / Isabel Allende. - 7ª ed. - Ciudad Autónoma de Buenos Aires : Debolsillo, 2021.
840 p. ; 19 x 13 cm. (Best Seller)

ISBN 978-987-566-815-7

1. Narrativa Chilena. I. Título.
CDD Ch863

Primera edición en la Argentina bajo este sello: mayo de 2012
Séptima edición en la Argentina bajo este sello: agosto de 2021

Printed in Argentina – Impreso en la Argentina

ISBN 978-987-566-815-7

Queda hecho el depósito que previene la ley 11.723.

Compuesto en Lozano Faisano, S.L. (L'Hospitalet)

Esta edición se terminó de imprimir en Arcángel Maggio - División Libros, Lafayette 1695, Buenos Aires, en el mes de agosto de 2021.

Tirada Argentina: 850 ejemplares
Tirada Chile: 1500 ejemplares
Tirada Uruguay: 150 ejemplares

LA CIUDAD DE LAS BESTIAS

Para Alejandro, Andrea y Nicole,
que me pidieron esta historia

1

LA PESADILLA

Alexander Cold despertó al amanecer sobresaltado por una pesadilla. Soñaba que un enorme pájaro negro se estrellaba contra la ventana con un fragor de vidrios destrozados, se introducía a la casa y se llevaba a su madre. En el sueño él observaba impotente cómo el gigantesco buitre cogía a Lisa Cold por la ropa con sus garras amarillas, salía por la misma ventana rota y se perdía en un cielo cargado de densos nubarrones. Lo despertó el ruido de la tormenta, el viento azotando los árboles, la lluvia sobre el techo, los relámpagos y truenos. Encendió la luz con la sensación de ir en un barco a la deriva y se apretó contra el bulto del gran perro que dormía a su lado. Calculó que a pocas cuadras de su casa el océano Pacífico rugía, desbordándose en olas furiosas contra la cornisa. Se quedó escuchando la tormenta y pensando en el pájaro negro y en su madre, esperando que se calmaran los golpes de tambor que sentía en el pecho. Todavía estaba enredado en las imágenes del mal sueño.

El muchacho miró el reloj: seis y media, hora de levantarse. Afuera apenas empezaba a aclarar. Decidió que ése sería un día fatal, uno de esos días en que más valía quedarse en cama porque todo salía mal. Había muchos días así desde que su madre se enfermó; a veces el aire de la casa era pesado, como estar en el fondo del mar. En esos días el único alivio era escapar, salir a correr por la playa con Poncho hasta quedar sin aliento. Pero llovía y llovía desde hacía una semana, un verdadero diluvio, y además a Poncho lo había mordido un venado y no quería moverse. Alex estaba convencido de que tenía el perro más bobalicón de la historia, el único labrador de cuarenta kilos mordido por un venado. En sus cuatro años de vida, a Poncho lo habían atacado mapaches, el gato del vecino y ahora un venado, sin contar las ocasiones en que lo rociaron los zorrillos y hubo que bañarlo en salsa de tomate para amortiguar el olor. Alex salió de la cama sin perturbar a Poncho y se vistió tiritando; la calefacción se encendía a las seis, pero todavía no alcanzaba a entibiar su pieza, la última del pasillo.

A la hora del desayuno Alex estaba de mal humor y no tuvo ánimo para celebrar el esfuerzo de su padre por hacer panqueques. John Cold no era exactamente buen cocinero: sólo sabía hacer panqueques y le quedaban como tortillas mexicanas de caucho. Para no ofenderlo, sus hijos se los echaban a la boca, pero aprovechaban cualquier descuido para escupirlos en la basura. Habían tratado en vano de entrenar a Poncho para que se los comiera: el perro era tonto, pero no tanto.

—¿Cuándo se va a mejorar la mamá? —preguntó Nicole, procurando pinchar el gomoso panqueque con su tenedor.

—¡Cállate, tonta! —replicó Alex, harto de oír la misma pregunta de su hermana menor varias veces por semana.

—La mamá se va a morir —comentó Andrea.

—¡Mentirosa! ¡No se va a morir! —chilló Nicole.

—¡Ustedes son unas mocosas, no saben lo que dicen! —exclamó Alex.

—Vamos, niños, cálmense. La mamá se pondrá bien... —interrumpió John Cold, sin convicción.

Alex sintió ira contra su padre, sus hermanas, Poncho, la vida en general y hasta contra su madre por haberse enfermado. Salió de la cocina a grandes trancos, dispuesto a partir sin desayuno, pero tropezó con el perro en el pasillo y se cayó de bruces.

—¡Quítate de mi camino, tarado! —le gritó y Poncho, alegre, le dio un sonoro lengüetazo en la cara, que le dejó los lentes llenos de saliva.

Sí, definitivamente era uno de esos días nefastos. Minutos después su padre descubrió que tenía una rueda de la camioneta pinchada y debió ayudar a cambiarla, pero de todos modos perdieron minutos preciosos y los tres niños llegaron tarde a clase. En la precipitación de la salida a Alex se le quedó la tarea de matemáticas, lo cual terminó por deteriorar su relación con el profesor. Lo consideraba un hombrecito patético que se había propuesto arruinarle la existencia. Para colmo también se le quedó la flauta y esa tarde tenía ensayo con la orquesta de la escuela; él era el solista y no podía faltar.

La flauta fue la razón por la cual Alex debió salir durante el recreo del mediodía para ir a su casa. La tormenta había pasado, pero el mar todavía estaba agitado y no pudo acortar camino por la playa, porque las olas reventaban por encima de la cornisa, inundando la calle. Tomó la ruta larga corriendo, porque sólo disponía de cuarenta minutos.

En las últimas semanas, desde que su madre se enfermó, venía una mujer a limpiar, pero ese día había avisado que no llegaría a causa de la tormenta. De todos modos, no servía de mucho, porque la casa estaba sucia. Aun desde afuera se notaba el deterioro, como si la propiedad estuviera triste. El aire de abandono empezaba en el jardín y se extendía por las habitaciones hasta el último rincón.

Alex presentía que su familia se estaba desintegrando. Su hermana Andrea, quien siempre fue algo diferente a las otras niñas, ahora andaba disfrazada y se perdía durante horas en su mundo de fantasía, donde había brujas acechando en los espejos y extraterrestres nadando en la sopa. Ya no tenía edad para eso, a los doce años debiera estar interesada en los chicos o en perforarse las orejas, suponía él. Por su parte Nicole, la menor de la familia, estaba juntando un zoológico, como si quisiera compensar la atención que su madre no podía darle. Alimentaba varios mapaches y zorrillos que rondaban la casa; había adoptado seis gatitos huérfanos y los mantenía escondidos en el garaje; le salvó la vida a un pajarraco con un ala rota y guardaba una culebra de un metro de largo dentro de una caja. Si su madre encontraba la culebra se moría allí mismo del susto, aunque no era probable que eso sucediera, porque, cuando no estaba en el hospital, Lisa Cold pasaba el día en la cama.

Salvo los panqueques de su padre y unos emparedados de atún con mayonesa, especialidad de Andrea, nadie cocinaba en la familia desde hacía meses. En la nevera sólo había jugo de naranja, leche y helados; en la tarde pedían por teléfono pizza o comida china. Al principio fue casi una fiesta, porque cada cual comía a cualquier hora lo que le daba la gana, más que nada azúcar, pero ya todos echaban de menos la dieta sana de los tiempos normales. Alex pudo medir en esos meses cuán enorme había sido la presencia de su madre y cuánto pesaba ahora su ausencia. Echaba de menos su risa fácil y su cariño, tanto como su severidad. Ella era más estricta que su padre y más astuta: resultaba imposible engañarla porque tenía un tercer ojo para ver lo invisible. Ya no se oía su voz canturreando en italiano, no había música, ni flores, ni ese olor característico de galletas recién horneadas y pintura. Antes su madre se las arreglaba para trabajar varias horas en su taller, mantener la casa impecable y esperar a sus hijos con galletas; ahora apenas se levantaba por un rato y daba vueltas por las habitaciones con un aire desconcertado, como si no reconociera su entorno, demacrada, con los ojos hundidos y rodeados de sombras. Sus telas, que antes parecían verdaderas explosiones de color, ahora permanecían olvidadas en los atriles y el óleo se secaba en los tubos. Lisa Cold parecía haberse achicado, era apenas un fantasma silencioso.

Alex ya no tenía a quien pedirle que le rascara la espalda o le levantara el ánimo cuando amanecía sintiéndose como un bicho. Su padre no era hombre de mimos. Salían juntos a escalar montañas, pero hablaban poco; además John Cold había cambiado, como todos en la familia. Ya no era la persona serena de antes, se irritaba con frecuencia, no sólo con los hijos, sino también con su mujer. A veces le reprochaba a gritos a Lisa que no comía suficiente o no se tomaba sus medicamentos, pero enseguida se arrepentía de su arrebato y le pedía perdón, angustiado. Esas escenas dejaban a Alex temblando: no soportaba ver a su madre sin fuerzas y a su padre con los ojos llenos de lágrimas.

Al llegar ese mediodía a su casa le extrañó ver la camioneta de su padre, quien a esa hora siempre estaba trabajando en la clínica. Entró por la puerta de la cocina, siempre sin llave, con la intención de comer algo, recoger su flauta y salir disparado de vuelta a la escuela. Echó una mirada a su alrededor y sólo vio los restos fosilizados de la pizza de la noche anterior. Resignado a pasar hambre, se dirigió a la nevera en busca de un vaso de leche. En ese instante escuchó el llanto. Al principio pensó que eran los gatitos de Nicole en el garaje, pero enseguida se dio cuenta que el ruido provenía de la habitación de sus padres. Sin ánimo de espiar, en forma casi automática, se aproximó y empujó suavemente la puerta entreabierta. Lo que vio lo dejó paralizado.

Al centro de la pieza estaba su madre en camisa de dormir y descalza, sentada en un taburete, con la cara entre las manos, llorando. Su padre, de pie detrás de ella, empuñaba una antigua navaja de afeitar, que había pertenecido al abuelo. Largos mechones de cabello negro cubrían el suelo y los hombros frágiles de su madre, mientras su cráneo pelado brillaba como mármol en la luz pálida que se filtraba por la ventana.

Por unos segundos el muchacho permaneció helado de estupor, sin comprender la escena, sin saber qué significaba el cabello por el suelo, la cabeza afeitada o esa navaja en la mano de su padre brillando a milímetros del cuello inclinado de su madre. Cuando logró volver a sus sentidos, un grito terrible le subió desde los pies y una oleada de locura lo sacudió por completo. Se abalanzó contra John Cold, lanzándolo al suelo de un empujón. La navaja hizo un arco en el aire, pasó rozando su frente y se clavó de punta en el suelo. Su madre comenzó a llamarlo, tironeándolo de la ropa para separarlo, mientras él repartía golpes a ciegas, sin ver dónde caían.

—Está bien, hijo, cálmate, no pasa nada —suplicaba Lisa Cold sujetándolo con sus escasas fuerzas, mientras su padre se protegía la cabeza con los brazos.

Por fin la voz de su madre penetró en su mente y se desinfló su ira en un instante, dando paso al desconcierto y el horror por lo que había hecho. Se puso de pie y retrocedió tambaleándose; luego echó a correr y se encerró en su pieza. Arrastró su escritorio y trancó la puerta, tapándose los oídos para no escuchar a sus padres llamándolo. Por largo rato permaneció apoyado contra la pared, con los ojos cerrados, tratando de controlar el huracán de sentimientos que lo sacudía hasta los huesos. Enseguida procedió a destrozar sistemáticamente todo lo que había en la habitación. Sacó los afiches de los muros y los desgarró uno por uno; cogió su bate de béisbol y arremetió contra los cuadros y videos; molió su colección de autos antiguos y aviones de la Primera Guerra Mundial; arrancó las páginas de sus libros; destripó con su navaja del ejército suizo el colchón y las almohadas; cortó a tijeretazos su ropa y las cobijas y por último pateó la lámpara hasta hacerla añicos. Llevó a cabo la destrucción sin prisa, con método, en silencio, como quien realiza una tarea fundamental, y sólo se detuvo cuando se le acabaron las fuerzas y no había nada más por romper. El suelo quedó cubierto de plumas y relleno de colchón, de vidrios, papeles, trapos y pedazos de juguetes. Aniquilado por las emociones y el esfuerzo, se echó en medio de aquel naufragio encogido como un caracol, con la cabeza en las rodillas, y lloró hasta quedarse dormido.

Alexander Cold despertó horas más tarde con las voces de sus hermanas y tardó unos minutos en acordarse de lo sucedido. Quiso encender la luz, pero la lámpara estaba destrozada. Se aproximó a tientas a la puerta, tropezó y lanzó una maldición al sentir que su mano caía sobre un trozo de vidrio. No recordaba haber movido el escritorio y tuvo que empujarlo con todo el cuerpo para abrir la puerta. La luz del pasillo alumbró el campo de batalla en que estaba convertida su habitación y las caras asombradas de sus hermanas en el umbral.

—¿Estás redecorando tu pieza, Alex? —se burló Andrea, mientras Nicole se tapaba la cara para ahogar la risa.

Alex les cerró la puerta en las narices y se sentó en el suelo a pensar, apretándose el corte de la mano con los dedos. La idea de morir desangrado le pareció tentadora, al menos se libraría de enfrentar a sus padres después de lo que había hecho, pero enseguida cambió de parecer. Debía lavarse la herida antes que se le infectara, decidió. Además ya empezaba a dolerle, debía ser un corte profundo, podía darle tétano... Salió con paso vacilante, a tientas porque apenas veía; sus lentes se perdieron en el desastre y tenía los ojos hinchados de llorar. Se asomó en la cocina, donde estaba el resto de la familia, incluso su madre, con un pañuelo de algodón atado en la cabeza, que le daba el aspecto de una refugiada.

—Lo lamento... —balbuceó Alex con la vista clavada en el suelo.

Lisa ahogó una exclamación al ver la camiseta manchada con sangre de su hijo, pero cuando su marido le hizo una seña cogió a las dos niñas por los brazos y se las llevó sin decir palabra. John Cold se aproximó a Alex para atender la mano herida.

—No sé lo que me pasó, papá... —murmuró el chico, sin atreverse a levantar la vista.

—Yo también tengo miedo, hijo.

—¿Se va a morir la mamá? —preguntó Alex con un hilo de voz.

—No lo sé, Alexander. Pon la mano bajo el chorro de agua fría —le ordenó su padre.

John Cold lavó la sangre, examinó el corte y decidió inyectar un anestésico para quitar los vidrios y ponerle unos puntos. Alex, a quien la vista de sangre solía dar fatiga, esta vez soportó la curación sin un solo gesto, agradecido de tener un médico en la familia. Su padre le aplicó una crema desinfectante y le vendó la mano.

—De todos modos se le iba a caer el pelo a la mamá, ¿verdad? —preguntó el muchacho.

—Sí, por la quimioterapia. Es preferible cortarlo de una vez que verlo caerse a puñados. Es lo de menos, hijo, volverá a crecerle. Siéntate, debemos hablar.

—Perdóname, papá... Voy a trabajar para reponer todo lo que rompí.

—Está bien, supongo que necesitabas desahogarte. No hablemos más de eso, hay otras cosas más importantes que debo decirte. Tendré que llevar a Lisa a un hospital en Texas, donde le harán un tratamiento largo y complicado. Es el único sitio donde pueden hacerlo.

—¿Y con eso sanará? —preguntó ansioso el muchacho.

—Así lo espero, Alexander. Iré con ella, por supuesto. Habrá que cerrar esta casa por un tiempo.

—¿Qué pasará con mis hermanas y conmigo?

—Andrea y Nicole irán a vivir con la abuela Carla. Tú irás donde mi madre —le explicó su padre.

—¿Kate? ¡No quiero ir donde ella, papá! ¿Por qué no puedo ir con mis hermanas? Al menos la abuela Carla sabe cocinar...

—Tres niños son mucho trabajo para mi suegra.

—Tengo quince años, papá, edad de sobra para que al menos me preguntes mi opinión. No es justo que me mandes donde Kate como si yo fuera un paquete. Siempre es lo mismo, tú tomas las decisiones y yo tengo que aceptarlas. ¡Ya no soy un niño! —alegó Alex, furioso.

—A veces actúas como uno —replicó John Cold señalando el corte de la mano.

—Fue un accidente, a cualquiera le puede pasar. Me portaré bien donde Carla, te lo prometo.

—Sé que tus intenciones son buenas, hijo, pero a veces pierdes la cabeza.

—¡Te dije que iba a pagar lo que rompí! —gritó Alexander, dando un puñetazo sobre la mesa.

—¿Ves como pierdes el control? En todo caso, Alexander, esto nada tiene que ver con el destrozo de tu pieza. Estaba arreglado desde antes con mi suegra y mi madre. Ustedes tres tendrán que ir donde las abuelas, no hay otra solución. Tú viajarás a Nueva York dentro de un par de días —dijo su padre.

—¿Solo?

—Solo. Me temo que de ahora en adelante deberás hacer muchas cosas solo. Llevarás tu pasaporte, porque creo que vas a iniciar una aventura con mi madre.

—¿Dónde?

—Al Amazonas...

—¡El Amazonas! —exclamó Alex, espantado—. Vi un documental sobre el Amazonas, ese lugar está lleno de mosquitos, caimanes y bandidos. ¡Hay toda clase de enfermedades, hasta lepra!

—Supongo que mi madre sabe lo que hace, no te llevaría a un sitio donde peligre tu vida, Alexander.

—Kate es capaz de empujarme a un río infectado de pirañas, papá. Con una abuela como la mía no necesito enemigos —farfulló el muchacho.

—Lo siento, pero deberás ir de todos modos, hijo.

—¿Y la escuela? Estamos en época de exámenes. Además no puedo abandonar la orquesta de un día para otro...

—Hay que ser flexible, Alexander. Nuestra familia está pasando por una crisis. ¿Sabes cuáles son los caracteres chinos para escribir *crisis*? Peligro + oportunidad. Tal vez el peligro de la enfermedad de Lisa te ofrece una oportunidad extraordinaria. Ve a empacar tus cosas.

—¿Qué voy a empacar? No es mucho lo que tengo —masculló Alex, todavía enojado con su padre.

—Entonces tendrás que llevar poco. Ahora anda a darle un beso a tu madre, que está muy sacudida por lo que está pasando. Para Lisa es mucho más duro que para cualquiera de nosotros, Alexander. Debemos ser fuertes, como lo es ella —dijo John Cold tristemente.

Hasta hacía un par de meses, Alex había sido feliz. Nunca tuvo gran curiosidad por explorar más allá de los límites seguros de su existencia; creía que si no hacía tonterías todo le saldría bien. Tenía planes simples para el futuro, pensaba ser un músico famoso, como su abuelo Joseph Cold, casarse con Cecilia Burns, en caso que ella lo aceptara, tener dos hijos y vivir cerca de las montañas. Estaba satisfecho de su vida, como estudiante y deportista era bueno, aunque no excelente, era amistoso y no se metía en problemas graves. Se consideraba una persona bastante normal, al menos en comparación con los monstruos de la naturaleza que había en este mundo, como esos chicos que entraron con metralletas a un colegio en Colorado y masacraron a sus compañeros. No había que ir tan lejos, en su propia escuela había algunos tipos repelentes. No, él no era de ésos. La verdad es que lo único que deseaba era volver a la vida de unos meses antes, cuando su madre estaba sana. No quería ir al Amazonas con Kate Cold. Esa abuela le daba un poco de miedo.

Dos días más tarde Alex se despidió del lugar donde habían transcurrido los quince años de su existencia. Se llevó consigo la imagen de su madre en la puerta de la casa, con un gorro cubriendo su cabeza afeitada, sonriendo y diciéndole adiós con la mano, mientras le corrían lágrimas por las mejillas. Se veía diminuta, vulnerable y hermosa, a pesar de todo. El muchacho subió al avión pensando en ella y en la aterradora posibilidad de perderla. ¡No! No puedo ponerme en ese caso, debo tener pensamientos positivos, mi mamá sanará, murmuró una y otra vez durante el largo viaje.

2

LA EXCÉNTRICA ABUELA

Alexander Cold se encontraba en el aeropuerto de Nueva York en medio de una muchedumbre apurada que pasaba por su lado arrastrando maletas y bultos, empujando, atropellando. Parecían autómatas, la mitad de ellos con un teléfono celular pegado en la oreja y hablando al aire, como dementes. Estaba solo, con su mochila en la espalda y un billete arrugado en la mano. Llevaba otros tres doblados y metidos en sus botas. Su padre le había aconsejado cautela, porque en esa enorme ciudad las cosas no eran como en el pueblito de la costa californiana donde ellos vivían, donde nunca pasaba nada. Los tres chicos Cold se habían criado jugando en la calle con otros niños, conocían a todo el mundo y entraban a las casas de sus vecinos como a la propia.

El muchacho había viajado seis horas, cruzando el continente de un extremo a otro, sentado junto a un gordo sudoroso, cuya grasa desbordaba el asiento, reduciendo su espacio a la mitad. A cada rato el hombre se agachaba con dificultad, echaba mano a una bolsa de provisiones y procedía a masticar alguna golosina, sin permitirle dormir o ver la película en paz. Alex iba muy cansado, contando las horas que faltaban para terminar aquel suplicio, hasta que por fin aterrizaron y pudo estirar las piernas. Descendió del avión aliviado, buscando a su abuela con la vista, pero no la vio en la puerta, como esperaba.

Una hora más tarde Kate Cold todavía no llegaba y Alex comenzaba a angustiarse en serio. La había hecho llamar por el altoparlante dos veces, sin obtener respuesta, y ahora tendría que cambiar su billete por monedas para usar el teléfono. Se felicitó por su buena memoria: podía recordar el número sin vacilar, tal como recordaba su dirección sin haber estado nunca allí, sólo por las tarjetas que le escribía de vez en cuando. El teléfono de su abuela repicó en vano, mientras él hacía fuerza mental para que alguien lo levantara. ¿Qué hago ahora?, musitó, desconcertado. Se le ocurrió llamar a larga distancia a su padre para pedirle instrucciones, pero eso podía costarle todas sus monedas. Por otra parte, no quiso portarse como un mocoso. ¿Qué podía hacer su padre desde tan lejos? No, decidió, no podía perder la cabeza sólo porque su abuela se atrasara un poco; tal vez estaba atrapada en el tráfico, o andaba dando vueltas en el aeropuerto buscándolo y se habían cruzado sin verse.

Pasó otra media hora y para entonces sentía tanta rabia contra Kate Cold, que si la hubiera tenido por delante seguro la habría insultado. Recordó las bromas pesadas que ella le había hecho durante años, como la caja de chocolates rellenos con salsa picante que le mandó para un cumpleaños. Ninguna abuela normal se daría el trabajo de quitar el contenido de cada bombón con una jeringa, reemplazarlo con tabasco, envolver los chocolates en papel plateado y colocarlos de vuelta en la caja, sólo para burlarse de sus nietos.

También recordó los cuentos terroríficos con que los atemorizaba cuando iba a visitarlos y cómo insistía en hacerlo con la luz apagada. Ahora esas historias ya no eran tan efectivas, pero en la infancia casi lo habían matado de miedo. Sus hermanas todavía sufrían pesadillas con los vampiros y zombies escapados de sus tumbas que aquella abuela malvada invocaba en la oscuridad. Sin embargo, no podía negar que eran adictos a esas truculentas historias. Tampoco se cansaban de escucharla contar los peligros, reales o imaginarios, que ella había enfrentado en sus viajes por el mundo. El favorito era de una pitón de ocho metros de largo en Malasia, que se tragó su cámara fotográfica. «Lástima que no te tragó a ti, abuela», comentó Alex la primera vez que oyó la anécdota, pero ella no se ofendió. Esa misma mujer le enseñó a nadar en menos de cinco minutos, empujándolo a una piscina cuando tenía cuatro años. Salió nadando por el otro lado de pura desesperación, pero podría haberse ahogado. Con razón Lisa Cold se ponía muy nerviosa cuando su suegra llegaba de visita: debía doblar la vigilancia para preservar la salud de sus niños.

A la hora y media de espera en el aeropuerto, Alex no sabía ya qué hacer. Imaginó cuánto gozaría Kate Cold al verlo tan angustiado y decidió no darle esa satisfacción; debía actuar como un hombre. Se colocó el chaquetón, se acomodó la mochila en los hombros y salió a la calle. El contraste entre la calefacción, el bullicio y la luz blanca dentro del edificio con el frío, el silencio y la oscuridad de la noche afuera, casi lo voltea. No tenía idea que el invierno en Nueva York fuera tan desagradable. Había olor a gasolina, nieve sucia sobre la acera y una ventisca helada que golpeaba la cara como agujas. Se dio cuenta que con la emoción de despedirse de su familia, había olvidado los guantes y el gorro, que nunca tenía ocasión de usar en California y guardaba en un baúl en el garaje, con el resto de su equipo de esquí. Sintió latir la herida en su mano izquierda, que hasta entonces no le había molestado, y calculó que debería cambiar el vendaje apenas llegara donde su abuela. No sospechaba a qué distancia estaba su apartamento ni cuánto costaría la carrera en taxi. Necesitaba un mapa, pero no supo dónde conseguirlo. Con las orejas heladas y las manos metidas en los bolsillos caminó hacia la parada de los buses.

—Hola, ¿andas solo? —Se le acercó una muchacha.

La chica llevaba una bolsa de lona al hombro, un sombrero metido hasta las cejas, las uñas pintadas de azul y una argolla de plata atravesada en la nariz. Alex se quedó mirándola maravillado, era casi tan bonita como su amor secreto, Cecilia Burns, a pesar de sus pantalones rotosos, sus botas de soldado y su aspecto más bien sucio y famélico. Como único abrigo usaba un chaquetón corto de piel artificial color naranja, que apenas le cubría la cintura. No llevaba guantes. Alex farfulló una respuesta vaga. Su padre le había advertido que no hablara con extraños, pero esa chica no podía representar peligro alguno, era apenas un par de años mayor, casi tan delgada y baja como su madre. En realidad, a su lado Alex se sintió fuerte.

—¿Dónde vas? —insistió la desconocida encendiendo un cigarrillo.

—A casa de mi abuela, vive en la calle Catorce con la Segunda Avenida. ¿Sabes cómo puedo llegar allá? —inquirió Alex.

—Claro, yo voy para el mismo lado. Podemos tomar el bus. Soy Morgana —se presentó la joven.

—Nunca había oído ese nombre —comentó Alex.

—Yo misma lo escogí. La tonta de mi madre me puso un nombre tan vulgar como ella. Y tú, ¿cómo te llamas? —preguntó echando humo por las narices.

—Alexander Cold. Me dicen Alex —replicó, algo escandalizado al oírla hablar de su familia en tales términos.

Aguardaron en la calle, pataleando en la nieve para calentarse los pies, durante unos diez minutos, que Morgana aprovechó para ofrecer un apretado resumen de su vida: hacía años que no iba a la escuela —eso era para estúpidos— y se había escapado de su casa porque no aguantaba a su padrastro, que era un cerdo repugnante.

—Voy a pertenecer a una banda de rock, ése es mi sueño —agregó—. Lo único que necesito es una guitarra eléctrica. ¿Qué es esa caja que llevas atada a la mochila?

—Una flauta.

—¿Eléctrica?

—No, de pilas —se burló Alex.

Justo cuando sus orejas se estaban transformando en cubitos de hielo, apareció el bus y ambos subieron. El chico pagó su pasaje y recibió el vuelto, mientras Morgana buscaba en un bolsillo de su chaqueta naranja, luego en otro.

—¡Mi cartera! Creo que me la robaron... —tartamudeó.

—Lo siento, niña. Tendrás que bajarte —le ordenó el chofer.

—¡No es mi culpa si me robaron! —exclamó ella casi a gritos, ante el desconcierto de Alex, quien sentía horror de llamar la atención.

—Tampoco es culpa mía. Acude a la policía —replicó secamente el chofer.

La joven abrió su bolsa de lona y vació todo el contenido en el pasillo del vehículo: ropa, cosméticos, papas fritas, varias cajas y paquetes de diferentes tamaños y unos zapatos de taco alto que parecían pertenecer a otra persona, porque era difícil imaginarla en ellos. Revisó cada prenda de ropa con pasmosa lentitud, dando vueltas a la ropa, abriendo cada caja y cada envoltorio, sacudiendo la ropa interior a la vista de todo el mundo. Alex desvió la mirada, cada vez más turbado. No quería que la gente pensara que esa chica y él andaban juntos.

—No puedo esperar toda la noche, niña. Tienes que bajarte —repitió el chofer, esta vez con un tono amenazante. Morgana lo ignoró. Para entonces se había quitado el chaquetón naranja y estaba revisando el forro, mientras los otros pasajeros del bus empezaban a reclamar por el atraso en partir.

—¡Préstame algo! —exigió finalmente, dirigiéndose a Alex.

El muchacho sintió derretirse el hielo de sus orejas y supuso que se le estaban poniendo coloradas, como le ocurría en los momentos culminantes. Eran su cruz: esas orejas lo traicionaban siempre, sobre todo cuando estaba frente a Cecilia Burns, la chica de la cual estaba enamorado desde el jardín de infancia sin la menor esperanza de ser correspondido. Alex había concluido que no existía razón alguna para que Cecilia se fijara en él, pudiendo elegir entre los mejores atletas del colegio. En nada se distinguía él, sus únicos talentos eran escalar montañas y tocar la flauta, pero ninguna chica con dos dedos de frente se interesaba en cerros o flautas. Estaba condenado a amarla en silencio por el resto de su vida, a menos que ocurriera un milagro.

—Préstame para el pasaje —repitió Morgana.

En circunstancias normales a Alex no le importaba perder su plata, pero en ese momento no estaba en condición de portarse generoso. Por otra parte, decidió, ningún hombre podía abandonar a una mujer en esa situación. Le alcanzaba justo para ayudarla sin recurrir a los billetes doblados en sus botas. Pagó el segundo pasaje. Morgana le lanzó un beso burlón con la punta de los dedos, le sacó la lengua al chofer, que la miraba indignado, recogió sus cosas rápidamente y siguió a Alex a la última fila del vehículo, donde se sentaron juntos.

—Me salvaste el pellejo. Apenas pueda, te pago —le aseguró.

Alex no respondió. Tenía un principio: si le prestas dinero a una persona y no vuelves a verla, es dinero bien gastado. Morgana le producía una mezcla de fascinación y rechazo, era totalmente diferente a cualquiera de las chicas de su pueblo, incluso las más atrevidas. Para evitar mirarla con la boca abierta, como un bobo, hizo la mayor parte del largo viaje en silencio, con la vista fija en el vidrio oscuro de la ventana, donde se reflejaban Morgana y también su propio rostro delgado, con lentes redondos y el cabello oscuro, como el de su madre. ¿Cuándo podría afeitarse? No se había desarrollado como varios de sus amigos; todavía era un chiquillo imberbe, uno de los más bajos de su clase. Hasta Cecilia Burns era más alta que él. Su única ventaja era que, a diferencia de otros adolescentes de su colegio, tenía la piel sana, porque apenas le aparecía un grano su padre se lo inyectaba con cortisona. Su madre le aseguraba que no debía preocuparse, unos estiran antes y otros después, en la familia Cold todos los hombres eran altos; pero él sabía que la herencia genética es caprichosa y bien podía salir a la familia de su madre. Lisa Cold era baja incluso para una mujer; vista por detrás parecía una chiquilla de catorce años, sobre todo desde que la enfermedad la había reducido a un esqueleto. Al pensar en ella sintió que se le cerraba el pecho y se le cortaba el aire, como si un puño gigantesco lo tuviera cogido por el cuello.

Morgana se había quitado la chaqueta de piel naranja. Debajo llevaba una blusa corta de encaje negro que le dejaba la barriga al aire y un collar de cuero con puntas metálicas, como de perro bravo.

—Me muero por un pito —dijo.

Alex le señaló el aviso que prohibía fumar en el bus. Ella echó una mirada a su entorno. Nadie les prestaba atención; había varios asientos vacíos a su alrededor y los otros pasajeros leían o dormitaban. Al comprobar que nadie se fijaba en ellos, se metió la mano en la blusa y extrajo del pecho una bolsita mugrienta. Le dio un breve codazo sacudiendo la bolsa delante de sus narices.

—Yerba —murmuró.

Alexander Cold negó con la cabeza. No se consideraba un puritano, ni mucho menos, había probado marihuana y alcohol algunas veces, como casi todos sus compañeros en la secundaria, pero no lograba comprender su atractivo, excepto el hecho de que estaban prohibidos. No le gustaba perder el control. Escalando montañas le había tomado el gusto a la exaltación de tener el control del cuerpo y de la mente. Volvía de esas excursiones con su padre agotado, adolorido y hambriento, pero absolutamente feliz, lleno de energía, orgulloso de haber vencido una vez más sus temores y los obstáculos de la montaña. Se sentía electrizado, poderoso, casi invencible. En esas ocasiones su padre le daba una palmada amistosa en la espalda, a modo de premio por la proeza, pero nada decía para no alimentar su vanidad. John Cold no era amigo de lisonjas, costaba mucho ganarse una palabra de elogio de su parte, pero su hijo no esperaba oírla, le bastaba esa palmada viril.

Imitando a su padre, Alex había aprendido a cumplir con sus obligaciones lo mejor posible, sin presumir de nada, pero secretamente se jactaba de tres virtudes que consideraba suyas: valor para escalar montañas, talento para tocar la flauta y claridad para pensar. Era más difícil reconocer sus defectos, aunque se daba cuenta de que había por lo menos dos que debía tratar de mejorar, tal como le había hecho notar su madre en más de una ocasión: su escepticismo, que lo hacía dudar de casi todo, y su mal carácter, que lo hacía explotar en el momento menos pensado. Esto era algo nuevo, porque tan sólo unos meses antes era confiado y andaba siempre de buen humor. Su madre aseguraba que eran cosas de la edad y que se le pasarían, pero él no estaba tan seguro como ella. En todo caso, no le atraía el ofrecimiento de Morgana. En las oportunidades en que había probado drogas no había sentido que volaba al paraíso, como decían algunos de sus amigos, sino que se le llenaba la cabeza de humo y se le ponían las piernas como lana. Para él no había ningún estímulo mayor que balancearse de una cuerda en el aire a cien metros de altura, sabiendo exactamente cuál era el paso siguiente que debía dar. No, las drogas no eran para él. Tampoco el cigarrillo, porque necesitaba pulmones sanos para escalar y tocar la flauta. No pudo evitar una breve sonrisa al acordarse del método empleado por su abuela Kate para cortarle de raíz la tentación del tabaco. Entonces él tenía once años y, a pesar de que su padre le había dado el sermón sobre el cáncer al pulmón y otras consecuencias de la nicotina, solía fumar a escondidas con sus amigos detrás del gimnasio. Kate Cold llegó a pasar con ellos la Navidad y con su nariz de sabueso no tardó en descubrir el olor, a pesar de la goma de mascar y el agua de colonia con que él procuraba disimularlo.

—¿Fumando tan joven, Alexander? —le preguntó de muy buen humor. Él intentó negarlo, pero ella no le dio tiempo—. Acompáñame, vamos a dar un paseo —dijo.

El chico subió al coche, se colocó el cinturón de seguridad bien apretado y murmuró entre dientes un conjuro de buena suerte, porque su abuela era una terrorista del volante. Con la disculpa de que en Nueva York nadie tenía auto, manejaba como si la persiguieran. Lo condujo a trompicones y frenazos hasta el supermercado, donde adquirió cuatro grandes cigarros de tabaco negro; luego se lo llevó a una calle tranquila, estacionó lejos de miradas indiscretas y procedió a encender un puro para cada uno. Fumaron y fumaron con las puertas y ventanas cerradas hasta que el humo les impedía ver a través de las ventanillas. Alex sentía que la cabeza le daba vueltas y el estómago le subía y le bajaba. Pronto ya no pudo más, abrió la portezuela y se dejó caer como una bolsa en la calle, enfermo hasta el alma. Su abuela esperó sonriendo a que acabara de vaciar el estómago, sin ofrecerse para sostenerle la frente y consolarlo, como hubiera hecho su madre, y luego encendió otro cigarro y se lo pasó.

—Vamos, Alexander, pruébame que eres un hombre y fúmate otro —lo desafió, de lo más divertida.

Durante los dos días siguientes el muchacho debió quedarse en la cama, verde como una lagartija y convencido de que las náuseas y el dolor de cabeza iban a matarlo. Su padre creyó que era un virus y su madre sospechó al punto de su suegra, pero no se atrevió a acusarla directamente de envenenar al nieto. Desde entonces el hábito de fumar, que tanto éxito tenía entre algunos de sus amigos, a Alex le revolvía las tripas.

—Esta yerba es de la mejor —insistió Morgana señalando el contenido de su bolsita—. También tengo esto, si prefieres —agregó mostrándole dos pastillas blancas en la palma de la mano.

Alex volvió a fijar la vista en la ventanilla del bus, sin responder. Sabía por experiencia que era mejor callarse o cambiar el tema. Cualquier cosa que dijera iba a sonar estúpida y la chica iba a pensar que era un mocoso o que tenía ideas religiosas fundamentalistas. Morgana se encogió de hombros y guardó sus tesoros en espera de una ocasión más apropiada. Estaban llegando a la estación de buses, en pleno centro de la ciudad, y debían bajarse.

A esa hora todavía no había disminuido el tráfico ni la gente en las calles y aunque las oficinas y comercios estaban cerrados, había bares, teatros, cafeterías y restaurantes abiertos. Alex se cruzaba con la gente sin distinguir sus rostros, sólo sus figuras encorvadas envueltas en abrigos oscuros, caminando deprisa. Vio unos bultos tirados por el suelo junto a unas rejillas en las aceras, por donde surgían columnas de vapor. Comprendió que eran vagabundos durmiendo acurrucados junto a los huecos de calefacción de los edificios, única fuente de calor en la noche invernal.

Las duras luces de neón y los focos de los vehículos daban a las calles mojadas y sucias un aspecto irreal. Por las esquinas había cerros de bolsas negras, algunas rotas y con la basura desparramada. Una mendiga envuelta en un harapiento abrigo escarbaba en las bolsas con un palo, mientras recitaba una letanía eterna en un idioma inventado. Alex debió saltar a un lado para esquivar a una rata con la cola mordida y sangrante, que estaba en el medio de la acera y no se movió cuando pasaron. Los bocinazos del tráfico, las sirenas de la policía y de vez en cuando el ulular de una ambulancia cortaban el aire. Un hombre joven, muy alto y desgarbado, pasó gritando que el mundo se iba a acabar y le puso en la mano una hoja de papel arrugada, en la cual aparecía una rubia de labios gruesos y medio desnuda ofreciendo masajes. Alguien en patines con audífonos en las orejas lo atropelló, lanzándolo contra la pared. «¡Mira por dónde vas, imbécil!», gritó el agresor.

Alexander sintió que la herida de la mano comenzaba a latir de nuevo. Pensó que se encontraba sumido en una pesadilla de ciencia ficción, en una pavorosa megápolis de cemento, acero, vidrio, polución y soledad. Lo invadió una oleada de nostalgia por el lugar junto al mar donde había pasado su vida. Ese pueblo tranquilo y aburrido, de donde tan a menudo había querido escapar, ahora le parecía maravilloso. Morgana interrumpió sus lúgubres pensamientos.

—Estoy muerta de hambre. ¿Podríamos comer algo? —sugirió.

—Ya es tarde, debo llegar donde mi abuela —se disculpó él.

—Tranquilo, hombre, te voy a llevar donde tu abuela. Estamos cerca, pero nos vendría bien echarnos algo a la panza —insistió ella.

Sin darle ocasión de negarse, lo arrastró de un brazo al interior de un ruidoso local que olía a cerveza, café rancio y fritanga. Detrás de un largo mesón de formica había un par de empleados asiáticos sirviendo unos platos grasientos. Morgana se instaló en un taburete frente al mesón y procedió a estudiar el menú, escrito con tiza en una pizarra en la pared. Alex comprendió que le tocaría pagar la comida y se dirigió al baño para rescatar los billetes que llevaba escondidos en las botas.

Las paredes del servicio estaban cubiertas de palabrotas y dibujos obscenos, por el suelo había papeles arrugados y charcos de agua, que goteaba de las cañerías oxidadas. Entró en un cubículo, cerró la puerta con pestillo, dejó la mochila en el suelo y, a pesar del asco, tuvo que sentarse en el excusado para quitarse las botas, tarea nada fácil en ese espacio reducido y con una mano vendada. Pensó en los gérmenes y en las innumerables enfermedades que se pueden contraer en un baño público, como decía su padre. Debía cuidar su reducido capital.

Contó su dinero con un suspiro; él no comería y esperaba que Morgana se conformara con un plato barato, no parecía ser de las que comen mucho. Mientras no estuviera a salvo en el apartamento de Kate Cold, esos tres billetes doblados y vueltos a doblar eran todo lo que poseía en este mundo; ellos representaban la diferencia entre la salvación y morirse de hambre y frío tirado en la calle, como los mendigos que había visto momentos antes. Si no daba con la dirección de su abuela, siempre podía volver al aeropuerto a pasar la noche en algún rincón y volar de vuelta a su casa al día siguiente, para eso contaba con el pasaje de regreso. Se colocó nuevamente las botas, guardó el dinero en un compartimento de su mochila y salió del cubículo. No había nadie más en el baño. Al pasar frente al lavatorio puso su mochila en el suelo, se acomodó el vendaje de la mano izquierda, se lavó meticulosamente la mano derecha con jabón, se echó bastante agua en la cara para despejar el cansancio y luego se secó con papel. Al inclinarse para recoger la mochila se dio cuenta, horrorizado, que había desaparecido.

Salió disparado del baño, con el corazón al galope. El

robo había ocurrido en menos de un minuto, el ladrón no podía estar lejos, si se apuraba podría alcanzarlo antes que se perdiera entre la multitud de la calle. En el local todo seguía igual, los mismos empleados sudorosos detrás del mostrador, los mismos parroquianos indiferentes, la misma comida grasienta, el mismo ruido de platos y de música rock a todo volumen. Nadie notó su agitación, nadie se volvió a mirarlo cuando gritó que le habían robado. La única diferencia era que Morgana ya no estaba sentada ante el mesón, donde la había dejado. No había rastro de ella.

Alex adivinó en un instante quién lo había seguido discretamente, quién había aguardado al otro lado de la puerta del baño calculando su oportunidad, quién se había llevado su mochila en un abrir y cerrar de ojos. Se dio una palmada en la frente. ¡Cómo podía haber sido tan inocente! Morgana lo había engañado como a una criatura, despojándolo de todo salvo la ropa que llevaba puesta. Había perdido su dinero, el pasaje de regreso en avión y hasta su preciosa flauta. Lo único que le quedaba era su pasaporte, que por casualidad llevaba en el bolsillo de la chaqueta. Tuvo que hacer un tremendo esfuerzo por combatir las ganas de echarse a llorar como un chiquillo.

3

EL ABOMINABLE HOMBRE DE LA SELVA

«Quien boca tiene, a Roma llega», era uno de los axiomas de Kate Cold. Su trabajo la obligaba a viajar por lugares remotos, donde seguramente había puesto en práctica ese dicho muchas veces. Alex era más bien tímido, le costaba abordar a un desconocido para averiguar algo, pero no había otra solución. Apenas logró tranquilizarse y recuperar el habla, se acercó a un hombre que masticaba una hamburguesa y le preguntó cómo podía llegar a la calle Catorce con la Segunda Avenida. El tipo se encogió de hombros y no le contestó. Sintiéndose insultado, el muchacho se puso rojo. Vaciló durante unos minutos y por último abordó a uno de los empleados detrás del mostrador. El hombre señaló con el cuchillo que tenía en la mano una dirección vaga y le dio unas instrucciones a gritos por encima del bullicio del restaurante, con un acento tan cerrado, que no entendió ni una palabra. Decidió que era cosa de lógica: debía averiguar para qué lado quedaba la Segunda Avenida y contar las calles, muy sencillo; pero no le pareció tan sencillo cuando averiguó que se encontraba en la calle Cuarenta y dos con la Octava Avenida y calculó cuánto debía recorrer en ese frío glacial. Agradeció su entrenamiento en escalar montañas: si podía pasar seis horas trepando como una mosca por las rocas, bien podía caminar unas pocas cuadras por terreno plano. Subió el cierre de su chaquetón, metió la cabeza entre los hombros, puso las manos en los bolsillos y echó a andar.

Había pasado la medianoche y empezaba a nevar cuando el muchacho llegó a la calle de su abuela. El barrio le pareció decrépito, sucio y feo, no había un árbol por ninguna parte y desde hacía un buen rato no se veía gente. Pensó que sólo un desesperado como él podía andar a esa hora por las peligrosas calles de Nueva York, sólo se había librado de ser víctima de un atraco porque ningún bandido tenía ánimo para salir en ese frío. El edificio era una torre gris en medio de muchas otras torres idénticas, rodeada de rejas de seguridad. Tocó el timbre y de inmediato la voz ronca y áspera de Kate Cold preguntó quién se atrevía a molestar a esa hora de la noche. Alex adivinó que ella lo estaba esperando, aunque por supuesto jamás lo admitiría. Estaba helado hasta los huesos y nunca en su vida había necesitado tanto echarse en los brazos de alguien, pero cuando por fin se abrió la puerta del ascensor en el piso once y se encontró ante su abuela, estaba determinado a no permitir que ella lo viera flaquear.

—Hola, abuela —saludó lo más claramente que pudo, dado lo mucho que le castañeaban los dientes.

—¡Te he dicho que no me llames abuela! —lo increpó ella.

—Hola, Kate.

—Llegas bastante tarde, Alexander.

—¿No quedamos en que me ibas a recoger en el aeropuerto? —replicó él procurando que no le saltaran las lágrimas.

—No quedamos en nada. Si no eres capaz de llegar del aeropuerto a mi casa, menos serás capaz de ir conmigo a la selva —dijo Kate Cold—. Quítate la chaqueta y las botas, voy a darte una taza de chocolate y prepararte un baño caliente, pero conste que lo hago sólo para evitarte una pulmonía. Tienes que estar sano para el viaje. No esperes que te mime en el futuro, ¿entendido?

—Nunca he esperado que me mimaras —replicó Alex.

—¿Qué te pasó en la mano? —preguntó ella al ver el vendaje, empapado.

—Muy largo de contar.

El pequeño apartamento de Kate Cold era oscuro, atiborrado y caótico. Dos de las ventanas —con los vidrios inmundos— daban a un patio de luz y la tercera a un muro de ladrillo con una escalera de incendio. Vio maletas, mochilas, bultos y cajas tirados por los rincones, libros, periódicos y revistas amontonados sobre las mesas. Había un par de cráneos humanos traídos del Tíbet, arcos y flechas de los pigmeos del África, cántaros funerarios del desierto de Atacama, escarabajos petrificados de Egipto y mil objetos más. Una larga piel de culebra se extendía a lo largo de toda una pared. Había pertenecido a la famosa pitón que se tragó la cámara fotográfica en Malasia.

Hasta entonces Alex no había visto a su abuela en su ambiente y debió admitir que ahora, al verla rodeada de sus cosas, resultaba mucho más interesante. Kate Cold tenía sesenta y cuatro años, era flaca y musculosa, pura fibra y piel curtida por la intemperie; sus ojos azules, que habían visto mucho mundo, eran agudos como puñales. El cabello gris, que ella misma se cortaba a tijeretazos sin mirarse al espejo, se paraba en todas direcciones, como si jamás se lo hubiera peinado. Se jactaba de sus dientes, grandes y fuertes, capaces de partir nueces y destapar botellas; también estaba orgullosa de no haberse quebrado nunca un hueso, no haber consultado jamás a un médico y haber sobrevivido desde a ataques de malaria hasta picaduras de escorpión. Bebía vodka al seco y fumaba tabaco negro en una pipa de marinero. Invierno y verano se vestía con los mismos pantalones bolsudos y un chaleco sin mangas, con bolsillos por todos lados, donde llevaba lo indispensable para sobrevivir en caso de cataclismo. En algunas ocasiones, cuando era necesario vestirse elegante, se quitaba el chaleco y se ponía un collar de colmillos de oso, regalo de un jefe apache.

Lisa, la madre de Alex, tenía terror de Kate, pero los niños esperaban sus visitas con ansias. Esa abuela estrafalaria, protagonista de increíbles aventuras, les traía noticias de lugares tan exóticos que costaba imaginarlos. Los tres nietos coleccionaban sus relatos de viajes, que aparecían en diversas revistas y periódicos, y las tarjetas postales y fotografías que ella les enviaba desde los cuatro puntos cardinales. Aunque a veces les daba vergüenza presentarla a sus amigos, en el fondo se sentían orgullosos de que un miembro de su familia fuera casi una celebridad.

Media hora más tarde Alex había entrado en calor con el baño y estaba envuelto en una bata, con calcetines de lana, devorando albóndigas de carne con puré de patatas, una de las pocas cosas que él comía con agrado y lo único que Kate sabía cocinar.

—Son las sobras de ayer —dijo ella, pero Alex calculó que lo había preparado especialmente para él. No quiso contarle su aventura con Morgana, para no quedar como una babieca, pero debió admitir que le habían robado todo lo que traía.

—Supongo que me vas a decir que aprenda a no confiar en nadie —mascculló el muchacho sonrojándose.

—Al contrario, iba a decirte que aprendas a confiar en ti. Ya ves, Alexander, a pesar de todo pudiste llegar hasta mi apartamento sin problemas.

—¿Sin problemas? Casi muero congelado por el camino. Habrían descubierto mi cadáver en el deshielo de la primavera —replicó él.

—Un viaje de miles de millas siempre comienza a tropezones. ¿Y el pasaporte? —inquirió Kate.

—Se salvó porque lo llevaba en el bolsillo.

—Pégatelo con cinta adhesiva al pecho, porque si lo pierdes estás frito.

—Lo que más lamento es mi flauta —comentó Alex.

—Tendré que darte la flauta de tu abuelo. Pensaba guardarla hasta que demostraras algún talento, pero supongo que está mejor en tus manos que tirada por allí —ofreció Kate.

Buscó en las estanterías que cubrían las paredes de su apartamento desde el suelo hasta el techo y le entregó un estuche empolvado de cuero negro.

—Toma, Alexander. La usó tu abuelo durante cuarenta años, cuídala.

El estuche contenía la flauta de Joseph Cold, el más célebre flautista del siglo, como habían dicho los críticos cuando murió. «Habría sido mejor que lo dijeran cuando el pobre Joseph estaba vivo», fue el comentario de Kate cuando lo leyó en la prensa. Habían estado divorciados por treinta años, pero en su testamento Joseph Cold dejó la mitad de sus bienes a su ex esposa, incluyendo su mejor flauta, que ahora su nieto tenía en las manos. Alex abrió con reverencia la gastada caja de cuero y acarició la flauta: era preciosa. La tomó delicadamente y se la llevó a los labios. Al soplar, las notas escaparon del instrumento con tal belleza, que él mismo se sorprendió. Sonaba muy distinta a la flauta que Morgana le había robado.

Kate Cold dio tiempo a su nieto de inspeccionar el instrumento y de agradecerle profusamente, como ella esperaba; enseguida le pasó un libraco amarillento con las tapas sueltas: *Guía de salud del viajero audaz*. El muchacho lo abrió al azar y leyó los síntomas de una enfermedad mortal que se adquiere por comer el cerebro de los antepasados.

—No como órganos —dijo.

—Nunca se sabe lo que le ponen a las albóndigas —replicó su abuela.

Sobresaltado, Alex observó con desconfianza los restos de su plato. Con Kate Cold era necesario ejercer mucha cautela. Era peligroso tener un antepasado como ella.

—Mañana tendrás que vacunarte contra media docena de enfermedades tropicales. Déjame ver esa mano, no puedes viajar con una infección —le ordenó Kate.

Lo examinó con brusquedad, decidió que su hijo John había hecho un buen trabajo, le vació medio frasco de desinfectante en la herida, por si acaso, y le anunció que al día siguiente ella misma le quitaría los puntos. Era muy fácil, dijo, cualquiera podía hacerlo. Alex se estremeció. Su abuela tenía mala vista y usaba unos lentes rayados que había comprado de segunda mano en un mercado de Guatemala. Mientras le ponía un nuevo vendaje, Kate le explicó que la revista *International Geographic* había financiado una expedición al corazón de la selva amazónica, entre Brasil y Venezuela, en busca de una criatura gigantesca, posiblemente humanoide, que había sido vista en varias ocasiones. Se habían encontrado huellas enormes. Quienes habían estado en su proximidad decían que ese animal —o ese primitivo ser humano— era más alto que un oso, tenía brazos muy largos y estaba todo cubierto de pelos negros. Era el equivalente del yeti del Himalaya, en plena selva.

—Puede ser un mono... —sugirió Alex.

—¿No crees que más de alguien habrá pensado en esa posibilidad? —lo cortó su abuela.

—Pero no hay pruebas de que en verdad exista... —aventuró Alex.

—No tenemos un certificado de nacimiento de la Bestia, Alexander. ¡Ah! Un detalle importante: dicen que despide un olor tan penetrante, que los animales y las personas se desmayan o se paralizan en su proximidad.

—Si la gente se desmaya, entonces nadie lo ha visto.

—Exactamente, pero por las huellas se sabe que camina en dos patas. Y no usa zapatos, en caso que ésa sea tu próxima pregunta.

—¡No, Kate, mi próxima pregunta es si usa sombrero! —explotó su nieto.

—No creo.

—¿Es peligroso?

—No, Alexander. Es de lo más amable. No roba, no rapta niños y no destruye la propiedad privada. Sólo mata. Lo hace con limpieza, sin ruido, quebrando los huesos y destripando a sus víctimas con verdadera elegancia, como un profesional —se burló su abuela.

—¿Cuánta gente ha matado? —inquirió Alex cada vez más inquieto.

—No mucha, si consideramos el exceso de población en el mundo.

—¡Cuánta, Kate!

—Varios buscadores de oro, un par de soldados, unos comerciantes... En fin, no se conoce el número exacto.

—¿Ha matado indios? ¿Cuántos? —preguntó Alex.

—No se sabe, en realidad. Los indios sólo saben contar hasta dos. Además, para ellos la muerte es relativa. Si creen que alguien les ha robado el alma, o ha caminado sobre sus huellas, o se ha apoderado de sus sueños, por ejemplo, eso es peor que estar muerto. En cambio, alguien que ha muerto puede seguir vivo en espíritu.

—Es complicado —dijo Alex, que no creía en espíritus.

—¿Quién te dijo que la vida es simple?

Kate Cold le explicó que la expedición iba al mando de un famoso antropólogo, el profesor Ludovic Leblanc, quien había pasado años investigando las huellas del llamado yeti, o abominable hombre de las nieves, en las fronteras entre China y Tíbet, sin encontrarlo. También había estado con cierta tribu de indios del Amazonas y sostenía que eran los más salvajes del planeta: al primer descuido se comían a sus prisioneros. Esta información no era tranquilizadora, admitió Kate. Serviría de guía un brasilero de nombre César Santos, quien había pasado la vida en esa región y tenía buenos contactos con los indios. El hombre poseía una avioneta algo destartalada, pero todavía en buen estado, con la cual podrían internarse hasta el territorio de las tribus indígenas.

—En el colegio estudiamos el Amazonas en una clase de ecología —comentó Alex, a quien ya se le cerraban los ojos.

—Con esa clase basta, ya no necesitas saber nada más —apuntó Kate. Y agregó—: Supongo que estás cansado. Puedes dormir en el sofá y mañana temprano empiezas a trabajar para mí.

—¿Qué debo hacer?

—Lo que yo te mande. Por el momento te mando que duermas.

—Buenas noches, Kate... —murmuró Alex enroscándose sobre los cojines del sofá.

—¡Bah! —gruñó su abuela. Esperó que se durmiera y lo tapó con un par de mantas.

4

EL RÍO AMAZONAS

Kate y Alexander Cold iban en un avión comercial sobrevolando el norte del Brasil. Durante horas y horas habían visto desde el aire una interminable extensión de bosque, todo del mismo verde intenso, atravesada por ríos que se deslizaban como luminosas serpientes. El más formidable de todos era color café con leche.

«El río Amazonas es el más ancho y largo de la tierra, cinco veces más que ningún otro. Sólo los astronautas en viaje a la luna han podido verlo entero desde la distancia», leyó Alex en la guía turística que le había comprado su abuela en Río de Janeiro. No decía que esa inmensa región, último paraíso del planeta, era destruida sistemáticamente por la codicia de empresarios y aventureros, como había aprendido él en la escuela. Estaban construyendo una carretera, un tajo abierto en plena selva, por donde llegaban en masa los colonos y salían por toneladas las maderas y los minerales.

Kate informó a su nieto que subirían por el río Negro hasta el Alto Orinoco, un triángulo casi inexplorado donde se concentraba la mayor parte de las tribus. De allí se suponía que provenía la Bestia.

—En este libro dice que esos indios viven como en la Edad de Piedra. Todavía no han inventado la rueda —comentó Alex.

—No la necesitan. No sirve en ese terreno, no tienen nada que transportar y no van apurados a ninguna parte —replicó Kate Cold, a quien no le gustaba que la interrumpieran cuando estaba escribiendo. Había pasado buena parte del viaje tomando notas en sus cuadernos con una letra diminuta y enmarañada, como huellas de moscas.

—No conocen la escritura —agregó Alex.

—Seguro que tienen buena memoria —dijo Kate.

—No hay manifestaciones de arte entre ellos, sólo se pintan el cuerpo y se decoran con plumas —explicó Alex.

—Les importa poco la posteridad o destacarse entre los demás. La mayoría de nuestros llamados «artistas» debería seguir su ejemplo —contestó su abuela.

Iban a Manaos, la ciudad más poblada de la región amazónica, que había prosperado en tiempos del caucho, a finales del siglo XIX.

—Vas a conocer la selva más misteriosa del mundo, Alexander. Allí hay lugares donde los espíritus se aparecen a plena luz del día —explicó Kate.

—Claro, como el «abominable hombre de la selva» que andamos buscando —sonrió su nieto, sarcástico.

—Lo llaman la Bestia. Tal vez no sea sólo un ejemplar, sino varios, una familia o una tribu de bestias.

—Eres muy crédula para la edad que tienes, Kate —comentó el muchacho, sin poder evitar el tono sarcástico al ver que su abuela creía esas historias.

—Con la edad se adquiere cierta humildad, Alexander. Mientras más años cumplo, más ignorante me siento. Sólo los jóvenes tienen explicación para todo. A tu edad se puede ser arrogante y no importa mucho hacer el ridículo —replicó ella secamente.

Al bajar del avión en Manaos, sintieron el clima sobre la piel como una toalla empapada en agua caliente. Allí se reunieron con los otros miembros de la expedición del *International Geographic.* Además de Kate Cold y su nieto Alexander, iban Timothy Bruce, un fotógrafo inglés con una larga cara de caballo y dientes amarillos de nicotina, con su ayudante mexicano, Joel González, y el famoso antropólogo Ludovic Leblanc. Alex imaginaba a Leblanc como un sabio de barbas blancas y figura imponente, pero resultó ser un hombrecillo de unos cincuenta años, bajo, flaco, nervioso, con un gesto permanente de desprecio o de crueldad en los labios y unos ojos hundidos de ratón. Iba disfrazado de cazador de fieras al estilo de las películas, desde las armas que llevaba al cinto hasta sus pesadas botas y un sombrero australiano decorado con plumitas de colores. Kate comentó entre dientes que a Leblanc sólo le faltaba un tigre muerto para apoyar el pie. Durante su juventud Leblanc había pasado una breve temporada en el Amazonas y había escrito un voluminoso tratado sobre los indios, que causó sensación en los círculos académicos. El guía brasilero, César Santos, quien debía irlos a buscar a Manaos, no pudo llegar porque su avioneta estaba descompuesta, así es que los esperaría en Santa María de la Lluvia, donde el grupo tendría que trasladarse en barco.

Alex comprobó que Manaos, ubicada en la confluencia entre el río Amazonas y el río Negro, era una ciudad grande y moderna, con edificios altos y un tráfico agobiante, pero su abuela le aclaró que allí la naturaleza era indómita y en tiempos de inundaciones aparecían caimanes y serpientes en los patios de las casas y en los huecos de los ascensores. Ésa era también una ciudad de traficantes donde la ley era frágil y se quebraba fácilmente: drogas, diamantes, oro, maderas preciosas, armas. No hacía ni dos semanas que habían descubierto un barco cargado de pescado... y cada pez iba relleno con cocaína.

Para el muchacho americano, quien sólo había salido de su país para conocer Italia, la tierra de los antepasados de su madre, fue una sorpresa ver el contraste entre la riqueza de unos y la extrema pobreza de otros, todo mezclado. Los campesinos sin tierra y los trabajadores sin empleo llegaban en masa buscando nuevos horizontes, pero muchos acababan viviendo en chozas, sin recursos y sin esperanza. Ese día se celebraba una fiesta y la población andaba alegre, como en carnaval: pasaban bandas de músicos por las calles, la gente bailaba y bebía, muchos iban disfrazados. Se hospedaron en un moderno hotel, pero no pudieron dormir por el estruendo de la música, los petardos y los cohetes. Al día siguiente el profesor Leblanc amaneció de muy mal humor por la mala noche y exigió que se embarcaran lo antes posible, porque no quería pasar ni un minuto más de lo indispensable en esa ciudad desvergonzada, como la calificó.

El grupo del *International Geographic* remontó el río Negro, que era de ese color debido al sedimento que arrastraban sus aguas, para dirigirse a Santa María de la Lluvia, una aldea en pleno territorio indígena. La embarcación era bastante grande, con un motor antiguo, ruidoso y humeante, y un improvisado techo de plástico para protegerse del sol y la lluvia, que caía caliente como una ducha varias veces al día. El barco iba atestado de gente, bultos, sacos, racimos de plátanos y algunos animales domésticos en jaulas o simplemente amarrados de las patas. Contaban con unos mesones, unas banquetas largas para sentarse y una serie de hamacas colgadas de los palos, unas encima de otras.

La tripulación y la mayoría de los pasajeros eran *caboclos*, como se llamaba a la gente del Amazonas, mezcla de varias razas: blanco, indio y negro. Iban también algunos soldados, un par de jóvenes americanos —misioneros mormones— y una doctora venezolana, Omayra Torres, quien llevaba el propósito de vacunar indios. Era una bella mulata de unos treinta y cinco años, con cabello negro, piel color ámbar y ojos verdes almendrados de gato.

Se movía con gracia, como si bailara al son de un ritmo secreto. Los hombres la seguían con la vista, pero ella parecía no darse cuenta de la impresión que su hermosura provocaba.

—Debemos ir bien preparados —dijo Leblanc señalando sus armas. Hablaba en general, pero era evidente que se dirigía sólo a la doctora Torres—. Encontrar a la Bestia es lo de menos. Lo peor serán los indios. Son guerreros brutales, crueles y traicioneros. Tal como describo en mi libro, matan para probar su valor y mientras más asesinatos cometen, más alto se colocan en la jerarquía de la tribu.

—¿Puede explicar eso, profesor? —preguntó Kate Cold, sin disimular su tono de ironía.

—Es muy sencillo, señora... ¿cómo me dijo que era su nombre?

—Kate Cold —aclaró ella por tercera o cuarta vez; aparentemente el profesor Leblanc tenía mala memoria para los nombres femeninos.

—Repito: muy sencillo. Se trata de la competencia mortal que existe en la naturaleza. Los hombres más violentos dominan en las sociedades primitivas. Supongo que ha oído el término «macho alfa». Entre los lobos, por ejemplo, el macho más agresivo controla a todos los demás y se queda con las mejores hembras. Entre los humanos es lo mismo: los hombres más violentos mandan, obtienen más mujeres y pasan sus genes a más hijos. Los otros deben conformarse con lo que sobra, ¿entiende? Es la supervivencia del más fuerte —explicó Leblanc.

—¿Quiere decir que lo natural es la brutalidad?

—Exactamente. La compasión es un invento moderno. Nuestra civilización protege a los débiles, a los pobres, a los enfermos. Desde el punto de vista de la genética eso es un terrible error. Por eso la raza humana está degenerando.

—¿Qué haría usted con los débiles en la sociedad, profesor? —preguntó ella.

—Lo que hace la naturaleza: dejar que perezcan. En ese sentido los indios son más sabios que nosotros —replicó Leblanc.

La doctora Omayra Torres, quien había escuchado atentamente la conversación, no pudo menos que dar su opinión.

—Con todo respeto, profesor, no me parece que los indios sean tan feroces como usted los describe; por el contrario, para ellos la guerra es más bien ceremonial: es un rito para probar el valor. Se pintan el cuerpo, preparan sus armas, cantan, bailan y parten a hacer una incursión en el *shabono* de otra tribu. Se amenazan y se dan unos cuantos garrotazos, pero rara vez hay más de uno o dos muertos. En nuestra civilización es al revés: no hay ceremonia, sólo masacre —dijo.

—Voy a regalarle un ejemplar de mi libro, señorita. Cualquier científico serio le dirá que Ludovic Leblanc es una autoridad en este tema... —la interrumpió el profesor.

—No soy tan sabia como usted —sonrió la doctora Torres—. Soy solamente una médica rural que ha trabajado más de diez años por estos lados.

—Créame, mi estimada doctora. Esos indios son la prueba de que el hombre no es más que un mono asesino —replicó Leblanc.

—¿Y la mujer? —interrumpió Kate Cold.

—Lamento decirle que las mujeres no cuentan para nada en las sociedades primitivas. Son sólo botín de guerra.

La doctora Torres y Kate Cold intercambiaron una mirada y ambas sonrieron, divertidas.

La parte inicial del viaje por el río Negro resultó ser más que nada un ejercicio de paciencia. Avanzaban a paso de tortuga y apenas se ponía el sol debían detenerse, para evitar ser golpeados por los troncos que arrastraba la corriente. El calor era intenso, pero al anochecer refrescaba y para dormir había que cubrirse con una manta. A veces, donde el río se presentaba limpio y calmo, aprovechaban para pescar o nadar un rato. Los dos primeros días se cruzaron con embarcaciones de diversas clases, desde lanchas a motor y casas flotantes hasta sencillas canoas talladas en troncos de árbol, pero después quedaron solos en la inmensidad de aquel paisaje. Ése era un planeta de agua: la vida transcurría navegando lentamente, al ritmo del río, de las mareas, de las lluvias, de las inundaciones. Agua, agua por todas partes. Existían centenares de familias, que nacían y morían en sus embarcaciones, sin haber pasado una noche en tierra firme; otras vivían en casas sobre pilotes a las orillas del río. El transporte se hacía por el río y la única forma de enviar o recibir un mensaje era por radio. Al muchacho americano le parecía increíble que se pudiera vivir sin teléfono. Una estación de Manaos transmitía mensajes personales sin interrupciones, así se enteraba la gente de las noticias, sus negocios y sus familias. Río arriba circulaba poco el dinero, había una economía de trueque, cambiaban pescado por azúcar, o gasolina por gallinas, o servicios por una caja de cerveza.

En ambas orillas del río la selva se alzaba amenazante. Las órdenes del capitán fueron claras: no alejarse por ningún motivo, porque bosque adentro se pierde el sentido de la orientación. Se sabía de extranjeros que, estando a pocos metros del río, habían muerto desesperados sin encontrarlo. Al amanecer veían delfines rosados saltando entre las aguas y centenares de pájaros cruzando el aire. También vieron manatíes, unos grandes mamíferos acuáticos cuyas hembras dieron origen a la leyenda de las sirenas. Por la noche aparecían entre los matorrales puntos colorados: eran los ojos de los caimanes espiando en la oscuridad. Un *caboclo* enseñó a Alex a calcular el tamaño del animal por la separación de los ojos. Cuando se trataba de un ejemplar pequeño, el *caboclo* lo encandilaba con una linterna, luego saltaba al agua y lo atrapaba, sujetándole las mandíbulas con una mano y la cola con otra. Si la separación de los ojos era considerable, lo evitaba como a la peste.

El tiempo transcurría lento, las horas se arrastraban eternas, sin embargo Alex no se aburría. Se sentaba en la proa del bote a observar la naturaleza, leer y tocar la flauta de su abuelo. La selva parecía animarse y responder al sonido del instrumento, hasta los ruidosos tripulantes y pasajeros del barco se callaban para escucharlo; ésas eran las únicas ocasiones en que Kate Cold le prestaba atención. La escritora era de pocas palabras, pasaba el día leyendo o escribiendo en sus cuadernos y en general lo ignoraba o lo trataba como a cualquier otro miembro de la expedición. Era inútil acudir a ella para plantearle un problema de mera supervivencia, como la comida, la salud o la seguridad, por ejemplo. Lo miraba de arriba abajo con evidente desdén y le contestaba que hay dos clases de problemas, los que se arreglan solos y los que no tienen solución, así es que no la molestara con tonterías. Menos mal que su mano había sanado rápidamente, si no ella sería capaz de resolver el asunto sugiriendo que se la amputara. Era mujer de medidas extremas. Le había prestado mapas y libros sobre el Amazonas, para que él mismo buscara la información que le interesaba. Si Alex le comentaba sus lecturas sobre los indios o le planteaba sus teorías sobre la Bestia, ella replicaba sin levantar la vista de la página que tenía por delante: «Nunca pierdas una buena ocasión de callarte la boca, Alexander».

Todo en ese viaje resultaba tan diferente al mundo en que el muchacho se había criado, que se sentía como un visitante de otra galaxia. Ya no contaba con las comodidades que antes usaba sin pensar, como una cama, baño, agua corriente, electricidad. Se dedicó a tomar fotografías con la cámara de su abuela para llevar pruebas de vuelta a

California. ¡Sus amigos jamás le creerían que había tenido en las manos un caimán de casi un metro de largo!

Su problema más grave era alimentarse. Siempre había sido quisquilloso para comer y ahora le servían cosas que ni siquiera sabía nombrar. Lo único que podía identificar a bordo eran frijoles en lata, carne seca salada y café, nada de lo cual le apetecía. Los tripulantes cazaron a tiros un par de monos y esa noche, cuando el bote atracó en la orilla, los asaron. Tenían un aspecto tan humano, que se sintió enfermo al verlos: parecían dos niños quemados. A la mañana siguiente pescaron una *pirarucú*, un enorme pez cuya carne resultó deliciosa para todos menos para él, porque se negó a probarla. Había decidido a los tres años que no le gustaba el pescado. Su madre, cansada de batallar para obligarlo a comer, se había resignado desde entonces a servirle los alimentos que le gustaban. No eran muchos. Esa limitación lo mantenía hambriento durante el viaje; sólo disponía de bananas, un tarro de leche condensada y varios paquetes de galletas. A su abuela no pareció importarle que él tuviera hambre, tampoco a los demás. Nadie le hizo caso.

Varias veces al día caía una breve y torrencial lluvia; debió acostumbrarse a la permanente humedad, al hecho de que la ropa nunca se secaba del todo. Al ponerse el sol atacaban nubes de mosquitos. Los extranjeros se defendían empapándose en insecticida, sobre todo Ludovic Leblanc, quien no perdía ocasión de recitar la lista de enfermedades transmitidas por insectos, desde el tifus hasta la malaria. Había amarrado un tupido velo en torno a su sombrero australiano para protegerse la cara y pasaba buena parte del día refugiado bajo un mosquitero, que hizo colgar en la popa del barco. Los *caboclos*, en cambio, parecían inmunes a las picaduras.

Al tercer día, durante una mañana radiante, la embarcación se detuvo porque había un problema con el motor. Mientras el capitán procuraba arreglar el desperfecto, el resto de la gente se echó bajo techo a descansar. Hacía demasiado calor para moverse, pero Alex decidió que era el lugar perfecto para refrescarse. Saltó al agua, que parecía baja y calma como un plato de sopa, y se hundió como una piedra.

—Sólo un tonto prueba la profundidad con los dos pies —comentó su abuela cuando él asomó la cabeza en la superficie, echando agua hasta por las orejas.

El muchacho se alejó nadando del bote —le habían dicho que los caimanes prefieren las orillas— y flotó de espaldas en el agua tibia por largo rato, abierto de brazos y piernas, mirando el cielo y pensando en los astronautas, que conocían su inmensidad. Se sintió tan seguro, que cuando algo pasó veloz rozando su mano tardó un instante en reaccionar. Sin tener idea de qué clase de peligro acechaba —tal vez los caimanes no se quedaban sólo en las orillas, después de todo— empezó a bracear con todas sus fuerzas de vuelta a la embarcación, pero lo detuvo en seco la voz de su abuela gritándole que no se moviera. Le obedeció por hábito, a pesar de que su instinto le advertía lo contrario. Se mantuvo a flote lo más quieto posible y entonces vio a su lado un pez enorme. Creyó que era un tiburón y el corazón se le detuvo, pero el pez dio una corta vuelta y regresó curioso, colocándose tan cerca, que pudo ver su sonrisa. Esta vez su corazón dio un salto y debió contenerse para no gritar de alegría. ¡Estaba nadando con un delfín!

Los veinte minutos siguientes, jugando con él como lo hacía con su perro Poncho, fueron los más felices de su vida. El magnífico animal circulaba a su alrededor a gran velocidad, saltaba por encima de él, se detenía a pocos centímetros de su cara, observándolo con una expresión simpática. A veces pasaba muy cerca y podía tocar su piel, que no era suave como había imaginado, sino áspera. Alex deseaba que ese momento no terminara nunca, estaba dispuesto a quedarse para siempre en el río, pero de pronto el delfín dio un coletazo de despedida y desapareció.

—¿Viste, abuela? ¡Nadie me va a creer esto! —gritó de vuelta en el bote, tan excitado que apenas podía hablar.

—Aquí están las pruebas —sonrió ella, señalándole la cámara. También los fotógrafos de la expedición, Bruce y González, habían captado la escena.

A medida que se internaban por el río Negro, la vegetación se volvía más voluptuosa, el aire más espeso y fragante, el tiempo más lento y las distancias más incalculables. Avanzaban como en sueños por un territorio alucinante. De trecho en trecho la embarcación se iba desocupando, los pasajeros descendían con sus bultos y sus animales en las chozas o pequeños villorrios de la orilla. Las radios a bordo ya no recibían los mensajes personales de Manaos ni atronaban con los ritmos populares, los hombres se callaban mientras la naturaleza vibraba con una orquesta de pájaros y monos. Sólo el ruido del motor delataba la presencia humana en la inmensa soledad de la selva. Por último, cuando llegaron a Santa María de la Lluvia, sólo quedaban a bordo la tripulación, el grupo del *International Geographic*, la doctora Omayra Torres y dos soldados. También estaban los dos jóvenes mormones, atacados por alguna bacteria intestinal. A pesar de los antibióticos administrados por la doctora iban tan enfermos, que apenas podían abrir los ojos y a ratos confundían la selva ardiente con sus nevadas montañas de Utah.

—Santa María de la Lluvia es el último enclave de la civilización —dijo el capitán de bote, cuando en un recodo del río apareció el villorrio.

—De aquí para adelante es territorio mágico, Alexander —advirtió Kate Cold a su nieto.

—¿Quedan indios que no han tenido contacto alguno con la civilización? —preguntó él.

—Se calcula que existen unos dos o tres mil, pero en realidad nadie lo sabe con certeza —contestó la doctora Omayra Torres.

Santa María de la Lluvia se levantaba como un error humano en medio de una naturaleza abrumadora, que amenazaba con tragársela en cualquier momento. Consistía en una veintena de casas, un galpón que hacía las veces de hotel, otro más pequeño donde funcionaba un hospital atendido por dos monjas, un par de pequeños almacenes, una iglesia católica y un cuartel del ejército. Los soldados controlaban la frontera y el tráfico entre Venezuela y Brasil. De acuerdo a la ley, también debían proteger a los indígenas de los abusos de colonos y aventureros, pero en la práctica no lo hacían. Los forasteros iban ocupando la región sin que nadie se lo impidiera, empujando a los indios más y más hacia las zonas inexpugnables o matándolos con impunidad. En el embarcadero de Santa María de la Lluvia los esperaba un hombre alto, con un perfil afilado de pájaro, facciones viriles y expresión abierta, la piel curtida por la intemperie y una melena oscura amarrada en una cola en la nuca.

—Bienvenidos. Soy César Santos y ésta es mi hija Nadia —se presentó.

Alex calculó que la chica tenía la edad de su hermana Andrea, unos doce o trece años. Tenía el cabello crespo y alborotado, desteñido por el sol, los ojos y la piel color miel; vestía shorts, camiseta y unas chancletas de plástico. Llevaba varias tiras de colores atadas en las muñecas, una flor amarilla sobre una oreja y una larga pluma verde atravesada en el lóbulo de la otra. Alex pensó que, si Andrea viera esos adornos, los copiaría de inmediato, y que si Nicole, su hermana menor, viera el monito negro que la chica llevaba sentado sobre un hombro, se moriría de envidia.

Mientras la doctora Torres, ayudada por dos monjas que fueron a recibirla, se llevaba a los misioneros mormones al diminuto hospital, César Santos dirigió el desembarco de los numerosos bultos de la expedición. Se disculpó por no haberlos esperado en Manaos, como habían acordado. Explicó que su avioneta había sobrevolado todo el Amazonas, pero era muy antigua y en las últimas semanas se le caían piezas del motor. En vista de que había estado a punto de estrellarse, decidió encargar otro motor, que debía llegar en esos días, y agregó con una sonrisa que no podía dejar huérfana a su hija Nadia. Luego los llevó al hotel, que resultó ser una construcción de madera sobre pilotes a orillas del río, similar a las otras destartaladas casuchas de la aldea. Cajas de cerveza se amontonaban por todos lados y sobre el mesón se alineaban botellas de licor. Alex había notado durante el viaje que, a pesar del calor, los hombres bebían litros y litros de alcohol a toda hora. Ese primitivo edificio serviría de base de operaciones, alojamiento, restaurante y bar para los visitantes. A Kate Cold y al profesor Ludovic Leblanc les asignaron unos cubículos separados del resto por sábanas colgadas de cuerdas. Los demás dormirían en hamacas protegidas por mosquiteros.

Santa María de la Lluvia era un villorrio somnoliento y tan remoto, que apenas figuraba en los mapas. Unos cuantos colonos criaban vacas de cuernos muy largos; otros explotaban el oro del fondo del río o la madera y el caucho de los bosques; unos pocos atrevidos partían solos a la selva en busca de diamantes; pero la mayoría vegetaba a la espera de que alguna oportunidad cayera milagrosamente del cielo. Ésas eran las actividades visibles. Las secretas consistían en tráfico de pájaros exóticos, drogas y armas. Grupos de soldados, con sus rifles al hombro y las camisas empapadas de sudor, jugaban a los naipes o fumaban sentados a la sombra. La escasa población languidecía, medio atontada por el calor y el aburrimiento. Alex vio varios individuos sin pelo ni dientes, medio ciegos, con erupciones en la piel, gesticulando y hablando solos; eran mineros a quienes el mercurio había trastornado y estaban muriendo de a poco. Buceaban en el fondo del río para aspirar con poderosos tubos la arena saturada de oro en polvo. Algunos morían ahogados; otros morían porque sus competidores les cortaban las mangueras de oxígeno; los más morían lentamente envenenados por el mercurio que usaban para separar la arena del oro.

Los niños de la aldea, en cambio, jugaban felices en el lodo, acompañados por unos cuantos monos domésticos y perros flacos. Había algunos indios, varios cubiertos con una camiseta o un pantalón corto, otros tan desnudos como los niños. Al comienzo Alex, turbado, no se atrevía a mirar los senos de las mujeres, pero rápidamente se le acostumbró la vista y a los cinco minutos dejaron de llamarle la atención. Esos indios llevaban varios años en contacto con la civilización y habían perdido muchas de sus tradiciones y costumbres, como explicó César Santos. La hija del guía, Nadia, les hablaba en su lengua y en respuesta ellos la trataban como si fuera de la misma tribu.

Si ésos eran los feroces indígenas descritos por Leblanc, no resultaban muy impresionantes: eran pequeños, los hombres medían menos de un metro cincuenta y los niños parecían miniaturas humanas. Por primera vez en su vida Alex se sintió alto. Tenían la piel color bronce y pómulos altos; los hombres llevaban el cabello cortado redondo como un plato a la altura de las orejas, lo cual acentuaba su aspecto asiático. Descendían de habitantes del norte de China, que llegaron por Alaska entre diez y veinte mil años atrás. Se salvaron de ser esclavizados durante la conquista en el siglo XVI porque permanecieron aislados. Los soldados españoles y portugueses no pudieron vencer los pantanos, los mosquitos, la vegetación, los inmensos ríos y las cataratas de la región amazónica.

Una vez instalados en el hotel, César Santos procedió a organizar el equipaje de la expedición y planear el resto del viaje con la escritora Kate Cold y los fotógrafos, porque el profesor Leblanc decidió descansar hasta que refrescara un poco el clima. No soportaba bien el calor. Entretanto Nadia, la hija del guía, invitó a Alex a recorrer los alrededores.

—Después de la puesta de sol no se aventuren fuera de los límites de la aldea, es peligroso —les advirtió César Santos.

Siguiendo los consejos de Leblanc, quien hablaba como un experto en peligros de la selva, Alex se metió los pantalones dentro de los calcetines y las botas, para evitar que las voraces sanguijuelas le chuparan la sangre. Nadia, que andaba casi descalza, se rió.

—Ya te acostumbrarás a los bichos y el calor —le dijo. Hablaba muy buen inglés porque su madre era canadiense—. Mi mamá se fue hace tres años —aclaró la niña.

—¿Por qué se fue?

—No pudo habituarse aquí, tenía mala salud y empeoró cuando la Bestia empezó a rondar. Sentía su olor, quería irse lejos, no podía estar sola, gritaba... Al final la doctora Torres se la llevó en un helicóptero. Ahora está en Canadá —dijo Nadia.

—¿Tu padre no fue con ella?

—¿Qué haría mi papá en Canadá?

—¿Y por qué no te llevó con ella? —insistió Alex, quien nunca había oído de una madre que abandonara a los hijos.

—Porque está en un sanatorio. Además no quiero separarme de mi papá.

—¿No tienes miedo de la Bestia?

—Todo el mundo le tiene miedo. Pero si viene, Borobá me advertiría a tiempo —replicó la niña, acariciando al monito negro, que nunca se separaba de ella.

Nadia llevó a su nuevo amigo a conocer el pueblo, lo cual les tomó apenas media hora, pues no había mucho que ver. Súbitamente estalló una tormenta de relámpagos, que cruzaban el cielo en todas direcciones, y empezó a llover a raudales. Era una lluvia caliente como sopa, que convirtió las angostas callejuelas en un humeante lodazal. La gente en general buscaba amparo bajo algún techo, pero los niños y los indios continuaban en sus actividades, indiferentes por completo al aguacero. Alex comprendió que su abuela tuvo razón al sugerirle que reemplazara sus vaqueros por ropa ligera de algodón, más fresca y fácil de secar. Para escapar de la lluvia, los dos chicos se metieron en la iglesia, donde encontraron a un hombre alto y fornido, con unas tremendas espaldas de leñador y el cabello blanco, a quien Nadia presentó como el padre Valdomero. Carecía por completo de la solemnidad que se espera de un sacerdote: estaba en calzoncillos, con el torso desnudo, encaramado a una escalera pintando las paredes con cal. Tenía una botella de ron en el suelo.

—El padre Valdomero ha vivido aquí desde antes de la invasión de las hormigas —lo presentó Nadia.

—Llegué cuando se fundó este pueblo, hace casi cuarenta años, y estaba aquí cuando vinieron las hormigas. Tuvimos que abandonar todo y salir escapando río abajo. Llegaron como una enorme mancha oscura, avanzando implacables, destruyendo todo a su paso —contó el sacerdote.

—¿Qué pasó entonces? —preguntó Alex, quien no podía imaginar un pueblo víctima de insectos.

—Prendimos fuego a las casas antes de irnos. El incendio desvió a las hormigas y unos meses más tarde pudimos regresar. Ninguna de las casas que ves aquí tiene más de quince años —explicó.

El sacerdote tenía una extraña mascota, un perro anfibio que, según dijo, era nativo del Amazonas, pero su especie estaba casi extinta. Pasaba buena parte de su vida en el río y podía permanecer varios minutos con la cabeza dentro de un balde con agua. Recibió a los visitantes desde prudente distancia, desconfiado. Su ladrido era como trino de pájaros y parecía que estaba cantando.

—Al padre Valdomero lo raptaron los indios. ¡Qué daría yo por tener esa suerte! —exclamó Nadia admirada.

—No me raptaron, niña. Me perdí en la selva y ellos me salvaron la vida. Viví con ellos varios meses. Son gente buena y libre, para ellos la libertad es más importante que la vida misma, no pueden vivir sin ella. Un indio preso es un indio muerto: se mete hacia adentro, deja de comer y respirar y se muere —contó el padre Valdomero.

—Unas versiones dicen que son pacíficos y otras que son completamente salvajes y violentos —dijo Alex.

—Los hombres más peligrosos que he visto por estos lados no son indios, sino traficantes de armas, drogas y diamantes, caucheros, buscadores de oro, soldados, y madereros, que infectan y explotan esta región —rebatió el sacerdote y agregó que los indios eran primitivos en lo material, pero muy avanzados en el plano mental, que estaban conectados a la naturaleza, como un hijo a su madre.

—Cuéntenos de la Bestia. ¿Es cierto que usted la vio con sus propios ojos, padre? —preguntó Nadia.

—Creo que la vi, pero era de noche y mis ojos ya no son tan buenos como antes —contestó el padre Valdomero, echándose un largo trago de ron al gaznate.

—¿Cuándo fue eso? —preguntó Alex, pensando que su abuela agradecería esa información.

—Hace un par de años...

—¿Qué vio exactamente?

—Lo he contado muchas veces: un gigante de más de tres metros de altura, que se movía muy lentamente y despedía un olor terrible. Quedé paralizado de espanto.

—¿No lo atacó, padre?

—No. Dijo algo, después dio media vuelta y desapareció en el bosque.

—¿Dijo algo? Supongo que quiere decir que emitió ruidos, como gruñidos, ¿verdad? —insistió Alex.

—No, hijo. Claramente la criatura habló. No entendí ni una palabra, pero sin duda era un lenguaje articulado. Me desmayé... Cuando desperté no estaba seguro de lo que había pasado, pero tenía ese olor penetrante pegado en la ropa, en el pelo, en la piel. Así supe que no lo había soñado.

5

EL CHAMÁN

La tormenta cesó tan súbitamente como había comenzado, y la noche apareció clara. Alex y Nadia regresaron al hotel, donde los miembros de la expedición estaban reunidos en torno a César Santos y la doctora Omayra Torres estudiando un mapa de la región y discutiendo los preparativos del viaje. El profesor Leblanc, algo más repuesto de la fatiga, estaba con ellos. Se había pintado de insecticida de pies a cabeza y había contratado a un indio llamado Karakawe para que lo abanicara con una hoja de banano. Leblanc exigió que la expedición se pusiera en marcha hacia el Alto Orinoco al día siguiente, porque él no podía perder tiempo en esa aldea insignificante. Disponía sólo de tres semanas para atrapar a la extraña criatura de la selva, dijo.

—Nadie lo ha logrado en varios años, profesor... —apuntó César Santos.

—Tendrá que aparecer pronto, porque yo debo dar una serie de conferencias en Europa —replicó él.

—Espero que la Bestia entienda sus razones —dijo el guía, pero el profesor no dio muestras de captar la ironía.

Kate Cold le había contado a su nieto que el Amazonas era un lugar peligroso para los antropólogos, porque solían perder la razón. Inventaban teorías contradictorias y se peleaban entre ellos a tiros y cuchilladas; otros tiranizaban a las tribus y acababan creyéndose dioses. A uno de ellos, enloquecido, debieron llevarlo amarrado de vuelta a su país.

—Supongo que está enterado de que yo también formo parte de la expedición, profesor Leblanc —dijo la doctora Omayra Torres, a quien el antropólogo miraba de reojo a cada rato, impresionado por su opulenta belleza.

—Nada me gustaría más, señorita, pero...

—Doctora Torres —lo interrumpió la médica.

—Puede llamarme Ludovic —aventuró Leblanc con coquetería.

—Llámeme doctora Torres —replicó secamente ella.

—No podré llevarla, mi estimada doctora. Apenas hay espacio para quienes hemos sido contratados por el *International Geographic*. El presupuesto es generoso, pero no ilimitado —replicó Leblanc.

—Entonces ustedes tampoco irán, profesor. Pertenezco al Servicio Nacional de Salud. Estoy aquí para proteger a los indios. Ningún forastero puede contactarlos sin las medidas de prevención necesarias. Son muy vulnerables a las enfermedades, sobre todo las de los blancos —dijo la doctora.

—Un resfrío común es mortal para ellos. Una tribu completa murió de una infección respiratoria hace tres años, cuando vinieron unos periodistas a filmar un documental. Uno de ellos tenía tos, le dio una chupada de su cigarrillo a un indio y así contagió a toda la tribu —agregó César Santos.

En ese momento llegaron el capitán Ariosto, jefe del cuartel, y Mauro Carías, el empresario más rico de los alrededores. En un susurro, Nadia le explicó a Alex que Carías era muy poderoso, hacía negocios con los presidentes y generales de varios países sudamericanos. Agregó que no tenía el corazón en el cuerpo, sino que lo llevaba en una bolsa, y señaló el maletín de cuero que Carías tenía en la mano. Por su parte Ludovic Leblanc estaba muy impresionado con Mauro Carías, porque la expedición se había formado gracias a los contactos internacionales de ese hombre. Fue él quien interesó a la revista *International Geographic* en la leyenda de la Bestia.

—Esa extraña criatura tiene atemorizados a las buenas gentes del Alto Orinoco. Nadie quiere internarse en el triángulo donde se supone que habita —dijo Carías.

—Entiendo que esa zona no ha sido explorada —dijo Kate Cold.

—Así es.

—Supongo que debe ser muy rica en minerales y piedras preciosas —agregó la escritora.

—La riqueza del Amazonas está sobre todo en la tierra y las maderas —respondió él.

—Y en las plantas —intervino la doctora Omayra Torres—. No conocemos ni un diez por ciento de las sustancias medicinales que hay aquí. A medida que desaparecen los chamanes y curanderos indígenas, perdemos para siempre esos conocimientos.

—Imagino que la Bestia también interfiere con sus negocios por esos lados, señor Carías, tal como interfieren las tribus —continuó Kate Cold, quien cuando se interesaba en algo no soltaba la presa.

—La Bestia es un problema para todos. Hasta los soldados le tienen miedo —admitió Mauro Carías.

—Si la Bestia existe, la encontraré. Todavía no ha nacido el hombre y menos el animal que pueda burlarse de Ludovic Leblanc —replicó el profesor, quien solía referirse a sí mismo en tercera persona.

—Cuente con mis soldados, profesor. Al contrario de lo que asegura mi buen amigo Carías, son hombres valientes —ofreció el capitán Ariosto.

—Cuente también con todos mis recursos, estimado profesor Leblanc. Dispongo de lanchas a motor y un buen equipo de radio —agregó Mauro Carías.

—Y cuente conmigo para los problemas de salud o los accidentes que puedan surgir —añadió suavemente la doctora Omayra Torres, como si no recordara la negativa de Leblanc de incluirla en la expedición.

—Tal como le dije, señorita...

—Doctora —lo corrigió ella de nuevo.

—Tal como le dije, el presupuesto de esta expedición es limitado, no podemos llevar turistas —dijo Leblanc, enfático.

—No soy turista. La expedición no puede continuar sin un médico autorizado y sin las vacunas necesarias.

—La doctora tiene razón. El capitán Ariosto le explicará la ley —intervino César Santos, quien conocía a la doctora y evidentemente se sentía atraído por ella.

—Ejem, bueno... es cierto que... —farfulló el militar mirando a Mauro Carías, confundido.

—No habrá problema en incluir a Omayra. Yo mismo financiaré sus gastos —sonrió el empresario poniendo un brazo en torno a los hombros de la joven médica.

—Gracias, Mauro, pero no será necesario, mis gastos los paga el Gobierno —dijo ella, apartándose sin brusquedad.

—Bien. En ese caso no hay más que hablar. Espero que encontremos a la Bestia, si no este viaje será inútil —comentó Timothy Bruce, el fotógrafo.

—Confíe en mí, joven. Tengo experiencia en este tipo de animales y yo mismo he diseñado unas trampas infalibles. Puede ver los modelos de mis trampas en mi tratado sobre el abominable hombre del Himalaya —aclaró el profesor con una mueca de satisfacción, mientras indicaba a Karakawe que lo abanicara con más bríos.

—¿Pudo atraparlo? —preguntó Alex con fingida inocencia, pues conocía de sobra la respuesta.

—No existe, joven. Esa supuesta criatura del Himalaya es una patraña. Tal vez esta famosa Bestia también lo sea.

—Hay gente que la ha visto —alegó Nadia.

—Gente ignorante, sin duda, niña —determinó el profesor.

—El padre Valdomero no es un ignorante —insistió Nadia.

—¿Quién es ése?

—Un misionero católico, que fue raptado por los salvajes y desde entonces está loco —intervino el capitán Ariosto. Hablaba inglés con un fuerte acento venezolano y como mantenía siempre un cigarro entre los dientes, no era mucho lo que se le entendía.

—¡No fue raptado y tampoco está loco! —exclamó Nadia.

—Cálmate, bonita —sonrió Mauro Carías acariciando el cabello de Nadia, quien de inmediato se puso fuera de su alcance.

—En realidad el padre Valdomero es un sabio. Habla varios idiomas de los indios, conoce la flora y la fauna del Amazonas mejor que nadie; recompone fracturas de huesos, saca muelas y en un par de ocasiones ha operado cataratas de los ojos con un bisturí que él mismo fabricó —agregó César Santos.

—Sí, pero no ha tenido éxito en combatir los vicios en Santa María de la Lluvia o en cristianizar a los indios, ya ven que todavía andan desnudos —se burló Mauro Carías.

—Dudo que los indios necesiten ser cristianizados —rebatió César Santos.

Explicó que eran muy espirituales, creían que todo tenía alma: los árboles, los animales, los ríos, las nubes. Para ellos el espíritu y la materia no estaban separados. No entendían la simpleza de la religión de los forasteros, decían que era una sola historia repetida, en cambio ellos tenían muchas historias de dioses, demonios, espíritus del cielo y la tierra. El padre Valdomero había renunciado a explicarles que Cristo murió en la cruz para salvar a la humanidad del pecado, porque la idea de tal sacrificio dejaba a los indios atónitos. No conocían la culpa. Tampoco comprendían la necesidad de usar ropa en ese clima o de acumular bienes, si nada podían llevarse al otro mundo cuando morían.

—Es una lástima que estén condenados a desaparecer, son el sueño de cualquier antropólogo, ¿verdad, profesor Leblanc? —apuntó Mauro Carías, burlón.

—Así es. Por suerte pude escribir sobre ellos antes que sucumban ante el progreso. Gracias a Ludovic Leblanc figurarán en la historia —replicó el profesor, completamente impermeable al sarcasmo del otro.

Esa tarde la cena consistió en trozos de tapir asado, frijoles y tortillas de mandioca, nada de lo cual Alex quiso probar, a pesar de que lo atormentaba un hambre de lobo.

Después de la cena, mientras su abuela bebía vodka y fumaba su pipa en compañía de los hombres del grupo, Alex salió con Nadia al embarcadero. La luna brillaba como una lámpara amarilla en el cielo. Los rodeaba el ruido de la selva, como música de fondo: gritos de pájaros, chillidos de monos, croar de sapos y grillos. Miles de luciérnagas pasaban fugaces por su lado, rozándoles la cara. Nadia atrapó una con la mano y se la enredó entre los rizos del cabello, donde quedó titilando como una lucecita. La muchacha estaba sentada en el muelle con los pies en el agua oscura del río. Alex le preguntó por las pirañas, que había visto disecadas en las tiendas para turistas en Manaos, como tiburones en miniatura: medían un palmo y estaban provistas de formidables mandíbulas y dientes afilados como cuchillos.

—Las pirañas son muy útiles, limpian el agua de cadáveres y basura. Mi papá dice que sólo atacan si huelen sangre y cuando están hambrientas —explicó ella.

Le contó que en una ocasión había visto cómo un caimán, mal herido por un jaguar, se arrastró hasta el agua, donde las pirañas se introdujeron por la herida y lo devoraron por dentro en cuestión de minutos, dejando la piel intacta.

En ese momento la chica se puso alerta y le hizo un gesto con la mano de que guardara silencio. Borobá, el monito, empezó a dar saltos y emitir chillidos, muy agitado, pero Nadia lo calmó en un instante susurrándole al oído. Alex tuvo la impresión de que el animal entendía perfectamente las palabras de su ama. Sólo veía las sombras de la vegetación y el espejo negro del agua, pero era evidente que algo había llamado la atención de Nadia, porque se había puesto de pie. De lejos le llegaba el sonido apagado de alguien pulsando las cuerdas de una guitarra en la aldea. Si se volvía, podía ver algunas luces de las casas a su espalda, pero allí estaban solos.

Nadia lanzó un grito largo y agudo, que a los oídos del muchacho sonó idéntico al de una lechuza, y un instante después otro grito similar respondió desde la otra orilla. Ella repitió el llamado dos veces y en ambas ocasiones tuvo la misma respuesta. Entonces tomó a Alex de un brazo y le indicó que la siguiera. El muchacho recordó la advertencia de César Santos, de permanecer dentro de los límites del pueblo después del atardecer, así como las historias que había oído sobre víboras, fieras, bandidos y borrachos armados. Y mejor no pensar en los indios feroces descritos por Leblanc o en la Bestia... Pero no quiso quedar como cobarde ante los ojos de la chica y la siguió sin decir palabra, empuñando su cortaplumas del ejército suizo abierto.

Dejaron atrás las últimas casuchas de la aldea y siguieron adelante con cuidado, sin más luz que la luna. La selva resultó menos tupida de lo que Alex creía; la vegetación era densa en las orillas del río, pero luego se raleaba y era posible avanzar sin gran dificultad. No fueron muy lejos antes que el llamado de la lechuza se repitiera. Estaban en un claro del bosque, donde la luna podía verse brillando en el firmamento. Nadia se detuvo y esperó inmóvil; hasta Borobá estaba quieto, como si supiera lo que aguardaban. De pronto Alex dio un salto, sorprendido: a menos de tres metros de distancia se materializó una figura salida de la noche, súbita y sigilosa, como un fantasma. El muchacho enarboló su navaja dispuesto a defenderse, pero la actitud serena de Nadia detuvo su gesto en el aire.

—Aía —murmuró la chica en voz baja.

—Aía, aía... —replicó una voz que a Alex no le pareció humana, sonaba como soplido de viento.

La figura se aproximó un paso y quedó muy cerca de Nadia. Para entonces los ojos de Alex se habían acostumbrado un poco a la penumbra y pudo ver a la luz de la luna a un hombre increíblemente anciano. Parecía haber vivido siglos, a pesar de su postura erguida y sus movimientos ágiles. Era muy pequeño, Alex calculó que medía menos que su hermana Nicole, quien sólo tenía nueve años. Usaba un breve delantal de fibra vegetal y una docena de collares de conchas, semillas y dientes de jabalí cubriéndole el pecho. La piel, arrugada como la de un milenario elefante, caía en pliegues sobre su frágil esqueleto. Llevaba una corta lanza, un bastón del cual colgaban una serie de bolsitas de piel y un cilindro de cuarzo que sonaba como un cascabel de bebé. Nadia se llevó la mano al cabello, desprendió la luciérnaga y se la ofreció; el anciano la aceptó, colocándola entre sus collares. Ella se puso en cuclillas y señaló a Alex que hiciera otro tanto, como signo de respeto. Enseguida el indio se agachó también y así quedaron los tres a la misma altura.

Borobá dio un salto y se encaramó a los hombros del viejo, tironeándole las orejas; su ama lo separó de un manotazo y el anciano se echó a reír de buena gana. A Alex le pareció que no tenía un solo diente en la boca, pero como no había mucha luz, no podía estar seguro. El indio y Nadia se enfrascaron en una larga conversación de gestos y sonidos en una lengua cuyas palabras sonaban dulces, como brisa, agua y pájaros. Supuso que hablaban de él, porque lo señalaban. En un momento el hombre se puso de pie y agitó su corta lanza muy enojado, pero ella lo tranquilizó con largas explicaciones. Por último el viejo se quitó un amuleto del cuello, un trozo de hueso tallado, y se lo llevó a los labios para soplarlo. El sonido era el mismo canto de lechuza escuchado antes, que Alex reconoció porque esas aves abundaban en las cercanías de su casa en el norte de California. El singular anciano colgó el amuleto en torno al cuello de Nadia, puso las manos en sus hombros a modo de despedida y enseguida desapareció con el mismo sigilo de su llegada. El muchacho podía jurar que no lo vio retroceder, simplemente se esfumó.

—Ése era Walimai —le dijo Nadia al oído.

—¿Walimai? —preguntó él, impresionado por ese extraño encuentro.

—¡Chisss! ¡No lo digas en voz alta! Jamás debes pronunciar el nombre verdadero de un indio en su presencia, es tabú. Menos puedes nombrar a los muertos, eso es un tabú mucho más fuerte, un terrible insulto —explicó Nadia.

—¿Quién es?

—Es un chamán, un brujo muy poderoso. Habla a través de sueños y visiones. Puede viajar al mundo de los espíritus cuando desea. Es el único que conoce el camino a El Dorado.

—¿El Dorado? ¿La ciudad de oro que inventaron los conquistadores? ¡Ésa es una leyenda absurda! —replicó Alex.

—Walimai ha estado allí muchas veces con su mujer. Siempre anda con ella —rebatió la chica.

—A ella no la vi —admitió Alex.

—Es un espíritu. No todos pueden verla.
—¿Tú la viste?
—Sí. Es joven y muy bonita.
—¿Qué te dio el brujo? ¿Qué hablaron ustedes dos? —preguntó Alex.
—Me dio un talismán. Con esto siempre estaré segura; nadie, ni las personas, ni los animales, ni los fantasmas podrán hacerme daño. También sirve para llamarlo, basta con soplarlo y él vendrá. Hasta ahora yo no podía llamarlo, debía esperar que él viniera. Walimai dice que voy a necesitarlo porque hay mucho peligro, el Rahakanariwa, el temible espíritu del pájaro caníbal, anda suelto. Cuando aparece hay muerte y destrucción, pero yo estaré protegida por el talismán.
—Eres una niña bastante rara… —suspiró Alex, sin creer ni la mitad de lo que ella decía.
—Walimai dice que los extranjeros no deben ir a buscar a la Bestia. Dice que varios morirán. Pero tú y yo debemos ir, porque hemos sido llamados, porque tenemos el alma blanca.
—¿Quién nos llama?
—No sé, pero si Walimai lo dice, es cierto.
—¿De verdad tú crees esas cosas, Nadia? ¿Crees en brujos, en pájaros caníbales, en El Dorado, en esposas invisibles, en la Bestia?
Sin responder, la chica dio media vuelta, echó a andar hacia la aldea y él la siguió de cerca, para no perderse.

6

EL PLAN

Esa noche Alexander Cold durmió sobresaltado. Se sentía a la intemperie, como si las frágiles paredes que lo separaban de la selva se hubieran disuelto y estuviera expuesto a todos los peligros de aquel mundo desconocido. El hotel, construido con tablas sobre pilotes, con techo de cinc y sin vidrios en las ventanas, apenas servía para protegerse de la lluvia. El ruido exterior de sapos y otros animales se sumaba a los ronquidos de sus compañeros de habitación. Su hamaca se volteó un par de veces, lanzándolo de bruces al suelo, antes que recordara la forma de usarla, colocándose en diagonal para mantener el equilibrio. No hacía calor, pero él estaba sudando. Permaneció desvelado en la oscuridad mucho rato, debajo de su mosquitero empapado en insecticida, pensando en la Bestia, en tarántulas, escorpiones, serpientes y otros peligros que acechaban en la oscuridad. Repasó la extraña escena que había visto entre el indio y Nadia. El chamán había profetizado que varios miembros de la expedición morirían.

A Alex le pareció increíble que en pocos días su vida hubiera dado un vuelco tan espectacular, que de repente se encontrara en un lugar fantástico donde, tal como había anunciado su abuela, los espíritus se paseaban entre los vivos. La realidad se había distorsionado, ya no sabía qué creer. Sintió una gran nostalgia por su casa y su familia, incluso por su perro Poncho. Estaba muy solo y muy lejos de todo lo conocido. ¡Si al menos pudiera averiguar cómo seguía su madre! Pero llamar por teléfono desde esa aldea a un hospital en Texas era como tratar de comunicarse con el planeta Marte. Kate no era gran compañía ni consuelo. Como abuela dejaba mucho que desear, ni siquiera se daba el trabajo de responder a sus preguntas, porque opinaba que lo único que uno aprende es lo que uno averigua solo. Sostenía que la experiencia es lo que se obtiene justo después que uno la necesita.

Estaba dándose vueltas en la hamaca, sin poder dormir, cuando le pareció escuchar un murmullo de voces. Podía ser sólo el barullo de la selva, pero decidió averiguarlo. Descalzo y en ropa interior, se acercó sigilosamente a la hamaca donde dormía Nadia junto a su padre, en el otro extremo de la sala común. Puso una mano en la boca de la chica y murmuró su nombre al oído, procurando no despertar a los demás. Ella abrió los ojos asustada, pero al reconocerlo se calmó y descendió de su hamaca ligera como un gato, haciéndole un gesto perentorio a Borobá para que se quedara quieto. El monito la obedeció de inmediato, enrollándose en la hamaca, y Alex lo comparó con su perro Poncho, a quien él no había logrado jamás hacerle comprender ni la orden más sencilla. Salieron sigilosos, deslizándose a lo largo de la pared del hotel hacia la terraza, donde Alex había percibido las voces. Se ocultaron en el ángulo de la puerta, aplastados contra la pared, y desde allí vislumbraron al capitán Ariosto y a Mauro Carías sentados en torno a una mesita, fumando, bebiendo y hablando en voz baja. Sus rostros eran plenamente visibles a la luz de los cigarrillos y de una espiral de insecticida que ardía sobre la mesa. Alex se felicitó por haber llamado a Nadia, porque los hombres hablaban en español.

—Ya sabes lo que debes hacer, Ariosto —dijo Carías.

—No será fácil.

—Si fuera fácil, no te necesitaría y tampoco tendría que pagarte, hombre —anotó Mauro Carías.

—No me gustan los fotógrafos, podemos meternos en un lío. Y en cuanto a la escritora, déjame decirte que esa vieja me parece muy astuta —dijo el capitán.

—El antropólogo, la escritora y los fotógrafos son indispensables para nuestro plan. Saldrán de aquí contando exactamente el cuento que nos conviene, eso eliminará cualquier sospecha contra nosotros. Así evitamos que el Congreso mande una comisión para investigar los hechos, como ha ocurrido antes. Esta vez habrá un grupo del *International Geographic* de testigo —replicó Carías.

—No entiendo por qué el Gobierno protege a ese puñado de salvajes. Ocupan miles de kilómetros cuadrados que debieran repartirse entre los colonos, así llegaría el progreso a este infierno —comentó el capitán.

—Todo a su tiempo, Ariosto. En ese territorio hay esmeraldas y diamantes. Antes que lleguen los colonos a cortar árboles y criar vacas, tú y yo seremos ricos. No quiero aventureros por estos lados todavía.

—Entonces no los habrá. Para eso está el ejército, amigo Carías, para hacer valer la ley. ¿No hay que proteger a los indios acaso? —dijo el capitán Ariosto y los dos se rieron de buena gana.

—Tengo todo planeado, una persona de mi confianza irá con la expedición.

—¿Quién?

—Por el momento prefiero no difundir su nombre. La Bestia es el pretexto para que el tonto de Leblanc y los periodistas vayan exactamente donde nosotros queremos y cubran la noticia. Ellos contactarán a los indios, es inevitable. No pueden internarse en el triángulo del Alto Orinoco a buscar a la Bestia sin toparse con los indios —apuntó el empresario.

—Tu plan me parece muy complicado. Tengo gente

muy discreta, podemos hacer el trabajo sin que nadie se entere —aseguró el capitán Ariosto, llevándose el vaso a los labios.

—¡No, hombre! ¿No te he explicado que debemos tener paciencia? —replicó Carías.

—Explícame de nuevo el plan —exigió Ariosto.

—No te preocupes, del plan me encargo yo. En menos de tres meses habremos desocupado la zona.

En ese instante Alex sintió algo sobre un pie y ahogó un grito: una serpiente se deslizaba sobre su piel desnuda. Nadia se llevó un dedo a los labios, indicándole que no se moviera. Carías y Ariosto se pusieron de pie, advertidos, y ambos sacaron simultáneamente sus armas. El capitán encendió su linterna y barrió los alrededores, pasando con el rayo de luz a pocos centímetros del sitio donde se ocultaban los chicos. Era tanto el terror de Alex, que de buena gana hubiera confrontado las pistolas con tal de sacudirse la serpiente, que ahora se le enrollaba en el tobillo, pero la mano de Nadia lo sujetaba por un brazo y comprendió que no podía arriesgar también la vida de ella.

—¿Quién anda allí? —murmuró el capitán, sin levantar la voz para no atraer a quienes dormían dentro del hotel.

Silencio.

—Vámonos, Ariosto —ordenó Carías.

El militar volvió a barrer el sitio con su linterna, luego ambos retrocedieron hasta las escaleras que iban a la calle, siempre con las armas en las manos. Pasaron uno o dos minutos antes que los muchachos sintieran que podían moverse sin llamar la atención. Para entonces la culebra envolvía la pantorrilla, su cabeza estaba a la altura de la rodilla y el sudor corría a raudales por el cuerpo del muchacho. Nadia se quitó la camiseta, se envolvió la mano derecha y con mucho cuidado cogió la serpiente cerca de la cabeza. De inmediato él sintió que el reptil lo apretaba más, agitando la cola furiosamente, pero la chica lo sostuvo con firmeza y luego lo fue separando sin brusquedad de la pierna de su nuevo amigo, hasta que lo tuvo colgando de su mano. Movió el brazo como un molinete, adquiriendo impulso, y luego lanzó la serpiente por encima de la baranda de la terraza, hacia la oscuridad. Enseguida volvió a ponerse la camiseta, con la mayor tranquilidad.

—¿Era venenosa? —preguntó el tembloroso muchacho apenas pudo sacar la voz.

—Sí, creo que era una *surucucú*, pero no era muy grande. Tenía la boca chica y no puede abrir demasiado las mandíbulas, sólo podría morderte un dedo, no la pierna —replicó Nadia. Luego procedió a traducirle la conversación de Carías y Ariosto.

—¿Cuál es el plan de esos malvados? ¿Qué podemos hacer? —preguntó Nadia.

—No lo sé. Lo único que se me ocurre es contárselo a mi abuela, pero no sé si me creería; dice que soy paranoico, que veo enemigos y peligros por todas partes —contestó el muchacho.

—Por el momento sólo podemos esperar y vigilar, Alex... —sugirió ella.

Los muchachos volvieron a sus hamacas. Alex se durmió al punto, extenuado, y despertó al amanecer con los aullidos ensordecedores de los monos. Su hambre era tan voraz que hubiera comido de buena gana los panqueques de su padre, pero no había nada para echarse a la boca y tuvo que esperar dos horas hasta que sus compañeros de viaje estuvieron listos para desayunar. Le ofrecieron café negro, cerveza tibia y las sobras frías del tapir de la noche anterior. Rechazó todo, asqueado. Nunca había visto un tapir, pero imaginaba que sería algo así como una rata grande; se llevaría una sorpresa pocos días más tarde al comprobar que se trataba de un animal de más de cien kilos, parecido a un cerdo, cuya carne era muy apreciada. Echó mano de un plátano, pero resultó amargo y le dejó la lengua áspera, después se enteró que los de esa clase debían ser cocinados. Nadia, quien había salido temprano a bañarse al río con otras chicas, regresó con una flor fresca en una oreja y la misma pluma verde en la otra, trayendo a Borobá abrazado al cuello y media piña en la mano. Alex había leído que la única fruta segura en los climas tropicales es la que uno mismo pela, pero decidió que el riesgo de contraer tifus era preferible a la desnutrición. Devoró la piña que ella le ofrecía, agradecido.

César Santos, el guía, apareció momentos después, tan bien lavado como su hija, invitando al resto de los sudorosos miembros de la expedición a darse un chapuzón en el río. Todos lo siguieron, menos el profesor Leblanc, quien mandó a Karakawe a buscar varios baldes de agua para bañarse en la terraza, porque la idea de nadar en compañía de una mantarraya no le atraía. Algunas eran del tamaño de una alfombra grande y sus poderosas colas no sólo cortaban como sierras, también inyectaban veneno. Alex consideró que, después de la experiencia con la serpiente de la noche anterior, no pensaba retroceder ante el riesgo de toparse con un pez, por mala fama que tuviera. Se tiró al agua de cabeza.

—Si te ataca una mantarraya, quiere decir que estas aguas no son para ti —fue el único comentario de su abuela, quien partió con las mujeres a bañarse a otro lado.

—Las mantarrayas son tímidas y viven en el lecho del río. Por lo general escapan cuando perciben movimiento en el agua, pero de todos modos conviene caminar arrastrando los pies, para no pisarlas —lo instruyó César Santos.

El baño resultó delicioso y lo dejó fresco y limpio.

7

EL JAGUAR NEGRO

Antes de partir, los miembros de la expedición fueron invitados al campamento de Mauro Carías. La doctora Omayra Torres se disculpó, dijo que debía enviar a los jóvenes mormones de vuelta a Manaos en un helicóptero del Ejército, porque habían empeorado. El campamento se componía de varios remolques, transportados mediante helicópteros y colocados en círculo en un claro del bosque, a un par de kilómetros de Santa María de la Lluvia. Sus instalaciones eran lujosas comparadas con las casuchas de techos de cinc de la aldea. Contaba con un generador de electricidad, antena de radio y paneles de energía solar.

Carías tenía recintos similares en varios puntos estratégicos del Amazonas para controlar sus múltiples negocios, desde la explotación de madera hasta las minas de oro, pero vivía lejos de allí. Decían que en Caracas, Río de Janeiro y Miami poseía mansiones dignas de un príncipe y en cada una mantenía a una esposa. Se desplazaba en su jet y su avioneta, también usaba los vehículos del Ejército, que algunos generales amigos suyos ponían a su disposición. En Santa María de la Lluvia no había un aeropuerto donde pudiera aterrizar su jet, de manera que utilizaba su avioneta bimotor, que comparada con el avioncito de César Santos, un decrépito pájaro de latas oxidadas, resultaba impresionante. A Kate Cold le llamó la atención que el campamento estuviera rodeado de alambres electrificados y custodiado por guardias.

—¿Qué puede tener este hombre aquí que requiera tanta vigilancia? —le comentó a su nieto.

Mauro Carías era de los pocos aventureros que se habían hecho ricos en el Amazonas. Miles y miles de *garimpeiros* se internaban a pie o en canoa por la selva y los ríos buscando minas de oro o yacimientos de diamantes, abriéndose paso a machetazos en la vegetación, comidos de hormigas, sanguijuelas y mosquitos. Muchos morían de malaria, otros a balazos, otros de hambre y soledad; sus cuerpos se pudrían en tumbas anónimas o se los comían los animales.

Decían que Carías había comenzado su fortuna con gallinas: las soltaba en la selva y después les abría el buche de un cuchillazo para cosechar las pepitas de oro que las infelices tragaban. Pero ése, como tantos otros chismes sobre el pasado de ese hombre, debía ser exagerado, porque en realidad el oro no estaba sembrado como maíz en el suelo del Amazonas. En todo caso, Carías nunca tuvo que arriesgar la salud como los míseros *garimpeiros,* porque tenía buenas conexiones y ojo para los negocios, sabía mandar y hacerse respetar; lo que no obtenía por las buenas, lo obtenía por la fuerza. Muchos murmuraban a sus espaldas que era un criminal, pero nadie se atrevía a decirlo en su cara; no se podía probar que tuviera sangre en las manos. De apariencia nada tenía de amenazador o sospechoso, era hombre simpático, apuesto, bronceado, con las manos cuidadas y los dientes blanquísimos, vestido con fina ropa deportiva. Hablaba con una voz melodiosa y miraba directo a los ojos, como si quisiera probar su franqueza en cada frase.

El empresario recibió a los miembros de la expedición del *International Geographic* en uno de los remolques acondicionado como salón, con todas las comodidades que no existían en el pueblo. Lo acompañaban dos mujeres jóvenes y atractivas, quienes servían los tragos y encendían los cigarros, pero no decían ni media palabra. Alex pensó que no hablaban inglés. Las comparó con Morgana, la chica que le robó la mochila en Nueva York, porque tenían la misma actitud insolente. Se sonrojó al pensar en Morgana y volvió a preguntarse cómo pudo ser tan inocente y dejarse engañar de esa manera. Ellas eran las únicas mujeres a la vista en el campamento, el resto eran hombres armados hasta los dientes. El anfitrión les ofreció un delicioso almuerzo de quesos, carnes frías, mariscos, frutas, helados y otros lujos traídos de Caracas. Por primera vez desde que salió de su país, el muchacho americano pudo comer a gusto.

—Parece que conoces muy bien esta región, Santos. ¿Cuánto hace que vives aquí? —preguntó Mauro Carías al guía.

—Toda la vida. No podría vivir en otra parte —replicó éste.

—Me han dicho que tu mujer se enfermó aquí. Lo lamento mucho... No me extraña, muy pocos extranjeros sobreviven en este aislamiento y este clima. ¿Y esta niña, no va a la escuela? —Y Carías estiró la mano para tocar a Nadia, pero Borobá le mostró los dientes.

—No tengo que ir a la escuela. Sé leer y escribir —dijo Nadia enfática.

—Con eso ya no necesitas más, bonita —sonrió Carías.

—Nadia también conoce la naturaleza, habla inglés, español, portugués y varias lenguas de los indios —añadió el padre.

—¿Qué es eso que llevas al cuello, bonita? —preguntó Carías con su entonación cariñosa.

—Soy Nadia —dijo ella.

—Muéstrame tu collar, Nadia —sonrió el empresario, luciendo su perfecta dentadura.

—Es mágico, no me lo puedo quitar.

—¿Quieres venderlo? Te lo compro —se burló Mauro Carías.

—¡No! —gritó ella apartándose.

César Santos interrumpió para disculpar los modales ariscos de su hija. Estaba extrañado de que ese hombre tan importante perdiera el tiempo embromando a una criatura. Antes nadie se fijaba en Nadia, pero en los últimos meses su hija empezaba a llamar la atención y eso no le gustaba nada. Mauro Carías comentó que si la chica había vivido siempre en el Amazonas, no estaba preparada para la sociedad. ¿Qué futuro la esperaba? Parecía muy lista y con una buena educación podría llegar lejos, dijo. Incluso se ofreció para llevársela con él a la ciudad, donde podría mandarla a la escuela y convertirla en una señorita, como era debido.

—No puedo separarme de mi hija, pero se lo agradezco de todos modos —replicó Santos.

—Piénsalo, hombre. Yo sería como su padrino... —agregó el empresario.

—También puedo hablar con los animales —lo interrumpió Nadia. Una carcajada general recibió las palabras de Nadia. Los únicos que no se rieron fueron su padre, Alex y Kate Cold.

—Si puedes hablar con los animales, tal vez puedas servirme de intérprete con una de mis mascotas. Vengan conmigo —los invitó el empresario con su suave entonación.

Siguieron a Mauro Carías hasta un patio formado por los remolques colocados en círculo, en cuyo centro había una improvisada jaula hecha con palos y alambrado de gallinero. Adentro se paseaba un gran felino con la actitud enloquecida de las fieras en cautiverio. Era un jaguar negro, uno de los más hermosos ejemplares que se había visto por esos lados, con la piel lustrosa y ojos hipnóticos color topacio. Ante su presencia, Borobá lanzó un chillido agudo, saltó del hombro de Nadia y escapó a toda velocidad, seguido por la niña, quien lo llamaba en vano. Alex se sorprendió, pues hasta entonces no había visto al mono separarse voluntariamente de su ama. Los fotógrafos de inmediato enfocaron sus lentes hacia la fiera y también Kate Cold sacó del bolso su pequeña cámara automática. El profesor Leblanc se mantuvo a prudente distancia.

—Los jaguares negros son los animales más temibles de Sudamérica. No retroceden ante nada, son valientes —dijo Carías.

—Si lo admira, ¿por qué no lo suelta? Este pobre gato estaría mejor muerto que prisionero —apuntó César Santos.

—¿Soltarlo? ¡De ninguna manera, hombre! Tengo un pequeño zoológico en mi casa de Río de Janeiro. Estoy esperando que llegue una jaula apropiada para enviarlo allá.

Alex se había aproximado como en trance, fascinado por la visión de ese enorme felino. Su abuela le gritó una advertencia que él no oyó y avanzó hasta tocar con ambas manos el alambrado que lo separaba del animal. El jaguar se detuvo, lanzó un formidable gruñido y luego fijó su mirada amarilla en Alex; estaba inmóvil, con los músculos tensos, la piel color azabache palpitante. El muchacho se quitó los lentes, que había usado desde los siete años, y los dejó caer al suelo. Se encontraban tan cerca, que pudo distinguir cada manchita dorada en las pupilas de la fiera, mientras los ojos de ambos se trababan en un silencioso diálogo. Todo desapareció: se encontró solo frente al animal en una vasta planicie de oro, rodeado de altísimas torres negras, bajo un cielo blanco donde flotaban seis lunas transparentes, como medusas. Vio que el felino abría las fauces, donde brillaban sus grandes dientes perlados, y con una voz humana, pero que parecía provenir del fondo de una caverna, pronunciaba su nombre: Alexander. Y él respondía con su propia voz, pero que también sonaba cavernosa: Jaguar. El animal y el muchacho repitieron tres veces esas palabras, Alexander, Jaguar, Alexander, Jaguar, Alexander, Jaguar, y entonces la arena de la planicie se volvió fosforescente, el cielo se tornó negro y las seis lunas empezaron a girar en sus órbitas y desplazarse como lentos cometas.

Entretanto Mauro Carías había impartido una orden y uno de sus empleados trajo un mono arrastrándolo de una cuerda. Al ver al jaguar el mono tuvo una reacción similar a la de Borobá, empezó a chillar y dar saltos y manotazos, pero no pudo soltarse. Carías lo cogió por el cuello y antes que nadie alcanzara a adivinar sus intenciones, abrió la jaula con un solo movimiento preciso y lanzó el aterrorizado animalito adentro.

Los fotógrafos, cogidos de sorpresa, debieron hacer un esfuerzo para recordar que tenían una cámara en las manos. Leblanc seguía fascinado por cada movimiento del infeliz simio, que trepaba por el alambrado buscando una salida, y de la fiera, que lo seguía con los ojos, agazapado, preparándose para el salto. Sin pensar lo que hacía, Alex se lanzó a la carrera, pisando y haciendo añicos sus lentes, que estaban todavía en el suelo. Se abalanzó hacia la puerta de la jaula dispuesto a rescatar a ambos animales, el mono de una muerte segura y el jaguar de su prisión. Al ver a su nieto abriendo la cerradura, Kate corrió también, pero antes que ella lo alcanzara dos de los empleados de Carías ya habían cogido al muchacho por los brazos y forcejeaban con él. Todo sucedió simultáneamente y tan rápido, que después Alex no pudo recordar la secuencia de los hechos. De un zarpazo el jaguar tumbó al mono y con un mordisco de sus temibles mandíbulas lo destrozó. La sangre salpicó en todas direcciones. En el mismo momento César Santos sacó su pistola del cinto y le disparó a la fiera un tiro preciso en la frente. Alex sintió el impacto como si la bala le hubiera dado a él entre los ojos y habría caído de espaldas si los guardias de Carías no lo hubieran tenido por los brazos prácticamente en vilo.

—¡Qué hiciste, desgraciado! —gritó el empresario, desenfundando también su arma y volviéndose hacia César Santos.

Sus guardias soltaron a Alex, quien perdió el equilibrio y cayó al suelo, para enfrentar al guía, pero no se atrevieron a ponerle las manos encima porque éste aún empuñaba la pistola humeante.

—Lo puse en libertad —replicó César Santos con pasmosa tranquilidad.

Mauro Carías hizo un esfuerzo por controlarse. Comprendió que no podía batirse a tiros con él delante de los periodistas y de Leblanc.

—¡Calma! —ordenó Mauro Carías a los guardias.

—¡Lo mató! ¡Lo mató! —repetía Leblanc, rojo de excitación. La muerte del mono y luego la del felino lo habían puesto frenético, actuaba como ebrio.

—No se preocupe, profesor Leblanc, puedo obtener cuantos animales quiera. Disculpen, me temo que éste fue un espectáculo poco apropiado para corazones blandos —dijo Carías.

Kate Cold ayudó a su nieto a ponerse en pie, luego tomó a César Santos por un brazo y lo condujo a la salida, sin dar tiempo a que la situación se pusiera más violenta. El guía se dejó llevar por la escritora y salieron, seguidos por Alex. Afuera encontraron a Nadia con el espantado Borobá enrollado en su cintura.

Alex intentó explicar a Nadia lo que había ocurrido entre el jaguar y él antes que Mauro Carías introdujera al mono en la jaula, pero todo se confundía en su mente. Había sido una experiencia tan real, que el muchacho podía jurar que por unos minutos estuvo en otro mundo, en un mundo de arenas radiantes y seis lunas girando en el firmamento, un mundo donde el jaguar y él se fundieron en una sola voz. Aunque le fallaban las palabras para contar a su amiga lo que había sentido, ella pareció comprenderlo sin necesidad de oír los detalles.

—El jaguar te reconoció, porque es tu animal totémico —dijo—. Todos tenemos el espíritu de un animal, que nos acompaña. Es como nuestra alma. No todos encuentran su animal, sólo los grandes guerreros y los chamanes, pero tú lo descubriste sin buscarlo. Tu nombre es Jaguar —dijo Nadia.

—¿Jaguar?

—Alexander es el nombre que te dieron tus padres. Jaguar es tu nombre verdadero, pero para usarlo debes tener la naturaleza del jaguar.

—¿Y cómo es su naturaleza? ¿Cruel y sanguinaria? —preguntó Alex, pensando en las fauces de la fiera destrozando al mono en la jaula de Carías.

—Los animales no son crueles, como la gente, sólo matan para defenderse o cuando tienen hambre.

—¿Tú también tienes un animal totémico, Nadia?

—Sí, pero no se me ha revelado todavía. Encontrar su animal es menos importante para una mujer, porque nosotras recibimos nuestra fuerza de la tierra. Nosotras *somos* la naturaleza —dijo ella.

—¿Cómo sabes todo esto? —preguntó Alex, quien ya dudaba menos de las palabras de su nueva amiga.

—Me lo enseñó Walimai.

—¿El chamán es tu amigo?

—Sí, Jaguar, pero no le he dicho a nadie que hablo con Walimai, ni siquiera a mi papá.

—¿Por qué?

—Porque Walimai prefiere la soledad. La única compañía que soporta es la del espíritu de su esposa. Sólo a veces se aparece en algún *shabono* para curar una enfermedad o participar en una ceremonia de los muertos, pero nunca se aparece ante los *nahab*.

—¿*Nahab*?

—Forasteros.

—Tú eres forastera, Nadia.

—Dice Walimai que yo no pertenezco a ninguna parte, que no soy ni india ni extranjera, ni mujer ni espíritu.

—¿Qué eres entonces? —preguntó Jaguar.

—Yo soy, no más —replicó ella.

César Santos explicó a los miembros de la expedición que remontarían el río en lanchas de motor, internándose en las tierras indígenas hasta el pie de las cataratas del Alto Orinoco. Allí armarían el campamento y, de ser posible, despejarían una franja de bosque para improvisar una pequeña cancha de aterrizaje. Él volvería a Santa María de la Lluvia para buscar su avioneta, que serviría de rápido enlace con la aldea. Dijo que para entonces el nuevo motor habría llegado y simplemente sería cuestión de instalarlo. Con el avioncito podrían ir a la inexpugnable zona de las montañas, donde según testimonio de algunos indios y aventureros, podría tener su guarida la mitológica Bestia.

—¿Cómo sube y baja una criatura gigantesca por ese terreno que supuestamente nosotros no podemos escalar? —preguntó Kate Cold.

—Lo averiguaremos —replicó César Santos.

—¿Cómo se movilizan los indios por allí sin una avioneta? —insistió ella.

—Conocen el terreno. Los indios pueden trepar una altísima palmera con el tronco erizado de espinas. También pueden escalar las paredes de roca de las cataratas, que son lisas como espejos —dijo el guía.

Pasaron buena parte de la mañana cargando los botes.

El profesor Leblanc llevaba más bultos que los fotógrafos, incluyendo una provisión de cajones de agua embotellada, que usaba hasta para afeitarse, porque temía las aguas infectadas de mercurio. Fue inútil que César Santos le repitiera que acamparían aguas arriba, lejos de las minas de oro. Por sugerencia del guía, Leblanc había empleado como su asistente personal a Karakawe, el indio que la noche anterior lo abanicaba, para que lo atendiera durante el resto de la travesía. Explicó que sufría de la espalda y no podía cargar ni el menor peso.

Desde el comienzo de esa aventura, Alexander tuvo la responsabilidad de cuidar las cosas de su abuela. Ése era un aspecto de su trabajo, por el cual ella le daba una remuneración mínima, que sería pagada al regreso, siempre que cumpliera bien. Cada día Kate Cold anotaba en su cuaderno las horas trabajadas por su nieto y lo hacía firmar la página, así llevaban la cuenta. En un momento de sinceridad, él le había contado cómo rompió todo en su pieza antes de empezar el viaje. A ella no le pareció grave, porque era de la opinión que se necesita muy poco en este mundo, pero le ofreció un sueldo por si pensaba reponer los destrozos. La abuela viajaba con tres mudas de ropa de algodón, vodka, tabaco, champú, jabón, repelente de insectos, mosquitero, manta, papel y una caja de lápices, todo dentro de una bolsa de lona. También llevaba una cámara automática, de las más ordinarias, que había provocado desdeñosas carcajadas en los fotógrafos profesionales Timothy Bruce y Joel González. Kate los dejó que se rieran sin hacer comentarios. Alex llevaba aún menos ropa que su abuela, más un mapa y un par de libros. Del cinturón se había colgado su cortaplumas del Ejército suizo, su flauta y una brújula. Al ver el instrumento, César Santos le explicó que de nada le serviría en la selva, donde no se podía avanzar en línea recta.

—Olvídate de la brújula, muchacho. Lo mejor es que me sigas sin perderme nunca de vista —le aconsejó.

Pero a Alex le gustaba la idea de poder ubicar el norte dondequiera que se encontrara. Su reloj, en cambio, de nada servía, porque el tiempo del Amazonas no era como el del resto del planeta, no se medía en horas, sino en amaneceres, mareas, estaciones, lluvias.

Los cinco soldados facilitados por el capitán Ariosto, y Matuwe, el guía indio empleado por César Santos, iban bien armados. Matuwe y Karakawe habían adoptado esos nombres para entenderse con los forasteros; sólo sus familiares y amigos íntimos podían llamarlos por sus nombres verdaderos. Ambos habían dejado sus tribus muy jóvenes, para educarse en las escuelas de los misioneros, donde fueron cristianizados, pero se mantenían en contacto con los indios. Nadie podía ubicarse en la región mejor que Matuwe, quien jamás había recurrido a un mapa para saber dónde estaba. Karakawe era considerado «hombre de ciudad», porque viajaba a menudo a Manaos y Caracas y porque tenía, como tanta gente de la ciudad, un temperamento desconfiado.

César Santos llevaba lo indispensable para montar el campamento: carpas, comida, utensilios de cocina, luces y radio de pilas, herramientas, redes para fabricar trampas, machetes, cuchillos y algunas chucherías de vidrio y plástico para intercambiar regalos con los indios. A última hora apareció su hija con su monito negro colgado de una cadera, el amuleto de Walimai al cuello y sin más equipaje que un chaleco de algodón atado al cuello, anunciando que estaba lista para embarcarse. Le había advertido a su padre que no pensaba quedarse en Santa María de la Lluvia con las monjas del hospital, como otras veces, porque Mauro Carías andaba por allí y no le gustaba la forma en que la miraba y trataba de tocarla. Tenía miedo del hombre que «llevaba el corazón en una bolsa». El profesor Leblanc montó en cólera. Antes había objetado severamente la presencia del nieto de Kate Cold, pero como era imposible mandarlo de vuelta a los Estados Unidos debió tolerarlo; ahora, sin embargo, no estaba dispuesto a permitir por ningún motivo que la hija del guía viniera también.

—Esto no es un jardín de infancia, es una expedición científica de alto riesgo, los ojos del mundo están puestos en Ludovic Leblanc —alegó, furioso.

Como nadie le hizo caso, se negó a embarcarse. Sin él no podían partir; sólo el inmenso prestigio de su nombre servía de garantía ante el *International Geographic*, dijo. César Santos procuró convencerlo de que su hija siempre andaba con él y que no molestaría para nada, todo lo contrario, podía ser de gran ayuda porque hablaba varios dialectos de los indios. Leblanc se mantuvo inflexible. Media hora más tarde el calor subía de los cuarenta grados, la humedad goteaba de todas las superficies y los ánimos de los expedicionarios estaban tan caldeados como el clima. Entonces intervino Kate Cold.

—A mí también me duele la espalda, profesor. Necesito una asistente personal. He empleado a Nadia Santos para que cargue mis cuadernos y me abanique con una hoja de banano —dijo.

Todos soltaron una carcajada. La chica subió dignamente al bote y se sentó junto a la escritora. El mono se instaló en su falda y desde allí sacaba la lengua y hacía morisquetas al profesor Leblanc, quien se había embarcado también, rojo de indignación.

8

LA EXPEDICIÓN

Nuevamente el grupo se encontró navegando río arriba. Esta vez iban trece adultos y dos niños en un par de lanchones de motor, ambos pertenecientes a Mauro Carías, quien los había puesto a disposición de Leblanc.

Alex esperó la oportunidad para contarle en privado a su abuela el extraño diálogo entre Mauro Carías y el capitán Ariosto, que Nadia le había traducido. Kate escuchó con atención y no dio muestras de incredulidad, como su nieto había temido; por el contrario, pareció muy interesada.

—No me gusta Carías. ¿Cuál será su plan para exterminar a los indios? —preguntó.

—No lo sé.

—Lo único que podemos hacer por el momento es esperar y vigilar —decidió la escritora.

—Lo mismo dijo Nadia.

—Esa niña debiera ser nieta mía, Alexander.

El viaje por el río era similar al que habían hecho antes desde Manaos hasta Santa María de la Lluvia, aunque el paisaje había cambiado. Para entonces el muchacho había decidido hacer como Nadia y en vez de luchar contra los mosquitos empapándose en insecticida, dejaba que lo atacaran, venciendo la tentación de rascarse. También se quitó las botas cuando comprobó que estaban siempre mojadas y que las sanguijuelas lo picaban igual que si no las tuviera. La primera vez no se dio cuenta hasta que su abuela le señaló los pies: tenía los calcetines ensangrentados. Se los quitó y vio a los asquerosos bichos prendidos de su piel, hinchados de sangre.

—No duele porque inyectan un anestésico antes de chupar la sangre —explicó César Santos.

Luego le enseñó a soltar las sanguijuelas quemándolas con un cigarrillo, para evitar que los dientes quedaran prendidos en la piel, con riesgo de provocar una infección. Ese método resultaba algo complicado para Alex, porque no fumaba, pero un poco del tabaco caliente de la pipa de su abuela tuvo el mismo efecto. Era más fácil quitárselas de encima que vivir preocupado por evitarlas.

Desde el comienzo Alex tuvo la impresión de que había una palpable tensión entre los adultos de la expedición: nadie confiaba en nadie. Tampoco podía sacudirse la sensación de ser espiado, de que había miles de ojos observando cada movimiento de las lanchas. A cada rato miraba por encima de su hombro, pero nadie los seguía por el río.

Los cinco soldados eran *caboclos* nacidos en la región; Matuwe, el guía empleado por César Santos, era indígena y les serviría de intérprete con las tribus. El otro indio puro era Karakawe, el asistente de Leblanc. Según la doctora Omayra Torres, Karakawe no se comportaba como otros indios y posiblemente nunca podría volver a vivir con su tribu.

Entre los indios todo se compartía y las únicas posesiones eran las pocas armas o primitivas herramientas que cada uno pudiera llevar consigo. Cada tribu tenía un *shabono*, una gran choza común en forma circular, techada con paja y abierta hacia un patio interior. Vivían todos juntos, compartiendo desde la comida hasta la crianza de los niños. Sin embargo, el contacto con los extranjeros estaba acabando con las tribus: no sólo les contagiaban enfermedades del cuerpo, también otras del alma. Apenas los indios probaban un machete, un cuchillo o cualquier otro artefacto metálico, sus vidas cambiaban para siempre. Con un solo machete podían multiplicar por mil la producción en los pequeños jardines, donde cultivaban mandioca y maíz. Con un cuchillo cualquier guerrero se sentía como un dios. Los indios sufrían la misma obsesión por el acero que los forasteros sentían por el oro. Karakawe había superado la etapa del machete y estaba en la de las armas de fuego: no se desprendía de su anticuada pistola. Alguien como él, que pensaba más en sí mismo que en la comunidad, no tenía lugar en la tribu. El individualismo se consideraba una forma de demencia, como ser poseído por un demonio.

Karakawe era un hombre hosco y lacónico, sólo contestaba con una o dos palabras cuando alguien le hacía una pregunta ineludible; no se llevaba bien con los extranjeros, con los *caboclos* ni con los indios. Servía a Ludovic Leblanc de mala gana y en sus ojos brillaba el odio cuando debía dirigirse al antropólogo. No comía con los demás, no bebía una gota de alcohol y se separaba del grupo cuando acampaban por la noche. Nadia y Alex lo sorprendieron una vez escarbando el equipaje de la doctora Omayra Torres.

—Tarántula —dijo a modo de explicación.

Alexander y Nadia se propusieron vigilarlo.

A medida que avanzaban, la navegación se hacía cada vez más dificultosa porque el río solía angostarse, precipitándose en rápidos que amenazaban volcar los lanchones. En otras partes el agua parecía estancada y flotaban cadáveres de animales, troncos podridos y ramas que impedían avanzar. Debían apagar los motores y seguir a remo, usando pértigas de bambú para apartar los escombros. Varias veces resultaron ser grandes caimanes, que vistos desde arriba se confundían con troncos. César Santos explicó que cuando el agua estaba baja aparecían los jaguares y cuando estaba alta llegaban las serpientes. Vieron un par de gigantescas tortugas y una anguila de metro y medio de largo que, según César Santos, atacaba con una fuerte descarga eléctrica. La vegetación era densa y desprendía un olor a materia orgánica en descomposición, pero a veces al anochecer abrían unas grandes flores enredadas en los árboles y entonces el aire se llenaba de un aroma dulce a vainilla y miel. Blancas garzas los observaban inmóviles desde el pasto alto que crecía a orillas del río y por todos lados había mariposas de brillantes colores.

César Santos solía detener los botes ante árboles cuyas ramas se inclinaban sobre el agua y bastaba estirar la mano para coger sus frutos. Alex nunca los había visto y no quiso probarlos, pero los demás los saboreaban con placer. En una oportunidad el guía desvió la embarcación para cosechar una planta que, según dijo, era un estupendo cicatrizante. La doctora Omayra Torres estuvo de acuerdo y recomendó al muchacho americano que frotara la cicatriz de su mano con el jugo de la planta, aunque en realidad no era necesario, porque había sanado bien. Apenas le quedaba una línea roja, que en nada le molestaba.

Kate Cold contó que muchos hombres buscaron en esa región la ciudad mítica de El Dorado, donde según la leyenda las calles estaban pavimentadas de oro y los niños jugaban con piedras preciosas. Muchos aventureros se internaron en la selva y remontaron el Amazonas y el río Orinoco, sin alcanzar el corazón de ese territorio encantado, donde el mundo permanecía inocente, como en el despertar de la vida humana en el planeta. Murieron o retrocedieron, derrotados por los indios, los mosquitos, las fieras, las enfermedades tropicales, el clima y las dificultades del terreno.

Se encontraban ya en territorio venezolano, pero allí las

fronteras nada significaban, todo era el mismo paraíso prehistórico. A diferencia del río Negro, las aguas de esos ríos eran solitarias. No se cruzaron con otras embarcaciones, no vieron canoas, ni casas en pilotes, ni un solo ser humano. En cambio la flora y la fauna eran maravillosas, los fotógrafos estaban de fiesta, nunca habían tenido al alcance de sus lentes tantas especies de árboles, plantas, flores, insectos, aves y animales. Vieron loros verdes y rojos, elegantes flamencos, tucanes con el pico tan grande y pesado, que apenas podían sostenerlo en sus frágiles cráneos, centenares de canarios y cotorras. Muchos de esos pájaros estaban amenazados con desaparecer, porque los traficantes los cazaban sin piedad para venderlos de contrabando en otros países. Los monos de diferentes clases, casi humanos en sus expresiones y en sus juegos, parecían saludarlos desde los árboles. Había venados, osos hormigueros, ardillas y otros pequeños mamíferos. Varios espléndidos papagayos —o guacamayas, como las llamaban también— los siguieron durante largos trechos. Esas grandes aves multicolores volaban con increíble gracia sobre las lanchas, como si tuvieran curiosidad por las extrañas criaturas que viajaban en ellas. Leblanc les disparó con su pistola, pero César Santos alcanzó a darle un golpe seco en el brazo, desviando el tiro. El balazo asustó a los monos y otros pájaros, el cielo se llenó de alas, pero poco después los papagayos regresaron, impasibles.

—No se comen, profesor, la carne es amarga. No hay razón para matarlos —reprochó César Santos al antropólogo.

—Me gustan las plumas —dijo Leblanc, molesto por la interferencia del guía.

—Cómprelas en Manaos —dijo secamente César Santos.

—Las guacamayas se pueden domesticar. Mi madre tiene una en nuestra casa de Boa Vista. La acompaña a todas partes, volando siempre a dos metros por encima de su cabeza. Cuando mi madre va al mercado, la guacamaya sigue al bus hasta que ella se baja, la espera en un árbol mientras compra y luego vuelve con ella, como un perrito faldero —contó la doctora Omayra Torres.

Alex comprobó una vez más que la música de su flauta alborotaba a los monos y a los pájaros. Borobá parecía particularmente atraído por la flauta. Cuando él tocaba, el monito se quedaba inmóvil escuchando, con una expresión solemne y curiosa; a veces le saltaba encima y tironeaba del instrumento, pidiendo música. Alex lo complacía, encantado de contar por fin con una audiencia interesada, después de haber peleado por años con sus hermanas para que lo dejaran practicar la flauta en paz. Los miembros de la expedición se sentían confortados por la música, que los acompañaba a medida que el paisaje se volvía más hostil y misterioso. El muchacho tocaba sin esfuerzo, las notas fluían solas, como si ese delicado instrumento tuviera memoria y recordara la impecable maestría de su dueño anterior, el célebre Joseph Cold.

La sensación de que eran seguidos se había apoderado de todos. Sin decirlo, porque lo que no se nombra es como si no existiera, vigilaban la naturaleza. El profesor Leblanc pasaba el día con sus binoculares en la mano examinando las orillas del río; la tensión lo había vuelto aún más desagradable. Los únicos que no se habían contagiado por el nerviosismo colectivo eran Kate Cold y el inglés Timothy Bruce. Ambos habían trabajado juntos en muchas ocasiones, habían recorrido medio mundo para sus artículos de viaje, habían estado en varias guerras y revoluciones, trepado montañas y descendido al fondo del mar, de modo que muy pocas cosas les quitaban el sueño. Además les gustaba alardear de indiferencia.

—¿No te parece que nos están vigilando, Kate? —le preguntó su nieto.

—Sí.

—¿No te da miedo?

—Hay varias maneras de superar el miedo, Alexander. Ninguna funciona —replicó ella.

Apenas había pronunciado estas palabras cuando uno de los soldados que viajaba en su embarcación cayó sin un grito a sus pies. Kate Cold se inclinó sobre él, sin comprender al principio qué había sucedido, hasta que vio una especie de espina larga clavada en el pecho del hombre. Comprobó que había muerto instantáneamente: la espina había pasado limpiamente entre las costillas y le había atravesado el corazón. Alex y Kate alertaron a los demás tripulantes, que no se habían dado cuenta de lo ocurrido, tan silencioso había sido el ataque. Un instante después media docena de armas de fuego se descargaron contra la espesura. Cuando se disipó el fragor, la pólvora y la estampida de los pájaros que cubrieron el cielo, vieron que nada más se había movido en la selva. Quienes lanzaron el dardo mortal se mantuvieron agazapados, inmóviles y silenciosos. De un tirón César Santos lo arrancó del cadáver y vieron que medía aproximadamente un pie de largo y era tan firme y flexible como el acero.

El guía dio orden de continuar a toda marcha, porque en esa parte el río era angosto y las embarcaciones eran blanco fácil de las flechas de los atacantes. No se detuvieron hasta dos horas más tarde, cuando consideró que estaban a salvo. Recién entonces pudieron examinar el dardo, decorado con extrañas marcas de pintura roja y negra, que nadie pudo descifrar. Karakawe y Matuwe aseguraron que nunca las habían visto, no pertenecían a sus tribus ni a ninguna otra conocida, pero aseguraron que todos los indios de la región usaban cerbatanas. La doctora Omayra Torres explicó que si el dardo no hubiera dado en el corazón con tal espectacular precisión, de todos modos habría matado al hombre en pocos minutos, aunque en forma más dolorosa, porque la punta estaba impregnada en *curare*, un veneno mortal, empleado por los indios para cazar y para la guerra, contra el cual no se conocía antídoto.

—¡Esto es inadmisible! ¡Esa flecha podría haberme dado a mí! —protestó Leblanc.

—Cierto —admitió César Santos.

—¡Esto es culpa suya! —agregó el profesor.

—¿Culpa mía? —repitió César Santos, confundido por el giro inusitado que tomaba el asunto.

—¡Usted es el guía! ¡Es responsable por nuestra seguridad, para eso le pagamos!

—No estamos exactamente en un viaje de turismo, profesor —replicó César Santos.

—Daremos media vuelta y regresaremos de inmediato. ¿Se da cuenta de la pérdida que sería para el mundo científico si algo le sucediera a Ludovic Leblanc? —exclamó el profesor.

Asombrados, los miembros de la expedición guardaron silencio. Nadie supo qué decir, hasta que intervino Kate Cold.

—Me contrataron para escribir un artículo sobre la Bestia y pienso hacerlo, con flechas envenenadas o sin ellas, profesor. Si desea regresar, puede hacerlo a pie o nadando, como prefiera. Nosotros continuaremos de acuerdo a lo planeado —dijo.

—¡Vieja insolente, cómo se atreve a...! —empezó a chillar el profesor.

—No me falte el respeto, hombrecito —lo interrumpió calmadamente la escritora, cogiéndolo con firmeza por la camisa y paralizándolo con la expresión de sus temibles pupilas azules.

Alex pensó que el antropólogo le plantaría una bofetada a su abuela y avanzó dispuesto a interceptarla, pero no fue necesario. La mirada de Kate Cold tuvo el poder de calmar los ánimos del irritable Leblanc como por obra de magia.

—¿Qué haremos con el cuerpo de este pobre hombre? —preguntó la doctora, señalando el cadáver.

—No podemos llevarlo, en este clima, Omayra, ya sabes que la descomposición es muy rápida. Supongo que debemos lanzarlo al río... —sugirió César Santos.

—Su espíritu se enojaría y nos perseguiría para matarnos —intervino Matuwe, el guía indio, aterrado.

—Entonces haremos como los indios cuando deben postergar una cremación; lo dejaremos expuesto para que los pájaros y los animales aprovechen sus restos —decidió César Santos.

—¿No habrá ceremonia, como debe ser? —insistió Matuwe.

—No tenemos tiempo. Un funeral apropiado demoraría varios días. Además este hombre era cristiano —explicó César Santos.

Finalmente acordaron envolverlo en una lona y colocarlo sobre una pequeña plataforma de cortezas que instalaron en la copa de un árbol. Kate Cold, quien no era una mujer religiosa, pero tenía buena memoria y recordaba las oraciones de su infancia, improvisó un breve rito cristiano. Timothy Bruce y Joel González filmaron y fotografiaron el cuerpo y el funeral, como prueba de lo ocurrido. César Santos talló cruces en los árboles de la orilla y marcó el sitio lo mejor que pudo en el mapa para reconocerlo cuando volvieran más tarde a buscar los huesos, que serían entregados a la familia del difunto en Santa María de la Lluvia.

A partir de ese momento el viaje fue de mal en peor. La vegetación se hizo más densa y la luz del sol sólo los alcanzaba cuando navegaban por el centro del río. Iban tan apretados e incómodos, que no podían dormir en las embarcaciones; a pesar del peligro que representaban los indios y los animales salvajes, era necesario acampar en la orilla. César Santos repartía los alimentos, organizaba las partidas de caza y pesca, y distribuía los turnos entre los hombres para montar guardia por la noche. Excluyó al profesor Leblanc, porque era evidente que al menor ruido le fallaban los nervios. Kate Cold y la doctora Omayra Torres exigieron participar en la vigilancia, les pareció un insulto que las eximieran por ser mujeres. Entonces los dos chicos insistieron en ser aceptados también, en parte porque deseaban espiar a Karakawe. Lo habían visto echarse puñados de balas en los bolsillos y rondar el equipo de radio, con el cual de vez en cuando César Santos lograba comunicarse con gran dificultad para indicar su posición en el mapa al operador de Santa María de la Lluvia. La cúpula vegetal de la selva actuaba como un paraguas, impidiendo el paso de las ondas de radio.

—¿Qué será peor, los indios o la Bestia? —preguntó Alex en broma a Ludovic Leblanc.

—Los indios, joven. Son caníbales, no sólo se comen a sus enemigos, también a los muertos de su propia tribu —replicó enfático el profesor.

—¿Cierto? Nunca había oído eso —anotó irónica la doctora Omayra Torres.

—Lea mi libro, señorita.

—Doctora —lo corrigió ella por milésima vez.

—Estos indios matan para conseguir mujeres —aseguró Leblanc.

—Tal vez por eso mataría usted, profesor, pero no los indios, porque no les faltan mujeres, más bien les sobran —replicó la doctora.

—Lo he comprobado con mis propios ojos: asaltan otros *shabonos* para robar a las muchachas.

—Que yo sepa, no pueden obligar a las muchachas a quedarse con ellos contra su voluntad. Si quieren, ellas se van. Cuando hay guerra entre dos *shabonos* es porque uno ha empleado magia para hacer daño al otro, por venganza, o a veces son guerras ceremoniales en las cuales se dan garrotazos, pero sin intención de matar a nadie —interrumpió César Santos.

—Se equivoca, Santos. Vea el documental de Ludovic Leblanc y entenderá mi teoría —aseguró Leblanc.

—Entiendo que usted repartió machetes y cuchillos en un *shabono* y prometió a los indios que les daría más regalos si actuaban para las cámaras de acuerdo a sus instrucciones... —sugirió el guía.

—¡Ésa es una calumnia! Según mi teoría...

—También otros antropólogos y periodistas han venido al Amazonas con sus propias ideas sobre los indios. Hubo uno que filmó un documental en que los muchachos andaban vestidos de mujer, se maquillaban y usaban desodorante —añadió César Santos.

—¡Ah! Ese colega siempre tuvo ideas algo raras... —admitió el profesor.

El guía enseñó a Alex y Nadia a cargar y usar las pistolas. La chica no demostró gran habilidad ni interés; parecía incapaz de dar en el blanco a tres pasos de distancia, Alex, en cambio, estaba fascinado. El peso de la pistola en la mano le daba una sensación de invencible poder; por primera vez comprendía la obsesión de tanta gente por las armas.

—Mis padres no toleran las armas de fuego. Si me vieran con esto, creo que se desmayarían —comentó.

—No te verán —aseguró su abuela, mientras le tomaba una fotografía.

Alex se agachó e hizo ademán de disparar, como hacía cuando jugaba de niño.

—La técnica segura para errar el tiro es apuntar y disparar apurado —dijo Kate Cold—. Si nos atacan, eso es exactamente lo que harás, Alexander, pero no te preocupes, porque nadie estará mirándote. Lo más probable es que para entonces ya estemos todos muertos.

—No confías en que yo pueda defenderte, ¿verdad?

—No. Pero prefiero morir asesinada por los indios en el Amazonas, que de vejez en Nueva York —replicó su abuela.

—¡Eres única, Kate! —sonrió el chico.

—Todos somos únicos, Alexander —lo cortó ella.

Al tercer día de navegación vislumbraron una familia de venados en un pequeño claro de la orilla. Los animales, acostumbrados a la seguridad del bosque, no parecieron perturbados por la presencia de los botes. César Santos ordenó detenerse y mató a uno con su rifle, mientras los demás huían despavoridos. Esa noche los expedicionarios cenarían muy bien, la carne de venado era muy apreciada, a pesar de su textura fibrosa, y sería una fiesta después de tantos días con la misma dieta de pescado. Matuwe llevaba un veneno que los indios de su tribu echaban en el río. Cuando el veneno caía al agua, los peces se paralizaban y era posible ensartarlos fácilmente con una lanza o una flecha atada a una liana. El veneno no dejaba rastro en la carne del pescado ni en el agua, el resto de los peces se recuperaba a los pocos instantes.

Se encontraban en un lugar apacible donde el río formaba una pequeña laguna, perfecto para detenerse por un par de horas a comer y reponer las fuerzas. César Santos les advirtió que tuvieran cuidado porque el agua era turbia y habían visto caimanes unas horas antes, pero todos estaban acalorados y sedientos. Con las pértigas los guardias movieron el agua y como no vieron huellas de caimanes, todos decidieron bañarse, menos el profesor Ludovic Leblanc, quien no se metía al río por ningún motivo. Borobá, el mono, era enemigo del baño, pero Nadia lo obligaba a remojarse de vez en cuando para quitarle las pulgas. Montado en la cabeza de su ama, el animalito lanzaba exclamaciones del más puro espanto cada vez que lo salpicaba una gota. Los miembros de la expedición chapotearon por un rato, mientras César Santos y dos de sus hombres destazaban el venado y encendían fuego para asarlo.

Alex vio a su abuela quitarse los pantalones y la camisa para nadar en ropa interior, sin muestra de pudor, a pesar de que al mojarse aparecía casi desnuda. Trató de no mirarla, pero pronto comprendió que allí, en medio de la naturaleza y tan lejos del mundo conocido, la vergüenza por el cuerpo no tenía cabida. Se había criado en estrecho contacto con su madre y sus hermanas y en la escuela se había acostumbrado a la compañía del sexo opuesto, pero en los últimos tiempos todo lo femenino le atraía como un misterio remoto y prohibido. Conocía la causa: sus hormonas, que andaban muy alborotadas y no lo dejaban pensar en paz. La adolescencia era un lío, lo peor de lo peor, decidió. Deberían inventar un aparato con rayos láser, donde uno se metiera por un minuto y, ¡paf!, saliera convertido en adulto. Llevaba un huracán por dentro, a veces andaba eufórico, rey del mundo, dispuesto a luchar a brazo partido con un león; otras era simplemente un renacuajo. Desde que empezó ese viaje, sin embargo, no se había acordado de las hormonas, tampoco le había alcanzado el tiempo para preguntarse si valía la pena seguir viviendo, una duda que antes lo asaltaba por lo menos una vez al día. Ahora comparaba el cuerpo de su abuela —enjuto, lleno de nudos, la piel cuarteada— con las suaves curvas doradas de la doctora Omayra Torres, quien usaba un discreto traje de baño negro, y con la gracia todavía infantil de Nadia. Consideró cómo cambia el cuerpo en las diferentes edades y decidió que las tres mujeres, a su manera, eran igualmente hermosas. Se sonrojó ante esa idea. Jamás hubiera pensado dos semanas antes que podía considerar atractiva a su propia abuela. ¿Estarían las hormonas cocinándole el cerebro?

Un alarido escalofriante sacó a Alex de tan importantes

cavilaciones. El grito provenía de Joel González, uno de los fotógrafos, quien se debatía desesperadamente en el lodo de la orilla. Al principio nadie supo lo que sucedía, sólo vieron los brazos del hombre agitándose en el aire y la cabeza que se hundía y volvía a emerger. Alex, quien participaba en el equipo de natación de su colegio, fue el primero en alcanzarlo de dos o tres brazadas. Al acercarse vio con absoluto horror que una serpiente gruesa como una hinchada manguera de bombero envolvía el cuerpo del fotógrafo. Alex cogió a González por un brazo y trató de arrastrarlo hacia tierra firme, pero el peso del hombre y el reptil era demasiado para él. Con ambas manos intentó separar al animal, tirando con todas sus fuerzas, pero los anillos del reptil apretaron más a su víctima. Recordó la escalofriante experiencia de la *surucucú* que unas noches antes se le había enrollado en una pierna. Esto era mil veces peor. El fotógrafo ya no se debatía ni gritaba, estaba inconsciente.

—¡Papá, papá! ¡Una anaconda! —llamó Nadia, sumándose a los gritos de Alex.

Para entonces Kate Cold, Timothy Bruce y dos de los soldados se habían aproximado y entre todos luchaban con la poderosa culebra para desprenderla del cuerpo del infeliz González. El alboroto movió el barro del fondo de la laguna, tornando el agua oscura y espesa como chocolate. En la confusión no se veía lo que pasaba, cada uno halaba y gritaba instrucciones sin resultado alguno. El esfuerzo parecía inútil hasta que llegó César Santos con el cuchillo con que estaba destazando el venado. El guía no se atrevió a usarlo a ciegas por temor a herir a Joel González o a cualquiera de los otros que forcejeaban con el reptil; debió esperar el momento en que la cabeza de la anaconda surgió brevemente del lodo para decapitarla de un tajo certero. El agua se llenó de sangre, volviéndose color de óxido. Necesitaron cinco minutos más para liberar al fotógrafo, porque los anillos constrictores seguían oprimiéndolo por reflejo.

Arrastraron a Joel González hasta la orilla, donde quedó tendido como muerto. El profesor Leblanc se había puesto tan nervioso, que desde un lugar seguro disparaba tiros al aire, contribuyendo a la confusión y el trastorno general, hasta que Kate Cold le quitó la pistola y lo conminó a callarse. Mientras los demás habían estado luchando en el agua con la anaconda, la doctora Omayra Torres había trepado de vuelta a la lancha a buscar su maletín y ahora se encontraba de rodillas junto al hombre inconsciente con una jeringa en la mano. Actuaba en silencio y con calma, como si el ataque de una anaconda fuera un acontecimiento perfectamente normal en su vida. Inyectó adrenalina a González y una vez que estuvo segura de que respiraba, procedió a examinarlo.

—Tiene varias costillas rotas y está choqueado —dijo—. Esperemos que no tenga los pulmones agujereados por un hueso o el cuello fracturado. Hay que inmovilizarlo.

—¿Cómo lo haremos? —preguntó César Santos.

—Los indios usan cortezas de árbol, barro y lianas —dijo Nadia, todavía temblando por lo que acababa de presenciar.

—Muy bien, Nadia —aprobó la doctora.

El guía impartió las instrucciones necesarias y muy pronto la doctora, ayudada por Kate y Nadia, había envuelto al herido desde las caderas hasta el cuello en trapos empapados en barro fresco, encima había puesto lonjas largas de corteza y luego lo había amarrado. Al secarse el barro, ese paquete primitivo tendría el mismo efecto de un moderno corsé ortopédico. Joel González, atontado y adolorido, no sospechaba aún lo ocurrido, pero había recuperado el conocimiento y podía articular algunas palabras.

—Debemos conducir a Joel de inmediato a Santa María de la Lluvia. Allí podrán llevarlo en el avión de Mauro Carías a un hospital —determinó la doctora.

—¡Éste es un terrible inconveniente! Tenemos solamente dos botes. No podemos mandar uno de vuelta —replicó el profesor Leblanc.

—¿Cómo? ¿Ayer usted quería disponer de un bote para escapar y ahora no quiere enviar uno con mi amigo mal herido? —preguntó Timothy Bruce haciendo un esfuerzo por mantener la calma.

—Sin atención adecuada, Joel puede morir —explicó la doctora.

—No exagere, mi buena mujer. Este hombre no está grave, sólo asustado. Con un poco de descanso se repondrá en un par de días —dijo Leblanc.

—Muy considerado de su parte, profesor —masculló Timothy Bruce, cerrando los puños.

—¡Basta, señores! Mañana tomaremos una decisión. Ya es demasiado tarde para navegar, pronto oscurecerá. Debemos acampar aquí —determinó César Santos.

La doctora Omayra Torres ordenó que hicieran una fogata cerca del herido para mantenerlo seco y caliente durante la noche, que siempre era fría. Para ayudarlo a soportar el dolor le dio morfina y para prevenir infecciones comenzó a administrarle antibióticos. Mezcló unas cucharadas de agua y un poco de sal en una botella de agua y dio instrucciones a Timothy Bruce de administrar el líquido a cucharaditas a su amigo, para evitar que se deshidratara, puesto que resultaba evidente que no podría tragar alimento sólido en los próximos días. El fotógrafo inglés, quien rara vez cambiaba su expresión de caballo abúlico, estaba francamente preocupado y obedeció las órdenes con solicitud de madre. Hasta el malhumorado profesor Leblanc debió admitir para sus adentros que la presencia de la doctora era indispensable en una aventura como ésa.

Entretanto tres de los soldados y Karakawe habían arrastrado el cuerpo de la anaconda hasta la orilla. Al medirla vieron que tenía casi seis metros de largo. El profesor

Leblanc insistió en ser fotografiado con la anaconda enrollada en torno a su cuerpo de tal modo que no se viera que le faltaba la cabeza. Después los soldados arrancaron la piel del reptil, que clavaron sobre un tronco para secarla; con ese método podían aumentar el largo en un veinte por ciento y los turistas pagarían buen precio por ella. No tendrían que llevarla a la ciudad, sin embargo, porque el profesor Leblanc ofreció comprarla allí mismo, una vez que estuvo seguro de que no se la darían gratis. Kate Cold cuchicheó burlona al oído de su nieto que seguramente dentro de algunas semanas, el antropólogo exhibiría la anaconda como un trofeo en sus conferencias, contando cómo la cazó con sus propias manos. Así había ganado su fama de héroe entre estudiantes de antropología en el mundo entero, fascinados con la idea de que los homicidas tenían el doble de mujeres y tres veces más hijos que los hombres pacíficos. La teoría de Leblanc sobre la ventaja del macho dominante, capaz de cometer cualquier brutalidad para transmitir sus genes, atraía mucho a esos aburridos estudiantes condenados a vivir domesticados en plena civilización.

Los soldados buscaron en la laguna la cabeza de la anaconda, pero no pudieron hallarla, se había hundido en el lodo del fondo o la había arrastrado la corriente. No se atrevieron a escarbar demasiado, porque se decía que esos reptiles siempre andan en pareja y ninguno estaba dispuesto a toparse con otro de aquellos ejemplares. La doctora Omayra Torres explicó que indios y *caboclos* por igual atribuían a las serpientes poderes curativos y proféticos. Las disecaban, las molían y usaban el polvo para tratar tuberculosis, calvicie y enfermedades de los huesos, también como ayuda para interpretar sueños. La cabeza de una de ese tamaño sería muy apreciada, aseguró, era una lástima que se hubiera perdido.

Los hombres cortaron la carne del reptil, la salaron y procedieron a asarla ensartada en palos. Alex, quien hasta entonces se había negado a probar *pirarucú*, oso hormiguero, tucán, mono o tapir, sintió una súbita curiosidad por saber cómo era la carne de aquella enorme serpiente de agua. Tuvo en consideración, sobre todo, cuánto aumentaría su prestigio ante Cecilia Burns y sus amigos en California cuando supieran que había cenado anaconda en medio de la selva amazónica. Posó frente a la piel de la serpiente, con un pedazo de su carne en la mano, exigiendo que su abuela dejara testimonio fotográfico. El animal, bastante carbonizado porque ninguno de los expedicionarios era buen cocinero, resultó tener la textura del atún y un vago sabor de pollo. Comparado con el venado, era desabrido, pero Alex decidió que en todo caso era preferible a los gomosos panqueques que preparaba su padre. El súbito recuerdo de su familia lo golpeó como una bofetada. Se quedó con el trozo de anaconda ensartado en el palillo mirando la noche, pensativo.

—¿Qué ves? —le preguntó Nadia en un susurro.

—Veo a mi mamá —respondió el chico y un sollozo se le escapó de los labios.

—¿Cómo está?

—Enferma, muy enferma —respondió él.

—La tuya está enferma del cuerpo, la mía está enferma del alma.

—¿Puedes verla? —inquirió Alex.

—A veces —dijo ella.

—Ésta es la primera vez que puedo ver a alguien de esta manera —explicó Alex—. Tuve una sensación muy extraña, como si viera a mi mamá con toda claridad en una pantalla, sin poder tocarla o hablarle.

—Todo es cuestión de práctica, Jaguar. Se puede aprender a ver con el corazón. Los chamanes como Walimai también pueden tocar y hablar desde lejos, con el corazón —dijo Nadia.

9

LA GENTE DE LA NEBLINA

Esa noche colgaron las hamacas entre los árboles y César Santos asignó los turnos, de dos horas cada uno, para montar guardia y mantener el fuego encendido. Después de la muerte del hombre víctima de la flecha y del accidente de Joel González, quedaban diez adultos y los dos chicos, porque Leblanc no contaba, para cubrir las ocho horas de oscuridad. Ludovic Leblanc se consideraba jefe de la expedición y como tal debía «mantenerse fresco»; sin una buena noche de sueño no se sentiría lúcido para tomar decisiones, argumentó. Los demás se alegraron, porque en realidad ninguno quería montar guardia con un hombre que se ponía nervioso a la vista de una ardilla. El primer turno, que normalmente era el más fácil, porque la gente aún estaba alerta y todavía no hacía mucho frío, fue asignado a la doctora Omayra Torres, un *caboclo* y Timothy Bruce, quien no se consolaba por lo ocurrido a su colega. Bruce y González habían trabajado juntos durante varios años y se estimaban como hermanos. El segundo turno correspondía a otro soldado, Alex y Kate Cold; el tercero a Matuwe, César Santos y su hija Nadia. El turno del amanecer fue entregado a dos soldados y Karakawe.

Para todos fue difícil conciliar el sueño, porque a los gemidos del infortunado Joel González se sumaba un extraño y persistente olor, que parecía impregnar el bosque.

Habían oído hablar de la fetidez que, según se aseguraba, era característica de la Bestia. César Santos explicó que probablemente estaban acampando cerca de una familia de *iraras*, una especie de comadreja de rostro muy dulce, pero con un olor parecido al de los zorrillos. Esa interpretación no tranquilizó a nadie.

—Estoy mareado y con náuseas —comentó Alex, pálido.

—Si el olor no te mata, te hará fuerte —dijo Kate, que era la única impasible ante la hediondez.

—¡Es espantoso!

—Digamos que es diferente. Los sentidos son subjetivos, Alexander. Lo que a ti repugna, para otro puede ser atractivo. Tal vez la Bestia emite este olor como un canto de amor, para llamar a su pareja —dijo sonriendo su abuela.

—¡Puaj! Huele a cadáver de rata mezclado con orina de elefante, comida podrida y...

—Es decir, huele como tus calcetines —lo cortó su abuela.

Persistía en los expedicionarios la sensación de ser observados por cientos de ojos desde la espesura. Se sentían expuestos, iluminados como estaban por la tembleque claridad de la fogata y un par de lámparas de petróleo. La primera parte de la noche transcurrió sin mayores sobresaltos, hasta el turno de Alex, Kate y uno de los soldados. El chico pasó la primera hora mirando la noche y el reflejo del agua, cuidando el sueño de los demás. Pensaba en cuánto había cambiado en pocos días. Ahora podía pasar mucho tiempo quieto y en silencio, entretenido con sus propias ideas, sin necesidad de sus juegos de video, su bicicleta o la televisión, como antes. Descubrió que podía trasladarse a ese lugar íntimo de quietud y silencio que debía alcanzar cuando escalaba montañas. La primera lección de montañismo de su padre había sido que mientras estuviera tenso, ansioso o apurado, la mitad de su fuerza se dispersaba. Se requería calma para vencer a la montaña. Podía aplicar esa lección cuando escalaba, pero hasta ese momento de poco le había servido en otros aspectos de su vida. Se dio cuenta de que tenía muchas cosas en las cuales meditar, pero la imagen más recurrente era siempre su madre. Si ella moría... Siempre se detenía allí. Había decidido no ponerse en ese caso, porque era como llamar a la desgracia. Se concentraba, en cambio, en enviarle energía positiva; era su forma de ayudarla.

De súbito un ruido interrumpió sus pensamientos. Oyó con toda nitidez unos pasos de gigante aplastando los arbustos cercanos. Sintió un espasmo en el pecho, como si se ahogara. Por primera vez desde que perdiera los lentes en el recinto de Mauro Carías, los echó de menos, porque su visión era mucho peor de noche. Sosteniendo la pistola con ambas manos para dominar su temblor, tal como había visto en las películas, esperó sin saber qué hacer. Cuando percibió que la vegetación se movía muy cerca, como si hubiera un contingente de enemigos agazapados, lanzó un largo grito estremecedor, que sonó como sirena de naufragio y despertó a todo el mundo. En un instante su abuela estaba a su lado empuñando su rifle. Los dos se encontraron frente a frente con la cabezota de un animal que al principio no pudieron identificar. Era un cerdo salvaje, un gran jabalí. No se movieron, paralizados por la sorpresa, y eso los salvó, porque el animal, como Alex, tampoco veía bien en la oscuridad. Por suerte la brisa corría en dirección contraria, así es que no pudo olerlos. César Santos fue el primero en deslizarse con cautela de su hamaca y evaluar la situación, a pesar de la pésima visibilidad.

—Nadie se mueva... —ordenó casi en un susurro, para no atraer al jabalí.

Su carne es muy sabrosa y habría alcanzado para festejar durante varios días, pero no había luz para disparar y nadie se atrevió a empuñar un machete y arremeter contra tan peligroso animal. El cerdo se paseó tranquilo entre las hamacas, olisqueó las provisiones que colgaban de cordeles para salvarlas de ratas y hormigas y finalmente asomó la nariz en la carpa del profesor Ludovic Leblanc, quien estuvo a punto de sufrir un infarto del susto. No quedó más remedio que aguardar a que el pesado visitante se aburriera de recorrer el campamento y se fuera, pasando tan cerca de Alex, que éste hubiera podido estirar la mano y tocar su erizado pelaje. Después que se disipó la tensión y pudieron bromear, el muchacho se sintió como un histérico por haber gritado de esa manera, pero César Santos le aseguró que había hecho lo correcto. El guía repitió sus instrucciones en caso de alerta: agacharse y gritar primero, disparar después. No había terminado de decirlo cuando sonó un tiro: era Ludovic Leblanc disparando al aire diez minutos después que había pasado el peligro. Definitivamente el profesor era de gatillo ligero, como dijo Kate Cold.

En el tercer turno, cuando la noche estaba más fría y oscura, correspondió la vigilancia a César Santos, Nadia y uno de los soldados. El guía vaciló en despertar a su hija, quien dormía profundamente, abrazada a Borobá, pero adivinó que ella no le perdonaría si dejaba de hacerlo. La niña se despabiló el sueño con dos tragos de café negro bien azucarado y se abrigó lo mejor que pudo con un par de camisetas, su chaleco y la chaqueta de su padre. Alex había alcanzado a dormir sólo dos horas y estaba muy cansado, pero cuando vislumbró en la tenue luz de la fogata que Nadia se aprontaba para hacer su guardia, se levantó también, dispuesto a acompañarla.

—Yo estoy segura, no te preocupes. Tengo el talismán que me protege —susurró ella para tranquilizarlo.

—Vuelve a tu hamaca —le ordenó César Santos—. Todos necesitamos dormir, para eso se establecen los turnos.

Alex obedeció de mala gana, decidido a mantenerse despierto, pero a los pocos minutos lo venció el sueño. No pudo calcular cuánto había dormido, pero debió haber sido más de dos horas, porque cuando despertó, sobresaltado por el ruido a su alrededor, el turno de Nadia había terminado hacía rato. Apenas empezaba a aclarar, la bruma era lechosa y el frío intenso, pero ya todos estaban en pie. Flotaba en el aire un olor tan denso, que podía cortarse con cuchillo.

—¿Qué pasó? —preguntó rodando fuera de su hamaca, todavía aturdido de sueño.

—¡Nadie salga del campamento por ningún motivo! ¡Echen más palos en el fuego! —ordenó César Santos, quien se había atado un pañuelo en la cara y se encontraba con un rifle en una mano y una linterna en otra, examinando la temblorosa niebla gris que invadía el bosque al despuntar del alba.

Kate, Nadia y Alex se apresuraron a alimentar la fogata con más leña, y aumentó un poco la claridad. Karakawe había dado la voz de alarma: uno de los *caboclos* que vigilaba con él había desaparecido. César Santos disparó dos veces al aire, llamándolo, pero como no hubo respuesta decidió ir con Timothy Bruce y dos soldados a recorrer los alrededores, dejando a los demás armados de pistolas en torno a la fogata. Todos debieron seguir el ejemplo del guía y amordazarse con pañuelos para poder respirar.

Pasaron unos minutos que se hicieron eternos, sin que nadie pronunciara ni una palabra. A esa hora normalmente comenzaban a despertar los monos en las copas de los árboles y sus gritos, que sonaban como ladridos de perros, anunciaban el día, sin embargo esa madrugada reinaba un silencio espeluznante. Los animales y hasta los pájaros habían escapado. De pronto sonó un balazo, seguido por la voz de César Santos y luego las exclamaciones de los otros hombres. Un minuto después llegó Timothy Bruce sin aliento: habían encontrado al *caboclo*.

El hombre estaba tirado de bruces entre unos helechos. La cabeza, sin embargo, estaba de frente, como si una mano poderosa la hubiera girado en noventa grados hacia la espalda, partiendo los huesos del cuello. Tenía los ojos abiertos y una expresión de absoluto terror deformaba su rostro. Al volverlo vieron que el torso y el vientre habían sido destrozados con tajos profundos. Había centenares de extraños insectos, garrapatas y pequeños escarabajos sobre el cuerpo. La doctora Omayra Torres confirmó lo evidente: estaba muerto. Timothy Bruce corrió a buscar su cámara para dejar testimonio de lo ocurrido, mientras César Santos recogió algunos de los insectos y los puso en una bolsita de plástico para llevárselos al padre Valdomero en Santa María de la Lluvia, quien sabía de entomología y coleccionaba especies de la región. En ese lugar la fetidez era mucho peor y necesitaron un gran esfuerzo de voluntad para no salir escapando.

César Santos dio instrucciones a uno de los soldados para que regresara a vigilar a Joel González, quien había quedado solo en el campamento, y a Karakawe y otro soldado para que revisaran las cercanías. Matuwe, el guía indio, observaba el cadáver profundamente alterado; se había vuelto gris, como si estuviera en presencia de un fantasma. Nadia se abrazó a su padre y ocultó la cara en su pecho para no ver el siniestro espectáculo.

—¡La Bestia! —exclamó Matuwe.

—Nada de Bestia, hombre, esto lo hicieron los indios —le refutó el profesor Leblanc, pálido de la impresión, con un pañuelo impregnado en agua de colonia en una mano tembleque y una pistola en la otra.

En ese instante Leblanc retrocedió, tropezó y cayó sentado en el barro. Lanzó una maldición y quiso ponerse de pie, pero cada movimiento que hacía resbalaba más y más, revolcándose en una materia oscura, blanda y con grumos. Por el espantoso olor supieron que no era lodo, sino un charco enorme de excremento: el célebre antropólogo quedó literalmente cubierto de caca de pies a cabeza. César Santos y Timothy Bruce le pasaron una rama para halarlo y ayudarlo a salir, luego lo acompañaron al río a prudente distancia para no tocarlo. Leblanc no tuvo más remedio que remojarse por un buen rato, tiritando de humillación, de frío, de miedo y de ira. Karakawe, su ayudante personal, se negó rotundamente a jabonarlo o a lavarle la ropa y, a pesar de las trágicas circunstancias, los demás debieron contenerse para no estallar en carcajadas de puros nervios. En la mente de todos había el mismo pensamiento: el ser que produjo esa deposición debía ser del tamaño de un elefante.

—Estoy casi segura que la criatura que hizo esto tiene una dieta mixta; vegetales, frutas y algo de carne cruda —dijo la doctora, quien se había atado un pañuelo en torno a la nariz y la boca, mientras observaba un poco de aquella materia bajo su lupa.

Entretanto Kate Cold estaba a gatas examinando el suelo y la vegetación, imitada por su nieto.

—Mira, abuela, hay ramas rotas y en algunas partes los arbustos están aplastados, como por patas enormes. Encontré unos pelos negros y duros... —señaló el muchacho.

—Puede haber sido el jabalí —dijo Kate.

—También hay muchos insectos, los mismos que hay sobre el cadáver. No los había visto antes.

Apenas aclaró el día César Santos y Karakawe procedieron a colgar de un árbol, lo más alto que pudieron, el cuerpo del infortunado soldado envuelto en una hamaca. El profesor, tan nervioso que había desarrollado un tic en el ojo derecho y temblor en las rodillas, se dispuso a tomar una decisión. Dijo que corrían grave riesgo de morir todos y él, Ludovic Leblanc, como responsable del grupo, debía dar las órdenes. El asesinato del primer soldado confirmaba su teoría de que los indios eran unos asesinos naturales, solapados y traicioneros. La muerte del segundo, en tan raras circunstancias, podía atribuirse también a los indios, pero admitió que no se podía descartar a la Bestia. Lo mejor sería colocar sus trampas, a ver si con suerte caía la criatura que buscaban antes que volviera a matar a alguien, y enseguida regresar a Santa María de la Lluvia, donde podrían conseguir helicópteros. Los demás concluyeron que algo había aprendido el hombrecito con su revolcón en el charco de excremento.

—El capitán Ariosto no se atreverá a negar ayuda a Ludovic Leblanc —dijo el profesor. A medida que se internaban en territorio desconocido y la Bestia daba señales de vida, se había acentuado la tendencia del antropólogo a referirse a sí mismo en tercera persona. Varios miembros del grupo estuvieron de acuerdo. Kate Cold, sin embargo, se manifestó decidida a seguir adelante y exigió que Timothy Bruce se quedara con ella, puesto que de nada serviría encontrar a la criatura si no tenían fotografías para probarlo. El profesor sugirió que se separaran y los que así lo desearan volvieran a la aldea en una de las lanchas. Los soldados y Matuwe, el guía indio, querían irse lo antes posible, estaban aterrorizados. La doctora Omayra Torres, en cambio, dijo que había llegado hasta allí con la intención de vacunar indios, que tal vez no tendría otra oportunidad de hacerlo en un futuro próximo y no pensaba echarse atrás al primer inconveniente.

—Eres una mujer muy valiente, Omayra —comentó César Santos, admirado—. Yo me quedo. Soy el guía, no puedo dejarlos aquí —agregó.

Alex y Nadia se dieron una mirada de complicidad:

habían notado cómo César Santos seguía con la vista a la doctora y no perdía oportunidad de estar cerca de ella. Ambos habían adivinado, antes que lo dijera, que si ella se quedaba él lo haría también.

—¿Y cómo regresaremos los demás sin usted? —quiso saber Leblanc, bastante inquieto.

—Karakawe puede conducirlos —dijo César Santos.

—Me quedo —se negó éste, lacónico, como siempre.

—Yo también, no pienso dejar sola a mi abuela —dijo Alex.

—No te necesito y no quiero andar con mocosos, Alexander —gruñó su abuela, pero todos pudieron ver el brillo de orgullo en sus ojos de ave de rapiña ante la decisión de su nieto.

—Yo me voy a traer refuerzos —dijo Leblanc.

—¿No está usted a cargo de esta expedición, profesor? —preguntó Kate Cold fríamente.

—Soy más útil allá que aquí... —farfulló el antropólogo.

—Haga lo que quiera, pero si usted se va, yo me encargaré de publicarlo en el *International Geographic* y que todo el mundo sepa lo valiente que es el profesor Leblanc —lo amenazó ella.

Finalmente acordaron que uno de los soldados y Matuwe conducirían a Joel González de vuelta a Santa María de la Lluvia. El viaje sería más corto, porque iban con la corriente. Los demás, incluyendo a Ludovic Leblanc, que no se atrevió a desafiar a Kate Cold, se quedarían donde estaban hasta que llegaran refuerzos. A media mañana todo estuvo listo, los expedicionarios se despidieron y la lancha con el herido emprendió el regreso.

Pasaron el resto de ese día y buena parte del siguiente instalando una trampa para la Bestia según las instrucciones del profesor Leblanc. Era de una sencillez infantil: un gran hoyo en el suelo, cubierto por una red disimulada con hojas y ramas. Se suponía que, al pisarla, el cuerpo caería al hueco, arrastrando la red. Al fondo del pozo había una alarma de pilas, que sonaría de inmediato para alertar a la expedición. El plan consistía en aproximarse, antes que la criatura lograra desenredarse de la red y salir del hueco, y dispararle varias cápsulas de un poderoso anestésico capaz de dormir a un rinoceronte.

Lo más arduo fue cavar un hoyo tan profundo como para contener a una criatura de la altura de la Bestia. Todos se turnaron con la pala, menos Nadia y Leblanc, la primera porque se oponía a la idea de hacer daño a un animal y el segundo porque estaba con dolor de espalda. El terreno resultó muy diferente de lo que el profesor creía cuando diseñó su trampa cómodamente instalado en un escritorio en su casa, a miles de millas de distancia. Había una costra delgada de humus, más abajo una dura maraña de raíces, luego arcilla resbaladiza como jabón, y a medida que cavaban, el pozo iba llenándose de un agua rojiza donde nadaban toda suerte de animalejos. Por último desistieron, vencidos por los obstáculos. Alex sugirió utilizar las redes para colgarlas de los árboles mediante un sistema de cuerdas, y de poner una carnada debajo; al aproximarse la presa para apoderarse del cebo, sonaba la alarma y de inmediato le caía la red encima. Todos, menos Leblanc, consideraron que en teoría podía funcionar, pero estaban demasiado cansados para probarlo y decidieron postergar el proyecto hasta la mañana siguiente.

—Espero que tu idea no sirva, Jaguar —dijo Nadia.

—La Bestia es peligrosa —replicó el muchacho.

—¿Qué harán con ella si la atrapan? ¿Matarla? ¿Cortarla en pedacitos para estudiarla? ¿Meterla en una jaula por el resto de su vida?

—¿Qué solución tienes tú, Nadia?

—Hablar con ella y preguntarle qué quiere.

—¡Qué idea tan genial! Podríamos convidarla a tomar el té... —se burló él.

—Todos los animales se comunican —aseguró Nadia.

—Eso dice mi hermana Nicole, pero ella tiene nueve años.

—Veo que a los nueve sabe más que tú a los quince —replicó Nadia.

Se encontraban en un lugar muy hermoso. La densa y enmarañada vegetación de la orilla se despejaba hacia el interior, donde el bosque alcanzaba una gran majestad. Los troncos de los árboles, altos y rectos, eran pilares de una magnífica catedral verde. Orquídeas y otras flores aparecían suspendidas de las ramas y brillantes helechos cubrían el suelo. Era tan variada la fauna, que nunca había silencio, desde el amanecer hasta muy entrada la noche se escuchaba el canto de los tucanes y loros; por la noche empezaba la algarabía de sapos y monos aulladores. Sin embargo, aquel jardín del Edén ocultaba muchos peligros: las distancias eran enormes, la soledad absoluta y sin conocer el terreno era imposible ubicarse. Según Leblanc —y en eso César Santos estaba de acuerdo— la única manera de moverse en esa región era con la ayuda de los indios. Debían atraerlos. La doctora Omayra Torres era la más interesada en hacerlo, porque debía cumplir su misión de vacunarlos y establecer un sistema de control de salud, según explicó.

—No creo que los indios presenten voluntariamente los brazos para que los pinches, Omayra. No han visto una aguja en sus vidas —sonrió César Santos. Entre ambos había una corriente de simpatía y para entonces se trataban con familiaridad.

—Les diremos que es una magia muy poderosa de los blancos —dijo ella, guiñándole un ojo.

—Lo cual es totalmente cierto —aprobó César Santos.

Según el guía, había varias tribus en los alrededores que seguro habían tenido algún contacto, aunque breve, con el mundo exterior. Desde su avioneta había vislumbrado algunos *shabonos*, pero como no había dónde aterrizar por esos lados, se había limitado a señalarlos en su mapa. Las chozas comunitarias que había visto eran más bien pequeñas, lo cual significaba que cada tribu se componía de muy pocas familias. Según aseguraba el profesor Leblanc, quien se decía experto en la materia, el número mínimo de habitantes por *shabono* era de alrededor de cincuenta personas —menos no podrían defenderse de ataques enemigos— y rara vez sobrepasaba los doscientos cincuenta. César Santos sospechaba también la existencia de tribus aisladas, que no habían sido vistas aún, como esperaba la doctora Torres, y la única forma de llegar hasta ellas sería por el aire. Deberían ascender a la selva del altiplano, a la región encantada de las cataratas, donde nunca pudieron llegar los forasteros antes de la invención de aviones y helicópteros.

Con la idea de atraer a los indios, el guía amarró una cuerda entre dos árboles y de ella colgó algunos regalos: collares de cuentas, trapos de colores, espejos y chucherías de plástico. Reservó los machetes, cuchillos y utensilios de acero para más tarde, cuando comenzaran las verdaderas negociaciones y el trueque de regalos.

Esa tarde César Santos intentó comunicarse por radio con el capitán Ariosto y con Mauro Carías en Santa María de la Lluvia, pero el aparato no funcionaba. El profesor Leblanc se paseaba por el campamento, furioso ante esa nueva contrariedad, mientras los demás se turnaban tratando en vano de enviar o recibir un mensaje. Nadia se llevó a Alex aparte para contarle que la noche anterior, antes que el soldado fuera asesinado durante el turno de Karakawe, ella vio al indio manipulando la radio. Dijo que ella se acostó cuando terminó su vigilancia, pero no se durmió de inmediato y desde su hamaca pudo ver a Karakawe cerca del aparato.

—¿Lo viste bien, Nadia?

—No, porque estaba oscuro, pero los únicos que estaban en pie en ese turno eran los dos soldados y él. Estoy casi segura de que no era ninguno de los soldados —replicó ella—. Creo que Karakawe es la persona que mencionó Mauro Carías. Tal vez parte del plan es que no podamos pedir socorro en caso de necesidad.

—Debemos advertir a tu papá —determinó Alex.

César Santos no recibió la noticia con interés, se limitó a advertirles que antes de acusar a alguien debían estar bien seguros. Había muchas razones por las cuales un equipo de radio tan anticuado como ése podía fallar. Además, ¿qué razón tendría Karakawe para descomponerlo? Tampoco a él le convenía encontrarse incomunicado. Los tranquilizó diciendo que dentro de tres o cuatro días vendrían refuerzos.

—No estamos perdidos, sólo aislados —concluyó.

—¿Y la Bestia, papá? —preguntó Nadia, inquieta.

—No sabemos si existe, hija. De los indios, en cambio, podemos estar seguros. Tarde o temprano se aproximarán y esperemos que lo hagan en son de paz. En todo caso estamos bien armados.

—El soldado que murió tenía un fusil, pero no le sirvió de nada —refutó Alex.

—Se distrajo. De ahora en adelante tendremos que ser mucho más cuidadosos. Desgraciadamente somos sólo seis adultos para montar guardia.

—Yo cuento como un adulto —aseguró Alex.

—Está bien, pero Nadia no. Ella sólo podrá acompañarme en mi turno —decidió César Santos.

Ese día Nadia descubrió cerca del campamento un árbol de *urucu pod*, arrancó varios de sus frutos, que parecían almendras peludas, los abrió y extrajo unas semillitas rojas del interior. Al apretarlas entre los dedos, mezcladas con un poco de saliva, formó una pasta roja con la consistencia del jabón, la misma que usaban los indios, junto con otras tinturas vegetales, para decorarse el cuerpo. Nadia y Alex se pintaron rayas, círculos y puntos en la cara, luego se ataron plumas y semillas en los brazos. Al verlos, Timothy Bruce y Kate Cold insistieron en tomarles fotos y Omayra Torres en peinar el cabello rizado de la chica y adornarlo con minúsculas orquídeas. César Santos, en cambio, no los celebró: la visión de su hija decorada como una doncella indígena pareció llenarlo de tristeza.

Cuando disminuyó la luz, calcularon que en alguna parte el sol se aprestaba para desaparecer en el horizonte, dando paso a la noche; bajo la cúpula de los árboles rara vez aparecía, su resplandor era difuso, filtrado por el encaje verde de la naturaleza. Sólo a veces, donde había caído un árbol, se veía claramente el ojo azul del cielo. A esa hora las sombras de la vegetación comenzaban a envolverlos como un cerco, en menos de una hora el bosque se tornaría negro y pesado. Nadia pidió a Alex que tocara la flauta para distraerlos y durante un rato la música, delicada y cristalina, invadió la selva. Borobá, el monito, seguía la melodía, moviendo la cabeza al compás de las notas. César Santos y la doctora Omayra Torres, en cuclillas junto a la fogata, estaban asando unos pescados para la cena. Kate Cold, Timothy Bruce y uno de los soldados se dedicaban a afirmar las carpas y proteger las provisiones de los monos y las hormigas. Karakawe y el otro soldado, armados y alertas, vigilaban. El profesor Leblanc dictaba las ideas que pasaban por su mente en una grabadora de bolsillo, que siempre llevaba a mano para cuando se le ocurría un pensamiento trascendental que la humanidad no debía perder, lo cual ocurría con tal frecuencia que los muchachos, fastidiados, esperaban la oportunidad de robarle las pilas. Como a los quince minutos del concierto de flauta, la atención de Borobá cambió súbitamente de foco; el mono comenzó a dar saltos, tironeando la ropa de su ama, inquieto. Al principio Nadia pretendió ignorarlo, pero el animal no la dejó en paz hasta que ella se puso de pie. Después de atisbar hacia la espesura, ella llamó a Alex con un gesto, guiándolo lejos del círculo de luz de la fogata, sin llamar la atención de los otros.

—Chisss —dijo, llevándose un dedo a los labios.

Todavía quedaba algo de claridad diurna, pero casi no se distinguían colores, el mundo aparecía en tonos de gris y negro. Alex se había sentido constantemente observado desde que saliera de Santa María de la Lluvia, pero justo esa tarde la impresión de ser espiado había desparecido. Lo invadía una sensación de calma y seguridad que no había tenido en muchos días. También se había esfumado el penetrante olor que acompañó el asesinato del soldado la noche anterior. Los dos muchachos y Borobá se internaron unos metros en la vegetación y allí aguardaron, con más curiosidad que inquietud. Sin haberlo dicho, suponían que si había indios por los alrededores y tuvieran intención de hacerles daño, ya lo habrían hecho, porque los miembros de la expedición, bien iluminados por la hoguera del campamento, estaban expuestos a sus flechas y dardos envenenados.

Esperaron quietos, sintiendo que se hundían en una algodonosa niebla, como si al caer la noche se perdieran las dimensiones habituales de la realidad. Entonces, poco a poco, Alex comenzó a ver a los seres que los rodeaban, uno a uno. Estaban desnudos, pintados de rayas y manchas, con plumas y tiras de cuero atadas en los brazos, silenciosos, ligeros, inmóviles. A pesar de encontrarse a su lado, era difícil verlos; se mimetizaban tan perfectamente con la naturaleza, que resultaban invisibles, como tenues fantasmas. Cuando pudo distinguirlos, Alex calculó que había por lo menos veinte de ellos, todos hombres y con sus primitivas armas en las manos.

—Aía —susurró Nadia muy quedamente.

Nadie contestó, pero un movimiento apenas perceptible entre las hojas indicó que los indios se aproximaban. En la penumbra y sin anteojos, Alex no estaba seguro de lo que veía, pero su corazón se disparó en loca carrera y sintió que la sangre se le agolpaba en las sienes. Lo envolvió la misma alucinante sensación de estar viviendo un sueño, que tuvo en presencia del jaguar negro en el patio de Mauro Carías. Había una tensión similar, como si los acontecimientos transcurrieran en una burbuja de vidrio que en cualquier instante podía hacerse añicos. El peligro estaba en el aire, tal como lo había estado con el jaguar, pero el chico no tuvo miedo. No se creyó amenazado por aquellos seres transparentes que flotaban entre los árboles. La idea de sacar su navaja o de llamar pidiendo socorro no se le ocurrió. En cambio pasó por su mente, como un relámpago, una escena que había visto años antes en una película: el encuentro de un niño con un extraterrestre. La situación que vivía en ese momento era similar. Pensó, maravillado, que no cambiaría esa experiencia por nada en el mundo.

—Aía —repitió Nadia.

—Aía —murmuró él también.

No hubo respuesta.

Los muchachos esperaron, sin soltarse las manos, quietos como estatuas, y también Borobá se mantuvo inmóvil, expectante, como si supiera que participaba en un instante precioso. Pasaron minutos interminables y la noche se dejó caer con gran rapidez, arropándolos por completo. Finalmente se dieron cuenta de que estaban solos; los indios se habían esfumado con la misma ligereza con que habían surgido de la nada.

—¿Quiénes eran? —preguntó Alex cuando volvieron al campamento.

—Deben ser la «gente de la neblina», los invisibles, los habitantes más remotos y misteriosos del Amazonas. Se sabe que existen, pero nadie en verdad ha hablado con ellos.

—¿Qué quieren de nosotros? —preguntó Alex.

—Ver cómo somos, tal vez... —sugirió ella.

—Lo mismo quiero yo —dijo él.

—No le digamos a nadie que los hemos visto, Jaguar.

—Es raro que no nos hayan atacado y que tampoco se acerquen atraídos por los regalos que colgó tu papá —comentó el muchacho.

—¿Crees que fueron ellos los que mataron al soldado en la lancha? —preguntó Nadia.

—No lo sé, pero si son los mismos ¿por qué no nos atacaron hoy?

Esa noche Alex hizo su guardia junto a su abuela sin temor, porque no percibió el olor de la Bestia y no le preocupaban los indios. Después del extraño encuentro con ellos, estaba convencido de que unas pistolas servirían de muy poco en caso que quisieran atacarlos. ¿Cómo apuntar a esos seres casi invisibles? Los indios se disolvían como sombras en la noche, eran mudos fantasmas que podían caerles encima y asesinarlos en cuestión de un instante sin que ellos alcanzaran a darse cuenta. En el fondo, sin embargo, él tenía la certeza de que las intenciones de la gente de la neblina no eran ésas.

10

RAPTADOS

El día siguiente transcurrió lento y fastidioso, con tanta lluvia que no alcanzaban a secar la ropa antes que cayera otro chapuzón. Esa misma noche desaparecieron los dos soldados durante su turno y pronto vieron que tampoco estaba la lancha. Los hombres, que desde la muerte de sus compañeros estaban aterrorizados, huyeron por el río. Estuvieron a punto de amotinarse cuando no les permitieron regresar a Santa María de la Lluvia con la primera lancha; nadie les pagaba por arriesgar la vida, dijeron. César Santos les respondió que justamente para eso les pagaban: ¿no eran soldados, acaso? La decisión de huir podría costarles muy cara, pero prefirieron enfrentar una corte marcial antes que morir en manos de los indios o de la Bestia. Para el resto de los expedicionarios, esa lancha representaba la única posibilidad de regresar a la civilización; sin ella y sin la radio se encontraban definitivamente aislados.

—Los indios saben que estamos aquí. ¡No podemos quedarnos! —exclamó el profesor Leblanc.

—¿Adónde pretende ir, profesor? Si nos movemos, cuando lleguen los helicópteros no nos encontrarán. Desde el aire sólo se ve una masa verde, jamás darían con nosotros —explicó César Santos.

—¿No podemos seguir el cauce del río y tratar de volver a Santa María de la Lluvia por nuestros propios medios? —sugirió Kate Cold.

—Es imposible hacerlo a pie. Hay demasiados obstáculos y desvíos —replicó el guía.

—¡Esto es culpa suya, Cold! Deberíamos haber regresado todos a Santa María de la Lluvia, como yo propuse —alegó el profesor.

—Muy bien, es culpa mía. ¿Qué hará al respecto? —preguntó la escritora.

—¡La denunciaré! ¡Voy a arruinar su carrera!

—Tal vez sea yo quien arruine la suya, profesor —replicó ella sin inmutarse.

César Santos los interrumpió diciendo que, en vez de discutir, debían unir las fuerzas y evaluar la situación: los indios desconfiaban y no habían demostrado interés por los regalos, se limitaban a observarlos, pero no los habían atacado.

—¿Le parece poco lo que le hicieron a ese pobre soldado? —preguntó, sarcástico, Leblanc.

—No creo que fueran los indios, no es ésa su manera de pelear. Si tenemos suerte, ésta puede ser una tribu pacífica —replicó el guía.

—Pero si no tenemos suerte, nos comerán —gruñó el antropólogo.

—Sería perfecto, profesor. Así usted podría probar su teoría sobre la ferocidad de los indios —dijo Kate.

—Bueno, basta de tonterías. Hay que tomar una decisión. Nos quedamos o nos vamos... —los cortó el fotógrafo Timothy Bruce.

—Han pasado casi tres días desde que se fue la primera lancha. Como iba con la corriente y Matuwe conoce el camino, ya deben estar en Santa María de la Lluvia. Mañana, o a lo más dentro de dos días, llegarán los helicópteros del capitán Ariosto. Volarán de día, así es que mantendremos una hoguera siempre encendida, para que vean el humo. La situación es difícil, como dije, pero no es grave, hay mucha gente que sabe dónde estamos, vendrán a buscarnos —aseguró César Santos.

Nadia estaba tranquila, abrazada a su monito, como si no comprendiera la magnitud de lo que les sucedía. Alex, en cambio, concluyó que nunca se había encontrado en tanto peligro, ni siquiera cuando quedó colgando en El Capitán, una roca escarpada que sólo los más expertos se atrevían a escalar. Si no hubiera ido atado por una cuerda a la cintura de su padre, se habría matado.

César Santos había advertido a los expedicionarios contra diversos insectos y animales de la selva, desde tarántulas hasta serpientes, pero olvidó mencionar las hormigas. Alex había renunciado a usar sus botas, no sólo porque estaban siempre húmedas y con mal olor, sino porque le apretaban; suponía que con el agua se habían encogido. A pesar de que los primeros días no se sacaba las chancletas que le dio César Santos, los pies se le llenaron de costras y durezas.

—Éste no es lugar para pies delicados —fue el único comentario de su abuela cuando le mostró las cortaduras sangrantes en los pies.

Su indiferencia se tornó en inquietud cuando a su nieto lo picó una hormiga de fuego. El muchacho no pudo evitar un alarido: sintió que lo quemaban con un cigarro en el tobillo. La hormiga le dejó una pequeña marca blanca que a los pocos minutos se volvió roja e hinchada como una cereza. El dolor ascendió en llamaradas por la pierna y no pudo dar ni un paso más. La doctora Omayra Torres le advirtió que el veneno haría su efecto durante varias horas y habría que soportarlo sin más alivio que compresas de agua caliente.

—Espero que no seas alérgico, porque en ese caso las consecuencias serán más graves —observó la doctora.

Alex no lo era, pero de todos modos la picadura le arruinó buena parte del día. Por la tarde, apenas pudo apoyar el pie y dar unos pasos, Nadia le contó que mientras los demás estaban pendientes de sus quehaceres, ella había visto a Karakawe rondando las cajas de las vacunas. Cuando el indio se dio cuenta que ella lo había descubierto, la cogió por los brazos con tal brutalidad que le dejó los dedos marcados en la piel y le advirtió que si decía una palabra al respecto lo pagaría muy caro. Estaba segura que ese hombre cumpliría sus amenazas, pero Alex consideró que no podían callarse, había que advertir a la doctora. Nadia, quien estaba tan prendada de la doctora como lo estaba su padre y empezaba a acariciar la fantasía de verla convertida en su madrastra, deseaba contarle también el diálogo entre Mauro Carías y el capitán Ariosto, que ellos habían escuchado en Santa María de la Lluvia. Seguía convencida de que Karakawe era la persona designada para cumplir los siniestros planes de Carías.

—No diremos nada de eso todavía —le exigió Alex.

Aguardaron el momento adecuado, cuando Karakawe se había alejado para pescar en el río, y plantearon la situación a Omayra Torres. Ella los escuchó con gran atención, dando muestras de inquietud por primera vez desde que la conocían. Aun en los momentos más dramáticos de esa aventura, la encantadora mujer no había perdido la calma; tenía los nervios bien templados de un samurái. Esta vez tampoco se alteró, pero quiso conocer los detalles. Al saber que Karakawe había abierto las cajas, pero no había violado los sellos de los frascos, respiró aliviada.

—Esas vacunas son la única esperanza de vida para los indios. Debemos cuidarlas como un tesoro —dijo.

—Alex y yo hemos estado vigilando a Karakawe; creemos que él descompuso la radio, pero mi papá dice que sin pruebas no podemos acusarlo —dijo Nadia.

—No preocupemos a tu papá con estas sospechas,

Nadia, él ya tiene bastantes problemas. Entre ustedes dos y yo podemos neutralizar a Karakawe. No le quiten el ojo de encima, muchachos —les pidió Omayra Torres y ellos se lo prometieron.

El día transcurrió sin novedades. César Santos siguió en su empeño de hacer funcionar la radio transmisora, pero sin resultados. Timothy Bruce poseía una radio que les había servido para escuchar noticias de Manaos durante la primera parte del viaje, pero la onda no llegaba tan lejos. Se aburrían, porque una vez que tuvieron unas aves y dos pescados para el día, no había más que hacer; era inútil cazar o pescar de más, porque la carne se llenaba de hormigas o se descomponía en cuestión de horas. Por fin Alex pudo comprender la mentalidad de los indios, que nada acumulaban. Se turnaron para mantener humeando la hoguera, como señal en caso que anduvieran buscándolos, aunque según César Santos todavía era demasiado pronto para eso. Timothy Bruce sacó un gastado mazo de naipes y jugaron al póquer, al blackjack y al gin rummy hasta que empezó a irse la luz. No volvieron a sentir el penetrante olor de la Bestia.

Nadia, Kate Cold y la doctora fueron al río a lavarse y hacer sus necesidades; habían acordado que nadie debía aventurarse solo fuera del campamento. Para las actividades más íntimas, las tres mujeres iban juntas; para el resto todos se turnaban en parejas. César Santos se las arreglaba para estar siempre con Omayra Torres, lo cual tenía a Timothy Bruce bastante molesto, porque también el inglés se sentía cautivado por la doctora. Durante el viaje la había fotografiado hasta que ella se negó a seguir posando, a pesar de que Kate Cold le había advertido que guardara el film para la Bestia y los indios. La escritora y Karakawe eran los únicos que no parecían impresionados por la joven mujer. Kate mascullló que ya estaba muy vieja para fijarse en una cara bonita, comentario que a Alex le sonó como una demostración de celos, indigna de alguien tan lista como su abuela. El profesor Leblanc, quien no podía competir en prestancia con César Santos o juventud con Timothy Bruce, procuraba impresionar a la mujer con el peso de su celebridad y no perdía ocasión de leerle en voz alta párrafos de su libro, donde narraba en detalle los peligros escalofriantes que había enfrentado entre los indios. A ella le costaba imaginar al timorato Leblanc vestido sólo con un taparrabos, combatiendo mano a mano con indios y fieras, cazando con flechas y sobreviviendo sin ayuda en medio de toda suerte de catástrofes naturales, como contaba. En todo caso, la rivalidad entre los hombres del grupo por las atenciones de Omayra Torres había creado una cierta tensión, que aumentaba a medida que pasaban las horas en angustiosa espera de los helicópteros.

Alex se miró el tobillo: todavía le dolía y estaba algo hinchado, pero la dura cereza roja donde lo picó la hormiga había disminuido; las compresas de agua caliente habían dado buenos resultados. Para distraerse, cogió su flauta y empezó a tocar el concierto preferido de su madre, una música dulce y romántica de un compositor europeo muerto hacía más de un siglo, pero que sonaba a tono con la selva circundante. Su abuelo Joseph Cold tenía razón: la música es un lenguaje universal. A las primeras notas llegó Borobá dando saltos y se sentó a sus pies con la seriedad de un crítico y a los pocos instantes volvió Nadia con la doctora y Kate Cold. La chica esperó que los demás estuvieran ocupados preparando el campamento para la noche y le hizo señas a Alex que la siguiera disimuladamente.

—Están aquí otra vez, Jaguar —murmuró a su oído.

—¿Los indios...?

—Sí, la gente de la neblina. Creo que vienen por la música. No hagas ruido y sígueme.

Se internaron algunos metros en la espesura y, tal como habían hecho antes, aguardaron quietos. Por mucho que Alex aguzara la vista, no distinguía a nadie entre los árboles: los indios se disolvían en su entorno. De pronto sintió manos que lo tomaban con firmeza por los brazos y al volverse vio que Nadia y él estaban rodeados. Los indios no se mantuvieron a cierta distancia, como la vez anterior; ahora Alex podía percibir el olor dulzón de sus cuerpos. Nuevamente notó que eran de baja estatura y delgados, pero ahora pudo comprobar que también eran muy fuertes y había algo feroz en su actitud. ¿Tendría razón Leblanc cuando aseguraba que eran violentos y crueles?

—Aía —saludó tentativamente.

Una mano le tapó la boca y antes que alcanzara a darse cuenta de lo que sucedía, se sintió alzado en vilo por los tobillos y las axilas. Empezó a retorcerse y patalear, pero las manos no lo soltaron. Sintió que lo golpeaban en la cabeza, no supo si con los puños o con una piedra, pero comprendió que más valía dejarse llevar o acabarían aturdiéndolo o matándolo. Pensó en Nadia y si acaso a ella también estarían arrastrándola a la fuerza. Le pareció oír de lejos la voz de su abuela llamándolo, mientras los indios se lo llevaban, internándose en la oscuridad como espíritus de la noche.

Alexander Cold sentía punzadas ardientes en el tobillo donde lo había picado la hormiga de fuego, que ahora aprisionaba la mano de uno de los cuatro indios que lo llevaban en vilo. Sus captores iban trotando y con cada paso el cuerpo del muchacho se balanceaba brutalmente; el dolor en los hombros era como si lo estuvieran descoyuntando. Le habían quitado la camiseta y se la habían amarrado en la cabeza, cegándolo y ahogando su voz. Apenas podía respirar y le latía el cráneo donde lo habían golpeado, pero le reconfortó no haber perdido el conocimiento, eso significaba que los guerreros no le habían pegado fuerte y no pretendían matarlo. Al menos no por el momento... Le pareció que marchaban un trecho muy largo hasta que por fin se detuvieron y lo dejaron caer como un saco de papas. El alivio en sus músculos y huesos fue casi inmediato, aunque el tobillo le ardía terriblemente. No se atrevió a quitarse la camiseta que le cubría la cabeza para no provocar a sus agresores, pero como al rato de espera nada acontecía, optó por arrancársela de encima. Nadie lo detuvo. Cuando se habituaron sus ojos a la leve claridad de la luna, se vio en medio del bosque, tirado sobre el colchón de humus que cubría el suelo. A su alrededor, en estrecho círculo, sintió la presencia de los indios, aunque no podía verlos en tan poca luz y sin sus anteojos. Se acordó de su navaja del ejército suizo y se llevó disimuladamente la mano a la cintura buscándola, pero no pudo terminar el gesto: un puño firme lo sujetó por la muñeca. Entonces oyó la voz de Nadia y sintió las manitos delgadas de Borobá en su cabello. Lanzó una exclamación, porque el mono puso los dedos en un chichón provocado por el golpe.

—Quieto, Jaguar. Nos harán daño —dijo la muchacha.

—¿Qué pasó?

—Se asustaron, creyeron que ibas a gritar, por eso tuvieron que llevarte a la fuerza. Sólo quieren que vayamos con ellos.

—¿Adónde? ¿Por qué? —farfulló el muchacho tratando de sentarse. Sentía su cabeza retumbando como un tambor.

Nadia lo ayudó a incorporarse y le dio a beber agua de una calabaza. Ya sus ojos se habían acostumbrado y vio que los indios lo observaban de cerca y hacían comentarios en voz alta, sin temor alguno de ser oídos o alcanzados. Alex supuso que el resto de la expedición estaría buscándolos, aunque nadie se atrevería a aventurarse demasiado lejos en plena noche. Pensó que por una vez su abuela estaría preocupada: ¿cómo explicaría a su hijo John que había perdido al nieto en la selva? Por lo visto los indios habían tratado a Nadia con más suavidad, porque la chica se movía entre ellos con confianza. Al incorporarse sintió algo tibio que resbalaba por la sien derecha y goteaba sobre su hombro. Le pasó el dedo y se lo llevó a los labios.

—Me partieron la cabeza —murmuró, asustado.

—Finge que no te duele, Jaguar, como hacen los verdaderos guerreros —le advirtió Nadia.

El muchacho concluyó que debía hacer una demostración de valor: se puso de pie procurando que no se notara el temblor de sus rodillas, se irguió lo más derecho que pudo y se golpeó el pecho como había visto en las películas de Tarzán, a tiempo que lanzaba un interminable rugido de King Kong. Los indios retrocedieron un par de pasos y esgrimieron sus armas, atónitos. Repitió los golpes de pecho y los gruñidos, seguro de haber producido alarma en las filas enemigas, pero en vez de echar a correr asustados, los guerreros empezaron a reírse. Nadia sonreía también y Borobá daba saltos y mostraba los dientes, histérico de risa. Las risotadas aumentaron de volumen, algunos indios caían sentados, otros se tiraban de espaldas al suelo y levantaban las piernas de puro gozo, otros imitaban al muchacho aullando como Tarzán. Las carcajadas duraron un buen rato, hasta que Alex, sintiéndose absolutamente ridículo, se contagió también de risa. Por fin se calmaron y, secándose las lágrimas, intercambiaron palmadas amistosas.

Uno de los indios, que en la penumbra parecía más pequeño, más viejo y se distinguía por una corona redonda de plumas, único adorno en su cuerpo desnudo, inició un largo discurso. Nadia captó el sentido, porque conocía varias lenguas de los indios y, aunque la gente de la neblina tenía su propio idioma, muchas palabras eran similares.

Estaba segura de que podría comunicarse con ellos. De la diatriba del hombre con la corona de plumas entendió que se refería a Rahakanariwa, el espíritu del pájaro caníbal mencionado por Walimai, a los *nahab*, como llamaban a los forasteros, y a un poderoso chamán. Aunque no lo nombró, porque habría sido muy descortés de su parte hacerlo, ella dedujo que se trataba de Walimai. Valiéndose de las palabras que conocía y de gestos, la chica indicó el hueso tallado que llevaba colgado al cuello, regalo del brujo. El hombre que actuaba como jefe examinó el talismán durante largos minutos, dando muestras de admiración y respeto, luego siguió con su discurso, pero esta vez dirigiéndose a los guerreros, quienes se aproximaron uno por uno para tocar el amuleto.

Después los indios se sentaron en círculo y continuaron las conversaciones, mientras distribuían trozos de una masa cocida, como pan sin levadura. Alex se dio cuenta que no había comido en muchas horas y estaba muy hambriento; recibió su porción de cena sin fijarse en la mugre y sin preguntar de qué estaba hecha; sus remilgos respecto a la comida habían pasado a la historia. Enseguida los guerreros hicieron circular una vejiga de animal con un jugo viscoso de olor acre y sabor a vinagre, mientras salmodiaban un canto para desafiar a los fantasmas que causan pesadillas por la noche. No le ofrecieron el brebaje a Nadia, pero tuvieron la amabilidad de compartirlo con Alex, a quien no le tentó el olor y menos la idea de compartir el mismo recipiente con los demás. Recordaba la historia contada por César Santos de una tribu entera contagiada por la chupada del cigarrillo de un periodista. Lo último que deseaba era pasar sus gérmenes a esos indios, cuyo sistema de inmunidad no los resistiría, pero Nadia le advirtió que no aceptarlo sería considerado un insulto. Le informó que era *masato*, una bebida fermentada hecha con mandioca masticada y saliva, que sólo bebían los hombres.

Alex creyó que iba a vomitar con la explicación, pero no se atrevió a rechazarla.

Con el golpe recibido en el cráneo y el *masato*, el muchacho se trasladó sin esfuerzo al planeta de las arenas de oro y las seis lunas en el cielo fosforescente, que había visto en el patio de Mauro Carías. Estaba tan confundido e intoxicado que no habría podido dar ni un paso, pero por suerte no tuvo que hacerlo, porque los guerreros también sentían la influencia del licor y pronto yacían por el suelo roncando. Alex supuso que no continuarían la marcha hasta que hubiera algo de luz y se consoló con la vaga esperanza de que su abuela lo alcanzaría al amanecer. Ovillado en el suelo, sin acordarse de los fantasmas de las pesadillas, las hormigas de fuego, las tarántulas o las serpientes, se abandonó al sueño. Tampoco se alarmó cuando el tremendo olor de la Bestia invadió el aire.

Los únicos que estaban sobrios y despiertos cuando apareció la Bestia eran Nadia y Borobá. El mono se inmovilizó por completo, como convertido en piedra, y ella alcanzó a vislumbrar una gigantesca figura en la luz de la luna antes que el olor la hiciera perder los sentidos. Más tarde contaría a su amigo lo mismo que había dicho el padre Valdomero: era una criatura de forma humana, erecta, de unos tres metros de altura, con brazos poderosos terminados en garras curvas como cimitarras y una cabeza pequeña, desproporcionada para el tamaño del cuerpo. A Nadia le pareció que se movía con gran lentitud, pero de haberlo querido la Bestia habría podido destriparlos a todos. La fetidez que emanaba —o tal vez el terror absoluto que producía en sus víctimas— paralizaba como una droga. Antes de desmayarse ella quiso gritar o escapar, pero no pudo mover ni un músculo; en un relámpago de conciencia vio el cuerpo del soldado abierto en canal como una res y pudo imaginar el horror del hombre, su impotencia y su espantosa muerte.

Alex despertó confundido tratando de recordar lo que había pasado, con el cuerpo tembleque por el extraño licor de la noche anterior y la fetidez, que todavía flotaba en el aire. Vio a Nadia con Borobá arropado en su regazo, sentada con las piernas cruzadas y la mirada perdida en la nada. El muchacho gateó hasta ella conteniendo a duras penas los sobresaltos de sus tripas.

—La vi, Jaguar —dijo Nadia con una voz remota, como si estuviera en trance.

—¿Qué viste?

—La Bestia. Estuvo aquí. Es enorme, un gigante...

Alex se fue detrás de un helecho a vaciar el estómago, con lo cual se sintió algo más aliviado, a pesar de que el hedor del aire le devolvía las náuseas. A su regreso los guerreros estaban listos para emprender la marcha. En la luz del amanecer pudo verlos bien por primera vez. Su temible aspecto correspondía exactamente a las descripciones de Leblanc: estaban desnudos, con el cuerpo pintado en colores rojo, negro y verde, brazaletes de plumas y el cabello cortado redondo, con la parte superior del cráneo afeitada, como una tonsura de sacerdote. Llevaban arcos y flechas atados a la espalda y una pequeña calabaza cubierta con un trozo de piel que, según dijo Nadia, contenía el mortal *curare* para flechas y dardos. Varios de ellos llevaban gruesos palos y todos lucían cicatrices en la cabeza, que equivalían a orgullosas condecoraciones de guerra: el valor y la fortaleza se medía por las huellas de los garrotazos soportados.

Alex debió sacudir a Nadia para despabilarla, porque el espanto de haber visto a la Bestia la noche anterior la había dejado atontada. La muchacha logró explicar lo que había visto y los guerreros escucharon con atención, pero no dieron muestras de sorpresa, tal como no hicieron comentarios sobre el olor.

El grupo se puso en marcha de inmediato, trotando en fila a la zaga del jefe, a quien Nadia decidió llamar Mokarita, pues no podía preguntarle su nombre verdadero. A juzgar por el estado de su piel, sus dientes y sus pies deformes, Mokarita era mucho más viejo de lo que Alex supuso cuando lo vio en la penumbra, pero tenía la misma agilidad y resistencia de los otros guerreros. Uno de los hombres jóvenes se distinguía entre los demás, era más alto y fornido y, a diferencia de los otros, iba enteramente pintado de negro, excepto una especie de antifaz rojo en torno a los ojos y la frente. Caminaba siempre al lado del jefe, como si fuera su lugarteniente, y se refería a sí mismo como Tahama; Nadia y Alexander se enteraron después que ése era su título honorífico por ser el mejor cazador de la tribu.

Aunque el paisaje parecía inmutable y no había puntos de referencia, los indios sabían exactamente adónde se dirigían. Ni una sola vez se volvieron a ver si los muchachos extranjeros los seguían: sabían que no les quedaba más remedio que hacerlo, de otro modo se perderían. A veces a Alex y Nadia les parecía estar solos, porque la gente de la neblina desaparecía en la vegetación, pero esa impresión no duraba mucho; tal como se esfumaban, los indios reaparecían en cualquier momento, como si estuvieran ejercitándose en el arte de tornarse invisibles. Alex concluyó que ese talento para desaparecer no se podía atribuir solamente a la pintura con que se camuflaban, era sobre todo una actitud mental. ¿Cómo lo hacían? Calculó cuán útil podía ser en la vida el truco de la invisibilidad y se propuso aprenderlo. En los días siguientes comprendería que no se trataba de ilusionismo, sino de un talento que se alcanzaba con mucha práctica y concentración, como tocar la flauta.

El paso rápido no cambió en varias horas; sólo se detenían de vez en cuando en los arroyos para beber agua. Alex sentía hambre, pero estaba agradecido de que al menos el tobillo donde lo había picado la hormiga ya no le dolía. César Santos le había contado que los indios comen cuando pueden —no siempre cada día— y su organismo está acostumbrado a almacenar energía; él, en cambio, había tenido siempre el refrigerador de su casa atiborrado de alimentos, al menos mientras su madre estuvo sana, y si alguna vez debía saltarse una comida le daba fatiga. No pudo menos que sonreír ante el trastorno completo de sus hábitos. Entre otras cosas, no se había cepillado los dientes ni cambiado la ropa en varios días. Decidió ignorar el vacío en el estómago, matar el hambre con indiferencia. En un par de ocasiones le dio una mirada a su compás y descubrió que marchaban en dirección al noreste. ¿Vendría alguien a su rescate? ¿Cómo podría dejar señales en el camino? ¿Los verían desde un helicóptero? No se sentía optimista, en verdad su situación era desesperada. Le sorprendió que Nadia no diera señas de fatiga, su amiga parecía completamente entregada a la aventura.

Cuatro o cinco horas más tarde —imposible medir el tiempo en ese lugar— llegaron a un río claro y profundo. Siguieron por la orilla un par de millas y de pronto ante los ojos maravillados de Alex surgió una montaña muy alta y una magnífica catarata que caía con un clamor de guerra, formando abajo una inmensa nube de espuma y agua pulverizada.

—Es el río que baja del cielo —dijo Tahama.

11

LA ALDEA INVISIBLE

Mokarita, el jefe de las plumas amarillas, autorizó al grupo para descansar un rato antes de emprender el ascenso de la montaña. Tenía un rostro de madera, con la piel cuarteada como corteza de árbol, sereno y bondadoso.

—Yo no puedo subir —dijo Nadia al ver la roca negra, lisa y húmeda.

Era la primera vez que Alex la veía derrotada ante un obstáculo y simpatizó con ella porque también él estaba asustado, aunque durante años había trepado montañas y rocas con su padre. John Cold era uno de los escaladores más experimentados y audaces de los Estados Unidos, había participado en célebres expediciones a lugares casi inaccesibles, incluso había sido llamado un par de veces para rescatar gente accidentada en los picos más altos de Austria y Chile. Sabía que él no poseía la habilidad ni el valor de su padre, mucho menos su experiencia; tampoco había visto una roca tan escarpada como la que ahora tenía por delante. Escalar por los costados de la catarata, sin cuerdas y sin ayuda, era prácticamente imposible.

Nadia se aproximó a Mokarita y trató de explicarle mediante señas y las palabras que compartían que ella no era capaz de subir. El jefe pareció muy enojado, daba gritos, blandía sus armas y gesticulaba. Los otros indios lo imitaron, rodeando a Nadia amenazadores. Alex se colocó junto a su amiga y procuró calmar a los guerreros con gestos, pero lo único que consiguió fue que Tahama cogiera a Nadia por el cabello y empezara a darle tirones, arrastrándola hacia la catarata, mientras Borobá daba manotazos y chillaba. En un rapto de inspiración —o desesperación— el muchacho desprendió la flauta de su cinturón y comenzó a tocar. Al instante los indios se detuvieron, como hipnotizados; Tahama soltó a Nadia y todos rodearon a Alex.

Una vez que se hubieron apaciguado un poco los ánimos, Alex convenció a Nadia que con una cuerda él podía ayudarla a subir. Le repitió lo que tantas veces oyera decir a su padre: «antes de vencer la montaña hay que aprender a usar el temor».

—Me espanta la altura, Jaguar, me da vértigo. Cada vez que subo a la avioneta de mi padre me enfermo... —gimió Nadia.

—Mi papá dice que el temor es bueno, es el sistema de alarma del cuerpo, nos avisa del peligro; pero a veces el peligro es inevitable y entonces hay que dominar el miedo.

—¡No puedo!

—Nadia, escúchame —dijo Alex sujetándola por los brazos y obligándola a mirarlo a los ojos—. Respira hondo, cálmate. Te enseñaré a usar el miedo. Confía en ti misma y en mí. Te ayudaré a subir, lo haremos juntos, te lo prometo.

Por toda respuesta Nadia se echó a llorar con la cabeza en el hombro de Alex. El muchacho no supo qué hacer, jamás había estado tan cerca de una chica. En sus fantasías había abrazado mil veces a Cecilia Burns, su amor de toda la vida, pero en la práctica habría salido corriendo si ella lo hubiera tocado. Cecilia Burns estaba tan lejos, que era como si no existiera: no podía recordar su cara. Sus brazos rodearon a Nadia en un gesto automático. Sintió que el corazón latía en su pecho como una estampida de búfalos, pero le alcanzó la lucidez para darse cuenta de lo absurdo de su situación. Estaba en el medio de la selva, rodeado de extraños guerreros pintarrajeados, con una pobre chica aterrada en sus brazos y ¿en qué estaba pensando? ¡En el amor! Logró reaccionar, separando a Nadia para enfrentarla con determinación.

—Deja de llorar y dile a estos señores que necesitamos una cuerda —le ordenó, señalando a los indios—. Y acuérdate que tienes la protección del talismán.

—Walimai dijo que me protegería de hombres, animales y fantasmas, pero no mencionó el peligro de caerme y partirme la nuca —explicó Nadia.

—Como dice mi abuela, de algo hay que morirse —la consoló su amigo tratando de sonreír. Y agregó—: ¿No me dijiste que hay que ver con el corazón? Ésta es una buena oportunidad para hacerlo.

Nadia se las arregló para comunicar a los indios la petición del muchacho. Cuando finalmente entendieron, varios de ellos se pusieron en acción y muy pronto confeccionaron una cuerda con lianas trenzadas. Cuando vieron que Alex ataba un extremo de la cuerda a la cintura de la chica y enrollaba el resto en torno a su propio pecho, dieron muestras de gran curiosidad. No podían imaginar por qué los forasteros hacían algo tan absurdo: si uno resbalaba arrastraría al otro.

El grupo se acercó a la catarata, que caía libremente desde una altura de más de cincuenta metros y se estrellaba abajo en una impresionante nube de agua, coronada por un magnífico arco iris. Centenares de pájaros negros cruzaban la cascada en todas direcciones. Los indios saludaron al río que bajaba del cielo esgrimiendo sus armas y dando gritos: ya estaban muy cerca de su país. Al subir a las tierras altas se sentían a salvo de cualquier peligro. Tres de ellos se alejaron en el bosque por un rato y regresaron con unas bolas, que, al ser inspeccionadas por los chicos, resultaron ser de una resina blanca, espesa y muy pegajosa. Imitando a los otros, se frotaron las palmas de las manos y los pies con esa pasta. En contacto con el suelo, el humus se pegaba en la resina, creando una suela irregular. Los primeros pasos fueron dificultosos, pero apenas se metieron bajo la llovizna de la catarata, comprendieron su utilidad: era como llevar botas y guantes de goma adhesiva.

Bordearon la laguna que se formaba abajo y pronto alcanzaron, empapados, la cascada, una cortina sólida de agua, separada de la montaña por varios metros. El rugido del agua era tal que resultaba imposible comunicarse y tampoco podían hacerlo por señas, puesto que la visibilidad era casi nula, el vapor de agua convertía el aire en espuma blanca. Tenían la impresión de avanzar a tientas en medio de una nube. Por orden de Nadia, Borobá se había pegado al cuerpo de Alex como un gran parche peludo y caliente, mientras ella avanzaba detrás porque iba sujeta de una cuerda, de otro modo habría retrocedido. Los guerreros conocían bien el terreno y proseguían lento, pero sin vacilar, calculando dónde ponían cada pie. Los muchachos los siguieron lo más cerca posible, porque bastaba separarse un par de pasos para perderlos de vista por completo. Alex imaginó que el nombre de esa tribu —gente de la neblina— provenía de la densa bruma que se formaba al reventar el agua.

Esa y otras cataratas del Alto Orinoco habían derrotado siempre a los forasteros, pero los indios las habían convertido en sus aliadas. Sabían exactamente dónde pisar, había muescas naturales o talladas por ellos que seguramente habían usado por cientos de años. Esos cortes en la montaña formaban una escalera detrás de la cascada, que subía hasta el tope. Sin conocer su existencia y su ubicación exacta, era imposible ascender por esas paredes lisas, mojadas y resbalosas, con la atronadora presencia de la cascada a la espalda. Un tropezón y la caída terminaba en muerte segura en medio del fragor de la espuma.

Antes de verse aislados por el ruido, Alex alcanzó a instruir a Nadia de no mirar hacia abajo, debía concentrarse en copiar sus movimientos, aferrándose donde él lo hacía, tal como él imitaba a Tahama, quien iba delante. También le explicó que la primera parte era más difícil por la niebla producida al estrellarse el agua contra el suelo, pero a medida que subieran seguramente sería menos resbaloso y podrían ver mejor. A Nadia eso no le dio ánimo, porque su peor problema no era la visibilidad, sino el vértigo. Trató de ignorar la altura y el rugido ensordecedor de la cascada, pensando que la resina en las manos y los pies ayudaba a adherirse a la roca mojada. La cuerda que la unía a Alex le daba algo de seguridad, aunque era fácil adivinar que un paso en falso de cualquiera de ellos lanzaría a ambos al vacío. Procuró seguir las instrucciones de Alex: concentrar la mente en el próximo movimiento, en el lugar preciso donde debía colocar el pie o la mano, uno a la vez, sin apuro y sin perder el ritmo. Apenas lograba estabilizarse, se movía con cuidado buscando una hendidura o saliente superior, enseguida tanteaba con un pie hasta dar con otra y así podía impulsar el cuerpo unos centímetros más arriba. Las fisuras en la montaña eran suficientemente profundas para apoyarse, el peligro mayor consistía en separar el cuerpo, debía moverse pegada a la roca. En un chispazo pasó por su mente Borobá: si ella iba tan aterrada, cómo estaría el infortunado mono colgando de Alex.

A medida que subían la visibilidad aumentaba, pero la distancia entre la catarata y la montaña se reducía. Los niños sentían el agua cada vez más cerca de sus espaldas. Justo cuando Alex y Nadia se preguntaban cómo harían para continuar el ascenso a la parte superior de la catarata, las muescas en la roca se desviaron hacia la derecha. El muchacho tanteó con los dedos y dio con una superficie plana; entonces sintió que lo cogían por la muñeca y tiraban hacia arriba. Se impulsó con todas sus fuerzas y aterrizó en una cueva de la montaña, donde ya estaban reunidos los guerreros. Tirando de la cuerda alzó a Nadia, que cayó de bruces encima de él, atontada por el esfuerzo y el terror. El infortunado Borobá no se movió, estaba pegado como una lapa a su espalda y congelado de terror. Frente a la boca de la cueva caía una cortina compacta de agua, que los pájaros negros atravesaban dispuestos a defender sus nidos de los invasores. Alex se admiró ante el increíble valor de los primeros indios que, tal vez en la prehistoria, se aventuraron detrás de la cascada, encontraron algunas hendiduras y tallaron otras, descubrieron la cueva y abrieron el camino para sus descendientes.

La gruta, larga y estrecha, no permitía ponerse de pie, debían gatear o arrastrarse. La claridad del sol se filtraba blanca y lechosa a través de la cascada, pero apenas alumbraba la entrada, más adentro estaba oscuro. Alex, sosteniendo a Nadia y Borobá contra su pecho, vio a Tahama llegar hasta su lado, gesticulando y señalando la caída de agua. No podía oírle, pero entendió que alguien se había resbalado o se había quedado atrás. Tahama le mostraba la cuerda y por fin comprendió que éste pretendía usarla para bajar en busca del ausente. El indio era más pesado que él y, por muy ágil que fuera, no tenía experiencia en rescate de alta montaña. Tampoco él era un experto, pero al menos había acompañado a su padre un par de veces en misiones arriesgadas, sabía usar una cuerda y había leído mucho al respecto. Escalar era su pasión, sólo comparable a su amor por la flauta. Hizo señas a los indios de que él iría hasta donde dieran las lianas. Desató a Nadia e indicó a Tahama y a los otros que lo bajaran por el precipicio.

El descenso, suspendido de una frágil cuerda en el abismo, con un mar de agua rugiendo a su alrededor, a Alex le pareció peor que la subida. Veía muy poco y ni siquiera sabía quién había resbalado ni dónde buscarlo. La maniobra era de una temeridad prácticamente inútil, puesto que cualquiera que hubiera pisado en falso durante el ascenso ya estaría hecho polvo abajo. ¿Qué haría su padre en esas circunstancias? John Cold pensaría primero en la víctima, después en sí mismo. John Cold no se daría por vencido sin intentar todos los recursos posibles. Mientras lo descendían hizo un esfuerzo por ver más allá de sus narices y respirar, pero apenas podía abrir los ojos y sentía los pulmones llenos de agua. Se balanceaba en el vacío, rogando para que la cuerda de lianas no cediera.

De pronto uno de sus pies dio con algo blando y un instante más tarde palpaba con los dedos la forma de un hombre que colgaba aparentemente de la nada. Con un sobresalto de angustia, comprendió que era el jefe Mokarita. Lo reconoció por el sombrero de plumas amarillas, que aún permanecía firme en su cabeza, a pesar de que el infeliz anciano estaba enganchado como una res en una gruesa raíz que emergía de la montaña y, milagrosamente, había detenido su caída. Alex no tenía dónde sostenerse y temía que si se apoyaba en la raíz, ésta se partiría, precipitando a Mokarita al abismo. Calculó que sólo tendría una oportunidad de agarrarlo y más valía hacerlo con precisión, si no el hombre, empapado como estaba, se le resbalaría entre los dedos como un pez.

Alexander se dio impulso, columpiándose casi a ciegas y se enroscó con piernas y brazos a la figura postrada. En la cueva los guerreros sintieron el tirón y el peso en la cuerda y comenzaron a halar con cuidado, muy lento, para evitar que el roce rompiera las lianas y el bamboleo azotara a Alex y Mokarita contra las rocas. El joven no supo cuánto demoró la operación, tal vez sólo unos minutos, pero le parecieron horas. Por último se sintió cogido por varias manos, que lo izaron a la cueva. Los indios debieron forcejear con él para que soltara a Mokarita: lo tenía abrazado con la determinación de una piraña.

El jefe se acomodó las plumas y esbozó una débil sonrisa. Hilos de sangre le brotaban por la nariz y la boca, pero por lo demás parecía intacto. Los indios se manifestaban muy impresionados por el rescate y pasaban la cuerda de mano en mano con admiración, pero a ninguno se le ocurrió atribuir el salvamento del jefe al joven forastero, más bien felicitaban a Tahama por haber tenido la idea. Agotado y adolorido, Alex echó de menos que alguien le diera las gracias, pero hasta Nadia lo ignoró. Acurrucada con Borobá en un rincón, ni cuenta se dio ella del heroísmo de su amigo, porque estaba todavía tratando de recuperarse del ascenso a la montaña.

El resto del viaje fue más fácil, porque el túnel se abría a cierta distancia del agua, en un sitio donde era posible subir con menos riesgo. Sirviéndose de la cuerda, los indios izaron a Mokarita, porque le flaqueaban las piernas, y a Nadia, porque le flaqueaba el ánimo, pero finalmente todos se encontraron en la cima.

—¿No te dije que el talismán también servía para peligros de altura? —se burló Alex.

—¡Cierto! —admitió Nadia, convencida.

Ante ellos apareció el Ojo del Mundo, como llamaba la gente de la neblina a su país. Era un paraíso de montañas y cascadas espléndidas, un bosque infinito poblado de animales, pájaros y mariposas, con un clima benigno y sin las nubes de mosquitos que atormentaban en las tierras bajas. A lo lejos se alzaban extrañas formaciones como altísimos cilindros de granito negro y tierra roja. Postrado en el suelo sin poder moverse, Mokarita los señaló con reverencia:

—Son *tepuis*, las residencias de los dioses —dijo con un hilo de voz.

Alex los reconoció al punto: esas impresionantes mesetas eran idénticas a las torres magníficas que había visto cuando enfrentó al jaguar negro en el patio de Mauro Carías.

—Son las montañas más antiguas y misteriosas de la tierra —dijo.

—¿Cómo lo sabes? ¿Las habías visto antes? —preguntó Nadia.

—Las vi en un sueño —contestó Alex.

El jefe indio no daba muestras de dolor, como correspondía a un guerrero de su categoría, pero le quedaban muy pocas fuerzas, a ratos cerraba los ojos y parecía desmayado. Alex no supo si tenía huesos rotos o incontables magulladuras internas, pero era claro que no podía ponerse de pie. Valiéndose de Nadia como intérprete, consiguió que los indios improvisaran una parihuela con dos palos largos, unas cuantas lianas atravesadas y un trozo de corteza de árbol encima. Los guerreros, desconcertados ante la debilidad del anciano que había guiado a la tribu por varias décadas, siguieron las instrucciones de Alex sin discutir. Dos de ellos cogieron los extremos de la camilla y así continuaron la marcha durante una media hora por la orilla del río, guiados por Tahama, hasta que Mokarita indicó que se detuvieran para descansar un rato.

El ascenso por las laderas de la catarata había durado varias horas y para entonces todos estaban agotados y hambrientos. Tahama y otros dos hombres se internaron en el bosque y regresaron al poco rato con unos cuantos pájaros, un armadillo y un mono, que habían cazado con sus flechas. El mono, todavía vivo, pero paralizado por el *curare*, fue despachado de un piedrazo en la cabeza, ante el horror de Borobá, quien corrió a refugiarse bajo la camiseta de Nadia. Hicieron fuego frotando un par de piedras —algo que Alex había intentado inútilmente cuando era *boy-scout*— y asaron las presas ensartadas en palos. El cazador no probaba la carne de su víctima, era mala educación y mala suerte, debía esperar que otro cazador le ofreciera de la suya. Tahama había cazado todo menos el armadillo, de modo que la cena demoró un buen rato, mientras cumplían el riguroso protocolo de intercambio de comida. Cuando por fin tuvo su porción en la mano, Alex la devoró sin fijarse en las plumas y los pelos que aún había adheridos a la carne, y le pareció deliciosa.

Todavía faltaba un par de horas para la puesta del sol y en el altiplano, donde la cúpula vegetal era menos densa, la luz del día duraba más que en el valle. Después de largas consultas con Tahama y Mokarita, el grupo se puso nuevamente en marcha.

Tapirawa-teri, la aldea de la gente de la neblina apareció de pronto en medio del bosque, como si tuviera la misma propiedad de sus habitantes para hacerse visible o invisible a voluntad. Estaba protegida por un grupo de castaños gigantes, los árboles más altos de la selva, algunos de cuyos troncos medían más de diez metros de circunferencia. Sus cúpulas cubrían la aldea como inmensos paraguas. Tapirawa-teri era diferente al típico *shabono*, lo cual confirmó la sospecha de Alex que la gente de la neblina no era como los demás indios y seguramente tenía muy poco contacto con otras tribus del Amazonas. La aldea no consistía en una sola choza circular con un patio al centro, donde vivía toda la tribu, sino en habitaciones pequeñas, hechas con barro, piedras, palos y paja, cubiertas por ramas y arbustos, de modo que se confundían perfectamente con la naturaleza. Se podía estar a pocos metros de distancia sin tener idea que allí existía una construcción humana. Alex comprendió que si era tan difícil distinguir el villorrio cuando uno se encontraba en medio de él, sería imposible verlo desde el aire, como sin duda se vería el gran techo circular y el patio despejado de vegetación de un *shabono.* Ésa debía ser la razón por la cual la gente de la neblina había logrado mantenerse completamente aislada. Su esperanza de ser rescatado por los helicópteros del Ejército o la avioneta de César Santos se esfumó.

La aldea era tan irreal como los indios. Tal como las chozas eran invisibles, también lo demás parecía difuso o transparente. Allí los objetos, como las personas, perdían sus contornos precisos y existían en el plano de la ilusión. Surgiendo del aire, como fantasmas, llegaron las mujeres y los niños a recibir a los guerreros. Eran de baja estatura, de piel más clara que los indios del valle, con ojos color ámbar; se movían con extraordinaria ligereza, flotando, casi sin consistencia material. Por todo vestido llevaban dibujos pintados en el cuerpo y algunas plumas o flores atadas en los brazos o ensartadas en las orejas. Asustados por el aspecto de los dos forasteros, los niños pequeños se echaron a llorar y las mujeres se mantuvieron distantes y temerosas, a pesar de la presencia de sus hombres armados.

—Quítate la ropa, Jaguar —le indicó Nadia, mientras se desprendía de sus pantalones cortos, su camiseta y hasta sus prendas interiores.

Alex la imitó sin pensar siquiera en lo que hacía. La idea de desnudarse en público lo hubiera horrorizado hacía un par de semanas, pero en ese lugar era natural. Andar vestido resultaba indecente cuando todos los demás estaban desnudos. Tampoco le pareció extraño ver el cuerpo de su amiga, aunque antes se habría sonrojado si cualquiera de sus hermanas se presentaba sin ropa ante él. De inmediato las mujeres y los niños perdieron el miedo y se fueron acercando poco a poco. Nunca habían visto personas de aspecto tan singular, sobre todo el muchacho americano, tan blanco en algunas partes. Alex sintió que examinaban con especial curiosidad la diferencia de color entre lo que habitualmente cubría su traje de baño y el resto del cuerpo, bronceado por el sol. Lo frotaban con los dedos para ver si era pintura y se reían a carcajadas.

Los guerreros depositaron en el suelo la camilla de Mokarita, que al punto fue rodeada por los habitantes de la aldea. Se comunicaban en susurros y en un tono melódico, imitando los sonidos del bosque, la lluvia, el agua sobre las piedras de los ríos, tal como hablaba Walimai. Maravillado, Alex se dio cuenta que podía comprender bastante bien, siempre que no hiciera un esfuerzo, debía «oír con el corazón». Según Nadia, quien tenía una facilidad asombrosa para las lenguas, las palabras no son tan importantes cuando se entienden las intenciones.

Iyomi, la esposa de Mokarita, aún más anciana que él, se aproximó. Los demás le abrieron paso con respeto y ella se arrodilló junto a su marido, sin una lágrima, murmurando palabras de consuelo en su oreja, mientras las demás mujeres formaban un coro a su alrededor, serias y en silencio, sosteniendo a la pareja con su cercanía, pero sin intervenir.

Muy pronto cayó la noche y el aire se tornó frío. Normalmente en un *shabono* había siempre bajo el gran techo común un collar de fogatas encendidas para cocinar y proveer calor, pero en Tapirawa-teri el fuego estaba disimulado, como todo lo demás. Las pequeñas hogueras se encendían sólo de noche y dentro de las chozas, sobre un altar de piedra, para no llamar la atención de los posibles enemigos o los malos espíritus. El humo escapaba por las ranuras del techo, dispersándose en el aire. Al principio Alex tuvo la impresión de que las viviendas estaban distribuidas al azar entre los árboles, pero pronto comprendió que estaban colocadas en forma vagamente circular, como un *shabono*, y conectadas por túneles o techos de ramas, dando unidad a la aldea. Sus habitantes podían trasladarse mediante esa red de senderos ocultos, protegidos en caso de ataque y resguardados de la lluvia y el sol.

Los indios se agrupaban por familias, pero los muchachos adolescentes y hombres solteros vivían separados en una habitación común, donde había hamacas colgadas de palos y esterillas en el suelo. Allí instalaron a Alex, mientras Nadia fue llevada a la morada de Mokarita. El jefe indio se había casado en la pubertad con Iyomi, su compañera de toda la vida, pero tenía además dos esposas jóvenes y un gran número de hijos y nietos. No llevaba la cuenta de la descendencia, porque en realidad tampoco importaba quiénes eran los padres: los niños se criaban todos juntos, protegidos y cuidados por los miembros de la aldea.

Nadia averiguó que entre la gente de la neblina era común tener varias esposas o varios maridos; nadie se quedaba solo. Si un hombre moría, sus hijos y esposas eran de inmediato adoptados por otro que pudiera protegerlos y proveer para ellos. Ése era el caso de Tahama, quien debía ser buen cazador, porque tenía la responsabilidad de varias mujeres y una docena de criaturas. A su vez una madre, cuyo esposo era un mal cazador, podía conseguir otros maridos para que la ayudaran a alimentar a sus hijos. Los padres solían prometer en matrimonio a las niñas cuando nacían, pero ninguna muchacha era obligada a casarse o a permanecer junto a un hombre contra su voluntad. El abuso contra mujeres y niños era tabú y quien lo violaba perdía a su familia y quedaba condenado a dormir solo, porque tampoco era aceptado en la choza de los solteros. El único castigo entre la gente de la neblina era el aislamiento: nada temían tanto como ser excluidos de la comunidad. Por lo demás, la idea de premio y castigo no existía entre ellos; los niños aprendían imitando a los adultos, porque si no lo hacían estaban destinados a perecer. Debían aprender a cazar, pescar, plantar y cosechar, respetar a la naturaleza y a los demás, ayudar, mantener su puesto en la aldea. Cada uno aprendía con su propio ritmo y de acuerdo a su capacidad.

A veces no nacían suficientes niñas en una generación, entonces los hombres partían en largas excursiones en busca de esposas. Por su parte, las muchachas de la aldea podían encontrar marido durante las raras ocasiones en que visitaban otras regiones. También se mezclaban adoptando familias de otras tribus, abandonadas después de una batalla, porque un grupo muy pequeño no podía sobrevivir en la selva. De vez en cuando había que declarar la guerra a otro *shabono*, así se hacían fuertes los guerreros y se intercambiaban parejas. Era muy triste cuando los jóvenes se despedían para ir a vivir en otra tribu, porque muy raramente volvían a ver a su familia. La gente de la neblina guardaba celosamente el secreto de su aldea, para defenderse de ser atacados y de las costumbres de los forasteros. Habían vivido igual durante miles de años y no deseaban cambiar.

En el interior de las chozas había muy poco: hamacas, calabazas, hachas de piedra, cuchillos de dientes o garras, varios animales domésticos, que pertenecían a la comunidad y entraban y salían a gusto. En el dormitorio de los solteros se guardaban arcos, flechas, cerbatanas y dardos. No había nada superfluo, tampoco objetos de arte, sólo lo esencial para la estricta supervivencia y el resto lo proveía la naturaleza. Alexander Cold no vio ni un solo objeto de metal que indicara contacto con el mundo exterior y recordó cómo la gente de la neblina no había tocado los regalos colgados por César Santos para atraerlos. En eso también se diferenciaba de las otras tribus de la región, que sucumbían una a una a la codicia por el acero y otros bienes de los forasteros.

Cuando bajó la temperatura, Alex se puso su ropa, pero igual tiritaba. Por la noche vio que sus compañeros de vivienda dormían de a dos en las hamacas o amontonados en el suelo para infundirse calor, pero él venía de una cultura donde el contacto físico entre varones no se tolera; los hombres sólo se tocan en arranques de violencia o en los deportes más rudos. Se acostó solo en un rincón sintiéndose insignificante, menos que una pulga. Ese pequeño grupo humano en una diminuta aldea de la selva era invisible en la inmensidad del espacio sideral. Su tiempo de vida era menos que una fracción de segundo en el infinito. O tal vez ni siquiera existían, tal vez los seres humanos, los planetas y el resto de la Creación eran sueños, ilusiones. Sonrió con humildad al recordar que pocos días antes él todavía se creía el centro del universo. Tenía frío y hambre, supuso que ésa sería una noche muy larga, pero en menos de cinco minutos estaba durmiendo como si lo hubieran anestesiado.

Despertó acurrucado en el suelo sobre una esterilla de paja, apretado entre dos fornidos guerreros, que roncaban y resoplaban en su oreja como solía hacer su perro Poncho. Se desprendió con dificultad de los brazos de los indios y se levantó discretamente, pero no llegó muy lejos, porque atravesada en el umbral había una culebra gorda de más de dos metros de largo. Se quedó petrificado, sin atreverse a dar un paso, a pesar de que el reptil no daba muestras de vida: estaba muerto o dormido. Pronto los indios se sacudieron el sueño y comenzaron sus actividades con la mayor calma, pasando por encima de la culebra sin prestarle atención. Era una boa constrictor domesticada, cuya misión consistía en eliminar ratas, murciélagos, escorpiones y espantar a las serpientes venenosas. Entre la gente de la neblina había muchas mascotas: monos que se criaban con los niños, perritos que las mujeres amamantaban igual que a sus hijos, tucanes, loros, iguanas y hasta un decrépito jaguar amarillo, inofensivo, con una pata coja. Las boas, bien alimentadas y por lo general letárgicas, se prestaban para que los niños jugaran con ellas. Alex pensó en lo feliz que estaría su hermana Nicole en medio de aquella exótica fauna amaestrada.

Buena parte del día se fue en preparar la fiesta para celebrar el regreso de los guerreros y la visita de las dos «almas blancas», como llamaron a Nadia y Alex. Todos participaron, menos un hombre, que permaneció sentado en un extremo de la aldea, separado de los demás. El indio cumplía el rito de purificación —*unokaimú*— obligatorio cuando se ha matado a otro ser humano. Alex se enteró que *unokaimú* consistía en ayuno total, silencio e inmovilidad durante varios días, de esa manera el espíritu del muerto, que había escapado por las narices del cadáver para pegarse en el esternón del asesino, iría poco a poco desprendiéndose. Si el homicida consumía cualquier alimento, el fantasma de su víctima engordaba y su peso acababa por aplastarlo. Frente al guerrero inmóvil en *unokaimú* había una larga cerbatana de bambú decorada con extraños símbolos, idénticos a los del dardo envenenado que atravesó el corazón de uno de los soldados de la expedición durante el viaje por el río.

Algunos hombres partieron a cazar y pescar, guiados por Tahama, mientras varias mujeres fueron a buscar maíz y plátanos a los pequeños huertos disimulados en el bosque y otras se dedicaron a moler mandioca. Los niños más pequeños juntaban hormigas y otros insectos para cocinarlos; los mayores recolectaron nueces y frutas, otros subieron con increíble agilidad a uno de los árboles para sacar miel de un panal, única fuente de azúcar en la selva. Desde que podían tenerse en pie, los muchachos aprendían a trepar, eran capaces de correr sobre las ramas más altas de un árbol sin perder el equilibrio. De sólo verlos suspendidos a gran altura, como simios, Nadia sentía vértigo.

Entregaron a Alex un canasto, le enseñaron a atárselo colgado de la cabeza y le indicaron que siguiera a otros jóvenes de su edad. Caminaron un buen rato bosque adentro, cruzaron el río sujetándose con pértigas y lianas, y llegaron frente a unas esbeltas palmeras cuyos troncos estaban erizados de afiladas espinas. Bajo las copas, a más de quince metros de altura, brillaban racimos de un fruto amarillo parecido al durazno. Los jóvenes amarraron unos palos para hacer dos firmes cruces, rodearon el tronco con una y pusieron la otra más arriba. Uno de ellos trepó en la primera, empujó la otra hacia arriba, se subió en ésa, estiró la mano para elevar la cruz de más abajo y así fue ascendiendo con la agilidad de un trapecista hasta la cumbre. Alex había oído hablar de esa hazaña, pero hasta que no la vio no entendió cómo se podía subir sin herirse con las espinas. Desde arriba el indio lanzó los frutos, que los demás recogieron en los canastos. Más tarde las mujeres de la aldea los molieron, mezclados con plátano, para hacer una sopa, muy apreciada entre la gente de la neblina.

A pesar de que todos estaban atareados con los preparativos, había un ambiente relajado y festivo. Nadie se apuraba y sobró tiempo para remojarse alegremente durante horas en el río. Mientras chapoteaba con otros jóvenes, Alexander Cold pensó que nunca el mundo le había parecido tan hermoso y nunca volvería a ser tan libre. Después del largo baño las muchachas de Tapirawa-teri prepararon pinturas vegetales de diferentes colores y decoraron a todos los miembros de la tribu, incluso los bebés, con intrincados dibujos. Entretanto los hombres de más edad molían y mezclaban hojas y cortezas de diversos árboles para obtener *yopo*, el polvo mágico de las ceremonias.

12

RITO DE INICIACIÓN

La fiesta comenzó por la tarde y duró toda la noche. Los indios, pintados de pies a cabeza, cantaron, bailaron y comieron hasta hartarse. Era una descortesía que un invitado rechazara el ofrecimiento de comida o bebida, de manera que Alex y Nadia, imitando a los demás, se llenaron la panza hasta sufrir arcadas, lo cual se consideraba una muestra de muy buenos modales. Los niños corrían con grandes mariposas y escarabajos fosforescentes atados con largos cabellos. Las mujeres, adornadas con luciérnagas, orquídeas y plumas en las orejas y palillos atravesados en los labios, comenzaron la fiesta dividiéndose en dos bandos, que se enfrentaban cantando en una amistosa competencia. Luego invitaron a los hombres a danzar inspiradas en los movimientos de los animales cuando se emparejan en la estación de las lluvias. Finalmente los hombres se lucieron solos, primero girando en una rueda imitando monos, jaguares y caimanes, enseguida hicieron una demostración de fuerza y destreza blandiendo sus armas y dando saltos ornamentales. A Nadia y Alex les daba vueltas la cabeza, estaban mareados por el espectáculo, el tam tam de los tambores, los cánticos, los gritos, los ruidos de la selva a su alrededor.

Mokarita había sido colocado en el centro de la aldea, donde recibía los saludos ceremoniosos de todos. Aunque bebía pequeños sorbos de *masato*, no pudo probar la comida. Otro anciano, con reputación de curandero, se presentó ante él cubierto con una costra de barro seco y una resina a la cual le habían pegado plumitas blancas, dándole el aspecto de un extraño pájaro recién nacido. El curandero estuvo largo rato dando saltos y alaridos para espantar a los demonios que habían entrado en el cuerpo del jefe. Luego le chupó varias partes del vientre y el pecho, haciendo la mímica de aspirar los malos humores y escupirlos lejos. Además frotó al moribundo con una pasta de *paranary*, una planta empleada en el Amazonas para curar heridas; sin embargo, las heridas de Mokarita no eran visibles y el remedio no tuvo efecto alguno. Alex supuso que la caída había reventado algún órgano interior del jefe, tal vez el hígado, pues a medida que pasaban las horas el anciano iba poniéndose más y más débil, mientras un hilo de sangre escapaba por la comisura de sus labios.

Al amanecer Mokarita llamó a su lado a Nadia y Alex y con las pocas fuerzas que le quedaban les explicó que ellos eran los únicos forasteros que habían pisado Tapirawa-teri desde la fundación de la aldea.

—Las almas de la gente de la neblina y de nuestros antepasados habitan aquí. Los *nahab* hablan con mentiras y no conocen la justicia, pueden ensuciar nuestras almas —dijo.

Habían sido invitados, agregó, por instrucciones del gran chamán, quien les había advertido que Nadia estaba destinada a ayudarlos. No sabía qué papel jugaba Alex en los acontecimientos que vendrían, pero como compañero de la niña también era bienvenido en Tapirawa-teri. Alexander y Nadia entendieron que se refería a Walimai y a su profecía sobre el Rahakanariwa.

—¿Qué forma adopta el Rahakanariwa? —preguntó Alex.

—Muchas formas. Es un pájaro chupasangre. No es

humano, actúa como un demente, nunca se sabe lo que hará, siempre está sediento de sangre, se enoja y castiga —explicó Mokarita.

—¿Han visto unos grandes pájaros? —preguntó Alex.

—Hemos visto a los pájaros que hacen ruido y viento, pero ellos no nos han visto a nosotros. Sabemos que no son el Rahakanariwa, aunque se parecen mucho, ésos son los pájaros de los *nahab*. Vuelan sólo de día, nunca de noche, por eso tenemos cuidado al encender fuego, para que el pájaro no vea el humo. Por eso vivimos escondidos. Por eso somos el pueblo invisible —replicó Mokarita.

—Los *nahab* vendrán tarde o temprano, es inevitable. ¿Qué hará la gente de la neblina entonces?

—Mi tiempo en el Ojo del Mundo se está terminando. El jefe que venga después de mí deberá decidir —replicó Mokarita débilmente.

Mokarita murió al amanecer. Un coro de lamentos sacudió a Tapirawa-teri durante horas: nadie podía recordar el tiempo anterior a ese jefe, que había guiado a la tribu durante muchas décadas. La corona de plumas amarillas, símbolo de su autoridad, fue colocada sobre un poste hasta que el sucesor fuera designado, entretanto la gente de la neblina se despojó de sus adornos y se cubrió de barro, carbón y ceniza, en signo de duelo. Reinaba gran inquietud, porque creían que la muerte rara vez se presenta por razones naturales, en general la causa es un enemigo que ha empleado magia para hacer daño. La forma de apaciguar al espíritu del muerto es encontrar el enemigo y eliminarlo, de otro modo el fantasma se queda en el mundo molestando a los vivos. Si el enemigo era de otra tribu, eso podía conducir a una batalla, pero si era de la misma aldea, se podía «matar» simbólicamente mediante una ceremonia apropiada. Los guerreros, que habían pasado la noche bebiendo *masato*, estaban muy excitados ante la idea de vencer al enemigo causante de la muerte de Mokarita. Descubrirlo y derrotarlo era una cuestión de honor. Ninguno aspiraba a reemplazarlo, porque entre ellos no existían las jerarquías, nadie era más importante que los demás, el jefe sólo tenía más obligaciones. Mokarita no era respetado por su posición de mando, sino porque era muy anciano, eso significaba más experiencia y conocimiento. Los hombres, embriagados y enardecidos, podían ponerse violentos de un momento a otro.

—Creo que ha llegado el momento de llamar a Walimai —susurró Nadia a Alex.

Se retiró a un extremo de la aldea, se quitó el amuleto del cuello y comenzó a soplarlo. El agudo graznido de lechuza que emitía el hueso tallado sonó extraño en ese lugar. Nadia imaginaba que bastaba con usar el talismán para ver aparecer a Walimai por arte de magia, pero por mucho que sopló, el chamán no se presentó.

En las horas siguientes la tensión en la aldea fue aumentando. Uno de los guerreros agredió a Tahama y éste le devolvió el gesto con un garrotazo en la cabeza, que lo dejó tirado en el suelo y sangrando; debieron intervenir varios hombres para separar y calmar a los exaltados. Finalmente decidieron resolver el conflicto mediante el *yopo*, un polvo verde que, como el *masato*, sólo usaban los varones. Se distribuyeron de a dos, cada pareja provista de una larga caña hueca y tallada en la punta, a través de la cual se soplaban el polvo unos a otros directamente en la nariz. El *yopo* se introducía hasta el cerebro con la fuerza de un mazazo y el hombre caía hacia atrás gritando de dolor, enseguida empezaba a vomitar, dar saltos, gruñir y ver visiones, mientras una mucosidad verde le salía por las fosas nasales y la boca. No era un espectáculo muy agradable, pero lo usaban para transportarse al mundo de los espíritus. Unos hombres se convirtieron en demonios, otros asumieron el alma de diversos animales, otros profetizaron el futuro, pero a ninguno se le apareció el fantasma de Mokarita para designar su sucesor.

Alex y Nadia sospechaban que ese pandemónium iba a terminar con violencia y prefirieron mantenerse apartados y mudos, con la esperanza de que nadie se acordara de ellos. No tuvieron suerte, porque de pronto uno de los guerreros tuvo la visión de que el enemigo de Mokarita, el causante de su fallecimiento, era el muchacho forastero. En un instante los demás se juntaron para castigar al supuesto asesino del jefe y, enarbolando garrotes, salieron tras de Alex. Ése no era el momento de pensar en la flauta como medio para calmar los ánimos; el chico echó a correr como una gacela. Sus únicas ventajas eran la desesperación, que le daba alas, y el hecho de que sus perseguidores no estaban en las mejores condiciones. Los indios intoxicados tropezaban, se empujaban y en la confusión se daban palos unos a otros, mientras las mujeres y los niños corrían a su alrededor animándolos. Alex creyó que había llegado la hora de su muerte y la imagen de su madre pasó como un relámpago por su mente, mientras corría y corría en el bosque.

El muchacho americano no podía competir en velocidad ni destreza con esos guerreros indígenas, pero éstos estaban drogados y fueron cayendo por el camino, uno a uno. Por fin pudo refugiarse bajo un árbol, acezando, extenuado. Cuando creía que estaba a salvo, se sintió rodeado y antes que pudiera echar a correr de nuevo, las mujeres de la tribu le cayeron encima. Se reían, como si haberlo cazado fuera sólo una broma pesada, pero lo sujetaron firmemente y, a pesar de sus manotazos y patadas, entre todas lo arrastraron de vuelta a Tapirawa-teri, donde lo ataron a un árbol. Más de alguna muchacha le hizo cosquillas y otras le metieron trozos de fruta en la boca, pero a pesar de esas atenciones, dejaron las ligaduras bien anudadas.

Para entonces el efecto del *yopo* comenzaba a ceder y poco a poco los hombres iban abandonando sus visiones para regresar a la realidad, agotados. Pasarían varias horas antes que recuperaran la lucidez y las fuerzas.

Alex, adolorido por haber sido arrastrado por el suelo, y humillado por las burlas de las mujeres, recordó las escalofriantes historias del profesor Ludovic Leblanc. Si su teoría era acertada, se lo comerían. ¿Y qué pasaría con Nadia? Se sentía responsable por ella. Pensó que en las películas y en las novelas ése sería el momento en que llegan los helicópteros a rescatarlo y miró el cielo sin esperanza, porque en la vida real los helicópteros nunca llegan a tiempo. Entretanto Nadia se había acercado al árbol sin que nadie la detuviera, porque ninguno de los guerreros podía imaginar que una muchacha se atreviera a desafiarlos. Alex y Nadia se habían puesto su ropa al caer el frío de la primera noche y como ya la gente de la neblina se había acostumbrado a verlos vestidos, no sintieron la necesidad de quitársela. Alex llevaba el cinturón donde colgaba su flauta, su brújula y su navaja, que Nadia usó para soltarlo. En las películas también basta un movimiento para cortar una cuerda, pero ella debió aserrar un buen rato las tiras de cuero que lo sujetaban al poste, mientras él sudaba de impaciencia. Los niños y algunas mujeres de la tribu se aproximaron a ver lo que hacía, asombrados de su atrevimiento, pero ella actuó con tal seguridad, blandiendo la navaja ante las narices de los curiosos, que nadie intervino y a los diez minutos Alex estaba libre. Los dos amigos empezaron a retroceder disimuladamente, sin atreverse a echar a correr para no atraer la atención de los guerreros. Ése era el momento en que el arte de la invisibilidad les hubiera servido mucho.

Los jóvenes forasteros no alcanzaron a llegar muy lejos, porque Walimai hizo su entrada a la aldea. El anciano brujo apareció con su colección de bolsitas colgadas del bastón, su corta lanza y el cilindro de cuarzo que sonaba como un cascabel. Contenía piedrecillas recogidas en el sitio donde había caído un rayo, era el símbolo de los curanderos y chamanes y representaba el poder del Sol Padre. Venía acompañado por una muchacha joven, con el cabello como un manto negro colgando hasta la cintura, las cejas depiladas, collares de cuentas y unos palillos pulidos atravesados en las mejillas y la nariz. Era muy bella y parecía alegre, aunque no decía ni una palabra, siempre estaba sonriendo. Alex comprendió que era la esposa ángel del chamán y celebró que ahora podía verla, eso significaba que algo se había abierto en su entendimiento o en su intuición. Tal como le había enseñado Nadia: había que «ver con el corazón». Ella le había contado que muchos años atrás, cuando Walimai era aún joven, se vio obligado a matar a la muchacha, hiriéndola con su cuchillo envenenado, para librarla de la esclavitud. No fue un crimen, sino un favor que él le hizo, pero de todos modos el alma de ella se le pegó en el pecho. Walimai huyó a lo más profundo de la selva, llevándose el alma de la joven donde nadie pudiera encontrarla jamás. Allí cumplió con los ritos de purificación obligatorios, el ayuno y la inmovilidad. Sin embargo, durante el viaje él y la mujer se habían enamorado y, una vez terminado el rito del *unokaimú*, el espíritu de ella no quiso despedirse y prefirió quedarse en este mundo junto al hombre que amaba. Eso había sucedido hacía casi un siglo y desde entonces acompañaba a Walimai siempre, esperando el momento en que él pudiera volar con ella convertido también en espíritu.

La presencia de Walimai alivió la tensión en Tapirawateri y los mismos guerreros que poco antes estaban dispuestos a masacrar a Alex ahora lo trataban con amabilidad. La tribu respetaba y temía al gran chamán porque poseía la habilidad sobrenatural de interpretar signos. Todos soñaban y tenían visiones, pero sólo aquellos elegidos, como Walimai, viajaban al mundo de los espíritus superiores, donde aprendían el significado de las visiones y podían guiar a los demás y cambiar el rumbo de los desastres naturales.

El anciano anunció que el muchacho tenía el alma del jaguar negro, animal sagrado, y había venido de muy lejos a ayudar a la gente de la neblina. Explicó que ésos eran tiempos muy extraños, tiempos en que la frontera entre el mundo de aquí y el mundo de allá era difusa, tiempos en que el Rahakanariwa podía devorarlos a todos. Les recordó la existencia de los *nahab*, que la mayoría de ellos sólo conocía por los cuentos que contaban sus hermanos de otras tribus de las tierras bajas. Los guerreros de Tapirawateri habían espiado durante días a la expedición del *International Geographic*, pero ninguno comprendía las acciones ni los hábitos de esos extraños forasteros. Walimai, quien en su siglo de vida había visto mucho, les contó lo que sabía.

—Los *nahab* están como muertos, se les ha escapado el alma del pecho —dijo—. Los *nahab* no saben nada de nada, no pueden clavar un pez con una lanza, ni acertar con un dardo a un mono, ni trepar a un árbol. No andan vestidos de aire y luz, como nosotros, sino que usan ropas hediondas. No se bañan en el río, no conocen las reglas de la decencia o la cortesía, no comparten su casa, su comida, sus hijos o sus mujeres. Tienen los huesos blandos y basta un pequeño garrotazo para partirles el cráneo. Matan animales y no se los comen, los dejan tirados para que se pudran. Por donde pasan dejan un rastro de basura y veneno, incluso en el agua. Los *nahab* son tan locos que pretenden llevarse las piedras del suelo, la arena de los ríos y los árboles del bosque. Algunos quieren la tierra. Les decimos que la selva no se puede cargar a la espalda como un tapir muerto, pero no escuchan. Nos hablan de sus dioses y no quieren escuchar de los nuestros. Son insaciables, como los caimanes. Esas cosas terribles he visto con mis propios ojos y he escuchado con mis propias orejas y he tocado con mis propias manos.

—Jamás permitiremos que esos demonios lleguen hasta el Ojo del Mundo, los mataremos con nuestros dardos y flechas cuando suban por la catarata, como hemos hecho con todos los forasteros que lo han intentado antes, desde los tiempos de los abuelos de nuestros abuelos —anunció Tahama.

—Pero vendrán de todos modos. Los *nahab* tienen pájaros de ruido y viento, pueden volar por encima de las montañas. Vendrán porque quieren las piedras y los árboles y la tierra —interrumpió Alex.

—Cierto —admitió Walimai.

—Los *nahab* también pueden matar con enfermedades. Muchas tribus han muerto así, pero la gente de la neblina puede salvarse —dijo Nadia.

—Esta niña color de miel sabe lo que dice, debemos oírla. El Rahakanariwa suele adoptar la forma de enfermedades mortales —aseguró Walimai.

—¿Ella es más poderosa que el Rahakanariwa? —preguntó Tahama incrédulo.

—Yo no, pero hay otra mujer que es muy poderosa. Ella tiene las vacunas que pueden evitar las epidemias —dijo la chica.

Nadia y Alex pasaron la hora siguiente tratando de convencer a los indios que no todos los *nahab* eran demonios nefastos, había algunos que eran amigos, como la doctora Omayra Torres. A las limitaciones del lenguaje se sumaban las diferencias culturales. ¿Cómo explicarles en qué consistía una vacuna? Ellos mismos no lo entendían del todo, así es que optaron por decir que era una magia muy fuerte.

—La única salvación es que venga esa mujer a vacunar

a toda la gente de la neblina —argumentó Nadia. «De ese modo, aunque vengan los *nahab* o el Rahakanariwa sedientos de sangre, no podrán hacerles daño con enfermedades.»

—Pueden amenazarnos de otras maneras. Entonces iremos a la guerra —afirmó Tahama.

—La guerra contra los *nahab* es mala idea... —aventuró Nadia.

—El próximo jefe tendrá que decidir —concluyó Tahama.

Walimai se encargó de dirigir los ritos funerarios de Mokarita de acuerdo a las más antiguas tradiciones. A pesar del peligro de ser vistos desde el aire, los indios encendieron una gran fogata para cremar el cuerpo y durante horas se consumieron los restos del jefe, mientras los habitantes de la aldea lamentaban su partida. Walimai preparó una poción mágica, la poderosa *ayahuasca*, para ayudar a los hombres de la tribu a ver el fondo de sus corazones. Los jóvenes forasteros fueron invitados porque debían cumplir una misión heroica más importante que sus vidas, para la cual no sólo necesitarían la ayuda de los dioses, también debían conocer sus propias fuerzas. Ellos no se atrevieron a negarse, aunque el sabor de aquella poción era asqueroso y debieron hacer un gran esfuerzo por tragarla y retenerla en el estómago. No sintieron los efectos hasta un buen rato más tarde, cuando de súbito el suelo se deshizo bajo sus pies y el cielo se llenó de figuras geométricas y colores brillantes, sus cuerpos comenzaron a girar y disolverse y el pánico los invadió hasta la última fibra. Justo cuando creían haber alcanzado la muerte, se sintieron impulsados a vertiginosa velocidad a través de innumerables cámaras de luz y de pronto las puertas del reino de los dioses totémicos se abrieron, conminándolos a entrar.

Alex sintió que se alargaban sus extremidades y un calor ardiente lo invadía por dentro. Se miró las manos y vio que eran dos patas terminadas en garras afiladas. Abrió la boca para llamar y un rugido temible brotó de su vientre. Se vio transformado en un felino grande, negro y lustroso: el magnífico jaguar macho que había visto en el patio de Mauro Carías. El animal no estaba en él, ni él en el animal, sino que los dos se fundían en un solo ser; ambos eran el muchacho y la fiera simultáneamente. Alex dio unos pasos estirándose, probando sus músculos, y comprendió que poseía la ligereza, la velocidad y la fuerza del jaguar. Corrió a grandes brincos de gato por el bosque, poseído de una energía sobrenatural. De un salto trepó a la rama de un árbol y desde allí observó el paisaje con sus ojos de oro, mientras movía lentamente su cola negra en el aire. Se supo poderoso, temido, solitario, invencible, el rey de la selva sudamericana. No había otro animal tan fiero como él.

Nadia se elevó al cielo y por unos instantes perdió el miedo a la altura, que la había agobiado siempre. Sus poderosas alas de águila hembra apenas se movían; el aire frío la sostenía y bastaba el más leve movimiento para cambiar el rumbo o la velocidad del viaje. Volaba a gran altura, tranquila, indiferente, desprendida, observando sin curiosidad la tierra muy abajo. Desde arriba veía la selva y las cumbres planas de los *tepuis*, muchos cubiertos de nubes como si estuvieran coronados de espuma; veía también la débil columna de humo de la hoguera donde ardían los restos del jefe Mokarita. Suspendida en el viento, el águila era tan invencible como el jaguar lo era en tierra: nada podía alcanzarla. La niña pájaro dio varias vueltas olímpicas sobrevolando el Ojo del Mundo, examinando desde arriba las vidas de los indios. Las plumas de su cabeza se erizaron como cientos de antenas, captando el calor del sol, la vastedad del viento, la dramática emoción de la altura. Supo que ella era la protectora de esos indios, la madre águila de la gente de la neblina. Voló sobre la aldea de

Tapirawa-teri y la sombra de sus magníficas alas cubrieron como un manto los techos casi invisibles de las pequeñas viviendas ocultas en el bosque. Finalmente el gran pájaro se dirigió a la cima de un *tepui*, la montaña más alta, donde en su nido, expuesto a todos los vientos, brillaban tres huevos de cristal.

A la mañana del día siguiente, cuando los muchachos regresaron del mundo de los animales totémicos, cada uno contó su experiencia.

—¿Qué significan esos tres huevos? —preguntó Alex.

—No sé, pero son muy importantes. Esos huevos no son míos, Jaguar, pero tengo que conseguirlos para salvar a la gente de la neblina.

—No entiendo. ¿Qué tienen que ver esos huevos con los indios?

—Creo que tienen todo que ver... —replicó Nadia, tan confundida como él.

Cuando entibiaron las brasas de la pira funeraria, Iyomi, la esposa de Mokarita, separó los huesos calcinados, los molió con una piedra hasta convertirlos en polvo fino y los mezcló con agua y plátano para hacer una sopa. La calabaza con ese líquido gris pasó de mano en mano y todos, hasta los niños, bebieron un sorbo. Luego enterraron la calabaza y el nombre del jefe fue olvidado, para que nadie volviera a pronunciarlo jamás. La memoria del hombre, así como las partículas de su valor y su sabiduría que habían quedado en las cenizas, pasaron a sus descendientes y amigos. De ese modo, una parte suya permanecería siempre entre los vivos. A Nadia y Alex también les dieron a beber la sopa de huesos, como una forma de bautizo: ahora pertenecían a la tribu. Al llevársela a los labios, el muchacho recordó que había leído sobre una enfermedad causada por «comer el cerebro de los antepasados». Cerró los ojos y bebió con respeto.

Una vez concluida la ceremonia del funeral, Walimai

conminó a la tribu a elegir el nuevo jefe. De acuerdo a la tradición, sólo los hombres podían aspirar a esa posición, pero Walimai explicó que esta vez se debía escoger con extrema prudencia, porque vivían tiempos muy extraños y se requería un jefe capaz de comprender los misterios de otros mundos, comunicarse con los dioses y mantener a raya al Rahakanariwa. Dijo que eran tiempos de seis lunas en el firmamento, tiempos en que los dioses se habían visto obligados a abandonar su morada. A la mención de los dioses los indios se llevaron las manos a la cabeza y comenzaron a balancearse hacia delante y hacia atrás, salmodiando algo que a los oídos de Nadia y Alex sonaba como una oración.

—Todos en Tapirawa-teri, incluso los niños, deben participar en la elección del nuevo jefe —instruyó Walimai a la tribu.

El día entero estuvo la tribu proponiendo candidatos y negociando. Al atardecer Nadia y Alex se durmieron, agotados, hambrientos y aburridos. El muchacho americano había tratado en vano de explicar la forma de escoger mediante votos, como en una democracia, pero los indios no sabían contar y el concepto de una votación les resultó tan incomprensible como el de las vacunas. Ellos elegían por «visiones».

Los jóvenes fueron despertados por Walimai bien entrada la noche, con la noticia de que la visión más fuerte había sido Iyomi, de modo que la viuda de Mokarita era ahora el jefe en Tapirawa-teri. Era la primera vez desde que podían recordar que una mujer ocupaba ese cargo.

La primera orden que dio la anciana Iyomi cuando se colocó el sombrero de plumas amarillas, que por tantos años usara su marido, fue preparar comida. La orden fue acatada de inmediato, porque la gente de la neblina llevaba dos días sin comer más que un sorbo de sopa de huesos. Tahama y otros cazadores partieron con sus armas a la selva y unas horas más tarde regresaron con un oso hormiguero y un venado, que destazaron y asaron sobre las brasas. Entretanto las mujeres habían hecho pan de mandioca y cocido de plátano. Cuando todos los estómagos estuvieron saciados, Iyomi invitó a su pueblo a sentarse en un círculo y promulgó su segundo edicto.

—Voy a nombrar otros jefes. Un jefe para la guerra y la caza: Tahama. Un jefe para aplacar al Rahakanariwa: la niña color de miel llamada Águila. Un jefe para negociar con los *nahab* y sus pájaros de ruido y viento: el forastero llamado Jaguar. Un jefe para visitar a los dioses: Walimai. Un jefe para los jefes: Iyomi.

De ese modo la sabia mujer distribuyó el poder y organizó a la gente de la neblina para enfrentar los tiempos terribles que se avecinaban. Y de ese modo Nadia y Alex se vieron investidos de una responsabilidad para la cual ninguno de los dos se sentía capacitado.

Iyomi dio su tercera orden allí mismo. Dijo que la niña Águila debía mantener su «alma blanca» para enfrentar al Rahakanariwa, única forma de evitar que fuera devorada por el pájaro caníbal, pero que el joven forastero, Jaguar, debía convertirse en hombre y recibir sus armas de guerrero. Todo varón, antes de empuñar sus armas o pensar en casarse, debía morir como niño y nacer como hombre. No había tiempo para la ceremonia tradicional, que duraba tres días y normalmente incluía a todos los muchachos de la tribu que habían alcanzado la pubertad. En el caso de Jaguar deberían improvisar algo más breve, dijo Iyomi, porque el joven acompañaría a Águila en el viaje a la montaña de los dioses. La gente de la neblina peligraba, sólo esos dos forasteros podrían traer la salvación y estaban obligados a partir pronto.

A Walimai y Tahama les tocó organizar el rito de iniciación de Alex, en el cual sólo participaban los hombres adultos. Después el muchacho contó a Nadia que si él hubiera sabido en qué consistía la ceremonia, tal vez la experiencia hubiera sido menos terrorífica. Bajo la dirección de Iyomi, las mujeres le afeitaron la coronilla con una piedra afilada, método bastante doloroso, porque tenía un corte que aún no cicatrizaba, donde le habían dado un golpe al raptarlo. Al pasar la piedra de afeitar se abrió la herida, pero le aplicaron un poco de barro y al poco rato dejó de sangrar. Luego las mujeres lo pintaron de negro de pies a cabeza con una pasta de cera y carbón. Enseguida debió despedirse de su amiga y de Iyomi, porque las mujeres no podían estar presentes durante la ceremonia y se fueron a pasar el día al bosque con los niños. No regresarían a la aldea hasta la noche, cuando los guerreros se lo hubieran llevado para la prueba parte de su iniciación.

Tahama y sus hombres desenterraron del lodo del río los instrumentos musicales sagrados, que sólo se usaban en las ceremonias viriles. Eran unos gruesos tubos de metro y medio de largo, que al soplarse producían un sonido ronco y pesado, como bufidos de toro. Las mujeres y los muchachos que aún no habían sido iniciados no podían verlos, bajo pena de enfermarse y morir por medios mágicos. Esos instrumentos representaban el poder masculino en la tribu, el nexo entre los padres y los hijos varones. Sin esas trompetas, todo el poder estaría en las mujeres, quienes poseían la facultad divina de tener hijos o «hacer gente», como decían.

El rito comenzó en la mañana y habría de durar todo el día y toda la noche. Le dieron de comer unas moras amargas y lo dejaron ovillado en el suelo, en posición fetal; luego, dirigidos por Walimai, pintados y decorados con los atributos de los demonios, se distribuyeron a su alrededor en apretado círculo, golpeando la tierra con los pies y fumando cigarros de hojas. Entre las moras amargas, el susto y el humo, Alex pronto se sintió bastante enfermo.

Por largo rato los guerreros bailaron y salmodiaron cánticos en torno a él, soplando las pesadas trompetas sagradas, cuyos extremos tocaban el suelo. El sonido retumbaba dentro del cerebro confundido del muchacho. Durante horas escuchó los cantos repitiendo la historia del Sol Padre, que estaba más allá del sol cotidiano que alumbra el cielo, era un fuego invisible de donde provenía la Creación; escuchó de la gota de sangre que se desprendió de la Luna para dar origen al primer hombre; cantaron sobre el Río de Leche, que contenía todas las semillas de la vida, pero también putrefacción y muerte; ese río conducía al reino donde los chamanes, como Walimai, se encontraban con los espíritus y otros seres sobrenaturales para recibir sabiduría y poder de curar. Dijeron que todo lo que existe es soñado por la Tierra Madre, que cada estrella sueña a sus habitantes y todo lo que ocurre en el universo es una ilusión, puros sueños dentro de otros sueños. En medio de su aturdimiento, Alexander Cold sintió que esas palabras se referían a conceptos que él mismo había presentido, entonces dejó de razonar y se abandonó a la extraña experiencia de «pensar con el corazón».

Pasaron las horas y el muchacho fue perdiendo el sentido del tiempo, del espacio, de su propia realidad y hundiéndose en un estado de terror y profunda fatiga. En algún momento sintió que lo levantaban y lo obligaban a marchar, recién entonces se dio cuenta que había caído la noche. Se dirigieron en procesión hacia el río, tocando sus instrumentos y blandiendo sus armas, allí lo hundieron en el agua varias veces, hasta que creyó morir ahogado. Lo frotaron con hojas abrasivas para desprender la pintura negra y luego le pusieron pimienta sobre la piel ardiente. En medio de un griterío ensordecedor lo golpearon con varillas en las piernas, los brazos, el pecho y el vientre, pero sin ánimo de hacerle daño; lo amenazaron con sus lanzas, tocándolo a veces con las puntas, pero sin herirlo. Intentaban asustarlo por todos los medios posibles y lo lograron, porque el muchacho americano no entendía lo que estaba sucediendo y temía que en cualquier momento a sus atacantes se les fuera la mano y lo asesinaran de verdad. Procuraba defenderse de los manotazos y empujones de los guerreros de Tapirawa-teri, pero el instinto le indicó que no intentara escapar, porque sería inútil, no había adónde ir en ese territorio desconocido y hostil. Fue una decisión acertada, porque de haberlo hecho habría quedado como un cobarde, el más imperdonable defecto de un guerrero.

Cuando Alex estaba a punto de perder el control y ponerse histérico, recordó de pronto su animal totémico. No tuvo que hacer un esfuerzo extraordinario para entrar en el cuerpo del jaguar negro, la transformación ocurrió con rapidez y facilidad: el rugido que salió de su garganta fue el mismo que había experimentado antes, los zarpazos de sus garras ya los conocía, el salto sobre las cabezas de sus enemigos fue un acto natural. Los indios celebraron la llegada del jaguar con una algarabía ensordecedora y enseguida lo condujeron en solemne procesión hasta el árbol sagrado, donde aguardaba Tahama con la prueba final.

Amanecía en la selva. Las hormigas de fuego estaban atrapadas en un tubo o manga de paja trenzada, como las que se usaban para exprimir el ácido prúsico de la mandioca, que Tahama sostenía mediante dos varillas, para evitar el contacto con los insectos. Alex, agotado después de aquella larga y aterradora noche, demoró un momento en entender lo que se esperaba de él. Entonces aspiró una bocanada profunda, llenándose de aire frío los pulmones, convocó en su ayuda el valor de su padre, escalador de montañas, y la resistencia de su madre, que jamás se daba por vencida, y la fuerza de su animal totémico y enseguida introdujo el brazo izquierdo hasta el codo en el tubo.

Las hormigas de fuego se pasearon por su piel durante unos segundos antes de picarlo. Cuando lo hicieron, sintió como si lo quemaran con ácido hasta el hueso. El espantoso dolor lo aturdió por unos instantes, pero mediante un esfuerzo brutal de la voluntad no retiró el brazo de la manga. Se acordó de las palabras de Nadia cuando trataba de enseñarle a convivir con los mosquitos: no te defiendas, ignóralos. Era imposible ignorar a las hormigas de fuego, pero después de unos cuantos minutos de absoluta desesperación, en los cuales estuvo a punto de echar a correr para lanzarse al río, se dio cuenta de que era posible controlar el impulso de huida, atajar el alarido en el pecho, abrirse al sufrimiento sin oponerle resistencia, permitiendo que lo penetrara por completo hasta la última fibra de su ser y de su conciencia. Y entonces el quemante dolor lo traspasó como una espada, le salió por la espalda y, milagrosamente, pudo soportarlo. Alex nunca podría explicar la impresión de poder que lo invadió durante ese suplicio. Se sintió tan fuerte e invencible como lo había estado en la forma del jaguar negro, al beber la poción mágica de Walimai. Ésa fue su recompensa por haber sobrevivido a la prueba. Supo que en verdad su infancia había quedado atrás y que a partir de esa noche podría valerse solo.

—Bienvenido entre los hombres —dijo Tahama, retirando la manga del brazo de Alex.

Los guerreros condujeron al joven semiinconsciente de vuelta a la aldea.

13

LA MONTAÑA SAGRADA

Bañado en transpiración, adolorido y ardiendo de fiebre, Alexander Cold, Jaguar, recorrió un largo pasillo verde, cruzó un umbral de aluminio y vio a su madre. Lisa Cold estaba reclinada entre almohadas en un sillón, cubierta por una sábana, en una pieza donde la luz era blanca, como claridad de luna. Llevaba un gorro de lana azul sobre su cabeza calva y audífonos en las orejas, estaba muy pálida y demacrada, con sombras oscuras en torno a los ojos. Tenía una delgada sonda conectada a una vena bajo la clavícula, por donde goteaba un líquido amarillo de una bolsa de plástico. Cada gota penetraba como el fuego de las hormigas directo al corazón de su madre.

A miles de millas de distancia, en un hospital en Texas, Lisa Cold recibía su quimioterapia. Procuraba no pensar en la droga que, como un veneno, entraba en sus venas para combatir el veneno peor de su enfermedad. Para distraerse se concentraba en cada nota del concierto de flauta que estaba escuchando, el mismo que tantas veces le oyó ensayar a su hijo. En el mismo momento en que Alex, delirante, soñaba con ella en plena selva, Lisa Cold vio a su hijo con toda nitidez. Lo vio de pie en el umbral de la puerta de su pieza, más alto y fornido, más maduro y más guapo de lo que recordaba. Lisa lo había llamado tanto con el pensamiento, que no le extrañó verlo llegar. No se preguntó cómo ni por qué venía, simplemente se abandonó a la felicidad de tenerlo a su lado. *Alexander... Alexander...* murmuró. Estiró las manos y él avanzó hasta tocarla, se arrodilló junto al sillón y puso la cabeza sobre sus rodillas. Mientras Lisa Cold repetía el nombre de su hijo y le acariciaba la nuca, oyó por los audífonos, entre las notas diáfanas de la flauta, la voz de él pidiéndole que luchara, que no se rindiera ante la muerte, diciéndole una y otra vez *te quiero, mamá.*

El encuentro de Alexander Cold con su madre puede haber durado un instante o varias horas, ninguno de los dos lo supo con certeza. Cuando por fin se despidieron, los dos regresaron al mundo material fortalecidos. Poco después John Cold entró a la habitación de su mujer y se sorprendió al verla sonriendo y con color en las mejillas.

—¿Cómo te sientes, Lisa? —preguntó, solícito.

—Contenta, John, porque vino Alex a verme —contestó ella.

—Lisa, qué dices... Alexander está en el Amazonas con mi madre, ¿no te acuerdas? —murmuró su marido, aterrado ante el efecto que los medicamentos podían tener en su esposa.

—Sí lo recuerdo, pero eso no quita que estuvo aquí hace un momento.

—No puede ser... —la rebatió su marido.

—Ha crecido, se ve más alto y fuerte, pero tiene el brazo izquierdo muy hinchado... —le contó ella, cerrando los ojos para descansar.

En el centro del continente sudamericano, en el Ojo del Mundo, Alexander Cold despertó de la fiebre. Tardó unos minutos en reconocer a la muchacha dorada que se inclinaba a su lado para darle agua.

—Ya eres un hombre, Jaguar —dijo Nadia, sonriendo aliviada al verlo de vuelta entre los vivos.

Walimai preparó una pasta de plantas medicinales y la aplicó sobre el brazo de Alex, con la cual en pocas horas cedieron la fiebre y la hinchazón. El chamán le explicó que, tal como en la selva hay venenos que matan sin dejar huella, existen miles y miles de remedios naturales. El muchacho le describió la enfermedad de su madre y le preguntó si conocía alguna planta capaz de aliviarla.

—Hay una planta sagrada, que debe mezclarse con el agua de la salud —replicó el chamán.

—¿Puedo conseguir esa agua y esa planta?

—Puede ser y puede no ser. Hay que pasar por muchos trabajos.

—¡Haré todo lo que sea necesario! —exclamó Alex.

Al día siguiente el joven estaba magullado y en cada picadura de hormiga lucía una pepa roja, pero estaba en pie y con apetito. Cuando le contó su experiencia a Nadia, ella le dijo que las niñas de la tribu no pasaban por una ceremonia de iniciación, porque no la necesitaban; las mujeres saben cuándo han dejado atrás la niñez porque su cuerpo sangra y así les avisa.

Ése era uno de aquellos días en que Tahama y sus compañeros no habían tenido suerte con la caza y la tribu sólo dispuso de maíz y unos cuantos peces. Alex decidió que si antes fue capaz de comer anaconda asada, bien podía probar ese pescado, aunque estuviera lleno de escamas y espinas. Sorprendido, descubrió que le gustaba mucho. ¡Y pensar que me he privado de este plato delicioso por más de quince años!, exclamó al segundo bocado. Nadia le indicó que comiera bastante, porque al día siguiente partían con Walimai en un viaje al mundo de los espíritus, donde tal vez no habría alimento para el cuerpo.

—Dice Walimai que iremos a la montaña sagrada, donde viven los dioses —dijo Nadia.

—¿Qué haremos allí?

—Buscaremos los tres huevos de cristal que aparecieron en mi visión. Walimai cree que los huevos salvarán a la gente de la neblina.

El viaje comenzó al amanecer, apenas salió el primer rayo de luz en el firmamento. Walimai marchaba delante, acompañado por su bella esposa ángel, quien a ratos iba de la mano del chamán y a ratos volaba como una mariposa por encima de su cabeza, siempre silenciosa y sonriente. Alexander Cold lucía orgulloso un arco y flechas, las nuevas armas entregadas por Tahama al término del rito de iniciación. Nadia llevaba una calabaza con sopa de plátano y unas tortas de mandioca, que Iyomi les había dado para el camino. El brujo no necesitaba provisiones, porque a su edad se comía muy poco, según dijo. No parecía humano: se alimentaba con sorbos de agua y unas cuantas nueces que chupaba largamente con sus encías desdentadas, dormía apenas y le sobraban fuerzas para seguir caminando cuando los jóvenes se caían de cansancio.

Echaron a andar por las llanuras boscosas del altiplano en dirección al más alto de los *tepuis*, una torre negra y brillante, como una escultura de obsidiana. Alex consultó su brújula y vio que siempre se dirigían hacia el este. No existía un sendero visible, pero Walimai se internaba en la vegetación con pasmosa seguridad, ubicándose entre los árboles, valles, colinas, ríos y cascadas como si llevara un mapa en la mano.

A medida que avanzaban la naturaleza cambiaba. Walimai señaló el paisaje diciendo que ése era el reino de la Madre de las Aguas y en verdad había una increíble profusión de cataratas y caídas de agua. Hasta allí todavía no habían llegado aún los *garimpeiros* buscando oro y piedras preciosas, pero todo era cuestión de tiempo. Los mineros actuaban en grupos de cuatro o cinco y eran demasiado pobres para disponer de transporte aéreo, se movían a pie por un terreno lleno de obstáculos o en canoa por los ríos. Sin embargo, había hombres como Mauro Carías, que conocían las inmensas riquezas de la zona y contaban con recursos modernos. Lo único que los atajaba de explotar las minas con chorros de agua a presión capaces de pulverizar el bosque y transformar el paisaje en un lodazal eran las nuevas leyes de protección del medio ambiente y de los indígenas. Las primeras se violaban constantemente, pero ya no era tan fácil hacer lo mismo con las segundas, porque los ojos del mundo estaban puestos en esos indios del Amazonas, últimos sobrevivientes de la Edad de Piedra. Ya no podían exterminarlos a bala y fuego, como habían hecho hasta hacía muy pocos años, sin provocar una reacción internacional.

Alex calculó una vez más la importancia de las vacunas de la doctora Omayra Torres y del reportaje para el *International Geographic* de su abuela, que alertaría a otros países sobre la situación de los indios. ¿Qué significaban los tres huevos de cristal que Nadia había visto en su sueño? ¿Por qué debían emprender ese viaje con el chamán? Le parecía más útil tratar de reunirse con la expedición, recuperar las vacunas y que su abuela publicara su artículo. Él había sido designado por Iyomi «jefe para negociar con los *nahab* y sus pájaros de ruido y viento», pero en vez de cumplir su cometido, estaba alejándose más y más de la civilización. No había lógica alguna en lo que estaban haciendo, pensó con un suspiro. Ante él se alzaban los misteriosos y solitarios *tepuis* como construcciones de otro planeta.

Los tres viajeros caminaron de sol a sol a buen paso, deteniéndose para refrescar los pies y beber agua en los ríos. Alex intentó cazar un tucán que descansaba a pocos metros sobre una rama, pero su flecha no dio en el blanco. Luego apuntó a un mono que estaba tan cerca que podía ver su dentadura amarilla, y tampoco logró cazarlo. El mono le devolvió el gesto con morisquetas, que le parecieron francamente sarcásticas. Pensó cuán poco le servían sus flamantes armas de guerrero; si sus compañeros dependían de él para alimentarse, morirían de hambre. Walimai señaló unas nueces, que resultaron sabrosas, y los frutos de un árbol que el chico no logró alcanzar.

Los indios tenían los dedos de los pies muy separados, fuertes y flexibles, podían subir con agilidad increíble por palos lisos. Esos pies, aunque callosos como cuero de cocodrilo, eran también muy sensibles: los utilizaban incluso para tejer canastos o cuerdas. En la aldea los niños comenzaban a ejercitarse en trepar apenas podían ponerse de pie; en cambio Alexander, con toda su experiencia en escalar montañas, no fue capaz de encaramarse al árbol para sacar la fruta. Walimai, Nadia y Borobá lloraban de risa con sus fallidos esfuerzos y ninguno demostró ni un ápice de simpatía cuando aterrizó sentado desde una buena altura, machucándose las asentaderas y el orgullo. Se sentía pesado y torpe como un paquidermo.

Al atardecer, después de muchas horas de marcha, Walimai indicó que podían descansar. Se introdujo al río con el agua hasta las rodillas, inmóvil y silencioso, hasta que los peces olvidaron su presencia y empezaron a rondarlo. Cuando tuvo una presa al alcance de su arma, la ensartó con su corta lanza y entregó a Nadia un hermoso pez plateado, todavía coleando.

—¿Cómo lo hace con tanta facilidad? —quiso saber Alex, humillado por sus fracasos anteriores.

—Le pide permiso al pez, le explica que debe matarlo por necesidad; después le da las gracias por ofrecer su vida para que nosotros vivamos —aclaró la chica.

Alexander pensó que al principio del viaje se hubiera reído de la idea, pero ahora escuchaba con atención lo que decía su amiga.

—El pez entiende porque antes se comió a otros; ahora es su turno de ser comido. Así son las cosas —añadió ella.

El chamán preparó una pequeña fogata para asar la cena, que les devolvió las fuerzas, pero él no probó sino agua. Los muchachos durmieron acurrucados entre las fuertes raíces de un árbol para defenderse del frío, pues no hubo tiempo de preparar hamacas con cortezas, como habían visto en la aldea; estaban cansados y debían seguir viaje muy temprano. Cada vez que uno se movía el otro se acomodaba para estar lo más pegados posible, así se infundieron calor durante la noche. Entretanto el viejo Walimai, en cuclillas e inmóvil, pasó esas horas observando el firmamento, mientras a su lado velaba su esposa como un hada transparente, vestida sólo con sus cabellos oscuros. Cuando los jóvenes despertaron, el indio estaba exactamente en la misma posición en que lo habían visto la noche anterior: invulnerable al frío y la fatiga. Alex le preguntó cuánto había vivido, de dónde sacaba su energía y su formidable salud. El anciano explicó que había visto nacer a muchos niños que luego se convertían en abuelos, también había visto morir a esos abuelos y nacer a sus nietos. ¿Cuántos años? Se encogió de hombros: no importaba o no sabía. Dijo que era el mensajero de los dioses, solía ir al mundo de los inmortales donde no existían las enfermedades que matan a los hombres. Alex recordó la leyenda de El Dorado, que no sólo contenía fabulosas riquezas, sino también la fuente de la eterna juventud.

—Mi madre está muy enferma... —murmuró Alex, conmovido por el recuerdo. La experiencia de haberse trasladado mentalmente al hospital en Texas para estar con ella había sido tan real, que no podía olvidar los detalles, desde el olor a medicamento de la habitación hasta las delgadas piernas de Lisa Cold bajo la sábana, donde él había apoyado la frente.

—Todos morimos —dijo el chamán.
—Sí, pero ella es joven.
—Unos se van jóvenes, otros ancianos. Yo he vivido demasiado, me gustaría que mis huesos descansaran en la memoria de otros —dijo Walimai.

Al mediodía siguiente llegaron a la base del más alto *tepui* del Ojo del Mundo, un gigante cuya cima se perdía en una corona espesa de nubes blancas. Walimai explicó que la cumbre jamás se despejaba y nadie, ni siquiera el poderoso Rahakanariwa había visitado ese lugar sin ser invitado por los dioses. Agregó que desde hacía miles de años, desde el comienzo de la vida, cuando los seres humanos fueron fabricados con el calor del Sol Padre, la sangre de la Luna y el barro de la Tierra Madre, la gente de la neblina conocía la existencia de la morada de los dioses en la montaña. En cada generación había una persona, siempre un chamán que había pasado por muchos trabajos de expiación, quien era designado para visitar el *tepui* y servir de mensajero. Ese papel le había tocado a él, había estado allí muchas veces, había vivido con los dioses y conocía sus costumbres. Estaba preocupado, les contó, porque aún no había entrenado a su sucesor. Si él moría, ¿quién sería el mensajero? En cada uno de sus viajes espirituales lo había buscado, pero ninguna visión había venido en su ayuda. Cualquier persona no podía ser entrenada, debía ser alguien nacido con alma de chamán, alguien que tuviera el poder de curar, dar consejo e interpretar los sueños. Esa persona demostraba desde joven su talento; debía ser muy disciplinado para vencer tentaciones y controlar su cuerpo: un buen chamán carecía de deseos y necesidades. Esto es en breve lo que los jóvenes comprendieron del largo discurso del brujo, quien hablaba en círculos, repitiendo, como si recitara un interminable poema. Les quedó claro, sin embargo, que nadie más que él estaba autorizado para cruzar el umbral del mundo de los dioses, aunque en un par de ocasiones extraordinarias otros indios entraron también. Ésta sería la primera vez que se admitían visitantes forasteros desde el comienzo de los tiempos.

—¿Cómo es el recinto de los dioses? —preguntó Alex.

—Más grande que el más grande de los *shabonos*, brillante y amarillo como el sol.

—¡El Dorado! ¿Será ésa la legendaria ciudad de oro que buscaron los conquistadores? —preguntó ansioso el muchacho.

—Puede ser y puede no ser —contestó Walimai, quien carecía de referencias para saber lo que era una ciudad, reconocer el oro o imaginar a los conquistadores.

—¿Cómo son los dioses? ¿Son como la criatura que nosotros llamamos la Bestia?

—Pueden ser y pueden no ser.

—¿Por qué nos ha traído hasta aquí?

—Por las visiones. La gente de la neblina puede ser salvada por un águila y un jaguar, por eso ustedes han sido invitados a la morada secreta de los dioses.

—Seremos dignos de esa confianza. Nunca revelaremos la entrada... —prometió Alex.

—No podrán. Si salen vivos, lo olvidarán —replicó simplemente el indio.

Si salgo vivo... Alexander nunca se había puesto en el caso de morir joven. En el fondo consideraba la muerte como algo más bien desagradable que les ocurría a los demás. A pesar de los peligros enfrentados en las últimas semanas, no dudó que volvería a reunirse con su familia. Incluso preparaba las palabras para contar sus aventuras, aunque tenía pocas esperanzas de ser creído. ¿Cuál de sus amigos podría imaginar que él estaba entre seres de la Edad de Piedra y que incluso podría encontrar El Dorado?

Al pie del *tepui*, se dio cuenta de que la vida estaba llena de sorpresas. Antes no creía en el destino, le parecía un concepto fatalista, creía que cada uno es libre de hacer su vida como se le antoja y él estaba decidido a hacer algo muy bueno de la suya, a triunfar y ser feliz. Ahora todo eso le parecía absurdo. Ya no podía confiar sólo en la razón, había entrado al territorio incierto de los sueños, la intuición y la magia. Existía el destino y a veces había que lanzarse a la aventura y salir a flote improvisando de cualquier manera, tal como hizo cuando su abuela lo empujó al agua a los cuatro años y tuvo que aprender a nadar. No quedaba más remedio que zambullirse en los misterios que lo rodeaban. Una vez más tuvo conciencia de los riesgos. Se encontraba solo en medio de la región más remota del planeta, donde no funcionaban las leyes conocidas. Debía admitirlo: su abuela le había hecho un inmenso favor al arrancarlo de la seguridad de California y lanzarlo a ese extraño mundo. No sólo Tahama y sus hormigas de fuego lo habían iniciado como adulto, también lo había hecho la inefable Kate Cold.

Walimai dejó a sus dos compañeros de viaje descansando junto a un arroyo, con instrucciones de esperarlo, y partió solo. En esa zona del altiplano la vegetación era menos densa y el sol del mediodía caía como plomo sobre sus cabezas. Nadia y Alex se tiraron al agua, espantando a las anguilas eléctricas y las tortugas que reposaban en el fondo, mientras Borobá cazaba moscas y se rascaba las pulgas en la orilla. El muchacho se sentía absolutamente cómodo con esa chica, se divertía con ella y le tenía confianza, porque en ese ambiente era mucho más sabia que él. Le parecía raro sentir tanta admiración por alguien de la edad de su hermana. A veces caía en la tentación de compararla con Cecilia Burns, pero no había por dónde empezar a hacerlo: eran totalmente distintas.

Cecilia Burns estaría tan perdida en la selva como Nadia Santos lo estaría en una ciudad. Cecilia se había desarrollado temprano y a los quince años ya era una joven mujer; él no era su único enamorado, todos los chicos de la escuela tenían las mismas fantasías. Nadia, en cambio, todavía era larga y angosta como un junco, sin formas femeninas, puro hueso y piel bronceada, un ser andrógino con olor a bosque. A pesar de su aspecto infantil, inspiraba respeto: poseía aplomo y dignidad. Tal vez porque carecía de hermanas o amigas de su edad, actuaba como un adulto; era seria, silenciosa, concentrada, no tenía la actitud chinchosa que a Alex tanto le molestaba de otras niñas. Detestaba cuando las chicas cuchicheaban y se reían entre ellas, se sentía inseguro, pensaba que se burlaban de él. «No hablamos siempre de ti, Alexander Cold, hay otros temas más interesantes», le había dicho una vez Cecilia Burns delante de toda la clase. Pensó que Nadia nunca lo humillaría de ese modo.

El viejo chamán regresó unas horas más tarde, fresco y sereno como siempre, con dos palos untados en una resina similar a la que emplearon los indios para subir por los costados de la cascada. Anunció que había hallado la entrada a la montaña de los dioses y, después de ocultar el arco y las flechas, que no podrían usar, los invitó a seguirlo.

A los pies del *tepui* la vegetación consistía en inmensos helechos, que crecían enmarañados como estopa. Debían avanzar con mucho cuidado y lentitud, separando las hojas y abriéndose camino con dificultad. Una vez que se internaron bajo esas gigantescas plantas, el cielo desapareció, se hundieron en un universo vegetal, el tiempo se detuvo y la realidad perdió sus formas conocidas. Entraron a un dédalo de hojas palpitantes, de rocío perfumado de almizcle, de insectos fosforescentes y flores suculentas que goteaban una miel azul y espesa. El aire se tornó pesado como aliento de fiera, había un zumbido constante, las piedras ardían como brasas y la tierra tenía color de sangre. Alexander se agarró con una mano del hombro de Walimai y con la otra sujetó a Nadia, consciente de que, si se separaban unos centímetros, los helechos se los tragarían y no volverían a encontrarse más. Borobá iba aferrado al cuerpo de su ama, silencioso y atento. Debían apartar de sus ojos las delicadas telarañas bordadas de mosquitos y gotas de rocío que se extendían como encaje entre las hojas. Apenas alcanzaban a verse los pies, así es que dejaron de preguntarse qué era esa materia colorada, viscosa y tibia donde se hundían hasta el tobillo.

El muchacho no imaginaba cómo el chamán reconocía el camino, tal vez lo guiaba su esposa espíritu; a ratos estaba seguro de que daban vueltas en el mismo sitio, sin avanzar ni un paso. No había puntos de referencia, sólo la voraz vegetación envolviéndolos en su reluciente abrazo. Quiso consultar su brújula, pero la aguja vibraba enloquecida, acentuando la impresión de que andaban en círculos. De pronto Walimai se detuvo, apartó un helecho que en nada se diferenciaba de los otros y se encontraron ante una apertura en la ladera del cerro, como una guarida de zorros.

El brujo entró gateando y ellos lo siguieron. Era un pasaje angosto de unos tres o cuatro metros de largo, que se abría a una cueva espaciosa, alumbrada apenas por un rayo de luz que provenía del exterior, donde pudieron ponerse de pie. Walimai procedió a frotar sus piedras para hacer fuego con paciencia, mientras Alex pensaba que nunca más saldría de su casa sin fósforos. Por fin la chispa de las piedras prendió una paja, que Walimai usó para encender la resina de una de las antorchas.

En la luz vacilante vieron elevarse una nube oscura y compacta de miles y miles de murciélagos. Estaban en una caverna de roca, rodeados de agua que chorreaba por las paredes y cubría el suelo como una laguna oscura. Varios túneles naturales salían en diferentes direcciones, unos más amplios que otros, formando un intrincado laberinto subterráneo. Sin vacilar, el indio se dirigió a uno de los pasadizos, con los muchachos pisándole los talones.

Alex recordó la historia del hilo de Ariadna, que, según la mitología griega, permitió a Teseo regresar de las profundidades del laberinto, después de matar al feroz minotauro. Él no contaba con un rollo de hilo para señalar el camino y se preguntó cómo saldrían de allí en caso que fallara Walimai. Como la aguja de su brújula vibraba sin rumbo, dedujo que se hallaban en un campo magnético. Quiso dejar marcas con su navaja en las paredes, pero la roca era dura como granito y habría necesitado horas para tallar una muesca. Avanzaban de un túnel a otro, siempre ascendiendo por el interior del *tepui*, con la improvisada antorcha como única defensa contra las tinieblas absolutas que los rodeaban. En las entrañas de la tierra no reinaba un silencio de tumba, como él hubiera imaginado, sino que oían aleteo de murciélagos, chillidos de ratas, carreras de pequeños animales, goteo de agua y un sordo golpe rítmico, el latido de un corazón, como si se encontraran dentro de un organismo vivo, un enorme animal en reposo. Ninguno habló, pero a veces Borobá lanzaba un grito asustado y entonces el eco del laberinto les devolvía el sonido multiplicado. El muchacho se preguntó qué clase de criaturas albergarían esas profundidades, tal vez serpientes o escorpiones venenosos, pero decidió no pensar en ninguna de esas posibilidades y mantener la cabeza fría, como parecía tenerla Nadia, quien marchaba tras Walimai muda y confiada.

Poco a poco vislumbraron el fin del largo pasadizo. Vieron una tenue claridad verde y al asomarse se encontraron en una gran caverna cuya hermosura era casi imposible describir. Por alguna parte entraba suficiente luz para alumbrar un vasto espacio, tan grande como una iglesia, donde se alzaban maravillosas formaciones de roca y minerales, como esculturas. El laberinto que habían dejado atrás era de piedra oscura, pero ahora estaban en una sala circular, iluminada, bajo una bóveda de catedral, rodeados de cristales y piedras preciosas. Alex sabía muy poco de minerales, pero pudo reconocer ópalos, topacios, ágatas, trozos de cuarzo y alabastro, jade y turmalina. Vio cristales como diamantes, otros lechosos, unos que parecían iluminados por dentro, otros veteados de verde, morado y rojo, como si estuvieran incrustados de esmeraldas, amatistas y rubíes. Estalactitas transparentes pendían del techo como puñales de hielo, goteando agua calcárea. Olía a humedad y, sorprendentemente, a flores. La mezcla era un aroma rancio, intenso y penetrante, un poco nauseabundo, mezcla de perfume y tumba. El aire era frío y crujiente, como suele serlo en invierno, después de nevar.

De pronto vieron que algo se movía en el otro extremo de la gruta y un instante después se desprendió de una roca de cristal azul algo que parecía un extraño pájaro, algo así como un reptil alado. El animal estiró las alas, disponiéndose a volar, y entonces Alex lo vio claramente: era similar a los dibujos que había visto de los legendarios dragones, sólo que del tamaño de un gran pelícano y muy bello. Los terribles dragones de las leyendas europeas, que siempre guardaban un tesoro o una doncella prisionera, eran definitivamente repelentes. El que tenía ante los ojos, sin embargo, era como los dragones que había visto en las festividades del barrio chino en San Francisco: pura alegría y vitalidad. De todos modos abrió su navaja del Ejército suizo y se dispuso a defenderse, pero Walimai lo tranquilizó con un gesto.

La mujer espíritu del chamán, liviana como una libélula, cruzó volando la gruta y fue a posarse entre las alas del animal, cabalgándolo. Borobá chilló aterrado y mostró los dientes, pero Nadia lo hizo callar, embobada ante el dragón. Cuando logró reponerse lo suficiente empezó a llamar en el lenguaje de las aves y de los reptiles con la esperanza de atraerlo, pero el fabuloso animal examinó de lejos a los visitantes con sus pupilas coloradas e ignoró el llamado de Nadia. Luego levantó el vuelo, elegante y ligero, para dar una vuelta olímpica por la bóveda de la gruta, con la esposa de Walimai en el lomo, como si quisiera simplemente mostrar la belleza de sus líneas y de sus escamas fosforescentes. Por último regresó a posarse sobre la roca de cristal azul, dobló sus alas y aguardó con la actitud impasible de un gato.

El espíritu de la mujer volvió donde su marido y allí quedó flotando, suspendida en el aire. Alex pensó cómo podría describir después lo que ahora veían sus ojos; habría dado cualquier cosa por tener la cámara de su abuela para dejar prueba de que ese lugar y esos seres existían de verdad, que él no había naufragado en la tempestad de sus propias alucinaciones.

Dejaron la caverna encantada y el dragón alado con cierta lástima, sin saber si acaso volverían a verlos. Alex todavía procuraba encontrar explicaciones racionales para lo que sucedía, en cambio Nadia aceptaba lo maravilloso sin hacer preguntas. El muchacho supuso que esos *tepuis*, tan aislados del resto del planeta, eran los últimos enclaves de la era paleolítica, donde se habían preservado intactas la flora y la fauna de miles y miles de años atrás. Posiblemente se encontraban en una especie de isla de las Galápagos, donde las especies más antiguas habían escapado de las mutaciones o de la extinción. Ese dragón debía ser sólo un pájaro desconocido. En los cuentos folklóricos y la mitología de lugares muy diversos aparecían esos seres. Los había en la China, donde eran símbolo de buena suerte, tanto como en Inglaterra, donde servían para probar el valor de los caballeros como San Jorge. Posiblemente, concluyó, fueron animales que convivieron con los primeros seres humanos del planeta, a quienes la superstición popular recordaba como gigantescos reptiles que echaban fuego por las narices. El dragón de la gruta no emanaba llamaradas, sino un perfume penetrante de cortesana. Sin embargo no se le ocurría una explicación para la esposa de Walimai, esa hada de aspecto humano que los acompañaba en su extraño viaje. Bueno, tal vez encontraría una después...

Siguieron a Walimai por nuevos túneles, mientras la luz de la antorcha iba haciéndose cada vez más débil. Pasaron por otras grutas, pero ninguna tan espectacular como la primera, y vieron otras extrañas criaturas: aves de plumaje rojo con cuatro alas, que gruñían como perros, y unos gatos blancos de ojos ciegos, que estuvieron a punto de atacarlos, pero retrocedieron cuando Nadia los calmó en la lengua de los felinos. Al pasar por una cueva inundada debieron caminar con el agua al cuello, llevando a Borobá montado sobre la cabeza de su ama, y vieron unos peces dorados con alas, que nadaban entre sus piernas y de repente emprendían el vuelo, perdiéndose en la oscuridad de los túneles.

En otra cueva, que exhalaba una densa niebla púrpura, como la de ciertos crepúsculos, crecían inexplicables flores sobre la roca viva. Walimai rozó una de ellas con su lanza y de inmediato salieron de entre los pétalos unos carnosos tentáculos, que se extendieron buscando a su presa. En un recodo de uno de los pasadizos vieron, a la luz anaranjada y vacilante de la antorcha, un nicho en la pared, donde había algo parecido a un niño petrificado en resina, como esos insectos que quedan atrapados en un trozo de ámbar. Alex imaginó que esa criatura había permanecido en su hermética tumba desde los albores de la humanidad y seguiría intacta en el mismo lugar dentro de miles y miles de años. ¿Cómo había llegado allí? ¿Cómo había muerto?

Finalmente el grupo alcanzó al último pasaje de aquel inmenso laberinto. Asomaron a un espacio abierto, donde un chorro de luz blanca los cegó por unos instantes. Entonces vieron que estaban en una especie de balcón, un saliente de roca asomado en el interior de una montaña hueca, como el cráter de un volcán. El laberinto que habían recorrido penetraba en las profundidades del *tepui*, uniendo el exterior con el fabuloso mundo encerrado en su interior. Comprendieron que habían ascendido muchos metros por los túneles. Hacia arriba se extendían las laderas verticales del cerro, cubiertas de vegetación, perdiéndose entre las nubes. No se veía el cielo, sólo un techo espeso y blanco como algodón, por donde se filtraba la luz del sol creando un extraño fenómeno óptico: seis lunas transparentes flotando en un firmamento de leche. Eran las lunas que Alex había visto en sus visiones. En el aire volaban pájaros nunca vistos, algunos traslúcidos y livianos como medusas, otros pesados como negros cóndores, algunos como el dragón que habían visto en la gruta.

Varios metros más abajo había un gran valle redondo, que desde la altura donde se encontraban aparecía como un jardín verdeazul envuelto en vapor. Cascadas, hilos de agua y riachuelos se deslizaban por las laderas alimentando las lagunas del valle, tan simétricas y perfectas, que no parecían naturales. Y en el centro, centelleante como una corona, se alzaba orgulloso El Dorado. Nadia y Alex ahogaron una exclamación, cegados por el resplandor increíble de la ciudad de oro, la morada de los dioses.

Walimai dio tiempo a los muchachos de reponerse de la sorpresa y luego les señaló las escalinatas talladas en la montaña, que descendían culebreando desde el saliente donde se encontraban hasta el valle. A medida que bajaban se dieron cuenta de que la flora era tan extraordinaria como la fauna que habían vislumbrado; las plantas, flores y arbustos de las laderas eran únicos. Al descender aumentaba el calor y la humedad, la vegetación se volvía más densa y exuberante, los árboles más altos y frondosos, las flores más perfumadas, los frutos más suculentos. La impresión, aunque de gran belleza, no resultaba apacible, sino vagamente amenazante, como un misterioso paisaje de Venus. La naturaleza latía, jadeaba, crecía ante sus ojos, acechaba. Vieron moscas amarillas y transparentes como topacios, escarabajos azules provistos de cuernos, grandes caracoles tan coloridos que de lejos parecían flores, exóticos lagartos rayados, roedores con afilados colmillos curvos, ardillas sin pelo saltando como gnomos desnudos entre las ramas.

Al llegar al valle y acercarse a El Dorado, los viajeros comprendieron que no era una ciudad y tampoco era de oro. Se trataba de una serie de formaciones geométricas naturales, como los cristales que habían visto en las grutas. El color dorado provenía de mica, un mineral sin valor, y pirita, bien llamada «oro de tontos». Alex esbozó una sonrisa, pensando que si los conquistadores y tantos otros aventureros hubieran logrado vencer los increíbles obstáculos del camino para alcanzar El Dorado habrían salido más pobres de lo que llegaron.

14

LAS BESTIAS

Minutos después Alex y Nadia vieron a la Bestia. Estaba a media cuadra de distancia, dirigiéndose hacia la ciudad. Parecía un gigantesco hombre mono, de más de tres metros de altura, erguido sobre dos patas, con poderosos brazos que colgaban hasta el suelo y una cabecita de rostro melancólico, demasiado chica para el porte del cuerpo. Estaba cubierto de pelo hirsuto como alambre y tenía tres largas garras afiladas como cuchillos curvos en cada mano. Se movía con tan increíble lentitud, que era como si no se moviera en absoluto. Nadia reconoció a la Bestia de inmediato, porque la había visto antes. Paralizados de terror y sorpresa, permanecieron inmóviles estudiando a la criatura. Les recordaba un animal conocido, pero no podían ubicarlo en la memoria.

—Parece una pereza —dijo Nadia finalmente en un susurro.

Y entonces Alex se acordó que había visto en el zoológico de San Francisco un animal parecido a un mono o un oso, que vivía en los árboles y se movía con la misma lentitud de la Bestia, de allí provenía su nombre de pereza o perezoso. Era un ser indefenso, porque le faltaba velocidad para atacar, escapar o protegerse, pero tenía pocos predadores: su piel gruesa y su carne agria no era plato apetecible ni para el más hambriento de los carnívoros.

—¿Y el olor? La Bestia que yo vi tenía un olor espantoso —dijo Nadia sin levantar la voz.

—Ésta no es hedionda, al menos no podemos olerla desde aquí... —comentó Alex—. Debe tener una glándula, como los zorrillos, y expele el olor a voluntad, para defenderse o inmovilizar a su presa.

Los susurros de los muchachos llegaron a oídos de la Bestia, que se volvió muy despacio para ver de qué se trataba. Alex y Nadia retrocedieron, pero Walimai se adelantó pausadamente, como si imitara la pasmosa apatía de la criatura, seguido a un paso de distancia por su esposa espíritu. El chamán era un hombre pequeño, llegaba a la altura de la cadera de la Bestia, que se elevaba como una torre frente al anciano. Su esposa y él cayeron de rodillas al suelo, postrados ante ese ser extraordinario, y entonces los chicos oyeron claramente una voz profunda y cavernosa que pronunciaba unas palabras en la lengua de la gente de la neblina.

—¡Habla como un ser humano! —murmuró Alex, convencido de que soñaba.

—El padre Valdomero tenía razón, Jaguar.

—Eso significa que posee inteligencia humana. ¿Crees que puedes comunicarte con ella?

—Si Walimai puede, yo también, pero no me atrevo a acercarme —susurró Nadia.

Esperaron un buen rato, porque las palabras salían de la boca de la criatura una a una, con la misma cachaza con que ésta se movía.

—Pregunta quiénes somos —tradujo Nadia.

—Eso lo entendí. Entiendo casi todo... —murmuró Alex adelantándose un paso. Walimai lo detuvo con un gesto.

El diálogo entre el chamán y la Bestia continuó con la misma angustiosa parsimonia, sin que nadie se moviera, mientras la luz cambiaba en el cielo blanco, tornándose color naranja. Los muchachos supusieron que afuera de ese cráter el sol debía comenzar su descenso en el horizonte. Por fin Walimai se puso de pie y regresó donde ellos.

—Habrá un consejo de los dioses —anunció.

—¿Cómo? ¿Hay más de estas criaturas? ¿Cuántas hay? —preguntó Alex, pero Walimai no pudo aclarar sus dudas, porque no sabía contar.

El brujo los guió bordeando el valle por el interior del *tepui* hasta una pequeña caverna natural en la roca, donde se acomodaron lo mejor posible, luego partió en busca de comida. Regresó con unas frutas muy aromáticas, que ninguno de los chicos había visto antes, pero estaban tan hambrientos que las devoraron sin hacer preguntas. La noche se dejó caer de súbito y se vieron rodeados de la más profunda oscuridad; la ciudad de oro falso, que antes resplandecía encandilándolos, desapareció en las sombras. Walimai no intentó encender su segunda antorcha, que seguramente guardaba para el regreso por el laberinto, y no había luz por parte alguna. Alex dedujo que esas criaturas, aunque humanas en su lenguaje y tal vez en ciertas conductas, eran más primitivas que los hombres de las cavernas, pues aún no habían descubierto el fuego. Comparados con las Bestias, los indios resultaban muy sofisticados. ¿Por qué la gente de la neblina las consideraba dioses, si ellos eran mucho más evolucionados?

El calor y la humedad no habían disminuido, porque emanaban de la montaña misma, como si en realidad estuvieran en el cráter apagado de un volcán. La idea de hallarse sobre una delgada costra de tierra y roca, mientras más abajo ardían las llamas del infierno, no era tranquilizadora, pero Alex dedujo que si el volcán había estado inactivo por miles de años, como probaba la lujuriosa vegetación de su interior, sería muy mala suerte que explotara justo la noche en que él estaba de visita. Las horas siguientes transcurrieron muy lentas. Los jóvenes apenas lograron dormir en ese lugar desconocido. Recordaban muy bien el aspecto del soldado muerto. La Bestia debió usar sus enormes garras para destriparlo de esa manera horrenda. ¿Por qué el hombre no escapó o disparó su arma? La tremenda lentitud de la criatura le habría dado tiempo sobrado. La explicación sólo podía estar en la fetidez paralizante que emanaba. No había forma de protegerse si las criaturas decidían usar sus glándulas odoríficas contra ellos. No bastaba taparse la nariz, el hedor penetraba por cada poro del cuerpo, apoderándose del cerebro y la voluntad; era un veneno tan mortal como el *curare*.

—¿Son humanos o animales? —preguntó Alex, pero Walimai tampoco pudo contestar porque para él no había diferencia.

—¿De dónde vienen?

—Siempre han estado aquí, son dioses.

Alex imaginó que el interior del *tepui* era un archivo ecológico donde sobrevivían especies desaparecidas en el resto de la tierra. Le dijo a Nadia que seguro se trataba de antepasados de las perezas que ellos conocían.

—No parecen humanos, Águila. No hemos visto viviendas, herramientas o armas, nada que sugiera una sociedad —añadió.

—Pero hablan como personas, Jaguar —dijo ella.

—Deben ser animales con el metabolismo muy lento, seguramente viven cientos de años. Si tienen memoria, en esa larga vida pueden aprender muchas cosas, incluso a hablar, ¿no crees? —aventuró Alex.

—Hablan la lengua de la gente de la neblina. ¿Quién la inventó? ¿Los indios se la enseñaron a las Bestias? ¿O las Bestias se la enseñaron a los indios?

—De cualquier forma, se me ocurre que los indios y las perezas han tenido por siglos una relación simbiótica —dijo Alex.

—¿Qué? —preguntó ella, quien nunca había oído esa palabra.

—Es decir, se necesitan mutuamente para sobrevivir.

—¿Por qué?

—No lo sé, pero voy a averiguarlo. Una vez leí que los dioses necesitan a la humanidad tanto como la humanidad necesita a sus dioses —dijo Alex.

—El consejo de las Bestias seguro será muy largo y muy fastidioso. Mejor tratamos de descansar un poco ahora, así estaremos frescos mañana —sugirió Nadia, disponiéndose a dormir. Tuvo que desprender a Borobá de su lado y obligarlo a echarse más lejos, porque no aguantaba su calor. El mono era como una extensión de su ser; estaban ambos tan acostumbrados al contacto de sus cuerpos, que una separación, por breve que fuera, la sentían como una premonición de muerte.

Con el amanecer despertó la vida en la ciudad de oro y se iluminó el valle de los dioses en todos los tonos de rojo, naranja y rosado. Las Bestias, sin embargo, demoraron muchas horas en espabilar el sueño y surgir una a una de sus guaridas entre las formaciones de roca y cristal. Alex y Nadia contaron once criaturas, tres machos y ocho hembras, unas más altas que otras, pero todas adultas. No vieron ejemplares jóvenes de aquella singular especie y se preguntaron cómo se reproducían. Walimai dijo que rara vez nacía uno de ellos, en los años de su vida nunca había sucedido, y agregó que tampoco los había visto morir, aunque sabía de una gruta en el laberinto donde yacían sus esqueletos. Alex concluyó que eso calzaba con su teoría de que vivían por siglos, e imaginó que esos mamíferos prehistóricos debían tener una o dos crías en sus vidas; por lo mismo, asistir al nacimiento de una debía ser un acontecimiento muy raro. Al observar a las criaturas de cerca, comprendió que dada su limitación para moverse, no podían cazar y debían ser vegetarianas. Las tremendas garras no estaban hechas para matar, sino para trepar. Así se explicó que pudieran bajar y subir por el camino vertical que ellos habían escalado en la catarata. Las perezas utilizaban las mismas muescas, salientes y grietas en la roca que servían a los indios para escalar. ¿Cuántas de ellas habría afuera? ¿Una sola o varias? ¡Cómo le gustaría llevar de vuelta pruebas de lo que veía!

Muchas horas después comenzó el consejo. Las Bestias se reunieron en semicírculo en el centro de la ciudad de oro, y Walimai y los muchachos se colocaron al frente. Se veían minúsculos entre aquellos gigantes. Tuvieron la impresión de que los cuerpos de las criaturas vibraban y sus contornos eran difusos, luego comprendieron que en su piel centenaria anidaban pueblos enteros de insectos de diversas clases, algunos de los cuales volaban a su alrededor como moscas de la fruta. El vapor del aire creaba la ilusión de que una nube envolvía a las Bestias. Estaban a pocos metros de ellas, a suficiente distancia para verlas en detalle, pero también para escapar en caso de necesidad, aunque ambos sabían que, si cualquiera de esos once gigantes decidía expeler su olor, no habría poder en el mundo capaz de salvarlos. Walimai actuaba con gran solemnidad y reverencia, pero no parecía asustado.

—Éstos son Águila y Jaguar, forasteros amigos de la gente de la neblina. Vienen a recibir instrucciones —dijo el anciano.

Un silencio eterno acogió esta introducción, como si las palabras tardaran mucho en hacer impacto en los cerebros de esos seres. Luego Walimai recitó un largo poema dando las noticias de la tribu, desde los últimos nacimientos hasta la muerte del jefe Mokarita, incluyendo las visiones en que aparecía el Rahakanariwa, la visita a las tierras bajas, la llegada de los forasteros y la elección de Iyomi como jefe de los jefes. Empezó un diálogo lentísimo entre el brujo y las criaturas, que Nadia y Alex entendieron sin dificultad, porque había tiempo para meditar y consultarse después de cada palabra. Así se enteraron de que por siglos y siglos la gente de la neblina conocía la ubicación de la ciudad de oro y había guardado celosamente el secreto, protegiendo a los dioses del mundo exterior, mientras a su vez esos seres extraordinarios cuidaban cada palabra de la historia de la tribu. Hubo momentos de grandes cataclismos, en los cuales la burbuja ecológica del *tepui* sufrió graves trastornos y la vegetación no alcanzó para satisfacer las necesidades de las especies que habitaban en su interior. En esas épocas los indios traían «sacrificios»: maíz, papas, mandioca, frutas, nueces. Colocaban sus ofrecimientos en las cercanías del *tepui*, sin internarse a través del laberinto secreto, y enviaban al mensajero a avisar a los dioses. Los ofrecimientos incluían huevos, peces y animales cazados por los indios; con el transcurso del tiempo cambió la dieta vegetariana de las Bestias.

Alexander Cold pensó que si esas antiguas criaturas de lenta inteligencia tuvieran necesidad de lo divino, seguramente sus dioses serían los indios invisibles de Tapirawateri, los únicos seres humanos que conocían. Para ellas los indios eran mágicos: se movían deprisa, podían reproducirse con facilidad, poseían armas y herramientas, eran dueños del fuego y del vasto universo externo, eran todopoderosos. Pero las gigantescas perezas no habían alcanzado aún la etapa de evolución en la cual se contempla la propia muerte y no necesitaban dioses. Sus larguísimas vidas transcurrían en el plano puramente material.

La memoria de las Bestias contenía toda la información que los mensajeros de los hombres les habían entregado: eran archivos vivientes. Los indios no conocían la escritura, pero su historia no se perdía, porque las perezas nada olvidaban. Interrogándolas con paciencia y tiempo, se podría obtener de ellas el pasado de la tribu desde la primera época, veinte mil años atrás. Los chamanes como Walimai las visitaban para mantenerlas al día mediante los poemas épicos que recitaban con la historia pasada y reciente de la tribu. Los mensajeros morían y eran reemplazados por otros, pero cada palabra de esos poemas quedaba almacenada en los cerebros de las Bestias.

Sólo dos veces había penetrado la tribu al interior del *tepui* desde los comienzos de la historia y en ambas ocasiones lo había hecho para huir de un enemigo poderoso. La primera vez fue cuatrocientos años antes, cuando la gente de la neblina debió ocultarse durante varias semanas de una partida de soldados españoles, que lograron llegar hasta el Ojo del Mundo. Cuando los guerreros vieron que los extranjeros mataban de lejos con unos palos de humo y ruido, sin ningún esfuerzo, comprendieron que sus armas eran inútiles contra las de ellos. Entonces desarmaron sus chozas, enterraron sus escasas pertenencias, cubrieron los restos de la aldea con tierra y ramas, borraron sus huellas y se retiraron con las mujeres y los niños al *tepui* sagrado. Allí fueron amparados por los dioses hasta que los extranjeros murieron uno a uno. Los soldados buscaban El Dorado, estaban ciegos de codicia y acabaron asesinándose unos a otros. Los que quedaron fueron exterminados por las Bestias y los guerreros indígenas. Sólo uno salió vivo de allí y de alguna manera logró volver a reunirse con sus compatriotas. Pasó el resto de su vida loco, atado a un poste en un asilo de Navarra, perorando sobre gigantes mitológicos y una ciudad de oro puro. La leyenda perduró en las páginas de los cronistas del imperio español, alimentando la fantasía de aventureros hasta el día de hoy. La segunda vez había sido tres años antes, cuando los grandes pájaros de ruido y viento de los *nahab* aterrizaron en el Ojo del Mundo. Nuevamente se ocultó la gente de la neblina hasta que los extranjeros partieron, desilusionados, porque no encontraron las minas que buscaban. Sin embargo, los indios, advertidos por las visiones de Walimai, se preparaban para su regreso. Esta vez no pasarían cuatrocientos años antes que los *nahab* se aventuraran de nuevo al altiplano, porque ahora podían volar. Entonces las Bestias decidieron salir a matarlos, sin sospechar que había millones y millones de ellos. Acostumbrados al número reducido de su especie, creían poder exterminar a los enemigos uno a uno.

Alex y Nadia escucharon a las Bestias contar su historia y fueron sacando muchas conclusiones.

—Por eso no ha habido indios muertos, sólo forasteros —apuntó Alex, maravillado.

—¿Y el padre Valdomero? —le recordó Nadia.

—El padre Valdomero vivió con los indios. Seguramente la Bestia identificó el olor y por eso no lo atacó.

—¿Y yo? Tampoco me atacó aquella noche... —agregó ella.

—Íbamos con los indios. Si la Bestia nos hubiera visto cuando estábamos con la expedición, habríamos muerto como el soldado.

—Si entiendo bien, las Bestias han salido a castigar a los forasteros —concluyó Nadia.

—Exacto, pero han obtenido el resultado opuesto. Ya ves lo que ha pasado: han atraído atención sobre los indios y sobre el Ojo del Mundo. Yo no estaría aquí si mi abuela no hubiera sido contratada por una revista para descubrir a la Bestia —dijo Alex.

Cayó la tarde y luego la noche sin que los participantes del consejo alcanzaran algún acuerdo. Alex preguntó cuántos dioses habían salido de la montaña y Walimai dijo que dos, lo cual no era un dato fiable, igual podían ser media docena. El chico logró explicar a las Bestias que la única esperanza de salvación para ellas era permanecer dentro del *tepui* y para los indios era establecer contacto con la civilización en forma controlada. El contacto era inevitable, dijo, tarde o temprano los helicópteros aterrizarían de nuevo en el Ojo del Mundo y esta vez los *nahab* vendrían a quedarse. Había unos *nahab* que deseaban destruir a la gente de la neblina y apoderarse del Ojo del Mundo. Fue muy difícil aclarar este punto, porque ni las Bestias ni Walimai comprendían cómo alguien podía apropiarse de la tierra. Alex dijo que había otros *nahab* que deseaban salvar a los indios y que seguramente harían cualquier cosa por preservar a los dioses también, porque eran los últimos de su especie en el planeta. Recordó al chamán que él había sido nombrado por Iyomi jefe para negociar con los *nahab* y pidió permiso y ayuda para cumplir su misión.

—No creemos que los *nahab* sean más poderosos que los dioses —dijo Walimai.

—A veces lo son. Los dioses no podrán defenderse de ellos y la gente de la neblina tampoco. Pero los *nahab* pueden detener a otros *nahab* —replicó Alex.

—En mis visiones el Rahakanariwa anda sediento de sangre —dijo Walimai.

—Yo he sido nombrada jefe para aplacar al Rahakanariwa —dijo Nadia.

—No debe haber más guerra. Los dioses deben volver a la montaña. Nadia y yo conseguiremos que la gente de la neblina y la morada de los dioses sean respetados por los *nahab* —prometió Alex, procurando sonar convincente.

En realidad no sospechaba cómo podría vencer a Mauro Carías, el capitán Ariosto y tantos otros aventureros que codiciaban las riquezas de la región. Ni siquiera conocía el plan de Mauro Carías ni el papel que les tocaría jugar a los miembros de la expedición del *International Geographic* en el exterminio de los indios. El empresario había dicho claramente que ellos serían testigos, pero no lograba imaginar de qué lo serían.

Para sus adentros, el muchacho pensó que habría una

conmoción mundial cuando su abuela informara sobre la existencia de las Bestias y el paraíso ecológico que contenía el *tepui*. Con suerte y manejando la prensa con habilidad, Kate Cold podría obtener que el Ojo del Mundo fuera declarado reserva natural y protegido por los gobiernos. Sin embargo, esa solución podría llegar muy tarde. Si Mauro Carías salía con la suya, «en tres meses los indios serían exterminados», como había dicho en su conversación con el capitán Ariosto. La única esperanza era que la protección internacional llegara antes. Aunque no podría evitarse la curiosidad de los científicos ni las cámaras de televisión, al menos se podría detener la invasión de aventureros y colonos dispuestos a domar la selva y exterminar a sus habitantes. También pasó por su mente la terrible premonición del empresario de Hollywood convirtiendo el *tepui* en una especie de Disneyworld o Jurassic Park. Esperaba que la presión creada por los reportajes de su abuela pudiera postergar o evitar esa pesadilla.

Las Bestias ocupaban diferentes salas en la fabulosa ciudad. Eran seres solitarios, que no compartían su espacio. A pesar de su enorme tamaño, comían poco, masticando durante horas, vegetales, frutas, raíces y de vez en cuando un animal pequeño que caía muerto o herido a sus pies. Nadia pudo comunicarse con ellas mejor que Walimai. Un par de las criaturas hembras demostraron cierto interés en ella y le permitieron acercarse, porque lo que más deseaba la chica era tocarlas. Al poner la mano sobre el duro pelaje, un centenar de insectos de diversas clases subió por su brazo, cubriéndola entera. Se sacudió desesperada, pero no pudo desprenderse de muchos de ellos, que quedaron adheridos a su ropa y su pelo. Walimai le señaló una de las lagunas de la ciudad y ella se zambulló en el agua, que resultó ser tibia y gaseosa. Al hundirse sentía en la piel el cosquilleo de las burbujas de aire. Invitó a Alex, y los dos se remojaron largo rato, limpios al fin, después de tantos días arrastrándose por el suelo y sudando.

Entretanto Walimai había aplastado en una calabaza la pulpa de una fruta con grandes pepas negras, que enseguida mezcló con el jugo de unas uvas azules y brillantes. El resultado fue una pasta morada con la consistencia de la sopa de huesos que habían bebido durante el funeral de Mokarita, pero con un sabor delicioso y un aroma persistente de miel y néctar de flores. El chamán la ofreció a las Bestias, luego bebió él y les dio a los muchachos y a Borobá. Aquel alimento concentrado les aplacó el hambre de inmediato y se sintieron un poco mareados, como si hubieran bebido alcohol.

Esa noche fueron instalados en una de las cámaras de la ciudad de oro, donde el calor era menos oprimente que en la cueva de la noche anterior. Entre las formaciones minerales crecían orquídeas desconocidas afuera, algunas tan fragantes que apenas se podía respirar en su proximidad. Por largo rato cayó la lluvia, caliente y densa como una ducha, empapando todo, corría como río entre las grietas de cristal, con un sonido persistente de tambores. Cuando finalmente cesó, el aire refrescó de súbito y los rendidos muchachos se abandonaron por fin al sueño en el duro suelo de El Dorado, con la sensación de tener la barriga llena de flores perfumadas.

El brebaje preparado por Walimai tuvo la virtud mágica de conducirlos al reino de los mitos y del sueño colectivo, donde todos, dioses y humanos, podían compartir las mismas visiones. Así se ahorraron muchas palabras, muchas explicaciones. Soñaron que el Rahakanariwa estaba preso en una caja de madera sellada, desesperado, tratando de librarse con su pico formidable y sus terribles garras, mientras dioses y humanos, atados a los árboles, aguardaban su suerte. Soñaron con los *nahab* matándose unos a otros, todos con los rostros cubiertos por máscaras. Vieron al pájaro caníbal destruir la caja y salir dispuesto a devorar todo a su paso, pero entonces un águila blanca y un jaguar negro le salían al paso, desafiándolo en lucha mortal. No había resolución en ese duelo, como rara vez la hay en los sueños. Alexander Cold reconoció al Rahakanariwa, porque lo había visto antes en una pesadilla en que aparecía como un buitre, rompía una ventana de su casa y se llevaba a su madre en sus monstruosas garras.

Al despertar por la mañana no tuvieron que contar lo que habían visto, porque todos estuvieron presentes en el mismo sueño, hasta el pequeño Borobá. Cuando se reunió el consejo de los dioses para continuar con sus deliberaciones, no fue necesario pasar horas repitiendo las mismas ideas, como el día anterior. Sabían lo que debían hacer, cada uno conocía su papel en los acontecimientos que vendrían.

—Jaguar y Águila combatirán con el Rahakanariwa. Si vencen, ¿cuál será su recompensa? —logró formular una de las perezas, después de largas vacilaciones.

—Los tres huevos del nido —dijo Nadia sin vacilar.

—Y el agua de la salud —agregó Alex, pensando en su madre.

Espantado, Walimai indicó a los chicos que habían violado la elemental norma de reciprocidad: no se puede recibir sin dar. Era la ley natural. Se habían atrevido a solicitar algo de los dioses sin ofrecer algo a cambio... La pregunta de la Bestia había sido meramente formal y lo correcto era responder que no deseaban recompensa alguna, lo hacían como un acto de reverencia hacia los dioses y compasión hacia los humanos. En efecto, las Bestias parecían desconcertadas y molestas ante las peticiones de los forasteros. Algunas se pusieron lentamente de pie, amenazantes, gruñendo y levantando sus brazos, gruesos como ramas de roble. Walimai se tiró de bruces delante del consejo farfullando explicaciones y disculpas, pero no logró aplacar los ánimos. Temiendo que alguna de las Bestias decidiera fulminarlos con su fragancia corporal, Alex echó mano del único recurso de salvación que se le ocurrió: la flauta de su abuelo.

—Tengo un ofrecimiento para los dioses —dijo, temblando.

Las dulces notas del instrumento irrumpieron tentativamente en el aire caliente del *tepui.* Las Bestias, pilladas de sorpresa, tardaron unos minutos en reaccionar y cuando lo hicieron ya Alex había agarrado vuelo y se abandonaba al placer de crear música. Su flauta parecía haber adquirido los poderes sobrenaturales de Walimai. Las notas se multiplicaban en el extraño teatro de la ciudad de oro, rebotaban transformadas en interminables arpegios, hacían vibrar las orquídeas entre las altas formaciones de cristal. Nunca el muchacho había tocado de esa manera, nunca se había sentido tan poderoso: podía amansar a las fieras con la magia de su flauta. Sentía como si estuviera conectado a un poderoso sintonizador, que acompañaba la melodía con toda una orquesta de cuerdas, vientos y percusión. Las Bestias, inmóviles al principio, comenzaron a oscilar como grandes árboles movidos por el viento; sus patas milenarias golpearon el suelo y el fértil hueco del *tepui* resonó como una gran campana. Entonces Nadia, en un impulso, saltó al centro del semicírculo del consejo, mientras Borobá, como si comprendiera que ése era un instante crucial, se mantuvo quieto a los pies de Alex.

Nadia empezó a danzar con la energía de la tierra, que traspasaba sus delgados huesos como una luz. No había visto jamás un ballet, pero había almacenado los ritmos que escuchara muchas veces: la samba del Brasil, la salsa y el joropo de Venezuela, la música americana que llegaba por la radio. Había visto a negros, mulatos, *caboclos* y blancos bailar hasta caer extenuados durante el carnaval en Manaos, a los indios danzar solemnes durante sus ceremonias. Sin saber lo que hacía, por puro instinto, improvisó su regalo para los dioses. Volaba. Su cuerpo se movía solo, en trance, sin ninguna conciencia o premeditación de su parte. Oscilaba como las más esbeltas palmeras, se elevaba como la espuma de las cataratas, giraba como el viento. Nadia imitaba el vuelo de las guacamayas, la carrera de los jaguares, la navegación de los delfines, el zumbido de los insectos, la ondulación de las serpientes.

Por miles y miles de años había existido vida en el cilíndrico hueco del *tepui*, pero hasta ese momento jamás se había oído música, ni siquiera el tam tam de un tambor. Las dos veces que la gente de la neblina fue acogida bajo la protección de la ciudad legendaria, lo hizo de manera de no irritar a los dioses, en completo silencio, haciendo uso de su talento para tornarse invisible. Las Bestias no sospechaban la habilidad humana para crear música, tampoco habían visto un cuerpo moverse con la ligereza, pasión, velocidad y gracia con que danzaba Nadia. En verdad, esos pesados seres nunca habían recibido un ofrecimiento tan grandioso. Sus lentos cerebros recogieron cada nota y cada movimiento y los guardaron para los siglos futuros. El regalo de esos dos visitantes se quedaría con ellos, como parte de su leyenda.

15

LOS HUEVOS DE CRISTAL

A cambio de la música y la danza que habían recibido, las Bestias otorgaron a los chicos lo que solicitaban. Les indicaron que ella debía subir al tope del *tepui*, a las cumbres más altas, donde estaba el nido con los tres huevos prodigiosos de su visión. Por su parte él debía descender a las profundidades de la tierra, donde se encontraba el agua de la salud.

—¿Podemos ir juntos, primero a la cima del *tepui* y luego al fondo del cráter? —preguntó Alex, pensando que las tareas serían más fáciles si las compartían.

Las perezas negaron lentamente con la cabeza y Walimai explicó que todo viaje al reino de los espíritus es solitario. Añadió que sólo disponían del día siguiente para cumplir cada uno su misión, porque sin falta al anochecer él debía volver al mundo exterior; ése era su acuerdo con los dioses. Si ellos no estaban de regreso, quedarían atrapados en el *tepui* sagrado, porque jamás encontrarían por sí mismos la salida del laberinto.

El resto del día los jóvenes lo gastaron recorriendo El Dorado y contándose sus cortas vidas; ambos deseaban saber lo más posible del otro antes de separarse. Para Nadia era difícil imaginar a su amigo en California con su familia; nunca había visto una computadora, ni había ido a la escuela ni sabía lo que es un invierno. Por su parte, el muchacho americano sentía envidia por la existencia libre y silenciosa de la muchacha, en contacto estrecho con la naturaleza. Nadia Santos poseía un sentido común y una sabiduría que a él le parecían inalcanzables.

Nadia y Alexander se deleitaron ante las magníficas formaciones de mica y otros minerales de la ciudad, ante la flora inverosímil que brotaba por todas partes y los singulares animales e insectos que albergaba ese lugar. Se dieron cuenta que los dragones como el de la caverna, que a veces cruzaban el aire, eran mansos como loros amaestrados. Llamaron a uno, aterrizó con gracia a sus pies, y pudieron tocarlo. Su piel era suave y fría, como la de un pez; tenía la mirada de un halcón y el aliento perfumado a flores. Se bañaron en las calientes lagunas y se hartaron de fruta, pero sólo de aquella autorizada por Walimai. Había frutas y hongos mortales, otros inducían visiones de pesadilla o destruían la voluntad, otros borraban la memoria para siempre, según les explicó el chamán. Durante sus paseos se topaban por aquí y por allá con las Bestias, que pasaban la mayor parte de su existencia aletargadas. Una vez que consumían las hojas y frutas necesarias para alimentarse, pasaban el resto del día contemplando el tórrido paisaje circundante y el tapón de nubes que cerraba la boca del *tepui*. «Creen que el cielo es blanco y del tamaño de ese círculo», comentó Nadia y Alex respondió que también ellos tenían una visión parcial del cielo, que los astronautas sabían que no era azul, sino infinitamente profundo y oscuro. Esa noche se acostaron tarde y cansados; durmieron lado a lado, sin tocarse, porque hacía mucho calor, pero compartiendo el mismo sueño, como habían aprendido a hacer con los frutos mágicos de Walimai.

Al amanecer del día siguiente el viejo chamán entregó a Alexander Cold una calabaza vacía y a Nadia Santos una calabaza con agua y una cesta, que ella se amarró a la espalda. Les advirtió que una vez iniciado el viaje, hacia las alturas tanto como hacia las profundidades, no habría vuelta atrás. Deberían vencer los obstáculos o perecer en la empresa, porque regresar con las manos vacías era imposible.

—¿Están seguros de que esto es lo que desean hacer? —preguntó el chamán.

—Yo sí —decidió Nadia.

No tenía idea para qué servían los huevos ni por qué debía ir a buscarlos, pero no dudó de su visión. Debían ser muy valiosos o muy mágicos; por ellos estaba dispuesta a vencer su miedo más enraizado: el vértigo de la altura.

—Yo también —agregó Alex, pensando que iría hasta el mismo infierno con tal de salvar a su madre.

—Puede ser que vuelvan y puede ser que no vuelvan —se despidió el brujo, indiferente, porque para él la frontera entre la vida y la muerte era apenas una línea de humo que la menor brisa podía borrar.

Nadia desprendió a Borobá de su cintura y le explicó que no podría llevarlo donde ella iba. El mono se aferró a una pierna de Walimai gimiendo y amenazando con el puño, pero no intentó desobedecerle. Los dos amigos se abrazaron estrechamente, atemorizados y conmovidos. Luego cada uno partió en la dirección señalada por Walimai.

Nadia Santos subió por la misma escalera tallada en la roca por donde había descendido con Walimai y Alex desde el laberinto hasta la base del *tepui*. El ascenso hasta ese balcón no fue difícil, a pesar de que las gradas eran muy empinadas, carecían de un pasamano para sujetarse y los peldaños eran angostos, irregulares y gastados. Luchando contra el vértigo, echó una mirada rápida hacia abajo y vio el extraordinario paisaje verdeazul del valle, envuelto en tenue bruma, con la magnífica ciudad de oro al centro.

Luego miró hacia arriba y sus ojos se perdieron en las nubes. La boca del *tepui* parecía más angosta que su base. ¿Cómo subiría por las laderas inclinadas? Necesitaría patas de escarabajo. ¿Cuán alto era en realidad el *tepui*, cuánto tapaban las nubes? ¿Dónde exactamente estaba el nido? Decidió no pensar en los problemas sino en las soluciones: enfrentaría los obstáculos uno a uno, a medida que se presentaran. Si había podido subir por la cascada, bien podía hacer esto, pensó, aunque ya no iba atada a Jaguar por una cuerda y estaba sola.

Al llegar al balcón comprendió que allí terminaba la escalera, de allí para adelante debía subir colgando de lo que pudiera agarrar. Se acomodó el canasto a la espalda, cerró los ojos y buscó calma en su interior. Jaguar le había explicado que allí, en el centro de su ser, se concentran la energía vital y el valor. Respiró con todo su ánimo para que el aire limpio le llenara el pecho y recorriera los caminos de su cuerpo, hasta alcanzar las puntas de los dedos de los pies y las manos. Repitió la misma respiración profunda tres veces y, siempre con los ojos cerrados, visualizó el águila, su animal totémico. Imaginó que sus brazos se extendían, se alargaban, se transformaban en alas emplumadas, que sus piernas se convertían en patas terminadas en garras como garfios, que en su cara crecía un pico feroz y sus ojos se separaban hasta quedar a los lados de la cabeza. Sintió que su cabello, suave y crespo, se convertía en plumas duras pegadas al cráneo, que ella podía erizar a voluntad, plumas que contenían los conocimientos de las águilas: eran antenas para captar lo que estaba en el aire, incluso lo invisible. Su cuerpo perdió la flexibilidad y adquirió, en cambio, una ligereza tan absoluta, que podía desprenderse de la tierra y flotar con las estrellas. Experimentó un poder tremendo, toda la fuerza del águila en la sangre. Sintió que esa fuerza llegaba hasta la última fibra de su cuerpo y su conciencia. Soy Águila, pronunció en voz alta y enseguida abrió los ojos.

Nadia se aferró a una pequeña hendidura en la roca que había sobre su cabeza y colocó el pie en otra que había a la altura de su cintura. Izó el cuerpo y se detuvo hasta encontrar el equilibrio. Levantó la otra mano y buscó más arriba, hasta que pudo pescarse de una raíz mientras con el pie contrario tanteaba hasta dar con una grieta. Repitió el movimiento con la otra mano, buscando un saliente y cuando lo halló se elevó un poco más. La vegetación que crecía en las laderas la ayudaba, había raíces, arbustos y lianas. También vio arañazos profundos en las piedras y en algunos troncos; pensó que eran marcas de garras. Las Bestias debían haber subido también en busca de alimento, o bien no conocían el mapa del laberinto y cada vez que entraban o salían del *tepui* debían ascender hasta la cima y descender por el otro lado. Calculó que eso debía demorar días, tal vez semanas, dada la portentosa lentitud de esas gigantescas perezas.

Una parte de su mente, aún activa, comprendió que el hueco del *tepui* no era un cono invertido, como había supuesto por el efecto óptico de mirarlo desde abajo, sino que más bien se abría ligeramente. La boca del cráter era en realidad más ancha que la base. No necesitaría patas de escarabajo, después de todo, sólo concentración y coraje. Así escaló metro a metro, durante horas, con admirable determinación y una destreza recién adquirida. Esa destreza provenía del más recóndito y misterioso lugar, un lugar de calma dentro de su corazón, donde se hallaban los atributos nobles de su animal totémico. Ella era Águila, el pájaro de más alto vuelo, la reina del cielo, la que hace su nido donde sólo los ángeles alcanzan.

El águila/niña siguió ascendiendo paso a paso. El aire caliente y húmedo del valle inferior se transformó en una brisa fresca, que la impulsó hacia arriba. Se detuvo a menudo, muy cansada, luchando contra la tentación de mirar hacia abajo o calcular la distancia hacia arriba, concentrada sólo en el próximo movimiento. Una sed terrible la abrasaba; sentía la boca llena de arena, con un sabor amargo, pero no podía soltarse para desprender de su espalda la calabaza de agua que le había dado Walimai. Beberé cuando llegue arriba, murmuraba, pensando en el agua fría y limpia bañándola por dentro. Si al menos lloviera, pensó, pero ni una gota caía de las nubes. Cuando creía que ya no podría dar un paso más, sentía el talismán mágico de Walimai colgado a su cuello y eso le daba valor. Era su protección. La había ayudado a ascender las rocas negras y lisas de la cascada, la había hecho amiga de los indios, la había amparado de las Bestias; mientras lo tuviera estaba a salvo.

Mucho después su cabeza alcanzó las primeras nubes, densas como merengue, y entonces una blancura de leche la envolvió. Siguió trepando a tientas, aferrándose a las rocas y la vegetación, cada vez más escasa a medida que subía. No tenía conciencia de que le sangraban las manos, las rodillas y los pies, sólo pensaba en el mágico poder que la sostenía, hasta que de pronto una de sus manos palpó una hendidura ancha. Pronto logró izar todo el cuerpo y se encontró en la cima del *tepui*, siempre oculta por la acumulación de nubes. Una potente exclamación de triunfo, un alarido ancestral y salvaje como el tremendo grito de cien águilas al unísono, brotó del pecho de Nadia Santos y fue a estrellarse contra las rocas de otras cimas, rebotando y ampliándose, hasta perderse en el horizonte.

La chica esperó inmóvil en la altura hasta que su grito se perdió en las últimas grietas de la gran meseta. Entonces se calmó el tambor de su corazón y pudo respirar a fondo. Apenas se sintió firme sobre las rocas, echó mano de la calabaza de agua y bebió todo el contenido. Nunca había deseado algo tanto. El líquido fresco entró por su garganta, limpiando la arena y la amargura de su boca, humedeciendo su lengua y sus labios resecos, penetrando por todo su cuerpo como un bálsamo prodigioso, capaz de curar la angustia y borrar el dolor. Comprendió que la felicidad consiste en alcanzar aquello que hemos esperado por mucho tiempo.

La altura y el brutal esfuerzo de llegar hasta allí y de superar sus terrores actuaron como una droga más poderosa que la de los indios en Tapirawa-teri o la poción de los sueños colectivos de Walimai. Volvió a sentir que volaba, pero ya no tenía el cuerpo del águila, se había desprendido de todo lo material, era puro espíritu. Estaba suspendida en un espacio glorioso. El mundo había quedado muy lejos, abajo, en el plano de las ilusiones. Flotó allí por un rato incalculable y de pronto vio un agujero en el cielo radiante. Sin vacilar se lanzó como una flecha a través de esa apertura y entró en un espacio vacío y oscuro, como el infinito firmamento en una noche sin luna. Ése era el espacio absoluto de todo lo divino y de la muerte, el espacio donde el espíritu mismo se disuelve. Ella era el vacío, sin deseos, ni recuerdos. No había nada que temer. Allí permaneció fuera del tiempo.

Pero en la cima del *tepui* el cuerpo de Nadia poco a poco la llamaba, reclamándola. El oxígeno devolvió a su mente el sentido de la realidad material, el agua le dio la energía necesaria para moverse. Finalmente el espíritu de Nadia hizo el viaje inverso, volvió a cruzar como una flecha la apertura en el vacío, llegó a la bóveda gloriosa donde flotó unos instantes en la inmensa blancura, y de allí pasó a la forma del águila. Debió resistir la tentación de volar para siempre sostenida por el viento y, con un último esfuerzo, regresar a su cuerpo de niña. Se encontró sentada en la cima del mundo y miró a su alrededor.

Estaba en el punto más alto de una meseta, rodeada del vasto silencio de las nubes. Aunque no podía ver la altura o la extensión del sitio donde se encontraba, calculó que el hoyo en el centro del *tepui* era pequeño, en comparación con la inmensidad de la montaña que lo contenía. El terreno se veía quebrado en hondas grietas, en parte rocoso y en otras cubierto de vegetación tupida. Supuso que pasaría mucho tiempo antes que los pájaros de acero de los *nahab* exploraran ese lugar, porque era absurdo tratar de aterrizar allí, ni siquiera con un helicóptero, y para una persona moverse en la rugosidad de esa superficie resultaba casi imposible. Se sintió desfallecer, porque podría buscar el nido por el resto de sus días sin encontrarlo en esas grietas, pero luego recordó que Walimai le había indicado exactamente por dónde subir. Descansó un momento y se puso en marcha, subiendo y bajando de roca en roca, impulsada por una fuerza desconocida, una especie de instintiva certeza.

No tuvo que ir lejos. A poca distancia, en una hendidura formada por grandes rocas se encontraba el nido y en su centro vio los tres huevos de cristal. Eran más pequeños y más brillantes que los de su visión, maravillosos.

Con mil precauciones, para no resbalar en una de las profundas fisuras, donde se habría partido todos los huesos, Nadia Santos se arrastró hasta el nido. Sus dedos se cerraron sobre la reluciente perfección del cristal, pero su brazo no pudo moverlo. Extrañada, cogió otro huevo. No logró levantarlo y tampoco el tercero. Era imposible que esos objetos, del tamaño de un huevo de tucán, pesaran de esa manera. ¿Qué sucedía? Los examinó, empujándolos por todos lados, hasta comprobar que no estaban pegados ni atornillados, al contrario, parecían descansar casi flotando en el mullido colchón de palitos y plumas. La muchacha se sentó sobre una de las rocas sin entender lo que ocurría y sin poder creer que toda esa aventura y el esfuerzo de llegar hasta allí hubieran sido inútiles. Tuvo fuerza sobrehumana para subir como una lagartija por las paredes internas del *tepui* y ahora, cuando finalmente estaba en la cima, las fuerzas le fallaban para mover ni un milímetro el tesoro que había ido a buscar.

Nadia Santos vaciló, trastornada, sin imaginar la solución de ese enigma, por largos minutos. De súbito se le ocurrió que esos huevos pertenecían a alguien. Tal vez las Bestias los habían puesto allí, pero también podían ser de alguna criatura fabulosa, un ave o un reptil, como los dragones. En ese caso la madre podría aparecer en cualquier momento y, al encontrar una intrusa cerca de su nido, lanzarse al ataque con justificada furia. No debía quedarse allí, decidió, pero tampoco pensaba renunciar a los huevos. Walimai había dicho que no podría regresar con las manos vacías... ¿Qué más le dijo el chamán? Que debía volver antes de la noche. Y entonces recordó lo que ese brujo sabio le había enseñado el día anterior: la ley de reciprocidad. Por cada cosa que uno toma, se debe dar otra a cambio.

Se miró desconsolada. Nada tenía para dar. Sólo llevaba puestos una camiseta, unos pantalones cortos y un canasto atado a la espalda. Al revisar su cuerpo se dio cuenta por primera vez de arañazos, magulladuras y heridas abiertas que le habían producido las rocas al ascender la montaña. Su sangre, donde se concentraba la energía vital que le había permitido llegar hasta allí, era tal vez su única posesión valiosa. Se aproximó, presentando su cuerpo adolorido para que la sangre goteara sobre el nido. Unas manchitas rojas salpicaron las suaves plumas. Al inclinarse sintió el talismán contra su pecho y comprendió de inmediato que ése era el precio que debía pagar por los huevos. Dudó por largos minutos. Entregarlo significaba renunciar a los poderes mágicos de protección, que ella atribuía al hueso tallado, regalo del chamán. Nunca tendría nada tan mágico como ese amuleto, era mucho más importante para ella que los huevos, cuya utilidad no podía siquiera imaginar. No, no podía desprenderse de eso, decidió.

Nadia cerró los ojos, agotada, mientras el sol que se filtraba por las nubes iba cambiando de color. Por unos instantes regresó al sueño alucinante de la *ayahuasca*, que tuvo en el funeral de Mokarita y volvió a ser el águila volando por un cielo blanco, suspendida por el viento, ligera y poderosa. Vio los huevos desde arriba, brillando en el nido, como en esa visión, y tuvo la misma certeza de entonces: esos huevos contenían la salvación para la gente de la neblina. Por último, abrió los ojos con un suspiro, se quitó el talismán del cuello y lo colocó sobre el nido. Enseguida estiró la mano y tocó uno de los huevos, que al punto cedió y pudo levantarlo sin esfuerzo. Los otros dos fueron igualmente fáciles de tomar. Colocó los tres con cuidado en su canasto y se dispuso a descender por donde había subido. Aún se filtraba luz de sol a través de las nubes; calculó que el descenso debía ser más rápido y que llegaría abajo antes del anochecer, como le había advertido Walimai.

16

EL AGUA DE LA SALUD

Mientras Nadia Santos ascendía a la cima del *tepui*, Alexander Cold bajaba por un pasaje angosto hacia el vientre de la tierra, un mundo cerrado, caliente, oscuro y palpitante, como sus peores pesadillas. Si al menos tuviera una linterna... Debía avanzar a tientas, gateando a veces y arrastrándose otras, en completa oscuridad. Sus ojos no se acostumbraron, porque las tinieblas eran absolutas. Extendía una mano palpando la roca para calcular la dirección y el ancho del túnel, luego movía el cuerpo, culebreando hacia adentro, centímetro a centímetro. A medida que avanzaba el túnel parecía angostarse y pensó que no podría dar la vuelta para salir. El poco aire que había era sofocante y fétido; era como estar enterrado en una tumba. Allí de nada le servían los atributos del jaguar negro; necesitaba otro animal totémico, algo así como un topo, una rata o un gusano.

Se detuvo muchas veces con intención de retroceder antes de que fuera demasiado tarde, pero cada vez siguió adelante impulsado por el recuerdo de su madre. Con cada minuto transcurrido aumentaba la opresión en su pecho y el terror se hacía más y más insondable. Volvió a oír el sordo golpeteo de un corazón, que había escuchado en el laberinto con Walimai. Su mente, enloquecida, barajaba los innumerables peligros que lo acechaban; el peor de todos era quedar sepultado vivo en las entrañas de esa montaña.

¿Cuán largo era ese pasaje? ¿Llegaría hasta el final o caería vencido por el camino? ¿Le alcanzaría el oxígeno o moriría asfixiado?

En un momento Alexander cayó tendido de bruces, agotado, gimiendo. Tenía los músculos tensos, la sangre agolpada en las sienes, cada nervio de su cuerpo adolorido; no podía razonar, sentía que su cabeza iba a explotar por falta de aire. Nunca había tenido tanto miedo, ni siquiera durante la larga noche de su iniciación entre los indios. Trató de recordar las emociones que lo sacudían cuando quedó colgando de una cuerda en El Capitán, pero no era comparable. Entonces estaba en el pico de una montaña, ahora estaba en su interior. Allí estaba con su padre, aquí estaba absolutamente solo. Se abandonó a la desesperación, temblando, extenuado. Por un tiempo eterno las tinieblas penetraron en su mente y perdió el rumbo, llamando sin voz a la muerte, derrotado. Y entonces, cuando su espíritu se alejaba en la oscuridad, la voz de su padre se abrió camino por las brumas de su cerebro y le llegó, primero como un susurro casi imperceptible, luego con más claridad. ¿Qué le había dicho su padre muchas veces cuando le enseñaba a escalar rocas? «Quieto, Alexander, busca el centro de ti mismo, donde está tu fuerza. Respira. Al inhalar te cargas de energía, al exhalar te desprendes de la tensión. No pienses, obedece tu instinto.» Era lo que él mismo le había aconsejado a Nadia cuando subieron al Ojo del Mundo. ¿Cómo lo había olvidado?

Se concentró en respirar: inhalar energía, sin pensar en la falta de oxígeno, exhalar su terror, relajarse, rechazar los pensamientos negativos que lo paralizaban. Puedo hacerlo, puedo hacerlo..., repitió. Poco a poco regresó a su cuerpo. Visualizó los dedos de sus pies y los fue relajando uno a uno, luego las piernas, las rodillas, las caderas, la espalda, los brazos hasta las puntas de los dedos, la nuca, la mandíbula, los párpados. Ya podía respirar mejor, dejó de sollozar. Ubicó el centro de sí mismo, un lugar rojo y vibrante a la altura del ombligo. Escuchó los latidos de su corazón. Sintió un cosquilleo en la piel, luego un calor por las venas, finalmente la fuerza regresó a su cuerpo, sus sentidos y su mente.

Alexander Cold lanzó una exclamación de alivio. El sonido tardó unos instantes en rebotar contra algo y volver a sus oídos. Se dio cuenta que así actuaba el sónar de los murciélagos, permitiéndoles desplazarse en la oscuridad. Repitió la exclamación, esperó que volviera indicándole la distancia y la dirección, así pudo «oír con el corazón», como le había dicho tantas veces Nadia. Había descubierto la forma de avanzar en las tinieblas.

El resto del viaje por el túnel transcurrió en un estado de semiinconsciencia, en el cual su cuerpo se movía solo, como si conociera el camino. De vez en cuando Alex se conectaba brevemente con su pensamiento lógico y en un chispazo deducía que ese aire cargado de gases desconocidos debía afectarle la mente. Más tarde pensaría que vivió un sueño.

Cuando parecía que el angosto pasaje no terminaría nunca, el muchacho oyó un rumor de agua, como un río, y una bocanada de aire caliente alcanzó sus agotados pulmones. Eso renovó sus fuerzas. Se impulsó hacia delante y en un recodo del subterráneo percibió que sus ojos alcanzaban a distinguir algo en la negrura. Una claridad, muy tenue al principio, fue surgiendo poco a poco. Siguió arrastrándose, esperanzado, y vio que la luz y el aire aumentaban. Pronto se encontró en una cueva que debía estar conectada al exterior de alguna manera, porque aparecía débilmente iluminada. Un extraño olor le dio en las narices, persistente, un poco nauseabundo, como de vinagre y flores podridas. La cueva tenía las mismas formaciones de relucientes minerales que viera en el laberinto. Las facetas labradas de esas estructuras actuaban como espejos, reflejando y multiplicando la escasa luz que penetraba hasta allí. Se encontró a la orilla de una pequeña laguna, alimentada por un riachuelo de aguas blancas, como leche magra. Viniendo de la tumba donde había estado, esa laguna y ese río blancos le parecieron lo más hermoso que había visto en su vida. ¿Sería ésa la fuente de la eterna juventud? El olor lo mareaba, pensó que debía ser un gas que se desprendía de las profundidades, tal vez un gas tóxico que le embotaba el cerebro.

Una voz susurrante y acariciadora llamó su atención. Sorprendido, percibió algo en la otra orilla de la pequeña laguna, a pocos metros de distancia, y cuando logró ajustar sus pupilas a la poca luz de la cueva, distinguió una figura humana. No podía verla bien, pero la forma y la voz eran de una muchacha. Imposible, dijo, las sirenas no existen, me estoy volviendo loco, es el gas, el olor; pero la muchacha parecía real, su largo cabello se movía, su piel irradiaba luz, sus gestos eran humanos, su voz seductora. Quiso lanzarse al agua blanca para beber hasta saciarse y para lavarse la tierra que lo cubría, así como la sangre de las magulladuras en sus codos y rodillas. La tentación de acercarse a la bella criatura que lo llamaba y abandonarse al placer era insoportable. Iba a hacerlo cuando notó que la aparición era igual a Cecilia Burns, su mismo cabello castaño, sus mismos ojos azules, sus mismos gestos lánguidos. Una parte aún consciente de su cerebro le advirtió que esa sirena era una creación de su mente, tal como lo eran esas medusas de mar, gelatinosas y transparentes, que flotaban en el aire pálido de la caverna. Recordó lo que había oído de la mitología de los indios, las historias que había contado Walimai sobre los orígenes del universo, donde figuraba el Río de Leche que contenía todas las semillas de la vida, pero también putrefacción y muerte. No, ésa no era el agua milagrosa que devolvería la salud a su madre, decidió; era una jugarreta de su mente para distraerlo de su misión. No había tiempo para perder, cada minuto era precioso. Se tapó la nariz con la camiseta, luchando contra la penetrante fragancia que lo aturdía. Vio que a lo largo de la orilla donde estaba se extendía un angosto pasaje, que se perdía siguiendo el curso del riachuelo, y por allí escapó.

Alexander Cold siguió el sendero, dejando atrás la laguna y la prodigiosa aparición de la muchacha. Le sorprendió que la tenue claridad persistía, al menos ya no debía ir arrastrándose y a tientas. El aroma fue haciéndose más tenue, hasta desaparecer del todo. Avanzó lo más deprisa que pudo, agachado, procurando no golpear la cabeza contra el techo y manteniendo el equilibrio en la estrecha cornisa, pensando que si caía al río más abajo tal vez sería arrastrado. Lamentó no disponer de tiempo para averiguar qué era ese líquido blanco parecido a la leche y con olor a aliño para ensalada. El largo sendero estaba cubierto de un moho resbaloso donde hervía un millar de criaturas minúsculas, larvas, insectos, gusanos y grandes sapos azulados, con la piel tan transparente que se podían ver los órganos internos palpitando. Sus largas lenguas, como de serpiente, intentaban alcanzar sus piernas. Alex echaba de menos sus botas, porque debía patearlos descalzo y sus cuerpos blandos y fríos como gelatina le daban un asco incontrolable. Doscientos metros más allá la capa de moho y los sapos desaparecieron y el sendero se volvió más ancho. Aliviado, pudo echar una mirada a su alrededor y entonces notó por primera vez que las paredes estaban salpicadas de hermosos colores. Al examinarlas de cerca comprendió que eran piedras preciosas y vetas de ricos metales. Abrió su navaja del Ejército suizo y escarbó en la roca, comprobando que las piedras se desprendían con cierta facilidad. ¿Qué eran? Reconoció algunos colores, como el verde intenso de las esmeraldas y el rojo puro de los rubíes. Estaba rodeado de un fabuloso tesoro: ése era el verdadero El Dorado, codiciado por aventureros durante siglos.

Bastaba tallar las paredes con su cuchillo para cosechar una fortuna. Si llenaba la calabaza que le había dado Walimai con esas piedras preciosas, regresaría a California convertido en millonario, podría pagar los mejores tratamientos para la enfermedad de su madre, comprar una casa nueva para sus padres, educar a sus hermanas. ¿Y para él? Se compraría un coche de carreras para matar de envidia a sus amigos y dejar a Cecilia Burns con la boca abierta. Esas joyas eran la solución de su vida: podría dedicarse a la música, a escalar montañas o a lo que quisiera, sin tener que preocuparse de ganar un sueldo... ¡No! ¿Qué estaba pensando? Esas piedras preciosas no eran sólo suyas, debían servir para ayudar a los indios. Con esa increíble riqueza obtendría poder para cumplir con la misión que le había asignado Iyomi: negociar con los *nahab*. Se convertiría en el protector de la tribu y de sus bosques y cascadas; con la pluma de su abuela y su dinero transformarían el Ojo del Mundo en la reserva natural más extensa del mundo. En unas pocas horas podría llenar la calabaza y cambiar el destino de la gente de la neblina y de su propia familia.

El muchacho empezó a hurgar con la punta de su cuchillo en torno a una piedra verde, haciendo saltar pedacitos de la roca. Minutos más tarde logró soltarla y cuando la tuvo entre los dedos pudo verla bien. No tenía el brillo de una esmeralda pulida, como las de los anillos, pero sin duda era del mismo color. Iba a ponerla en la calabaza, cuando recordó el propósito de esa misión al fondo de la tierra: llenar la calabaza con el agua de la salud. No. No serían joyas las que comprarían la salud de su madre; se requería algo milagroso. Con un suspiro guardó la piedra verde en el bolsillo del pantalón y siguió adelante, preocupado porque había perdido minutos preciosos y no sabía cuánto más debería andar hasta llegar a la fuente maravillosa.

De súbito el sendero terminó ante un cúmulo de piedras. Alex tanteó seguro que debía haber una forma de seguir adelante, no podía ser que su viaje terminara de esa manera tan abrupta. Si Walimai lo había enviado a ese infernal viaje a las profundidades de la montaña era porque la fuente existía, todo era cuestión de encontrarla; pero podría ser que hubiera tomado el camino equivocado, que en alguna bifurcación del túnel se hubiera desviado. Tal vez debió cruzar la laguna de leche, porque la muchacha no era una tentación para distraerlo, sino su guía para encontrar el agua de la salud... Las dudas empezaron a retumbar como gritos a todo volumen en su cerebro. Se llevó las manos a las sienes, procurando calmarse, repitió la respiración profunda que había practicado en el túnel, y prestó oídos a la voz remota de su padre, que lo guiaba. Debo situarme en el centro de mí mismo, donde hay calma y fuerza, murmuró. Decidió no perder energía contemplando los posibles errores cometidos, sino en el obstáculo que tenía por delante. Durante el invierno del año anterior, su madre le había pedido que trasladara una gran pila de leña del patio al fondo del garaje. Cuando él alegó que ni Hércules podía hacerlo, su madre le mostró la forma: un palo a la vez.

El joven fue quitando piedras, primero los guijarros, luego las rocas medianas, que se soltaban con facilidad, finalmente los peñascos grandes. Fue un trabajo lento y pesado, pero al cabo de un tiempo había abierto un boquete. Una bocanada de vapor caliente le dio en el rostro, como si hubiera abierto la puerta de un horno, obligándolo a retroceder. Esperó, sin saber cuál era el paso siguiente, mientras salía el chorro de aire. Nada sabía de minería, pero había leído que en el interior de las minas suele haber escapes de gas y supuso que, si de eso se trataba, estaba condenado. Se dio cuenta que a los pocos minutos el chorro disminuía, como si hubiera estado a presión, y finalmente desaparecía. Aguardó un rato y luego asomó la cabeza por el hueco.

Al otro lado había una caverna con un pozo profundo en el centro, de donde surgían humaredas y una luz rojiza. Se oían pequeñas explosiones, como si abajo hirviera algo espeso, que reventaba en burbujas. No tuvo que acercarse para adivinar que debía ser lava ardiente, tal vez los últimos residuos de actividad de un antiquísimo volcán. Estaba en el corazón del cráter. Contempló la posibilidad de que los vapores fueran tóxicos, pero como no olían mal decidió que podía adentrarse en la caverna. Pasó el resto del cuerpo por la abertura y se encontró sobre un suelo de piedra caliente. Aventuró un paso, luego otro más, decidido a explorar el recinto. El calor era peor que una sauna y pronto estuvo completamente bañado en sudor, pero había suficiente aire para respirar. Se quitó la camiseta y se la amarró en torno a la boca y la nariz. Le lloraban los ojos. Comprendió que debía avanzar con extrema prudencia para no resbalar al pozo.

La caverna era amplia y de forma irregular, alumbrada por la luz rojiza y titilante del fuego que crepitaba abajo. Hacia su derecha se abría otra sala, que exploró tentativamente, descubriendo que era más oscura, porque apenas llegaba la luz que alumbraba la primera. En ella la temperatura resultaba más soportable, tal vez por alguna fisura entraba aire fresco. El muchacho estaba en el límite de su resistencia, empapado de sudor y sediento, convencido de que las fuerzas no le alcanzarían para regresar por el largo camino que ya había recorrido. ¿Dónde estaba la fuente que buscaba?

En ese momento sintió una fuerte brisa y de inmediato una vibración espantosa que resonó en sus nervios, como si estuviera dentro de un gran tambor metálico. Se tapó los oídos en forma instintiva, pero no era ruido, sino una insoportable energía y no había forma de defenderse de ella. Se volvió buscando la causa. Y entonces lo vio. Era un murciélago gigantesco, cuyas alas extendidas debían medir unos cinco metros de punta a punta. Su cuerpo de rata era dos veces más grande que su perro Poncho y en su cabezota se abría un hocico provisto de largos colmillos de fiera. No era negro, sino totalmente blanco, un murciélago albino.

Aterrado, Alex comprendió que ese animal, como las Bestias, era el último sobreviviente de una edad muy antigua, cuando los primeros seres humanos levantaron la frente del suelo para mirar asombrados a las estrellas, miles y miles de años atrás. La ceguera del animal no era una ventaja para él, porque esa vibración era su sistema de sónar: el vampiro sabía exactamente cómo era y dónde se encontraba el intruso. La ventolera se repitió: eran las alas agitándose, listas para el ataque. ¿Era ése el Rahakanariwa de los indios, el terrible pájaro chupasangre?

Su mente echó a volar. Sabía que sus posibilidades de escapar eran casi nulas, porque no podía retroceder a la otra sala y echar a correr en ese terreno traicionero sin riesgo de caer al pozo de lava. En forma instintiva se llevó la mano a la navaja del Ejército suizo que tenía en la cintura, aunque sabía que era un arma ridícula comparada con el tamaño de su enemigo. Sus dedos tropezaron con la flauta colgada de su cinturón, y sin pensarlo dos veces la desató y se la llevó a los labios. Alcanzó a murmurar el nombre de su abuelo Joseph Cold, pidiéndole ayuda en ese instante de peligro mortal, y luego comenzó a tocar.

Las primeras notas resonaron cristalinas, frescas, puras, en aquel recinto maléfico. El enorme vampiro, extremadamente sensible a los sonidos, recogió las alas y pareció encogerse de tamaño. Había vivido tal vez varios siglos en la soledad y el silencio de ese mundo subterráneo, aquellos sonidos tuvieron el efecto de una explosión en su cerebro, se sintió acribillado por millones de punzantes dardos. Lanzó otro grito en su onda inaudible para oídos humanos, aunque claramente dolorosa, pero la vibración se confundió con la música y el vampiro, desconcertado, no pudo interpretarla en su sónar.

Mientras Alex tocaba su flauta, el gran murciélago blanco se movió hacia atrás, retrocediendo poco a poco, hasta quedar inmóvil en un rincón, como un oso blanco alado, los colmillos y las garras a la vista, pero paralizado. Una vez más el muchacho se maravilló del poder de esa flauta, que lo había acompañado en cada momento crucial de su aventura. Al moverse el animal, vio un tenue hilo de agua que chorreaba por la pared de la caverna y entonces supo que había llegado al fin de su camino: estaba frente a la fuente de la eterna juventud. No era el abundante manantial en medio de un jardín, que describía la leyenda. Eran apenas unas gotas humildes deslizándose por la roca viva.

Alexander Cold avanzó con cautela, un paso a la vez, sin dejar de tocar la flauta, acercándose al monstruoso vampiro, procurando pensar con el corazón y no con la cabeza. Era ésa una experiencia tan extraordinaria, que no podía confiar sólo en la razón o la lógica, había llegado el momento de utilizar el mismo recurso que le servía para escalar montañas y crear música: la intuición. Trató de imaginar cómo sentía el animal y concluyó que debía estar tan aterrado como él mismo lo estaba. Se encontraba por primera vez ante un ser humano, nunca había escuchado sonidos como el de la flauta y el ruido debía ser atronador en su sónar, por eso estaba como hipnotizado. Recordó que debía recoger el agua en la calabaza y regresar antes del anochecer. Resultaba imposible calcular cuántas horas había estado en el mundo subterráneo, pero lo único que deseaba era salir de allí lo antes posible.

Mientras producía una sola nota con la flauta, valiéndose de una mano, extendió la otra hacia la fuente, casi rozando al vampiro, pero apenas cayeron las primeras gotas adentro de la calabaza, el agua del chorrito disminuyó hasta desaparecer del todo. La frustración de Alex fue tan enorme, que estuvo a punto de arremeter a puñetazos contra la roca. Lo único que lo detuvo fue el horrendo animal que se erguía como un centinela a su lado.

Y entonces, cuando iba a dar media vuelta, se acordó de las palabras de Walimai sobre la ley inevitable de la naturaleza: dar tanto como se recibe. Pasó revista a sus escasos bienes: la brújula, la navaja del Ejército suizo y su flauta. Podía dejar los dos primeros, que de todos modos no le servirían de mucho, pero no podía desprenderse de su flauta mágica, la herencia de su famoso abuelo, su instrumento de poder. Sin ella estaba perdido. Depositó la brújula y la navaja en el suelo y esperó. Nada. Ni una sola gota más cayó de la roca.

Entonces comprendió que esa agua de la salud era el tesoro más valioso de este mundo para él, lo único que podría salvar la vida de su madre. A cambio debía entregar su más preciosa posesión. Colocó la flauta en el suelo mientras las últimas notas reverberaban entre las paredes de la caverna. De inmediato el débil chorrito de agua volvió a fluir. Esperó eternos minutos que se llenara la calabaza, sin perder de vista al vampiro, que acechaba a su lado. Estaba tan cerca, que podía oler su fetidez de tumba y contar sus dientes y sentir una compasión infinita por la profunda soledad que lo envolvía, pero no permitió que eso lo distrajera de su tarea. Una vez que la calabaza estuvo rebosando, retrocedió con lentitud, para no provocar al monstruo. Salió de la caverna, entró a la otra, donde se oía el gorgoriteo de la lava ardiendo en las entrañas de la tierra, y luego se deslizó por el boquete. Pensó poner las piedras de vuelta para taparlo, pero no disponía de tiempo y supuso que el vampiro era demasiado grande para escapar por ese hueco y no lo seguiría.

Hizo el camino de vuelta más rápido, porque ya lo conocía. No tuvo la tentación de recoger piedras preciosas y cuando pasó por la laguna de leche donde aguardaba el espejismo de Cecilia Burns, se tapó la nariz para defenderse del gas fragante que perturbaba el entendimiento y no se detuvo. Lo más difícil fue volver a introducirse en el angosto túnel por donde había entrado, sosteniendo la calabaza verticalmente para no vaciar el agua. Tenía un tapón: un trozo de piel amarrado con una cuerda, pero no era hermético y no deseaba perder ni una gota del maravilloso líquido de la salud. Esta vez el pasadizo, aunque oprimente y tenebroso, no le resultó tan horrible, porque sabía que al final alcanzaría la luz y el aire.

El colchón de nubes en la boca del *tepui*, que recibía los últimos rayos del sol, había adquirido tonos rojizos, desde el óxido hasta el dorado. Las seis lunas de luz comenzaban a desaparecer en el extraño firmamento del *tepui*, cuando Nadia Santos y Alexander Cold regresaron. Walimai esperaba en el anfiteatro de la ciudad de oro, frente al consejo de las Bestias acompañado por Borobá. Apenas el mono vio a su ama corrió, aliviado, a colgarse de su cuello. Los jóvenes estaban extenuados, con el cuerpo cubierto de arañazos y magulladuras, pero cada uno traía el tesoro que habían ido a buscar. El anciano brujo no dio muestras de sorpresa, los recibió con la misma serenidad con que cumplía cada acto de su existencia y les indicó que había llegado el momento de partir. No había tiempo para descansar, durante la noche deberían cruzar el interior de la montaña y salir afuera, al Ojo del Mundo.

—Tuve que dejar mi talismán —contó Nadia, desalentada a su amigo.

—Y yo mi flauta —replicó él.

—Puedes conseguir otra. La música la haces tú, no la flauta —dijo Nadia.

—También los poderes del talismán están dentro de ti —la consoló él.

Walimai observó los tres huevos cuidadosamente y olisqueó el agua de la calabaza. Aprobó con gran seriedad. Luego desató una de las bolsitas de piel que pendían de su bastón de curandero y se la entregó a Alex con instrucciones de moler las hojas y mezclarlas con esa agua para curar a su madre. El muchacho se colgó la bolsita al cuello, con lágrimas en los ojos. Walimai agitó el cilindro de cuarzo sobre la cabeza de Alex durante un buen rato, lo sopló en el pecho, las sienes y la espalda, lo tocó en los brazos y las piernas con su bastón.

—Si no fueras *nahab*, serías mi sucesor, naciste con alma de chamán. Tienes el poder de sanar, úsalo bien —le dijo.

—¿Significa eso que puedo curar a mi madre con esta agua y estas hojas?

—Puede ser y puede no ser…

Alex se daba cuenta de que sus ilusiones no tenían una base lógica, debía confiar en los modernos tratamientos del hospital de Texas y no en una calabaza con agua y unas hojas secas obtenidas de un anciano desnudo en el medio del Amazonas, pero en ese viaje había aprendido a abrir su mente a los misterios. Existían poderes sobrenaturales y otras dimensiones de la realidad, como este *tepui* poblado de criaturas de épocas prehistóricas. Cierto, casi todo podía explicarse racionalmente, incluso las Bestias, pero Alex prefirió no hacerlo y se entregó simplemente a la esperanza de un milagro.

El consejo de los dioses había aceptado las advertencias de los niños forasteros y del sabio Walimai. No saldrían a matar a los *nahab*, era una tarea inútil, puesto que eran tan numerosos como las hormigas y siempre vendrían otros. Las Bestias permanecerían en su montaña sagrada, donde estaban seguras, al menos por el momento.

Nadia y Alex se despidieron con pesar de las grandes perezas. En el mejor de los casos, si todo salía bien, la entrada laberíntica al *tepui* no sería descubierta y tampoco descenderían los helicópteros desde el aire. Con suerte pasaría otro siglo antes que la curiosidad humana alcanzara el último refugio de los tiempos prehistóricos. De no ser así, al menos esperaban que la comunidad científica defendiera a esas extraordinarias criaturas antes que la codicia de los aventureros las destruyera. En todo caso, no volverían a ver a las Bestias.

Ascendieron las gradas que conducían al laberinto cuando caía la noche, alumbrado por la antorcha de resina de Walimai. Recorrieron sin vacilar el intricado sistema de túneles, que el chamán conocía a la perfección. En ningún momento dieron con un callejón sin salida, nunca debieron retroceder o desandar el camino, porque el brujo llevaba el mapa grabado en la mente. Alex renunció a la idea de memorizar las vueltas, porque aunque hubiera podido recordarlas o incluso dibujarlas en un papel, de todos modos carecía de puntos de referencia y sería imposible ubicarse.

Llegaron a la maravillosa caverna donde vieron al primer dragón y se extasiaron una vez más ante los colores de las piedras preciosas, los cristales y los metales que relucían en su interior. Era una verdadera cueva de Alí Babá, con todos los fabulosos tesoros que la mente más ambiciosa podía imaginar. Alex se acordó de la piedra verde que se había echado al bolsillo y la sacó para compararla. En el resplandor pálido de la caverna la piedra ya no era verde, sino amarillenta y entonces comprendió que el color de esas gemas era producto de la luz y posiblemente tenían tan poco valor como la mica de El Dorado. Había hecho bien al rechazar la tentación de llenar su calabaza con ellas, en vez de hacerlo con el agua de la salud. Guardó la falsa esmeralda como recuerdo: se la llevaría de regalo a su madre.

El dragón alado estaba en su rincón, tal como lo vieran la primera vez, pero con otro más pequeño y de colores rojizos, tal vez su compañera. No se movieron ante la presencia de los tres seres humanos, tampoco cuando la esposa espíritu de Walimai voló a saludarlos, revoloteando en torno a ellos como un hada sin alas.

En esta ocasión, tal como le había ocurrido en su peregrinaje al fondo de la tierra, a Alex le pareció que el regreso era más corto y fácil, porque conocía el camino y no esperaba sorpresas. No las hubo y después de recorrer el último pasaje se encontraron en la cueva a pocos metros de la salida. Allí Walimai les indicó que se sentaran, abrió una de sus misteriosas bolsitas y sacó unas hojas que parecían de tabaco. Les explicó brevemente que debían ser «limpiados» para borrar el recuerdo de lo que habían visto. Alex no quería olvidar a las Bestias ni su viaje al fondo de la tierra, tampoco Nadia deseaba renunciar a lo aprendido, pero Walimai les aseguró que recordarían todo eso, sólo borraría de sus mentes el camino, para que no pudieran volver a la montaña sagrada.

El hechicero enrolló las hojas, pegándolas con saliva, las encendió como un cigarro y procedió a fumarlo. Inhalaba y luego soplaba el humo con fuerza en la boca de los chicos, primero de Alex y luego de Nadia. No era un tratamiento agradable, el humo, fétido, caliente y picante, se iba derecho a la frente y el efecto era como aspirar pimienta. Sintieron un pinchazo agudo en la cabeza, deseos incontrolables de estornudar y pronto estaban mareados. Volvió a la mente de Alex su primera experiencia con tabaco, cuando su abuela Kate se encerró con él a fumar en el coche hasta que lo dejó enfermo. Esta vez los síntomas eran parecidos y además todo giraba a su alrededor.

Entonces Walimai apagó la antorcha. La cueva no recibía el débil rayo de luz que la alumbraba días antes, cuando entraron y la oscuridad era total. Los jóvenes se tomaron de la mano, mientras Borobá gemía asustado, sin soltarse de la cintura de su ama. Los dos jóvenes, sumergidos en las tinieblas, percibieron monstruos acechando y oyeron espeluznantes alaridos, pero no tuvieron miedo. Con la escasa lucidez que les quedaba, dedujeron que esas visiones terroríficas eran efecto del humo inhalado y que, en todo caso, mientras el brujo amigo estuviera con ellos, se encontraban a salvo... Se acomodaron en el suelo abrazados y a los pocos minutos habían perdido la conciencia.

No pudieron calcular cuánto rato estuvieron dormidos. Despertaron poco a poco y pronto sintieron la voz de Walimai nombrándolos y sus manos tanteando para encontrarlos. La cueva ya no estaba totalmente oscura, una suave penumbra permitía vislumbrar sus contornos. El chamán les señaló el estrecho pasaje por donde debían salir al exterior y ellos, todavía algo mareados, lo siguieron. Salieron al bosque de helechos. Ya había amanecido en el Ojo del Mundo.

17

EL PÁJARO CANÍBAL

Al día siguiente los viajeros emprendieron la marcha de vuelta a Tapirawa-teri. Al aproximarse vieron el brillo de los helicópteros entre los árboles y supieron que la civilización de los *nahab* había finalmente alcanzado a la aldea. Walimai decidió quedarse en el bosque; toda su vida se había mantenido alejado de los forasteros y no era ése el momento de cambiar sus hábitos. El chamán, como toda la gente de la neblina, poseía el talento de volverse casi invisible y durante años había rondado a los *nahab*, acercándose a sus campamentos y pueblos para observarlos, sin que nadie sospechara su existencia. Sólo lo conocían Nadia Santos y el padre Valdomero, su amigo desde los tiempos en que el sacerdote vivió con los indios. El brujo había encontrado a la «niña color de miel» en varias de sus visiones y estaba convencido de que era una enviada de los espíritus. La consideraba de su familia, por eso le dio permiso para llamarlo por su nombre cuando estaban solos, le contó los mitos y leyendas de los indios, le regaló su talismán y la condujo a la ciudad sagrada de los dioses.

Alex tuvo un sobresalto de alegría al ver de lejos a los helicópteros: no estaba perdido para siempre en el planeta de las Bestias, podría regresar al mundo conocido. Supuso que los helicópteros habían recorrido el Ojo del Mundo durante varios días buscándolos. Su abuela debió haber armado un lío monumental cuando él desapareció, obligando al capitán Ariosto a peinar la inmensa región desde el aire. Posiblemente vieron el humo de la pira funeraria de Makarita y así descubrieron la aldea.

Walimai explicó a los muchachos que esperaría oculto entre los árboles para ver qué pasaba en la aldea. Alex quiso darle un recuerdo, a cambio del remedio milagroso para devolver la salud a su madre, y le entregó su navaja del Ejército suizo. El indio tomó ese objeto metálico pintado de rojo, sintió su peso y su extraña forma, sin imaginar para qué servía. Alex abrió uno a uno los cuchillos, las pinzas, las tijeras, el sacacorcho, el atornillador, hasta que el objeto se transformó en un reluciente erizo. Le enseñó al chamán el uso de cada parte y cómo abrirlas y cerrarlas.

Walimai agradeció el obsequio, pero había vivido más de un siglo sin conocer los metales y, francamente, se sentía un poco viejo para aprender los trucos de los *nahab*; pero no quiso ser descortés y se colgó la navaja suiza al cuello, junto a sus collares de dientes y sus otros amuletos. Luego recordó a Nadia el grito de la lechuza, que les servía para llamarse, así estarían en contacto. La muchacha le entregó la cesta con los tres huevos de cristal, porque supuso que estarían más seguros en manos del anciano. No quería aparecer con ellos ante los forasteros, pertenecían a la gente de la neblina. Se despidieron y en menos de un segundo Walimai se esfumó en la naturaleza, como una ilusión.

Nadia y Alex se acercaron cautelosamente al sitio donde habían aterrizado los «pájaros de ruido y viento», como los llamaban los indios. Se ocultaron entre los árboles, donde podían observar sin ser vistos, aunque estaban demasiado lejos para oír con claridad. En medio de Tapirawateri estaban los pájaros de ruido y viento, además había tres carpas, un gran toldo y hasta una cocina a petróleo. Habían tendido un alambre del cual colgaban regalos para atraer a los indios: cuchillos, ollas, hachas y otros artículos de acero y aluminio, que refulgían al sol. Vieron varios soldados armados en actitud de alerta, pero ni rastro de los indios. La gente de la neblina había desaparecido, tal como hacía siempre ante el peligro. Esa estrategia había servido mucho a la tribu, en cambio otros indios que se enfrentaron con los *nahab* fueron exterminados o asimilados. Los que fueron incorporados a la civilización estaban convertidos en mendigos, habían perdido su dignidad de guerreros y sus tierras, vivían como ratones. Por eso el jefe Mokarita nunca permitió que su pueblo se acercara a los *nahab* ni tomara sus regalos, sostenía que, a cambio de un machete o un sombrero, la tribu olvidaba para siempre sus orígenes, su lengua y sus dioses.

Los dos jóvenes se preguntaron qué pretendían esos soldados. Si eran parte del plan para eliminar a los indios del Ojo del Mundo, era mejor no acercarse. Recordaban cada palabra de la conversación que habían escuchado en Santa María de la Lluvia entre el capitán Ariosto y Mauro Carías y comprendieron que sus vidas estaban en peligro si osaban intervenir.

Empezó a llover, como ocurría dos o tres veces al día, unos chaparrones imprevistos, breves y violentos, que empapaban todo por un rato y cesaban de pronto, dejando el mundo fresco y limpio. Los dos amigos llevaban casi una hora observando el campamento desde su refugio entre los árboles, cuando vieron llegar a la aldea una partida de tres personas, que evidentemente habían salido a explorar los alrededores y ahora volvían corriendo, mojados hasta los huesos. A pesar de la distancia, las reconocieron al punto: eran Kate Cold, César Santos y el fotógrafo Timothy Bruce. Nadia y Alex no pudieron evitar una exclamación de alivio: eso significaba que el profesor Leblanc y la doctora Omayra Torres también andaban cerca. Con la presencia de ellos en la aldea, el capitán Ariosto y Mauro Carías no podrían recurrir a las balas para quitar a los indios —o a ellos— del medio.

Los jóvenes dejaron su escondite y se aproximaron con cautela a Tapariwa-teri, pero al poco de andar fueron vistos por los centinelas y de inmediato se vieron rodeados. El grito de alegría de Kate Cold cuando vio a su nieto fue sólo comparable al que dio César Santos al ver a su hija. Los dos corrieron al encuentro de los chicos, que venían cubiertos de arañazos y magulladuras, inmundos, con la ropa en harapos y extenuados. Además Alexander se veía diferente con un corte de pelo de indio, que dejaba expuesta la coronilla, donde tenía una larga cortadura cubierta por una costra seca. Santos levantó a Nadia en sus fornidos brazos y la estrechó con tanta fuerza, que estuvo a punto de romperle las costillas a Borobá, que también cayó en el abrazo. Kate Cold, en cambio, logró controlar la oleada de afecto y alivio que sentía; apenas tuvo a su nieto al alcance de la mano le plantó una bofetada en la cara.

—Esto es por el susto que nos has hecho pasar, Alexander. La próxima vez que desaparezcas de mi vista, te mato —dijo la abuela. Por toda respuesta Alex la abrazó.

Llegaron de inmediato los demás: Mauro Carías, el capitán Ariosto, la doctora Omayra Torres y el inefable profesor Leblanc, quien estaba picado de abejas por todas partes. El indio Karakawe, huraño como siempre, no dio muestras de sorpresa al ver a los muchachos.

—¿Cómo llegaron ustedes hasta aquí? El acceso a este sitio es imposible sin un helicóptero —preguntó el capitán Ariosto.

Alex contó brevemente su aventura con la gente de la neblina, sin dar detalles ni explicar por dónde habían subido. Tampoco mencionó su viaje con Nadia al *tepui* sagrado. Supuso que no traicionaba un secreto, puesto que los *nahab* ya sabían de la existencia de la tribu. Había señas evidentes de que la aldea había sido desocupada por los indios apenas unas horas antes: la mandioca estilaba en los canastos, las brasas aún estaban tibias en los pequeños fogones, la carne de la última cacería se llenaba de moscas en la choza de los solteros, algunas mascotas domésticas todavía rondaban. Los soldados habían matado a machetazos a las apacibles boas y sus cuerpos mutilados se pudrían al sol.

—¿Dónde están los indios? —preguntó Mauro Carías.

—Se han ido lejos —replicó Nadia.

—No creo que anden muy lejos con las mujeres, los niños y los abuelos. No pueden desaparecer sin dejar rastro.

—Son invisibles.

—¡Hablemos en serio, niña! —exclamó él.

—Yo siempre hablo en serio.

—¿Vas a decirme que esa gente también vuela como las brujas?

—No vuelan, pero corren rápido —aclaró ella.

—¿Tú puedes hablar la lengua de esos indios, bonita?

—Mi nombre es Nadia Santos.

—Bueno, Nadia Santos, ¿puedes hablar con ellos o no? —insistió Carías, impaciente.

—Sí.

La doctora Omayra Torres intervino para explicar la necesidad imperiosa de vacunar a la tribu. La aldea había sido descubierta, era inevitable que dentro de un plazo muy breve hubiera contacto con los forasteros.

—Como sabes, Nadia, sin quererlo podemos contagiarles enfermedades mortales para ellos. Hay tribus completas que han perecido en cuestión de dos o tres meses por culpa de un resfrío. Lo más grave es el sarampión. Tengo las vacunas, puedo inmunizar a estos pobres indios. Así estarán protegidos. ¿Puedes ayudarme? —suplicó la bella mujer.

—Trataré —prometió la muchacha.

—¿Cómo puedes comunicarte con la tribu?

—No sé todavía, tengo que pensarlo.

Alexander Cold trasladó el agua de la salud a una botella con una tapa hermética y la puso cuidadosamente en su bolso. Su abuela lo vio y quiso saber qué hacía.

—Es el agua para curar a mi mamá —dijo él—. Encontré la fuente de la eterna juventud, la que otros buscaron durante siglos, Kate. Mi mamá se pondrá bien.

Por primera vez desde que el muchacho podía recordar, su abuela tomó la iniciativa de hacerle un cariño. Sintió sus brazos delgados y musculosos envolviéndolo, su olor a tabaco de pipa, sus pelos gruesos cortados a tijeretazos, su piel seca y áspera como cuero de zapato; oyó su voz ronca nombrándolo y sospechó que tal vez su abuela lo quería un poco, después de todo. Apenas Kate Cold se dio cuenta de lo que hacía, se separó con brusquedad, empujándolo hacia la mesa, donde lo aguardaba Nadia. Los dos chicos, hambrientos y fatigados, atacaron los frijoles, el arroz, el pan de mandioca y unos pescados medio carbonizados y erizados de espinas. Alex devoró con un apetito feroz, ante los ojos sorprendidos de Kate Cold, quien sabía cuán fastidioso era su nieto para la comida.

Después de comer los amigos se bañaron largamente en el río. Se sabían rodeados por los indios invisibles, que seguían desde la espesura cada movimiento de los *nahab.* Mientras ellos chapoteaban en el agua, sentían sus ojos encima igual que si los tocaran con las manos. Concluyeron que no se acercaban por la presencia de los desconocidos y los helicópteros, que habían vislumbrado en el cielo, pero jamás habían visto de cerca. Trataron de alejarse un poco, pensando que si estaban solos la gente de la neblina se mostraría, pero había mucho movimiento en la aldea y les fue imposible retirarse al bosque sin llamar la atención.

Por suerte los soldados no se atrevían a apartarse ni un paso del campamento, porque las historias sobre la Bestia y la forma en que destripó a uno de sus compañeros los tenían aterrorizados. Nadie había explorado antes el Ojo del Mundo y habían oído de los espíritus y demonios que rondaban esa región. Temían menos a los indios, porque contaban con sus armas de fuego y ellos mismos tenían sangre indígena en las venas.

Al anochecer todos menos los centinelas de turno se sentaron en grupos en torno a una fogata a fumar y beber. El ambiente era lúgubre y alguien solicitó un poco de música para levantar los ánimos. Alex debió admitir que había perdido la célebre flauta de Joseph Cold, pero no podía decir dónde sin mencionar su aventura en el interior del *tepui*. Su abuela le lanzó una mirada asesina, pero nada dijo, adivinando que su nieto le ocultaba muchas cosas. Un soldado sacó una armónica y tocó un par de melodías populares, pero sus buenos propósitos cayeron en el vacío. El miedo se había apoderado de todos.

Kate Cold se llevó aparte a los chicos para contarles lo ocurrido en su ausencia, desde que se los llevaron los indios. Cuando se dieron cuenta que se habían evaporado, iniciaron al punto la búsqueda y, provistos de linternas, salieron por el bosque llamándolos durante casi toda la noche. Leblanc contribuyó a la angustia general con otro de sus atinados pronósticos: habían sido arrastrados por los indios y en ese momento seguro se los estaban comiendo asados al palo. El profesor aprovechó para ilustrarlos sobre la forma en que los indios caribes cortaban pedazos de los prisioneros vivos para devorarlos. Cierto, admitió, no estaban entre caribes, quienes habían sido civilizados o exterminados hacía más de cien años, pero nunca se sabe cuán lejos llegan las influencias culturales. César Santos había estado a punto de arremeter a puñetazos contra el antropólogo.

Por la tarde del día siguiente apareció finalmente un helicóptero a rescatarlos. El bote con el infortunado Joel González había llegado sin novedad a Santa María de la Lluvia, donde las monjas del hospital se encargaron de atenderlo. Matuwe, el guía indio, consiguió ayuda y él mismo acompañó al helicóptero, donde viajaba el capitán Ariosto. Su sentido de orientación era tan extraordinario, que sin haber volado nunca pudo ubicarse en la interminable extensión verde de la selva y señalar con exactitud el sitio donde aguardaba la expedición del *International Geographic*. Apenas descendieron, Kate Cold obligó al militar a pedir por radio más refuerzos para organizar la búsqueda sistemática de los chicos desaparecidos.

César Santos interrumpió a la escritora para agregar que ella había amenazado al capitán Ariosto con la prensa, la embajada americana y hasta la CIA si no cooperaba; así obtuvo el segundo helicóptero, donde llegaron más soldados y también Mauro Carías. No pensaba salir de allí sin su nieto, había asegurado, aunque tuviera que recorrer todo el Amazonas a pie.

—¿Cierto que dijiste eso, Kate? —preguntó Alex, divertido.

—No por ti, Alexander. Por una cuestión de principio —gruñó ella.

Esa noche Nadia Santos, Kate Cold y Omayra Torres ocuparon una tienda, Ludovic Leblanc y Timothy Bruce otra, Mauro Carías la suya, y el resto de los hombres se acomodaron en hamacas entre los árboles. Pusieron guardias en los cuatro costados del campamento y mantuvieron luces de petróleo encendidas. Aunque nadie lo mencionó en voz alta, supusieron que así mantendrían alejada a la Bestia. Las luces los convertían en blanco fácil para los indios, pero hasta entonces nunca las tribus atacaban en la oscuridad, porque temían a los demonios nocturnos que escapan de las pesadillas humanas.

Nadia, quien tenía el sueño liviano, durmió unas horas y despertó pasada la medianoche con los ronquidos de Kate Cold. Después de comprobar que la doctora tampoco se movía, ordenó a Borobá que permaneciera en su sitio y se deslizó silenciosa fuera de la tienda. Había observado con suma atención a la gente de la neblina, decidida a imitar su facultad de pasar inadvertida, así descubrió que no consistía sólo en camuflar el cuerpo, sino también en una firme voluntad de volverse inmaterial y desaparecer. Requería concentración para alcanzar el estado mental de invisibilidad, en el cual era posible colocarse a un metro de otra persona sin ser visto. Sabía cuándo había alcanzado ese estado porque sentía su cuerpo muy ligero, luego parecía disolverse, borrarse del todo. Necesitaba mantener su propósito sin distraerse, sin permitir que los nervios la traicionaran, único modo de permanecer oculta ante los demás. Al salir de su carpa debió deslizarse a corta distancia de los guardias que rondaban el campamento, pero lo hizo sin ningún temor, protegida por ese extraordinario campo mental que había creado a su alrededor.

Apenas se sintió segura en el bosque, vagamente iluminado por la luna, imitó el canto de la lechuza dos veces y esperó. Un rato después percibió a su lado la silenciosa presencia de Walimai. Pidió al brujo que hablara con la gente de la neblina para convencerla de acercarse al campamento y vacunarse. No podrían ocultarse indefinidamente en las sombras de los árboles, dijo, y si intentaban construir una nueva aldea, serían descubiertos por los «pájaros de ruido y viento». Le prometió que ella mantendría a raya al Rahakanariwa y que Jaguar negociaría con los *nahab*. Le contó que su amigo tenía una abuela poderosa, pero no trató de explicarle el valor de escribir y publicar en la prensa, supuso que el chamán no entendería a qué se refería, porque desconocía la escritura y nunca había visto una página impresa. Se limitó a decir que esa abuela tenía mucha magia en el mundo de los *nahab*, aunque su magia de poco servía en el Ojo del Mundo.

Por su parte, Alexander Cold se acostó en una hamaca al aire libre, un poco separado de los demás. Tenía la esperanza de que durante la noche los indios se comunicaran con él, pero cayó dormido como una piedra. Soñó con el jaguar negro. El encuentro con su animal totémico fue tan claro y preciso, que al día siguiente no estaba seguro de si lo había soñado o si sucedió en realidad. En el sueño se levantaba de su hamaca y se alejaba cautelosamente del campamento, sin ser visto por los centinelas. Al entrar al bosque, fuera del alcance de la luz de la hoguera y las lámparas de petróleo, veía al felino negro echado sobre la gruesa rama de un inmenso castaño, su cola moviéndose en el aire, sus ojos brillando en la noche como deslumbrantes topacios, tal como apareció en su visión, cuando bebió la poción mágica de Walimai. Con sus dientes y garras podía destripar a un caimán, con sus poderosos músculos corría como el viento, con su fuerza y valor podía enfrentar a cualquier enemigo. Era un animal magnífico, rey de las fieras, hijo del Sol Padre, príncipe de la mitología de América. En el sueño el muchacho se detenía a pocos pasos del jaguar y, tal como en su primer encuentro en el patio de Mauro Carías, escuchaba la voz cavernosa saludándolo por su nombre: Alexander... Alexander... La voz sonaba en su cerebro como un gigantesco gong de bronce, repitiendo una y otra vez su nombre. ¿Qué significaba el sueño? ¿Cuál era el mensaje que el jaguar negro deseaba transmitirle?

Despertó cuando ya todo el mundo en el campamento estaba en pie. El vívido sueño de la noche anterior lo angustiaba, estaba seguro de que contenía un mensaje, pero no podía descifrarlo. La única palabra que el jaguar había dicho en sus apariciones era su nombre, Alexander. Nada más. Su abuela se acercó con un tazón de café con leche condensada, algo que antes él no hubiera probado, pero ahora le parecía un desayuno delicioso. En un impulso, le contó su sueño.

—Defensor de hombres —dijo su abuela.

—¿Qué?

—Eso significa tu nombre. Alexander es un nombre griego y quiere decir defensor.

—¿Por qué me pusieron ese nombre, Kate?

—Por mí. Tus padres querían ponerte Joseph, como tu abuelo, pero yo insistí en llamarte Alexander, como Alejandro Magno, el gran guerrero de la antigüedad. Tiramos una moneda al aire y yo gané. Por eso te llamas como te llamas —explicó Kate.

—¿Cómo se te ocurrió que yo debía tener ese nombre?

—Hay muchas víctimas y causas nobles que defender en este mundo, Alexander. Un buen nombre de guerrero ayuda a pelear por la justicia.

—Te vas a llevar un chasco conmigo, Kate. No soy un héroe.

—Veremos —replicó ella, pasándole el tazón.

La sensación de ser observados por cientos de ojos tenía a todos nerviosos en el campamento. En años recientes varios empleados del Gobierno, enviados para ayudar a los indios, habían sido asesinados por las mismas tribus que pretendían proteger. A veces el primer contacto era cordial, intercambiaban regalos y comida, pero de súbito los indios empuñaban sus armas y atacaban por sorpresa. Los indios eran impredecibles y violentos, dijo el capitán Ariosto, quien estaba totalmente de acuerdo con las teorías de Leblanc, por lo mismo no se podía bajar la guardia, debían permanecer siempre alertas. Nadia intervino para decir que la gente de la neblina era diferente, pero nadie le hizo caso.

La doctora Omayra Torres explicó que durante los últimos diez años su trabajo de médico había sido principalmente entre tribus pacificadas; nada sabía de esos indios que Nadia llamaba gente de la neblina. En todo caso, esperaba tener más suerte que en el pasado y alcanzar a vacunarlos antes que se contagiaran. Admitió que en varias ocasiones anteriores sus vacunas llegaron demasiado tarde. Los inyectaba y de todos modos se enfermaban a los pocos días y morían por centenares.

Para entonces Ludovic Leblanc había perdido por completo la paciencia. Su misión había sido inútil, tendría que volver con las manos vacías, sin noticias de la famosa Bestia del Amazonas. ¿Qué les diría a los editores del *International Geographic*? Que un soldado había muerto destrozado en misteriosas circunstancias, que habían sido expuestos a un olor bastante desagradable y él se había dado un involuntario revolcón en el excremento de un animal desconocido. Francamente no eran pruebas muy convincentes de la existencia de la Bestia. Tampoco tenía nada que agregar sobre los indios de la región, porque ni siquiera los había vislumbrado. Había perdido su tiempo miserablemente. No veía las horas de regresar a su universidad, donde lo trataban como héroe y estaba a salvo de picaduras de abejas y otras incomodidades. Su relación con el grupo dejaba mucho que desear y con Karakawe era un desastre. El indio contratado como su asistente personal dejó de abanicarlo con la hoja de banano apenas salieron de Santa María de la Lluvia y, en vez de servirlo, se dedicó a hacerle la vida más difícil. Leblanc lo acusó de poner un escorpión vivo en su bolso y un gusano muerto en su café, también de haberlo llevado de mala fe al sitio donde lo picaron las abejas. Los otros miembros de la expedición toleraban al profesor porque era muy pintoresco y podían burlarse en sus narices sin que se diera por aludido.

Leblanc se tomaba tan en serio, que no podía imaginar que otros no lo hicieran.

Mauro Carías envió partidas de soldados a explorar en varias direcciones. Los hombres partieron de mala gana y regresaron muy pronto, sin noticias de la tribu. También sobrevolaron la zona con helicópteros, a pesar de que Kate Cold les hizo ver que el ruido espantaría a los indios. La escritora aconsejó esperar con paciencia: tarde o temprano llegarían de vuelta a su aldea. Como Leblanc, ella estaba más interesada en la Bestia que en los indígenas, porque debía escribir su artículo.

—¿Sabes algo de la Bestia, que no me has dicho, Alexander? —preguntó a su nieto.

—Puede ser y puede no ser... —replicó el muchacho, sin atreverse a mirarla a la cara.

—¿Qué clase de respuesta es ésa?

A eso del mediodía el campamento se alertó: una figura había salido del bosque y se acercaba tímidamente. Mauro Carías le hizo señas amistosas llamándola, después de ordenar a los soldados que retrocedieran, para no asustarla. El fotógrafo Timothy Bruce le pasó su cámara a Kate Cold y él tomó una filmadora: el primer contacto con una tribu era una ocasión única. Nadia y Alex reconocieron al punto al visitante, era Iyomi, jefe de los jefes de Tapirawa-teri. Venía sola, desnuda, increíblemente anciana, toda arrugada y sin dientes, apoyada en un palo torcido que le servía de bastón y con el sombrero redondo de plumas amarillas metido hasta las orejas. Paso a paso se aproximó, ante el estupor de los *nahab.* Mauro Carías llamó a Karakawe y Matuwe para preguntarles si conocían la tribu a la cual pertenecía esa mujer, pero ninguno lo sabía. Nadia salió adelante.

—Yo puedo hablar con ella —dijo.

—Dile que no le haremos daño, somos amigos de su pueblo, que vengan a vernos sin sus armas, porque tenemos muchos regalos para ella y los demás —dijo Mauro Carías.

Nadia tradujo libremente, sin mencionar la parte sobre las armas, que no le pareció muy buena idea, considerando la cantidad de armas de los soldados.

—No queremos regalos de los *nahab*, queremos que se vayan del Ojo del Mundo —replicó Iyomi con firmeza.

—Es inútil, no se irán —explicó Nadia a la anciana.

—Entonces mis guerreros los matarán.

—Vendrán más, muchos más, y morirán todos tus guerreros.

—Mis guerreros son fuertes, estos *nahab* no tienen arcos ni flechas, son pesados, torpes y de cabeza blanda, además se asustan como los niños.

—La guerra no es la solución, jefe de los jefes. Debemos negociar —suplicó Nadia.

—¿Qué diablos dice esta vieja? —preguntó Carías impaciente porque hacía un buen rato que la chica no traducía.

—Dice que su pueblo no ha comido en varios días y tiene mucha hambre —inventó Nadia al vuelo.

—Dile que les daremos toda la comida que quieran.

—Tienen miedo de las armas —agregó ella, aunque en realidad los indios no habían visto nunca una pistola o un fusil y no sospechaban su mortífero poder.

Mauro Carías dio una orden a los hombres para que depusieran las armas como signo de buena voluntad, pero Leblanc, espantado, intervino para recordarles que los indios solían atacar a traición. En vista de eso, soltaron las metralletas, pero mantuvieron las pistolas al cinto. Iyomi recibió una escudilla de carne con maíz de manos de la doctora Omayra Torres y se alejó por donde había llegado. El capitán Ariosto pretendió seguirla, pero en menos de un minuto se había hecho humo en la vegetación.

Aguardaron el resto del día oteando la espesura sin ver a nadie, mientras soportaban las advertencias de Leblanc, quien esperaba un contingente de caníbales dispuestos a caerles encima. El profesor, armado hasta los dientes y rodeado de soldados, había quedado tembloroso después de la visita de una bisabuela desnuda con un sombrero de plumas amarillas. Las horas transcurrieron sin incidentes, salvo por un momento de tensión que se produjo cuando la doctora Omayra Torres sorprendió a Karakawe metiendo las manos en sus cajas de vacunas. No era la primera vez que sucedía. Mauro Carías intervino para advertir al indio que si volvía a verlo cerca de los medicamentos, el capitán Ariosto lo pondría preso de inmediato.

Por la tarde, cuando ya sospechaban que la anciana no regresaría, se materializó frente al campamento la tribu completa de la gente de la neblina. Primero vieron a las mujeres y a los niños, impalpables, tenues y misteriosos. Tardaron unos segundos en percibir a los hombres, que en realidad habían llegado antes y se habían colocado en un semicírculo. Surgieron de la nada, mudos y soberbios, encabezados por Tahama, pintados para la guerra con el rojo del onoto, el negro del carbón, el blanco de la cal y el verde de las plantas, decorados con plumas, dientes, garras y semillas, con todas sus armas en las manos. Estaban en medio del campamento, pero se mimetizaban tan bien con el entorno que era necesario ajustar los ojos para verlos con nitidez. Eran livianos, etéreos, parecían apenas dibujados en el paisaje, pero no había duda de que también eran fieros.

Por largos minutos los dos bandos se observaron mutuamente en silencio, a un lado los indios transparentes y al otro los desconcertados forasteros. Por fin Mauro Carías despertó del trance y se puso en acción, dando instrucciones a los soldados de que sirvieran comida y repartieran regalos. Con pesar, Alex y Nadia vieron a las mujeres y los niños recibir las chucherías con que pretendían atraerlos. Sabían que así, con esos inocentes regalos, comenzaba el fin de las tribus. Tahama y sus guerreros se mantuvieron de pie, alertas, sin soltar las armas. Lo más peligroso eran sus gruesos garrotes, con los cuales podían arremeter en un segundo; en cambio apuntar una flecha demoraba más, dando tiempo a los soldados de disparar.

—Explícales lo de las vacunas, bonita —le ordenó Mauro Carías a la chica.

—Nadia, me llamo Nadia Santos —repitió ella.

—Es por el bien de ellos, Nadia, para protegerlos —añadió la doctora Omayra Torres—. Tendrán miedo de las agujas, pero en realidad duele menos que una picada de mosquito. Tal vez los hombres quieran ser los primeros, para dar el ejemplo a las mujeres y a los niños...

—¿Por qué no da el ejemplo usted? —preguntó Nadia a Mauro Carías.

La perfecta sonrisa, siempre presente en el rostro bronceado del empresario, se borró ante el desafío de la chica y una expresión de absoluto terror cruzó brevemente por sus ojos. Alex, quien observaba la escena, pensó que era una reacción exagerada. Sabía de gente que teme las inyecciones, pero la cara de Carías era como si hubiera visto a Drácula.

Nadia tradujo y después de largas discusiones, en las que el nombre del Rahakanariwa surgió muchas veces, Iyomi aceptó pensarlo y consultar con la tribu. En eso estaban en medio de las conversaciones sobre las vacunas, cuando de pronto Iyomi murmuró una orden imperceptible para los forasteros y de inmediato la gente de la neblina se esfumó tan deprisa como había aparecido. Se retiraron al bosque como sombras, sin que se oyera ni un solo paso, ni una sola palabra, ni un solo llanto de bebé. El resto de la noche los soldados de Ariosto montaron guardia, esperando un ataque en cualquier momento.

Nadia despertó a medianoche al sentir que la doctora Omayra Torres dejaba la tienda. Supuso que iría a hacer sus necesidades entre los arbustos, pero tuvo una corazonada y decidió seguirla. Kate Cold roncaba con el sueño profundo que la caracterizaba y no se enteró de los trajines de sus compañeras. Silenciosa como un gato, haciendo uso del talento recién aprendido para ser invisible, avanzó. Escondida tras unos helechos vio la silueta de la doctora en la tenue luz de la luna. Un minuto más tarde se aproximó una segunda figura y, ante la sorpresa de Nadia, tomó a la doctora por la cintura y la besó.

—Tengo miedo —dijo ella.

—No temas, mi amor. Todo saldrá bien. En un par de días habremos terminado aquí y podremos regresar a la civilización. Ya sabes que te necesito...

—¿En verdad me quieres?

—Claro que sí. Te adoro, te haré muy feliz, tendrás todo lo que desees.

Nadia regresó furtiva a la tienda, se acostó en su esterilla y se hizo la dormida.

El hombre que estaba con la doctora Omayra Torres era Mauro Carías.

Por la mañana la gente de la neblina regresó. Las mujeres traían cestas con fruta y un gran tapir muerto para devolver los regalos recibidos el día anterior. La actitud de los guerreros parecía más relajada y aunque no soltaban sus garrotes, demostraron la misma curiosidad de las mujeres y los niños. Miraban de lejos y sin acercarse a los extraordinarios pájaros de ruido y viento, tocaban la ropa y las armas de los *nahab*, hurgaban en sus pertenencias, se metían a las tiendas, posaban para las cámaras, se colgaban los collares de plástico y probaban los machetes y cuchillos, maravillados.

La doctora Omayra Torres consideró que el clima era adecuado para iniciar su trabajo. Pidió a Nadia que explicara una vez más a los indios la imperiosa necesidad de protegerlos contra las epidemias, pero éstos no estaban convencidos. La única razón por la cual el capitán Ariosto no los obligó a punta de balas fue la presencia de Kate Cold y Timothy Bruce; no podía recurrir a la fuerza bruta delante de la prensa, debía guardar las apariencias. No tuvo más remedio que esperar con paciencia las eternas discusiones entre Nadia Santos y la tribu. La incongruencia de matarlos a tiros para impedir que murieran de sarampión no cruzó por la mente del militar.

Nadia recordó a los indios que ella había sido nombrada por Iyomi jefe para aplacar al Rahakanariwa, quien solía castigar a los humanos con terribles epidemias, así es que debían obedecerle. Se ofreció para ser la primera en someterse al pinchazo de la vacuna, pero eso resultó ofensivo para Tahama y sus guerreros. Ellos serían los primeros, dijeron, finalmente. Con un suspiro de satisfacción ella tradujo la decisión de la gente de la neblina.

La doctora Omayra Torres hizo colocar una mesa a la sombra y desplegó sus jeringas y sus frascos, mientras Mauro Carías procuraba organizar a la tribu en una fila, así se aseguraba que nadie quedara sin vacunarse.

Entretanto Nadia se llevó aparte a Alex para contarle lo que había presenciado la noche anterior. Ninguno de los dos supo interpretar aquella escena, pero se sintieron vagamente traicionados. ¿Cómo era posible que la dulce Omayra Torres mantuviera una relación con Mauro Carías, el hombre que llevaba su corazón en un maletín? Dedujeron que sin duda Mauro Carías había seducido a la buena doctora, ¿no decían que tenía mucho éxito con las mujeres? Nadia y Alex no veían el menor atractivo en ese hombre, pero supusieron que sus modales y su dinero podían engañar a otros. La noticia caería como una bomba entre los admiradores de la doctora: César Santos, Timothy Bruce y hasta el profesor Ludovic Leblanc.

—Esto no me gusta nada —dijo Alex.

—¿Tú también estás celoso? —se burló Nadia.

—¡No! —exclamó él, indignado—. Pero siento algo aquí en el pecho, algo como un tremendo peso.

—Es por la visión que compartimos en la ciudad de oro, ¿recuerdas? Cuando bebimos la poción de los sueños colectivos de Walimai todos soñamos lo mismo, incluso las Bestias.

—Cierto. Ese sueño se parecía a uno que tuve antes de comenzar este viaje: un buitre inmenso raptaba a mi madre y se la llevaba volando. Entonces lo interpreté como la enfermedad que amenaza su vida, pensé que el buitre representaba a la muerte. En el *tepui* soñamos que el Rahakanariwa rompía la caja donde estaba prisionero y que los indios estaban atados a los árboles, ¿te acuerdas?

—Sí, y los *nahab* llevaban máscaras. ¿Qué significan las máscaras, Jaguar?

—Secreto, mentira, traición.

—¿Por qué crees que Mauro Carías tiene tanto interés en vacunar a los indios?

La pregunta quedó en el aire como una flecha detenida en pleno vuelo. Los dos muchachos se miraron, horrorizados. En un instante de lucidez comprendieron la terrible trampa en que habían caído todos: el Rahakanariwa era la epidemia. La muerte que amenazaba a la tribu no era un pájaro mitológico, sino algo mucho más concreto e inmediato. Corrieron al centro de la aldea, donde la doctora Omayra Torres apuntaba la aguja de su jeringa al brazo de Tahama. Sin pensarlo, Alex se lanzó como un bólido contra el guerrero, tirándolo de espaldas al suelo. Tahama se puso de pie de un salto y levantó el garrote para aplastar al muchacho como una cucaracha, pero un alarido de Nadia detuvo el arma en el aire.

—¡No! ¡No! ¡Ahí está el Rahakanariwa! —gritó la chica señalando los frascos de las vacunas.

César Santos pensó que su hija se había vuelto loca y trató de sujetarla, pero ella se desprendió de sus brazos y corrió a reunirse con Alex, chillando y dando manotazos contra Mauro Carías, que le salió al paso. A toda prisa procuraba explicar a los indios que se había equivocado, que las vacunas no los salvarían, al contrario, los matarían, porque el Rahakanariwa estaba en la jeringa.

18

MANCHAS DE SANGRE

La doctora Omayra Torres no perdió la calma. Dijo que todo eso era una fantasía de los niños, el calor los había trastornado, y ordenó al capitán Ariosto que se los llevara. Enseguida se dispuso a continuar con su interrumpida tarea, a pesar de que para entonces había cambiado por completo el ánimo de la tribu. En ese momento, cuando el capitán Ariosto estaba listo para imponer orden a tiros, mientras los soldados forcejeaban con Nadia y Alex, se adelantó Karakawe, quien no había pronunciado más de media docena de palabras en todo el viaje.

—¡Un momento! —exclamó.

Ante el desconcierto general, ese hombre que había dicho media docena de palabras durante todo el viaje, anunció que era funcionario del Departamento de Protección del Indígena y explicó detalladamente que su misión consistía en averiguar por qué perecían en masa las tribus del Amazonas, sobre todo aquellas que vivían cerca de los yacimientos de oro y diamantes. Sospechaba desde hacía tiempo de Mauro Carías, el hombre que más se había beneficiado explotando la región.

—¡Capitán Ariosto, requise las vacunas! —ordenó Karakawe—. Las haré examinar en un laboratorio. Si tengo razón, esos frascos no contienen vacunas, sino una dosis mortal del virus del sarampión.

Por toda respuesta el capitán Ariosto apuntó su arma y disparó al pecho de Karakawe. El funcionario cayó muerto instantáneamente. Mauro Carías dio un empujón a la doctora Omayra Torres, sacó su arma y, en el instante en que César Santos corría a cubrir a la mujer con su cuerpo, vació su pistola en los frascos alineados sobre la mesa, haciéndolos añicos. El líquido se desparramó en la tierra.

Los acontecimientos se precipitaron con tal violencia, que después nadie pudo narrarlos con precisión, cada uno tenía una versión diferente. La filmadora de Timothy Bruce registró parte de los hechos y el resto quedó en la cámara que sostenía Kate Cold.

Al ver los frascos destrozados, los indios creyeron que el Rahakanariwa había escapado de su prisión y volvería a su forma de pájaro caníbal para devorarlos. Antes que nadie pudiera impedirlo, Tahama lanzó un alarido escalofriante y descargó un garrotazo formidable sobre la cabeza de Mauro Carías, quien se desplomó como un saco en el suelo. El capitán Ariosto volvió su arma contra Tahama, pero Alex se estrelló contra sus piernas y el mono de Nadia, Borobá, le saltó a la cara. Las balas del capitán se perdieron en el aire, dando tiempo a Tahama de retroceder, protegido por sus guerreros, que ya habían empuñado los arcos.

En los escasos segundos que tardaron los soldados en organizarse y desenfundar sus pistolas, la tribu se dispersó. Las mujeres y los niños escaparon como ardillas, desapareciendo en la vegetación, y los hombres alcanzaron a lanzar varias flechas antes de huir también. Los soldados disparaban a ciegas, mientras Alex todavía luchaba con Ariosto en el suelo, ayudado por Nadia y Borobá. El capitán le dio un golpe en la mandíbula con la culata de la pistola y lo dejó medio aturdido, luego se sacudió a Nadia y al mono a bofetadas. Kate Cold corrió a socorrer a su nieto, arrastrándolo fuera del centro del tiroteo. Con el griterío y la confusión, nadie oía las voces de mando de Ariosto.

En pocos minutos la aldea estaba manchada de sangre: había tres soldados heridos de flecha y varios indios muertos, además del cadáver de Karakawe y el cuerpo inerte de Mauro Carías. Una mujer había caído atravesada por las balas y el niño que llevaba en los brazos quedó tirado en el suelo a un paso de ella. Ludovic Leblanc, quien desde la aparición de la tribu se había mantenido a prudente distancia, parapetado detrás de un árbol, tuvo una reacción inesperada. Hasta entonces se había comportado como un manojo de nervios, pero al ver al niño expuesto a la violencia, sacó valor de alguna parte, cruzó corriendo el campo de batalla y levantó en brazos a la pobre criatura. Era un bebé de pocos meses, salpicado con la sangre de su madre y chillando desesperado. Leblanc se quedó allí, en medio del caos, sosteniéndolo apretadamente contra el pecho y temblando de furia y desconcierto. Sus peores pesadillas se habían invertido: los salvajes no eran los indios, sino ellos. Por último se acercó a Kate Cold, quien procuraba enjuagar la boca ensangrentada de su nieto con un poco de agua, y le pasó la criatura.

—Vamos, Cold, usted es mujer, sabrá qué hacer con esto —le dijo.

La escritora, sorprendida, recibió al niño sujetándolo con los brazos extendidos, como si fuera un florero. Hacía tantos años que no tenía uno en las manos, que no sabía qué hacer con él.

Para entonces Nadia había logrado ponerse de pie y observaba el campo sembrado de cuerpos. Se acercó a los indios, tratando de reconocerlos, pero su padre la obligó a retroceder, abrazándola, llamándola por su nombre, murmurando palabras tranquilizadoras. Nadia alcanzó a ver que Iyomi y Tahama no estaban entre los cadáveres y pensó que al menos la gente de la neblina todavía contaba con dos de sus jefes, porque los otros dos, Águila y Jaguar, les habían fallado.

—¡Pónganse todos contra ese árbol! —ordenó el capitán Ariosto a los expedicionarios. El militar estaba lívido, con el arma temblando en la mano. Las cosas habían salido muy mal.

Kate Cold, Timothy Bruce, el profesor Leblanc y los dos chicos le obedecieron. Alex tenía un diente roto, la boca llena de sangre y todavía estaba atontado por el culatazo en la mandíbula. Nadia parecía en estado de choque, con un grito atascado en el pecho y los ojos fijos en los indios muertos y en los soldados que gemían tirados por el suelo. La doctora Omayra Torres, ajena a todo lo que la rodeaba y bañada en lágrimas, sostenía sobre sus piernas la cabeza de Mauro Carías. Besaba su rostro pidiéndole que no se muriera, que no la dejara, mientras su ropa se empapaba de sangre.

—Nos íbamos a casar... —repetía como una letanía.

—La doctora es cómplice de Mauro Carías. Se refería a ella cuando dijo que alguien de su confianza viajaría con la expedición, ¿te acuerdas? ¡Y nosotros acusábamos a Karakawe! —susurró Alex a Nadia, pero ella estaba sumida en el espanto, no podía oírle.

El muchacho comprendió que el plan del empresario de exterminar a los indios con una epidemia de sarampión requería la colaboración de la doctora Torres. Desde hacía varios años los indígenas morían en masa víctimas de esa y otras enfermedades, a pesar de los esfuerzos de las autoridades por protegerlos. Una vez que estallaba una epidemia no había nada que hacer, porque los indios carecían de defensas; habían vivido aislados por miles de años y su sistema inmunológico no resistía los virus de los blancos. Un resfrío común podía matarlos en pocos días, con mayor razón otros males más serios. Los médicos que estudiaban el problema no entendían por qué ninguna de las medidas preventivas daba resultados. Nadie podía imaginar que Omayra Torres, la persona comisionada para vacunar a los indios, era quien les inyectaba la muerte, para que su amante pudiera apropiarse de sus tierras.

La mujer había eliminado a varias tribus sin levantar sospechas, tal como pretendía hacerlo con la gente de la neblina. ¿Qué le había prometido Carías para que ella cometiera un crimen de tal magnitud? Tal vez no lo había hecho por dinero, sino sólo por amor a ese hombre. En cualquier caso, por amor o por codicia, el resultado era el mismo: centenares de hombres, mujeres y niños asesinados. Si no es por Nadia Santos, quien vio a Omayra Torres y Mauro Carías besándose, los designios de esa pareja no habrían sido descubiertos. Y gracias a la oportuna intervención de Karakawe —quien lo pagó con su vida— el plan fracasó.

Ahora Alexander Cold entendía el papel que Mauro Carías le había asignado a los miembros de la expedición del *International Geographic*. Un par de semanas después de ser inoculados con el virus del sarampión se desataría la epidemia en la tribu y el contagio se extendería a otras aldeas con gran rapidez. Entonces el atolondrado profesor Ludovic Leblanc atestiguaría ante la prensa mundial que él había estado presente cuando se hizo el primer contacto con la gente de la neblina. No se podría acusar a nadie: se habían tomado las precauciones necesarias para proteger a la aldea. El antropólogo, respaldado por el reportaje de Kate Cold y las fotografías de Timothy Bruce, podría probar que todos los miembros de la tribu habían sido vacunados. Ante los ojos del mundo la epidemia sería una desgracia inevitable, nadie sospecharía otra cosa y de ese modo Mauro Carías se aseguraba que no habría una investigación del Gobierno. Era un método de exterminio limpio y eficaz, que no dejaba rastros de sangre, como las balas y las bombas, que durante años se habían empleado contra los indígenas para «limpiar» el territorio del Amazonas, dando paso a los mineros, traficantes, colonos y aventureros.

Al oír la denuncia de Karakawe, el capitán Ariosto había perdido la cabeza y en un impulso lo mató para proteger a Carías y protegerse a sí mismo. Actuaba con la seguridad que le otorgaba su uniforme. En esa región remota y casi despoblada, donde no alcanzaba el largo brazo de la ley, nadie cuestionaba su palabra. Eso le daba un poder peligroso. Era un hombre rudo y sin escrúpulos, que había pasado años en puestos fronterizos, estaba acostumbrado a la violencia. Como si su arma al cinto y su condición de oficial no fueran suficientes, contaba con la protección de Mauro Carías. A su vez el empresario gozaba de conexiones en las esferas más altas del Gobierno, pertenecía a la clase dominante, tenía mucho dinero y prestigio, nadie le pedía cuentas. La asociación entre Ariosto y Carías había sido beneficiosa para ambos. El capitán calculaba que en menos de dos años podría colgar el uniforme e irse a vivir a Miami, convertido en millonario; pero ahora Mauro Carías yacía con la cabeza destrozada y ya no podría protegerlo. Eso significaba el fin de su impunidad. Tendría que justificar ante el Gobierno el asesinato de Karakawe y de esos indios, que yacían tirados en medio del campamento.

Kate Cold, todavía con el bebé en los brazos, dedujo que su vida y la de los demás expedicionarios, incluyendo los niños, corría grave peligro, porque Ariosto debía evitar a toda costa que se divulgaran los acontecimientos de Tapirawa-teri. Ya no era simplemente cuestión de rociar los cuerpos con gasolina, encenderles fuego y darlos por desaparecidos. Al capitán le había salido el tiro por la culata: la presencia de la expedición de *International Geographic* había dejado de ser una ventaja para convertirse en un grave problema. Debía deshacerse de los testigos, pero debía hacerlo con mucha prudencia, no podía ejecutarlos a tiros sin meterse en un lío. Por desgracia para los extranjeros, se encontraban muy lejos de la civilización, donde era fácil para el capitán cubrir sus rastros.

Kate Cold estaba segura de que, en caso que el militar decidiera asesinarlos, los soldados no moverían un dedo por evitarlo y tampoco se atreverían a denunciar a su superior. La selva se tragaría la evidencia de los crímenes. No podían quedarse cruzados de brazos esperando el tiro de gracia, había que hacer algo. No tenía nada que perder, la situación no podía ser peor. Ariosto era un desalmado y además estaba nervioso, podía hacerlos correr la misma suerte de Karakawe. Kate carecía de un plan, pero pensó que lo primero era crear distracción en las filas enemigas.

—Capitán, creo que lo más urgente es enviar a esos hombres a un hospital —sugirió, señalando a Carías y los soldados heridos.

—¡Cállese, vieja! —ladró de vuelta el militar.

A los pocos minutos, sin embargo, Ariosto dispuso que subieran a Mauro Carías y los tres soldados a uno de los helicópteros. Le ordenó a Omayra Torres que intentara arrancar las flechas a los heridos antes de embarcarlos, pero la doctora lo ignoró por completo: sólo tenía ojos para su amante moribundo. Kate Cold y César Santos se dieron a la tarea de improvisar tapones con trapos para evitar que los infortunados soldados siguieran desangrándose.

Mientras los militares cumplían las maniobras de acomodar a los heridos en el helicóptero e intentar en vano comunicarse por radio con Santa María de la Lluvia, Kate explicó en voz baja al profesor Leblanc sus temores sobre la situación en que se encontraban. El antropólogo también había llegado a las mismas conclusiones que ella: corrían más peligro en manos de Ariosto que de los indios o la Bestia.

—Si pudiéramos escapar a la selva... —susurró Kate.

Por una vez el hombre la sorprendió con una reacción razonable. Kate estaba tan acostumbrada a las pataletas y exabruptos del profesor, que al verlo sereno le cedió la autoridad en forma casi automática.

—Eso sería una locura —replicó Leblanc con firmeza—. La única manera de salir de aquí es en helicóptero. La clave es Ariosto. Por suerte es ignorante y vanidoso, eso actúa a nuestro favor. Debemos fingir que no sospechamos de él y vencerlo con astucia.

—¿Cómo? —preguntó la escritora, incrédula.

—Manipulando. Está asustado, de modo que le ofreceremos la oportunidad de salvar el pellejo y además salir de aquí convertido en héroe —dijo Leblanc.

—¡Jamás! —exclamó Kate.

—No sea tonta, Cold. Eso es lo que le ofreceremos, pero no significa que vayamos a cumplirlo. Una vez a salvo fuera de este país, Ludovic Leblanc será el primero en denunciar las atrocidades que se cometen contra estos pobres indios.

—Veo que su opinión sobre los indios ha variado un poco —masculló Kate Cold.

El profesor no se dignó responder. Se irguió en toda su reducida estatura, se acomodó la camisa salpicada de barro y sangre y se dirigió al capitán Ariosto.

—¿Cómo volveremos a Santa María de la Lluvia, mi estimado capitán? No cabemos todos en el segundo helicóptero —dijo señalando a los soldados y al grupo que aguardaba junto al árbol.

—¡No meta sus narices en esto! ¡Aquí las órdenes las doy yo! —bramó Ariosto.

—¡Por supuesto! Es un alivio que usted esté a cargo de esto, capitán, de otro modo estaríamos en una situación muy difícil —comentó Leblanc suavemente. Ariosto, desconcertado, prestó oídos—. De no ser por su heroísmo, habríamos perecido todos en manos de los indios —agregó el profesor.

Ariosto, algo más tranquilo, contó a la gente, vio que Leblanc tenía razón y decidió enviar a la mitad del contingente de soldados en el primer viaje. Eso lo dejó con sólo cinco hombres y los expedicionarios, pero como éstos no estaban armados no representaban peligro. La máquina emprendió el vuelo, creando nubes de polvo rojizo al elevarse del suelo. Se alejó por encima de la cúpula verde de la selva, perdiéndose en el cielo.

Nadia Santos había seguido los hechos abrazada a su padre y a Borobá. Estaba arrepentida de haber dejado el talismán de Walimai en el nido de los huevos de cristal, porque sin la protección del amuleto se sentía perdida. De pronto empezó a gritar como una lechuza. Desconcertado, César Santos creyó que su pobre hija había soportado demasiadas emociones y le había dado un ataque de nervios. La batalla que se había librado en la aldea fue muy violenta, los gemidos de los soldados heridos y el reguero de sangre de Mauro Carías habían sido un espectáculo escalofriante; todavía estaban los cuerpos de los indios tirados donde cayeron, sin que nadie hiciera ademán de recogerlos. El guía concluyó que Nadia estaba trastornada por la brutalidad de los acontecimientos recientes, no había otra explicación para esos graznidos de la niña. En cambio Alexander Cold debió disimular una sonrisa de orgullo al oír a su amiga: Nadia recurría a la última tabla de salvación posible.

—¡Entrégueme los rollos de película! —exigió el capitán Ariosto a Timothy Bruce.

Para el fotógrafo eso equivalía a entregar la vida. Era un fanático en lo que se refería a sus negativos, no se había desprendido de uno jamás, los tenía todos cuidadosamente clasificados en su estudio de Londres.

—Me parece excelente que tome precauciones para que no se pierdan esos valiosos negativos, capitán Ariosto —intervino Leblanc—. Son la prueba de lo que ha pasado aquí, de cómo ese indio atacó al señor Carías, de cómo cayeron sus valientes soldados bajo las flechas, de cómo usted mismo se vio obligado a disparar contra Karakawe.

—¡Ese hombre se inmiscuyó en lo que no debía! —exclamó el capitán.

—¡Por supuesto! Era un loco. Quiso impedir que la doctora Torres cumpliera con su deber. ¡Sus acusaciones eran dementes! Lamento que los frascos de las vacunas fueran destruidos en el fragor de la pelea. Ahora nunca sabremos qué contenían y no se podrá probar que Karakawe mentía —dijo astutamente Leblanc.

Ariosto hizo una mueca que en otras circunstancias podría haber sido una sonrisa. Se puso el arma al cinto, postergó el asunto de los negativos y por primera vez dejó de contestar a gritos. Tal vez esos extranjeros nada sospechaban, eran mucho más imbéciles de lo que él creía, mascculló para sus adentros.

Kate Cold seguía el diálogo del antropólogo y el militar con la boca abierta. Nunca imaginó que el mequetrefe de Leblanc fuera capaz de tanta sangre fría.

—Cállate, Nadia, por favor —rogó César Santos cuando Nadia repitió el grito de la lechuza por décima vez.

—Supongo que pasaremos la noche aquí. ¿Desea que preparemos algo para la cena, capitán? —ofreció Leblanc, amable.

El militar los autorizó para hacer comida y circular por el campamento, pero les ordenó que se mantuvieran dentro de un radio de treinta metros, donde él pudiera verlos. Mandó a los soldados a recoger a los indios muertos y ponerlos todos juntos en el mismo sitio; al día siguiente podrían enterrarlos o quemarlos. Esas horas de la noche le darían tiempo para tomar una decisión respecto a los extranjeros. Santos y su hija podían desaparecer sin que nadie hiciera preguntas, pero con los otros había que tomar precauciones. Ludovic Leblanc era una celebridad y la vieja y el chico eran americanos. En su experiencia, cuando algo sucedía a un americano, siempre había una investigación; esos gringos arrogantes se creían dueños del mundo.

Aunque el profesor Leblanc había sido el de la idea, fueron César Santos y Timothy Bruce quienes prepararon la cena, porque el antropólogo era incapaz de hervir un huevo. Kate Cold se disculpó explicando que sólo sabía hacer albóndigas y allí no contaba con los ingredientes; además estaba muy ocupada tratando de alimentar al bebé a cucharaditas con una solución de agua y leche condensada. Entretanto Nadia se sentó a otear la espesura, repitiendo el grito de la lechuza de vez en cuando. A una discreta orden suya, Borobá se soltó de sus brazos y corrió a perderse en el bosque. Una media hora después el capitán Ariosto se acordó de los rollos de película y obligó a Timothy Bruce a entregárselos con el pretexto que Leblanc le había dado: en sus manos estarían seguros. Fue inútil que el fotógrafo inglés alegara y hasta intentara sobornarlo, el militar se mantuvo firme.

Comieron por turnos, mientras los soldados vigilaban, y luego Ariosto mandó a los expedicionarios a dormir en las tiendas, donde estarían algo más protegidos en caso de ataque, como dijo, aunque la verdadera razón era que así podía controlarlos mejor. Nadia y Kate Cold con el bebé ocuparon una de las tiendas, Ludovic Leblanc, César Santos y Timothy Bruce la otra. El capitán no olvidaba cómo Alex lo embistió y le había tomado un odio ciego. Por culpa de esos chiquillos, especialmente del maldito muchacho americano, él estaba metido en un tremendo lío, Mauro Carías tenía el cerebro hecho papilla, los indios habían escapado y sus planes de vivir en Miami convertido en millonario peligraban seriamente. Alexander representaba un riesgo para él, debía ser castigado. Decidió separarlo de los demás y dio orden de atarlo a un árbol en un extremo del campamento, lejos de las tiendas de los otros miembros de su grupo y lejos de las lámparas de petróleo. Kate Cold reclamó furiosa por el tratamiento que recibía su nieto, pero el capitán la hizo callar.

—Tal vez es mejor así, Kate. Jaguar es muy listo, seguro que se le ocurrirá la forma de escapar —susurró Nadia.

—Ariosto piensa matarlo durante la noche, estoy segura —replicó la escritora, temblando de rabia.

—Borobá fue a buscar ayuda —dijo Nadia.

—¿Crees que ese monito nos salvará? —resopló Kate.

—Borobá es muy inteligente.

—¡Niña, estás mal de la cabeza! —exclamó la abuela.

Pasaron varias horas sin que nadie durmiera en el campamento, salvo el bebé, agotado de llorar. Kate Cold lo había acomodado sobre un atado de ropa, preguntándose qué haría con esa infortunada criatura: lo último que deseaba en su vida era hacerse cargo de un huérfano. La escritora se mantenía vigilante, convencida de que en cualquier momento Ariosto podía asesinar primero a su nieto y enseguida a los demás, o tal vez al revés, primero a ellos y luego vengarse de Alex con alguna muerte lenta y horrible. Ese hombre era muy peligroso. Timothy Bruce y César Santos también tenían las orejas pegadas a la tela de su carpa, tratando de adivinar los movimientos de los soldados afuera. El profesor Ludovic Leblanc, en cambio, salió de su carpa con la disculpa de hacer sus necesidades y se quedó conversando con el capitán Ariosto. El antropólogo, consciente de que cada hora transcurrida aumentaba el riesgo para ellos, y que convenía tratar de distraer al capitán, lo invitó a una partida de naipes y a compartir una botella de vodka, facilitada por Kate Cold.

—No trate de embriagarme, profesor —le advirtió Ariosto, pero llenó su vaso.

—¡Cómo se le ocurre, capitán! Un trago de vodka no le hace mella a un hombre como usted. La noche es larga, bien podemos divertirnos un poco —replicó Leblanc.

19

PROTECCIÓN

Como ocurría a menudo en el altiplano, la temperatura descendió de golpe al ponerse el sol. Los soldados, acostumbrados al calor de las tierras bajas, tiritaban en sus ropas todavía empapadas por la lluvia de la tarde. Ninguno dormía, por orden del capitán todos debían montar guardia en torno al campamento. Se mantenían alertas, con las armas aferradas a dos manos. Ya no sólo temían a los demonios de la selva o la aparición de la Bestia, sino también a los indios, que podían regresar en cualquier momento a vengar a sus muertos. Ellos tenían la ventaja de las armas de fuego, pero los otros conocían el terreno y poseían esa escalofriante facultad de surgir de la nada, como ánimas en pena. Si no fuera por los cuerpos apilados junto a un árbol, pensarían que no eran humanos y las balas no podían hacerles daño. Los soldados esperaban ansiosos la mañana para salir volando de allí lo antes posible; en la oscuridad el tiempo pasaba muy lento y los ruidos del bosque circundante se volvían aterradores.

Kate Cold, sentada de piernas cruzadas junto al niño dormido en la tienda de las mujeres, pensaba cómo ayudar a su nieto y cómo salir con vida del Ojo del Mundo. A través de la tela de la carpa se filtraba algo de la claridad de la hoguera y la escritora podía ver la silueta de Nadia envuelta en el chaleco de su padre.

—Voy a salir ahora... —susurró la muchacha.
—¡No puedes salir! —la atajó la escritora.
—Nadie me verá, puedo hacerme invisible.
Kate Cold sujetó a la chica por los brazos, segura de que deliraba.
—Nadia, escúchame... No eres invisible. Nadie es invisible, ésas son fantasías. No puedes salir de aquí.
—Sí puedo. No haga ruido, señora Cold. Cuide al niño hasta que yo vuelva, luego lo entregaremos a su tribu —murmuró Nadia. Había tal certeza y calma en su voz, que Kate no se atrevió a retenerla.
Nadia Santos se colocó primero en el estado mental de la invisibilidad, como había aprendido de los indios, se redujo a la nada, a puro espíritu transparente. Luego abrió silenciosamente el cierre de la carpa y se deslizó afuera amparada por las sombras. Pasó como una sigilosa comadreja a pocos metros de la mesa donde el profesor Leblanc y el capitán Ariosto jugaban a los naipes, pasó por delante de los guardias armados que rondaban el campamento, pasó frente al árbol donde estaba Alex atado y ninguno la vio. La muchacha se alejó del vacilante círculo de luz de las lámparas y de la fogata y desapareció entre los árboles. Pronto el grito de una lechuza interrumpió el croar de los sapos.

Alex, como los soldados, tiritaba de frío. Tenía las piernas dormidas y las manos hinchadas por las ligaduras apretadas en las muñecas. Le dolía la mandíbula, podía sentir la piel tirante, debía tener una tremenda magulladura. Con la lengua tocaba el diente partido y sentía la encía tumefacta donde el culatazo del capitán había hecho impacto. Trataba de no pensar en las muchas horas oscuras que se extendían por delante o en la posibilidad de ser asesinado. ¿Por qué Ariosto lo había separado de los demás? ¿Qué planeaba hacer con él? Quiso ser el jaguar negro, poseer la fuerza, la fiereza, la agilidad del gran felino, convertirse en puro músculo y garra y diente para enfrentar a Ariosto. Pensó en la botella del agua de la salud que esperaba en su bolso y en que debía salir vivo del Ojo del Mundo para llevársela a su madre. El recuerdo de su familia era borroso, como la imagen difusa de una fotografía fuera de foco, donde la cara de su madre era apenas una mancha pálida.

Empezaba a cabecear, vencido por el agotamiento, cuando de pronto sintió unas manitas tocándolo. Se irguió sobresaltado. En la oscuridad pudo identificar a Borobá husmeando en su cuello, abrazándolo, gimiendo despacito en su oreja. Borobá, Borobá, murmuró el joven, tan conmovido que se le llenaron los ojos de lágrimas. Era sólo un mono del tamaño de una ardilla, pero su presencia despertó en él una oleada de esperanza. Se dejó acariciar por el animal, profundamente reconfortado. Entonces se dio cuenta de que a su lado había otra presencia, una presencia invisible y silenciosa, disimulada en las sombras del árbol. Primero creyó que era Nadia, pero enseguida se dio cuenta de que se trataba de Walimai. El pequeño anciano estaba agachado a su lado, podía percibir su olor a humo, pero por mucho que ajustaba la vista no lo veía. El chamán le puso una de sus manos sobre el pecho, como si buscara el latido de su corazón. El peso y el calor de esa mano amiga transmitieron valor al muchacho, se sintió más tranquilo, dejó de temblar y pudo pensar con claridad. La navaja, la navaja, murmuró. Oyó el clic del metal al abrirse y pronto el filo del cortaplumas se deslizaba sobre sus ligaduras. No se movió. Estaba oscuro y Walimai no había usado nunca un cuchillo, podía rebanarle las muñecas, pero al minuto el viejo había cortado las ataduras y lo tomaba del brazo para guiarlo a la selva.

En el campamento el capitán Ariosto había dado por terminada la partida de naipes y ya nada quedaba en la botella de vodka. A Ludovic Leblanc no se le ocurría cómo distraerlo y aún quedaban muchas horas antes del amanecer. El alcohol no había atontado al militar, como él esperaba, en verdad tenía tripas de acero. Le sugirió que usaran la radio transmisora, a ver si podían comunicarse con el cuartel de Santa María de la Lluvia. Durante un buen rato manipularon el aparato, en medio de un ensordecedor ruido de estática, pero fue imposible contactar con el operador. Ariosto estaba preocupado; no le convenía ausentarse del cuartel, debía regresar lo antes posible, necesitaba controlar las versiones de los soldados sobre lo acontecido en Tapirawa-teri. ¿Qué llegarían contando sus hombres? Debía mandar un informe a sus superiores del Ejército y confrontar a la prensa antes que se divulgaran los chismes. Omayra Torres se había ido murmurando sobre el virus del sarampión. Si empezaba a hablar, estaba frito. ¡Qué mujer tan tonta!, farfulló el capitán.

Ariosto ordenó al antropólogo que regresara a su tienda, dio una vuelta por el campamento para cerciorarse de que sus hombres montaban guardia como era debido, y luego se dirigió al árbol donde habían atado al muchacho americano, dispuesto a divertirse un rato a costa de él. En ese instante el olor lo golpeó como un garrotazo. El impacto lo tiró de espaldas al suelo. Quiso llevarse la mano al cinto para sacar su arma, pero no pudo moverse. Sintió una oleada de náusea, el corazón reventando en su pecho y luego nada. Se hundió en la inconsciencia. No alcanzó a ver a la Bestia erguida a tres pasos de distancia, rociándolo directamente con el mortífero hedor de sus glándulas.

La asfixiante fetidez de la Bestia invadió el resto del campamento, volteando primero a los soldados y luego a quienes estaban resguardados por la tela de las carpas. En menos de dos minutos no quedaba nadie en pie. Por un par de horas reinó una aterradora quietud en Tapirawa-teri y en la selva cercana, donde hasta los pájaros y los animales huyeron espantados por el hedor. Las dos Bestias que habían atacado simultáneamente se retiraron con su lentitud habitual, pero su olor persistió buena parte de la noche. Nadie en el campamento supo lo sucedido durante esas horas, porque no recuperaron el entendimiento hasta la mañana siguiente. Más tarde vieron las huellas y pudieron llegar a algunas conclusiones.

Alex, con Borobá montado en los hombros y siguiendo a Walimai, anduvo bajo en las sombras, sorteando la vegetación, hasta que las vacilantes luces del campamento desaparecieron del todo. El chamán avanzaba como si fuera día claro, siguiendo tal vez a su esposa ángel, a quien Alex no podía ver. Culebrearon entre los árboles por un buen rato y finalmente el viejo encontró el sitio donde había dejado a Nadia esperándolo. Nadia Santos y el chamán se habían comunicado mediante los gritos de lechuza durante buena parte de la tarde y la noche, hasta que ella pudo salir del campamento para reunirse con él. Al verse, los jóvenes amigos se abrazaron, mientras Borobá se colgaba de su ama dando chillidos de felicidad.

Walimai confirmó lo que ya sabían: la tribu vigilaba el campamento, pero habían aprendido a temer la magia de los *nahab* y no se atrevían a enfrentarlos. Los guerreros estaban tan cerca que habían oído el llanto del bebé, tanto como oían el llamado de los muertos, que aún no habían recibido un funeral digno. Los espíritus de los hombres y la mujer asesinados aún permanecían pegados a los cuerpos, dijo Walimai; no podían desprenderse sin una ceremonia apropiada y sin ser vengados. Alex le explicó que la única esperanza de los indígenas era atacar de noche, porque durante el día los *nahab* utilizarían el pájaro de ruido y viento para recorrer el Ojo del Mundo hasta encontrarlos.

—Si atacan ahora, algunos morirán, pero de otro modo

la tribu entera será exterminada —dijo Alex y agregó que él estaba dispuesto a conducirlos y pelear junto a ellos, para eso había sido iniciado: él también era un guerrero.

—Jefe para la guerra: Tahama. Jefe para negociar con los *nahab*: tú —replicó Walimai.

—Es tarde para negociar. Ariosto es un asesino.

—Tú dijiste que unos *nahab* son malvados y otros *nahab* son amigos. ¿Dónde están los amigos? —insistió el brujo.

—Mi abuela y algunos hombres del campamento son amigos. El capitán Ariosto y sus soldados son enemigos. No podemos negociar con ellos.

—Tu abuela y sus amigos deben negociar con los *nahab* enemigos.

—Los amigos no tienen armas.

—¿No tienen magia?

—En el Ojo del Mundo no tienen mucha magia. Pero hay otros amigos con mucha magia lejos de aquí, en las ciudades, en otras partes del mundo —argumentó Alexander Cold, desesperado por las limitaciones del lenguaje.

—Entonces debes ir donde esos amigos —concluyó el anciano.

—¿Cómo? ¡Estamos atrapados aquí!

Walimai ya no contestó más preguntas. Se quedó en cuclillas mirando la noche, acompañado por su esposa, quien había adoptado su forma más transparente, de modo que ninguno de los dos chicos podía verla. Alex y Nadia pasaron las horas sin dormir, muy juntos, tratando de infundirse calor mutuamente, sin hablar, porque había muy poco que decir. Pensaban en la suerte que aguardaba a Kate Cold, César Santos y los otros miembros de su grupo; pensaban en la gente de la neblina, condenada; pensaban en las perezas centenarias y la ciudad de oro; pensaban en el agua de la salud y los huevos de cristal. ¿Qué sería de ellos dos, atrapados en la selva?

Una bocanada del terrible olor les llegó de pronto, atenuado por la distancia, pero perfectamente reconocible. Se pusieron de pie de un salto, pero Walimai no se movió, como si lo hubiera estado esperando.

—¡Son las Bestias! —exclamó Nadia.

—Puede ser y puede no ser —comentó impasible el chamán.

El resto de la noche se hizo muy largo. Poco antes del amanecer el frío era intenso y los jóvenes, ovillados con Borobá, daban diente con diente, mientras el anciano brujo, inmóvil, con la vista perdida en las sombras, esperaba. Con los primeros signos del amanecer despertaron los monos y los pájaros, entonces Walimai dio la señal de partir. Lo siguieron entre los árboles durante un buen rato hasta que, cuando ya la luz del sol atravesaba el follaje, llegaron frente al campamento. La fogata y las luces estaban apagadas, no había signos de vida y el olor impregnaba todavía el aire, como si cien zorrillos hubieran rociado el sitio en el mismo instante. Tapándose la cara con las manos entraron al perímetro de lo que hasta hacía poco fuera la apacible aldea de Tapirawa-teri. Las tiendas, la mesa, la cocina, todo yacía desparramado por el suelo; había restos de comida tirados por doquier, pero ningún mono o pájaro escarbaba entre los escombros y la basura, porque no se atrevían a desafiar la espantosa hediondez de las Bestias. Hasta Borobá se mantuvo lejos, gritando y dando saltos a varios metros de distancia. Walimai demostró la misma indiferencia ante el hedor que había tenido la noche anterior ante el frío. Los jóvenes no tuvieron más remedio que seguirlo.

No había nadie, ni rastro de los miembros de la expedición, ni de los soldados, ni del capitán Ariosto, tampoco los cuerpos de los indios asesinados. Las armas, el equipaje y hasta las cámaras de Timothy Bruce estaban allí; también vieron una gran mancha de sangre que oscurecía la tierra cerca del árbol donde Alex había sido atado. Después de una breve inspección, que pareció dejarlo muy satisfecho, el viejo Walimai inició la retirada. Los dos muchachos partieron detrás sin hacer preguntas, tan mareados por el olor, que apenas podían tenerse de pie. A medida que se alejaban y llenaban los pulmones con el aire fresco de la mañana, iban recuperando el ánimo, pero les latían las sienes y tenían náuseas. Borobá se les reunió a poco andar y el pequeño grupo se internó selva adentro.

Varios días antes, al ver los pájaros de ruido y viento rondando por el cielo, los habitantes de Tapirawa-teri habían escapado de su aldea, abandonando sus escasas posesiones y sus animales domésticos, que entorpecían su capacidad para ocultarse. Se movilizaron encubiertos por la vegetación hasta un lugar seguro y allí armaron sus moradas provisorias en las copas de los árboles. Las partidas de soldados enviadas por Ariosto pasaron muy cerca sin verlos, en cambio todos los movimientos de los forasteros fueron observados por los guerreros de Tahama, disimulados en la naturaleza.

Iyomi y Tahama discutieron largamente sobre los *nahab* y la conveniencia de acercarse a ellos, como habían aconsejado Jaguar y Águila. Iyomi opinaba que su pueblo no podía esconderse para siempre en los árboles, como los monos: habían llegado los tiempos de visitar a los *nahab* y recibir sus regalos y sus vacunas, era inevitable. Tahama consideraba que era mejor morir peleando; pero Iyomi era el jefe de los jefes y finalmente su criterio prevaleció. Ella decidió ser la primera en acercarse, por eso llegó sola al campamento, adornada con el soberbio sombrero de plumas amarillas para demostrar a los forasteros quién era la autoridad. La presencia entre los forasteros de Jaguar y Águila, quienes habían regresado de la montaña sagrada, la tranquilizó. Eran amigos y podían traducir, así esos pobres seres vestidos de trapos hediondos no se sentirían tan perdidos ante ella. Los *nahab* la recibieron bien, sin duda estaban impresionados por su porte majestuoso y el número de sus arrugas, prueba de lo mucho que había vivido y de los conocimientos adquiridos. A pesar de la comida que le ofrecieron, la anciana se vio obligada a exigirles que se fueran del Ojo del Mundo, porque allí estaban molestando; ésa era su última palabra, no estaba dispuesta a negociar. Se retiró majestuosamente con su escudilla de carne con maíz, segura de haber atemorizado a los *nahab* con el peso de su inmensa dignidad.

En vista del éxito de la visita de Iyomi, el resto de la tribu se armó de valor y siguió su ejemplo. Así regresaron al sitio donde estaba su aldea, ahora pisoteado por los forasteros, quienes evidentemente no conocían la regla más elemental de prudencia y cortesía: no se debe visitar un *shabono* sin ser invitado. Allí los indios vieron los grandes pájaros relucientes, las carpas y los extraños *nahab*, de los cuales tan espantosas historias habían escuchado. Esos extranjeros de modales vulgares merecían unos buenos garrotazos en la cabeza, pero por orden de Iyomi los indios debieron armarse de paciencia con ellos. Aceptaron su comida y sus regalos para no ofenderlos, luego se fueron a cazar y cosechar miel y frutas, así podrían retribuir los regalos recibidos, como era lo correcto.

Al día siguiente, cuando Iyomi estuvo segura de que Jaguar y Águila todavía estaban allí, autorizó a la tribu para presentarse nuevamente ante los *nahab* y para vacunarse. Ni ella ni nadie pudo explicar lo que sucedió entonces. No supieron por qué los niños forasteros, que tanto habían insistido en la necesidad de vacunarse, saltaron de pronto a impedirlo. Oyeron un ruido desconocido, como de cortos truenos. Vieron que al romperse los frascos se soltó el Rahakanariwa y en su forma invisible atacó a los indios, que cayeron muertos sin ser tocados por flechas o garrotes. En la violencia de la batalla, los demás escaparon como pudieron, desconcertados y confusos. Ya no sabían quiénes eran sus amigos y quiénes sus enemigos.

Por fin Walimai llegó a darles algunas explicaciones. Dijo que los niños Águila y Jaguar eran amigos y debían ser ayudados, pero todos los demás podían ser enemigos. Dijo que el Rahakanariwa andaba suelto y podía tomar cualquier forma: se requerían conjuros muy potentes para mandarlo de vuelta al reino de los espíritus. Dijo que necesitaban recurrir a los dioses. Entonces las dos gigantescas perezas, que aún no habían regresado al *tepui* sagrado y deambulaban por el Ojo del Mundo, fueron llamadas y conducidas durante la noche a la aldea en ruinas. Jamás se hubieran acercado a la morada de los indios por su propia iniciativa, no lo habían hecho en miles y miles de años. Fue necesario que Walimai les hiciera entender que ésa ya no era la aldea de la gente de la neblina, porque había sido profanada por la presencia de los *nahab* y por los asesinatos cometidos en su suelo. Tapirawa-teri tendría que ser reconstruida en otro lugar del Ojo del Mundo, lejos de allí, donde las almas de los humanos y los espíritus de los antepasados se sintieran a gusto, donde la maldad no contaminara la tierra noble. Las Bestias se encargaron de rociar el campamento de los *nahab*, anulando a amigos y enemigos por igual.

Los guerreros de Tahama debieron esperar muchas horas antes de que el olor se esfumara lo suficiente para poder acercarse. Recogieron primero los cuerpos de los indios y se los llevaron para prepararlos para un funeral apropiado, después volvieron a buscar a los demás y se los llevaron a la rastra, incluso el cadáver del capitán Ariosto, destrozado por las garras formidables de uno de los dioses.

Los *nahab* fueron despertando uno a uno. Se encontraron en un claro de la selva, tirados por el suelo y tan atontados, que no recordaban ni sus propios nombres. Mucho menos recordaban cómo habían llegado hasta allí. Kate Cold fue la primera en reaccionar. No tenía idea dónde se encontraba ni qué había sucedido con el campamento, el helicóptero, el capitán y sobre todo con su nieto. Se acordó del bebé y lo buscó por los alrededores, pero no pudo hallarlo. Sacudió a los demás, que fueron despercudiéndose de a poco. A todos les dolía horriblemente la cabeza y las articulaciones, vomitaban, tosían y lloraban, se sentían como si hubieran sido apaleados, pero ninguno presentaba huellas de violencia.

El último en abrir los ojos fue el profesor Leblanc, a quien la experiencia había afectado tanto, que no pudo ponerse de pie. Kate Cold pensó que una taza de café y un trago de vodka les vendría bien a todos, pero nada tenían para echarse a la boca. El hedor de las Bestias les impregnaba todavía la ropa, los cabellos y la piel; debieron arrastrarse hasta un arroyo cercano y zambullirse largo rato en el agua. Los cinco soldados estaban perdidos sin sus armas y su capitán, de modo que, cuando César Santos asumió el mando, le obedecieron sin chistar. Timothy Bruce, bastante molesto por haber estado tan cerca de la Bestia y no haberla fotografiado, quería regresar al campamento a buscar sus cámaras, pero no sabía en qué dirección echar a andar y nadie parecía dispuesto a acompañarlo. El flemático inglés, que había acompañado a Kate Cold en guerras, cataclismos y muchas aventuras, rara vez perdía su aire de tedio, pero los últimos acontecimientos habían logrado ponerlo de mal humor. Kate Cold y César Santos sólo pensaban en su nieto y su hija respectivamente. ¿Dónde estaban los niños?

El guía revisó el terreno con gran atención y encontró ramas quebradas, plumas, semillas y otras señales de la gente de la neblina. Concluyó que los indios los habían llevado hasta ese lugar, salvándoles así la vida, porque de otro modo hubieran muerto asfixiados o destrozados por la Bestia. De ser así, no podía explicar por qué los indios no habían aprovechado para matarlos, vengando así a sus muertos. Si hubiera estado en condiciones de pensar, el profesor Leblanc se habría visto obligado a revisar una vez más su teoría sobre la ferocidad de esas tribus, pero el pobre antropólogo gemía de bruces en el suelo, medio muerto de náusea y jaqueca.

Todos estaban seguros de que la gente de la neblina volvería y eso fue exactamente lo que ocurrió; de pronto la tribu completa surgió de la espesura. Su increíble capacidad para moverse en absoluto silencio y materializarse en cuestión de segundos sirvió para que rodearan a los forasteros antes que éstos alcanzaran a darse cuenta. Los soldados responsables de la muerte de los indios temblaban como criaturas. Tahama se acercó y les clavó la vista, pero no los tocó; tal vez pensó que esos gusanos no merecían unos buenos garrotazos de un guerrero tan noble como él.

Iyomi dio un paso al frente y lanzó un largo discurso en su lengua, que nadie comprendió, luego cogió a Kate Cold por la camisa y empezó a gritar algo a dos centímetros de su cara. A la escritora lo único que se le ocurrió fue tomar a la anciana del sombrero de plumas amarillas por los hombros y gritarle a su vez en inglés. Así estuvieron las dos abuelas un buen rato, lanzándose improperios incomprensibles, hasta que Iyomi se cansó, dio media vuelta y fue a sentarse bajo un árbol. Los demás indios se sentaron también, hablando entre ellos, comiendo frutas, nueces y hongos que encontraban entre las raíces y pasaban de mano en mano, mientras Tahama y varios de sus guerreros permanecían vigilantes, pero sin agredir a nadie. Kate Cold distinguió al bebé que ella había cuidado en brazos de una muchacha joven y se alegró de que la criatura hubiera sobrevivido al fatal hedor de la Bestia y estuviera de vuelta en el seno de los suyos.

A media tarde aparecieron Walimai y los dos muchachos. Kate Cold y César Santos corrieron a su encuentro, abrazándolos aliviados, porque temían que no iban a verlos nunca más. Con la presencia de Nadia la comunicación se hizo más fácil; ella pudo traducir y así se aclararon algunos puntos. Los forasteros se enteraron de que los indios todavía no relacionaban la muerte de sus compañeros con las armas de fuego de los soldados, porque jamás las habían visto. Lo único que deseaban era reconstruir su aldea en otro sitio, comer las cenizas de sus muertos y recuperar la paz que habían gozado siempre. Querían devolver el Rahakanariwa a su lugar entre los demonios y echar a los *nahab* del Ojo del Mundo.

El profesor Leblanc, algo más recuperado, pero todavía aturdido por el malestar, tomó la palabra. Había perdido el sombrero australiano con plumitas y estaba inmundo y fétido, como todos ellos, con la ropa impregnada del olor de las Bestias. Nadia tradujo, acomodando las frases, para que los indios no creyeran que todos los *nahab* eran tan arrogantes como ese hombrecito.

—Pueden estar tranquilos. Prometo que me encargaré personalmente de proteger a la gente de la neblina. El mundo escucha cuando Ludovic Leblanc habla —aseguró el profesor.

Agregó que publicaría sus impresiones sobre lo que había visto, no sólo en el artículo del *International Geographic*, también escribiría otro libro. Gracias a él, aseguró, el Ojo del Mundo sería declarado reserva indígena y protegido de cualquier forma de explotación. ¡Ya verían quién era Ludovic Leblanc!

La gente de la neblina no entendió palabra de esta perorata, pero Nadia resumió diciendo que ése era un *nahab* amigo. Kate Cold añadió que ella y Timothy Bruce ayudarían a Leblanc en sus propósitos, con lo cual también fueron incorporados a la categoría de los *nahab* amigos. Finalmente, después de eternas negociaciones para ver quiénes eran amigos y quiénes eran enemigos, los indígenas aceptaron conducirlos a todos al día siguiente de vuelta al helicóptero. Para entonces esperaban que el hedor de las Bestias en Tapirawa-teri se hubiera amortiguado.

Iyomi, siempre práctica, dio orden a los guerreros de ir a cazar, mientras las mujeres preparaban fuego y unas hamacas para pasar la noche.

—Te repetiré la pregunta que ya te hice antes, Alexander, ¿qué sabes de la Bestia? —dijo Kate Cold a su nieto.

—No es una, Kate, son varias. Parecen perezas gigantescas, animales muy antiguos, tal vez de la Edad de Piedra, o anteriores.

—¿Las has visto?

—Si no las hubiera visto no podría describirlas, ¿no te parece? Vi once de ellas, pero creo que hay una o dos más rondando por estos lados. Parecen ser de metabolismo muy lento, viven por muchos años, tal vez siglos. Aprenden, tienen buena memoria y, no lo vas a creer, hablan —explicó Alex.

—¡Me estás tomando el pelo! —exclamó su abuela.

—Es cierto. No son muy elocuentes que digamos, pero hablan la misma lengua de la gente de la neblina.

Alexander Cold procedió a informarle que a cambio de la protección de los indios esos seres preservaban su historia.

—Una vez me dijiste que los indios no necesitaban la escritura porque tienen buena memoria. Las perezas son la memoria viviente de la tribu —añadió el muchacho.

—¿Dónde las viste, Alexander?

—No puedo decírtelo, es un secreto.

—Supongo que viven en el mismo sitio donde encontraste el agua de la salud... —aventuró la abuela.

—Puede ser y puede no ser —replicó su nieto, irónico.

—Necesito ver esas Bestias y fotografiarlas, Alexander.

—¿Para qué? ¿Para un artículo en una revista? Eso sería el fin de esas pobres criaturas, Kate, vendrían a cazarlas para encerrarlas en zoológicos o estudiarlas en laboratorios.

—Algo tengo que escribir, para eso me contrataron...

—Escribe que la Bestia es una leyenda, pura superstición. Yo te aseguro que nadie volverá a verlas en mucho, mucho tiempo. Se olvidarán de ellas. Más interesante es escribir sobre la gente de la neblina, ese pueblo que ha permanecido inmutable desde hace miles de años y puede desaparecer en cualquier momento. Cuenta que iban a inyectarlos con el virus del sarampión, como han hecho con otras tribus. Puedes hacerlos famosos y así salvarlos del exterminio, Kate. Puedes convertirte en protectora de la gente de la neblina y con un poco de astucia puedes conseguir que Leblanc sea tu aliado. Tu pluma puede traer algo de justicia a estos lados, puedes denunciar a los malvados como Carías y Ariosto, cuestionar el papel de los militares y llevar a Omayra Torres ante los tribunales. Tienes que hacer algo, o pronto habrá otros canallas cometiendo crímenes por estos lados con la misma impunidad de siempre.

—Veo que has crecido mucho en estas semanas, Alexander —admitió Kate Cold, admirada.

—¿Puedes llamarme Jaguar, abuela?

—¿Como la marca de automóviles?

—Sí.

—Cada uno con su gusto. Puedo llamarte como quieras, siempre que tú no me llames abuela —replicó ella.

—Está bien, Kate.

—Está bien, Jaguar.

Esa noche los *nahab* comieron con los indios una sobria cena de mono asado. Desde la llegada de los pájaros de ruido y viento a Tapirawa-teri, la tribu había perdido su huerto, sus plátanos y su mandioca, y como no podían encender fuego, para no atraer a sus enemigos, llevaban varios días con hambre. Mientras Kate Cold procuraba intercambiar información con Iyomi y las otras mujeres, el profesor Leblanc, fascinado, interrogaba a Tahama sobre sus costumbres y las artes de la guerra. Nadia, quien estaba encargada de traducir, se dio cuenta de que Tahama tenía un malvado sentido del humor y le estaba contando al profesor una serie de fantasías. Le dijo, entre otras cosas, que él era el tercer marido de Iyomi y que nunca había tenido hijos, lo cual desbarató la teoría de Leblanc sobre la superioridad genética de los «machos alfa». En un futuro cercano esos cuentos de Tahama serían la base de otro libro del famoso profesor Ludovic Leblanc.

Al día siguiente la gente de la neblina, con Iyomi y Walimai a la cabeza y Tahama con sus guerreros en la retaguardia, condujeron a los *nahab* de regreso a Tapirawa-teri. A cien metros de la aldea vieron el cuerpo del capitán Ariosto, que los indios habían puesto entre dos gruesas ramas de un árbol, para alimento de pájaros y animales, como hacían con aquellos seres que no merecían una ceremonia funeraria. Estaba tan destrozado por las garras de la Bestia, que los soldados no tuvieron estómago para descolgarlo y llevarlo de vuelta a Santa María de la Lluvia. Decidieron regresar más adelante a recoger sus huesos para sepultarlo cristianamente.

—La Bestia hizo justicia —murmuró Kate.

César Santos ordenó a Timothy Bruce y Alexander Cold que requisaran todas las armas de los soldados, que estaban desparramadas por el campamento, para evitar otro estallido de violencia en caso que alguien se pusiera nervioso. No era probable que ocurriera, sin embargo, porque el hedor de las Bestias, que aún los impregnaba, los tenía a todos descompuestos y mansos. Santos hizo subir el equipaje al helicóptero, menos las carpas, que fueron enterradas, porque calculó que sería imposible quitarles el mal olor. Entre las carpas desarmadas Timothy Bruce recuperó sus cámaras y varios rollos de película, aunque aquellos requisados por el capitán Ariosto estaban inutilizados, pues el militar los había expuesto a la luz. Por su parte Alex encontró su bolsa y adentro estaba, intacta, la botella con el agua de la salud.

Los expedicionarios se aprontaron para regresar a Santa María de la Lluvia. No contaban con un piloto, porque ese helicóptero había llegado conducido por el capitán Ariosto y el otro piloto había partido con el primero. Santos nunca había manejado uno de esos aparatos, pero estaba seguro de que, si era capaz de volar su ruinosa avioneta, bien podía hacerlo.

Había llegado el momento de despedirse de la gente de la neblina. Lo hicieron intercambiando regalos, como era la costumbre entre los indios. Unos se desprendieron de cinturones, machetes, cuchillos y utensilios de cocina, los otros se quitaron plumas, semillas, orquídeas y collares de dientes. Alex le dio su brújula a Tahama, quien se la colgó al cuello de adorno, y éste le regaló al muchacho americano un atado de dardos envenenados con *curare* y una cerbatana de tres metros de largo, que apenas pudieron transportar en el reducido espacio del helicóptero. Iyomi volvió a coger por la camisa a Kate Cold para gritarle un discurso a todo volumen y la escritora respondió con la misma pasión en inglés. En el último instante, cuando los *nahab* se aprestaban para subir al pájaro de ruido y viento, Walimai entregó a Nadia una pequeña cesta.

20

CAMINOS SEPARADOS

El viaje de regreso a Santa María de la Lluvia fue una pesadilla, porque César Santos demoró más de una hora en dominar los controles y estabilizar la máquina. Durante esa primera hora nadie creyó llegar con vida a la civilización y hasta Kate Cold, quien tenía la sangre fría de un pez de mar profundo, se despidió de su nieto con un firme apretón de mano.

—Adiós, Jaguar. Me temo que hasta aquí no más llegamos. Lamento que tu vida fuera tan corta —le dijo.

Los soldados rezaban en voz alta y bebían licor para calmar los nervios, mientras Timothy Bruce manifestaba su profundo desagrado levantando la ceja izquierda, cosa que hacía cuando estaba a punto de explotar. Los únicos verdaderamente en calma eran Nadia, quien había perdido el miedo de la altura y confiaba en la mano firme de su padre, y el profesor Ludovic Leblanc, tan mareado que no tuvo conciencia del peligro.

Horas más tarde, después de un aterrizaje tan movido como el despegue, los miembros de la expedición pudieron instalarse por fin en el mísero hotel de Santa María de la Lluvia. Al día siguiente irían de vuelta a Manaos, donde tomarían el avión a sus países. Harían la travesía en barco por el río Negro, como habían llegado, porque la avioneta de César Santos se negó a elevarse del suelo, a pesar del motor nuevo. Joel González, el ayudante de Timothy Bruce, que estaba bastante repuesto, iría con ellos. Las monjas habían improvisado un corsé de yeso, que lo inmovilizaba desde el cuello hasta las caderas, y pronosticaban que sus costillas sanarían sin consecuencias, aunque posiblemente el desdichado nunca se curaría de sus pesadillas. Soñaba cada noche que lo abrazaba una anaconda.

Las monjas aseguraron también que los tres soldados heridos se recuperarían, porque por suerte para ellos las flechas no estaban envenenadas, en cambio el futuro de Mauro Carías se vislumbraba pésimo. El garrotazo de Tahama le había dañado el cerebro y en el mejor de los casos quedaría inútil en una silla de ruedas para el resto de su vida, con la mente en las nubes y alimentado por una sonda. Ya había sido conducido en su propia avioneta a Caracas con Omayra Torres, quien no se separaba de él ni un instante. La mujer no sabía que Ariosto había muerto y ya no podría protegerla; tampoco sospechaba que apenas los extranjeros contaran lo ocurrido con las falsas vacunas ella tendría que enfrentar a la justicia. Estaba con los nervios destrozados, repetía una y otra vez que todo era culpa suya, que Dios los había castigado a Mauro y a ella por lo del virus del sarampión. Nadie comprendía sus extrañas declaraciones, pero el padre Valdomero, quien fue a dar consuelo espiritual al moribundo, prestó atención y tomó nota de sus palabras. El sacerdote, como Karakawe, sospechaba desde hacía mucho tiempo que Mauro Carías tenía un plan para explotar las tierras de los indios, pero no había logrado descubrir en qué consistía. Las aparentes divagaciones de la doctora le dieron la clave.

Mientras estuvo el capitán Ariosto al mando de la guarnición, el empresario había hecho lo que le daba gana en ese territorio. El misionero carecía de poder para desenmascarar a esos hombres, aunque durante años había informado de sus sospechas a la Iglesia. Sus advertencias habían sido ignoradas, porque faltaban pruebas y además lo consideraban medio loco; Mauro Carías se había encargado de difundir el chisme de que el cura deliraba desde que fuera raptado por los indios. El padre Valdomero incluso había viajado al Vaticano para denunciar los abusos contra los indígenas, pero sus superiores eclesiásticos le recordaron que su misión era llevar la palabra de Cristo al Amazonas, no meterse en política. El hombre regresó derrotado, preguntándose cómo pretendían que salvara las almas para el cielo, sin salvar primero las vidas en la tierra. Por otra parte, no estaba seguro de la conveniencia de cristianizar a los indios, quienes tenían su propia forma de espiritualidad. Habían vivido miles de años en armonía con la naturaleza, como Adán y Eva en el Paraíso. ¿Qué necesidad había de inculcarles la idea del pecado?, pensaba el padre Valdomero.

Al enterarse de que el grupo del *International Geographic* estaba de regreso en Santa María de la Lluvia y que el capitán Ariosto había muerto de forma inexplicable, el misionero se presentó en el hotel. Las versiones de los soldados sobre lo que había pasado en el altiplano eran contradictorias, unos echaban la culpa a los indios, otros a la Bestia y no faltó uno que apuntó el dedo contra los miembros de la expedición. En todo caso, sin Ariosto en el cuadro, por fin había una pequeña oportunidad de hacer justicia. Pronto habría otro militar a cargo de las tropas y no existía seguridad de que fuera más honorable que Ariosto, también podía sucumbir al soborno y el crimen, como ocurría a menudo en el Amazonas.

El padre Valdomero entregó la información que había acumulado al profesor Ludovic Leblanc y a Kate Cold. La idea de que Mauro Carías repartía epidemias con la complicidad de la doctora Omayra Torres y el amparo de un oficial del Ejército era un crimen tan espantoso, que nadie lo creería sin pruebas.

—La noticia de que están masacrando a los indios de

esa manera conmovería al mundo. Es una lástima que no podamos probarlo —dijo la escritora.

—Creo que sí podemos —contestó César Santos, sacando del bolsillo de su chaleco uno de los frascos de las supuestas vacunas.

Explicó que Karakawe logró sustraerlo del equipaje de la doctora poco antes de ser asesinado por Ariosto.

—Alexander y Nadia lo sorprendieron hurgando entre las cajas de las vacunas y, a pesar de que él los amenazó si lo delataban, los niños me lo contaron. Creímos que Karakawe era enviado por Carías, nunca pensamos que era agente del Gobierno —dijo Kate Cold.

—Yo sabía que Karakawe trabajaba para el Departamento de Protección del Indígena y por eso le sugerí al profesor Leblanc que lo contratara como su asistente personal. De esa forma podía acompañar a la expedición sin levantar sospechas —explicó César Santos.

—De modo que usted me utilizó, Santos —apuntó el profesor.

—Usted quería que alguien lo abanicara con una hoja de banano y Karakawe quería ir con la expedición. Nadie salió perdiendo, profesor —sonrió el guía, y agregó que desde hacía muchos meses Karakawe investigaba a Mauro Carías y tenía un grueso expediente con los turbios negocios de ese hombre, en especial la forma en que explotaba las tierras de los indígenas. Seguramente sospechaba de la relación entre Mauro Carías y la doctora Omayra Torres, por eso decidió seguir la pista de la mujer.

—Karakawe era mi amigo, pero era un hombre hermético y no hablaba más que lo indispensable. Nunca me contó que sospechaba de Omayra —dijo Santos—. Me imagino que andaba buscando la clave para explicar las muertes masivas de indios, por eso se apoderó de uno de los frascos de vacunas y me lo entregó para que lo guardara en lugar seguro.

—Con esto podremos probar la forma siniestra en que se extendían las epidemias —dijo Kate Cold, mirando la pequeña botella al trasluz.

—Yo también tengo algo para ti, Kate —sonrió Timothy Bruce, mostrándole unos rollos de película en la palma de la mano.

—¿Qué es esto? —preguntó la escritora, intrigada.

—Son las imágenes de Ariosto asesinando a Karakawe de un tiro a quemarropa, de Mauro Carías destruyendo los frascos y del baleo de los indios. Gracias al profesor Leblanc, que distrajo al capitán por media hora, tuve tiempo de cambiarlos antes que los destruyera. Le entregué los rollos de la primera parte del viaje y salvé éstos —aclaró Timothy Bruce.

Kate Cold tuvo una reacción inesperada en ella: saltó al cuello de Santos y de Bruce y les plantó a ambos un beso en la mejilla.

—¡Benditos sean, muchachos! —exclamó, feliz.

—Si esto contiene el virus, como creemos, Mauro Carías y esa mujer han llevado a cabo un genocidio y tendrán que pagar por ello... —murmuró el padre Valdomero, sosteniendo el pequeño frasco con dos dedos y el brazo estirado, como si temiera que el veneno le saltara a la cara.

Fue él quien sugirió crear una fundación destinada a proteger el Ojo del Mundo y en especial a la gente de la neblina. Con la pluma elocuente de Kate Cold y el prestigio internacional de Ludovic Leblanc, estaba seguro de lograrlo, explicó entusiasmado. Faltaba financiamiento, era cierto, pero entre todos verían cómo conseguir el dinero: recurrirían a las iglesias, los partidos políticos, los organismos internacionales, los gobiernos, no dejarían puerta sin golpear hasta conseguir los fondos necesarios. Había que salvar a las tribus, decidió el misionero y los demás estuvieron de acuerdo con él.

—Usted será el presidente de la fundación, profesor —ofreció Kate Cold.

—¿Yo? —preguntó Leblanc genuinamente sorprendido y encantado.

—¿Quién podría hacerlo mejor que usted? Cuando Ludovic Leblanc habla, el mundo escucha... —dijo Kate Cold, imitando el tono presuntuoso del antropólogo, y todos se echaron a reír, menos Leblanc, por supuesto.

Alexander Cold y Nadia Santos estaban sentados en el embarcadero de Santa María de la Lluvia, donde algunas semanas antes tuvieron su primera conversación y comenzaron su amistad. Como en esa ocasión, había caído la noche con su croar de sapos y su aullar de monos, pero esta vez no los alumbraba la luna. El firmamento estaba oscuro y salpicado de estrellas. Alexander nunca había visto un cielo así, no imaginaba que hubiera tantas y tantas estrellas. Los chicos sentían que había transcurrido mucha vida desde que se conocieron, ambos habían crecido y cambiado en esas pocas semanas. Estuvieron callados mirando el cielo por un buen rato, pensando en que debían separarse muy pronto, hasta que Nadia se acordó de la cestita que llevaba para su amigo, la misma que le había dado Walimai al despedirse. Alex la tomó con reverencia y la abrió: adentro brillaban los tres huevos de la montaña sagrada.

—Guárdalos, Jaguar. Son muy valiosos, son los diamantes más grandes del mundo —le dijo Nadia en un susurro.

—¿Éstos son diamantes? —preguntó Alex espantado, sin atreverse a tocarlos.

—Sí. Pertenecen a la gente de la neblina. Según la visión que tuve, estos huevos pueden salvar a esos indios y el bosque donde han vivido siempre.

—¿Por qué me los das?

—Porque tú fuiste nombrado jefe para negociar con los *nahab*. Los diamantes te servirán para el trueque —explicó ella.

—¡Ay, Nadia! No soy más que un mocoso de quince años, no tengo ningún poder en el mundo, no puedo negociar con nadie y menos hacerme cargo de esta fortuna.

—Cuando llegues a tu país se los das a tu abuela. Seguro que ella sabrá qué hacer con ellos. Tu abuela parece ser una señora muy poderosa, ella puede ayudar a los indios —aseguró la chica.

—Parecen pedazos de vidrio. ¿Cómo sabes que son diamantes? —preguntó él.

—Se los mostré a mi papá, él los reconoció a la primera mirada. Pero nadie más debe saberlo hasta que estén en un lugar seguro, o se los robarán, ¿entiendes, Jaguar?

—Entiendo. ¿Los ha visto el profesor Leblanc?

—No, sólo tú, mi papá y yo. Si se entera el profesor saldrá corriendo a contárselo a medio mundo —afirmó ella.

—Tu papá es un hombre muy honesto, cualquier otro se habría quedado con los diamantes.

—¿Lo harías tú?

—¡No!

—Tampoco lo haría mi papá. No quiso tocarlos, dijo que traen mala suerte, que la gente se mata por estas piedras —respondió Nadia.

—¿Y cómo voy a pasarlos por la aduana en los Estados Unidos? —preguntó el muchacho tomando el peso de los magníficos huevos.

—En un bolsillo. Si alguien los ve, pensará: son artesanía del Amazonas para turistas. Nadie sospecha que existen diamantes de este tamaño y menos en poder de un chiquillo con media cabeza afeitada —se rió Nadia, pasándole los dedos por la coronilla pelada.

Permanecieron largo rato en silencio mirando el agua a sus pies y la vegetación en sombras que los rodeaba, tristes porque dentro de muy pocas horas deberían decirse adiós. Pensaban que nunca más ocurriría nada tan extraordinario en sus vidas como la aventura que habían compartido. ¿Qué podía compararse a las Bestias, la ciudad de oro, el viaje al fondo de la tierra de Alexander y el ascenso al nido de los huevos maravillosos de Nadia?

—A mi abuela le han encargado escribir otro reportaje para el *International Geographic*. Tiene que ir al Reino del Dragón de Oro —comentó Alex.

—Eso suena tan interesante como el Ojo del Mundo. ¿Dónde queda? —preguntó ella.

—En las montañas del Himalaya. Me gustaría ir con ella, pero...

El muchacho comprendía que eso era casi imposible. Debía incorporarse a su existencia normal. Había estado ausente por varias semanas, era hora de volver a clases o perdería el año escolar. También quería ver a su familia y abrazar a su perro Poncho. Sobre todo, necesitaba entregar el agua de la salud y la planta de Walimai a su madre; estaba seguro de que con eso, sumado a la quimioterapia, se curaría. Sin embargo, dejar a Nadia le dolía más que nada, deseaba que no amaneciera nunca, quedarse eternamente bajo las estrellas en compañía de su amiga. Nadie en el mundo lo conocía tanto, nadie estaba tan cerca de su corazón como esa niña color de miel a quien había encontrado milagrosamente en el fin del mundo. ¿Qué sería de ella en el futuro? Crecería sabia y salvaje en la selva, muy lejos de él.

—¿Volveré a verte? —suspiró Alex.

—¡Claro que sí! —dijo ella, abrazada a Borobá, con fingida alegría, para que él no adivinara sus lágrimas.

—Nos escribiremos, ¿verdad?

—El correo por estos lados no es muy bueno que digamos...

—No importa, aunque las cartas se demoren, te voy a

escribir. Lo más importante de este viaje para mí es habernos conocido. Nunca, nunca te olvidaré, siempre serás mi mejor amiga —prometió Alexander Cold con la voz quebrada.

—Y tú mi mejor amigo, mientras podamos vernos con el corazón —replicó Nadia Santos.

—Hasta la vista, Águila...

—Hasta la vista, Jaguar...

EL REINO DEL DRAGÓN DE ORO

A mi amiga Tabra Tunoa, viajera incansable,
quien me llevó al Himalaya
y me habló del Dragón de Oro

1

EL VALLE DE LOS YETIS

Tensing, el monje budista, y su discípulo, el príncipe Dil Bahadur, habían escalado durante días las altas cumbres al norte del Himalaya, la región de los hielos eternos, donde sólo unos pocos lamas han puesto los pies a lo largo de la historia. Ninguno de los dos contaba las horas, porque el tiempo no les interesaba. El calendario es un invento humano; el tiempo a nivel espiritual no existe, le había enseñado el maestro a su alumno.

Para ellos lo importante era la travesía, que el joven realizaba por primera vez. El monje recordaba haberla hecho en una vida anterior, pero esos recuerdos eran algo confusos. Se guiaban por las indicaciones de un pergamino y se orientaban por las estrellas, en un terreno donde incluso en verano imperaban condiciones muy duras. La temperatura de varios grados bajo cero era soportable sólo durante un par de meses al año, cuando no azotaban fatídicas tormentas.

Aun bajo cielos despejados, el frío era intenso. Vestían túnicas de lana y ásperos mantos de piel de yak. En los pies llevaban botas de cuero del mismo animal, con el pelo hacia adentro y el exterior impermeabilizado con grasa. Ponían cuidado en cada paso, porque un resbalón en el hielo significaba que podían rodar centenares de metros a los profundos precipicios que, como hachazos de Dios, cortaban los montes.

Contra el cielo de un azul intenso, destacaban las luminosas cimas nevadas de los montes, por donde los viajeros avanzaban sin prisa, porque a esa altura no tenían suficiente oxígeno. Descansaban con frecuencia, para que los pulmones se acostumbraran. Les dolía el pecho, los oídos y la cabeza; sufrían náuseas y fatiga, pero ninguno de los dos mencionaba esas debilidades del cuerpo; se limitaban a controlar la respiración, para sacarle el máximo de provecho a cada bocanada de aire.

Iban en busca de aquellas raras plantas que sólo se encuentran en el gélido Valle de los Yetis, y que eran fundamentales para preparar lociones y bálsamos medicinales. Si sobrevivían a los peligros del viaje, podían considerarse iniciados, ya que su carácter se templaría como el acero. La voluntad y el valor eran puestos a prueba muchas veces durante esa travesía. El discípulo necesitaría ambas virtudes, voluntad y valor, para realizar la tarea que le esperaba en la vida. Por eso su nombre era Dil Bahadur, que quiere decir «corazón valiente» en la lengua del Reino Prohibido. El viaje al Valle de los Yetis era una de las últimas etapas del duro entrenamiento que el príncipe había recibido por doce años.

El joven no conocía la verdadera razón del viaje, que era más importante que las plantas curativas o su iniciación como lama superior. Su maestro no podía revelársela, tal como no podía hablarle de muchas otras cosas. Su papel era guiar al príncipe en cada etapa de su largo aprendizaje, debía fortalecer su cuerpo y su carácter, cultivar su mente y poner a prueba una y otra vez la calidad de su espíritu. Dil Bahadur descubriría la razón del viaje al Valle de los Yetis más tarde, cuando se encontrara ante la prodigiosa estatua del Dragón de Oro.

Tensing y Dil Bahadur cargaban en las espaldas bultos con sus mantas, el cereal y la manteca de yak indispensables para subsistir. Enrolladas a la cintura llevaban cuerdas de pelo de yak, que les servían para escalar, y en la mano un bastón largo y firme, como una pértiga, que empleaban para apoyarse, para defenderse, en caso de ser atacados, y para montar una improvisada tienda en la noche. También lo usaban para probar la profundidad y la firmeza del terreno antes de pisar en aquellos sitios donde, de acuerdo a su experiencia, la nieve fresca solía cubrir huecos profundos. Con frecuencia enfrentaban grietas que, si no podían saltar, los obligaban a hacer largos desvíos. A veces, para evitar horas de camino, colocaban la pértiga de un lado al otro del precipicio y, una vez seguros de que se sostenía con firmeza en ambos extremos, se atrevían a pisarla y brincar al otro lado, nunca más de un paso, porque las posibilidades de rodar al vacío eran muchas. Lo hacían sin pensar, con la mente en blanco, confiando en la habilidad de sus cuerpos, el instinto y la buena suerte, porque, si se detenían a calcular los movimientos, no podían hacerlo. Cuando la grieta era más ancha que el largo del palo aseguraban una cuerda a una roca alta, luego uno de los dos se ataba el otro extremo de la cuerda a la cintura, se daba impulso y saltaba, oscilando como un péndulo, hasta alcanzar la otra orilla. El joven discípulo, quien poseía gran resistencia y coraje ante el peligro, siempre vacilaba en el momento de usar cualquiera de estos métodos.

Habían llegado a uno de esos despeñaderos y el lama estaba buscando el sitio más adecuado para cruzar. El joven cerró brevemente los ojos, elevando una plegaria.

—¿Temes morir, Dil Bahadur? —inquirió sonriendo Tensing.

—No, honorable maestro. El momento de mi muerte está escrito en mi destino antes de mi nacimiento. Moriré cuando haya concluido mi trabajo en esta reencarnación y mi espíritu esté listo para volar; pero temo partirme todos los huesos y quedar vivo allá abajo —replicó el joven señalando el impresionante precipicio que se abría ante sus pies.

—Posiblemente eso sería un inconveniente... —concedió el lama de buen humor—. Si abres la mente y el corazón, esto te parecerá más fácil —agregó.

—¿Qué haría usted si me caigo al barranco?

—Llegado el caso, tal vez tendría que pensarlo. Por el momento mis pensamientos están distraídos en otras cosas.

—¿Puedo saber en qué, maestro?

—En la belleza del panorama —replicó, señalando la interminable cadena de montañas, la blancura inmaculada de la nieve, el cielo resplandeciente.

—Es como el paisaje de la luna —observó el joven.

—Tal vez... ¿En qué parte de la luna has estado, Dil Bahadur? —preguntó el lama, disimulando otra sonrisa.

—No he llegado tan lejos todavía, maestro, pero así me la imagino.

—En la luna el cielo es negro y no hay montañas como éstas. Tampoco hay nieve, todo es roca y polvo color ceniza.

—Tal vez algún día yo pueda hacer un viaje astral a la luna, como mi honorable maestro —concedió el discípulo.

—Tal vez...

Después que el lama aseguró la pértiga, ambos se quitaron las túnicas y mantos, que les impedían moverse con plena soltura, y ataron sus pertenencias en cuatro bultos. El lama tenía el aspecto de un atleta. Sus espaldas y brazos eran puro músculo, su cuello tenía el ancho del muslo de un hombre normal y sus piernas parecían troncos de árbol. Ese formidable cuerpo de guerrero contrastaba de modo notable con su rostro sereno, sus ojos dulces y su boca delicada, casi femenina, siempre sonriente. Tensing tomó los bultos uno por uno, adquirió impulso girando el brazo como un aspa de molino, y los lanzó al otro lado del barranco.

—El miedo no es real, Dil Bahadur, sólo está en tu mente, como todo lo demás. Nuestros pensamientos forman lo que suponemos que es la realidad —dijo.

—En este momento mi mente está creando un hoyo bastante profundo, maestro —murmuró el príncipe.

—Y mi mente está creando un puente muy seguro —replicó el lama.

Hizo una señal de despedida al joven, quien aguardaba sobre la nieve, luego dio un paso sobre el vacío, colocando el pie derecho al centro del bastón de madera, y en una fracción de segundo se impulsó hacia delante, alcanzando con el pie izquierdo la orilla del otro lado. Dil Bahadur lo imitó con menos gracia y velocidad, pero sin un solo gesto que traicionara su nerviosismo. El maestro notó que su piel brillaba, húmeda de transpiración. Se vistieron de prisa y echaron a andar.

—¿Falta mucho? —quiso saber Dil Bahadur.

—Tal vez.

—¿Sería una imprudencia pedirle que no me conteste siempre «tal vez», maestro?

—Tal vez lo sería —sonrió Tensing y luego de una pausa agregó que, según las instrucciones del pergamino, debían continuar hacia el norte. Todavía faltaba lo más arduo del camino.

—¿Ha visto a los yetis, maestro?

—Son como dragones, les sale fuego por las orejas y tienen cuatro pares de brazos.

—¡Qué extraordinario! —exclamó el joven.

—¿Cuántas veces te he dicho que no creas todo lo que oyes? Busca tu propia verdad —se rió el lama.

—Maestro, no estamos estudiando las enseñanzas de Buda, sino simplemente conversando... —suspiró el discípulo, fastidiado.

—No he visto a los yetis en esta vida, pero los recuerdo de una vida anterior. Tienen nuestro mismo origen y hace varios miles de años tenían una civilización casi tan desarrollada como la humana, pero ahora son muy primitivos y de inteligencia limitada.

—¿Qué les pasó?

—Son muy agresivos. Se mataron entre ellos y destruyeron todo lo que tenían, incluso la tierra. Los sobrevivientes huyeron a las cumbres del Himalaya y allí su raza comenzó a degenerar. Ahora son como animales —explicó el lama.

—¿Son muchos?

—Todo es relativo. Nos parecerán muchos si nos atacan y pocos si son amistosos. En todo caso, sus vidas son cortas, pero se reproducen con facilidad, así es que supongo que habrá varios en el valle. Habitan en un lugar inaccesible, donde nadie puede encontrarlos, pero a veces alguno sale en busca de alimento y se pierde. Posiblemente ésa es la causa de las huellas que se le atribuyen al abominable hombre de las nieves, como lo llaman —aventuró el lama.

—Las pisadas son enormes. Deben ser gigantes. ¿Serán todavía muy agresivos?

—Haces muchas preguntas para las que no tengo respuesta, Dil Bahadur —replicó el maestro.

Tensing condujo a su discípulo por las cimas de los montes, saltando precipicios, escalando laderas verticales, deslizándose por delgados senderos cortados en las rocas. Existían antiguos puentes colgantes, pero estaban en muy mal estado y había que usarlos con prudencia. Cuando soplaba viento o caía granizo, buscaban refugio y esperaban. Una vez al día comían *tsampa*, una mezcla de harina de cebada tostada, hierbas secas, grasa de yak y sal. Agua había en abundancia debajo de las costras de hielo. A veces el joven Dil Bahadur tenía la impresión de que caminaban en círculos, porque el paisaje le parecía siempre igual, pero no manifestaba sus dudas: sería una descortesía hacia su maestro.

Al caer la tarde buscaban donde refugiarse para pasar la noche. A veces bastaba una grieta, donde podían acomodarse protegidos del viento; otras noches encontraban una cueva, pero de vez en cuando no les quedaba más remedio que dormir a la intemperie, resguardados apenas por las pieles de yak. Una vez establecido su austero campamento, se sentaban cara al sol poniente, con las piernas cruzadas, y salmodiaban el mantra esencial de Buda, repitiendo una y otra vez *Om mani padme hum*, Salve a Ti, Preciosa Joya en el Corazón del Loto. El eco repetía su cántico, multiplicándolo hasta el infinito entre las altas cimas del Himalaya.

Durante la marcha juntaban palitos y hierba seca, que cargaban en sus bolsas, para hacer fuego por la noche y preparar su comida. Después de la cena meditaban durante una hora. En ese tiempo el frío solía ponerlos rígidos como estatuas de hielo, pero ellos apenas lo sentían. Estaban acostumbrados a la inmovilidad, que les aportaba calma y paz. En su práctica budista, el maestro y el estudiante se sentaban en absoluta relajación, pero alertas. Se desprendían de las distracciones y los valores del mundo, aunque no olvidaban el sufrimiento, que existe en todas partes.

Luego de escalar montañas por varios días, subiendo a heladas alturas, llegaron a Chenthan Dzong, el monasterio fortificado de los antiguos lamas que inventaron la forma de lucha cuerpo a cuerpo llamada tao-shu. Un terremoto en el siglo XIX destruyó el monasterio, que debió ser abandonado. Era una construcción de piedra, ladrillo y madera, con más de cien habitaciones, que parecía pegada al borde de un impresionante acantilado. El monasterio albergó por centenares de años a esos monjes, cuyas vidas estaban dedicadas a la búsqueda espiritual y el perfeccionamiento de las artes marciales.

En sus orígenes los monjes tao-shu eran médicos con extraordinarios conocimientos de anatomía. En su práctica descubrieron los puntos vulnerables del cuerpo, que al ser presionados insensibilizan o paralizan, y los combinaron con las técnicas de lucha conocidas en Asia. Su objetivo era perfeccionarse espiritualmente a través del dominio de su propia fuerza y de sus emociones. Aunque eran invencibles en la lucha cuerpo a cuerpo, no utilizaban el tao-shu para fines violentos, sino como ejercicio físico y mental; tampoco lo enseñaban a cualquiera, sólo a ciertos hombres y mujeres escogidos. Tensing había aprendido tao-shu de ellos y se lo había enseñado a su discípulo Dil Bahadur.

El terremoto, la nieve, el hielo y el transcurso del tiempo habían erosionado gran parte del edificio, pero aún quedaban dos alas en pie, aunque en ruinas. Se llegaba al lugar escalando un acantilado tan difícil y remoto, que nadie lo intentaba desde hacía casi medio siglo.

—Pronto llegarán al monasterio desde el aire —observó Tensing.

—¿Usted cree, maestro, que desde los aviones pueden descubrir el Valle de los Yetis? —inquirió el príncipe.

—Posiblemente.

—¡Imagínese cuánto esfuerzo nos ahorraríamos! Podríamos volar hasta allí en muy poco rato.

—Espero que no sea así. Si atraparan a los yetis, los convertirían en animales de feria o en esclavos —dijo el lama.

Entraron a Chenthan Dzong para descansar y pasar la noche abrigados. En las ruinas del monasterio aún quedaban raídos tapices con imágenes religiosas, cacharros y armas que los monjes guerreros sobrevivientes del terremoto no pudieron llevarse. Había varias representaciones de Buda en diversas posiciones, incluso una enorme estatua del Iluminado tendido de lado en el suelo. La pintura dorada había saltado, pero el resto estaba intacto. Hielo y nieve en polvo cubrían casi todo, dando al lugar un aspecto particularmente hermoso, como si fuera un palacio de cristal. Detrás del edificio una avalancha había creado la única superficie plana de los alrededores, una especie de patio del tamaño de una cancha de baloncesto.

—¿Podría aterrizar un avión aquí, maestro? —preguntó Dil Bahadur, quien no podía disimular su fascinación por los pocos aparatos modernos que conocía.

—No sé de esas cosas, Dil Bahadur, nunca he visto aterrizar un avión, pero me parece que esto es muy pequeño y además las montañas forman un verdadero embudo cruzado de corrientes de aire.

En la cocina hallaron ollas y otros cacharros de hierro, velas, carbón, palos para hacer fuego y algunos cereales preservados por el frío. Había vasijas de aceite y un recipiente con miel, alimento que el príncipe no conocía. Tensing le dio a probar y el joven sintió por primera vez un sabor dulce en el paladar. La sorpresa y el placer casi lo tiran de espaldas. Prepararon fuego para cocinar y encendieron velas delante de las estatuas, como signo de respeto. Esa noche comerían mejor y dormirían bajo techo: la ocasión merecía una breve ceremonia especial de agradecimiento.

Estaban meditando en silencio, cuando escucharon un largo rugido que retumbó entre las ruinas del monasterio. Abrieron los ojos en el momento en que entraba a la sala un gran tigre del Himalaya, una bestia de media tonelada de peso y pelaje blanco, el animal más feroz del mundo.

El príncipe recibió telepáticamente la orden de su maestro y procuró cumplirla, aunque su primera reacción instintiva fue recurrir al tao-shu y saltar en su propia defensa. Si lograba poner una mano detrás de las orejas del tigre, podría paralizarlo; sin embargo permaneció inmóvil, tratando de respirar con calma, para que la fiera no sintiera olor a miedo. El tigre se acercó a los monjes lentamente. A pesar del inminente peligro en que se encontraban, el joven no pudo dejar de admirar la extraordinaria belleza del animal. Su piel era color marfil claro con rayas marrones y sus ojos azules como algunos de los glaciares del Himalaya. Era un macho adulto, enorme y poderoso; un ejemplar perfecto.

Tensing y Dil Bahadur, sentados en la posición del loto, con las piernas cruzadas y las manos sobre las rodillas, vieron avanzar al tigre. Ambos sabían que, si estaba hambriento, existían muy pocas posibilidades de detenerlo. La esperanza era que la bestia hubiera comido, aunque resultaba poco probable que en aquellas soledades la caza fuera abundante. Tensing poseía extraordinarios poderes psíquicos, porque era un *tulku*, la reencarnación de un gran lama de la antigüedad. Concentró ese poder como un rayo para penetrar en la mente de la fiera.

Sintieron el aliento del gran felino en el rostro, una bocanada de aire caliente y fétido que escapaba de sus fauces. Otro rugido temible estremeció el lugar. El tigre se acercó a pocos centímetros de los hombres y éstos sintieron el pinchazo de sus duros bigotes. Durante varios segundos, que parecieron eternos, los rondó, husmeándolos y tanteándolos con su enorme pata, pero sin agredirlos. El maestro y el discípulo permanecieron absolutamente inmóviles, abiertos al afecto y la compasión. El tigre no registró temor ni agresión en ellos, sino empatía, y una vez satisfecha su curiosidad, se retiró con la misma solemne dignidad con que había llegado.

—Ya ves, Dil Bahadur, como a veces la calma sirve de algo... —fue el único comentario del lama. El príncipe no pudo contestar porque se le había petrificado la voz en el pecho.

No obstante aquella inesperada visita, decidieron quedarse a pasar la noche en Chenthan Dzong, pero tomaron la precaución de dormir junto a una fogata, manteniendo a mano un par de lanzas que encontraron entre las armas abandonadas por los monjes tao-shu. El tigre no regresó, pero a la mañana siguiente, cuando emprendieron nuevamente la marcha, vieron sus huellas sobre la nieve refulgente y oyeron a lo lejos el eco de sus rugidos en las cimas.

Pocos días más tarde, Tensing lanzó una exclamación de alegría y señaló un estrecho cañón entre dos laderas verticales de la montaña. Eran dos paredes negras de roca, pulidas por millones de años de erosión y hielo. Entraron al cañón con grandes precauciones, porque pisaban rocas sueltas y había hoyos profundos. Antes de poner el pie debían comprobar la firmeza del terreno con sus pértigas.

Tensing lanzó una piedra en uno de los pozos y tan hondo era, que no la oyeron caer al fondo. Arriba el cielo apenas se veía como una cinta azul entre los brillantes muros de roca. Un coro de gemidos terroríficos les salió al encuentro.

—Por suerte no creemos en fantasmas ni en demonios, ¿verdad? —comentó el lama.

—¿Es acaso mi imaginación la que me hace oír esos alaridos? —preguntó el joven con la piel erizada de espanto.

—Tal vez es el viento, que pasa por aquí, tal como el aire pasa por una trompeta.

Habían recorrido un buen trecho cuando los asaltó una fetidez a huevo podrido.

—Azufre —explicó el maestro.

—No puedo respirar —dijo Dil Bahadur con las manos en la nariz.

—Tal vez conviene imaginar que es fragancia de flores —sugirió Tensing.

—De todas las fragancias, la más dulce es la de la virtud —recitó el joven sonriendo.

—Imagina, entonces, que ésta es la dulce fragancia de la virtud —replicó el lama, riendo también.

El pasaje tenía más o menos un kilómetro de largo, pero demoraron dos horas en atravesarlo. En algunas partes era tan angosto que debían avanzar de lado entre las rocas, mareados por el aire enrarecido, pero no vacilaron, porque el pergamino indicaba claramente que existía una salida. Vieron nichos cavados en las paredes, donde había calaveras y pilas de huesos muy grandes, algunos de apariencia humana.

—Debe ser el cementerio de los yetis —comentó Dil Bahadur.

Un soplo de aire húmedo y caliente, como nunca habían experimentado, anunció el final del cañón.

Tensing fue el primero en asomarse, seguido de cerca por su discípulo. Cuando Dil Bahadur vio el paisaje que tenía delante, le pareció que era otro planeta. Si no le pesara tanto la fatiga del cuerpo y no tuviera tan revuelto el estómago por el olor del azufre, pensaría que había hecho un viaje astral.

—Ahí lo tienes: el Valle de los Yetis —anunció el lama.

Ante ellos se extendía una meseta volcánica. Parches de áspera vegetación verdegrís, tupidos arbustos y grandes hongos de varias formas y colores crecían por todas partes. Había arroyos y charcos de agua burbujeante, extrañas formaciones rocosas y del suelo surgían altas columnas de humo blanco. Una bruma delicada flotaba en el aire, borrando los contornos en la lejanía y dando al valle un aspecto de ensueño. Los visitantes se sintieron fuera de la realidad, como si hubieran entrado a otra dimensión. Después de soportar durante tantos días el frío intenso de la travesía por las montañas, ese vapor tibio era un verdadero regalo para los sentidos, a pesar del olor nauseabundo que aún persistía, aunque menos intenso que en el cañón.

—Antiguamente ciertos lamas, cuidadosamente seleccionados por su resistencia física y fortaleza espiritual, hacían este viaje una vez cada veinte años para recoger plantas medicinales, que no crecen en ninguna otra parte —explicó Tensing.

Dijo que en 1950 Tíbet fue invadido por los chinos, quienes destruyeron más de seis mil monasterios y clausuraron los restantes. La mayoría de los lamas partieron a vivir en exilio en otros países, como India y Nepal, llevando las enseñanzas de Buda por todas partes. En vez de terminar con el budismo, como pretendían los invasores chinos, lograron exactamente lo contrario: repartirlo por el mundo entero. Sin embargo, muchos de los conocimientos de medicina, así como las prácticas psíquicas de los lamas, estaban desapareciendo.

—Las plantas se secaban, se molían y se mezclaban con otros ingredientes. Un gramo de esos polvos puede ser más precioso que todo el oro del mundo, Dil Bahadur —dijo el maestro.

—No podremos llevar muchas plantas. Lástima que no trajimos un yak —comentó el joven.

—Tal vez ningún yak cruzaría voluntariamente los precipicios haciendo equilibrio sobre una pértiga, Dil Bahadur. Llevaremos lo que podamos.

Entraron al misterioso valle y a poco andar vieron formas que parecían esqueletos. El lama informó a su discípulo que se trataba de huesos petrificados de animales anteriores al diluvio universal. Se colocó a gatas y comenzó a buscar en el suelo hasta encontrar una piedra oscura con manchas rojas.

—Esto es excremento de dragón, Dil Bahadur. Tiene propiedades mágicas.

—No debo creer todo lo que oigo, ¿verdad, maestro? —replicó el joven.

—No, pero tal vez en este caso puedas creerme —dijo el lama pasándole la muestra.

El príncipe vaciló. La idea de tocar aquello no le seducía.

—Está petrificado —se rió Tensing—. Puede curar huesos quebrados en pocos minutos. Una pizca de esto, molido y disuelto en alcohol de arroz puede transportarte a cualquiera de las estrellas que hay en el firmamento.

El trocito que Tensing había descubierto tenía un pequeño orificio, por donde el lama pasó una cuerda y se lo colgó al cuello a Dil Bahadur.

—Esto es como una coraza, tiene el poder de desviar ciertos metales. Flechas, cuchillos y otras armas cortantes no podrán dañarte.

—Pero tal vez baste un diente infectado, un tropezón en el hielo o una pedrada en la cabeza para matarme... —se rió el joven.

—Todos vamos a morir, es lo único seguro, Dil Bahadur.

El lama y el príncipe se instalaron cerca de una caliente fumarola, dispuestos a pasar una noche cómoda por primera vez en varios días, ya que la gruesa columna de vapor los mantenía abrigados. Habían hecho té con el agua de una cercana fuente termal. El agua salía hirviendo y al aplacarse las burbujas adquiría un pálido color lavanda. La fuente alimentaba un humeante arroyo, en cuyas orillas crecían carnosas flores moradas.

El monje rara vez dormía. Se sentaba en la posición del loto con los ojos entrecerrados, y así descansaba y reponía su energía. Tenía la facultad de permanecer absolutamente inmóvil, controlando con la mente su respiración, la presión sanguínea, las pulsaciones del corazón y la temperatura, de modo que su cuerpo entraba en un estado de hibernación. Con la misma facilidad con que entraba en reposo absoluto, ante una emergencia podía saltar a la velocidad de un disparo, con todos sus poderosos músculos listos para la defensa. Dil Bahadur había procurado imitarlo durante años, sin conseguirlo. Rendido de fatiga, se durmió en cuanto puso la cabeza en el suelo.

El príncipe despertó en medio de un coro de aterradores gruñidos. Apenas abrió los ojos y vio a quienes lo rodeaban, se irguió como un resorte, aterrizando de pie, con las rodillas dobladas y los brazos extendidos en posición de ataque. La voz tranquila del maestro lo paralizó en el instante en que se aprontaba a golpear.

—Calma. Son los yetis. Envíales afecto y compasión, como al tigre —murmuró el lama.

Estaban en medio de una horda de seres repelentes, de un metro y medio de altura, cubiertos enteramente de pelambre blanco, enmarañado e inmundo, con largos brazos y piernas cortas y arqueadas, terminadas en enormes pies de mono. Dil Bahadur supuso que el origen de la leyenda eran las huellas de esos pies grandes. Pero, entonces, ¿de qué eran los largos huesos y las gigantescas calaveras que habían visto en el túnel?

El escaso tamaño de aquellos seres en nada disminuía su aspecto de ferocidad. Los rostros chatos y peludos eran casi humanos, pero de expresión bestial; los ojos eran pequeños y rojizos; las orejas puntudas de perro y los dientes afilados y largos. Entre gruñido y gruñido asomaban las lenguas, que se enroscaban en la punta, como las de un reptil, de un intenso color azul morado. Tenían el pecho cubierto por unas corazas de cuero, manchadas de sangre seca, atadas en los hombros y la cintura. Blandían amenazadores garrotes y rocas filudas, pero, a pesar de sus armas y de que los superaban ampliamente en número, se mantenían a una prudente distancia. Empezaba a amanecer y la luz del alba daba a la escena, envuelta en una bruma espesa, un tono de pesadilla.

Tensing se puso de pie con lentitud, para no provocar una reacción en sus atacantes. Comparados con aquel gigante, los yetis parecían aún más bajos y contrahechos. El aura del maestro no había cambiado, seguía siendo blanca y dorada, lo cual indicaba su perfecta serenidad, mientras que la de la mayoría de aquellos seres no tenía brillo, era vacilante, de tonos terrosos, lo que indicaba enfermedad y miedo.

El príncipe adivinó por qué no los habían atacado de inmediato: parecían esperar a alguien. A los pocos minutos vio avanzar a una figura mucho más alta que las demás, a pesar de que estaba encorvada por la edad. Era de la misma especie de los yetis, pero medio cuerpo más alta. Si hubiera podido enderezarse, tendría el tamaño de Tensing, pero a la mucha edad se sumaba una joroba que le deformaba la espalda y la obligaba a caminar con el torso paralelo al suelo. A diferencia de los otros yetis, que sólo iban vestidos con sus largos pelos inmundos y las corazas, ella se adornaba con collares de dientes y huesos, tenía una raída capa de piel de tigre y un retorcido bastón de palo en la mano.

Aquella criatura no podía llamarse mujer, aunque era de sexo femenino; tampoco era humana, aunque no era exactamente un animal. Su pelaje era ralo y se había caído en varias partes, revelando una piel escamosa y rosada, como la cola de una rata. Estaba revestida de una costra impenetrable de grasa, sangre seca, barro y mugre, que emitía un olor insufrible. Las uñas eran garras negras, y los pocos dientes de su boca estaban sueltos y bailaban con cada uno de sus soplidos. Por la nariz le goteaba un moquillo verde. Sus ojos legañosos brillaban en medio de los mechones de pelos erizados que cubrían su rostro. A su paso los yetis se apartaron con respeto; era evidente que ella mandaba, debía ser la reina o la hechicera de la tribu.

Sorprendido, Dil Bahadur vio que su maestro se ponía

de rodillas frente a la siniestra criatura, juntaba las manos ante la cara y recitaba el saludo habitual del Reino Prohibido: «Tenga usted felicidad».

—*Tampo kachi* —dijo.

—Grr-ympr —rugió ella, salpicándolo de saliva.

De rodillas, Tensing quedaba a la altura de la encorvada anciana y así podían mirarse a los ojos. Dil Bahadur imitó al lama, a pesar de que en esa postura no podía defenderse de los yetis, que continuaban blandiendo sus garrotes. De reojo calculó que había unos diez o doce a su alrededor y quién sabe cuántos más en las cercanías.

La jefa de la tribu lanzó una serie de ruidos guturales y agudos, que combinados parecían un lenguaje. Dil Bahadur tuvo la impresión de haberlo escuchado antes, pero no sabía adónde. No comprendía ni una palabra, a pesar de que los sonidos le eran familiares. De inmediato todos los yetis se pusieron también de rodillas y procedieron a golpearse la frente en el suelo, pero sin soltar sus armas, oscilando entre aquel saludo ceremonioso y el impulso de masacrarlos con sus garrotes.

La vieja yeti mantenía a los demás aplacados, mientras repetía el gruñido que sonaba como Grr-ympr. Los visitantes supusieron que debía ser su nombre. Tensing escuchaba muy atento, mientras Dil Bahadur hacía un esfuerzo por captar a nivel telepático lo que pensaban aquellas criaturas, pero sus mentes eran una maraña de visiones incomprensibles. Prestó atención a lo que intentaba comunicar la bruja, quien sin duda era más evolucionada que los otros. Varias imágenes se formaron en su cerebro. Vio unos animalitos peludos, como conejos blancos, agitarse en convulsiones y luego quedar rígidos. Vio cadáveres y osamentas; vio varios yetis que empujaban a otro a las fumarolas hirvientes; vio sangre, muerte, brutalidad y terror.

—Cuidado, maestro, son muy salvajes —balbuceó el joven.

—Posiblemente están más asustados que nosotros, Dil Bahadur —replicó el lama.

Grr-ympr hizo un gesto a los demás yetis, que finalmente bajaron los garrotes, mientras ella avanzaba llamando con gestos al príncipe y su maestro. Ellos la siguieron, flanqueados por los yetis, entre las altas columnas de vapor y las aguas termales hacia unos agujeros naturales que se abrían en el suelo volcánico. Por el camino vieron otros yetis, todos sentados o tirados por tierra, que no hicieron ademán de acercarse.

La lava ardiente de alguna erupción volcánica muy antigua se había enfriado en la superficie en contacto con el hielo y la nieve, pero durante mucho tiempo había seguido avanzando en estado líquido por debajo. Así se formaron cavernas y túneles subterráneos, en los cuales los yetis hicieron sus viviendas. En algunas partes la costra de lava se había roto y por los agujeros entraba luz. Esas cuevas eran en su mayoría tan bajas y estrechas, que Tensing no entraba, pero se mantenían a una temperatura agradable, porque el recuerdo del calor de la lava permanecía en las paredes y las aguas calientes de las fumarolas pasaban por el subsuelo. Así se defendían los yetis del clima, de otro modo les sería imposible pasar el invierno.

No había objetos de ninguna clase en las cuevas, sólo pieles fétidas, con pedazos de carne seca todavía adheridos. Con horror, Dil Bahadur comprendió que algunas de las pieles eran de los mismos yetis, seguramente arrancadas de los cadáveres. El resto era de *chegnos*, animales desconocidos en el resto del mundo, que los yetis mantenían en corrales hechos con peñascos y nieve. Los *chegnos* eran más pequeños que los yaks y tenían cuernos retorcidos, como de carnero. Los yetis aprovechaban su carne, grasa, piel y también el excremento seco, que usaban como combustible. Sin esos nobles animales, que comían muy poco y resistían las temperaturas más bajas, los yetis no podrían sobrevivir.

—Nos quedaremos aquí unos días, Dil Bahadur. Trata de aprender el lenguaje de los yetis —dijo el lama.

—¿Para qué, maestro? Nunca más tendremos ocasión de usarlo.

—Posiblemente yo no, pero tú tal vez sí —replicó Tensing.

Poco a poco se familiarizaron con los sonidos que emitían esas criaturas. Con las palabras aprendidas y leyendo la mente de Grr-ympr, Tensing y Dil Bahadur se enteraron de la tragedia que sufrían aquellos seres: nacían cada vez menos niños y muy pocos sobrevivían. La suerte de los adultos no era mucho mejor. Cada generación era más baja y débil que la anterior, sus vidas se habían acortado drásticamente y sólo unos pocos individuos tenían fuerza para realizar las tareas necesarias, como criar a los *chegnos*, recolectar plantas y cazar para comer. Se trataba de un castigo de los dioses o de los demonios que viven en las montañas, les aseguró Grr-ympr. Dijo que los yetis trataron de aplacarlos con sacrificios, pero la muerte de varias víctimas, que fueron despedazadas o lanzadas al agua hirviendo de las fumarolas, no había terminado con el maleficio divino.

Grr-ympr había vivido mucho. Su autoridad provenía de su memoria y experiencia, que nadie más poseía. La tribu le atribuía poderes sobrenaturales y durante dos generaciones había esperado que ella se entendiera con los dioses, pero su magia no había servido para anular el hechizo y salvar a su pueblo de una próxima extinción. Grr-ympr manifestó que había invocado una y otra vez a los dioses y ahora, por fin, éstos se presentaban: apenas vio a Tensing y a Dil Bahadur, supo que eran ellos. Por eso los yetis no los habían atacado.

Todo esto comunicó a los visitantes la mente de la atribulada anciana.

—Cuando estos seres sepan que no somos dioses, sino simples seres humanos, no creo que estén muy contentos —observó el príncipe.

—Tal vez... Pero comparados con ellos, somos semidioses, a pesar de nuestras infinitas debilidades —dijo sonriendo el lama.

Grr-ympr recordaba la época en que los yetis eran altos, pesados y estaban protegidos por un pelaje tan espeso, que podían vivir a la intemperie en la región más alta y fría del planeta. Los huesos que los visitantes habían visto en el cañón eran de sus antepasados, los yetis gigantes. Allí los preservaban con respeto, aunque ya nadie más que ella los recordaba. Grr-ympr era una niña cuando su tribu descubrió el valle de las aguas calientes, donde la temperatura era soportable y la existencia más fácil, porque crecía vegetación y había algunos animales para cazar, como ratones y cabras, además de los *chegnos*.

También la bruja recordaba haber visto una vez antes en su vida a dioses como Tensing y Dil Bahadur, que llegaron al valle a buscar plantas. A cambio de las plantas que se llevaron, les entregaron conocimientos valiosos, que mejoraron las condiciones de vida de los yetis. Ellos les enseñaron a domesticar a los *chegnos* y a cocinar la carne, aunque ya nadie tenía energía para frotar piedras y hacer fuego. Devoraban crudo lo que pudieran cazar y si el hambre era muy grande, como último recurso mataban *chegnos* o se comían los cadáveres de otros yetis. Los lamas también les enseñaron a distinguirse mediante un nombre propio. Grr-ympr quería decir «mujer sabia» en la lengua de los yetis.

Hacía mucho que ningún dios aparecía en el valle, les informó telepáticamente Grr-ympr. Tensing calculó que desde hacía por lo menos medio siglo, cuando China invadió Tíbet, ninguna expedición había llegado en busca de plantas medicinales. Los yetis no vivían mucho tiempo y ninguno, salvo la vieja hechicera, había visto seres humanos, pero en la memoria colectiva existía la leyenda de los sabios lamas.

Tensing se sentó en una cueva más grande que las otras, la única donde pudo entrar a gatas, que sin duda servía de lugar de reunión, algo así como una sala de consejo. Dil Bahadur y Grr-ympr se sentaron a su lado, y poco a poco fueron llegando los yetis, algunos tan débiles, que apenas se arrastraban por el suelo. Aquellos que los habían recibido blandiendo piedras y garrotes eran los guerreros de ese patético grupo, y se quedaron afuera montando guardia, sin soltar sus armas.

Los yetis desfilaron uno a uno, unos veinte en total, sin contar a la docena de guerreros. Eran casi todos hembras y, a juzgar por el pelo y los dientes, parecían jóvenes, pero estaban muy enfermas. Tensing examinó a cada una con gran respeto, para no asustarlas. Las últimas cinco llevaban consigo a sus bebés, los únicos que quedaban vivos. No tenían el aspecto repugnante de los adultos, parecían desarticulados monitos de peluche blanco. Estaban lacios, no sostenían la cabeza ni los miembros, mantenían los ojos cerrados y apenas respiraban.

Conmovido, Dil Bahadur vio que esos seres de aspecto bestial amaban a sus crías como cualquier madre. Las sostenían en sus brazos con ternura, las olisqueaban y lamían, se las ponían al pecho para alimentarlas y gritaban de angustia al comprobar que no reaccionaban.

—Es muy triste, maestro. Se están muriendo —observó el joven.

—La vida está llena de sufrimiento. Nuestra misión es aliviarlo, Dil Bahadur —replicó Tensing.

Había tan mala luz en la cueva y era tan insoportable el olor, que el lama indicó que debían salir al aire libre. Allí se reunió la tribu. Grr-ympr dio unos pasos de danza en torno a los bebés enfermos, haciendo sonar sus collares de huesos y dientes y lanzando gritos espeluznantes. Los yetis la acompañaron con un coro de gemidos.

Sin hacer caso a la barahúnda de lamentos que había a su alrededor, Tensing se inclinó sobre los niños. Dil Bahadur vio cambiar la expresión de su maestro, como solía ocurrir cuando activaba sus poderes de curación. El lama levantó a uno de los bebés más pequeños, que cabía cómodamente en la palma de su mano, y lo examinó con atención. Luego se aproximó a una de las madres haciendo gestos amistosos, para calmarla, y estudió unas gotas de su leche.

—¿Qué les pasa a los niños? —preguntó el príncipe.

—Posiblemente están muriendo de hambre —dijo Tensing.

—¿Hambre? ¿Sus madres no los alimentan?

Tensing le explicó que la leche de las yetis era un líquido amarillo y transparente. Enseguida llamó a los guerreros, que no quisieron acercarse hasta que Grr-ympr les gruñó una orden, y también a ellos los examinó el lama, fijándose especialmente en las lenguas moradas. La única que no tenía ese color en la lengua resultó ser la vieja Grr-ympr. Su boca era un hueco maloliente y oscuro que no apetecía observar muy de cerca, pero Tensing no era un hombre que retrocediera ante los obstáculos.

—Todos los yetis están desnutridos, menos Grr-ympr, que sólo presenta síntomas de mucha edad. Le calculo como cien años —concluyó el lama.

—¿Qué ha cambiado en el valle para que les falte comida? —preguntó el discípulo.

—Tal vez no falta alimento, sino que están enfermos y no asimilan lo que comen. Los bebés dependen de la leche materna, que no sirve para nutrirlos, es como agua, por eso mueren a las pocas semanas o meses. Los adultos tienen más recursos, porque comen carne y plantas, pero algo los ha debilitado.

—Por eso se han ido reduciendo de tamaño y mueren jóvenes —agregó Dil Bahadur.

—Tal vez.

Dil Bahadur puso los ojos en blanco: a veces la vaguedad de su maestro lo sacaba de quicio.

—Éste es un problema de las últimas dos generaciones, porque Grr-ympr recuerda cuando los yetis eran altos como ella. A este paso posiblemente en pocos años habrán desaparecido —dijo el joven.

—Tal vez —replicó por centésima vez el lama, quien estaba pensando en otra cosa, y agregó que Grr-ympr también recordaba cuando se trasladaron a este valle. Eso significaba que había algo dañino allí, algo que estaba destruyendo a los yetis.

—¡Eso debe ser…! ¿Puede salvarlos, maestro?

—Tal vez…

El monje cerró los ojos y oró durante unos minutos, pidiendo inspiración para resolver el problema y humildad para comprender que el resultado no estaba en sus manos. Haría lo mejor que pudiera, pero él no controlaba la vida o la muerte.

Terminada su corta meditación, Tensing se lavó las manos, enseguida se dirigió a uno de los corrales, escogió a una *chegno* hembra y la ordeñó. Llenó su escudilla de leche tibia y espumosa y la llevó donde estaban los niños. Empapó un trapo en la leche y lo puso en la boca de uno de ellos. Al principio éste no reaccionó, pero a los pocos segundos el olor de la leche lo reanimó, sus labios se abrieron y comenzó a succionar débilmente del trapo. Con gestos, el lama indicó a las madres que lo imitaran.

El proceso de enseñar a los yetis a ordeñar los *chegnos* y alimentar a los bebés gota a gota fue largo y tedioso. Los yetis tenían una capacidad mínima de razonamiento, pero lograban aprender por repetición. El maestro y el discípulo pasaron el día completo en eso, pero vieron los resultados esa misma noche, cuando tres de los niños empezaron a llorar por primera vez. Al día siguiente los cinco lloraban pidiendo leche y pronto abrieron los ojos y pudieron moverse.

Dil Bahadur se sentía tan ufano como si la solución hubiera sido idea suya, pero Tensing no descansaba. Debía encontrar una explicación. Estudió cada cosa que los yetis se echaban a la boca, sin dar con la causa de la enfermedad, hasta que él mismo y su discípulo empezaron a sufrir dolores de vientre y vomitar bilis. Ellos sólo comían *tsampa*, su alimento habitual de harina de cebada, manteca y agua caliente. No probaron la carne de *chegno* que les ofrecieron los yetis, porque eran vegetarianos.

—¿Qué es lo único diferente que hemos comido, Dil Bahadur? —preguntó el maestro, mientras preparaba un té digestivo para ambos.

—Nada, maestro —replicó el joven, pálido como un muerto.

—Algo debe ser —insistió Tensing.

—Sólo nos hemos alimentado de *tsampa*, nada más... —murmuró el joven.

Tensing le pasó la escudilla con el té y Dil Bahadur, doblado de dolor, se la llevó a la boca. No alcanzó a tragar el líquido. Lo escupió sobre la nieve.

—¡El agua, maestro! ¡Es el agua caliente!

Normalmente hervían agua o nieve para preparar su *tsampa* y el té, pero en el valle habían utilizado el agua hirviendo de una de las fuentes termales que brotaban del suelo.

—Eso es lo que está envenenando a los yetis, maestro —insistió el príncipe.

Los habían visto utilizar el agua color lavanda de la fuente termal para hacer una sopa de hongos, hierbas y flores moradas, la base de su alimentación. Grr-ympr había perdido el apetito con los años y sólo comía carne cruda cada dos o tres días y se echaba puñados de nieve a la boca para calmar la sed. Esa misma agua termal, que debía contener minerales tóxicos, habían empleado ellos para el té. En las horas siguientes la evitaron por completo y el malestar que los atormentaba cesó. Para asegurarse de que habían dado con la causa del problema, al otro día Dil Bahadur hizo té con el agua sospechosa y lo bebió. Pronto estaba vomitando, pero feliz de haber probado su teoría.

El lama y su discípulo informaron con gran paciencia a Grr-ympr de que el agua caliente color lavanda estaba absolutamente prohibida, así como las flores moradas que crecían en las orillas del arroyo. El agua termal servía para bañarse, no para beberla ni para preparar comida, le dijo. No se dieron el trabajo de explicarle que contenía minerales dañinos, porque la anciana yeti no habría comprendido; bastaba con que los yetis acataran sus instrucciones. Grr-ympr facilitó su tarea. Reunió a sus súbditos y les notificó la nueva ley: quien bebe de esa agua, será lanzado a las fumarolas, ¿entendido? Todos entendieron.

La tribu ayudó a Tensing y Dil Bahadur a recolectar las plantas medicinales que necesitaban. Durante la semana que permanecieron en el Valle de los Yetis, los visitantes comprobaron que los niños se recuperaban día a día, y que los adultos se fortalecían a medida que desaparecía el color morado de las lenguas.

Grr-ympr en persona los acompañó cuando llegó el momento de partir. Los vio encaminarse hacia el cañón por donde habían llegado y después de algunas vacilaciones, porque temía revelar el secreto de los yetis incluso a esos dioses, les indicó que la siguieran en la dirección contraria. El lama y el príncipe anduvieron detrás de ella durante más de una hora, por un sendero angosto que pasaba entre las columnas de vapor y las lagunas de agua hirviendo, hasta que dejaron atrás la primitiva aldea de los yetis.

La hechicera los llevó hasta el final de la meseta, les señaló una apertura en la montaña y les comunicó que por allí salían los yetis de vez en cuando en busca de comida. Tensing logró comprender lo que ella les decía: era un túnel natural para acortar camino. El misterioso valle quedaba mucho más cerca de la civilización de lo que nadie suponía. El pergamino en poder de Tensing indicaba la única ruta conocida por los lamas, que era mucho más larga y llena de obstáculos, pero también existía ese paso secreto. Por su ubicación, Tensing comprendió que el túnel bajaba directamente por el interior de la montaña y salía antes de Chenthan Dzong, el monasterio en ruinas. Eso les ahorraba dos tercios del camino.

Grr-ympr se despidió de ellos con la única muestra de afecto que conocía: les lamió la cara y las manos hasta dejarlos empapados de saliva y mocos.

Apenas la horrenda hechicera dio media vuelta, Dil Bahadur y Tensing se revolcaron en la nieve para limpiarse. El maestro se reía, pero el discípulo apenas podía controlar el asco.

—El único consuelo es que nunca más volveremos a ver a esta buena señora —comentó el joven.

—Nunca es mucho tiempo, Dil Bahadur. Tal vez la vida nos depare una sorpresa —replicó el lama, penetrando decididamente en el angosto túnel.

2

TRES HUEVOS FABULOSOS

Entretanto, al otro lado del mundo, Alexander Cold llegaba a Nueva York acompañado por su abuela, Kate. El muchacho americano había adquirido un color de madera bajo el sol del Amazonas. Tenía un corte de pelo hecho por los indios, con una peladura circular afeitada en medio de la cabeza, donde lucía una cicatriz reciente. Llevaba su mochila inmunda a la espalda y en las manos una botella con un líquido lechoso. Kate Cold, tan tostada como él, iba vestida con sus habituales pantalones cortos de color caqui y zapatones embarrados. Su pelo gris, cortado por ella misma sin mirarse al espejo, le daba un aspecto de indio mohicano recién despertado. Estaba cansada, pero sus ojos brillaban tras los lentes rotos, sujetos con cinta adhesiva. El equipaje comprendía un tubo de casi tres metros de largo y otros bultos de tamaño y forma poco usual.

—¿Tienen algo que declarar? —preguntó el oficial de inmigración, lanzando una mirada de desaprobación al extraño peinado de Alex y la facha de la abuela.

Eran las cinco de la madrugada y el hombre estaba tan cansado como los pasajeros del avión que acababa de llegar de Brasil.

—Nada. Somos reporteros del *International Geographic*. Todo lo que traemos es material de trabajo —replicó Kate Cold.

—¿Fruta, vegetales, alimentos?

—Sólo el agua de la salud para curar a mi madre... —dijo Alex, mostrando la botella que había llevado en la mano durante todo el viaje.

—No le haga caso, oficial, este muchacho tiene mucha imaginación —interrumpió Kate.

—¿Qué es eso? —preguntó el funcionario señalando el tubo.

—Una cerbatana.

—¿Qué?

—Es una especie de caña hueca que usan los indios del Amazonas para disparar dardos envenenados con... —empezó a explicar Alexander, pero su abuela lo hizo callar de una patada.

El hombre estaba distraído y no siguió preguntando, de modo que no supo del carcaj con los dardos ni de la calabaza con el mortal curare, que venía en otro de los bultos.

—¿Algo más?

Alexander Cold buscó en los bolsillos de su parka y extrajo tres bolas de vidrio.

—¿Qué es eso?

—Creo que son diamantes —dijo el muchacho y al punto recibió otra patada de su abuela.

—¡Diamantes! ¡Muy divertido! ¿Qué has estado fumando, muchacho? —exclamó el oficial con una carcajada, estampando los pasaportes e indicándoles que siguieran.

Al abrir la puerta del apartamento en Nueva York, una bocanada de aire fétido golpeó a Kate y Alexander en la cara. La escritora se dio una palmada en la frente. No era la primera vez que se iba de viaje y dejaba la basura en la cocina. Entraron a tropezones, cubriéndose la nariz. Mientras Kate organizaba el equipaje, su nieto abrió las ventanas y se hizo cargo de la basura, a la cual ya le había crecido flora y fauna. Cuando por fin lograron meter el tubo con la cerbatana en el minúsculo apartamento, Kate cayó despatarrada en el sofá con un suspiro. Sentía que empezaban a pesarle los años.

Alexander extrajo las bolas de su parka y las colocó sobre la mesa. Ella les dirigió una mirada indiferente. Parecían esos pisapapeles de vidrio que compran los turistas.

—Son diamantes, Kate —le informó el muchacho.

—¡Claro! Y yo soy Marilyn Monroe... —contestó la vieja escritora.

—¿Quién?

—¡Bah! —gruñó ella, espantada ante el abismo generacional que la separaba de su nieto.

—Debe ser alguien de tu época —sugirió Alexander.

—¡Ésta es mi época! Ésta es más época mía que tuya. Al menos yo no vivo en la luna, como tú —refunfuñó la abuela.

—De verdad son diamantes, Kate —insistió él.

—Está bien, Alexander, son diamantes.

—¿Podrías llamarme Jaguar? Es mi animal totémico. Los diamantes no nos pertenecen, Kate, son de los indios, de la gente de la neblina. Le prometí a Nadia que los emplearíamos para protegerlos.

—¡Ya, ya, ya! —masculló ella sin prestarle atención.

—Con esto podemos financiar la fundación que pensabas hacer con el profesor Leblanc.

—Creo que con el golpe que te dieron en el cráneo se te soltaron los tornillos del cerebro, hijo —replicó ella, colocando distraídamente los huevos de cristal en el bolsillo de su chaqueta.

En las semanas siguientes la escritora tendría ocasión de revisar ese juicio sobre su nieto.

Kate tuvo los huevos de cristal en su poder durante dos semanas, sin acordarse de ellos para nada, hasta que al mover su chaqueta de una silla cayó uno de ellos, aplastándole los dedos de un pie. Para entonces su nieto Alexander estaba de vuelta en casa de sus padres en California. La escritora anduvo varios días con el pie adolorido y las piedras en el bolsillo, jugueteando con ellas distraídamente en la calle. Una mañana pasó a tomar un café al local de la esquina y al irse dejó uno de los diamantes olvidado sobre la mesa. El dueño, un italiano que la conocía desde hacía veinte años, la alcanzó en la esquina.

—¡Kate! ¡Se te quedó tu bola de vidrio! —le gritó, lanzándosela por encima de las cabezas de otros transeúntes.

Ella la cogió al vuelo y siguió andando con la idea de que ya era hora de hacer algo respecto a esos huevos. Sin un plan definido, se dirigió a la calle de los joyeros, donde se encontraba el negocio de un antiguo enamorado suyo, Isaac Rosenblat. Cuarenta años antes habían estado a punto de casarse, pero apareció Joseph Cold y sedujo a Kate tocándole un concierto de flauta. Kate estaba segura de que la flauta era mágica. Al poco tiempo Joseph Cold se convirtió en uno de los músicos más célebres del mundo. «¡Era la misma flauta que el tonto de mi nieto dejó tirada en el Amazonas!», pensó Kate, furiosa. Le había dado un buen tirón de orejas a Alexander por perder el magnífico instrumento musical de su abuelo.

Isaac Rosenblat era un pilar de la comunidad hebrea, rico, respetado y padre de seis hijos. Era una de esas personas ecuánimes, que cumplen con su deber sin aspavientos y que tienen el alma en paz; pero cuando vio entrar a Kate Cold a su tienda sintió que se hundía en una ciénaga de recuerdos. En un instante volvió a ser el joven tímido que había amado a esa mujer con la desesperación del primer amor. En ese tiempo ella era una joven de piel de porcelana e indómita cabellera roja; ahora lucía más arrugas que un pergamino y unos pelos grises cortados a tijeretazos y tiesos como las cerdas de un escobillón.

—¡Kate! No has cambiado, muchacha, te reconocería en una multitud... —murmuró, emocionado.

—No mientas, viejo sinvergüenza —replicó ella, sonriendo halagada, a pesar suyo, y soltando su mochila, que se estrelló en el piso como un saco de papas.

—Has venido a decirme que te equivocaste y a pedirme perdón por haberme dejado plantado y con el corazón roto, ¿verdad? —se burló el joyero.

—Es cierto, me equivoqué, Isaac. No sirvo para casada. Mi matrimonio con Joseph duró muy poco, pero al menos tuvimos un hijo, John. Ahora tengo tres nietos.

—Supe que Joseph murió, en verdad lo lamento. Siempre le tuve celos y no le perdoné que me quitara la novia, pero igual compraba todos sus discos. Tengo la colección completa de sus conciertos. Era un genio... —dijo el joyero ofreciendo asiento a Kate en un sofá de cuero oscuro y acomodándose a su lado—. Así es que ahora estás viuda —agregó estudiándola con cariño.

—No te hagas ilusiones, no he venido a que me consueles. Tampoco he venido a comprar joyas. No van bien con mi estilo —replicó Kate.

—Ya lo veo —anotó Isaac Rosenblat, mirando de reojo los pantalones arrugados, las botas de combate y la bolsa de excursionista que había en el suelo.

—Quiero mostrarte unos pedazos de vidrio —dijo ella, sacando los huevos de su chaqueta.

Por la ventana entraba la luz de la mañana, que dio de lleno sobre los objetos que la mujer sostenía en las palmas de las manos. Un resplandor imposible cegó por un instante a Isaac Rosenblat, provocándole un sobresalto en el corazón. Provenía de una familia de joyeros. Por las manos de su abuelo habían pasado piedras preciosas de las tumbas de los faraones egipcios; de las manos de su padre habían salido diademas para emperatrices; sus manos habían desmontado los rubíes y las esmeraldas de los zares de Rusia, asesinados durante la revolución bolchevique. Nadie sabía más de joyas que él, y muy pocas piedras lograban emocionarlo, pero tenía ante sus ojos algo tan prodigioso, que se sintió mareado. Sin decir palabra, tomó los huevos, los llevó a su escritorio y los examinó con lupa bajo una lámpara. Cuando comprobó que su primera impresión era cierta, dio un suspiro profundo, sacó un pañuelo blanco de batista y se secó la frente.

—¿Dónde robaste esto, muchacha? —preguntó con voz temblorosa.

—Vienen de un lugar remoto llamado la Ciudad de las Bestias.

—¿Me estás tomando el pelo? —preguntó el joyero.

—Te prometo que no. ¿Valen algo, Isaac?

—Algo valen, sí. Digamos que con ellos puedes comprar un país chico —murmuró el joyero.

—¿Estás seguro?

—Son los diamantes más grandes y más perfectos que he visto. ¿Dónde estaban? Es imposible que un tesoro como éste haya pasado inadvertido. Conozco todas las piedras importantes que existen, pero nunca oí hablar de éstas, Kate.

—Pide que nos traigan café y un trago de vodka, Isaac. Ahora ponte cómodo, porque voy a contarte una historia interesante —replicó Kate Cold.

Así se enteró el buen hombre de una adolescente brasilera, quien subió a una misteriosa montaña en el Alto Orinoco, guiada por un sueño y por un brujo desnudo, donde encontró las piedras en un nido de águilas. Kate le contó cómo la niña le había dado aquella fortuna a Alexander, su nieto, encargándole la misión de usarla para ayudar a una cierta tribu de indios, la gente de la neblina, que aún vivía en la Edad de la Piedra. Isaac Rosenblat escuchó cortésmente, sin creer ni una palabra de aquel descabellado cuento. Ni un tonto de remate podía tragarse semejantes fantasías, concluyó. Seguramente su antigua novia estaba involucrada en algún negocio muy turbio o había descubierto una mina fabulosa. Sabía que Kate nunca se lo confesaría. Allá ella, estaba en su derecho, suspiró otra vez.

—Veo que no me crees, Isaac —masculló la estrafalaria escritora echándose otro trago de vodka al gaznate para aplacar un acceso de tos.

—Supongo que estás de acuerdo conmigo en que ésta es una historia poco común, Kate...

—Y eso que todavía no te he contado de las Bestias, unos gigantes peludos y hediondos que...

—Está bien, Kate, creo que no necesito más detalles —la interrumpió el joyero, extenuado.

—Debo convertir estos peñascos en capital para una fundación. Le prometí a mi nieto que se usarían para proteger a la gente de la neblina, así se llaman los indios invisibles, y...

—¿Invisibles?

—No son exactamente invisibles, Isaac, pero lo parecen. Es como un truco de magia. Dice Nadia Santos que...

—¿Quién es Nadia Santos?

—La chica que encontró los diamantes, ya te lo dije. ¿Me ayudarás, Isaac?

—Te ayudaré, siempre que sea legal, Kate.

Y así fue como el honrado Isaac Rosenblat se convirtió en guardián de las tres piedras maravillosas; cómo se hizo cargo de convertirlas en dinero contante y sonante; cómo invirtió el capital sabiamente; y cómo asesoró a Kate Cold para crear la Fundación Diamante. Le aconsejó nombrar presidente al antropólogo Ludovic Leblanc, pero mantener en sus propias manos el control del dinero. De ese modo también reanudó la amistad con ella, dormida durante cuarenta años.

—¿Sabes que yo también soy viudo, Kate? —le confesó esa misma noche, cuando salieron a cenar juntos.

—Supongo que no pensarás declararte, Isaac. Hace mucho que no he lavado los calcetines de un marido y no pienso hacerlo ahora —dijo riendo la escritora.

Brindaron por los diamantes.

Unos meses más tarde Kate se encontraba ante su computadora, sin más ropa sobre su enjuto cuerpo que una camiseta llena de agujeros que le llegaba a medio muslo y dejaba a la vista sus rodillas nudosas, sus piernas cruzadas de venas y cicatrices y sus firmes pies de caminante. Sobre su cabeza giraban, con un zumbido de moscardones, las aspas de un ventilador, que no lograban aliviar el calor sofocante de Nueva York en verano. Desde hacía algún tiempo —dieciséis o diecisiete años— la escritora contemplaba la posibilidad de instalar aire acondicionado en su apartamento, pero todavía no había encontrado el momento para hacerlo. El sudor le empapaba el cabello y le chorreaba por la espalda, mientras sus dedos azotaban con furia el teclado. Sabía que bastaba rozar las teclas, pero ella era un animal de costumbres y por eso las machacaba, como antes hacía en su anticuada máquina de escribir.

A un lado de la computadora tenía un jarro de té helado con vodka, una mezcla explosiva de cuya invención se sentía muy orgullosa. Al otro lado descansaba su pipa de marinero apagada. Se había resignado a fumar menos, porque la tos no la dejaba en paz, pero mantenía la pipa cargada por compañía: el olor del tabaco negro reconfortaba su alma. «A los sesenta y cinco años no son muchos los vicios que una bruja como yo puede permitirse», pensaba. No estaba dispuesta a renunciar a ninguno de sus vicios, pero si no dejaba de fumar iban a estallarle los pulmones.

Kate llevaba seis meses dedicada a poner en pie la Fundación Diamante, que había creado con el famoso antropólogo Ludovic Leblanc, a quien, dicho sea de paso, consideraba su enemigo. Detestaba ese tipo de trabajo, pero, si no lo hacía, su nieto Alexander jamás se lo perdonaría. «Soy una persona de acción, una reportera de viajes y aventuras, no una burócrata», suspiraba entre sorbo y sorbo de té con vodka.

Además de lidiar con el asunto de la fundación, había tenido que volar dos veces a Caracas para declarar en el juicio contra Mauro Carías y la doctora Omayra Torres, los responsables de la muerte de centenares de indígenas infectados de viruela. Mauro Carías no asistió al juicio, estaba convertido en vegetal en una clínica privada. Habría sido mejor que el garrotazo que recibió de los indios lo hubiera despachado al otro mundo.

Las cosas se complicaban para Kate Cold, porque la revista *International Geographic* le había encargado escribir un reportaje sobre el Reino del Dragón de Oro. No le convenía seguir postergando el viaje, porque podían dárselo a otro reportero, pero antes de partir debía curarse la tos. Ese pequeño país estaba incrustado entre los picos del Himalaya, donde el clima era muy traicionero; la temperatura podía variar treinta grados en pocas horas. La idea de consultar a un médico no se le pasaba por la mente, por supuesto. No lo había hecho jamás en su vida y no era cosa de comenzar ahora; tenía la peor opinión de los profesionales que ganan por hora. Ella cobraba por palabra. Le parecía obvio que a ningún médico le conviene que el paciente sane, por eso prefería remedios caseros. Tenía su fe puesta en una corteza de árbol traída del Amazonas, que dejaría sus pulmones como nuevos. Un centenario chamán de nombre Walimai le había asegurado que la corteza servía para curar las enfermedades de la nariz y la boca. Kate la pulverizaba en la licuadora y la diluía en su té con vodka, para disimular el sabor amargo, y lo bebía a lo largo del día con gran determinación. La medicina aún no había dado resultados, le explicaba en ese mismo momento al profesor Ludovic Leblanc a través del correo electrónico.

Nada hacía tan felices a Cold y Leblanc como odiarse mutuamente, y no perdían ocasión de demostrarlo. No les faltaban pretextos, porque estaban inevitablemente unidos por la Fundación Diamante, cuyo presidente era él, mientras ella manejaba el dinero. El trabajo común para la fundación los obligaba a comunicarse casi a diario y lo hacían por correo electrónico para no tener que escuchar sus voces en el teléfono. Procuraban verse lo menos posible.

La Fundación Diamante había sido creada para proteger a las tribus del Amazonas en general y a la gente de la neblina en particular, como había exigido Alexander. El profesor Ludovic Leblanc estaba escribiendo un pesado libraco académico sobre la tribu y su propio papel en esa aventura, aunque en verdad los indios habían sido salvados milagrosamente del genocidio por Alexander Cold y su amiga brasilera Nadia Santos, y no por Leblanc. Al recordar esas semanas en la selva, Kate no podía evitar una sonrisa. Cuando partieron de viaje al Amazonas, su nieto era un chiquillo mimado y cuando volvieron, poco más tarde, estaba convertido en un hombre. Alexander —o Jaguar, como se le había puesto en la cabeza que debía llamarlo— se había portado como un valiente, era justo reconocerlo. Estaba orgullosa de él. La fundación existía gracias a Alex y Nadia; sin ellos el proyecto habría quedado en puras palabras: ellos lo habían financiado.

Al comienzo el profesor pretendía que la organización se llamara Fundación Ludovic Leblanc, porque estaba seguro de que su nombre atraería a la prensa y a posibles benefactores; pero Kate no le permitió terminar la frase.

—Tendrá que pasar sobre mi cadáver antes de poner el

capital aportado por mi propio nieto a nombre suyo, Leblanc —lo interrumpió.

El antropólogo debió resignarse, porque ella disponía de los tres fabulosos diamantes del Amazonas. Como el joyero Rosenblat, tampoco Ludovic Leblanc creía ni una palabra de la historia de aquellas extraordinarias piedras. ¿Diamantes en un nido de águilas? ¡Cómo no! Sospechaba que el guía César Santos, padre de Nadia, tenía acceso a una mina secreta en plena jungla, de donde la chica había obtenido las piedras. Acariciaba la fantasía de regresar al Amazonas y convencer al guía de compartir las riquezas con él. Era un sueño disparatado, porque se estaba poniendo viejo, le dolían las articulaciones y ya no tenía energía para viajar a lugares sin aire acondicionado. Además estaba muy ocupado escribiendo su obra maestra.

Le parecía imposible concentrarse en su importante misión con su reducido sueldo de profesor. Su oficina era un hoyo insalubre, en un edificio decrépito, en un cuarto piso sin ascensor, una vergüenza. Si al menos Kate Cold fuera algo más generosa con el presupuesto... «¡Qué mujer tan desagradable!», pensaba el antropólogo. Era imposible tratar con ella. El presidente de la Fundación Diamante debía trabajar con estilo. Necesitaba una secretaria y una oficina decente; pero la avara de Kate no le soltaba ni un centavo más del estrictamente necesario para las tribus. Justamente en ese momento ambos discutían por correo electrónico a propósito de un automóvil, que a él le parecía indispensable. Movilizarse en metro era una pérdida de su precioso tiempo, que estaría mejor empleado al servicio de los indios y los bosques, explicaba. En la pantalla de ella iban formándose las frases de Leblanc: «No pido algo especial, Cold, no se trata de una limusina con chofer, sino apenas un pequeño convertible...».

Sonó el teléfono y la escritora lo ignoró, porque no deseaba perder el hilo de los contundentes argumentos con que planeaba acribillar a Leblanc, pero la campanilla siguió repicando hasta desquiciarla. Furiosa, cogió el auricular de un manotazo, refunfuñando contra el atrevido que la interrumpía en su trabajo intelectual.

—Hola, abuela —saludó alegremente la voz de su nieto mayor desde California.

—¡Alexander! —exclamó encantada al oírlo, pero enseguida se controló, no fuera su nieto a sospechar que lo echaba de menos—. ¿No te he dicho mil veces que no me llames abuela?

—También quedamos en que tú me llamarías Jaguar —replicó el muchacho, imperturbable.

—De jaguar no tienes ni un bigote, eres un pobre gato despelucado.

—Tú, en cambio, eres la madre de mi padre, así es que legalmente puedo llamarte abuela.

—¿Recibiste mi regalo? —lo cortó ella.

—¡Es maravilloso, Kate!

En realidad lo era. Alexander acababa de cumplir dieciséis años y el correo le llevó una enorme caja proveniente de Nueva York con el presente de su abuela. Kate Cold se había desprendido de una de sus más preciadas posesiones: la piel de una pitón de varios metros de largo, la misma que se había tragado su máquina fotográfica en Malaisia, varios años atrás. Ahora el trofeo colgaba, como único adorno, en la pieza de Alexander. Meses antes el chico había destrozado el mobiliario en un arrebato de angustia por la enfermedad de su madre. Sólo quedaron un colchón medio destripado para dormir y una linterna para leer en la noche.

—¿Cómo están tus hermanas?

—Andrea no entra a mi pieza, porque le tiene horror a la piel de la culebra, pero Nicole me sirve como esclava para que la deje tocarla. Me ha ofrecido todo lo que tiene a cambio de la pitón, pero jamás se la daré a nadie.

—Así lo espero. ¿Y cómo sigue tu madre?

—Mucho mejor, con decirte que ha vuelto a sus pinceles y sus pinturas. ¿Sabes? Walimai, el chamán, me dijo que tengo el poder de curar y que debo usarlo bien. He pensado que no voy a ser músico, como había pensado, sino médico. ¿Qué te parece? —preguntó Alex.

—Supongo que creerás que tú has curado a tu madre... —se rió la abuela.

—Yo no la curé, sino el agua de la salud y las plantas medicinales que traje del Amazonas...

—Y la quimioterapia y la radiación también —lo interrumpió ella.

—Nunca sabremos qué la curó, Kate. Otros pacientes que recibieron el mismo tratamiento en el mismo hospital ya se han muerto, en cambio mi mamá está en plena remisión. Esta enfermedad es muy traicionera y puede volver en cualquier momento, pero creo que las plantas que me dio el chamán Walimai y el agua maravillosa podrán mantenerla sana.

—Bastante trabajo te costó conseguirlas —comentó Kate.

—Casi dejé la vida...

—Eso no sería nada, dejaste la flauta de tu abuelo —lo cortó ella.

—Tu consideración por mi bienestar es conmovedora, Kate —se burló Alexander.

—¡En fin! El asunto ya no tiene remedio. Supongo que debo preguntar por tu familia...

—También es tuya y me parece que no tienes otra. Por si te interesa, poco a poco estamos volviendo a la normalidad en la familia. A mi mamá le está saliendo pelo crespo y canoso. Se veía más bonita pelada —la informó su nieto.

—Me alegro de que Lisa esté sanando. Me cae bien, es buena pintora —admitió Kate Cold.

—Y buena madre...

Hubo una pausa de varios segundos en la línea hasta que Alexander reunió el valor para plantear el motivo de su llamada. Explicó que tenía dinero ahorrado, porque había trabajado durante el semestre haciendo clases de música y sirviendo en una pizzería. Su propósito había sido reponer lo que destrozó en su habitación, pero después cambió de idea.

—No tengo tiempo para oír tus planes financieros. Anda al grano, ¿qué es lo que quieres? —lo conminó la abuela.

—Desde mañana estaré de vacaciones...

—¿Y?

—Pensé que, si yo pago mi pasaje, tal vez pudieras llevarme contigo en tu próximo viaje. ¿No me dijiste que irías al Himalaya?

Otro silencio glacial acogió la pregunta. Kate Cold estaba haciendo un esfuerzo tremendo por controlar la satisfacción que la embargaba: todo estaba saliendo de acuerdo a sus planes. Si lo hubiera invitado, su nieto habría puesto una serie de inconvenientes, tal como hizo cuando se trató de viajar al Amazonas, pero de esa manera la iniciativa partía de él. Tan segura estaba de que Alexander iría con ella, que le tenía preparada una sorpresa.

—¿Estás ahí, Kate? —preguntó Alexander tímidamente.

—Claro. ¿Dónde quieres que esté?

—¿Puedes pensarlo, al menos?

—¡Vaya! Yo creía que la juventud estaba dedicada a fumar pasto y conseguir pareja a través de Internet... —comentó ella entre dientes.

—Eso es un poco más tarde, Kate, tengo dieciséis años y no me alcanza el presupuesto ni siquiera para una cita virtual —se rió Alexander y agregó—: Creo haberte probado que soy buen compañero de viaje. No te molestaré en nada y puedo ayudarte. Ya no tienes edad para andar sola...

—Pero ¡qué dices, mocoso!

—Me refiero... bueno, puedo cargar tu equipaje, por ejemplo. También puedo tomar fotos.

—¿Crees que el *International Geographic* publicaría tus fotos? Vendrán Timothy Bruce y Joel González, los mismos fotógrafos que fueron con nosotros al Amazonas.

—¿Se curó González?

—Sanaron las costillas rotas, pero todavía anda asustado. Timothy Bruce lo cuida como una madre.

—Yo también te cuidaré a ti como una madre, Kate. En el Himalaya te puede pisotear una manada de yaks. Además hay poco oxígeno, te puede dar un ataque al corazón —suplicó el nieto.

—No pienso darle a Leblanc el gusto de morirme antes que él —mascullló ella entre dientes, y agregó—: Pero veo que algo sabes sobre esa región.

—No te imaginas cuánto he leído al respecto. ¿Puedo ir contigo? ¡Por favor!

—Está bien, pero no voy a esperarte ni un solo minuto. Nos encontramos en el aeropuerto John F. Kennedy el próximo jueves, para embarcarnos a las nueve de la noche rumbo a Londres y de allí a Nueva Delhi. ¿Has comprendido?

—¡Allí estaré, te lo prometo!

—Trae ropa abrigada. Cuanto más alto subamos, más frío hará. Seguro que tendrás ocasión de hacer montañismo, así es que puedes traer también tu equipo de escalar.

—¡Gracias, gracias, abuela! —exclamó el muchacho, emocionado.

—¡Si vuelves a llamarme abuela, no te llevo a ninguna parte! —replicó Kate, colgando el teléfono y echándose a reír con su risa de hiena.

3

EL COLECCIONISTA

A treinta cuadras del minúsculo apartamento de Kate Cold, en el piso superior de un rascacielos en pleno corazón de Manhattan, el segundo hombre más rico del mundo, quien había hecho su fortuna robando las ideas de sus subalternos y socios en la industria de la computación, hablaba por teléfono con alguien en Hong Kong. Las dos personas nunca se habían visto ni se verían jamás.

El multimillonario se hacía llamar el Coleccionista y la persona en Hong Kong era, simplemente, el Especialista. El primero no conocía la identidad del segundo. Entre otras medidas de seguridad, ambos tenían un dispositivo en el teléfono para deformar la voz y otro que impedía rastrear el número. Esa conversación no quedaría registrada en parte alguna y nadie, ni siquiera el FBI con los más sofisticados sistemas de espionaje del mundo, podría averiguar en qué consistía la transacción secreta de aquellas dos personas.

El Especialista conseguía cualquier cosa por un precio. Podía asesinar al presidente de Colombia, poner una bomba en un avión de Lufthansa, obtener la corona real de Inglaterra, raptar al Papa, o sustituir el cuadro de la *Mona Lisa* en el Museo del Louvre. No necesitaba promocionar sus servicios, porque jamás le faltaba trabajo; por el contrario, a menudo sus clientes debían esperar meses en una lista antes de que les llegara su turno. La forma de operar del Especialista era siempre la misma: el cliente depositaba en una cuenta cierta cifra de seis dígitos —no reembolsable— y aguardaba con paciencia mientras sus datos eran rigurosamente verificados por la organización criminal.

Al poco tiempo el cliente recibía la visita de un agente, por lo general alguien de aspecto anodino, tal vez una joven estudiante en busca de información para una tesis, o un sacerdote representando a una institución de beneficencia. El agente lo entrevistaba para averiguar en qué consistía la misión y luego desaparecía. En la primera cita no se mencionaba el precio, porque se entendía que si el cliente necesitaba preguntar cuánto costaba el servicio seguramente no podía pagarlo. Más tarde se cerraba el trato con una llamada telefónica del Especialista en persona. Esa llamada podía provenir de cualquier lugar del mundo.

El Coleccionista tenía cuarenta y dos años. Era un hombre de mediana estatura y aspecto común, con gruesos lentes, los hombros caídos y una calvicie precoz, lo cual le daba el aspecto de ser mucho mayor. Vestía con desaliño, su escaso cabello aparecía siempre grasiento y tenía el mal hábito de escarbarse la nariz con el dedo cuando estaba concentrado en sus pensamientos, lo cual ocurría casi todo el tiempo. Había sido un niño solitario y acomplejado, de mala salud, sin amigos y tan brillante, que se aburría en la escuela. Sus compañeros lo detestaban, porque sacaba las mejores notas sin esfuerzo, y sus maestros tampoco lo tragaban, porque era pedante y siempre sabía más que ellos. Había comenzado su carrera a los quince años, fabricando computadoras en el garaje de la casa de su padre. A los veintitrés era millonario y, gracias a su inteligencia y a su absoluta falta de escrúpulos, a los treinta tenía más dinero en sus cuentas personales que el presupuesto completo de las Naciones Unidas.

De niño había coleccionado, como casi todo el mundo,

estampillas y monedas; en su juventud coleccionó automóviles de carreras, castillos medievales, canchas de golf, bancos y reinas de belleza; ahora, en el comienzo de la madurez, había iniciado una colección de «objetos raros». Los mantenía ocultos en bóvedas blindadas, repartidas en cinco continentes, para que, en caso de cataclismo, su preciosa colección no pereciera completa. Ese método tenía el inconveniente de que él no podía pasear entre sus tesoros, gozando de todos simultáneamente; debía desplazarse en su jet de un punto a otro para verlos, pero en realidad no necesitaba hacerlo a menudo. Le bastaba saber que existían, estaban a salvo y eran suyos. No lo motivaba un sentimiento de amor artístico por aquel botín, sino simple y clara codicia.

Entre otras cosas de inestimable valor, el Coleccionista poseía el más antiguo manuscrito de la humanidad, la verdadera máscara funeraria de Tutankamón (la del museo es una copia), el cerebro de Einstein cortado en pedacitos y flotando en un caldo de formol, los textos originales de Averroes escritos de su puño y letra, una piel humana completamente cubierta de tatuajes desde el cuello hasta los pies, piedras de la luna, una bomba nuclear, la espada de Carlomagno, el diario secreto de Napoleón Bonaparte, varios huesos de santa Cecilia y la fórmula de la Coca-Cola.

Ahora el multimillonario pretendía adquirir uno de los más raros tesoros del mundo, cuya existencia muy pocos conocían y al cual una sola persona viviente tenía acceso. Se trataba de un dragón de oro incrustado de piedras preciosas que desde hacía mil ochocientos años sólo habían visto los monarcas coronados de un pequeño reino independiente en las montañas y valles del Himalaya. El dragón estaba envuelto en misterio y protegido por un maleficio y por antiguas y complejas medidas de seguridad. Ningún libro ni guía turística lo mencionaban, pero mucha gente había oído hablar de él y había una descripción en el Museo Británico. También existía un dibujo en un antiguo pergamino, descubierto por un general en un monasterio, cuando China invadió Tíbet. Esa brutal ocupación militar forzó a más de un millón de tibetanos a huir hacia Nepal e India, entre ellos el Dalai Lama, la más alta figura espiritual del budismo.

Antes de 1950, el príncipe heredero del Reino del Dragón de Oro recibía instrucción especial, desde los seis hasta los veinte años, en ese monasterio de Tíbet. Allí se habían guardado durante siglos los pergaminos, donde estaban descritas las propiedades de aquel objeto y su forma de uso, que el príncipe debía estudiar. Según la leyenda, no se trataba sólo de una estatua, sino de un prodigioso artefacto de adivinación, que sólo podía usar el rey coronado para resolver los problemas de su reino. El dragón podía predecir desde las variaciones en el clima, que determinaban la calidad de las cosechas, hasta las intenciones bélicas de los países vecinos. Gracias a esa misteriosa información, y a la sabiduría de sus gobernantes, ese diminuto reino había logrado mantener una tranquila prosperidad y su feroz independencia.

Para el Coleccionista, el hecho de que la estatua fuera de oro resultaba irrelevante, puesto que disponía de todo el oro que deseaba. Sólo le interesaban las propiedades mágicas del dragón. Había pagado una fortuna al general chino por el pergamino robado y luego lo había hecho traducir, porque sabía que de nada le servía la estatua sin el manual de instrucciones. Los ojillos de rata del multimillonario brillaban tras sus gruesos lentes al pensar cómo podría controlar la economía mundial cuando tuviera ese objeto en sus manos. Conocería las variaciones del mercado de valores antes que éstas se produjeran, así podría adelantarse a sus competidores y multiplicar sus miles de millones. Le molestaba muchísimo ser el segundo hombre más rico del mundo.

El Coleccionista se enteró de que durante la invasión china, cuando el monasterio fue destruido y algunos de sus monjes asesinados, el príncipe heredero del Reino del Dragón de Oro logró escapar por los pasos de las montañas, disfrazado de campesino, hasta llegar a Nepal, y de allí viajó, siempre de incógnito, a su país.

Los lamas tibetanos no habían alcanzado a terminar la preparación del joven, pero su padre, el rey, continuó personalmente con su educación. No pudo darle, sin embargo, la óptima preparación en prácticas mentales y espirituales que él mismo había recibido. Cuando los chinos atacaron el monasterio, los monjes no le habían abierto todavía el ojo en la frente al príncipe, que lo capacitaría para ver el aura de las personas y así determinar su carácter y sus intenciones. Tampoco había sido bien entrenado en el arte de la telepatía, que permitía leer el pensamiento. Nada de eso podía darle su padre, pero, a la muerte de éste, el príncipe pudo ocupar el trono con dignidad. Poseía un profundo conocimiento de las enseñanzas de Buda y con el tiempo probó tener la mezcla adecuada de autoridad para gobernar, sentido práctico para hacer justicia y espiritualidad para no dejarse corromper por el poder.

El padre de Dil Bahadur acababa de cumplir veinte años cuando ascendió al trono, y muchos pensaron que no sería capaz de gobernar como otros monarcas de esa nación; sin embargo, desde el principio el nuevo rey dio muestras de madurez y sabiduría. El Coleccionista se enteró de que el monarca llevaba más de cuarenta años en el trono y su gobierno se había caracterizado por lograr la paz y el bienestar.

El soberano del Reino del Dragón de Oro no aceptaba influencias del extranjero, sobre todo de Occidente, que consideraba una cultura materialista y decadente, muy peligrosa para los valores que siempre habían imperado en su país. La religión oficial del Estado era el budismo, y él estaba decidido a mantener las cosas de ese modo. Cada año se realizaba una encuesta para medir el índice de felicidad nacional; ésta no consistía en la falta de problemas, ya que la mayor parte de éstos son inevitables, sino en la actitud compasiva y espiritual de sus habitantes. El gobierno desalentaba el turismo y sólo admitía un número muy reducido de visitantes calificados al año. Por esta razón las empresas de turismo se referían a aquel país como el Reino Prohibido.

La televisión, instalada recientemente, transmitía durante pocas horas diarias y sólo aquellos programas que el rey consideraba inofensivos, como las transmisiones deportivas, los documentales científicos y dibujos animados. El traje nacional era obligatorio; la ropa occidental estaba prohibida en lugares públicos. Derogar esa prohibición había sido una de las peticiones más urgentes de los estudiantes de la universidad, que se morían por los vaqueros americanos y las zapatillas deportivas, pero el rey era inflexible en ese punto, como en muchos otros. Contaba con el apoyo incondicional del resto de la población, que estaba orgullosa de sus tradiciones y no tenía interés en las costumbres extranjeras.

El Coleccionista sabía muy poco del Reino del Dragón de Oro, cuyas riquezas históricas o geográficas le importaban un bledo. No pensaba visitarlo jamás. Tampoco era su problema apoderarse de la estatua mágica, para eso pagaría una fortuna al Especialista. Si aquel objeto podía predecir el futuro, como le habían asegurado, él podría cumplir su último sueño: convertirse en el hombre más rico del mundo, el número uno.

La voz desfigurada de su interlocutor en Hong Kong le confirmó que la operación estaba en marcha y podía esperar resultados dentro de tres o cuatro semanas. Aunque el cliente no preguntó, el Especialista le informó del costo de sus servicios, tan absurdamente alto, que el Coleccionista se puso de pie de un salto.

—¿Y si usted falla? —quiso saber el segundo individuo más rico del mundo, una vez que se calmó, observando atentamente su dedo índice, donde estaba pegada la sustancia amarilla recién extraída de su nariz.

—Yo no fallo —fue la respuesta lacónica del Especialista.

Ni el Especialista ni su cliente imaginaban que en ese mismo momento Dil Bahadur, hijo menor del monarca del Reino del Dragón de Oro y el escogido para sucederlo en el trono, estaba con su maestro en su «casa» de la montaña. Ésta era una gruta cuyo acceso estaba disimulado por un biombo natural de rocas y arbustos, que se encontraba en una especie de terraza o balcón en la ladera de la montaña. Fue escogida por el monje porque era prácticamente inaccesible por tres de sus lados y porque nadie que no conociera el lugar podría descubrirla.

Tensing había vivido como ermitaño en esa cueva por varios años, en silencio y soledad, hasta que la reina y el rey del Reino Prohibido le entregaron a su hijo para que lo preparara. El niño estaría con él hasta los veinte años. En ese tiempo debía convertirlo en un gobernante perfecto mediante un entrenamiento tan riguroso, que muy pocos seres humanos lo resistirían. Pero todo el entrenamiento del mundo no lograría los resultados adecuados si Dil Bahadur no tuviera una inteligencia superior y un corazón intachable. Tensing estaba contento, porque su discípulo había dado muestras sobradas de poseer ambos atributos.

El príncipe había permanecido con el monje durante doce años, durmiendo sobre piedras tapado con una piel de yak, alimentado con una dieta estrictamente vegetariana, dedicado por completo a la práctica religiosa, el estudio y el ejercicio físico. Era feliz. No cambiaría su vida por ninguna otra y veía con pesar aproximarse la fecha en que debería incorporarse al mundo. Sin embargo, recordaba muy bien su sentimiento de terror y soledad, cuando a los seis años se encontró en una ermita en las montañas junto a un desconocido de tamaño gigantesco, quien lo dejó llorar durante tres días sin intervenir, hasta que no le quedaron más lágrimas para derramar. No volvió a llorar más. A partir de ese día el gigante reemplazó a su madre, su padre y el resto de su familia, se convirtió en su mejor amigo, su maestro, su instructor de tao-shu, su guía espiritual. De él aprendió casi todo lo que sabía.

Tensing lo condujo paso a paso en el camino del budismo, le enseñó historia y filosofía, le dio a conocer la naturaleza, los animales y el poder curativo de las plantas, le desarrolló la intuición y la imaginación, le adiestró para la guerra y al mismo tiempo le hizo ver el valor de la paz. Le inició en los secretos de los lamas y lo ayudó a encontrar el equilibrio mental y físico que necesitaría para gobernar. Uno de los ejercicios que el príncipe debía hacer consistía en disparar su arco de pie, con huevos colocados bajo los talones, o bien en cuclillas con huevos en la parte de atrás de las rodillas.

—No sólo se requiere buena puntería con la flecha, Dil Bahadur, también necesitas fuerza, estabilidad y control de todos los músculos —le repetía con paciencia el lama.

—Tal vez sería más productivo comernos los huevos, honorable maestro —suspiraba el príncipe cuando aplastaba los huevos.

La práctica espiritual era aún más intensa. A los diez años el muchacho entraba en trance y se elevaba a un plano superior de conciencia; a los once podía comunicarse telepáticamente y mover objetos sin tocarlos; a los trece hacía viajes astrales. Cuando cumplió catorce años el maestro le abrió un orificio en la frente para que pudiera ver el aura.

La operación consistió en perforar el hueso, lo cual le dejó una cicatriz circular del tamaño de una arveja.

—Toda materia orgánica irradia energía o aura, un halo de luz invisible para el ojo humano, salvo en el caso de ciertas personas con poderes psíquicos. Se pueden averiguar muchas cosas por el color y la forma del aura —le explicó Tensing.

Durante tres veranos consecutivos, el lama viajó con el niño a ciudades de India, Nepal y Bután, para que se entrenara leyendo el aura de la gente y los animales que veía; pero nunca lo llevó a los hermosos valles y las terrazas cortadas en las montañas de su propio país, el Reino Prohibido, adonde sólo regresaría al término de su educación.

Dil Bahadur aprendió a usar el ojo en su frente con tal precisión, que a los dieciocho años, edad que ahora tenía, podía distinguir las propiedades medicinales de una planta, la ferocidad de un animal o el estado emocional de una persona, por el aspecto del aura.

Faltaban sólo dos años para que el joven cumpliera los veinte y la labor de su maestro terminara. En ese momento Dil Bahadur regresaría por primera vez al seno de su familia y luego iría a estudiar a Europa, porque había muchos conocimientos indispensables en el mundo moderno, que Tensing no podía darle y que necesitaría para gobernar su nación.

Tensing estaba dedicado por entero a preparar al príncipe para que un día fuera un buen rey y para que pudiera descifrar los mensajes del Dragón de Oro, sin sospechar que en Nueva York había un hombre codicioso que planeaba robarlo. Los estudios eran tan intensos y complicados, que a veces el alumno perdía la paciencia, pero Tensing, inflexible, lo obligaba a trabajar hasta que la fatiga los vencía a ambos.

—No quiero ser rey, maestro —dijo Dil Bahadur aquel día.

—Tal vez mi alumno prefiere renunciar al trono con tal de no estudiar sus lecciones —sonrió Tensing.

—Deseo una vida de meditación, maestro. ¿Cómo podré alcanzar la iluminación entre las tentaciones del mundo?

—No todos pueden ser ermitaños como yo. Tu karma es ser rey. Deberás alcanzar la iluminación por un camino mucho más difícil que la meditación. Tendrás que hacerlo sirviendo a tu pueblo.

—No deseo separarme de usted, maestro —dijo el príncipe con la voz quebrada.

El lama fingió no ver los ojos húmedos del joven.

—El deseo y el temor son ilusiones, Dil Bahadur, no son realidades. Debes practicar el desprendimiento.

—¿Debo desprenderme también del afecto?

—El afecto es como la luz del mediodía y no necesita la presencia del otro para manifestarse. La separación entre los seres también es ilusoria, puesto que todo está unido en el universo. Nuestros espíritus siempre estarán juntos, Dil Bahadur —explicó el lama, comprobando, con cierta sorpresa, que él mismo no era impermeable a la emoción, porque se había contagiado de la tristeza de su discípulo.

También él veía con pesar aproximarse el momento en que debería conducir al príncipe de vuelta a su familia, al mundo y al trono del Reino del Dragón de Oro, al cual estaba destinado.

4

EL ÁGUILA Y EL JAGUAR

El avión en que viajaba Alexander Cold aterrizó en Nueva York a las cinco cuarenta y cinco de la tarde. A esa hora aún no había disminuido el calor de aquel día de junio. El muchacho recordaba con buen humor su primer viaje solo a esa ciudad, cuando una chica de aspecto inofensivo le robó todas sus posesiones apenas salió del aeropuerto. ¿Cómo se llamaba? Casi lo había olvidado... ¡Morgana! Era un nombre de hechicera medieval. Le parecía que habían transcurrido años desde entonces, aunque en verdad sólo habían pasado seis meses. Se sentía como otra persona: había crecido, tenía más seguridad en sí mismo y no había vuelto a sufrir ataques de rabia o desesperación.

La crisis familiar había pasado: su madre parecía a salvo del cáncer, aunque siempre existía el temor de que le volviera. Su padre había vuelto a sonreír y sus hermanas, Andrea y Nicole, empezaban a madurar. Él ya casi no peleaba con ellas; apenas lo indispensable para que no se le montaran en la cabeza. Entre sus amistades había aumentado su prestigio de manera notable; incluso la bella Cecilia Burns, quien siempre lo había tratado como a un piojo, ahora le pedía que la ayudara con las tareas de matemáticas. Más que ayudarla, debía hacérselas completas y después dejar que ella le copiara el examen, pero la sonrisa radiante de la chica era una recompensa más que suficiente para él. Cecilia Burns meneaba su refulgente melena y a él se le ponían las orejas coloradas. Desde que Alexander regresó del Amazonas con media cabeza pelada, una orgullosa cicatriz y un sartal de historias increíbles, se había vuelto muy popular en la escuela; sin embargo, sentía que ya no calzaba en su ambiente. Sus amigos no le divertían como antes. La aventura había despertado su curiosidad; el pueblito donde se había criado era apenas un punto casi invisible en el mapa del norte de California, donde se ahogaba; quería escapar de esos confines y explorar la inmensidad del mundo.

Su profesor de geografía le sugirió que contara sus aventuras a la clase. Alex se presentó a la escuela con su cerbatana, pero sin los dardos envenenados con curare, porque no quería provocar un accidente, y sus fotos nadando con un delfín en el Río Negro, sujetando un caimán con las manos desnudas y devorando carne ensartada en una flecha. Cuando explicó que era un trozo de anaconda, la serpiente acuática más grande que se conoce, el estupor de sus compañeros aumentó hasta la incredulidad. Y eso que no les contó lo más interesante: su viaje al territorio de la gente de la neblina, donde encontró prodigiosas criaturas prehistóricas. Tampoco les dijo de Walimai, el anciano brujo que lo ayudó a conseguir el agua de la salud para su madre, porque iban a pensar que se había vuelto loco. Todo lo había anotado cuidadosamente en su diario, porque pensaba escribir un libro. Tenía hasta el título: su libro se llamaría *La Ciudad de las Bestias*.

Nunca mencionaba a Nadia Santos, o Águila, como él la llamaba. Su familia sabía que había dejado una amiga en el Amazonas, pero sólo Lisa, su madre, adivinaba la profundidad de esa relación. Águila era más importante para él que todos sus amigos juntos, incluyendo a Cecilia Burns. No pensaba exponer el recuerdo de Nadia a la curiosidad de un montón de chiquillos ignorantes, que no creerían que la muchacha podía hablar con los animales y había descubierto tres fabulosos diamantes, los más grandes y valiosos del mundo. Menos podía mencionar que había aprendido el arte de la invisibilidad. Él mismo comprobó cómo los indios desaparecían a voluntad, mimetizados como camaleones con el color y la textura del bosque; era imposible verlos a dos metros de distancia y a plena luz del mediodía. Muchas veces intentó hacerlo, pero jamás le resultó; en cambio Nadia lo hacía con tanta facilidad como si volverse invisible fuera la cosa más natural del mundo.

Jaguar escribía a Águila casi todos los días, a veces sólo uno o dos párrafos, otras veces más. Acumulaba las páginas y las enviaba en un sobre grande cada viernes. Las cartas demoraban más de un mes en llegar a Santa María de la Lluvia, en la frontera entre Brasil y Venezuela, pero ambos amigos se habían resignado a esas demoras. Ella vivía en un villorrio aislado y primitivo, donde el único teléfono pertenecía a la gendarmería y del correo electrónico nadie había oído hablar.

Nadia contestaba con notas breves, escritas trabajosamente, como si la escritura fuera una tarea muy difícil para ella; pero bastaban unas pocas frases sobre el papel para que Alexander la sintiera a su lado como una presencia real. Cada una de esas cartas traía a California un soplo de la selva, con su rumor de agua y su concierto de pájaros y monos. A veces a Jaguar le parecía que podía percibir claramente el olor y la humedad del bosque, que si estiraba la mano podría tocar a su amiga. En la primera carta ella le advirtió que debía «leer con el corazón», tal como antes le había enseñado a «escuchar con el corazón». Según ella, ésa era la manera de comunicarse con los animales o de entender un idioma desconocido. Mediante un poco de práctica Alexander Cold logró hacerlo; entonces descubrió que no necesitaba papel y tinta para sentirse en contacto con ella. Si estaba solo y en silencio, le bastaba pensar en Águila para oírla, pero de todos modos le gustaba escribirle. Era como llevar un diario.

Cuando se abrió la portezuela del avión en Nueva York y los pasajeros pudieron por fin estirar las piernas, después de seis horas de inmovilidad, Alexander salió con su mochila en la mano, acalorado y tullido, pero muy contento ante la idea de ver a su abuela. Había perdido el color tostado y le había crecido el pelo, tapando la cicatriz de su cráneo. Recordó que en su visita anterior Kate no lo recibió en el aeropuerto y él estaba angustiado porque era la primera vez que viajaba solo. Soltó la risa al pensar en su propio susto en aquella oportunidad. Esta vez su abuela había sido muy clara: debían encontrarse en el aeropuerto.

Apenas desembocó del largo pasillo en la sala, vio a Kate Cold. No había cambiado: los mismos pelos disparados, los mismos lentes rotos sujetos con cinta adhesiva, el mismo chaleco de mil bolsillos, todos llenos de cosas, los mismos pantalones bolsudos hasta las rodillas, que revelaban sus piernas delgadas y musculosas, con la piel partida como corteza de árbol. Lo único inesperado resultó ser su expresión, que habitualmente era de furia concentrada y esta vez parecía alegre. Alexander la había visto sonreír muy pocas veces, aunque solía reírse a carcajadas, siempre en los momentos menos oportunos. Su risa era un ladrido estrepitoso. Ahora sonreía con algo parecido a la ternura, aunque era del todo improbable que fuera capaz de tal sentimiento.

—¡Hola, Kate! —la saludó, algo asustado ante la posibilidad de que a su abuela se le estuviera ablandando el seso.

—Llegas media hora tarde —le espetó ella, tosiendo.

—Culpa mía —replicó él, tranquilizado por el tono: era su abuela de siempre, la sonrisa había sido una ilusión óptica.

Alexander la tomó por un brazo con la mayor brusquedad posible y le plantó un beso sonoro en la mejilla. Ella le dio un empujón, se limpió el beso de un manotazo y enseguida lo invitó a tomar una bebida, porque disponían de dos horas antes de embarcarse a Londres y de allí a Nueva Delhi. El muchacho la siguió rumbo al salón especial de viajeros frecuentes. La escritora, que viajaba mucho, se daba al menos el lujo de usar ese servicio. Kate mostró su tarjeta y entraron. Entonces Alexander vio a tres metros de distancia la sorpresa que su abuela le había preparado: Nadia Santos estaba esperándolo.

El chico dio un grito, soltó la mochila y abrió los brazos en un gesto impulsivo, pero de inmediato se contuvo, avergonzado. Nadia también había enrojecido y vaciló por unos instantes, sin saber qué hacer ante esa persona que de pronto le parecía un desconocido. No lo recordaba tan alto y además le había cambiado la cara, tenía las facciones más angulosas. Por fin la alegría pudo más que el desconcierto y corrió a estrecharse contra el pecho de su amigo. Alexander comprobó que Nadia no había crecido en esos meses, seguía siendo la misma niña etérea, toda color de miel, con un cintillo con plumas de loro sujetando su pelo crespo.

Kate Cold fingía leer con exagerada atención una revista, esperando su vodka en el bar, mientras los dos amigos, felices de haberse reunido después de una separación demasiado larga y de emprender juntos otra aventura, murmuraban sus nombres totémicos: Jaguar, Águila...

La idea de invitar a Nadia al viaje llevaba meses rondando a Kate. Se mantenía en contacto con César Santos, el padre de la chica, porque él supervisaba los programas de la Fundación Diamante para preservar el bosque nativo y las culturas indígenas del Amazonas. César Santos conocía la región como nadie, era el hombre perfecto para esa tarea.

Por él supo Kate que la tribu de la gente de la neblina, cuyo jefe era la pintoresca anciana Iyomi, daba pruebas de adaptarse a los cambios con gran rapidez. Iyomi había mandado a cuatro jóvenes —dos varones y dos niñas— a estudiar a la ciudad de Manaos. Deseaba que esos jóvenes aprendieran las costumbres de los *nahab*, como llamaban a quienes no eran indios, para que sirvieran de intermediarios entre las dos culturas.

Mientras el resto de la tribu permanecía en la jungla viviendo de la caza y la pesca, los cuatro emisarios aterrizaron de golpe y porrazo en el siglo XXI. En cuanto se acostumbraron a usar ropa y lograron adquirir un vocabulario mínimo en portugués, se lanzaron valientemente a la conquista de «la magia de los *nahab*», empezando por dos inventos formidables: los fósforos y el autobús. En menos de seis meses habían descubierto la existencia de las computadoras y al paso que iban, según César Santos, un día no muy lejano podrían pelear mano a mano con los temibles abogados de las corporaciones que explotaban el Amazonas. Tal como decía Iyomi: «Hay muchas clases de guerreros».

Kate Cold llevaba un buen tiempo rogándole a César Santos que mandara a su hija a visitarla. Argumentaba que, tal como Iyomi había enviado a los jóvenes a estudiar a Manaos, él debía enviar a Nadia a Nueva York. La chica estaba en edad de salir de Santa María de la Lluvia y ver algo de mundo. Estaba muy bien eso de vivir en la naturaleza y conocer las costumbres de los animales y los indios, pero también debía recibir una educación formal; un par de meses de vacaciones en plena civilización le harían mucho bien, sostenía la escritora. Secretamente, esperaba que esa separación temporal serviría para tranquilizar a César Santos y tal vez en un futuro cercano el hombre se decidiría a mandar a su hija a estudiar a Estados Unidos.

Por primera vez en su vida la mujer estaba dispuesta a

hacerse cargo de alguien; no lo había hecho ni siquiera con su propio hijo John, quien después del divorcio se había quedado a vivir con su padre. Su trabajo de periodista, sus viajes, sus hábitos de vieja maniática y su caótico apartamento no eran ideales para recibir visitas, pero Nadia era un caso especial. Le parecía que a los trece años esa niña era mucho más sabia que ella misma a los sesenta y cinco. Estaba segura de que Nadia tenía un alma antigua.

Por supuesto Kate no le había dicho ni una palabra de sus planes a su nieto Alexander, no fuera a pensar el chico que ella se estaba poniendo sentimental. No había un ápice de sentimentalismo en este caso, razonaba enfática la escritora; sus motivos eran puramente prácticos: necesitaba alguien que organizara sus papeles y archivos y además sobraba una cama en su apartamento. Si Nadia vivía con ella, pensaba hacerla trabajar como esclava, nada de mimos. Claro que eso sería después, cuando se quedara en su casa, y no ahora que finalmente el testarudo de César Santos había accedido a mandársela por unas cuantas semanas.

Kate no imaginó que Nadia llegaría sin más ropa que la puesta. Por todo equipaje traía un chaleco, dos bananas y una caja de cartón a la cual le había perforado unos agujeros en la tapa. Adentro iba Borobá, el monito negro que siempre la acompañaba, tan asustado como ella. El viaje había sido largo. César Santos llevó a su hija hasta el avión, donde una azafata se haría cargo de ella hasta Nueva York. Le había pegado parches adhesivos en los brazos con los teléfonos y la dirección de la escritora, por si se perdía. Desprenderle los parches después, no fue fácil.

Nadia sólo había volado en la decrépita avioneta de su padre y no le gustaba hacerlo, porque temía la altura. El corazón le dio un salto cuando vio el tamaño del avión comercial en Manaos y comprendió que estaría adentro por muchas horas. Subió aterrada y a Borobá no le fue mucho mejor. El pobre mono, acostumbrado al aire y la libertad, sobrevivió a duras penas el encierro y el ruido de los motores. Cuando su ama levantó la tapa de la caja en el aeropuerto de Nueva York, salió disparado como una flecha, chillando y dando saltos sobre los hombros de la gente, sembrando el pánico entre los viajeros. Nadia y Kate Cold tardaron media hora en darle caza y tranquilizarlo.

Durante los primeros días, la experiencia de vivir en un apartamento en Nueva York fue difícil para Borobá y su ama, pero pronto aprendieron a ubicarse en las calles e hicieron amigos en el barrio. A donde fueran llamaban la atención. Un mono que se portaba como un ser humano y una niña con plumas en el peinado eran un espectáculo en esa ciudad. La gente les ofrecía dulces y los turistas les tomaban fotos.

—Nueva York es un conjunto de aldeas, Nadia. Cada barrio tiene sus propias características. Una vez que conoces al iraní del almacén, al vietnamita de la lavandería, al salvadoreño que reparte el correo, a mi amigo, el italiano de la cafetería, y unas pocas personas más, te sentirás como en Santa María de la Lluvia —le explicó Kate, y muy pronto la chica comprobó que tenía razón.

La escritora atendió a Nadia como a una princesa, mientras repetía para sus adentros que ya habría tiempo más adelante para apretarle las clavijas. La paseó por todas partes, la llevó a tomar té al hotel Plaza, a andar en coche con caballos en Central Park, a la cumbre de los rascacielos, a la Estatua de la Libertad. Tuvo que enseñarle a tomar un ascensor, a subir en una escalera mecánica y usar las puertas giratorias. También fueron al teatro y al cine, experiencias que Nadia nunca había tenido; pero lo que más le impresionó fue el hielo de una cancha de patinaje. Acostumbrada al trópico, no se cansaba de admirar el frío y la blancura del hielo.

—Pronto te aburrirás de ver hielo y nieve, porque pienso llevarte conmigo al Himalaya —le dijo Kate Cold.

—¿Dónde queda eso?

—Al otro lado del mundo. Necesitarás buenos zapatos, ropa gruesa, un chaquetón impermeable.

La escritora consideró que llevar a Nadia al Reino del Dragón de Oro era una idea estupenda, así la muchacha vería más mundo. Le compró ropa abrigada y zapatos adecuados, también una parka de bebé para Borobá y una bolsa de viaje especial para mascotas. Era un maletín negro con una malla que permitía que entrara el aire y ver hacia afuera. Estaba acolchado con una suave piel de cordero y contaba con un dispositivo para el agua y la comida. También adquirió pañales. No fue fácil ponérselos al mono, a pesar de las largas explicaciones de Nadia en el idioma que compartía con el animal. Por primera vez en su plácida existencia Borobá mordió a un ser humano. Kate Cold anduvo con un vendaje en el brazo por una semana, pero el mono aprendió a hacer sus necesidades en el pañal, lo cual resultaba indispensable en un viaje largo como el que planeaban.

Kate no le había dicho a Nadia que Alexander se reuniría con ellos en el aeropuerto. Quiso que fuera una sorpresa para los dos.

Al poco rato llegaron al salón de la aerolínea Timothy Bruce y Joel González. Los fotógrafos no habían visto a la escritora ni a los chicos desde el viaje al Amazonas. Los abrazaron efusivamente, mientras Borobá saltaba de la cabeza de uno a la del otro, encantado de reencontrarse con sus antiguos amigos.

Joel González se levantó la camiseta para mostrar con orgullo las huellas del furioso abrazo de la anaconda de varios metros de largo, que estuvo a punto de acabar con su vida en la selva. Le había partido varias costillas y dejado para siempre el pecho hundido. Por su parte, Timothy Bruce se veía casi buenmozo, a pesar de su larga cara de caballo, y al ser interrogado por la implacable Kate confesó que se había arreglado la dentadura. En vez de los grandes dientes amarillos y torcidos que antes le impedían cerrar la boca, ahora lucía una sonrisa resplandeciente.

A las ocho de la noche se embarcaron los cinco rumbo a India. El vuelo era eterno, pero a Alexander y Nadia se les hizo corto: tenían mucho que contarse. Comprobaron aliviados que Borobá iba tranquilo, acurrucado sobre la piel de cordero como un bebé. Mientras el resto de los pasajeros intentaba dormir en los estrechos asientos, ellos se entretuvieron conversando y viendo películas.

A Timothy Bruce apenas le cabían sus largas extremidades en el reducido espacio de su asiento y cada tanto se levantaba para hacer ejercicios de yoga en el pasillo; así evitaba los calambres. Joel González iba más cómodo, porque era bajo y delgado. Kate Cold tenía su propio sistema para los viajes largos: tomaba dos pastillas para dormir con varios tragos de vodka. El efecto era el de un garrotazo en el cráneo.

—Si hay un terrorista con una bomba en el avión, no me despierten —los instruyó antes de taparse hasta la frente con una manta y enrollarse como un camarón en su asiento.

Tres filas detrás de Nadia y Alexander viajaba un hombre con el cabello largo y peinado con docenas de trenzas delgadas, que a su vez iban atadas atrás con una tira de cuero. Al cuello llevaba un collar de cuentas y sobre el pecho una bolsita de gamuza que colgaba de una tira negra. Vestía vaqueros desteñidos, gastadas botas con tacones y un sombrero tejano, que usaba caído sobre la frente y que, tal como comprobaron más tarde, no se quitó ni para dormir. A los muchachos les pareció que ya no tenía edad para vestirse de esa manera.

—Debe ser un músico pop —anotó Alexander.

Nadia no sabía qué era eso y Alexander decidió que resultaba muy difícil explicárselo. Se prometió que a la primera oportunidad impartiría a su amiga los conocimientos elementales de música popular que cualquier adolescente que se respete debe tener.

Calcularon que el extraño hippie debía tener más de cuarenta años, a juzgar por las arrugas en torno a los ojos y la boca, que marcaban su rostro muy tostado. Lo que se veía de su cabello atado en la cola era de un color gris acero. En todo caso, cualquiera que fuese su edad, el hombre parecía en muy buena forma física. Lo habían visto primero en el aeropuerto de Nueva York, cargando una bolsa de lona y un saco de dormir atado con un cinturón que se colgaba al hombro. Luego lo vislumbraron dormitando con el sombrero puesto en un asiento del aeropuerto de Londres, mientras esperaba su vuelo, y ahora lo encontraban en el mismo avión rumbo a India. Lo saludaron de lejos.

Apenas el piloto quitó la señal de permanecer con el cinturón de seguridad, el hombre dio unos pasos por el pasillo, estirando los músculos. Se acercó a Nadia y Alexander y les sonrió. Por primera vez notaron que sus ojos eran de un azul muy claro, inexpresivos, como los de una persona hipnotizada. Su sonrisa movilizaba las arrugas de la cara, pero no pasaba de los labios. Los ojos parecían muertos. El desconocido preguntó a Nadia qué llevaba en la bolsa sobre sus rodillas y ella le mostró a Borobá. La sonrisa del hombre se convirtió en carcajada al ver al mono con pañales.

—Me dicen Tex Armadillo, por las botas, ¿saben? Son de cuero de armadillo —se presentó.

—Nadia Santos, del Brasil —dijo la niña.

—Alexander Cold, de California.

—Noté que ustedes llevan una guía turística del Reino Prohibido. Los vi estudiándola en el aeropuerto.

—Para allá vamos —le informó Alexander.

—Muy pocos turistas visitan ese país. Entiendo que sólo admiten un centenar de extranjeros al año —dijo Tex Armadillo.

—Vamos con un grupo del *International Geographic*.

—¿Cierto? Parecen demasiado jóvenes para trabajar en esa revista —comentó irónico.

—Cierto —replicó Alexander, decidido a no dar demasiadas explicaciones.

—Mis planes son los mismos, pero no sé si en India conseguiré una visa. En el Reino del Dragón de Oro no tienen simpatía por los hippies como yo. Creen que vamos nada más que por las drogas.

—¿Hay muchas drogas? —preguntó Alexander.

—La marijuana y el opio crecen salvajes por todas partes, es cosa de llegar y cosecharlos. Muy conveniente.

—Debe ser un problema muy grave —comentó Alexander, extrañado de que su abuela no se lo hubiera mencionado.

—No es ningún problema. Allí sólo se usan para fines medicinales. No saben el tesoro que tienen. ¿Se imaginan el negocio que sería exportarlos? —dijo Tex Armadillo.

—Me imagino —contestó Alexander. No le gustaba el giro de la conversación y tampoco le gustaba ese hombre de ojos muertos.

5

LAS COBRAS

Aterrizaron en Nueva Delhi por la mañana. Kate Cold y los fotógrafos, habituados a viajar, se sentían bastante bien, pero Nadia y Alexander, que no habían dormido ni una pestañada, parecían los sobrevivientes de un terremoto. Ninguno de los dos estaba preparado para el espectáculo de esa ciudad. El calor los golpeó como una bofetada. Apenas salieron a la calle los rodeó una multitud de hombres, que se les fue encima ofreciéndose para acarrear el equipaje, servirles de guía y venderles desde pedacitos de banana cubiertos de moscas hasta estatuas de dioses del panteón hindú. Medio centenar de niños procuraba acercarse con las manitos estiradas, pidiendo unas monedas. Un leproso con media cara comida por la enfermedad y sin dedos se apretaba contra Alexander, mendigando, hasta que un guardia del aeropuerto lo amenazó con su bastón.

Una masa humana de piel oscura, delicadas facciones y enormes ojos negros los envolvió por completo. Alexander, acostumbrado a la distancia mínima aceptable —medio metro— que separa a las personas en su país, se sintió atacado por el gentío. Apenas podía respirar. De pronto se dio cuenta de que Nadia había desaparecido, tragada por la muchedumbre, y lo invadió el pánico. Comenzó a llamarla frenéticamente, tratando de desprenderse de las manos que le tironeaban la ropa, hasta que después de varios angustiosos minutos logró vislumbrar a cierta distancia las plumas de colores que ella llevaba atadas en su cola de caballo. Se abrió camino a codazos, la cogió de la mano y la arrastró tras los pasos decididos de su abuela y los fotógrafos, quienes habían estado varias veces en India y conocían la rutina.

Demoraron media hora en reunir el equipaje, contar los bultos, defenderlos de la gente y coger dos taxis, que los llevaron al hotel, manejando por la izquierda, a la inglesa, por calles abarrotadas. Toda clase de vehículos circulaban en el mayor desorden, sin respeto por los escasos semáforos o las órdenes de los policías: coches, destartalados autobuses pintados con figuras religiosas, motocicletas con cuatro personas encima, carretas tiradas por búfalos, rikshaws de tracción humana, bicicletas, carromatos cargados de escolares y hasta un apacible elefante decorado para una ceremonia.

Debieron detenerse por cuarenta minutos en un tapón del tráfico porque había una vaca muerta, rodeada de perros hambrientos y pajarracos negros picoteando su carne descompuesta. Kate explicó que las vacas se consideraban sagradas y nadie las echaba, por eso circulaban por el medio de las calles. Existía, sin embargo, una policía especial que las correteaba hacia las afueras de la ciudad y recogía los cadáveres.

La sudorosa y paciente muchedumbre contribuía al caos. Un santón con el pelo enmarañado y largo hasta los talones, completamente desnudo y seguido por media docena de mujeres que le tiraban pétalos de flores, cruzó la calle a paso de tortuga, sin que nadie le echara una sola mirada. Evidentemente era un espectáculo normal.

Nadia Santos, criada en una aldea de veinte casas, en el silencio y la soledad del bosque, oscilaba entre el espanto y la fascinación. Comparado con esto Nueva York parecía un villorrio. No imaginaba que hubiera tanta gente en el mundo. Entretanto Alexander se defendía de las manos que se introducían al taxi ofreciendo mercadería o pidiendo limosna, sin poder cerrar las ventanillas, porque se habrían muerto asfixiados.

Por fin llegaron al hotel. Al cruzar las puertas, vigiladas por guardias armados, se encontraron en medio de un jardín paradisíaco, donde reinaba la más absoluta paz. El ruido de la calle había desaparecido como por encanto, sólo se oía el trinar de las aves y el canto de las numerosas fuentes de agua. Por los prados paseaban pavos reales, arrastrando sus colas enjoyadas. Varios mozos vestidos de brocado y terciopelo rebordado de oro, con altos turbantes decorados con plumas de faisán, como ilustraciones de un cuento de hadas, cogieron su equipaje y los acompañaron adentro.

El hotel era un palacio tallado en mármol blanco de manera tan extraordinaria, que parecía un encaje. Los pisos estaban cubiertos por gigantescas alfombras de seda; los muebles eran de finas maderas con incrustaciones de plata, nácar y marfil; sobre las mesas había jarrones de porcelana rebosantes de flores perfumadas. Por todas partes crecían frondosas plantas tropicales en maceteros de cobre repujado y había jaulas de complicada arquitectura, donde cantaban pájaros de plumaje multicolor. El palacio había sido la residencia de un maharajá, quien perdió poder y fortuna después de la independencia de India, y ahora lo alquilaba a una compañía hotelera americana. El maharajá y su familia todavía ocupaban un ala del edificio, separada de los huéspedes del hotel. Por las tardes solían bajar a tomar el té con los turistas.

La habitación que compartían Alexander y los fotógrafos era recargada y lujosa. En el baño había una piscina de azulejos y en la pared un fresco representando una cacería de tigres: los cazadores, armados de escopetas, iban montados en elefantes y rodeados por un séquito de sirvientes a pie, provistos de lanzas y flechas. Estaban en el piso más alto, y por el balcón podían apreciar los fabulosos jardines separados de la calle por un alto muro.

—Esas personas que ves acampando allí abajo son familias que nacen, viven y mueren en la calle. Sus únicas posesiones son la ropa que llevan sobre el cuerpo y unos tarros para cocinar. Son los intocables, los más pobres de los pobres —explicó Timothy Bruce, señalando unos toldos de trapos en la acera, al otro lado del muro.

El contraste entre la opulencia del hotel y la absoluta miseria de aquella gente produjo en Alexander una reacción de furia y horror. Más tarde, cuando quiso compartir sus sentimientos con Nadia, ella no entendió a qué se refería. Ella poseía lo mínimo y el esplendor de aquel palacio le resultaba agobiante.

—Creo que estaría más cómoda afuera, con los intocables, que aquí adentro con todas estas cosas, Jaguar. Estoy mareada. No hay un pedacito de pared sin adornos, no hay dónde descansar la vista. Demasiado lujo. Me ahogo. ¿Y por qué nos hacen reverencias estos príncipes? —preguntó, señalando a los hombres vestidos de brocado y con turbantes emplumados.

—No son príncipes, Águila, son empleados del hotel —se rió su amigo.

—Diles que se vayan, no los necesitamos.

—Es su trabajo. Si les digo que se vayan, los ofendería. Ya te acostumbrarás.

Alexander volvió al balcón para observar a los intocables en la calle, que sobrevivían en la mayor de las miserias, apenas cubiertos por trapos. Angustiado ante el espectáculo, separó unos dólares de los pocos que tenía, los cambió en rupias y salió a repartirlos entre ellos. Nadia se quedó en el balcón, siguiéndolo con la vista. Desde su puesto podía ver los jardines, los muros del hotel y al otro lado la masa de gente pobre. Vio a su amigo cruzar las rejas custodiadas por los guardias, aventurarse solo entre la muchedumbre y empezar a repartir sus monedas entre los niños más cercanos. En pocos instantes se encontró rodeado por docenas de personas desesperadas. Había prendido como pólvora la noticia de que un extranjero estaba regalando dinero y de todas partes convergía más y más gente, como una incontenible avalancha humana.

Al comprender que en cuestión de minutos Alexander sería aplastado, Nadia corrió escaleras abajo llamando a voz en cuello. A sus gritos acudieron pasajeros y empleados del hotel, que contribuyeron a la alarma y la confusión general. Todos opinaban, mientras los segundos pasaban con rapidez. No había tiempo que perder, pero nadie parecía capaz de tomar una decisión. De pronto surgió Tex Armadillo y en un abrir y cerrar de ojos se hizo cargo de la situación.

—¡Rápido! ¡Vengan conmigo! —ordenó a los guardias armados que vigilaban las puertas del jardín.

Los condujo sin vacilar al centro de la revuelta que se había formado en la calle, donde procedió a repartir puñetazos, mientras los guardias intentaban abrirse paso a golpes de culata. Armadillo le arrebató el arma a uno de ellos y disparó dos tiros al aire. De inmediato el movimiento de la gente más cercana se detuvo en seco, pero los de atrás seguían empujando para acercarse.

Tex Armadillo aprovechó el momento de desconcierto para alcanzar a Alexander, quien ya estaba en el suelo y con la ropa hecha jirones. Lo cogió por las axilas y con la ayuda de los guardias logró arrastrarlo a lugar seguro dentro del hotel, después de recuperar los lentes del muchacho, que por un milagro estaban intactos en el suelo. Enseguida cerraron las rejas del palacio, mientras afuera aumentaba el griterío.

—Eres más tonto de lo que pareces, Alexander. No puedes cambiar nada con unos pocos dólares. India es India, hay que aceptarla tal cual es —fue el comentario de Kate Cold cuando lo vio llegar bastante aporreado.

—¡Con ese criterio todavía estaríamos en la época de las cavernas! —replicó él, secándose la sangre de la nariz.

—Estamos, niño, estamos —dijo ella, disimulando el orgullo que la actitud de su nieto le provocaba.

En la terraza del hotel, sentada bajo un gran quitasol blanco con flecos dorados, una mujer había observado la escena. Aparentaba unos cuarenta años muy bien llevados, delgada, alta, atlética, vestida con pantalones y camisa de algodón color caqui, sandalias y un bolso de cuero muy usado, que había tirado al suelo, entre sus pies. Su melena negra y lisa, con un grueso mechón blanco en la frente, enmarcaba su rostro de facciones clásicas: ojos castaños, cejas arqueadas y gruesas, nariz recta y boca expresiva. A pesar de la sencillez de su atuendo, tenía un aire aristocrático y elegante.

—Eres un joven valiente —dijo la desconocida a Alexander una hora más tarde, cuando el grupo del *International Geographic* estaba reunido en la terraza.

El muchacho sintió que se le encendían las orejas.

—Pero debes tener cuidado, no estás en tu país —agregó ella, en perfecto inglés, aunque con un leve acento centroeuropeo, cuya exacta procedencia era difícil de precisar.

En ese instante llegaron dos mozos trayendo grandes bandejas de plata con té *chai* al estilo de India, preparado con leche, especias y mucha azúcar. Kate Cold invitó a la viajera a compartirlo con ellos. También había invitado a Tex Armadillo, agradecida por su pronta acción, que salvó la vida de su nieto, pero el hombre se mantuvo aparte, después de manifestar que prefería una cerveza y su periódico. A Alexander le extrañó que ese hippie, quien por todo equipaje llevaba una andrajosa bolsa de lona y un saco de dormir, se hospedara en el palacio del maharajá, pero supuso que el costo debía ser muy bajo. India resultaba barato para quien tuviera dólares.

Pronto Kate Cold y su invitada estaban cambiando impresiones, y así descubrieron que todos iban al Reino del Dragón de Oro. La desconocida se presentó como Judit Kinski, arquitecta de jardines, y les contó que viajaba con una invitación oficial del rey, a quien había tenido el honor de conocer recientemente. Dijo que, al saber que el monarca estaba interesado en cultivar tulipanes en su país, le había escrito ofreciéndole sus servicios. Pensaba que, bajo ciertas condiciones, los bulbos de esas flores podrían adaptarse al clima y al terreno del Reino Prohibido. De inmediato éste le había pedido que se entrevistaran y ella había escogido hacerlo en Amsterdam, dada la fama mundial de los tulipanes holandeses.

—Su Majestad sabe tanto de tulipanes como el más experto. En realidad no me necesita para nada, habría podido llevar a cabo el proyecto él solo; pero aparentemente le gustaron algunos diseños de jardines que le mostré y tuvo la amabilidad de contratarme —explicó—. Hablamos mucho de sus planes de crear nuevos parques y jardines para su pueblo, preservando las especies autóctonas e incorporando otras. Es consciente de que esto debe hacerse con mucho cuidado para no romper el equilibrio ecológico. En el Reino Prohibido existen plantas, pájaros y algunos pequeños mamíferos que han desaparecido en el resto del mundo. Ese país es un santuario de la naturaleza.

El grupo del *International Geographic* pensó que el monarca debió haber quedado tan encantado con Judit Kinski como lo estaban ellos. La mujer producía una impresión memorable: irradiaba una combinación de fuerza de carácter y feminidad. Al observarla de cerca la armonía de su rostro y la elegancia natural de sus gestos resultaban tan extraordinarias, que era difícil quitarle los ojos de encima.

—El rey es un paladín de la ecología. Lástima que no haya más gobernantes como él. Está suscrito al *International Geographic*. Por eso nos facilitó las visas y aceptó que hiciéramos un reportaje —explicó a su vez Kate.

—Es un país muy interesante —dijo Judit Kinski.

—¿Usted lo ha visitado antes? —preguntó Timothy Bruce.

—No, pero he leído mucho sobre él. Para este viaje he tratado de prepararme, no sólo en lo referente a mi trabajo, sino también sobre la gente, las costumbres, las ceremonias... No quiero ofenderlos con mis rudos modales occidentales —sonrió ella.

—Supongo que ha oído hablar del fabuloso Dragón de Oro... —sugirió Timothy Bruce.

—Aseguran que nadie lo ha visto, excepto los reyes. Puede ser sólo una leyenda —replicó ella.

El tema no volvió a mencionarse, pero Alexander notó el brillo de entusiasmo en los ojos de su abuela y adivinó que ella haría lo posible por acercarse a aquel tesoro. El desafío de ser la primera en probar su existencia era irresistible para la escritora.

Kate Cold y Judit Kinski se pusieron de acuerdo para intercambiar datos y ayudarse, como correspondía a dos forasteras en una región desconocida. En el otro extremo de la terraza, Tex Armadillo bebía su cerveza con el periódico sobre las rodillas. Unos lentes oscuros con vidrios de espejo cubrían sus ojos, pero Nadia Santos sentía su mirada examinando al grupo.

Sólo disponían de tres días para hacer turismo. Tenían la ventaja de que mucha gente hablaba inglés, porque India fue colonia del Imperio británico durante varios siglos. Sin embargo, en tan poco tiempo no alcanzarían ni a rascar la superficie de Nueva Delhi, como dijo Kate, y mucho menos entender esa compleja sociedad. Los contrastes eran para volver loco a cualquiera: increíble miseria por un lado, belleza y opulencia por otro. Había millones de analfabetos, pero las universidades producían los mejores técnicos y científicos. Las aldeas no contaban con agua potable, mientras el país fabricaba bombas nucleares. India tenía la mayor industria de cine del mundo, y también el mayor número de santones cubiertos de ceniza que jamás se cortaban el cabello o las uñas. Sólo los millares de dioses del hinduismo o el sistema de castas requerían años de estudio.

Alexander, acostumbrado a que en América cada uno hace con su vida más o menos lo que quiere, se horrorizó con la idea de que las personas estuvieran determinadas por la casta en que nacían. Nadia, en cambio, escuchaba las explicaciones de Kate sin emitir juicios.

—Si hubieras nacido aquí, Águila, no podrías elegir a tu marido. Te habrían casado a los diez años con un viejo de cincuenta. Tu padre arreglaría tu matrimonio y tú no podrías ni siquiera opinar —le dijo Alexander.

—Seguro que mi papá escogería mejor que yo... —sonrió ella.

—¿Estás demente? ¡Yo jamás permitiría una cosa así! —exclamó el muchacho.

—Si hubiéramos nacido en el Amazonas en la tribu de la gente de la neblina, tendríamos que cazar nuestra comida con dardos envenenados. Si hubiéramos nacido aquí, no nos parecería raro que los padres arreglaran el matrimonio —argumentó Nadia.

—¿Cómo puedes defender este sistema de vida? ¡Mira la pobreza! ¿Te gustaría vivir así?

—No, Jaguar, pero tampoco me gustaría tener más de lo que necesito —replicó ella.

Kate Cold los llevó a visitar palacios y templos; también los paseó por los mercados, donde Alexander compró pulseras para su madre y sus hermanas, mientras a Nadia le pintaban las manos con henna, como a las novias. El dibujo era un verdadero encaje y permanecería en la piel dos o tres semanas. Borobá iba, como siempre, en el hombro o la cadera de su ama, pero allí no llamaba la atención, como ocurría en Nueva York, porque los monos eran más comunes que los perros.

En una plaza había dos encantadores de serpientes, sentados en el suelo con las piernas cruzadas, tocando sus flautas. Las cobras asomaban de sus canastos y permanecían erguidas, ondulando, hipnotizadas por el sonido de las flautas. Al ver aquello Borobá empezó a chillar, soltó a su ama y se trepó de prisa a una palmera. Nadia se aproximó a los encantadores y empezó a murmurar algo en el idioma de la selva. De pronto los reptiles se volvieron hacia ella, silbando, mientras sus afiladas lenguas cortaban el aire. Cuatro pupilas alargadas se fijaron como puñales en la muchacha.

Antes que nadie pudiera preverlo, las cobras se deslizaron fuera de sus canastos y se arrastraron zigzagueando hacia Nadia. Una gritería estalló en la plaza y se produjo una estampida de pánico entre la gente que presenciaba el incidente. En pocos instantes no quedó nadie cerca, sólo Alexander y su abuela, paralizados de sorpresa y terror. Los encantadores procuraban inútilmente dominar a las serpientes con el sonido de las flautas, pero no osaban acercarse. Nadia permaneció impasible, una expresión más bien divertida en su rostro dorado. No se movió ni un milímetro, mientras las cobras se le enrollaban en las piernas, subían por su cuerpo delgado, alcanzaban su cuello y su cara, siempre silbando.

Bañada de sudor helado, Kate creyó que se iba a desmayar por primera vez en su vida. Cayó sentada al suelo y allí se quedó, blanca y con los ojos desorbitados, sin poder articular ni un sonido. Pasado el primer momento de estupor, Alexander comprendió que no debía moverse. Conocía de sobra los extraños poderes de su amiga; en el Amazonas la vio coger con la mano a una *surucucú*, una de las serpientes más venenosas del mundo, y lanzarla lejos. Supuso que si nadie daba un mal paso que pudiera alterar a las cobras, Águila estaba a salvo.

La escena duró varios minutos, hasta que la muchacha dio una orden en su lengua del bosque y los reptiles descendieron de su cuerpo y regresaron a sus canastos. Los encantadores colocaron las tapas rápidamente, cogieron los canastos y salieron corriendo, convencidos de que esa extranjera con plumas en el peinado era un demonio.

Nadia llamó a Borobá y, una vez que lo tuvo de nuevo montado en el hombro, continuó paseando por la plaza con la mayor calma. Alexander la siguió sonriendo, sin un solo comentario, muy divertido al ver que su abuela había perdido por completo su tradicional compostura ante el peligro.

6

LA SECTA DEL ESCORPIÓN

El último día en Nueva Delhi, Kate Cold debió pasar horas en una agencia de viajes tratando de conseguir pasajes en el único vuelo semanal al Reino del Dragón de Oro. No es que hubiera muchos pasajeros, sino que el avión era diminuto. Mientras hacía sus gestiones, autorizó a Nadia y Alexander a ir solos al Fuerte Rojo, que quedaba cerca del hotel. Se trataba de una gran fortaleza muy antigua, paseo obligado de los turistas.

—No se separen por ningún motivo y vuelvan al hotel antes que se ponga el sol —les ordenó la escritora.

El fuerte había sido utilizado por las tropas inglesas en la época en que India fue colonizada. El inmenso país se consideraba la joya más apreciada de la corona británica, hasta que finalmente obtuvo su liberación en 1949. Desde entonces el fuerte estaba desocupado. Los turistas visitaban sólo una parte de la enorme construcción. Muy poca gente conocía sus entrañas, un verdadero laberinto de corredores, salas secretas y subterráneos que se extendía bajo la ciudad como los tentáculos de un pulpo.

Nadia y Alexander siguieron a un guía que daba explicaciones en inglés a un grupo de turistas. El calor sofocante del mediodía no entraba a la fortaleza; adentro se sentía fresco y los muros se veían manchados por la pátina verde de la humedad acumulada durante siglos. El aire estaba impregnado de un olor desagradable y el guía dijo que era la orina de los miles y miles de ratas que vivían en los sótanos y salían de noche. Los turistas, horrorizados, se tapaban la nariz y la boca y varios salieron escapando.

De pronto Nadia señaló a lo lejos a Tex Armadillo, quien estaba apoyado contra una columna mirando en todas direcciones, como si esperara a alguien. Su primer impulso fue ir a saludarlo, pero a Alexander le llamó la atención su actitud y sujetó a su amiga por el brazo.

—Espera, Águila, vamos a ver en qué anda ese hombre. No confío para nada en él —dijo.

—Acuérdate que te salvó la vida cuando casi te aplasta la multitud...

—Sí, pero hay algo que no me gusta en él.

—¿Por qué?

—Parece disfrazado. No creo que sea realmente un hippie interesado en conseguir drogas, como nos dijo en el avión. ¿Te has fijado en sus músculos? Se mueve como uno de esos karatecas que salen en las películas. Un hippie drogadicto no tendría ese aspecto —dijo Alexander.

Aguardaron disimulados en la masa de turistas, sin quitarle los ojos de encima. De pronto vieron que a pocos pasos de Tex Armadillo surgía un hombre alto, vestido con túnica y turbante negro azulado, casi del mismo tono que su piel. En torno a la cintura llevaba una ancha faja también negra y un cuchillo curvo con cacha de hueso. En su rostro, muy oscuro, de barba larga y cejas tupidas, brillaban los ojos como tizones.

Los amigos notaron el gesto de reconocimiento con que el recién llegado y el americano se saludaron; luego vieron cómo el primero desaparecía tras un recodo de la pared, seguido por el segundo, y sin ponerse de acuerdo decidieron averiguar de qué se trataba. Nadia susurró en la oreja de Borobá la orden de mantenerse mudo y quieto. El monito se colgó a la espalda de su ama como una mochila.

Deslizándose pegados a los muros y ocultándose tras las columnas, avanzaron a pocos metros de distancia de Tex Armadillo. A veces se les perdía de vista, porque la arquitectura del fuerte era complicada y resultaba evidente que el hombre deseaba pasar inadvertido, pero siempre el instinto infalible de Nadia volvía a encontrarlo. Se habían alejado mucho de los otros turistas, ya no se oían voces ni se veía a nadie. Atravesaron salas, bajaron escaleras angostas con los peldaños roídos por el desgaste del uso y del tiempo y recorrieron eternos pasadizos, con la sensación de que andaban en círculos. Al olor penetrante se sumó un murmullo creciente, como un coro de grillos.

—No debemos bajar más, Águila. Ese ruido son chillidos de ratas. Son muy peligrosas —dijo Alexander.

—Si esos hombres pueden internarse en los sótanos, ¿por qué no podemos hacerlo nosotros? —replicó ella.

Los dos amigos avanzaron por el subterráneo en silencio, porque se dieron cuenta de que el eco repetía y amplificaba sus voces. Alexander temía que después no pudieran encontrar el camino de regreso, pero no quiso manifestar sus dudas en voz alta para no asustar a su amiga. Tampoco dijo nada sobre la posibilidad de que hubiera nidos de serpientes, porque, después de haberla visto con las cobras, su aprehensión parecía fuera de lugar.

Al principio la luz entraba por pequeños orificios en los techos y muros; después debieron caminar largos trechos en la oscuridad, palpando las paredes para guiarse. De vez en cuando había un débil bombillo encendido y podían ver a las ratas escabulléndose a lo largo de las paredes. Los cables eléctricos colgaban peligrosamente del techo. Notaron que el suelo estaba húmedo y en algunas partes chorreaban hilos de agua fétida. Enseguida tuvieron los pies empapados y Alexander trató de no pensar en lo que les sucedería si se armaba un cortocircuito. Ser electrocutados le preocupaba menos que las ratas, cada vez más agresivas, que los rodeaban.

—No les hagas caso, Jaguar. No se atreven a acercarse, pero si huelen que tenemos miedo atacarán —susurró Nadia.

Una vez más Tex Armadillo desapareció. Los dos chicos estaban en una pequeña bóveda, donde antes se almacenaban municiones y víveres. Tres aperturas daban a lo que parecían largos corredores oscuros. Alexander preguntó por señas a Nadia cuál debían escoger; ella vaciló por primera vez, confundida. No estaba segura. Cogió a Borobá, lo puso en el suelo y le dio un leve empujón, invitándolo a decidir por ella. El mono volvió a treparse a toda carrera en sus hombros: tenía horror de mojarse y de las ratas. Ella repitió la orden, pero el animal no quiso desprenderse y se limitó a señalar con una manito temblorosa la apertura de la derecha, la más angosta de las tres.

Los dos amigos siguieron la indicación de Borobá, agachados y a tientas, porque allí no había bombillos eléctricos y la oscuridad era casi completa. Alexander, quien era mucho más alto que Nadia, se golpeó la cabeza y soltó una exclamación. Una nube de murciélagos los envolvió por unos minutos, provocando un ataque de pánico en Borobá, que se sumergió bajo la camiseta de su ama.

Entonces el muchacho se concentró, y llamó al jaguar negro. A los pocos segundos podía adivinar su entorno, como si tuviera antenas. Había practicado esto por meses, desde que supo en el Amazonas que ése era su animal totémico, el rey de la selva sudamericana. Alexander tenía una leve miopía y aun con sus lentes veía mal en la oscuridad, pero había aprendido a confiar en el instinto del jaguar, que a veces lograba invocar. Siguió a Nadia sin vacilar, «viendo con el corazón», como hacía cada vez más a menudo.

Súbitamente Alex se detuvo, sujetando a su amiga por el brazo: en ese punto el pasadizo daba una brusca curva. Más adelante había un leve resplandor y hasta ellos llegó claramente un murmullo de voces. Con grandes precauciones, asomaron la cabeza y vieron que tres metros más adelante el corredor se abría en otra bóveda, como aquella donde habían estado poco antes.

Tex Armadillo, el hombre del ropaje negro y otros dos individuos vestidos del mismo modo se encontraban de cuclillas en el suelo en torno a una lámpara de aceite, que emitía una luz débil pero suficiente como para que los muchachos pudieran verlos bien. Era imposible acercarse más, porque no tenían dónde ocultarse; sabían que de ser sorprendidos lo pasarían muy mal. Por la mente de Jaguar pasó fugazmente la certeza de que nadie sabía dónde se encontraban. Podían perecer en esos sótanos sin que nadie encontrara sus restos en varios días, tal vez semanas. Se sentía responsable por Nadia, después de todo había sido idea suya seguir a Tex y ahora se hallaban en ese atolladero.

Los hombres hablaban en inglés y la voz de Tex Armadillo era clara, pero los otros tenían un acento prácticamente incomprensible. Era evidente, sin embargo, que se trataba de una negociación. Vieron a Tex Armadillo entregarle un fajo de billetes a quien tenía aspecto de ser el jefe del grupo. Luego los oyeron discutir largamente sobre lo que parecía ser un plan de acción que incluía armas de fuego, montañas, y tal vez un templo o un palacio, no estaban seguros.

El jefe desdobló un mapa sobre el piso de tierra, lo estiró con la palma de la mano y con la punta de su cuchillo indicó a Tex Armadillo una ruta. La luz de la lámpara de aceite daba de lleno sobre el hombre. Desde la distancia en que se encontraban, no podían ver bien el mapa, pero distinguieron con nitidez una marca grabada a fuego sobre la mano morena y notaron que el mismo dibujo se repetía en la cacha de hueso del cuchillo. Era un escorpión.

Alex calculó que habían visto suficiente y debían retroceder antes que esos hombres dieran por terminado su encuentro. La única salida de la bóveda era el corredor donde ellos se encontraban. Debían alejarse antes que los conspiradores decidieran regresar, de otro modo serían sorprendidos. Nuevamente Nadia consultó a Borobá, quien fue señalando el camino desde el hombro de su ama sin vacilar. Aliviado, Alexander, recordó lo que su padre solía aconsejarle cuando trepaban montañas juntos: «Enfrenta los obstáculos a medida que se presenten, no pierdas energía temiendo lo que pueda haber en el futuro». Sonrió pensando que no debía preocuparse tanto, ya que no siempre era él quien estaba a cargo de la situación. Nadia era una persona llena de recursos, como había demostrado en muchas ocasiones. No debía olvidarlo.

Quince minutos más tarde habían llegado al nivel de la calle y pronto percibieron las voces de los turistas. Apuraron el paso y se mezclaron con la multitud. No volvieron a ver a Tex Armadillo.

—¿Sabes algo de escorpiones, Kate? —preguntó Alexander a su abuela, cuando se reunieron con ella en el hotel.

—Algunos de los que hay en India son muy venenosos. Si te pican, puedes morir. Espero que no sea el caso, porque eso podría atrasarnos el viaje, no tengo tiempo para funerales —replicó ella fingiendo indiferencia.

—No me ha picado ninguno todavía.

—¿Por qué te interesa, entonces?

—Quiero saber si el escorpión significa algo. ¿Es un símbolo religioso, por ejemplo?

—La serpiente lo es, sobre todo la cobra. Según la leyenda, una cobra gigantesca protegió a Buda durante su meditación. Pero no sé nada de los escorpiones.

—¿Puedes averiguarlo?

—Tendría que comunicarme con el pesado de Ludovic Leblanc. ¿Estás seguro de que quieres pedirme semejante sacrificio, hijo? —mascullό la escritora.

—Creo que puede ser muy importante, abuela, perdón, digo Kate...

Ella enchufó su pequeño ordenador y mandó un mensaje al profesor. Dada la diferencia de hora era imposible hablarle por teléfono. No sabía cuándo le llegaría la respuesta, pero esperaba que fuese pronto, porque no sabía si después podrían comunicarse desde el Reino Prohibido. Obedeciendo a una corazonada, envió otro mensaje a su amigo Isaac Rosenblat, para preguntarle si sabía algo de un dragón de oro, que supuestamente existía en el país adonde se dirigían. Ante su sorpresa, el joyero respondió de inmediato:

> ¡Muchacha! ¡Qué alegría saber de ti! Por supuesto que sé de esa estatua, todo joyero serio conoce la descripción, porque se trata de uno de los objetos más raros y más preciosos del mundo. Nadie ha visto el famoso dragón y no ha sido fotografiado, pero existen dibujos. Tiene unos sesenta centímetros de largo y se supone que es de oro macizo, pero eso no es todo: el trabajo de orfebrería es muy antiguo y muy bello. Además está incrustado de piedras preciosas; sólo los dos perfectos rubíes estrella, absolutamente simétricos que, según la leyenda, tiene en los ojos, cuestan una fortuna. ¿Por qué me lo preguntas? ¿Supongo que no estarás planeando robar el dragón, como hiciste con los diamantes del Amazonas?

Kate aseguró al joyero que eso era exactamente lo que pretendía y decidió no repetirle que los diamantes habían sido encontrados por Nadia. Le convenía que Isaac Rosenblat la creyera capaz de haberlos robado. Calculó que así no decaería el interés de su antiguo enamorado por ella. Lanzó una carcajada, pero enseguida la risa se convirtió en tos. Buscó en uno de sus múltiples bolsillos y extrajo su cantimplora con el remedio del Amazonas.

La respuesta del profesor Ludovic Leblanc fue larga y confusa, como todo lo suyo. Comenzaba con una laboriosa explicación de cómo él, entre sus muchos méritos, había sido el primer antropólogo en descubrir el significado del escorpión en la mitología sumeria, egipcia, hindú y, bla bla bla, veintitrés párrafos más sobre sus conocimientos y su propia sabiduría. Pero salpicados por aquí y por allá en los veintitrés párrafos, había varios datos muy interesantes, que Kate Cold debió rescatar de esa maraña. La vieja escritora dio un suspiro de fastidio, pensando cuán difícil resultaba soportar a ese petulante. Tuvo que releer varias veces el mensaje para resumir lo importante.

—Según Leblanc, existe una secta en el norte de India que adora al escorpión. Sus miembros tienen un escorpión marcado con un hierro al rojo, generalmente en el dorso de la mano derecha. Tienen la reputación de ser sanguinarios, ignorantes y supersticiosos —informó a su nieto y a Nadia.

Agregó que la secta era odiada, porque durante la lucha por la liberación de India hacía el trabajo sucio para las tropas británicas, torturando y asesinando a sus propios compatriotas. Todavía los hombres del escorpión solían ser empleados como mercenarios, porque eran feroces guerreros famosos por su destreza en el uso de los puñales.

—Son bandidos y contrabandistas, pero también se ganan la vida matando por un sueldo —explicó la escritora.

El muchacho procedió a contarle lo que habían visto en el Fuerte Rojo. Si Kate tuvo la tentación de regañarlos por haber corrido semejante peligro, se abstuvo. En el viaje al Amazonas había aprendido a confiar en ellos.

—No me cabe duda de que los hombres que ustedes vieron pertenecen a esa secta. Dice Leblanc que sus miembros se visten con túnicas y turbantes de algodón, teñidos con índigo, un producto vegetal. La tintura se pega a la piel y con los años se hace indeleble, como un tatuaje, por eso se conocen como los «guerreros azules». Son nómades, viven a lomos de sus caballos, no poseen más que sus armas y desde niños son entrenados para la guerra —aclaró Kate.

—¿Las mujeres también tienen la piel azul? —preguntó Nadia.

—Es curioso que lo preguntes, niña. No hay mujeres en la secta.

—¿Cómo tienen hijos si no hay mujeres?

—No lo sé. Tal vez no tengan hijos.

—Si se entrenan para la guerra desde chiquitos, deben nacer niños en la secta —insistió Nadia.

—Puede ser que se los roben o los compren. En este país hay mucha miseria, muchos niños abandonados, también hay padres que no pueden alimentar a sus hijos y los venden —dijo Kate Cold.

—Me pregunto qué negocios puede tener Tex Armadillo con la Secta del Escorpión —murmuró Alexander.

—Nada bueno puede ser —dijo Nadia.

—¿Crees que se trata de drogas? Acuérdate de lo que dijo en el avión, que la marijuana y el opio crecen salvajes en el Reino Prohibido.

—Espero que ese hombre no vuelva a cruzarse en nuestro camino, pero, si sucede, no quiero que se metan con él. ¿Me han entendido? —ordenó su abuela con firmeza.

Los amigos asintieron, pero la escritora alcanzó a ver la mirada que intercambiaron y adivinó que ninguna advertencia suya pondría atajo a la curiosidad de Nadia y Alexander.

Una hora más tarde se reunió el grupo del *International Geographic* en el aeropuerto, para tomar el avión a Tunkhala, la capital del Reino del Dragón de Oro. Allí se encontraron con Judit Kinski, quien iba en el mismo vuelo. La arquitecta de jardines llevaba un vestido de lino blanco y un abrigo largo del mismo material, botas y el mismo bolso gastado que le habían visto antes. Su equipaje se componía de dos maletas de una gruesa tela como de tapiz, de buena factura, también muy gastadas. Era evidente que había viajado mucho, pero el uso no daba a su vestuario o a su equipaje un aspecto descuidado. Por contraste, los miembros de la expedición del *International Geographic*, con su ropa desteñida y arrugada, sus bultos y mochilas, parecían refugiados escapando de algún cataclismo.

El avión era un modelo antiguo de hélice con capacidad para ocho pasajeros y dos tripulantes. Los otros viajeros eran un hindú que tenía negocios en el Reino Prohibido, y un joven médico graduado en una universidad de Nueva Delhi que regresaba a su país. Los viajeros comentaron que ese avioncito no parecía un medio muy seguro de desafiar las montañas del Himalaya, pero el piloto replicó sonriendo que no había nada que temer: en sus diez años de experiencia jamás habían tenido un accidente grave, a pesar de que los vientos entre los precipicios solían ser muy fuertes.

—¿Qué precipicios? —preguntó Joel González, inquieto.

—Espero que puedan verlos, son un espectáculo magnífico. La mejor época para volar es entre octubre y abril, cuando los cielos están despejados. Si está nublado no se ve nada —dijo el piloto.

—Hoy está un poco nublado. ¿Cómo haremos para no estrellarnos contra las montañas? —preguntó Kate Cold.

—Éstas son nubes bajas, pronto verá el cielo despejado, señora. Además conozco el camino de memoria, puedo volar con los ojos cerrados.

—Espero que los lleve bien abiertos, joven —replicó ella secamente.

—Creo que en una media hora dejaremos las nubes

atrás —la tranquilizó el piloto, y agregó que habían tenido suerte, porque los vuelos solían atrasarse varios días, dependiendo del clima.

Jaguar y Águila comprobaron satisfechos que Tex Armadillo no iba a bordo.

7

EN EL REINO PROHIBIDO

Ninguno de los viajeros que tomaban ese vuelo por primera vez estaba preparado para lo que le tocó. Era peor que la montaña rusa de un parque de atracciones. Se les tapaban los oídos y sentían un vacío en el estómago, mientras el avión subía verticalmente como una flecha. De repente caían en picada varios cientos de metros y entonces sentían que las tripas se les pegaban al cerebro. Cuando parecía que por fin se habían estabilizado un poco, el piloto se desviaba en un ángulo agudo, para evitar una cumbre del Himalaya, y quedaban prácticamente colgados de cabeza; luego giraba en el mismo ángulo hacia el otro lado.

Por las ventanillas podían ver a ambos costados las laderas de las montañas y abajo, muy abajo, los increíbles precipicios, cuyo fondo apenas se vislumbraba. Un solo movimiento en falso o una breve vacilación del piloto y el avioncito se estrellaría contra las rocas o caería como una piedra. Soplaba un viento caprichoso, que los impulsaba hacia delante a golpes, pero al pasar una montaña podía volverse en contra, sujetándolos en el aire en aparente inmovilidad.

El comerciante de India y el médico del Reino Prohibido iban pegados a sus asientos, bastante intranquilos, aunque dijeron que habían pasado por esa experiencia antes. Por su parte, los miembros de la expedición del *Inter-*

national Geographic se sujetaban el estómago a dos manos, procurando controlar las náuseas y el miedo. Ninguno hizo el menor comentario, ni siquiera Joel González, quien iba blanco como una sábana, murmurando oraciones y acariciando la cruz de plata que siempre llevaba al cuello. Todos notaron la calma de Judit Kinski, quien se las arreglaba para hojear un libro de tulipanes sin marearse.

El vuelo duró varias horas, que parecieron tan largas como varios días, al final de las cuales aterrizaron en picada en una breve cancha trazada en medio de la vegetación. Desde el aire habían visto el maravilloso paisaje del Reino Prohibido: entre la majestuosa cadena de montañas nevadas había una serie de angostos valles y terrazas en las laderas de los cerros donde crecía una lujuriosa vegetación semitropical. Las aldeas se veían como blancas casitas de muñecas, salpicadas por aquí y por allá en sitios casi inaccesibles. La capital quedaba en un valle largo y angosto, encajonado entre montañas. Parecía imposible maniobrar el avión allí, pero el piloto sabía muy bien lo que hacía. Cuando por fin tocaron tierra, todos aplaudieron celebrando su asombrosa pericia. Fuera acercaron enseguida una escalera y abrieron la portezuela del avión. Con gran dificultad los viajeros se pusieron de pie y avanzaron a trastabillones hacia la salida, con la sensación de que en cualquier momento podían vomitar o desmayarse, menos la imperturbable Judit Kinski, que mantenía su compostura.

La primera en llegar a la puerta fue Kate Cold. Una bocanada de viento le dio en la cara, reviviéndola. Con asombro vio que a los pies de la escalera había una alfombra de un hermoso tejido, que unía el avión a la puerta de un pequeño edificio de madera policromada con techos de pagoda. A ambos lados de la alfombra aguardaban niños con cestas de flores. Plantados a lo largo del trayecto había delgados postes, donde ondulaban largos estandartes de seda. Varios músicos, vestidos en vibrantes colores y con grandes sombreros, tocaban tambores e instrumentos metálicos.

Al pie de la escalera esperaban cuatro dignatarios ataviados con traje de ceremonia: faldas de seda atadas a la cintura con apretadas fajas de color azul oscuro, signo de su rango de ministros, chaquetas largas bordadas con corales y turquesas, altos sombreros de piel terminados en punta con adornos dorados y cintas. En las manos sostenían delicadas bufandas blancas.

—¡Vaya! ¡No esperaba este recibimiento! —exclamó la escritora, alisando con los dedos sus mechas grises y su horrendo chaleco de mil bolsillos.

Descendió seguida por sus compañeros, sonriendo y saludando con la mano, pero nadie les devolvió el saludo. Pasaron delante de los dignatarios y los niños con las flores sin recibir ni una sola mirada, como si no existieran.

Detrás de ellos bajó Judit Kinski, tranquila, sonriente, perfectamente bien presentada. Entonces los músicos iniciaron una algarabía ensordecedora con sus instrumentos, los niños comenzaron a lanzar una lluvia de pétalos y los dignatarios hicieron una profunda reverencia. Judit Kinski saludó con una leve inclinación, luego estiró los brazos, donde fueron depositadas las bufandas blancas de seda, llamadas *katas*.

Los reporteros del *International Geographic* vieron salir de la casita con techo de pagoda una comitiva de varias personas ricamente ataviadas. Al centro iba un hombre más alto que los demás, de unos sesenta años, pero de porte juvenil, vestido con una sencilla falda larga, o sarong, rojo oscuro, que le cubría la parte inferior del cuerpo, y una tela color amarillo azafrán sobre un hombro. Llevaba la cabeza descubierta y afeitada. Iba descalzo y sus únicos adornos eran una pulsera de oración, hecha con cuentas de ámbar, y un medallón colgado al pecho. A pesar de su extrema sencillez, que contrastaba con el lujo de los demás, no tuvieron ni la menor duda de que ese hombre era el rey. Los extranjeros se apartaron para dejarlo pasar y automáticamente se inclinaron profundamente, como hacían los demás; tal era la autoridad que el monarca emanaba.

El rey saludó a Judit Kinski con un gesto de la cabeza, que ella devolvió en silencio; enseguida intercambiaron bufandas con una serie de complicadas reverencias. Ella realizó los pasos de la ceremonia de forma impecable; no bromeaba cuando había dicho a Kate Cold que había estudiado a fondo las costumbres del país. Al finalizar la bienvenida el rey y ella sonrieron abiertamente y se estrecharon la mano a la manera occidental.

—Bienvenida a nuestro humilde país —dijo el soberano en inglés con acento británico.

El monarca y su invitada se retiraron, seguidos por la numerosa comitiva, mientras Kate y su equipo se rascaban la cabeza, desconcertados ante lo que habían presenciado. Judit Kinski debía haber causado una impresión extraordinaria en el rey, quien no la recibía como a una paisajista contratada para plantar tulipanes en su jardín, sino como a una embajadora plenipotenciaria.

Estaban reuniendo su equipaje, que incluía los bultos con las cámaras y trípodes de los fotógrafos, cuando se les acercó un hombre que se presentó como Wandgi, su guía e intérprete. Vestía el traje típico, un sarong atado a la cintura con una faja a rayas, una chaqueta corta sin mangas y suaves botas de piel. A Kate le llamó la atención su sombrero italiano, como los que se usaban en las películas de mafiosos.

Subieron el equipaje a un destartalado jeep, se acomodaron lo mejor posible y partieron rumbo a la capital, que, según Wandgi, quedaba «allí no más», pero que resultó ser un viaje de casi tres horas, porque lo que él llamaba «la carretera» resultó ser un sendero angosto y lleno de curvas. El guía hablaba un inglés anticuado y con un acento difícil de entender, como si lo hubiera estudiado en los libros, sin haber tenido muchas ocasiones de practicarlo.

Por el camino pasaban monjes y monjas de todas las edades, algunos de sólo cinco o seis años, con sus escudillas para mendigar comida. También circulaban campesinos a pie, cargados con bolsas, jóvenes en bicicleta y carretas tiradas por búfalos. Eran de una raza muy hermosa, de mediana estatura, con facciones aristocráticas y porte digno. Siempre sonreían, como si estuvieran genuinamente contentos. Los únicos vehículos de motor que vieron fueron una motocicleta antigua, con un paraguas a modo de improvisado techo, y un pequeño bus pintado de mil colores y lleno hasta el tope de pasajeros, animales y bultos. Para cruzarse, el jeep debió esperar a un lado, porque no cabían los dos vehículos en el estrecho camino. Wandgi les informó que Su Majestad contaba con varios automóviles modernos y seguramente Judit Kinski estaría hacía rato en el hotel.

—El rey se viste de monje... —observó Alexander.

—Su Majestad es nuestro jefe espiritual. Los primeros años de su vida transcurrieron en un monasterio en Tíbet. Es un hombre muy santo —explicó el guía juntando sus manos ante la cara e inclinándose, en signo de respeto.

—Pensé que los monjes eran célibes —dijo Kate Cold.

—Muchos lo son, pero el rey debe casarse para dar hijos a la corona. Su Majestad es viudo. Su bienamada esposa murió hace diez años.

—¿Cuántos hijos tuvieron?

—Fueron bendecidos con cuatro hijos y cinco hijas. Uno de sus hijos será rey. Aquí no es como en Inglaterra, donde el mayor hereda la corona. Entre nosotros el príncipe de corazón más puro se convierte en nuestro rey a la muerte de su padre —dijo Wandgi.

—¿Cómo saben quién es el de corazón más puro? —preguntó Nadia.

—El rey y la reina conocen bien a sus hijos y por lo general lo adivinan, pero su decisión debe ser confirmada por el gran lama, quien estudia los signos astrales y somete al niño escogido a varias pruebas para determinar si es realmente la reencarnación de un monarca anterior.

Les explicó que las pruebas eran irrefutables. Por ejemplo, en una de ellas el príncipe debía reconocer siete objetos que había usado el primer gobernante del Reino del Dragón de Oro, mil ochocientos años antes. Los objetos se colocaban en el suelo, mezclados con otros, y el niño escogía. Si pasaba esa primera prueba, debía montar un caballo salvaje. Si era la reencarnación de un rey, los animales reconocían su autoridad y se calmaban. También el niño debía cruzar a nado las aguas torrentosas y heladas del río sagrado. Los de corazón puro eran ayudados por la corriente, los demás se hundían. El método de probar a los príncipes de este modo jamás había fallado.

A lo largo de su historia, el Reino Prohibido siempre tuvo monarcas justos y visionarios, dijo Wandgi, y agregó que nunca había sido invadido ni colonizado, a pesar de que no contaba con un ejército capaz de enfrentar a sus poderosos vecinos, India y China. En la actual generación el hijo menor, que era sólo un niño cuando su madre murió, había sido designado para suceder a su padre. Los lamas le habían dado el nombre que llevaba en encarnaciones anteriores: Dil Bahadur, «corazón valiente». Desde entonces nadie lo había visto; estaba recibiendo instrucción en un lugar secreto.

Kate Cold aprovechó para preguntar al guía sobre el misterioso Dragón de Oro. Wandgi no parecía dispuesto a hablar del tema, pero el grupo del *International Geographic* logró deducir algunos datos de sus evasivas respuestas. Aparentemente la estatua podía predecir el futuro, pero sólo el rey podía descifrar el lenguaje críptico de las profecías. La razón por la cual éste debía ser de corazón puro era que el poder del Dragón de Oro sólo debía emplearse para proteger a la nación, jamás para fines personales. En el corazón del rey no podía haber codicia.

Por el camino vieron casas de campesinos y muchos templos, que se identificaban de inmediato por las banderas de oración flameando al viento, similares a las que habían visto en el aeropuerto. El guía intercambiaba saludos con la gente que veían; parecía que todos en ese lugar se conocían.

Se cruzaron con filas de muchachos vestidos con las túnicas color rojo oscuro de los monjes, y el guía les explicó que la mayor parte de la educación se impartía en monasterios, donde los alumnos vivían desde los cinco o seis años. Algunos nunca dejaban el monasterio, porque preferían seguir los pasos de sus maestros, los lamas. Las niñas iban a escuelas separadas. Había una universidad, pero en general los profesionales se formaban en India y en algunos casos en Inglaterra, cuando la familia podía pagarlo o el estudiante merecía una beca del gobierno.

En un par de modestos almacenes asomaban antenas de televisión. Wandgi les dijo que allí se juntaban los vecinos a las horas en que había programas, pero como la electricidad se cortaba muy seguido, los horarios de transmisión variaban. Agregó que la mayor parte del país estaba comunicado por teléfono; para hablar bastaba acudir a la oficina de correo, si ésta existía en el lugar, o a la escuela, donde siempre había uno disponible. Nadie tenía teléfono en su casa, por supuesto, ya que no era necesario. Timothy Bruce y Joel González intercambiaron una mirada de duda. ¿Podrían usar sus celulares en el país del Dragón de Oro?

—El alcance de esos teléfonos está muy limitado por las montañas, por eso son casi desconocidos aquí. Me han contado que en su país ya nadie habla cara a cara, sólo por teléfono —dijo el guía.

—Y por correo electrónico —agregó Alexander.

—He oído de eso, pero no lo he visto —comentó Wandgi.

El paisaje era de ensueño, intocado por la tecnología moderna. La tierra se cultivaba con la ayuda de búfalos, que tiraban de los arados con lentitud y paciencia. En las laderas de los cerros, cortadas en terrazas, había centenares de campos de arroz color verde esmeralda. Árboles y flores de especies desconocidas crecían a la berma del camino y al fondo se levantaban las cumbres nevadas del Himalaya.

Alexander hizo la observación de que la agricultura parecía muy atrasada, pero su abuela le hizo ver que no todo se mide en términos de productividad y aclaró que ése era el único país del mundo donde la ecología era mucho más importante que los negocios. Wandgi se sintió complacido ante esas palabras, pero nada agregó, para no humillarlos, puesto que los visitantes venían de un país donde, según él había oído, lo más importante eran los negocios.

Dos horas más tarde se había ocultado el sol tras las montañas y las sombras de la tarde caían sobre los verdes campos de arroz. Por aquí y por allá surgían las lucecitas vacilantes de lámparas de manteca en casas y templos. Se oía débilmente el sonido gutural de las grandes trompetas de los monjes llamando a la oración de la víspera.

Poco después vieron a lo lejos las primeras edificaciones de Tunkhala, la capital, que parecía poco más que una aldea. La calle principal contaba con algunos faroles y pudieron apreciar la limpieza y el orden que imperaba en todas partes, así como las contradicciones: yaks avanzaban por la calle lado a lado con motocicletas italianas, abuelas cargaban a sus nietos en la espalda y policías vestidos de príncipes antiguos dirigían el tránsito. Muchas casas tenían las puertas abiertas de par en par y Wandgi explicó que allí prácticamente no había delincuencia; además, todo el mundo se conocía. Cualquiera que entrara a la casa podía ser amigo o pariente. La policía tenía poco trabajo, sólo cuidar las fronteras, mantener el orden en las festividades y controlar a los estudiantes revoltosos.

El comercio estaba abierto todavía. Wandgi detuvo el jeep ante una tienda, poco más grande que un armario, donde vendían pasta dentífrica, dulces, rollos de film Kodak, tarjetas postales descoloridas por el sol y unas pocas revistas y periódicos de Nepal, India y China. Notaron que vendían envases de lata vacíos, botellas y bolsas de papel usadas. Cada cosa, hasta la más insignificante, tenía valor, porque no había mucho. Nada se perdía, todo se usaba o se reciclaba. Una bolsa plástica o un frasco de vidrio eran tesoros.

—Ésta es mi humilde tienda y al lado está mi pequeña casa, donde será un inmenso honor recibirlos —anunció Wandgi sonrojándose, porque no deseaba que los extranjeros lo creyeran presumido.

Salió a recibirlos una niña de unos quince años.

—Y ésta es mi hija Pema. Su nombre quiere decir «flor de loto» —agregó el guía.

—La flor de loto es símbolo de pureza y hermosura —dijo Alexander, sonrojándose como Wandgi, porque apenas lo dijo le pareció ridículo.

Kate le lanzó una mirada de soslayo, sorprendida. Él le guiñó un ojo y le susurró que lo había leído en la biblioteca antes de emprender el viaje.

—¿Qué más averiguaste? —murmuró ella con disimulo.

—Pregúntame y verás, Kate, sé casi tanto como Judit Kinski —replicó Alexander en el mismo tono.

Pema sonrió con irresistible encanto, juntó las manos ante la cara y se inclinó, en el saludo tradicional. Era delgada y derecha como una caña de bambú; en la luz amarilla de los faroles su piel parecía marfil y sus grandes ojos brillaban con una expresión traviesa. Su cabello negro era como un suave manto, que caía suelto sobre los hombros y la espalda. También ella, como todas las demás personas que vieron, vestía el traje típico. Había poca diferencia entre la ropa de los hombres y la de las mujeres, todos llevaban una falda o sarong y chaqueta o blusa.

Nadia y Pema se miraron con mutuo asombro. Por un lado la niña llegada del corazón de Sudamérica, con plumas en el pelo y un mono negro aferrado a su cuello; por otro, esa muchacha con la gracia de una bailarina, nacida entre las cumbres de las montañas más altas de Asia. Ambas se sintieron conectadas por una instantánea corriente de simpatía.

—Si ustedes lo desean, tal vez mañana Pema podría enseñar a la niña y a la abuelita cómo usar un sarong —sugirió el guía, turbado.

Alexander dio un respingo al oír la palabra «abuelita», pero Kate Cold no reaccionó. La escritora acababa de darse cuenta de que los pantalones cortos que ella y Nadia usaban eran ofensivos en ese país.

—Se lo agradeceremos mucho... —replicó Kate inclinándose a su vez con las manos ante la cara.

Por fin los extenuados viajeros llegaron al hotel, el único de la capital y del país. Los pocos turistas que se aventuraban a ir a las aldeas del interior dormían en las casas de los campesinos, donde siempre eran muy bien recibidos. A nadie se le negaba hospitalidad. Arrastraron su equipaje a los dos cuartos que ocuparían: uno, Kate y Nadia; el otro, los hombres. Comparadas con el lujo increíble del palacio del maharajá en India, las habitaciones del hotel parecían celdas de monjes. Cayeron sobre las camas sin lavarse ni desvestirse, abrumados de cansancio, pero despertaron poco más tarde entumecidos de frío. La temperatura había descendido bruscamente. Echaron mano de sus linternas y descubrieron unas pesadas frazadas de lana, apiladas ordenadamente en un rincón, con las cuales pudieron arroparse y seguir durmiendo hasta el amanecer, cuando los despertó el lúgubre lamento de las pesadas y largas trompetas con que los monjes llamaban a la oración.

Wandgi y Pema los aguardaban con la excelente noticia de que el rey estaba dispuesto a recibirlos al día siguiente. Mientras tomaban un suculento desayuno de té, verduras y bolas de arroz, que debían comer con tres dedos de la mano derecha, como exigían los buenos modales, el guía los puso al corriente del protocolo de la visita al palacio.

De partida, habría que comprar ropa adecuada para Nadia y Kate. Los hombres debían ir con chaqueta. El rey era una persona muy comprensiva y seguramente entendería que se trataba de expedicionarios en ropa de trabajo, pero de todos modos debían mostrar respeto. Les explicó cómo se intercambiaban las *katas*, o chalinas ceremoniales, cómo debían permanecer de rodillas en los sitios que les fueran asignados hasta que se les indicara que podían sentarse y cómo no debían dirigirse al rey antes que éste lo hiciera. Si les ofrecían comida o té debían rechazar tres veces, luego comer en silencio y lentamente, para indicar que apreciaban el alimento. Era una descortesía hablar mientras se comía. Borobá se quedaría con Pema. Wandgi no sabía cuál era el protocolo en lo referente a monos.

Kate Cold logró conectar su PC a una de las dos líneas telefónicas del hotel para enviar noticias a la revista *International Geographic* y comunicarse con el profesor Leblanc. El hombre era un neurótico, pero no se podía negar que también era una fuente inagotable de información. La vieja escritora le preguntó qué sabía del entrenamiento de los reyes y de la leyenda del Dragón de Oro. Pronto recibió una lección al respecto.

Pema condujo a Kate y a Nadia a una casa donde vendían sarongs y cada una adquirió tres, porque llovía varias veces al día y había que darles tiempo para secarse. Aprender a enrollar la tela en torno al cuerpo y asegurarla con la faja no fue fácil para ninguna de las dos. Primero les quedaba tan apretada que no podían dar ni un paso, después quedaba tan floja que al primer movimiento se les caía. Nadia logró dominar la técnica al cabo de varios ensayos, pero Kate parecía una momia envuelta en vendajes. No podía sentarse y caminaba como un preso con grillos en los pies. Al verla, Alexander y los dos fotógrafos estallaron en incontenibles carcajadas, mientras ella tropezaba, masculllando entre dientes y tosiendo.

El palacio real era la construcción más grande de Tunkhala, con más de mil habitaciones distribuidas en tres pisos visibles y otros dos bajo tierra. Estaba colocada estratégicamente sobre una empinada colina, y a ella se accedía por un camino de curvas, bordeado de banderas de oración sobre flexibles postes de bambú. El edificio era del mismo elegante estilo del resto de las casas, incluso las más modestas, pero tenía varios niveles de techos de tejas, coronados por antiguas figuras de criaturas mitológicas de cerámica. Los balcones, puertas y ventanas estaban pintados con dibujos de extraordinarios colores.

Soldados vestidos de amarillo y rojo, con casacas de piel y cascos emplumados, montaban guardia. Estaban armados con espadas, arcos y flechas. Wandgi explicó que su función era puramente decorativa; los verdaderos policías usaban armas modernas. Agregó que el arco era el arma tradicional del Reino Prohibido y también el deporte favorito. En las competencias anuales participaba hasta el rey.

Fueron recibidos por dos funcionarios, ataviados con

los elaborados trajes de la corte, y conducidos a través de varias salas, donde los únicos muebles eran mesas bajas, grandes baúles de madera policromada y pilas de cojines redondos para sentarse. Había algunas estatuas religiosas con ofrendas de velas, arroz y pétalos de flores. Las paredes lucían frescos, algunos tan antiguos que los motivos casi habían desaparecido. Vieron algunos monjes, provistos de pinceles, tarros de tinturas y delgadas láminas de oro, repasando los frescos con paciencia infinita. Por todas partes colgaban ricos tapices bordados de seda y satén.

Pasaron por largos corredores, con puertas a ambos lados, que daban a oficinas, donde trabajaban docenas de funcionarios y monjes escribanos. No habían adoptado aún los ordenadores; los datos de la administración pública todavía se anotaban a mano en cuadernos. También había una habitación para los oráculos. Allí acudía el pueblo a pedir consejo a ciertos lamas y monjas que poseían el don de la adivinación y ayudaban en los momentos de duda. Para los budistas del Reino Prohibido el camino de la salvación era siempre individual y se basaba en la compasión hacia todo lo que existe. La teoría de nada servía sin la práctica. Se podía corregir el rumbo y apresurar los resultados con un buen guía, un mentor o un oráculo.

Llegaron a una gran sala sin adornos, al centro de la cual se levantaba un enorme Buda de madera dorada, cuya frente alcanzaba el techo. Oyeron una música como de mandolinas y luego se dieron cuenta de que eran varias monjas cantando. La melodía subía y subía. Luego de súbito caía, cambiando el ritmo. Ante la monumental imagen había una alfombra de oración, velas encendidas, varillas de incienso y cestas con ofrendas. Imitando a los dignatarios, los visitantes se inclinaron ante la estatua tres veces, tocando el suelo con la frente.

El rey los recibió en un salón de arquitectura tan sencilla y delicada como el resto del palacio, pero decorado con tapices de escenas religiosas y máscaras ceremoniales en las paredes. Habían colocado cinco sillas, como deferencia a los extranjeros, que no estaban acostumbrados a instalarse en el suelo.

Detrás del rey colgaba un tapiz con un animal bordado, que sorprendió a Nadia y Alex, porque se parecía notablemente a los hermosos dragones alados que habían visto dentro del *tepui* donde estaba la Ciudad de las Bestias, en pleno Amazonas. Aquéllos eran los últimos de una especie extinguida hacía milenios. El tapiz real probaba que seguramente en alguna época esos dragones también existieron en Asia.

El monarca llevaba la misma túnica del día anterior, más un extraño tocado sobre la cabeza, como un casco de tela. En el pecho lucía el medallón de su autoridad, un antiguo disco de oro incrustado de corales. Se encontraba sentado en la posición del loto, sobre un estrado de medio metro de altura.

Junto al soberano había un hermoso leopardo, echado como un gato, que al ver a los visitantes se irguió con las orejas alertas y clavó su mirada en Alexander, mostrando los dientes. La mano de su amo sobre su lomo lo tranquilizó, pero sus ojos alargados no se desprendieron del muchacho americano.

Acompañaban al rey algunos dignatarios, vestidos espléndidamente, con telas a rayas, chaquetas bordadas y sombreros adornados con grandes hojas de oro, aunque varios llevaban zapatos occidentales y maletines de ejecutivo. Había varios monjes con sus túnicas rojas. Tres muchachas y dos jóvenes, altos y distinguidos, estaban de pie junto al rey; los visitantes supusieron que eran sus hijos.

Tal como Wandgi los había instruido, no aceptaron las sillas, porque no debían colocarse a la misma altura del mandatario; prefirieron las pequeñas alfombras de lana, que estaban colocadas frente a la plataforma real.

Después de intercambiar las *katas* y saludos de rigor, los extranjeros esperaron la señal del rey para acomodarse en el suelo, los hombres con las piernas cruzadas y las mujeres sentadas de lado. Kate Cold, enredada en el sarong, estuvo a punto de rodar por el piso. El rey y su corte disimularon a duras penas una sonrisa.

Antes de comenzar las conversaciones se sirvió té, nueces y unos extraños frutos espolvoreados con sal, que los visitantes comieron después de rechazar tres veces. Había llegado el momento de los regalos. La escritora hizo un gesto a Timothy Bruce y Joel González, quienes se arrastraron sobre las rodillas para presentar al rey una caja con los doce primeros ejemplares del *International Geographic*, publicados en 1888, y una página manuscrita de Charles Darwin, que el director de la revista había conseguido milagrosamente en un anticuario de Londres. El rey agradeció y a su vez les ofreció un libro envuelto en un paño. Wandgi les había dicho que no debían abrir el paquete; eso era una muestra de impaciencia, sólo aceptable en un niño.

En ese momento un funcionario anunció la llegada de Judit Kinski. Los miembros de la expedición del *International Geographic* comprendieron por qué no la habían visto en el hotel esa mañana: la mujer era huésped en el palacio real. Saludó con una inclinación de cabeza y tomó lugar en el suelo, junto a los demás extranjeros. Llevaba un vestido sencillo, su mismo bolso de cuero, del cual aparentemente jamás se separaba, y una ancha pulsera africana de hueso tallado como único adorno.

En ese instante Tschewang, el leopardo real, que permanecía quieto, pero atento, dio un salto y se plantó delante de Alexander, con el hocico recogido en una mueca amenazadora, que dejaba a la vista cada uno de sus afilados colmillos. Todos los presentes se quedaron inmóviles y dos guardias hicieron ademán de intervenir, pero el rey los detuvo con un gesto y llamó a la bestia. El leopardo se volvió hacia su amo, pero no le obedeció.

Sin darse cuenta de lo que hacía, Alexander se había quitado los lentes, se había puesto a gatas y tenía la misma expresión del felino: con las manos engarfiadas gruñía y mostraba los dientes.

Entonces Nadia, sin moverse de su lugar, comenzó a murmurar extraños sonidos, que sonaban como un ronroneo de gato. Al punto el leopardo se dirigió hacia ella, acercándole el hocico a la cara, oliéndola y batiendo la cola. Luego, ante el asombro de todos, se echó delante de ella exponiendo la barriga, que ella acarició sin asomo de temor y sin dejar de ronronear.

—¿Puede usted hablar con los animales? —preguntó con naturalidad el rey.

Los extranjeros, desconcertados, dedujeron que seguramente en ese reino hablar con los animales no era algo insólito.

—A veces —replicó la niña.

—¿Qué le pasa a mi fiel Tschewang? Por lo general es cortés y obediente —sonrió el monarca, señalando al felino.

—Creo que se asustó al ver a un jaguar —replicó Nadia.

Nadie, salvo Alexander, entendió qué significaba esa afirmación. Kate Cold se dio una involuntaria palmada en la frente: definitivamente estaban haciendo un papelón, parecían un hatajo de locos sueltos. Pero el rey no se inmutó ante la respuesta de la niña extranjera color de miel. Se limitó a mirar con atención al muchacho americano, quien había vuelto a la normalidad y estaba otra vez sentado con las piernas cruzadas. Sólo la transpiración en su frente delataba el susto que había pasado.

Nadia Santos puso una de las bufandas de seda frente al leopardo, que la tomó delicadamente entre sus fauces y la llevó a los pies del monarca. Luego se instaló en su sitio habitual sobre la plataforma real.

—Y usted, niña, ¿también puede hablar con los pájaros? —preguntó el rey.

—A veces —repitió ella.

—Aquí suelen aparecer algunas aves interesantes —dijo él.

En verdad el Reino del Dragón de Oro era un santuario ecológico, donde existían muchas especies exterminadas en el resto del mundo, pero presumir se consideraba una muestra imperdonable de mala educación; ni el rey, que era la máxima autoridad en materia de flora y fauna, lo hacía.

Más tarde, cuando el grupo del *International Geographic* abrió el regalo real, comprobaron que era un libro de fotografías de pájaros. Wandgi les explicó que el rey las había tomado él mismo; sin embargo, su nombre no aparecía en el libro, porque eso habría sido una demostración de vanidad.

El resto de la entrevista transcurrió hablando del Reino del Dragón de Oro. Los extranjeros notaron que todos hablaban con vaguedad. Las palabras más frecuentes eran «tal vez» y «posiblemente», con lo cual se evitaban opiniones fuertes y confrontación. Eso dejaba una salida honorable, en caso que las partes no estuvieran de acuerdo.

Judit Kinski parecía saber mucho sobre la maravillosa naturaleza de la región. Eso había conquistado al gobernante, así como al resto de la corte, porque sus conocimientos eran muy poco usuales en los extranjeros.

—Es un honor recibir en nuestro país a los enviados de la revista *International Geographic* —dijo el soberano.

—El honor es todo nuestro, Majestad. Sabemos que en este reino el respeto a la naturaleza es único en el mundo —replicó Kate Cold.

—Si dañamos al mundo natural, debemos pagar las consecuencias. Sólo un loco cometería semejante torpeza.

Su guía, Wandgi, podrá llevarlos a donde deseen ir. Tal vez podrán visitar los templos o los *dzong*, monasterios fortificados, donde posiblemente los monjes puedan recibirlos como huéspedes y darles la información que necesiten —ofreció el rey.

Todos notaron que no incluía a Judit Kinski y adivinaron que el gobernante pensaba mostrarle él mismo las bellezas de su reino.

La entrevista había llegado a su fin y sólo restaba agradecer y despedirse. Entonces Kate Cold cometió la primera imprudencia. Incapaz de resistir su impulso, preguntó directamente por la leyenda del Dragón de Oro. De inmediato un silencio glacial se sintió en la sala. Los dignatarios se paralizaron y la sonrisa amable del rey desapareció. La pausa que siguió pareció muy pesada, hasta que Judit Kinski se atrevió a intervenir.

—Perdone nuestra impertinencia, Majestad. No conocemos bien las costumbres de aquí; espero que la pregunta de la señora Cold no haya sido ofensiva... En realidad ella habló por todos nosotros. Siento la misma curiosidad por esa leyenda que los periodistas del *International Geographic* —dijo, fijando sus ojos castaños en las pupilas de él.

El rey devolvió la mirada con expresión muy seria, como si evaluara sus intenciones, y por último sonrió. Se rompió de inmediato el hielo y todos volvieron a respirar, aliviados.

—El dragón sagrado existe, no es sólo una leyenda; sin embargo, no podrán verlo, lo lamento —dijo el rey, hablando con la firmeza que hasta entonces había evitado.

—En alguna parte leí que la estatua se guarda en un monasterio fortificado de Tíbet. Me pregunto qué sucedió con ella después de la invasión china... —insistió Judit Kinski.

Kate pensó que nadie más habría osado continuar con

el tema. Esa mujer tenía mucha confianza en sí misma y en la atracción que ejercía sobre el rey.

—El dragón sagrado representa el espíritu de nuestra nación. Nunca ha salido de nuestro reino —aclaró él.

—Disculpe, Majestad, estaba mal informada. Es lógico que se guarde en este palacio, junto a usted —dijo Judit Kinski.

—Tal vez —dijo él, poniéndose de pie para indicar que la entrevista había concluido.

El grupo del *International Geographic* se despidió con profundas reverencias y salió retrocediendo, menos Kate Cold, tan enredada en el sarong, que no tuvo más remedio que subírselo hasta las rodillas y salir a tropezones, dándole las espaldas a Su Majestad.

Tschewang, el leopardo real, siguió a Nadia hasta la puerta del palacio, refregando el hocico contra su mano, pero sin perder de vista a Alexander.

—No lo mires, Jaguar. Te tiene celos... —se rió la muchacha.

8

SECUESTRADAS

El Coleccionista despertó sobresaltado por el timbre del teléfono privado que tenía sobre su mesa de noche. Eran las dos de la madrugada. Sólo tres personas conocían ese número: su médico, el jefe de sus guardaespaldas y su madre. Hacía meses que ese teléfono no sonaba. El Coleccionista no había necesitado a su médico ni a su jefe de seguridad. En cuanto a su madre, en ese momento andaba en la Antártica fotografiando pingüinos. La señora pasaba sus últimos años embarcada en diversos cruceros de lujo, que la llevaban de un lado a otro en un viaje inacabable. Al arribar a un puerto, la recibía un empleado con el pasaje en la mano para emprender otro crucero. Su hijo había descubierto que de esa manera ella vivía entretenida y él no tenía que verla.

—¿Cómo averiguó este número? —preguntó indignado el segundo hombre más rico del mundo, una vez que reconoció a su interlocutor, a pesar del dispositivo que deformaba la voz.

—Averiguar secretos es parte de mi trabajo —replicó el Especialista.

—¿Qué noticias me tiene?

—Pronto tendrá en su poder lo que hemos convenido.

—¿Para qué me molesta entonces?

—Para decirle que de nada le servirá el Dragón de Oro si no sabe usarlo —explicó el Especialista.

—Para eso tengo el pergamino traducido, el que le compré al general chino —aclaró el Coleccionista.

—¿Usted cree que algo tan importante y tan secreto estaría expuesto en un solo pedazo de pergamino? La traducción está en clave.

—¡Consiga la clave! Para eso lo he contratado.

—No. Usted me contrató para conseguir ese objeto, nada más. Esto no está contemplado en el trato —aclaró fríamente la voz deformada en el teléfono.

—El dragón no me interesa sin las instrucciones, ¿me ha entendido? ¡Consígalas o no verá sus millones de dólares! —gritó el cliente.

—Jamás reconsidero los términos de una negociación. Usted y yo hemos convenido algo. Le presentaré la estatua dentro de dos semanas y cobraré lo convenido o usted sufrirá daños irreparables.

El cliente percibió la amenaza y se dio cuenta de que se jugaba la vida. Por una vez el segundo hombre más rico del planeta se asustó.

—Tiene razón, un trato es un trato. Le pagaré aparte por la clave para descifrar ese pergamino. ¿Cree que puede conseguirla en un plazo prudente? Como sabe, esto es un asunto muy urgente. Estoy dispuesto a pagar lo necesario, el dinero no es problema —dijo el Coleccionista en tono conciliador.

—En este caso no es una cuestión de precio.

—Todo el mundo tiene un precio.

—Se equivoca —replicó el Especialista.

—¿No me dijo usted que era capaz de conseguir cualquier cosa? —preguntó, angustiado, el cliente.

—Uno de mis agentes se comunicará con usted próximamente —replicó la voz y la comunicación se cortó.

El multimillonario no pudo volver a dormir. Pasó el resto de la noche estudiando su inconmensurable fortuna en la oficina, que ocupaba la mayor parte de su casa, donde tenía medio centenar de computadoras. Día y noche, sus empleados se mantenían conectados a los más importantes mercados de valores del mundo. Sin embargo, por mucho que el Coleccionista repasara las cifras y gritara a sus subalternos, no lograba cambiar el hecho de que había otro hombre más rico que él. Eso le destrozaba los nervios.

Después de recorrer la encantadora ciudad de Tunkhala, con sus casas de techos de pagoda, sus *stupas* o cúpulas religiosas, sus templos, y sus docenas de monasterios encaramados a los faldeos de los cerros, en medio de una naturaleza exuberante de árboles y flores, Wandgi ofreció mostrarles la universidad. El campus era un parque natural, con cascadas de agua y millares de pájaros, donde se alzaban varios edificios. Los techos de pagoda, las imágenes de Buda pintadas en los muros y las banderas de oración daban a la universidad el aspecto de un conjunto de monasterios. Por los senderos del parque vieron estudiantes conversando en grupos y les llamó la atención su formalidad, tan diferente al aire relajado de los jóvenes en Occidente.

Fueron recibidos por el rector, quien solicitó a Kate Cold que se dirigiera a los alumnos para hablarles de la revista *International Geographic*, que muchos leían regularmente en la biblioteca.

—Tenemos muy pocas ocasiones de recibir ilustres visitantes en nuestra humilde universidad —dijo, inclinándose ceremoniosamente ante ella.

Y así fue como la escritora, los fotógrafos, Alexander y Nadia se vieron instalados en una sala frente a los ciento noventa estudiantes de la universidad y sus profesores. Casi todos hablaban algo de inglés, porque era la asignatura preferida de los jóvenes, pero Wandgi debió traducir en muchas ocasiones. La primera media hora transcurrió con mucha compostura.

El público hacía preguntas ingenuas, con mucho respeto, saludando con una reverencia antes de dirigirse a los extranjeros. Fastidiado, Alexander levantó la mano.

—¿Podemos preguntar nosotros también? Hemos venido de muy lejos para aprender sobre este país... —sugirió.

Hubo unos momentos de silencio, en los cuales los estudiantes se miraban unos a otros confundidos, porque era la primera vez que un conferenciante proponía algo así. Después de algunas dudas y cuchicheos entre los profesores, el rector dio su consentimiento. En la siguiente hora y media los visitantes averiguaron algunos datos interesantes sobre el Reino Prohibido y los estudiantes, libres de la estirada formalidad a la cual estaban habituados, se atrevieron a preguntar sobre el cine, la música, la ropa, los carros y mil otros temas de América.

Hacia el final, Timothy Bruce sacó una cinta de rock'n'roll y Kate Cold la puso en su grabadora. Su nieto, habitualmente tímido, tuvo un impulso irresistible, salió adelante e hizo una demostración de baile moderno, que dejó a todos con la boca abierta. Borobá, contagiado por esa danza frenética, procedió a imitarlo a la perfección, en medio de las risotadas del público. Al terminar la «conferencia», los estudiantes en masa los acompañaron hasta los límites del campus, cantando y bailando igual que Alexander, mientras los profesores se rascaban la cabeza, estupefactos.

—¿Cómo pudieron aprender la música americana después de oírla una sola vez? —preguntó Kate Cold, admirada.

—Circula entre los estudiantes desde hace muchos años, abuelita. Dentro de sus casas esos chicos usan vaqueros, como ustedes. Los traen de contrabando de India —replicó Wandgi, riéndose.

Para entonces Kate Cold había aceptado, resignada, que el guía la llamara «abuelita». Era un signo de respeto, la forma educada de dirigirse a una persona mayor. Por su parte Nadia y Alex debían llamar «tío» a Wandgi y «prima» a Pema.

—Tal vez los honorables visitantes, si no están muy cansados, desearían probar la comida típica de Tunkhala... —sugirió Wandgi tímidamente.

Los honorables visitantes estaban extenuados, pero no podían perder esa oportunidad. Terminaron ese día de intensa actividad en casa del guía, que, como muchas en la capital, era de dos pisos, de ladrillo blanco y maderas pintadas con intrincados dibujos de flores y pájaros, del mismo estilo que los de palacio. Fue imposible averiguar quiénes pertenecían a la familia directa de Wandgi, porque entraban y salían docenas de personas y todas eran presentadas como tíos, hermanos o primos. No existían los apellidos. Al nacer un niño sus padres le ponían dos o tres nombres para distinguirlo de los demás, pero cada persona podía cambiar sus nombres a voluntad varias veces en la vida. Los únicos que usaban un apellido eran los miembros de la familia real.

Pema, su madre y varias tías y primas sirvieron la comida. Todos se sentaron en el suelo en torno a una mesa redonda, donde colocaron una verdadera montaña de arroz rojo, cereal y varias combinaciones de vegetales, sazonados con especias y pimiento picante. Enseguida fueron trayendo las delicias preparadas especialmente para honrar a los extranjeros: hígado de yak, pulmón de oveja, patas de cerdo, ojos de cabra y salchichas de sangre sazonadas con tanta pimienta y páprika, que el solo olor de los platos les hizo lagrimear y produjo un ataque de tos a Kate. Se comía con la mano, formando bolitas con los alimentos, y lo cortés era ofrecer primero las bolitas a los visitantes.

Al llevarse el primer bocado a la boca, Alexander y Nadia estuvieron a punto de lanzar un grito: ninguno de los dos había probado nunca algo tan picante. Les ardía la boca como si se la hubieran quemado con carbones encendidos. Kate Cold les advirtió entre accesos de tos que no debían ofender a sus anfitriones, pero los nativos del Reino Prohibido sabían que los extranjeros no eran capaces de tragar su comida. Mientras a los dos muchachos les corría el llanto por las mejillas, los demás se reían a gritos, golpeando el suelo con pies y manos.

Pema, también muy divertida, les trajo té para enjuagarse la boca y un plato con los mismos vegetales, pero preparados sin picante. Alexander y Nadia intercambiaron una mirada de complicidad. En el Amazonas habían comido desde serpiente asada hasta una sopa hecha con las cenizas de un indio muerto. Sin decir palabra, decidieron simultáneamente que ése no era el momento de retroceder. Agradecieron, inclinándose con las palmas juntas frente a la cara, y luego cada uno preparó su bolita de fuego y se la puso valientemente en la boca.

Al día siguiente se celebraba un festival religioso, que coincidía con la luna llena y el cumpleaños del rey. El país entero se había preparado durante semanas para el evento. Todo Tunkhala se volcó a la calle y de las montañas bajaron campesinos de aldeas remotas, que debieron viajar a pie o a caballo durante días. Después de las bendiciones de los lamas, salieron los músicos con sus instrumentos y las cocineras, que colocaron grandes mesas con comida, dulces y jarras con licor de arroz. En esa ocasión todo era gratis.

Las trompetas, tambores y gongs de los monasterios sonaron desde muy temprano. Los fieles y los peregrinos llegados de lejos se aglomeraban en los templos para hacer sus ofrendas, girar las ruedas de oración, y encender velas de manteca de yak. El olor rancio de la grasa y el humo del incienso flotaba por la ciudad.

Antes del viaje Alexander había recurrido a la biblioteca de su escuela para informarse sobre el Reino Prohibido, sus costumbres y su religión. Le dio una breve lección sobre budismo a Nadia, quien no había oído hablar jamás de Buda.

—En lo que hoy es el sur de Nepal, nació quinientos sesenta y seis años antes de Cristo un príncipe llamado Sidarta Gautama. Cuando nació, un adivino pronosticó que el niño reinaría sobre toda la tierra, pero siempre que fuera preservado del deterioro y la muerte. De otro modo, sería un gran maestro espiritual. Su padre, que prefería lo primero, rodeó el palacio de altos muros para que Sidarta tuviera una vida espléndida, dedicada al placer y la belleza, sin confrontar jamás el sufrimiento. Hasta las hojas que caían de los árboles eran rápidamente barridas, para que no las viera marchitarse. El joven se casó y tuvo un hijo sin haber salido nunca de aquel paraíso. Tenía veintinueve años cuando se asomó fuera del jardín y vio por primera vez enfermedad, pobreza, dolor, crueldad. Se cortó el cabello, se despojó de sus joyas y sus ropajes de rica seda y se fue en busca de la Verdad. Durante seis años estudió con yoguis en India y sometió su cuerpo al ascetismo más riguroso...

—¿Qué es eso? —preguntó Nadia.

—Llevaba una vida de privaciones. Dormía sobre espinas y comía solamente unos pocos granos de arroz.

—Mala idea... —comentó Nadia.

—Eso mismo concluyó Sidarta. Después de pasar del placer absoluto en su palacio al sacrificio más severo, comprendió que el Camino del Medio es el más adecuado —dijo Alexander.

—¿Por qué le dicen el Iluminado? —quiso saber su amiga.

—Porque a los treinta y cinco años se sentó sin moverse bajo un árbol durante seis días y seis noches a meditar. Una noche de luna, como la que se celebra en este festival, su mente y su espíritu se abrieron y logró comprender todos los principios y procesos de la vida. Es decir, se convirtió en Buda.

—En sánscrito «Buda» quiere decir «despierto» o «iluminado» —aclaró Kate Cold, quien escuchaba atentamente las explicaciones de su nieto—. Buda no es un nombre, sino un título, y cualquiera puede convertirse en buda a través de una vida noble y de práctica espiritual —agregó.

—La base del budismo es la compasión hacia todo lo que vive o existe. Dijo que cada uno debe buscar la verdad o la iluminación dentro de sí mismo, no en otros o en cosas externas. Por eso los monjes budistas no andan predicando, como nuestros misioneros, sino que pasan la mayor parte de sus vidas en serena meditación, buscando su propia verdad. Sólo poseen sus túnicas, sus sandalias y sus escudillas para mendigar comida. No les interesan los bienes materiales —dijo Alexander.

A Nadia, quien no poseía más que un pequeño bolso con la ropa indispensable y tres plumas de loro para el peinado, esa parte del budismo le pareció perfecta.

Por la mañana se llevaron a cabo los torneos de tiro al blanco, la actividad más concurrida del festival de Tunkhala. Los mejores arqueros se presentaron engalanados con sus vistosos ropajes, luciendo collares de flores que las muchachas les ponían al cuello. Los arcos tenían casi dos metros de largo y eran muy pesados.

A Alexander le ofrecieron uno, pero se vio en duro aprieto para levantarlo y mucho menos pudo dar en el blanco. Estiró la cuerda con todas sus fuerzas, pero en un descuido se le escapó la flecha entre los dedos y salió disparada en dirección a un elegante dignatario que se encontraba a varios metros del blanco. Horrorizado, Alexander lo vio caer de espaldas y supuso que lo había asesinado, pero su víctima se puso de pie rápidamente, de lo más divertido. La flecha se había clavado en medio de su sombrero. Nadie se ofendió. Un coro de carcajadas celebró la torpeza del extranjero y el dignatario se paseó el resto del día con la flecha en el sombrero, como un trofeo.

La población del Reino Prohibido se presentó con sus mejores galas y la mayoría llevaba máscaras o las caras pintadas de amarillo, blanco y rojo. Sombreros, cuellos, orejas y brazos lucían adornos de plata, oro, corales antiguos y turquesas.

Esta vez el rey llegó con un tocado espectacular en la cabeza: la corona del Reino Prohibido. Era de seda bordada con incrustaciones de oro y sembrada de piedras preciosas. Al centro, sobre la frente, tenía un gran rubí. Sobre el pecho llevaba el medallón real. Con su eterna expresión de calma y optimismo, el rey se paseaba sin escolta entre sus súbditos, que evidentemente lo adoraban. Su séquito se componía sólo de su inseparable Tschewang, el leopardo, y su invitada de honor, Judit Kinski, ataviada con el traje típico del país, pero siempre con su bolso al hombro.

Por la tarde hubo representaciones teatrales de actores con máscaras, acróbatas, juglares y malabaristas. Grupos de muchachas ofrecieron una demostración de las danzas tradicionales, mientras los mejores atletas compitieron en simulacros de lucha con espada y en un tipo de artes marciales que los extranjeros jamás habían visto. Daban saltos mortales y se movían con tan asombrosa rapidez, que parecían volar por encima de las cabezas de su contrincante. Ninguno pudo vencer a un joven delgado y guapo, que tenía la agilidad y fiereza de una pantera. Wandgi informó a los extranjeros de que era uno de los hijos del rey, pero no el elegido para ocupar algún día el trono. Tenía condiciones de guerrero, siempre quería ganar, le gustaba el aplauso, era impaciente y voluntarioso. Definitivamente, agregó el guía, no tenía pasta para convertirse en un gobernante sabio.

Al ponerse el sol comenzaron a cantar los grillos, sumándose al ruido de la fiesta. Se encendieron millares de antorchas y lámparas con pantallas de papel.

En la entusiasta multitud había muchos enmascarados. Las máscaras eran verdaderas obras de arte, todas diferentes, pintadas de oro y colores brillantes. A Nadia le llamó la atención que bajo algunas máscaras asomaran barbas negras, porque los hombres del Reino Prohibido se afeitaban cuidadosamente. Jamás se veía uno con pelos en el rostro, se consideraba una falta de higiene. Por un rato estudió a la multitud, hasta que se dio cuenta de que los individuos barbudos no participaban en las festividades como los demás. Iba a comunicarle sus observaciones a Alexander, cuando éste se le acercó con una expresión preocupada.

—Fíjate en ese hombre que está allí, Águila —le dijo.

—¿Dónde?

—Detrás del malabarista que lanza antorchas encendidas al aire. El que tiene un gorro tibetano de piel.

—¿Qué pasa con él? —preguntó Nadia.

—Acerquémonos con disimulo para verlo de cerca —dijo Alexander.

Cuando lograron hacerlo, vieron a través de la máscara dos pupilas claras e inexpresivas: los ojos inolvidables de Tex Armadillo.

—¿Cómo llegó aquí? No vino en el avión con nosotros y el próximo vuelo es dentro de cinco días —comentó Alexander poco después, cuando se alejaron un poco.

—Creo que no está solo, Jaguar. Esos enmascarados barbudos pueden ser de la Secta del Escorpión. He estado observándolos y me parece que están tramando algo.

—Si vemos algo sospechoso avisaremos a Kate. Por el momento no los perdamos de vista —dijo Alexander.

De China había llegado para el festival una familia de expertos en fuegos artificiales. Apenas el sol se ocultó tras los cerros, cayó bruscamente la noche y descendió la temperatura, pero la fiesta continuó. Pronto el cielo se iluminó y la muchedumbre en las calles celebró con gritos de asombro cada estallido de las maravillosas luces de los chinos.

Había tanta gente que costaba moverse en el tumulto. Nadia, acostumbrada al clima tropical de su aldea, Santa María de la Lluvia, tiritaba de frío. Pema se ofreció para acompañarla al hotel a buscar ropa abrigada y ambas partieron con Borobá, que se había puesto frenético con el ruido de los fuegos, mientras Alexander vigilaba de lejos a Tex Armadillo.

Nadia agradeció que Kate Cold hubiera tenido la buena idea de comprarle ropa de alta montaña. Le castañeteaban los dientes tanto como a Borobá. Primero le colocó la parka de bebé al mono y luego se puso pantalones, calcetines gruesos, botas y un chaquetón, mientras Pema la observaba divertida. Ella estaba muy cómoda con su liviano sarong de seda.

—¡Vamos! ¡Estamos perdiendo lo mejor de la fiesta! —exclamó la joven.

Salieron corriendo a la calle. La luna y las cascadas de estrellas multicolores de los chinos alumbraban la noche.

—¿Dónde están Pema y Nadia? —preguntó Alexander, calculando que hacía más de una hora que no las veía.

—No las he visto —replicó Kate.

—Fueron al hotel porque Nadia necesitaba una chaqueta, pero ya deberían haber regresado. Mejor voy a buscarlas —decidió Alex.

—Ya vendrán, aquí no hay donde perderse —dijo su abuela.

Alexander no encontró a las chicas en el hotel. Dos horas más tarde todos estaban preocupados, porque nadie las había visto en el tumulto del festival desde hacía mucho rato. El guía, Wandgi, consiguió una bicicleta prestada y fue hasta su casa, pensando que Pema podría haber llevado a Nadia allí, pero poco después regresó descompuesto.

—¡Han desaparecido! —anunció a gritos.

—No puede haberles sucedido nada malo. ¡Usted dijo que éste era el país más seguro del mundo! —exclamó Kate.

A esa hora quedaba muy poca gente en la calle, sólo unos cuantos estudiantes rezagados y unas mujeres que limpiaban la basura y los restos de comida de las mesas. El aire olía a una mezcla de flores y pólvora.

—Pueden haberse ido con algunos estudiantes de la universidad... —sugirió Timothy Bruce.

Wandgi les aseguró que eso era imposible, Pema jamás haría eso. Ninguna muchacha respetable salía de noche sola y sin permiso de sus padres, dijo. Decidieron acudir a la estación de policía, donde fueron atendidos con cortesía por dos oficiales extenuados, que habían trabajado desde el amanecer y no parecían dispuestos a salir a la caza de dos chicas, que seguramente estaban con amigos o parientes. Kate Cold se les plantó al frente blandiendo su pasaporte y su carnet de periodista, mientras reclamaba con su peor vozarrón de mando, pero no logró sacudirlos.

—Estas personas recibieron una invitación especial de nuestro amado rey —dijo Wandgi, y eso puso a los policías en acción de inmediato.

El resto de la noche se fue buscando a Pema y Nadia por todas partes. Al amanecer estaba la fuerza policial completa —diecinueve funcionarios— en estado de alerta, porque se había reportado la desaparición de otras cuatro adolescentes en Tunkhala.

Alexander comunicó a su abuela sus sospechas de que había guerreros azules mezclados en la muchedumbre y agregó que había visto a Tex Armadillo disfrazado de pastor tibetano. Había intentado seguirlo, pero seguramente éste se dio cuenta de que había sido reconocido y se perdió en el gentío. Kate informó a la policía, quienes le advirtieron que no convenía sembrar pánico sin pruebas.

Durante las primeras horas de la mañana se propagó la atroz noticia de que varias niñas habían sido secuestradas. Casi todas las tiendas permanecieron cerradas y las puertas de las casas abiertas, mientras los habitantes de la apacible capital se volcaban a las calles a comentar el suceso. Cuadrillas de voluntarios salieron a recorrer los alrededores, pero el trabajo era desesperante, porque el terreno irregular y cubierto de impenetrable vegetación dificultaba la búsqueda. Pronto comenzó a circular un rumor que fue creciendo hasta convertirse en un río incontenible de pánico que arrolló a la ciudad: ¡los escorpiones!, ¡los escorpiones!

Dos campesinos, que no habían asistido al festival, aseguraron haber visto a varios jinetes pasar al galope rumbo a las montañas. Los cascos de los corceles sacaban chispas de las piedras, las capas negras ondeaban al viento y en la luz fantástica de los fuegos artificiales parecían demonios, dijeron los aterrados campesinos. Poco después una familia que iba de vuelta a su aldea, encontró en el sendero una gastada cantimplora de cuero, llena de licor, y la llevó a la policía. Tenía grabado un escorpión.

Wandgi estaba fuera de sí. En cuclillas, gemía con la cara entre las manos, mientras su esposa se mantenía en silencio y sin lágrimas, completamente anonadada.

—¿Se refieren a la Secta del Escorpión, la misma de India? —preguntó Alexander Cold.

—¡Los guerreros azules! ¡Nunca más veré a mi Pema! —lloraba el guía.

Los expedicionarios del *International Geographic* fueron obteniendo los detalles de a poco. Aquellos nómades sanguinarios circulaban por el norte de India, donde solían atacar aldeas indefensas para raptar muchachas, que convertían en sus esclavas. Para ellos las mujeres tenían menos valor que un cuchillo, las trataban peor que a animales y las mantenían aterrorizadas, escondidas en cuevas.

A las niñas que nacían las mataban de inmediato, pero dejaban a los varones, a quienes separaban de sus madres y entrenaban para pelear desde los tres años. Para inmunizarlos contra el veneno los hacían picar por escorpiones, de modo que al llegar a la adolescencia podían soportar mordeduras de reptiles e insectos que de otro modo les serían fatales.

En muy poco tiempo las esclavas morían de enfermedad, maltratos o asesinadas, pero las pocas que llegaban a los veinte años eran consideradas inservibles y las abandonaban, para ser reemplazadas por nuevas niñas robadas. Así el ciclo se repetía. Por los caminos rurales de India solían verse las figuras lamentables de esas mujeres locas, en harapos, pidiendo limosna. Nadie se les acercaba por temor a la Secta del Escorpión.

—¿Y la policía no hace nada? —preguntó Alexander, horrorizado.

—Esto ocurre en regiones muy aisladas, en villorrios indefensos y miserables. Nadie se atreve a enfrentar a los bandidos, les tienen terror, creen que poseen poderes diabólicos, que pueden enviar una plaga de escorpiones y acabar con toda una aldea. No hay peor destino para una niña que caer en manos de los hombres azules. Llevará la vida de un animal por unos cuantos años, verá exterminar a sus hijas, le quitarán a los hijos y, si no muere, terminará convertida en mendiga —les explicó el guía, y agregó que la Secta del Escorpión era una banda de ladrones y asesinos que conocían todos los pasos del Himalaya, cruzaban las fronteras a su antojo y atacaban siempre de noche. Eran sigilosos como sombras.

—¿Han entrado antes al Reino Prohibido? —preguntó Alexander, en cuya mente empezaba a formarse una terrible sospecha.

—Hasta ahora nunca lo habían hecho. Sólo actuaban en India y Nepal —replicó el guía.

—¿Por qué vinieron tan lejos? Es muy raro que se atrevieran a llegar a una ciudad como Tunkhala. Y es más raro todavía que decidieran hacerlo justamente durante un festival, cuando estaba el pueblo en la calle y la policía vigilando —anotó Alexander.

—Iremos de inmediato a hablar con el rey. Hay que movilizar todos los recursos posibles —determinó Kate.

Su nieto estaba pensando en Tex Armadillo y los patibularios personajes que había visto en los sótanos del Fuerte Rojo. ¿Qué papel desempeñaba ese hombre en el asunto? ¿Qué significaba el mapa que estudiaban?

No sabía por dónde comenzar a buscar a Águila, pero estaba dispuesto a recorrer el Himalaya de punta a cabo tras ella. Imaginaba la suerte que en esos momentos corría su amiga. Cada minuto era precioso: debía encontrarla antes que fuera demasiado tarde. Necesitaba más que nunca el instinto de cazador del jaguar, pero estaba tan nervioso que no podía concentrarse lo suficiente para invocarlo. El sudor le corría por la frente y la espalda, empapándole la camisa.

Nadia y Pema no alcanzaron a ver a sus atacantes. Dos mantos oscuros les cayeron encima, envolviéndolas; luego las ataron con cuerdas, como paquetes, y las levantaron en vilo. Nadia gritó y trató de defenderse, pataleando en el aire, pero un golpe seco en la cabeza la aturdió. Pema, en cambio, se entregó a su suerte, adivinando que era inútil pelear en ese momento, debía reservar su energía para más adelante. Los secuestradores colocaron a las muchachas atravesadas sobre los caballos y montaron detrás, sujetándolas con manos de hierro. Por montura sólo llevaban una manta doblada y manejaban las cabalgaduras con la presión de las rodillas. Eran jinetes formidables.

A los pocos minutos Nadia recuperó el conocimiento y en cuanto se le despejó un poco la mente hizo un inventario de la situación. Se dio cuenta de inmediato de que iba al galope a caballo, a pesar de que nunca había montado uno. Sentía retumbar cada pisada del animal en el estómago y el pecho, le costaba respirar bajo la manta y sentía en la espalda la presión de una mano grande y fuerte, como una garra, que la sujetaba.

El olor del caballo sudoroso y de las ropas del hombre era penetrante, pero fue justamente eso lo que le devolvió la claridad y le permitió pensar. Acostumbrada a vivir en contacto con la naturaleza y los animales, tenía una gran memoria olfativa. Su secuestrador no olía como la gente que había conocido en el Reino Prohibido, que era limpia en extremo. El aroma natural de las telas de seda, algodón y lana se mezclaba con el de las especias que usaban para cocinar y el aceite de almendras, que todo el mundo usaba para darle brillo al cabello. Nadia podría reconocer a un habitante del Reino Prohibido con los ojos cerrados. El hombre que la sujetaba era sucio, como si su ropa no se lavara jamás, y la piel exudaba un olor amargo de ajo, carbón y pólvora. Sin duda era un extranjero en esa tierra.

Nadia escuchó con atención y pudo calcular que, además de los dos caballos en que iban Pema y ella, había por lo menos cuatro más, tal vez cinco. Se dio cuenta de que iban siempre en ascenso. Cuando cambió el paso del caballo, comprendió que ya no iban por un sendero, sino a campo travieso. Podía oír los cascos contra las piedras y sentía el esfuerzo del animal por trepar. A veces resbalaba, relinchando, y la voz del jinete lo alentaba a seguir en un idioma desconocido.

La muchacha sentía los huesos molidos por el bamboleo, pero no podía acomodarse, porque las cuerdas la inmovilizaban. La presión en el pecho era tan fuerte, que temía que se le partieran las costillas. ¿Cómo podía dejar alguna pista para que pudieran encontrarla? Estaba segura de que Jaguar lo intentaría, pero esas montañas eran un laberinto de alturas y precipicios. Si al menos pudiera soltarse un zapato, pensaba, pero eso era imposible, porque llevaba las botas amarradas.

Un buen rato más tarde, cuando las dos muchachas ya estaban completamente machucadas y medio inconscientes, las cabalgaduras se detuvieron. Nadia hizo un esfuerzo por recuperarse y prestó atención. Los jinetes desmontaron y sintió que volvían a levantarla y la tiraban como una bolsa al suelo. Cayó sobre piedras. Oyó gemir a Pema y enseguida unas manos desataron la cuerda y le quitaron la manta. Respiró a todo pulmón y abrió los ojos.

Lo primero que vio fue la bóveda oscura del cielo y la luna, luego dos rostros negros y barbudos inclinados sobre ella. El aliento fétido a ajo, licor y algo parecido al tabaco de los hombres la golpeó como un puñetazo. Sus ojos malignos brillaban en las cuencas hundidas y reían burlones. Les faltaban varios dientes y los pocos que tenían eran de un color casi negro. Nadia había visto gente en India con los dientes así, y Kate Cold le explicó que masticaban betel. A pesar de que estaba bastante oscuro, reconoció el aspecto de los hombres que había visto en el Fuerte Rojo, los temibles guerreros del Escorpión.

De un tirón sus captores la pusieron de pie, pero debieron sostenerla, porque se le doblaban las rodillas. Nadia vio a Pema a pocos pasos de distancia, encogida de dolor. Con gestos y empujones, los secuestradores les indicaron a las muchachas que avanzaran. Uno se quedó con los caballos y los otros subieron el cerro llevando a las prisioneras. Nadia había calculado bien: los jinetes eran cinco.

Llevaban unos quince minutos de ascenso cuando apareció de súbito un grupo de varios hombres, todos con la misma vestimenta, oscuros, barbudos y armados de puñales. Nadia trató de sobreponerse al miedo y «escuchar con el corazón», tratando de comprender su idioma, pero estaba demasiado adolorida y maltrecha. Mientras los hombres discutían, cerró los ojos e imaginó que era un águila, la reina de las alturas, el ave imperial, su animal totémico. Por unos segundos tuvo la sensación de elevarse como un espléndido pájaro y pudo ver a sus pies la cadena de montañas del Himalaya y, muy lejos, el valle donde estaba la ciudad de Tunkhala. Un empujón la devolvió a la tierra.

Los guerreros azules encendieron unas improvisadas antorchas, hechas con estopa amarrada a un palo y empapada en grasa. En la luz vacilante condujeron a las muchachas por un angosto desfiladero natural en la roca. Iban pegados a la montaña, pisando con infinito cuidado, porque a sus pies se abría un precipicio profundo. Una ventisca helada cortaba la piel como navaja. Había parches de nieve y hielo entre las piedras, a pesar de que era verano.

Nadia pensó que el invierno en esa región debía ser espantoso, si aun en verano hacía frío. Pema iba vestida de seda y con sandalias. Quiso pasarle su chaquetón, pero apenas hizo el ademán de quitárselo le dieron un bofetón y la obligaron a seguir caminando. Su amiga iba al final de la fila y no podía verla desde su posición, pero supuso que iría en peores condiciones que ella. Por suerte no tuvieron que escalar mucho, pronto se encontraron ante unos arbustos espinosos, que los hombres apartaron. Las antorchas iluminaron la entrada de una caverna natural, muy bien disimulada en el terreno. Nadia se sintió desfallecer: la esperanza de que Jaguar la encontrara era cada vez más tenue.

La cueva era amplia y estaba compuesta de varias bóvedas o salas. Vieron bultos, armas, arreos de caballos, mantas, sacos con arroz, lentejas, verduras secas, nueces y largas trenzas de ajos. A juzgar por el aspecto del campamento y la cantidad de alimentos, era evidente que sus asaltantes habían estado allí varios días y pensaban quedarse otros tantos.

En un lugar prominente habían improvisado un espeluznante altar. Sobre un cúmulo de piedras se levantaba una estatua de la temible diosa Kali, rodeada de varias calaveras y huesos humanos, ratas, serpientes y otros reptiles disecados, vasijas con un líquido oscuro, como sangre, y frascos con escorpiones negros. Al entrar los guerreros se arrodillaron ante el altar, metieron los dedos en las vasijas y luego se los llevaron a la boca. Nadia notó que cada uno llevaba una colección de puñales de diferentes formas y tamaños en la faja que les envolvía la cintura.

Las dos muchachas fueron empujadas al fondo de la caverna, donde las recibió una mujerona en harapos, con un manto de piel de perro, que le daba un aspecto de hiena. Tenía la piel teñida del mismo tono azulado de los guerreros, una horrenda cicatriz en la mejilla derecha, desde el ojo hasta el mentón, como si hubiera recibido una cuchillada, y un escorpión grabado a fuego en la frente. Llevaba un corto látigo en la mano.

Acurrucadas junto al fuego, cuatro niñas cautivas temblaban de frío y terror. La carcelera dio un gruñido, y señaló a Pema y a Nadia que se reunieran con las otras. La única que llevaba ropa de invierno era Nadia, todas las demás vestían los sarongs de seda que habían usado para la celebración del cumpleaños del rey. Nadia comprendió que habían sido raptadas en las mismas circunstancias que ellas y eso le devolvió algo de esperanza, porque sin duda la policía ya debía estar buscándolas por cielo y tierra.

Un coro de gemidos recibió a Nadia y Pema, pero la mujer se aproximó con el látigo en alto y las chicas prisioneras callaron, escondiendo la cabeza entre los brazos. Las dos amigas procuraron colocarse juntas.

En un descuido de la guardiana, Nadia envolvió a Pema con su chaqueta y le susurró al oído que no se desesperara, que ya encontrarían la forma de salir de ese atolladero. Pema tiritaba, pero había logrado calmarse; sus hermosos ojos negros, antes siempre sonrientes, ahora reflejaban coraje y determinación. Nadia le apretó la mano y las dos se sintieron fortalecidas por la presencia de la otra.

Uno de los hombres del Escorpión no le quitaba los ojos de encima a Pema, impresionado por su gracia y dignidad. Se acercó al grupo de aterrorizadas muchachas y se plantó delante de Pema con una mano en la empuñadura de su puñal. Llevaba la misma sucia túnica oscura, el turbante grasiento, la barba desaliñada, la piel del extraño tono negro azulado y los dientes negros de betel de todos los demás, pero su actitud irradiaba autoridad y los otros lo respetaban. Parecía ser el jefe.

Pema se puso de pie y sostuvo la cruel mirada del guerrero. Él estiró la mano y cogió el largo cabello de la muchacha, que se deslizó como seda entre sus dedos inmundos. Un tenue perfume de jazmín se desprendió del cabello. El hombre pareció desconcertado, casi conmovido, como si jamás hubiera tocado algo tan precioso. Pema hizo un brusco movimiento de la cabeza, desprendiéndose. Si tenía miedo, no lo manifestó; por el contrario, su expresión era tan desafiante, que la mujerona de la cicatriz, los otros bandidos y hasta las niñas, permanecieron inmóviles, seguros de que el guerrero golpearía a su insolente prisionera, pero, ante la sorpresa general, éste soltó una seca risotada y dio un paso atrás. Lanzó un escupitajo al suelo, a los pies de Pema, luego regresó junto a sus compinches, que estaban en cuclillas cerca del fuego. Bebían sorbos de sus cantimploras, masticaban las rojas nueces de betel, escupían y hablaban en torno a un mapa desplegado en el suelo.

Nadia supuso que era el mismo mapa o uno similar al que había vislumbrado en el Fuerte Rojo. No comprendía lo que hablaban, porque los brutales acontecimientos de las últimas horas la habían alterado de tal modo, que no podía «escuchar con el corazón». Pema le dijo al oído que usaban un dialecto del norte de India y que ella podía entender algunas palabras: dragón, rutas, monasterio, americano, rey.

No pudieron seguir hablando, porque la mujer de la cicatriz, que las había oído, se acercó blandiendo su látigo.

—¡Cállense! —rugió.

Las chicas empezaron a gemir de miedo, menos Pema y Nadia, que se mantuvieron impasibles, pero bajaron la vista para no provocarla. Cuando la carcelera se distrajo, Pema le contó al oído a Nadia que las mujeres abandonadas por los hombres azules tenían siempre un escorpión grabado a fuego en la frente y muchas eran mudas, porque les habían cortado la lengua. Estremecidas de horror, ya no volvieron a hablar, pero se comunicaban con miradas.

Las otras cuatro muchachas, que habían sido llevadas a la cueva poco antes, estaban en tal estado de pánico, que Nadia supuso que sabían algo que ella ignoraba, pero no se atrevió a preguntar. Se dio cuenta de que Pema también sabía lo que les esperaba, pero era valiente y estaba dispuesta a luchar por su vida. Pronto las otras chicas se contagiaron del valor de Pema y, sin ponerse de acuerdo, se fueron acercando a ella, buscando protección. A Nadia la invadió una mezcla de admiración por su amiga y de angustia por no poder comunicarse con las demás chicas, que no hablaban una palabra de inglés. Lamentó ser tan diferente a ellas.

Uno de los guerreros azules dio una orden y la mujer de la cicatriz olvidó por un momento a las cautivas para obedecerle. Sirvió en unas escudillas el contenido de una olla negra que colgaba sobre el fuego y las pasó a los hombres. A otra orden del jefe, sirvió a regañadientes a las prisioneras.

Nadia recibió una cazuela de latón, donde humeaba una mazamorra gris. Una oleada de ajo le dio en la nariz y apenas pudo contener el sobresalto de su estómago. Debía alimentarse, decidió, porque necesitaría todas sus fuerzas para escapar. Le hizo una seña a Pema y ambas se llevaron el plato a la boca. Ninguna de las dos tenía intención de resignarse a su suerte.

9

BOROBÁ

La luna se hundió tras las cumbres nevadas y el fuego en la caverna se convirtió en un montón de brasas y ceniza. La guardiana roncaba sentada, sin soltar el látigo, con la boca abierta y un hilo de saliva chorreando por su barbilla. Los hombres azules se habían tirado en el suelo y dormían también, pero uno de ellos montaba guardia en la entrada de la cueva, con un rifle anticuado en las manos. Una sola antorcha iluminaba vagamente el lugar, proyectando sombras siniestras en los muros de roca.

Habían atado a las cautivas por los tobillos con tiras de cuero y les habían dado cuatro mantas de lana gruesa. Apretadas unas con otras y apenas cubiertas por las mantas, las desafortunadas muchachas procuraban impartirse calor. Agotadas por el llanto, todas dormían, menos Pema y Nadia, quienes aprovechaban el momento para hablar en susurros.

Pema le contó a su amiga lo que se sabía de la temible Secta del Escorpión, de cómo se robaban niñas y cómo las maltrataban. Además de cortarle la lengua a quienes hablaban más de la cuenta, les quemaban las plantas de los pies si intentaban escapar.

—No pienso terminar en manos de esos hombres espantosos. Prefiero matarme —concluyó Pema.

—No hables así, Pema. En todo caso es mejor morir tratando de escapar, que morir sin luchar.

—¿Crees que se puede escapar de aquí? —replicó Pema señalando a los guerreros dormidos y al guardia de la entrada.

—Encontraremos el momento de hacerlo —le aseguró Nadia sobándose los tobillos, hinchados por las ligaduras.

Al poco rato a ellas también las venció el cansancio y comenzaron a cabecear. Habían transcurrido varias horas y Nadia, quien jamás había tenido un reloj, pero estaba acostumbrada a calcular el tiempo, supuso que debían ser alrededor de las dos de la madrugada. De pronto su instinto le advirtió que algo ocurría. Sintió en la piel que la energía en el aire cambiaba y se irguió, alerta.

Una sombra fugaz pasó casi volando al fondo de la gruta. Los ojos de Nadia no alcanzaron a distinguir de qué se trataba, pero vio con el corazón que era su inseparable Borobá. Con inmenso alivio comprendió que su pequeño amigo había seguido a los secuestradores. Los caballos pronto lo dejaron atrás, pero el monito fue capaz de seguir el rastro de su ama y de alguna manera se las arregló para descubrir la cueva. Nadia deseó con toda su alma que Borobá no emitiera un chillido de alegría al verla y trató de transmitirle un mensaje mental para tranquilizarlo.

Borobá había llegado a los brazos de Nadia recién nacido, cuando ella tenía nueve años. Entonces era diminuto y ella debió alimentarlo con un gotero. Nunca se separaban. El mono creció a su lado, y ambos lograron complementarse de tal modo, que podían adivinar lo que cada uno sentía. Compartían un idioma de gestos e intenciones, además del lenguaje animal, que Nadia aprendió. El mono debió sentir la advertencia de su ama, porque no se acercó a ella. Se quedó encogido en un rincón oscuro, inmóvil por largo tiempo, observando el entorno, calculando los riesgos, esperando.

Cuando la muchacha estuvo segura de que nadie había advertido la presencia de Borobá y los ronquidos de su carcelera no habían variado, emitió un suave silbido. Entonces el animal se fue acercando de a poco, siempre pegado al muro, protegido por las sombras, hasta que llegó donde ella y de un salto se colgó de su cuello. Ya no llevaba la parka de bebé, se la había arrancado a tirones. Sus manitos se aferraban al cabello crespo de Nadia y su cara arrugada se frotaba contra su cuello, emocionado, pero mudo.

Nadia esperó que se calmara y le agradeció su fidelidad. Luego le dio una orden al oído. Borobá obedeció al punto. Deslizándose por donde mismo había llegado, se aproximó a uno de los hombres dormidos y con sus ágiles y delicadas manos le quitó el puñal del cinto con pasmosa precisión y se lo llevó a Nadia. Se sentó frente a ella, observando atentamente, mientras ella cortaba las correas de sus tobillos. El puñal estaba afilado de tal modo, que no fue difícil hacerlo.

Apenas estuvo libre, Nadia despertó a Pema.

—Éste es el momento de escapar —le sopló.

—¿Cómo piensas pasar delante del guardia?

—No sé, ya veremos. Un paso a la vez.

Pero Pema no le permitió que cortara sus ligaduras y con lágrimas en los ojos le susurró que no podía irse.

—Yo no llegaría muy lejos, Nadia. Mira cómo estoy vestida, no puedo correr como tú con estas sandalias. Si voy contigo nos atraparán a las dos. Tú sola tienes mejores posibilidades de lograrlo.

—¿Estás loca? ¡No puedo irme sin ti! —susurró Nadia.

—Tienes que intentarlo. Consigue ayuda. Yo no puedo dejar a las otras muchachas, me quedaré con ellas hasta que tú vuelvas con refuerzos. Andate ahora, antes que sea tarde —dijo Pema quitándose la chaqueta para devolvérsela a Nadia.

Había tal determinación en ella, que Nadia renunció a la idea de hacerla cambiar de opinión. Su amiga no abandonaría a las otras chicas. Tampoco era posible llevarlas, porque no lograrían salir sin ser vistas; pero ella sola tal vez podría hacerlo. Las dos se abrazaron brevemente y Nadia se puso de pie con infinitas precauciones.

La mujer de la cicatriz se movió en el sueño, balbuceó algunas palabras y por unos instantes pareció que todo estaba perdido, pero luego siguió roncando al mismo ritmo de antes. Nadia aguardó cinco minutos, hasta convencerse de que los demás también dormían, y enseguida avanzó pegada al muro, por el mismo camino que había tomado Borobá. Respiró hondo e invocó sus poderes de invisibilidad.

Nadia y Alexander habían pasado un tiempo inolvidable junto a la tribu de la gente de la neblina en el Amazonas, los seres humanos más remotos y misteriosos del planeta. Aquellos indios, que vivían igual que en tiempos de la Edad de la Piedra, en algunos aspectos eran muy evolucionados. Despreciaban el progreso material y vivían en contacto con las fuerzas de la naturaleza, en perfecta simbiosis con su medio ambiente. Eran parte de la compleja ecología de la selva, como los árboles, los insectos, el humus. Por siglos habían sobrevivido en el bosque sin contacto con el mundo exterior, defendidos por sus creencias, sus tradiciones, su sentido de comunidad y el arte de parecer invisibles. Cuando los acechaba algún peligro, simplemente desaparecían. Era tan poderosa esta habilidad, que nadie creía realmente en la existencia de la gente de la neblina; se rumoreaba de ellos en el tono de quien cuenta una leyenda, lo cual también les había servido de protección contra la curiosidad y la codicia de los forasteros.

Nadia se dio cuenta de que no se trataba de un truco de ilusionismo, sino de un arte muy antiguo, que requería continua práctica. «Es como aprender a tocar la flauta, se necesita mucho estudio», le dijo a Alexander, pero él no creía realmente que pudiera aprenderse y no se empeñó en practicar. Ella, en cambio, decidió que si los indios lo hacían, ella también podía. Sabía que no se trataba solamente de mimetismo, agilidad, delicadeza, silencio y conocimiento del entorno, sino sobre todo de una actitud mental. Había que reducirse a la nada, visualizar el cuerpo volviéndose transparente hasta convertirse en puro espíritu. Se debía mantener la concentración y la calma interior para crear un formidable campo psíquico en torno a su persona. Bastaba una distracción para que fallara. Sólo aquel estado superior en el cual el espíritu y la mente trabajaban al unísono podía lograr la invisibilidad.

En los meses que transcurrieron entre la aventura en la Ciudad de las Bestias, en pleno Amazonas, y el momento en que se encontró en aquella caverna en el Himalaya, Nadia había practicado incansablemente. Tanto progresó, que a veces su padre la llamaba a gritos cuando ella estaba de pie a su lado. Cuando ella surgía de súbito, César Santos daba un salto. «¡No te he dicho que no te aparezcas así! ¡Me vas a matar de un ataque al corazón!», se quejaba.

Nadia sabía que en ese momento lo único que podría salvarla era aquel arte aprendido de la gente de la neblina. Murmuró instrucciones a Borobá para que esperara unos minutos antes de seguirla, puesto que no podría hacerlo cargando al animal, y enseguida se volvió hacia dentro, hacia ese espacio misterioso que todos tenemos cuando cerramos los ojos y expulsamos los pensamientos de la mente. En pocos segundos entró en un estado similar al trance. Sintió que se desprendía del cuerpo y que podía observarse desde arriba, como si su conciencia se hubiera elevado un par de metros por encima de su propia cabeza. Desde esa posición vio cómo sus piernas daban un paso, luego otro y otro más, separándose de Pema y las otras chicas, avanzando en cámara lenta, recorriendo el espacio en penumbra de la guarida de los bandoleros.

Pasó a pocos centímetros de la horrible mujer del látigo, se deslizó como una sombra imperceptible entre los cuerpos de los guerreros dormidos, siguió casi flotando hacia la boca de la caverna, donde el guardia, extenuado, hacía un esfuerzo por mantenerse despierto, con los ojos perdidos en la noche, sin soltar su rifle. Ella no perdió ni por un segundo su concentración, no permitió que el temor o la vacilación devolvieran su alma a la prisión del cuerpo. Sin detenerse ni modificar el ritmo de sus pasos se aproximó al hombre hasta casi tocar su espalda, tan cerca que percibió claramente su calor y su olor a suciedad y ajo.

El guardia tuvo un leve estremecimiento y apretó el arma, como si a nivel instintivo se hubiera dado cuenta de una presencia a su lado, pero de inmediato su mente bloqueó esa sospecha. Sus manos se relajaron y sus ojos volvieron a entrecerrarse, luchando contra el sueño y la fatiga.

Nadia franqueó la entrada de la caverna como un fantasma y siguió caminando a ciegas en la oscuridad sin volver la vista atrás y sin apurarse. La noche se tragó su delgada silueta.

En cuanto Nadia Santos retornó a su cuerpo y echó una mirada a su alrededor, comprendió que si se veía incapaz de encontrar el camino de regreso a Tunkhala en pleno día, mucho menos podría hacerlo en las tinieblas de la noche. En torno se alzaban las montañas y como había hecho el viaje con la cabeza cubierta por una manta, no tenía un solo punto de referencia que le permitiera orientarse. Su única certeza era que siempre habían ido en ascenso, lo cual significaba que debía proseguir cerro abajo, pero no sabía cómo hacerlo sin toparse con los hombres azules. Sabía que a cierta distancia del desfiladero había quedado un guerrero a cargo de los caballos y no sospechaba cuántos más habría diseminados en los cerros. Por la confianza con que se movían los bandidos, sin temor aparente de ser atacados, debían ser muchos. Era mejor buscar otra vía de escape.

—¿Qué hacemos ahora? —preguntó a Borobá cuando estuvieron nuevamente reunidos, pero éste sólo conocía la ruta que había usado para llegar hasta allí, la misma de los bandidos.

El animal, tan poco acostumbrado al frío como su ama, tiritaba tanto que le sonaban los dientes. La muchacha se lo acomodó en el pecho, debajo de su parka, confortada por la presencia de ese fiel amigo. Se subió el capuchón y lo amarró firmemente en torno a su rostro, lamentando no tener los guantes que Kate le había comprado. Sus manos estaban tan heladas que no sentía los dedos. Se los metió a la boca, soplando para darles calor, y luego en los bolsillos, pero era imposible escalar o equilibrarse en ese terreno abrupto sin aferrarse a dos manos. Calculó que apenas saliera el sol y sus captores se dieran cuenta de que había huido, saldrían rápidamente a buscarla, porque no podían permitir que una de sus prisioneras llegara hasta el valle a dar la voz de alarma. Sin duda estaban acostumbrados a moverse en las montañas; en cambio ella no tenía idea de dónde estaba.

Los hombres azules supondrían que ella escaparía hacia abajo, donde estaban las aldeas y valles del Reino Prohibido. Para engañarlos decidió subir la montaña, aunque era consciente de que al hacerlo se alejaba de su objetivo y de que no había tiempo que perder: la suerte de Pema y las otras muchachas dependía de que ella encontrara socorro pronto. Esperaba llegar arriba al amanecer y desde la cima ubicarse; debía hallar otra forma de alcanzar el valle.

Trepar la ladera resultó mucho más lento y trabajoso de lo que imaginaba, porque a las dificultades del terreno se sumaba la oscuridad, apenas atenuada por la luna. Resbalaba y caía mil veces. Estaba dolorida por el galope del día anterior atravesada sobre el caballo, el golpe recibido en la cabeza y los machucones que tenía por todo el cuerpo, pero no se permitió pensar en eso. Le costaba respirar y le zumbaban los oídos; comprendió que a esa altura había menos oxígeno, tal como le había explicado Kate Cold.

Entre las rocas crecían pequeños arbustos que en invierno desaparecían por completo, pero en esa época retoñaban bajo el sol de verano. De ellos se aferraba Nadia para ascender. Cuando le fallaban las fuerzas, recordaba cuando escaló a la cumbre del *tepui* en la Ciudad de las Bestias, hasta encontrar el nido de águila donde estaban los tres maravillosos diamantes. «Si pude hacer aquello, también puedo hacer esto, que es mucho más fácil», le decía a Borobá, pero el monito, entumecido debajo de su chaqueta, no asomaba ni la nariz.

Surgió el alba cuando aún faltaban unos doscientos metros para llegar al tope de la montaña. Primero fue un resplandor difuso, que en pocos minutos fue adquiriendo un tono anaranjado. Cuando los primeros rayos de sol asomaron en el formidable macizo del Himalaya, el cielo se convirtió en una sinfonía de color, las nubes se tiñeron de púrpura y los manchones de nieve tomaron un resplandor rosado.

Nadia no se detuvo a contemplar la belleza del paisaje, sino que con un esfuerzo descomunal continuó ascendiendo y poco más tarde estaba de pie en el punto más alto de aquella montaña, jadeando y bañada de sudor. Sentía el corazón a punto de reventarle en el pecho. Había supuesto que desde allí podría ver el valle de Tunkhala, pero ante sus ojos se alzaba el impenetrable Himalaya, una montaña tras otra, extendiéndose hacia el infinito. Estaba perdida. Al mirar hacia abajo, le pareció que se movían figuras en varias direcciones: eran los hombres azules. Se sentó sobre un peñasco, abrumada, luchando contra la desesperación y la fatiga. Debía descansar para recuperar el aliento, pero no era posible quedarse allí: si no encontraba un escondite, pronto sus perseguidores darían con ella.

Borobá se movió bajo la parka. Nadia abrió el cierre y su pequeño amigo asomó la cabeza, con sus ojos inteligentes fijos en ella.

—No sé para dónde ir, Borobá. Todas las montañas parecen iguales y no veo ningún sendero transitable —dijo Nadia.

El animal señaló la dirección por donde habían venido.

—No puedo volver por allí porque me capturarían los hombres azules. Pero tú no llamarías la atención, Borobá, en este país hay monos por todas partes. Tú puedes encontrar el camino de vuelta a Tunkhala. Anda a buscar a Jaguar —le ordenó Nadia.

El mono negó con la cabeza, tapándose los ojos con las manos y chillando, pero ella le explicó que si no se separaban no había ninguna posibilidad de salvar a las otras muchachas o de salvarse ellos. La suerte de Pema, las otras niñas y ella misma dependía de él. Debía encontrar ayuda o todos perecerían.

—Yo me ocultaré por aquí cerca hasta estar bien segura de que no me buscan, luego veré la manera de bajar al valle. Entretanto tú debes correr, Borobá. Ya salió el sol, no hará tanto frío y podrás llegar a la ciudad antes que se ponga el sol de nuevo —insistió Nadia Santos.

Por fin el animal se desprendió de ella y salió disparado como una flecha cerro abajo.

Kate Cold despachó a los fotógrafos Timothy Bruce y Joel González al interior del país a fotografiar la flora y la fauna para la revista *International Geographic*. Tendrían que hacer el trabajo solos, mientras ella se quedaba en la capital. No recordaba haber estado tan angustiada en toda su vida, salvo cuando Alexander y Nadia se perdieron en la selva del Amazonas. Le había asegurado a César Santos que ese viaje al Reino Prohibido no presentaba ningún peligro. ¿Cómo notificaría al padre que su hija había sido secuestrada? Mucho menos podía decirle que Nadia estaba en manos de asesinos profesionales que robaban niñas para convertirlas en sus esclavas.

Kate y Alexander se encontraban en ese momento en la sala de audiencia del palacio, en presencia del rey, quien esta vez los recibió en compañía de su comandante en jefe, su primer ministro y los dos lamas de más alta jerarquía después de él. También Judit Kinski estaba en el salón.

—Los lamas han consultado a los astros y han dado instrucciones a los monasterios de orar y hacer ofrendas por las muchachas desaparecidas. El general Myar Kunglung está a cargo de la operación militar. Posiblemente ya ha movilizado a la policía, ¿verdad? —preguntó el rey, cuyo rostro sereno no reflejaba su tremenda preocupación.

—Tal vez, Su Majestad... Y también están en estado de alerta los soldados y la guardia del palacio. Las fronteras están vigiladas —dijo el general en su pésimo inglés, para que los extranjeros comprendieran.

—Tal vez el pueblo salga también a buscar a las niñas. Sé que nunca ha ocurrido algo así en nuestro país. Posiblemente tendremos noticias pronto —agregó el general.

—¿Posiblemente? ¡No me parece suficiente! —exclamó Kate Cold y al punto se mordió los labios, porque comprendió que había cometido una terrible descortesía.

—Tal vez la señora Cold está un poco alterada... —anotó Judit Kinski, quien por lo visto ya había aprendido a hablar con vaguedad, como era lo correcto en el Reino del Dragón de Oro.

—Tal vez —dijo Kate, inclinándose con las manos juntas ante la cara.

—¿Sería tal vez inadecuado preguntar cómo piensa el

honorable general organizar la búsqueda? —inquirió Judit Kinski.

Los próximos quince minutos se fueron en preguntas de los extranjeros que recibían respuestas cada vez más vagas, hasta que fue evidente que no había manera de presionar al rey o al general. La impaciencia hacía transpirar a Kate y a Alexander. Por último el monarca se puso de pie y no hubo más remedio que despedirse y salir retrocediendo.

—Es una mañana hermosa, tal vez haya muchos pájaros en el jardín —sugirió Judit Kinski.

—Tal vez —asintió el rey, guiándola hacia fuera.

El rey y Judit Kinski dieron un paseo por el angosto sendero que se deslizaba entre la vegetación del parque, donde todo parecía crecer de forma salvaje, pero un ojo entrenado podía apreciar la calculada armonía del conjunto. Era allí, en aquella gloriosa abundancia de flores y árboles, en el concierto de centenares de aves, donde Judit Kinski había propuesto iniciar el experimento con los tulipanes.

El rey pensaba que él no merecía ser el jefe espiritual de su nación, porque se sentía muy lejos de haber alcanzado el grado de preparación necesaria. Toda una vida había practicado el desprendimiento de los asuntos terrenales y las posesiones materiales. Sabía que nada en el mundo es permanente, todo cambia, se descompone, muere y se renueva en otra forma; por lo tanto aferrarse a las cosas de este mundo es inútil y causa sufrimiento. El camino del budismo consistía en aceptar eso. A veces tenía la ilusión de haberlo logrado, pero la visita de esa mujer extranjera le había devuelto sus dudas. Se sentía atraído hacia ella y eso lo hacía vulnerable. Era un sentimiento que no había experimentado antes, porque el amor que compartió con su esposa había fluido como el agua de un arroyo tranquilo. ¿Cómo podía proteger a su reino si no podía protegerse a sí mismo de la tentación del amor? Nada malo había en desear el amor y la intimidad con otra persona, cavilaba el rey, pero en su posición no podía permitírselo, porque los años que le quedaban de vida debían estar dedicados por entero a su pueblo. Judit Kinski interrumpió sus cavilaciones.

—¡Qué extraordinario pendiente es ése, Majestad! —comentó, señalando la joya que él llevaba al pecho.

—Lo han usado los reyes de este país desde hace mil ochocientos años —explicó él, quitándose el medallón y pasándoselo, para que lo examinara de cerca.

—Es muy hermoso —dijo ella.

—El coral antiguo, como éste, es muy apreciado entre nosotros, porque es escaso. También se encuentra en Tíbet. Su existencia indica que tal vez millones de años atrás las aguas del mar llegaban hasta las cumbres del Himalaya —explicó el rey.

—¿Qué dice la inscripción? —preguntó ella.

—Son palabras de Buda: «El cambio debe ser voluntario, no impuesto».

—¿Qué significa eso?

—Todos podemos cambiar, pero nadie puede obligarnos a hacerlo. El cambio suele ocurrir cuando enfrentamos una verdad incuestionable, algo que nos obliga a revisar nuestras creencias —dijo él.

—Me parece extraño que hayan escogido esa frase para el medallón...

—Éste siempre ha sido un país muy tradicional. El deber de los gobernantes es defender al pueblo de los cambios que no están basados en algo verdadero —replicó el rey.

—El mundo está cambiando rápidamente. Entiendo que aquí los estudiantes desean esos cambios —sugirió ella.

—A algunos jóvenes les fascinan el modo de vida y los productos extranjeros, pero no todo lo moderno es bueno.

La mayoría de mi pueblo no desea adoptar las costumbres occidentales.

Habían llegado a un estanque y se detuvieron a contemplar la danza de las carpas en el agua cristalina.

—Supongo que, a nivel personal, la inscripción del medallón significa que todo ser humano puede cambiar. ¿Usted cree que una personalidad ya formada puede modificarse, Majestad? Por ejemplo, ¿que un villano pueda transformarse en héroe, o un criminal en santo? —preguntó Judit Kinski devolviéndole la joya.

—Si la persona no cambia en esta vida, tal vez tendrá que volver para hacerlo en otra reencarnación —sonrió el monarca.

—Cada uno tiene su karma. Tal vez el karma de una persona mala no pueda cambiarse —sugirió ella.

—Tal vez el karma de esa persona sea encontrar una verdad que la obligue a cambiar —replicó el rey, notando, intrigado, que los ojos castaños de su huésped estaban húmedos.

Pasaron por una parte separada del jardín, donde la exuberancia de las flores había desaparecido. Era un sencillo patio de arena y rocas, donde un monje muy anciano trazaba un diseño con un rastrillo. El rey explicó a Judit Kinski que había copiado la idea de ciertos jardines de los monasterios zen que había visitado en Japón. Más allá atravesaron un puente de madera tallada. El riachuelo producía un sonido musical al correr sobre las piedras. Llegaron a una pequeña pagoda, en la que se efectuaba la ceremonia del té, donde los esperaba otro monje, que los saludó con una inclinación. Mientras ella se quitaba los zapatos, continuaron conversando.

—No deseo ser impertinente, Majestad, pero adivino que la desaparición de esas muchachas debe ser un golpe muy duro para su nación... —dijo Judit.

—Tal vez... —replicó el soberano, y por primera vez

ella vio que cambiaba su expresión y un surco profundo le cruzaba el entrecejo.

—¿No hay algo que se pueda hacer? Algo más que la acción militar, me refiero...

—¿Qué quiere decir, señorita Kinski?

—Por favor, Majestad, llámeme Judit.

—Judit es un bello nombre. Desgraciadamente a mí nadie me llama por mi nombre. Me temo que es una exigencia del protocolo.

—En una ocasión tan grave como ésta, posiblemente el Dragón de Oro sería de inmensa utilidad, si es que la leyenda de sus poderes mágicos es cierta —sugirió ella.

—El Dragón de Oro se consulta sólo para los asuntos que conciernen al bienestar y la seguridad de este reino, Judit.

—Disculpe mi atrevimiento, Majestad, pero tal vez éste sea uno de esos asuntos. Si sus ciudadanos desaparecen, quiere decir que no cuentan con bienestar ni seguridad... —insistió ella.

—Posiblemente tenga usted razón —admitió el rey, cabizbajo.

Entraron a la pagoda y se sentaron en el suelo frente al monje. Reinaba una suave penumbra en la habitación circular de madera, apenas iluminada por unas brasas donde hervía agua en un antiguo recipiente de hierro. Permanecieron meditando en silencio, mientras el monje realizaba paso a paso la larga y lenta ceremonia, que consistía simplemente en servir té verde y amargo en dos pocillos de barro.

10

EL ÁGUILA BLANCA

El Especialista se comunicó con el Coleccionista a través de un agente, como era su método usual. Esta vez el mensajero resultó ser un japonés, quien solicitó una entrevista para discutir con el segundo hombre más rico del mundo una estrategia de negocios en los mercados del oro en Asia.

Ese día el Coleccionista había comprado a un espía la clave de los archivos ultrasecretos del Pentágono. Los archivos militares del gobierno norteamericano podían servirle para sus intereses en armamento. Era importante para los inversionistas como él que en el mundo hubiera conflicto; la paz no le convenía. Había calculado qué porcentaje exacto de la humanidad debía estar en pie de guerra para estimular el mercado de armas. Si la cifra era inferior, él perdía dinero, y si era superior, la bolsa de valores se ponía muy volátil y entonces el riesgo era demasiado grande. Afortunadamente para él, resultaba fácil provocar guerras, aunque no era tan fácil terminarlas.

Cuando su asistente le informó que un desconocido solicitaba una entrevista urgente, adivinó que debía ser un enviado del Especialista. Dos palabras le dieron la clave: oro y Asia. Llevaba varios días esperándolo con impaciencia y lo recibió de inmediato. El agente se dirigió al cliente en un inglés correcto. La elegancia de su traje y sus impecables modales pasaron totalmente inadvertidos para el

Coleccionista, quien no se caracterizaba por refinamientos de ninguna clase.

—El Especialista ha averiguado la identidad de las únicas dos personas que conocen cabalmente el funcionamiento de la estatua que a usted le interesa. El rey y el príncipe heredero, un joven a quien nadie ha visto desde que tenía cinco o seis años —le notificó.

—¿Por qué?

—Está recibiendo su educación en un lugar secreto. Todos los monarcas del Reino Prohibido pasan por eso en su infancia y juventud. Los padres entregan el niño a un lama, quien lo prepara para gobernar. Entre otras cosas, el príncipe debe aprender el código del Dragón de Oro.

—Entonces ese lama, o como se llame, también conoce el código.

—No. Es sólo un mentor, o guía. Nadie conoce el código completo, fuera del monarca y su heredero. El código está dividido en cuatro partes y cada una se encuentra en un monasterio diferente. El mentor conduce al príncipe en un recorrido por esos monasterios, que dura doce años, durante los cuales aprende el código completo —explicó el agente.

—¿Qué edad tiene ese príncipe?

—Alrededor de dieciocho años. Su educación está casi terminada, pero no estamos seguros de que sepa descifrar el código todavía.

—¿Dónde está ese príncipe ahora? —se impacientó el Coleccionista.

—Creemos que en una ermita secreta en las cumbres del Himalaya.

—Bueno, ¿qué espera? Tráigamelo.

—Eso no será fácil. Ya le dije que su ubicación es incierta y no es seguro que tenga toda la información que usted necesita.

—¡Averígüelo! ¡Para eso le pago, hombre! Y si no lo encuentra, soborne al rey.

—¿Cómo?

—Los reyezuelos de esos países de pacotilla son todos corruptos. Ofrézcale lo que quiera: dinero, mujeres, automóviles, lo que quiera —dijo el multimillonario.

—Nada de lo que usted tiene puede tentar a ese rey. No le interesan las cosas materiales —replicó el agente japonés, sin disimular el desprecio que sentía por el cliente.

—¿Y el poder? ¿Bombas nucleares, por ejemplo?

—No, definitivamente.

—¡Entonces secuéstrelo, tortúrelo, haga lo que sea necesario para arrancarle el secreto!

—En su caso la tortura no funcionaría. Moriría sin decirnos nada. Los chinos han intentado esos métodos con los lamas en Tíbet y rara vez dan resultados. Esa gente está entrenada para separar el cuerpo de la mente —dijo el enviado del Especialista.

—¿Cómo hacen eso?

—Digamos que suben a un plano mental superior. El espíritu se desprende de la materia física, ¿comprende?

—¿Espíritu? ¿Usted cree en eso? —se burló el Coleccionista.

—No importa lo que yo crea. El hecho es que lo hacen.

—¿Quiere decir que son como esos faquires de circo que no comen durante meses y se acuestan en camas de clavos?

—Estoy hablando de algo mucho más misterioso que eso. Ciertos lamas pueden permanecer separados del cuerpo por el tiempo que deseen.

—¿Y?

—Eso significa que no sienten dolor. Incluso pueden morir a voluntad. Simplemente dejan de respirar. Es inútil torturar a una persona así —explicó el agente.

—¿Y el suero de la verdad?

—Las drogas son ineficaces, puesto que la mente está en otro plano, desconectada del cerebro.

—¿Pretende decirme que el rey de ese país es capaz de hacer eso? —rugió el Coleccionista.

—No lo sabemos con certeza, pero si el entrenamiento que recibió en su juventud fue completo y si ha practicado a lo largo de su vida, eso es exactamente lo que pretendo decirle.

—¡Ese hombre tiene que tener alguna debilidad! —exclamó el Coleccionista, paseándose como una fiera por la habitación.

—Tiene muy pocas, pero las buscaremos —concluyó el agente, colocando sobre la mesa una tarjeta donde había escrita con tinta morada la cifra en millones de dólares que costaría la operación.

Era increíblemente alta, pero el Coleccionista calculó que no se trataba de un secuestro normal y que, en todo caso, podía pagarla. Cuando tuviera el Dragón de Oro en sus manos y controlara el mercado de valores del mundo, recuperaría su inversión multiplicada por mil.

—Está bien, pero no quiero problemas de ninguna clase, hay que actuar con discreción y no provocar un incidente internacional. Es fundamental que nadie me relacione con este asunto, mi reputación estaría arruinada. Ustedes se encargan de hacer hablar al rey, aunque tenga que volar ese país en pedazos, ¿me ha comprendido? No me interesan los detalles.

—Pronto tendrá noticias —dijo el visitante poniéndose de pie y desapareciendo silenciosamente.

Al Coleccionista le pareció que el agente se había esfumado en el aire. Le sacudió un escalofrío: era una lástima tener que hacer tratos con gente tan peligrosa. Sin embargo, no podía quejarse: el Especialista era un profesional de primera clase, sin cuya ayuda él no llegaría a ser el hombre más rico del mundo, el número uno, el más rico de la historia de la humanidad, más que los faraones egipcios o los emperadores romanos.

Brillaba el sol de la mañana en el Himalaya. El maestro Tensing había concluido su meditación y sus oraciones. Se había lavado con la lentitud y la precisión que caracterizaban todos sus gestos, en un delgado hilo de agua que caía de las montañas, y ahora se preparaba para la única comida del día. Su discípulo, el príncipe Dil Bahadur, había hervido el agua con té, sal y manteca de yak. Una parte se dejaba en una calabaza, para ir bebiendo a lo largo del día, y la otra se mezclaba con harina tostada de cebada para hacer *tsampa*. Cada uno llevaba su porción en un saquito entre los pliegues de la túnica.

Dil Bahadur había hervido también unos pocos vegetales, que cultivaban con mucho esfuerzo en el árido terreno de una terraza natural en la montaña, bastante lejos de la ermita donde vivían. El príncipe debía caminar varias horas para conseguir un manojo de hojas verdes o de hierbas para la comida.

—Veo que cojeas, Dil Bahadur —observó el maestro.

—No, no...

El maestro le clavó la vista y el discípulo percibió una chispa divertida en sus pupilas.

—Me caí —confesó, mostrando arañazos y machucones en una pierna.

—¿Cómo?

—Me distraje. Lo siento, maestro —dijo el joven, inclinándose profundamente.

—El entrenador de elefantes necesita cinco virtudes, Dil Bahadur: buena salud, confianza, paciencia, sinceridad y sabiduría —dijo el lama sonriendo.

—Olvidé las cinco virtudes. En este momento me falla la salud porque perdí la confianza al pisar. Perdí la confianza porque iba apurado, no tuve paciencia. Al negarle a usted que cojeaba, falté a la sinceridad. En resumen, estoy lejos de la sabiduría, maestro.

Los dos se echaron a reír alegremente. El lama se dirigió a una caja de madera, sacó un pocillo de cerámica que contenía un ungüento verdoso y lo frotó con delicadeza en la pierna del joven.

—Maestro, creo que usted ha alcanzado la Iluminación, pero se ha quedado en esta tierra sólo para enseñarme —suspiró Dil Bahadur y por toda respuesta el lama le dio un golpe amistoso en la cabeza con el pocillo.

Se prepararon para la breve ceremonia de gratitud, que siempre realizaban antes de comer, luego se sentaron en la posición del loto en la cima de la montaña, con sus escudillas de *tsampa* y té por delante. Entre bocado y bocado, que mascaban lentamente, admiraban el paisaje en silencio, porque no hablaban mientras comían. La vista se perdía en la magnífica cadena de cumbres nevadas que se extendía ante ellos. El cielo había tomado un intenso color azul cobalto.

—Ésta será una noche fría —dijo el príncipe cuando hubo terminado de comer.

—Ésta es una mañana muy hermosa —anotó el maestro.

—Ya lo sé: aquí y ahora. Debemos regocijarnos con la belleza de este momento, en vez de pensar en la tormenta que vendrá... —recitó el alumno con un leve tono irónico.

—Muy bien, Dil Bahadur.

—Tal vez no sea tanto lo que me falta por aprender —sonrió el joven.

—Casi nada, sólo un poco de modestia —replicó el lama.

En ese momento un ave apareció en el cielo, voló en grandes círculos desplegando sus enormes alas y luego desapareció.

—¿Qué era ese pájaro? —preguntó el lama poniéndose de pie.

—Parecía un águila blanca —dijo el joven.

—Nunca la he visto por aquí.

—Hace muchos años que usted observa la naturaleza. Posiblemente conoce todas las aves y animales de la región.

—Sería una imperdonable arrogancia de mi parte pretender que conozco todo lo que vive en estas montañas, pero en verdad nunca he visto un águila blanca —replicó el lama.

—Debo atender mis lecciones, maestro —dijo el príncipe, recogiendo las escudillas y retirándose a la ermita.

Sobre la cima de la montaña, en un círculo despejado, Tensing y Dil Bahadur se ejercitaban en tao-shu, la combinación de diversas artes marciales inventada por los monjes del remoto monasterio fortificado de Chenthan Dzong. Los supervivientes del terremoto que destruyó el monasterio se extendieron por Asia para enseñar su arte. Cada uno entrenaba sólo a una persona, escogida por su capacidad física y su entereza moral. Así se transmitían los conocimientos. El número total de guerreros expertos en tao-shu no sobrepasaba nunca de doce en cada generación. Tensing era uno de ellos y el alumno que había escogido para reemplazarlo era Dil Bahadur.

El terreno rocoso resultaba traicionero en esa época, porque amanecía con escarcha y se ponía resbaloso. En otoño e invierno el ejercicio le parecía más agradable a Dil Bahadur, porque la nieve blanda suavizaba las caídas. Además le gustaba sentir el aire invernal. Soportar el frío era parte del rudo aprendizaje al cual lo sometía su maestro, como andar casi siempre descalzo, comer muy poco y permanecer horas y horas inmóvil en meditación. Ese mediodía había sol y no corría viento para refrescarlo, le dolía la pierna machucada y en cada voltereta mal hecha aterrizaba sobre piedras, pero no pedía tregua. Su maestro jamás lo había oído quejarse.

El príncipe, de mediana estatura y delgado, contrastaba con el tamaño de Tensing, quien provenía de la región oriental de Tíbet, donde la gente es extraordinariamente alta. El lama medía más de dos metros de altura y había pasado su existencia dedicado por igual a la práctica espiritual y al ejercicio físico. Era un gigante con músculos de levantador de pesas.

—Perdóname si he sido demasiado brusco, Dil Bahadur. Posiblemente en vidas anteriores fui un cruel guerrero —dijo Tensing, en tono de disculpa, la quinta vez que derribó a su alumno.

—Posiblemente en vidas anteriores yo fui una frágil doncella —replicó Dil Bahadur, aplastado en el suelo, jadeando.

—Tal vez sería conveniente que no trataras de dominar tu cuerpo con la mente. Debes ser como el tigre del Himalaya, puro instinto y determinación... —sugirió el lama.

—Tal vez nunca seré tan fuerte como mi honorable maestro —dijo el joven, poniéndose de pie con alguna dificultad.

—La tormenta arranca del suelo al fornido roble, pero no al junco, porque éste se dobla. No calcules mi fuerza, sino mis debilidades.

—Tal vez mi maestro no tiene debilidades —sonrió Dil Bahadur, asumiendo la actitud de defensa.

—Mi fuerza es también mi debilidad, Dil Bahadur. Debes usarla contra mí.

Segundos después ciento cincuenta kilos de músculo y huesos volaban por el aire en dirección al príncipe. Esta vez, sin embargo, Dil Bahadur salió al encuentro de la masa que se le venía encima con la gracia de un bailarín. En el instante en que los dos cuerpos hicieron contacto, dio un leve giro a la izquierda, esquivando el peso de Tensing, quien cayó al suelo, rodando hábilmente sobre un hombro y un costado. De inmediato se puso de pie con un salto formidable y volvió al ataque. Dil Bahadur lo estaba esperando. A pesar de su corpulencia, el lama se elevó como un felino, trazando un arco en el aire, pero no alcanzó a tocar al joven, porque cuando su pierna se disparó en una feroz patada, éste ya no se encontraba allí para recibirla. En una fracción de segundo Dil Bahadur estaba detrás de su oponente y le dio un breve golpe seco en la nuca. Era uno de los pases del tao-shu, que podía paralizar de inmediato y hasta matar, pero la fuerza estaba calculada para tumbarlo sin hacerle daño.

—Posiblemente Dil Bahadur fue una doncella guerrera en vidas pasadas —dijo Tensing, poniéndose de pie, muy complacido, y saludando a su alumno con una inclinación profunda.

—Tal vez mi honorable maestro olvidó las virtudes del junco —sonrió el joven, saludando también.

En ese momento una sombra se proyectó en el suelo y ambos levantaron la vista: sobre sus cabezas volaba en círculos el mismo pájaro blanco que habían visto horas antes.

—¿Notas algo extraño en esa águila? —preguntó el lama.

—Tal vez me falla la vista, maestro, pero no le veo el aura.

—Yo tampoco...

—¿Qué significa eso? —inquirió el joven.

—Dime tú lo que significa, Dil Bahadur.

—Si no podemos verla, es porque tal vez no la tiene, maestro.

—Ésa es una conclusión muy sabia —se burló el lama.

—¿Cómo puede ser que no tenga aura?

—Posiblemente sea una proyección mental —sugirió Tensing.

—Tratemos de comunicarnos con ella —dijo Dil Bahadur.

Los dos cerraron los ojos y abrieron la mente y el corazón para recibir la energía de la poderosa ave que giraba por encima de sus cabezas. Durante varios minutos permanecieron así. Tan fuerte era la presencia del pájaro, que sentían vibraciones en la piel.

—¿Le dice algo a usted, maestro?

—Sólo siento su angustia y su confusión. No puedo descifrar un mensaje. ¿Y tú?

—Tampoco.

—No sé lo que esto significa, Dil Bahadur, pero hay una razón por la cual el águila nos busca —concluyó Tensing, quien jamás había tenido una experiencia así y parecía perturbado.

11

EL JAGUAR TOTÉMICO

En la ciudad de Tunkhala reinaba gran confusión. Los policías interrogaban a medio mundo, mientras destacamentos de soldados partían hacia el interior del país en jeeps y otros a caballo, porque ningún vehículo con ruedas podía aventurarse por los senderos verticales de las montañas. Monjes con ofrendas de flores, arroz e incienso se aglomeraban ante las estatuas religiosas. Sonaban las trompetas en los templos y por todas partes ondeaban banderas de oración. La televisión transmitió el día entero por primera vez desde que fue instalada, repitiendo mil veces la misma noticia y mostrando fotografías de las muchachas desaparecidas. En los hogares de las víctimas no cabía ni un alfiler: amigos, parientes y vecinos llegaban a presentar sus condolencias llevando comida y oraciones escritas en papel, que quemaban ante las imágenes religiosas.

Kate Cold logró comunicarse por teléfono con la embajada americana en India, para solicitar ayuda, pero no confiaba en que ésta llegaría con la prontitud necesaria, si es que llegaba. El funcionario que la atendió dijo que el Reino Prohibido no estaba bajo su jurisdicción y que además Nadia Santos no era ciudadana americana, sino brasilera. En vista de ello, la escritora decidió convertirse en la sombra del general Myar Kunglung. Ese hombre contaba con los únicos recursos militares que existían en el país y ella no estaba dispuesta a permitir que se distrajera ni por un instante. Se arrancó de un tirón el sarong que había usado en esos días, se puso su ropa habitual de exploradora y se montó en el jeep del general, sin que nadie pudiera disuadirla.

—Usted y yo nos ponemos en campaña —le anunció al sorprendido general, quien no entendió todas las palabras de la escritora, pero sí comprendió perfectamente sus intenciones.

—Tú te quedas en Tunkhala, Alexander, porque si Nadia puede hacerlo, se comunicará contigo. Llama otra vez a la embajada en India —ordenó a su nieto.

Quedarse cruzado de brazos esperando resultaba intolerable para Alex, pero comprendió que su abuela tenía razón. Se fue al hotel, donde había teléfono, y consiguió hablar con el embajador, quien fue un poco más amable que el funcionario anterior, pero no pudo prometerle nada concreto. También habló con la revista *International Geographic* en Washington. Mientras aguardaba hizo una lista de todos los datos disponibles, aun los más insignificantes, que pudieran conducirlo a una pista.

Al pensar en Águila le temblaban las manos. ¿Por qué la Secta del Escorpión la había escogido justamente a ella? ¿Por qué se arriesgaban a secuestrar a una extranjera, lo cual sin duda provocaría un incidente internacional? ¿Qué significaba la presencia de Tex Armadillo en medio del festival? ¿Por qué el americano iba disfrazado? ¿Eran guerreros azules los de las máscaras barbudas, como creía Águila? Ésas y mil preguntas más se agolpaban en su mente, aumentando su frustración.

Se le ocurrió que si encontraba a Tex Armadillo podría tomar la punta de un hilo que lo conduciría hasta Nadia, pero no sabía por dónde comenzar. Buscando alguna clave, revisó cuidadosamente cada palabra que había intercambiado con ese hombre o que había logrado oír cuando lo siguió a los sótanos del Fuerte Rojo, en India. Anotó en su lista sus conclusiones:

— Tex Armadillo y la Secta del Escorpión estaban relacionados.
— Tex Armadillo nada ganaba con el secuestro de las muchachas. Ésa no era su misión.
— Podría tratarse de tráfico de drogas.
— El rapto de las chicas no calzaba con una operación de tráfico de drogas porque llamaba demasiado la atención.
— Hasta ese momento los guerreros azules nunca habían secuestrado muchachas en el Reino Prohibido. Debían tener una razón poderosa para hacerlo.
— La razón podía ser justamente que deseaban llamar la atención y distraer a la policía y a las fuerzas armadas.
— Si se trataba de eso, su objetivo era otro. ¿Cuál? ¿Por dónde atacarían?

Alexander concluyó que su lista aclaraba muy poco: estaba dando vueltas en círculos.

A eso de las dos de la tarde recibió una llamada telefónica de su abuela Kate, quien estaba en una aldea a dos horas de la capital. Los soldados del general Myar Kunglung habían ocupado todos los villorrios y revisaban templos, monasterios y casas en busca de los malhechores. No había nuevas noticias, pero ya no cabía duda de que los temibles hombres azules se encontraban en el país. Varios campesinos habían visto de lejos a los jinetes vestidos de negro.

—¿Por qué buscan allí? ¡Por supuesto que no se ocultan en esos lugares! —exclamó Alexander.

—Andamos tras cualquier pista, hijo. También hay soldados rastreando los cerros —le explicó Kate.

El joven recordó haber oído que la Secta del Escorpión conocía todos los pasos del Himalaya. Lógicamente los hombres se esconderían en los más inaccesibles.

El muchacho decidió que no podía quedarse en el hotel esperando. «Por algo me llamo Alexander, que quiere decir defensor de hombres», murmuró, seguro de que su nombre también incluía defender a las mujeres. Se puso su parka y sus botas de alta montaña, las mismas que usaba para trepar por las rocas con su padre en California; contó su dinero y partió a buscar un caballo.

Salía del hotel cuando vio a Borobá tirado en el suelo cerca de la puerta. Se inclinó a recogerlo, con un grito atravesado en el pecho, porque pensó que estaba muerto, pero apenas lo tocó el animal abrió los ojos. Acariciándolo y murmurando su nombre, lo llevó en brazos a la cocina, donde consiguió fruta para alimentarlo. Tenía espuma en la boca, los ojos rojos, el cuerpo cubierto de arañazos, cortes sangrantes en las manos y las patas. Se veía extenuado, pero apenas comió una banana y tomó agua, se reanimó un poco.

—¿Sabes dónde está Nadia? —le preguntó, mientras limpiaba sus heridas, pero no pudo descifrar los chillidos ni los gestos del mono.

Alex lamentó no haber aprendido a comunicarse con Borobá. Tuvo oportunidad de hacerlo cuando estuvo tres semanas en el Amazonas y Nadia ofreció muchas veces enseñarle el idioma de los monos, que se compone de muy pocos sonidos y, según ella, cualquiera puede aprender. A él, sin embargo, no le pareció necesario, pensó que de todos modos Borobá y él tenían muy poco que decirse y siempre estaba Nadia para traducir. ¡Y ahora resultaba que el animal seguramente tenía la información más importante del mundo para él!

Cambió la pila de su linterna y la puso en su mochila junto al resto de su equipo de escalar. El equipo era pesado, pero bastaba una mirada a la cadena de montañas que rodeaba a la ciudad para comprender que era necesario. Preparó una merienda de fruta, pan y queso, luego pidió prestado un caballo en el mismo hotel, donde tenían varios disponibles, ya que era el medio de transporte más usado en el país. Había montado en los veranos, cuando iba con su familia al rancho de sus abuelos maternos, pero allí el terreno era plano. Supuso que el caballo tendría la experiencia que a él le faltaba en subir cerros escarpados. Se acomodó a Borobá dentro de la chaqueta, dejando sólo su cabeza y brazos afuera, y partió al galope en la dirección que éste le señaló.

Cuando la luz comenzó a disminuir y la temperatura a descender, Nadia comprendió que su situación era desesperada. Después de enviar a Borobá en busca de socorro, se quedó vigilando desde arriba la abrupta ladera que se extendía abajo. La desbordante vegetación que crecía en los valles y cerros del Reino Prohibido era menos copiosa a medida que se subía y desaparecía por completo en las cimas de las montañas. Eso le permitía ver, aunque no con claridad, los movimientos de los hombres azules que salieron a buscarla apenas comprobaron que ella había huido. Uno de ellos descendió hacia donde habían dejado los caballos, seguramente a dar aviso al resto del grupo. Nadia no tenía duda de que había varios más, a juzgar por la cantidad de provisiones y arreos que había visto, aunque era imposible calcular su número.

Los demás guerreros recorrieron los alrededores de la cueva, donde estaban las muchachas secuestradas a cargo de la mujer de la cicatriz. No pasó mucho tiempo antes que se les ocurriera revisar la cima. Nadia se dio cuenta de que no podía quedarse en aquel sitio, porque sus perseguidores no tardarían en seguirle el rastro. Dio una mirada en redondo y no pudo evitar una exclamación de angustia. Había muchos sitios donde ocultarse, pero también era muy fácil perderse. Por fin escogió un barranco profundo, como un tajo en la montaña, que había al oeste de donde se encontraba. Parecía perfecto, podría esconderse en las irregularidades del terreno, aunque no estaba segura de si después sería posible salir de allí.

Si los hombres azules no la encontraban, tampoco lo haría Jaguar. Rogó que no se le ocurriera venir solo, porque jamás podría enfrentar sin ayuda a los guerreros del Escorpión. Conociendo el carácter independiente de su amigo y cómo se impacientaba con la forma indecisa de hablar y conducirse de los habitantes del Reino Prohibido temió que no pidiera ayuda.

Al ver que varios hombres subían, debió tomar una resolución. Vista desde arriba, la grieta cortada en la montaña que había escogido para ocultarse parecía mucho menos profunda de lo que era en realidad, como pudo comprobar apenas empezó el descenso. No tenía experiencia en ese terreno y temía la altura, pero recordó cuando debió trepar por las laderas empinadas de una cascada en el Amazonas, siguiendo a los indios y eso le dio valor. Claro que en esa ocasión iba con Alexander, en cambio ahora estaba sola.

Había bajado apenas dos o tres metros, pegada como una mosca a la pared vertical de roca, cuando cedió la raíz de la cual se sostenía, mientras tanteaba con el pie buscando apoyo. Perdió el equilibrio, trató de agarrarse, pero había manchones de hielo. Resbaló y rodó inevitablemente hacia las profundidades. Por unos segundos el pánico la dominó, estaba segura de que iba a morir; por eso fue una sorpresa increíble cuando aterrizó encima de unos matorrales, que amortiguaron milagrosamente el golpe. Magullada y llena de cortes y peladuras, quiso moverse, pero un dolor agudo le arrancó un grito. Vio con horror que su brazo izquierdo colgaba en un ángulo anormal. Se había dislocado el hombro.

En los primeros minutos no sintió nada, su cuerpo estaba insensible, pero pronto el dolor fue tan intenso, que creyó que iba a desmayarse. Al moverse el dolor era mucho peor. Hizo un esfuerzo mental por permanecer alerta y evaluar su situación: no podía permitirse el lujo de perder la cabeza, decidió.

En cuanto pudo calmarse un poco, elevó los ojos y se vio rodeada de rocas cortadas a pique, pero arriba estaba la paz infinita de un cielo azul tan límpido, que parecía pintado. Llamó en su ayuda a su animal totémico, y mediante un gran esfuerzo psíquico logró transformarse en la poderosa águila y volar fuera del cañón donde estaba atrapada y por encima de las montañas. El aire sostenía sus grandes alas y ella se desplazaba en silencio por las alturas, observando desde arriba el paisaje de cumbres nevadas y, mucho más abajo, el verde intenso de aquel hermoso país.

En las horas siguientes Nadia evocó al águila cuando se sentía vencida por la desesperación. Y cada vez el gran pájaro trajo alivio a su espíritu.

Poco a poco logró moverse, sujetando el brazo inerte con la otra mano, hasta que pudo colocarse debajo del matorral. Hizo bien, porque los guerreros azules llegaron hasta la cima donde ella había estado antes y exploraron los alrededores. Uno de ellos intentó bajar al barranco, pero era demasiado escarpado y supuso que, si él no podía hacerlo, tampoco podía haberlo hecho la fugitiva.

Desde su escondite Nadia oía a los bandidos llamarse unos a otros en un idioma que no intentó comprender. Cuando por fin se fueron, reinó el silencio más completo en las cumbres y ella pudo medir su inmensa soledad.

A pesar de su parka, Nadia estaba helada. El frío atenuaba el dolor del hombro herido y la iba sumiendo en un sueño invencible. No había comido desde la noche anterior, pero no sentía hambre, sólo una sed terrible. Rascaba los charcos de hielo sucio que se formaban entre las piedras y los chupaba ansiosa, pero al disolverse, le dejaban un gusto de barro en la boca. Se dio cuenta de que la noche se venía encima y la temperatura descendería bajo cero. Se le cerraban los ojos. Por un rato luchó contra la fatiga, pero después decidió que durmiendo el tiempo se le haría más corto.

—Tal vez nunca veré otro amanecer —murmuró, abandonándose al sueño.

Tensing y Dil Bahadur se retiraron a su ermita en la montaña. Esas horas se destinaban al estudio, pero ninguno hizo ademán de sacar los pergaminos del baúl donde se guardaban, pues ambos tenían la mente en otra cosa. Encendieron un pequeño brasero y calentaron su té. Antes de sumirse en la meditación, salmodiaron *Om mani padme hum* por unos quince minutos y luego oraron pidiendo claridad mental para entender el extraño signo que habían visto en el cielo. Entraron en trance y sus espíritus abandonaron los cuerpos para emprender viaje.

Faltaban alrededor de tres horas para que se pusiera el sol, cuando el maestro y su discípulo abrieron los ojos. Por unos instantes permanecieron inmóviles, dando tiempo al alma, que había estado lejos, de instalarse nuevamente en la realidad de la ermita donde vivían. En su trance ambos tuvieron visiones similares y ninguna explicación fue necesaria.

—Supongo, maestro, que iremos en ayuda de la persona que envió el águila blanca —dijo el príncipe, seguro de que ésa era también la decisión de Tensing, porque ése era el camino señalado por Buda: el camino de la compasión.

—Tal vez —replicó el lama, por pura costumbre, porque su determinación era tan firme como la de su discípulo.

—¿Cómo la encontraremos?

—Posiblemente el águila nos guíe.

Se vistieron con sus túnicas de lana, se echaron sobre los hombros una piel de yak, calzaron sus botas de cuero, que usaban sólo en largas caminatas y durante el crudo invierno, y echaron mano de sus largos bastones y un farol de aceite. En la cintura acomodaron la bolsa con harina para *tsampa* y la manteca, base de su alimento. Tensing llevaba en otra bolsa un frasco con licor de arroz, la cajita de madera con sus agujas de acupuntura y una selección de sus medicinas. Dil Bahadur se echó al hombro uno de sus arcos más cortos y el carcaj con las flechas. Sin comentarios, los dos emprendieron la marcha en la dirección en que habían visto alejarse al gran pájaro blanco.

Nadia Santos se abandonó a la muerte. Ya no la atormentaban el dolor, el frío, el hambre o la sed. Flotaba en un estado de duermevela, soñando con el águila. Por momentos despertaba, y entonces su mente tenía chispazos de conciencia, sabía dónde y cómo se encontraba, entendía que quedaba poca esperanza, pero cuando la envolvió la noche su espíritu ya estaba libre de todo temor.

Las horas anteriores habían sido de gran angustia. Una vez que los hombres azules se hubieron alejado y no volvió a oírlos, trató de arrastrarse, pero rápidamente se dio cuenta de que sería imposible subir por el escarpado precipicio sin ayuda y con un brazo inútil. No intentó quitarse la parka para examinar su hombro, porque cada movimiento era un suplicio, pero comprobó que tenía la mano muy hinchada. Por momentos el dolor la aturdía, pero si le prestaba atención era mucho peor; trataba de entretenerse pensando en otras cosas.

Tuvo varias crisis de desesperación durante el día. Lloró pensando en su padre, a quien no volvería a ver; llamó con el pensamiento a Jaguar. ¿Dónde estaba su amigo? ¿Lo habría encontrado Borobá? ¿Por qué no venía? En un par de ocasiones gritó y gritó hasta que se le fue la voz, sin importarle que la oyera la Secta del Escorpión, porque prefería enfrentarla antes que quedarse allí sola, pero nadie acudió. Algo más tarde escuchó pasos y el corazón le dio un vuelco de alegría, hasta que vio que se trataba de un par de cabras salvajes. Las llamó en el idioma de las cabras, pero no logró que se acercaran.

Su vida había transcurrido en el clima caliente y húmedo del Amazonas. No conocía el frío. En Tunkhala, donde la gente andaba vestida de algodón y seda, ella no podía quitarse el chaleco. Nunca había visto nieve y no sabía lo que era el hielo hasta que lo vio en una cancha artificial de patinaje en Nueva York. Ahora estaba tiritando. En el hueco donde se encontraba prisionera estaba protegida del viento y los matorrales amortiguaban un poco el frío, pero de todos modos para ella era insoportable. Permaneció encogida durante horas, hasta que su cuerpo entumecido se volvió insensible. Por fin, cuando el cielo comenzó a oscurecerse, sintió con toda claridad la presencia de la muerte. La reconoció porque la había divisado antes. En el Amazonas había visto nacer y morir personas y animales, sabía que cada ser vivo cumple el mismo ciclo. Todo se renueva en la naturaleza. Abrió los ojos, buscando las estrellas, pero ya nada veía, estaba sumida en una oscuridad absoluta, porque a la grieta no llegaba el fulgor tenue de la luna, que iluminaba vagamente las cimas del Himalaya. Volvió a cerrar los ojos e imaginó que su padre estaba con ella, sosteniéndola. Pasó por su mente la imagen de la esposa del brujo Walimai, aquel espíritu translúcido que lo acompañaba siempre, y se preguntó si sólo las almas de los indios podían ir y venir a voluntad del cielo a la tierra. Supuso que ella también podría hacerlo y decidió que en ese caso le gustaría volver en espíritu para consolar a su padre y a Jaguar, pero cada pensamiento le costaba un esfuerzo inmenso y sólo deseaba dormir.

Nadia soltó las amarras que la sujetaban al mundo y se fue suavemente, sin ningún esfuerzo y sin dolor, con la misma gracia con que se elevaba cuando se convertía en águila y sus alas poderosas la sostenían por encima de las nubes y la llevaban cada vez más arriba, hacia la luna.

Borobá condujo a Alexander hasta el sitio donde había dejado a Nadia. Completamente agotado por el esfuerzo de recorrer el camino tres veces sin descanso, se perdió en varias ocasiones, pero siempre pudo regresar al sendero correcto. Llegaron al desfiladero que conducía hacia la cueva de los hombres azules a eso de las seis de la tarde. Para entonces éstos se habían cansado de buscar a Nadia y habían vuelto a sus ocupaciones. El tipo patibulario que parecía mandarlos decidió que no podían seguir perdiendo tiempo con la chica que se les había escabullido de entre las garras, debían continuar con el plan y reunirse con el resto del grupo, de acuerdo con las instrucciones recibidas por el americano que los había contratado. Alex comprobó que el terreno estaba pisoteado y había bosta de caballo por todas partes; era evidente que allí habían estado los bandidos, aunque no vio a ninguno por los alrededores. Comprendió que no podía continuar a caballo, le parecía que los pasos del animal retumbaban como una campana de alarma, que sería imposible que, si había algunos montando guardia, no lo oyeran. Desmontó y lo dejó ir, para no revelar su presencia en el lugar. Por otra parte, estaba seguro de que no podría volver por ese camino y recuperarlo.

Empezó a trepar la montaña escondiéndose entre rocas y piedras, siguiendo la manito tembleque de Borobá. Pasó arrastrándose a unos setenta metros de la entrada de la cueva, donde vio tres hombres de guardia, armados de rifles. Dedujo que los demás estarían adentro o se habrían ido a otra parte, porque no vio a nadie más en la ladera del monte. Supuso que Nadia se encontraba allí junto a Pema y las otras chicas desaparecidas, pero él solo y desarmado no podía enfrentar a los guerreros del Escorpión. Vaciló, sin saber qué hacer, hasta que las señas insistentes de Borobá le hicieron dudar de que su amiga se encontrara allí.

El mono le tironeaba la manga y señalaba la punta de la montaña. Una ojeada le bastó para calcular que necesitaría varias horas para alcanzar la cima. Podría ir más rápido sin la mochila a la espalda, pero no quiso desprenderse de su equipo de montañismo.

Vaciló entre regresar a Tunkhala a pedir ayuda, lo cual tomaría un buen tiempo, o continuar en busca de Nadia. Lo primero podía salvar a las cautivas, pero podría ser fatal para Nadia, si ésta se hallaba en apuros, como Borobá parecía indicarle. Lo segundo podría ayudar a Nadia, pero podía ser peligroso para las otras muchachas. Decidió que a los hombres azules no les convenía dañar a las chicas. Si se habían dado el trabajo de secuestrarlas, era porque las necesitaban.

Siguió escalando y llegó a la cima cuando ya era de noche, pero en el cielo brillaba una luna inmensa, como un gran ojo de plata. Borobá miraba a su alrededor confundido. Saltó fuera de la parka, donde estaba protegido, y se puso a buscar frenéticamente, dando chillidos de angustia. Alexander se dio cuenta de que el mono esperaba encontrar allí a su ama. Loco de esperanza, comenzó a llamar a Nadia con cautela, porque temía que el eco arrastrara su voz montaña abajo y, en aquel silencio absoluto, llegara claramente a oídos de los bandidos. Pronto comprendió la inutilidad de continuar la búsqueda sin más luz que la luna en ese terreno escarpado y concluyó que era mejor esperar hasta el amanecer.

Se acomodó entre dos rocas, usando su mochila como almohada, y compartió su merienda con Borobá. Luego se quedó quieto, con la esperanza de que si «escuchaba con el corazón», Nadia podría decirle dónde estaba, pero ninguna voz interior vino a iluminar su mente.

—Tengo que dormir un poco para recuperar fuerzas —murmuró, extenuado, pero no logró cerrar los ojos.

Cerca de la medianoche, Tensing y Dil Bahadur encontraron a Nadia. Habían seguido al águila blanca durante horas. La poderosa ave volaba silenciosamente sobre sus cabezas a tan baja altura, que aun de noche la sentían. Ninguno de los dos estaba seguro de que pudieran verla realmente, pero su presencia era tan fuerte, que no necesitaban consultarse para saber lo que debían hacer. Si se desviaban o detenían, el ave comenzaba a trazar círculos, indicándoles el camino correcto. Así los condujo directamente al sitio donde estaba Nadia y, una vez allí, desapareció.

Un escalofriante gruñido detuvo en seco al lama y su discípulo. Estaban a pocos metros del precipicio por el que había rodado Nadia, pero no podían avanzar, porque un animal que no habían visto jamás, un gran felino, negro como la noche misma, les cerraba el paso. Estaba listo para saltar, con el lomo erizado y las garras desplegadas. Sus fauces abiertas revelaban enormes colmillos afilados y sus ardientes pupilas amarillas brillaban feroces en la vacilante luz de la lámpara de aceite.

El primer impulso de Tensing y Dil Bahadur fue de defensa y ambos debieron controlarse para no recurrir al arte del tao-shu, en el cual confiaban más que en las flechas de Dil Bahadur. Con un gran esfuerzo de voluntad, se quedaron inmóviles. Respirando calmadamente, para impedir que el pánico los invadiera y que el animal percibiera el olor inconfundible del miedo, se concentraron en enviar energía positiva, tal como habían hecho en otras ocasiones con un tigre blanco y con los feroces yetis. Sabían que el peor enemigo, así como la mayor ayuda, suelen ser los propios pensamientos.

Por un instante muy breve, que sin embargo pareció eterno, los hombres y la bestia se enfrentaron, hasta que la voz serena de Tensing recitó en un susurro el mantra esencial. Y entonces la luz de aceite vaciló como si fuera a apagarse, y ante los ojos del lama y su discípulo, en lugar del felino apareció un muchacho de aspecto muy raro. Nunca habían visto a nadie de ese color tan pálido ni vestido de esa manera.

Por su parte Alexander había visto una tenue luz, que al comienzo parecía una ilusión, pero poco a poco se hizo más real. Detrás de esa claridad vio avanzar dos siluetas humanas. Creyó que eran los hombres de la Secta del Escorpión y saltó, alerta, dispuesto a morir peleando. Sintió que el espíritu del jaguar negro venía en su ayuda, abrió la boca y un rugido escalofriante sacudió el aire quieto de la noche. Sólo cuando los dos desconocidos estuvieron a un par de metros de distancia y pudo distinguir mejor sus contornos, Alex se dio cuenta de que no eran los siniestros bandidos barbudos.

Se miraron con igual curiosidad: por un lado, dos monjes budistas cubiertos con pieles de yak; por otro, un chico americano de pantalones vaqueros y botas, con un mono colgado al cuello. Cuando lograron reaccionar, los tres juntaron las manos y se inclinaron al unísono en el saludo tradicional del Reino Prohibido.

—*Tampo kachi*, tenga usted felicidad —dijo Tensing.

—*Hi* —replicó Alexander.

Borobá lanzó un chillido y se tapó los ojos con las manos, como hacía cuando estaba asustado o confundido.

La situación era tan extraña que los tres sonrieron. Alexander buscó desesperado alguna palabra en el idioma de ese país, pero no pudo recordar ninguna. Sin embargo, tuvo la sensación de que su mente era como un libro abierto para esos hombres. Aunque no los oyó decir ni una palabra, las imágenes que se formaban en su cerebro le revelaron las intenciones de ellos y se dio cuenta de que estaban allí por la misma razón que él.

Tensing y Dil Bahadur se enteraron telepáticamente de que ese extranjero buscaba a una muchacha perdida cuyo nombre era Águila. Dedujeron naturalmente que era la misma persona que les había enviado el ave blanca. No les pareció sorprendente que esa chica tuviera la capacidad de transformarse en pájaro, como tampoco les sorprendió que el joven se hubiera presentado ante sus ojos con el aspecto de un gran felino negro. Creían que nada es imposible. En sus trances y viajes astrales ellos mismos habían tomado la forma de diversos animales o seres de otros universos. También leyeron en la mente de Alexander sus sospechas sobre los bandidos de la Secta del Escorpión, de la cual Tensing había oído hablar en sus viajes por el norte de India y Nepal.

En ese instante un grito en el cielo interrumpió la corriente de ideas que fluía entre los tres hombres. Levantaron los ojos y allí, sobre sus cabezas, estaba de nuevo el gran pájaro. Lo vieron trazar un breve círculo y luego descender en dirección a un oscuro precipicio que se abría poco más adelante.

—¡Águila! ¡Nadia! —exclamó Alexander, primero con loca alegría y enseguida con terrible aprensión.

La situación era desesperada, porque bajar de noche al fondo de esa quebrada era casi imposible. Sin embargo, debía intentarlo, porque el hecho de que Nadia no hubiera contestado a los reiterados llamados de Alexander y los chillidos de Borobá significaba que algo muy grave le ocurría. Sin duda estaba viva, puesto que la proyección mental del águila así lo indicaba, pero podía estar mal herida. No había tiempo que perder.

—Voy a descender —dijo Alexander en inglés.

Tensing y Dil Bahadur no necesitaron traducción para comprender su decisión y se dispusieron a ayudarlo.

El joven se felicitó por haber llevado su equipo de montañismo y su linterna, también agradeció la experiencia adquirida con su padre escalando montañas y haciendo rapel. Se colocó el arnés, encajó un pico metálico entre las rocas, comprobó su firmeza, le amarró la cuerda y, ante los ojos atónitos de Tensing y Dil Bahadur, quienes no habían visto nada parecido, a pesar de haber vivido siempre entre las cimas de esas montañas, descendió como una araña por el precipicio.

12

LA MEDICINA DE LA MENTE

Lo primero que percibió Nadia al volver en sí fue el olor rancio de la pesada piel de yak que la envolvía. Entreabrió los ojos y nada pudo ver. Quiso moverse, pero estaba inmovilizada; trató de hablar, pero no le salió la voz. De súbito la asaltó un dolor insoportable en un hombro y en pocos segundos se extendió al resto de su cuerpo. Se sumió de nuevo en la oscuridad, con la sensación de que caía en un vacío infinito, donde se perdía por completo. En ese estado flotaba tranquila, pero apenas tenía un asomo de conciencia sentía el dolor traspasándola como flechas. Incluso desmayada, gemía.

Por fin empezó a despertar, pero su cerebro parecía envuelto en una materia blancuzca y algodonosa, de la cual no podía desenredarse. Al abrir los ojos vio el rostro de Jaguar inclinado sobre ella y supuso que se había muerto, pero luego sintió su voz llamándola. Consiguió enfocar la vista y, al sentir la quemante punzada en el hombro, se dio cuenta de que aún estaba viva.

—Águila, soy yo... —dijo Alexander, tan asustado y conmovido ante su amiga, que apenas podía contener las lágrimas.

—¿Dónde estamos? —murmuró ella.

Un rostro color de bronce, de ojos almendrados y expresión serena, surgió ante su vista.

—*Tampo kachi*, niña valiente —la saludó Tensing. Sostenía una escudilla de madera en la mano y le indicaba que debía beber.

Nadia tragó con dificultad un líquido tibio y amargo, que le cayó como una pedrada en el estómago vacío. Sintió náuseas, pero la mano del lama presionó con firmeza su pecho y de inmediato desapareció el malestar. Bebió un poco más y pronto Jaguar y Tensing se borraron, y cayó en un sueño profundo y tranquilo.

Valiéndose de la cuerda y la linterna, Alexander había descendido al barranco en pocos segundos, donde encontró a Nadia hecha un ovillo entre los matorrales, helada e inmóvil, como muerta. El alivio que sintió al comprobar que aún respiraba le arrancó un grito. Cuando intentó moverla vio el brazo colgando y supuso que tendría algún hueso roto, pero no se detuvo a averiguarlo. Lo primordial era sacarla de ese hoyo, pero calculó que no sería fácil subirla desmayada.

Se quitó el arnés y se lo colocó a Nadia; enseguida usó su cinturón para inmovilizarle el brazo contra el pecho. Dil Bahadur y Tensing izaron a la chica con mucho cuidado, para evitar que se golpeara contra las piedras, y luego lanzaron la cuerda para que Alexander pudiera trepar.

Tensing examinó a Nadia y determinó que antes que nada debían hacerla entrar en calor. Del brazo se ocuparía después. Le dio un poco de licor de arroz, pero estaba inconsciente y no tragaba. Entre los tres la frotaron de arriba abajo durante largos minutos, hasta que consiguieron activar la circulación y, tan pronto le volvieron un poco los colores, la envolvieron en una de las pieles como un paquete, cubriendo incluso la cara.

Con sus largos bastones, la cuerda de Alexander y la otra piel de yak improvisaron una angarilla y así transportaron a la muchacha hasta un pequeño refugio cercano, una de las muchas grietas y cavernas naturales de las montañas.

El viaje de vuelta hasta la ermita de Tensing y Dil Bahadur era demasiado complicado y largo cargando a Nadia, por eso el lama decidió que allí estarían a salvo de los bandidos y podrían descansar por el resto de la noche.

Dil Bahadur encontró unas raíces secas, con las cuales improvisó un pequeño fuego que les dio algo de calor y luz. Le quitaron la parka a Nadia con grandes precauciones y Alexander no pudo contener una exclamación de susto cuando vio el brazo de su amiga colgando, hinchado hasta el doble del tamaño normal, con el hueso del hombro fuera de su lugar. Tensing, en cambio, no se inmutó.

El lama abrió su cajita de madera y procedió a colocar las agujas en ciertos puntos de la cabeza de Nadia para suprimirle el dolor. Enseguida extrajo medicinas vegetales de su bolsa y las molió entre dos piedras, mientras Dil Bahadur derretía manteca en su escudilla. El lama mezcló la grasa con los polvos, formando una pasta oscura y fragante. Sus manos expertas colocaron el hueso de Nadia en su sitio y luego cubrieron el área con la pasta, sin que la muchacha hiciera ni el menor movimiento, completamente tranquilizada por las agujas. Tensing explicó telepáticamente y por señas a Alexander que el dolor produce tensión y resistencia, lo cual bloquea la mente y reduce la capacidad natural de curación. Además de anestesiar, la acupuntura activaba el sistema inmunológico del cuerpo. Nadia no sufría, aseguró.

Dil Bahadur desgarró un extremo de su túnica para obtener vendajes, puso a hervir agua con un poco de ceniza de la fogata y en ese líquido remojó las tiras de tela, que el lama utilizó para envolver el hombro herido. Enseguida Tensing inmovilizó el brazo con una bufanda, retiró las agujas de acupuntura y le indicó a Alexander que refrescara la frente de Nadia con escarcha y nieve, que había en las grietas entre las rocas, para bajarle la fiebre.

En las horas siguientes Tensing y Dil Bahadur se concentraron en curar a Nadia con fuerza mental. Era la primera vez que el príncipe realizaba esa proeza con un ser humano. Su maestro lo había entrenado durante años en esa forma de sanar, pero sólo había practicado con animales heridos.

Alexander comprendió que sus nuevos amigos intentaban atraer energía del universo y canalizarla para fortalecer a Nadia. Dil Bahadur le traspasó mentalmente la noción de que su maestro era médico, además de un poderoso *tulku*, que contaba con la inmensa sabiduría de encarnaciones anteriores. Aunque no estaba seguro de haber comprendido bien los mensajes telepáticos, Alexander tuvo el buen tino de no interrumpirlos ni hacer preguntas. Permaneció junto a Nadia, refrescándola con nieve y dándole a beber agua en los momentos en que despertaba. Mantuvo el fuego encendido hasta que se terminaron las raíces que servían de combustible. Pronto las primeras luces del alba rasgaron el manto de la noche, mientras los monjes, sentados en la posición de loto, con los ojos cerrados y la mano derecha sobre el cuerpo de su amiga, murmuraban mantras.

Tiempo después, cuando Alexander pudo analizar lo que experimentó durante esa extraña noche, la única palabra que se le ocurrió para definir lo que hicieron ese par de misteriosos hombres fue «magia». No tenía otra explicación para la forma en que curaron a Nadia. Supuso que el polvo con el cual habían formado la pasta era un poderoso remedio desconocido en el resto del mundo, pero estaba seguro de que fue sobre todo la fuerza mental de Tensing y Dil Bahadur lo que produjo el milagro.

Durante las horas en que el lama y el príncipe aplicaron sus poderes psíquicos para sanar a Nadia, Alexander pensaba en su madre, allá lejos en California. Imaginaba el cáncer como un terrorista escondido en su organismo, listo para atacarla a placer en cualquier momento. Su familia había celebrado la recuperación de Lisa Cold, pero todos sabían que el peligro no había pasado. La combinación de quimioterapia con el agua de la salud, obtenida en la Ciudad de las Bestias, y las hierbas del brujo Walimai había ganado el primer asalto, pero la pelea no había terminado. Al ver cómo Nadia se reponía a una velocidad pasmosa durante la noche, mientras los monjes oraban en silencio, Alexander se propuso traer a su madre al Reino del Dragón de Oro, o estudiar él mismo ese maravilloso método para curarla.

Al amanecer Nadia despertó sin fiebre, con buenos colores en la cara y con un hambre voraz. Borobá, acurrucado a su lado, fue el primero en saludarla. Tensing preparó *tsampa* y ella lo devoró como si fuera una delicia, aunque en realidad era una mazamorra grisácea con gusto a avena ahumada. También bebió con ansia la poción medicinal que le dio el lama.

Nadia les contó en inglés su aventura con los guerreros azules, el secuestro de Pema y las otras muchachas, y la ubicación de la cueva. Se dio cuenta de que el hombre y el joven que la habían salvado captaban las imágenes que se formaban en su mente. De vez en cuando Tensing la interrumpía para aclarar algún detalle y, si ella «escuchaba con el corazón», podía entenderle. Quien más problemas tenía para la comunicación era Alexander, a pesar de que los monjes también adivinaban sus pensamientos. Estaba extenuado, se le cerraban los ojos de sueño y no comprendía cómo el lama y el discípulo se mantenían tan alertas, después de haber pasado una parte de la noche ocupados en el rescate de Nadia y el resto en oración.

—Hay que salvar a esas pobres muchachas antes de que les suceda una desgracia irreparable —dijo Dil Bahadur, después de escuchar el relato de Nadia.

Pero Tensing no manifestó la misma prisa del príncipe. Interrogó a la joven para saber exactamente qué había oído en la cueva y ella le repitió las pocas palabras que había entendido Pema. Tensing preguntó si estaba segura de que habían mencionado al Dragón de Oro y al rey.

—¡Mi padre puede estar en peligro! —exclamó el príncipe.

—¿Tu padre? —preguntó Alexander, extrañado.

—El rey es mi padre —explicó Dil Bahadur.

—He estado pensando en todo esto y estoy seguro de que esos criminales no llegaron hasta el Reino Prohibido sólo para robar unas cuantas chicas. Eso podrían haberlo hecho más fácilmente en India... —sugirió Alexander.

—¿Quieres decir que vinieron por otra razón? —preguntó Nadia.

—Creo que raptaron a las muchachas como distracción, pero su verdadero propósito tiene que ver con el rey y con el Dragón de Oro.

—¿Robar la estatua, por ejemplo? —insinuó Nadia.

—Entiendo que es muy valiosa. No me explico por qué mencionaron al rey, pero no puede ser para nada bueno —concluyó Alex.

Tensing y Dil Bahadur, habitualmente impasibles, no pudieron evitar una exclamación. Discutieron en su idioma por unos minutos y enseguida el lama anunció que debían descansar por tres o cuatro horas antes de ponerse en acción.

La ubicación del sol indicaba alrededor de las nueve de la mañana cuando los amigos despertaron. Alexander echó una mirada a su alrededor y sólo vio montañas y más montañas, como si estuvieran en el fin del mundo, pero comprendió que no se encontraban lejos de la civilización, sino muy bien escondidos. El lugar escogido por el lama y su discípulo estaba protegido por grandes rocas y era difícil llegar a él a menos que se conociera su ubicación. Era evidente que ellos lo habían usado antes, porque había restos de velas en un rincón. Tensing explicó que para bajar al valle se debía dar un largo rodeo, a pesar de que no estaban lejos, porque los aislaba un alto acantilado y los guerreros azules bloqueaban el único sendero transitable que conducía a la capital.

La temperatura de Nadia era normal, no sentía dolor y su brazo se había deshinchado. De nuevo estaba muerta de hambre y comió todo lo que le ofrecieron, incluso un bocado de un queso verde con un olor muy poco apetecible que Tensing extrajo de su bolsa. El lama renovó la pasta que cubría el hombro de la muchacha, se lo envolvió con los mismos trapos, puesto que no disponía de otros, y enseguida la ayudó a dar unos pasos.

—¡Mira, Jaguar, estoy completamente bien! Podré conducirlos a la cueva donde tienen a Pema y las otras chicas —exclamó Nadia, dando unos brincos para probar lo que decía.

Pero Tensing le ordenó que volviera a tenderse sobre su improvisado lecho, porque no estaba del todo sana todavía, necesitaba descanso; su cuerpo era el templo de su espíritu y debía tratarlo con respeto y cuidado, dijo. Le dio como tarea visualizar los huesos en su sitio, el hombro desinflamado y su piel libre de los machucones y arañazos que había sufrido en los últimos días.

—Somos lo que pensamos. Todo lo que somos surge de nuestros pensamientos. Nuestros pensamientos construyen el mundo —dijo el monje telepáticamente.

Nadia captó a grandes rasgos la idea: con su mente podía curarse. Eso es lo que habían hecho por ella Tensing y Dil Bahadur durante la noche.

—Pema y las otras chicas corren grave peligro. Pueden estar todavía en la cueva de donde yo escapé, pero también puede ser que ya se las hayan llevado... —explicó Nadia a Alexander.

—Dijiste que allí tenían un campamento con armas, arreos y provisiones. No creo que sea fácil movilizar todo eso en pocas horas —anotó él.

—En todo caso, hay que apurarse, Jaguar.

Tensing le indicó que ella se quedaría reposando, mientras él y los dos jóvenes irían al rescate de las cautivas. No estaban lejos y Borobá podría guiarlos. Nadia trató de explicarle que se enfrentarían a los feroces hombres de la Secta del Escorpión, pero le pareció que el lama no entendió bien, porque por toda respuesta obtuvo una plácida sonrisa.

Tensing y Dil Bahadur no disponían de sus armas, excepto el arco y el carcaj con flechas del príncipe y los dos largos bastones de madera que llevaban siempre; lo demás había quedado en su ermita. Como único escudo, el príncipe llevaba colgado al pecho el mágico trozo de excremento petrificado de dragón que habían encontrado en el Valle de los Yetis. Cuando competían en serio, como hacían en ciertas ocasiones en los monasterios donde el príncipe recibía instrucción, usaban una variedad de armas. Eran competencias amistosas y rara vez alguien salía aporreado, porque los monjes guerreros tenían experiencia y eran muy cuidadosos. El gentil Tensing se colocaba una dura coraza de cuero acolchado que le cubría el pecho y la espalda, además de protecciones metálicas en las piernas y en los antebrazos. Su tamaño, de por sí enorme, se duplicaba, convirtiéndolo en un verdadero gigante. Encima de esa mole humana, su cabeza se veía demasiado pequeña y la dulzura de su expresión parecía completamente fuera de lugar. Sus armas preferidas eran discos metálicos con puntas afiladas como navajas, que lanzaba con increíble precisión y velocidad, y su pesada espada, que ningún otro hombre podría levantar con ambos brazos y él blandía en el aire con una sola y sin esfuerzo. Era capaz de desarmar a otro con un solo movimiento de los brazos, partir en dos una coraza con la espada o lanzar los discos rozando las mejillas de sus contrincantes sin herirlos.

Dil Bahadur no poseía la fuerza o la destreza de su maestro, pero era ágil como un gato. No usaba coraza ni otras protecciones, porque entorpecían sus movimientos y la velocidad era su mejor defensa. En una competencia podía eludir cuchillos, flechas y lanzas, escamoteando el cuerpo como una comadreja. Verlo en acción era un espectáculo prodigioso, parecía estar danzando. Su arma predilecta era el arco, porque tenía una puntería impecable: donde ponía el ojo, ponía la flecha. Su maestro le había enseñado que el arco es parte de su cuerpo y la flecha una prolongación de su brazo; debía disparar por instinto, apuntando con el tercer ojo. Tensing había insistido en convertirlo en un arquero perfecto, porque sostenía que limpia el corazón. Según él, sólo un corazón puro puede dominar completamente esa arma. El príncipe, quien jamás fallaba un tiro, lo contradecía bromeando con el argumento de que su brazo nada sabía de las impurezas de su corazón.

Como todos los expertos en tao-shu, usaban su poder físico como una forma de ejercicio para templar el carácter y el alma, jamás para dañar a otro ser viviente. El respeto por toda forma de vida, fundamento del budismo, era el lema de ambos. Creían que cualquier criatura podría haber sido su madre en una vida anterior; por eso debían tratarlas a todas con bondad. De cualquier modo, como decía el lama, no importa lo que uno crea o no crea, sino lo que uno hace. No podían cazar un pájaro para comerlo, y menos podían matar a un hombre. Debían ver al enemigo como un maestro que les daba la oportunidad de controlar sus pasiones y aprender algo sobre sí mismos. La perspectiva de agredir nunca se les había presentado antes.

—¿Cómo puedo disparar contra otros hombres con el corazón puro, maestro?

—Sólo está permitido si no hay alternativa y cuando se tiene la certeza de que la causa es justa, Dil Bahadur.

—Me parece que en este caso existe esa certeza, maestro.

—Que todos los seres vivientes tengan buena fortuna, que ninguno experimente sufrimiento —recitaron juntos el maestro y el discípulo, deseando con toda su alma no verse en la obligación de usar ninguno de sus mortíferos conocimientos marciales.

Por su parte Alexander era de temperamento conciliador. En sus dieciséis años de existencia nunca se había visto obligado a pelear y en realidad no sabía cómo hacerlo. Además, de nada disponía para defenderse o atacar, excepto un cortaplumas que le había regalado su abuela, para reemplazar otro que él le dio al brujo Walimai en el Amazonas. Era una buena herramienta, pero como arma era ridícula.

Nadia dio un suspiro. No entendía de armas, pero conocía a los miembros de la Secta del Escorpión, famosos por su brutalidad y por la pericia con los puñales. Esos hombres se criaban en la violencia, vivían para el crimen y la guerra, estaban entrenados para matar. ¿Qué podían hacer un par de pacíficos monjes budistas y un joven turista americano contra semejante banda de forajidos? Angustiada, les dijo adiós y los vio alejarse. Su amigo Jaguar iba delante con Borobá sentado a caballo en su nuca, bien sujeto de las orejas del joven; el príncipe lo seguía, y cerraba la marcha el colosal lama.

—Espero volver a verlos vivos —murmuró Nadia cuando se perdieron tras las altas rocas que protegían la pequeña gruta.

Una vez que los tres hombres empezaron a descender hacia la cueva de los guerreros azules, pudieron avanzar más rápido. Iban casi corriendo. A pesar de que brillaba el sol, hacía frío. La atmósfera era tan clara, que la vista alcanzaba hasta los valles y desde esas cimas el paisaje era de una belleza sobrecogedora. Estaban rodeados por los altos picos nevados de las montañas y hacia abajo se extendían montes cubiertos de gloriosa vegetación y verdes plantaciones de arroz en terrazas cortadas en los cerros. Salpicados en la lejanía se divisaban las blancas stupas de los monasterios, las pequeñas aldeas con sus casas de barro, madera, piedra y paja, con sus techos en forma de pagoda y sus calles torcidas, todo integrado a la naturaleza, como una prolongación del terreno. Allí el tiempo se medía por las estaciones y el ritmo de la vida era lento, inmutable.

Con binoculares habrían visto las banderas de oración flameando por todas partes, las grandes imágenes de Buda pintadas en las rocas, las filas de monjes trotando en dirección a los templos, los búfalos arrastrando los arados, las mujeres camino del mercado con sus collares de turquesa y plata, los niños jugando con pelotas de trapo. Era casi imposible imaginar que esa pequeña nación, tan apacible y hermosa, que se había preservado intacta por siglos, ahora estuviera a merced de una banda de asesinos.

Alexander y Dil Bahadur apuraban el paso, pensando en las muchachas a quienes debían salvar antes que las marcaran con un hierro al rojo en la frente o algo peor. No sabían qué peligros los aguardaban en la proeza de rescatarlas, pero estaban seguros de que no serían pocos. A Tensing, en cambio, esas dudas no lo atormentaban demasiado. Las cautivas eran sólo la primera parte de su misión; la segunda le preocupaba mucho más: salvar al rey.

Entretanto en Tunkhala se había propagado la noticia de que el rey se había esfumado. Lo esperaban en la televisión, porque iba a dirigirse al país, pero no se presentó. Nadie sabía dónde se encontraba, a pesar de que el general Myar Kunglung trató por todos los medios de mantener su desaparición en secreto. Era la primera vez en la historia de la nación que ocurría algo así. El hijo mayor, el mismo que había ganado los torneos de arco y flecha durante el festival, ocupó temporalmente el lugar de su padre. Si el rey no aparecía dentro de los próximos días, el general y los lamas superiores debían ir a buscar a Dil Bahadur, para que cumpliera el destino para el cual había sido entrenado durante más de doce años. Todos esperaban, sin embargo, que eso no fuera necesario.

Corrían rumores de que el rey estaba en un monasterio en las montañas, donde se había retirado a meditar; que había viajado a Europa con la mujer extranjera, Judit Kinski; que estaba en Nepal con el Dalai Lama, y mil suposiciones más. Pero nada de eso correspondía al carácter pragmático y sereno del soberano. Tampoco era posible que viajara de incógnito y, de todos modos, el avión semanal no salía hasta el viernes. El monarca jamás abandonaría sus responsabilidades y mucho menos cuando el país se encontraba en crisis por las chicas secuestradas. La conclusión del general, y del resto de los habitantes del Reino Prohibido, era que algo muy grave debía haberle ocurrido.

Myar Kunglung abandonó la búsqueda de las muchachas y volvió a la capital. Kate Cold no se despegó de él, y así se enteró personalmente de algunos detalles confidenciales. En la puerta del palacio encontró a Wandgi, el guía, acurrucado junto a una columna de la entrada, esperando noticias de su hija Pema. El hombre se abrazó a ella llorando. Parecía otra persona, como si hubiera envejecido veinte años en ese par de días. Kate se desprendió bruscamente, porque no le gustaban las demostraciones sentimentales, y a modo de consuelo le ofreció un trago de té con vodka de su inseparable cantimplora. Wandgi se lo echó a la boca por cortesía y luego debió escupir lejos aquel brebaje asqueroso. Kate lo cogió de un brazo y lo obligó a seguir al general, porque lo necesitaba para que tradujera. El inglés de Myar Kunglung era como el de Tarzán.

Se enteraron que el rey había pasado la tarde y parte de la noche en la sala del Gran Buda, al centro del palacio, acompañado solamente por Tschewang, su leopardo. Sólo una vez interrumpió su meditación para dar unos pasos por el jardín y beber una taza de té de jazmín que le había llevado un monje. Éste informó al general que Su Majestad siempre oraba durante varias horas antes de consultar al Dragón de Oro. A medianoche le llevó otra taza de té. Para entonces la mayoría de las velas se habían apagado y en la penumbra de la sala vio que el rey ya no se hallaba allí.

—¿No averiguó dónde se encontraba? —preguntó Kate, valiéndose de Wandgi.

—Supuse que había ido a consultar al Dragón de Oro —replicó el monje.

—¿Y el leopardo?

—Estaba atado con una cadena en un rincón. Su Majestad no puede llevarlo donde el Dragón de Oro. A veces lo deja en la sala del Buda y otras veces se lo entrega a los guardias que cuidan la Última Puerta.

—¿Dónde es eso? —quiso saber Kate, pero por toda respuesta recibió una mirada escandalizada del monje y otra furiosa del general: era evidente que esa información no estaba disponible, pero Kate no se daba por vencida fácilmente.

El general explicó que muy pocos sabían la ubicación de la Última Puerta. Los guardias que la cuidaban eran conducidos hasta ella, con los ojos vendados, por una de las viejas monjas que servían en el palacio y que conocían el secreto. Esa puerta era el límite que conducía a la parte sagrada del palacio, que nadie, salvo el monarca, podía cruzar. Pasado el umbral comenzaban los obstáculos y trampas mortales que protegían el Recinto Sagrado. Cualquiera que no supiera dónde debía poner los pies, moría de una manera horrible.

—¿Podríamos hablar con Judit Kinski, la europea que está en el palacio como huésped? —insistió la escritora.

Fueron a buscarla y se dieron cuenta de que la mujer también había desaparecido. Su cama estaba deshecha, su ropa y efectos personales se encontraban en la habitación, menos la bolsa de cuero que siempre llevaba al hombro. Por la mente de Kate pasó fugazmente la idea de que el rey y la experta en tulipanes se habían escapado a una cita amorosa, pero al punto la descartó por absurda. Decidió que algo así no calzaba con el carácter de ninguno de los dos y, además, ¿qué necesidad tenían de esconderse?

—Debemos buscar al rey —dijo Kate.

—Posiblemente esa idea ya se nos había ocurrido, abuelita —replicó el general Kunglung entre dientes.

El general dio orden de llamar a una monja para que los guiara al piso inferior del palacio y tuvo que aguantar que Kate y Wandgi lo acompañaran, porque la escritora se le prendió del brazo como una sabandija y no lo soltó. Definitivamente, esa mujer era de una descortesía jamás vista, pensó el militar.

Siguieron a la monja dos pisos bajo tierra, pasando por un centenar de habitaciones comunicadas entre sí, y por fin llegaron a la sala donde se encontraba la grandiosa Última Puerta. No se dieron tiempo de admirarla, porque vieron con horror a dos guardias, con el uniforme de la casa real, tirados boca abajo en el suelo en sendos charcos de sangre. Uno estaba muerto, pero el otro aún vivía y pudo advertirles con sus últimas fuerzas que unos hombres azules, dirigidos por un blanco, habían penetrado en el Recinto Sagrado y no sólo habían sobrevivido y vuelto a salir, sino que además habían raptado al rey y habían robado el Dragón de Oro.

Myar Kunglung había pasado cuarenta años en las fuerzas armadas, pero jamás había enfrentado una situación tan grave como aquélla. Sus soldados se entretenían jugando a la guerra y desfilando, pero hasta ese momento la violencia era desconocida en su país. No se había visto en la necesidad de usar sus armas y ninguno de sus soldados conocía el verdadero peligro. La idea de que el soberano había sido secuestrado en su propio palacio le resultaba inconcebible. El sentimiento más fuerte del general en ese momento, más que el espanto o la ira, fue la vergüenza: había fallado en su deber, no había sido capaz de proteger a su amado rey.

Kate ya nada tenía que hacer en el palacio. Se despidió del desconcertado general y partió a tranco largo en dirección al hotel, llevando a Wandgi a la rastra. Debía hacer planes con su nieto.

—Posiblemente el muchacho americano alquiló un caballo, y tal vez se fue. Me parece que no ha vuelto —la informó el dueño del hotel con grandes sonrisas y reverencias.

—¿Cuándo fue eso? ¿Partió solo? —preguntó ella, inquieta.

—Posiblemente se fue ayer y tal vez llevaba un mono —dijo el hombre, procurando ser lo más amable posible con esa extraña abuela.

—¡Borobá! —exclamó Kate, adivinando al punto que Alexander había ido en busca de Nadia.

—¡Jamás debí traer a esos niños a este país! —agregó en medio de un ataque de tos, cayendo sobre una silla, abrumada.

Sin decir palabra, el dueño del hotel le sirvió un vaso de vodka y se lo puso en las manos.

13

EL DRAGÓN DE ORO

Aquella noche el rey había meditado ante el Gran Buda durante horas, como siempre hacía antes de bajar al Recinto Sagrado. Su capacidad para comprender la información que recibiría de la estatua dependía del estado de su espíritu. Debía tener el corazón puro, limpio de deseos, temores, expectativas, recuerdos e intenciones negativas, abierto como la flor del loto. Oró con fervor, porque sabía que su mente y su corazón eran vulnerables. Sentía que apenas sujetaba los hilos de su reino y los de su propia psique.

El rey había ascendido al trono muy joven, a raíz de la muerte prematura de su padre, sin haber terminado su entrenamiento con los lamas. Le faltaban conocimientos y no desarrolló como debía sus habilidades paranormales. No podía ver el aura de las personas ni leer sus pensamientos, no realizaba viajes astrales, no sabía sanar con el poder de su mente, aunque había otras cosas que podía hacer, como dejar de respirar y morir a voluntad.

Había compensado las fallas de su preparación y sus carencias psíquicas con un gran sentido común y una continua práctica espiritual. Era un hombre bondadoso y sin ambición personal, dedicado por entero al bienestar de su reino. Se rodeaba de colaboradores fieles, que lo ayudaban a tomar decisiones justas, y mantenía una eficiente red de información para saber lo que ocurría en su país y en el mundo. Reinaba con humildad, porque no se sentía capacitado para el papel de rey. Esperaba retirarse a un monasterio cuando su hijo Dil Bahadur ascendiera al trono, pero después de conocer a Judit Kinski dudaba incluso de su vocación religiosa. Esa extranjera era la única mujer que había logrado inquietarlo desde la muerte de su esposa. Se sentía muy confundido y en sus oraciones pedía simplemente que se cumpliera su destino, cualquiera que éste fuera, sin dañar a otros.

El monarca conocía el código para descifrar los mensajes del Dragón de Oro, porque lo había aprendido en la juventud; pero le faltaba la intuición del tercer ojo, que también era necesaria. Sólo podía interpretar una parte de lo que la estatua transmitía. Cada vez que se presentaba ante ella, lamentaba sus limitaciones. Su consuelo era que su hijo Dil Bahadur estaría mucho mejor preparado que él para gobernar su nación.

—Éste es mi karma en esta reencarnación: ser rey sin merecerlo —solía murmurar con tristeza.

Esa noche, después de varias horas de intensa meditación, sintió que su mente estaba limpia y su corazón abierto. Se inclinó profundamente ante el Gran Buda, tocando el suelo con la frente, pidió inspiración y se irguió. Le dolían las rodillas y la espalda al cabo de tanto rato de inmovilidad. Ató al fiel Tschewang con una cadena a una argolla fija en la pared, bebió el último sorbo de su té de jazmín, ya frío, tomó una vela y salió de la sala. Sus pies descalzos se deslizaban sin ruido sobre el suelo de piedra pulida. Por el camino se cruzó con algunos sirvientes que a esa hora limpiaban silenciosamente el palacio.

Por orden del general Myar Kunglung, la mayoría de los guardias había partido a reforzar los escasos soldados y policías del reino que buscaban a las muchachas desaparecidas. El rey escasamente notó su ausencia, porque el palacio era muy seguro. Los guardias cumplían una función decorativa durante el día, pero por las noches sólo quedaba un puñado de ellos vigilando, ya que en realidad no se necesitaban. Jamás la seguridad de la familia real había sido amenazada.

Las mil habitaciones del palacio estaban comunicadas entre sí por un verdadero enjambre de puertas. Algunas piezas contaban con cuatro salidas; otras, en forma hexagonal, tenían seis. Era tan fácil perderse, que los arquitectos del antiguo edificio tallaron señas en las puertas como guía en los pisos superiores, pero en el de abajo, donde sólo tenían acceso algunos monjes y monjas, los guardias escogidos y la familia real, esas señas no existían. Como además no había ventanas, porque estaba diez metros bajo tierra, no existían puntos de referencia.

Los cuartos del subterráneo, que recibían ventilación mediante un ingenioso sistema de tuberías, se habían impregnado a lo largo de los siglos de un olor peculiar a humedad, manteca de las lámparas y diversas clases de incienso que los monjes encendían para alejar a las ratas y a los malos espíritus. Algunas piezas se usaban para almacenar los pergaminos de la administración pública, estatuas, muebles; otras eran depósitos de remedios, víveres o anticuadas armas que ya nadie usaba, pero la mayoría estaban vacías. Las paredes lucían pinturas de escenas religiosas, dragones, demonios, largos textos en sánscrito, horribles descripciones de los castigos que sufren las almas malvadas en el más allá. Los techos también estaban pintados, pero el tizne de las lámparas los había vuelto negros.

A medida que se internaba en las entrañas de su palacio, el rey iba encendiendo las lámparas con la llama de su vela. Pensaba que ya era tiempo de instalar luz eléctrica en todo el edificio; por el momento sólo había en un ala del piso superior, donde habitaba la familia real. Abría puertas y avanzaba sin vacilar, porque conocía el camino de memoria.

Pronto llegó a una habitación rectangular más grande

y alta que las demás, alumbrada por una doble hilera de lámparas de oro, en cuyo extremo se alzaba una grandiosa puerta de bronce y plata con incrustaciones de jade. Dos jóvenes guardias, ataviados con el uniforme antiguo de los heraldos reales, con penachos de plumas en los gorros de seda azul y lanzas adornadas con cintas de colores, vigilaban a ambos lados de la puerta. Se notaba que estaban fatigados, porque llevaban varias horas de turno en la soledad y el silencio sepulcrales de esa cámara. Al ver llegar a su rey cayeron de rodillas, tocaron el suelo con la frente y así permanecieron hasta que él les dio su bendición y les indicó que se pusieran de pie. Luego se volvieron de cara a la pared, como exigía el protocolo, para no ver cómo el soberano abría la puerta.

El rey giró varios de los muchos jades que adornaban la puerta, empujó y ésta giró pesadamente sobre sus goznes. Atravesó el umbral y la maciza puerta volvió a cerrarse. A partir de ese momento se activaba automáticamente el sistema de seguridad que protegía el Dragón de Oro desde hacía mil ochocientos años.

Oculto entre los gigantescos helechos del parque que rodeaba el palacio, Tex Armadillo seguía cada paso del rey en los sótanos del palacio, como si fuera pegado a sus talones. Podía verlo perfectamente en una pequeña pantalla, gracias a la tecnología moderna. El monarca no sospechaba que llevaba una minúscula cámara de gran precisión sobre el pecho, mediante la cual el americano lo vio salvar cada uno de los obstáculos y desarticular los mecanismos de seguridad que protegían al Dragón de Oro. Simultáneamente se grababan las coordenadas de su recorrido, como un mapa exacto, en un *Global Positioning System* (GPS), lo cual permitiría seguirlo más tarde. Tex no pudo evitar una sonrisa pensando en la genialidad del Especialista, quien nada dejaba al azar. Ese aparato, mucho más sensible, preciso y de largo alcance que los de uso corriente, acababa de ser desarrollado en Estados Unidos para fines militares y no era asequible para el público. Pero el Especialista podía obtener cualquier cosa, para eso contaba con los contactos y el dinero necesarios.

Agazapados entre las plantas y las esculturas del jardín se encontraban los doce mejores guerreros azules de la secta, bajo el mando de Tex Armadillo. Los demás llevaban a cabo el resto del plan en las montañas, donde preparaban la huida con la estatua y donde tenían secuestradas a las muchachas. También esa distracción era producto de la mente maquiavélica del Especialista. Gracias a que la policía y los soldados estaban ocupados buscándolas, ellos podían penetrar en el palacio sin encontrar resistencia.

A pesar de que se sentían muy seguros, los malhechores se movían con cautela, porque las instrucciones del Especialista eran muy precisas: no debían llamar la atención. Necesitaban varias horas de ventaja para poner a salvo la estatua y obtener el código de boca del rey. Sabían el número exacto de guardias que quedaban y dónde se ubicaban. Ya habían despachado a los cuatro que cuidaban los jardines y esperaban que sus cadáveres no fueran descubiertos hasta la mañana siguiente. Iban, como siempre, armados con un arsenal de puñales, en los que confiaban más que en las armas de fuego. El americano llevaba una pistola Magnum con silenciador, pero, si todo salía como estaba planeado, no tendría que usarla.

Tex Armadillo no disfrutaba particularmente de la violencia, aunque en su línea de trabajo resultaba inevitable. Consideraba que la violencia era para matones y él se creía un «intelectual», un hombre de ideas. Secretamente albergaba la ambición de reemplazar al Especialista o formar su propia organización. No le gustaba la compañía de esos hombres azules; eran unos mercenarios brutales y traicioneros, con quienes apenas podía comunicarse y no estaba seguro de que, llegado el caso, pudiera controlarlos. Le había asegurado al Especialista que sólo necesitaba un par de sus mejores hombres para llevar a cabo la misión, pero por toda respuesta recibió la orden de ceñirse al plan. Armadillo sabía que la menor indisciplina o desviación podría costarle la vida. A la única persona que temía en este mundo era al Especialista.

Sus instrucciones eran claras: debía vigilar cada movimiento del rey mediante la cámara oculta, esperar que llegara a la sala del Dragón de Oro y activara la estatua, para asegurarse de que funcionaba, luego penetraría en el palacio y, usando el GPS, llegaría hasta la Última Puerta. Debía llevar seis hombres, dos para cargar el tesoro, dos para secuestrar al rey y dos para protección. Tendría que penetrar al Recinto Sagrado evitando las trampas, para lo cual contaba con el video en su pantalla.

La idea de secuestrar al jefe de una nación y robar su objeto más precioso habría sido absurda en cualquier parte, menos en el Reino Prohibido, donde el crimen era casi desconocido y por lo tanto no había defensas. Para Tex Armadillo era casi un juego de niños atacar un país cuyos habitantes todavía se alumbraban con velas y creían que el teléfono era un artefacto mágico. El gesto despectivo se le borró de la cara cuando vio en su pantalla las formas ingeniosas en que estaba defendido el Dragón de Oro. La misión no era tan fácil como imaginaba. Las mentes que inventaron esas trampas dieciocho siglos antes no eran en absoluto primitivas. Su ventaja consistía en que la mente del Especialista era superior.

Cuando comprobó que el rey estaba en la última sala, indicó a seis de los guerreros azules que guardaran la retirada, como estaba previsto, y él se dirigió al palacio con los demás. Usaron una entrada de servicio del primer piso y de inmediato se encontraron en una pieza con cuatro puertas.

Valiéndose del mapa en el GPS, el americano y sus secuaces pasaron con muy pocas vacilaciones de una habitación a otra, hasta llegar al corazón del edificio. En la sala de la Última Puerta encontraron el primer obstáculo: dos soldados montaban guardia. Al ver a los intrusos levantaron sus lanzas, pero antes que alcanzaran a dar un paso, dos certeros puñales, lanzados desde varios metros de distancia, se les clavaron en el pecho. Cayeron de bruces.

Siguiendo paso a paso lo que mostraba el video en su pantalla, Tex Armadillo procedió a girar los mismos jades que había tocado antes el rey. La puerta se abrió pesadamente y los bandidos la atravesaron, encontrándose en una habitación redonda con nueve puertas angostas, todas idénticas. Las lámparas encendidas por el monarca ardían proyectando luces vacilantes en las piedras preciosas que decoraban las puertas.

Allí el rey se había colocado sobre un ojo pintado en el suelo, había abierto los brazos en cruz y enseguida había girado en un ángulo de cuarenta y cinco grados, de modo que su brazo derecho apuntaba a la puerta que debía abrir. Tex Armadillo lo imitó, seguido por los supersticiosos hombres del Escorpión, que iban con un puñal entre los dientes y otros dos en las manos. El americano suponía que la pantalla no registraba todos los riesgos que enfrentarían; algunos serían puramente psicológicos o trucos de ilusionismo. Había visto al rey pasar sin vacilar por ciertas habitaciones que parecían vacías, pero eso no significaba que lo estuvieran. Debían seguirlo con mucha cautela.

—No toquen nada —advirtió a sus hombres.

—Hemos oído que en este lugar hay demonios, brujos, monstruos... —murmuró uno de ellos en su inglés chapuceado.

—Esas cosas no existen —replicó Armadillo.

—Y también dicen que un terrible maleficio acabará con quien ponga las manos sobre el Dragón de Oro...

—¡Tonterías! Ésas son supersticiones, pura ignorancia.

El hombre se ofendió y, cuando tradujo el comentario del americano, los demás estuvieron a punto de amotinarse.

—¡Yo creía que ustedes eran guerreros, pero veo que se asustan como chiquillos! ¡Cobardes! —escupió Armadillo con infinito desprecio.

El primer bandido, indignado levantó su puñal, pero Armadillo ya tenía la pistola en la mano y en sus pálidos ojos había un brillo asesino. Los hombres azules estaban arrepentidos de haber aceptado esa aventura. La banda se ganaba la vida con delitos más simples, éste era un terreno desconocido. El trato era robar una estatua, a cambio de lo cual recibirían un arsenal de armas de fuego modernas y un montón de dinero para comprar caballos y todo lo demás que se les ocurriera; sin embargo, nadie les advirtió que el palacio estaba embrujado. Ya era tarde para echarse atrás, no quedaba más remedio que seguir al americano hasta el final.

Después de vencer uno a uno los obstáculos que protegían el tesoro, Tex Armadillo y cuatro de sus hombres se encontraron en la sala del Dragón de Oro. A pesar de que contaban con moderna tecnología, que les permitía ver lo que hizo el rey para no caer en las trampas, habían perdido dos hombres, que perecieron de una muerte atroz, uno al fondo de un pozo y el otro con un veneno poderoso que le devoró la carne en pocos minutos.

Tal como el americano había imaginado, no enfrentaron sólo celadas mortales, sino también ardides psicológicos. Para él fue como descender a un infierno psicodélico, pero logró mantenerse calmado, repitiéndose que gran parte de las espeluznantes imágenes que los asaltaron estaban sólo en su mente. Era un profesional que ejercía un control total sobre su cuerpo y su mente. Para los primitivos hombres de la Secta del Escorpión, en cambio, el viaje hacia el dragón fue mucho peor, porque no sabían distinguir entre lo real y lo imaginario. Estaban acostumbrados a enfrentar toda suerte de albures sin retroceder, pero les daba terror cualquier cosa que resultara inexplicable. Ese misterioso palacio los tenía con los nervios de punta.

Al entrar en la sala del Dragón de Oro no sabían qué encontrarían, porque las imágenes en la pantalla no eran claras. Los cegó el brillo de las paredes, recubiertas de oro, donde se reflejaban las luces de muchas lámparas de aceite y de gruesas velas de cera de abeja. El olor de las lámparas y del incienso y la mirra, que se quemaban en los perfumeros, impregnaba el aire. Se detuvieron en el umbral ensordecidos por un sonido ronco, gutural, imposible de describir, algo que en una primera impresión era como si una ballena soplara dentro de una tubería metálica. Al minuto, sin embargo, se distinguía cierta coherencia en el ruido y pronto resultaba evidente que se trataba de una especie de lenguaje. El rey, sentado en la posición del loto frente a la estatua, les daba la espalda y no los oyó entrar, porque estaba completamente inmerso en esos sonidos y concentrado en su tarea.

El monarca salmodiaba las líneas de un cántico, modulando extrañas palabras, y enseguida por la boca de la estatua salía la respuesta, que retumbaba en la habitación. Así se producía una reverberación tan intensa, que se sentía en la piel, en el cerebro, en todos los nervios. El efecto era como encontrarse en el interior de una gran campana.

Ante los ojos de Tex Armadillo y los guerreros azules estaba el Dragón de Oro en todo su esplendor: cuerpo de león, patas con grandes garras, cola enroscada de reptil, alas emplumadas, una cabeza de aspecto feroz, provista de cuatro cachos, con ojos protuberantes y las fauces abiertas, revelando una doble hilera de dientes filudos y una lengua bífida de serpiente. La estatua, de oro puro, medía más de un metro de largo y otro tanto de alto. El trabajo de orfebrería era delicado y perfecto: cada escama del cuerpo y la cola lucía una piedra preciosa, las plumas de las alas terminaban en diamantes, la cola tenía un intrincado dibujo de perlas y esmeraldas, los dientes eran de marfil y los ojos dos rubíes estrella perfectos, cada uno del tamaño de un huevo de paloma. El animal mitológico se hallaba sobre una piedra negra, al centro de la cual asomaba un trozo de cuarzo amarillento.

Los bandidos quedaron paralizados de sorpresa durante unos instantes, tratando de sobreponerse al efecto de las luces, el aire enrarecido y ese ruido atronador. Ninguno esperaba que la estatua fuera tan extraordinaria; hasta el más ignorante del grupo se dio cuenta de que se hallaban frente a algo de incalculable valor. Todos los ojos brillaban de codicia y cada uno de ellos imaginó cómo cambiaría su vida con una sola de esas piedras preciosas.

Tex Armadillo también sucumbió a la mágica fascinación de la estatua, a pesar de que no se consideraba un hombre particularmente ambicioso, se dedicaba a ese trabajo porque le gustaba la aventura. Se enorgullecía de llevar una vida simple, en plena libertad, sin ataduras sentimentales ni de otras clases. Acariciaba la idea de retirarse en la vejez, cuando se cansara de correr mundo, y pasar sus últimos años en su rancho en el oeste americano, donde criaba caballos de carreras. En algunas de sus misiones había tenido fortunas entre las manos, sin haber sentido nunca la tentación de apoderarse de ellas; le bastaba su comisión, que siempre era muy alta, pero al ver la estatua pensó traicionar al Especialista. Con ella en su poder, nada podría detenerlo, sería inmensamente rico, podría cumplir todos sus sueños, incluso tener su propia organización, mucho más fuerte incluso que la del Especialista. Por unos instantes se abandonó al placer de esa idea, como quien se regocija en una ensoñación, pero enseguida volvió a la realidad. «Ésta debe ser la maldición de la estatua: provoca una codicia irresistible», pensó. Debió realizar un gran esfuerzo para concentrarse en el resto del plan. Hizo una silenciosa señal a sus hombres y éstos avanzaron hacia el rey con los puñales en las manos.

14

LA CUEVA DE LOS BANDIDOS

No fue difícil para Alexander y sus nuevos amigos llegar a las cercanías de la cueva de los guerreros del Escorpión, porque Nadia les había señalado la dirección general y Borobá se encargó de lo demás. El animal iba montado en los hombros de Alexander, con la cola envuelta en torno a su cuello y sujeto a dos manos de su pelo. No le gustaba subir montañas y menos aún bajarlas. Cada tanto el muchacho le daba manotazos para sacudírselo, porque la cola lo ahorcaba y las manitos ansiosas del mono le arrancaban mechones a puñados.

Una vez que estuvieron seguros de la ubicación de la cueva, se acercaron con grandes precauciones, utilizando los arbustos e irregularidades del terreno para cubrirse. No se veía actividad por los alrededores, no se oía nada más que el viento entre los cerros y de vez en cuando el grito de un ave. En aquel silencio sus pisadas y hasta su respiración parecían atronadoras. Tensing seleccionó unas cuantas piedras y las puso en el pliegue que formaba su túnica en la cintura; luego ordenó telepáticamente a Borobá que fuera a espiar. Alexander respiró aliviado cuando por fin el mono lo soltó.

Borobá partió corriendo en dirección a la cueva y regresó diez minutos más tarde. No podía informarles de lo que había visto, pero Tensing vio en su mente las confusas imágenes de varias personas y así supo que la cueva no se encontraba vacía, como temían. Aparentemente las cautivas todavía estaban allí, vigiladas por unos cuantos guerreros azules, pero la mayoría había partido. Aunque eso facilitaba la tarea inmediata, Tensing consideró que no era buena noticia, porque significaba que los demás seguramente estaban en Tunkhala. No le cabía duda de que, tal como había sugerido el joven americano, el propósito de los criminales al atacar el Reino Prohibido no era raptar media docena de chicas, sino robar el Dragón de Oro.

Se arrastraron hasta la proximidad de la cueva, donde había un hombre en cuclillas, apoyado en un rifle. La luz le daba de frente y a esa distancia era un blanco fácil para Dil Bahadur, pero para usar su arco debía ponerse de pie. Tensing le hizo señas de mantenerse aplastado contra el suelo y sacó una de las piedras que había juntado. Pidió perdón mentalmente por la agresión que iba a cometer y luego lanzó el proyectil sin vacilar, con toda la fuerza de su poderoso brazo. A Alexander le pareció que ni siquiera había apuntado, y por esa razón su sorpresa fue enorme cuando el guardia cayó hacia delante sin un solo gemido, noqueado por la piedra que le dio medio a medio entre los ojos. El lama les indicó que lo siguieran.

Alexander cogió el arma del guardia, aunque jamás había usado nada parecido y ni siquiera sabía si estaba cargada. El peso del fusil en las manos le dio confianza y despertó en él una agresividad desconocida. Sintió por dentro una tremenda energía, en un segundo desaparecieron sus dudas y se dispuso a pelear como una fiera.

Los tres entraron juntos a la cueva. Tensing y Dil Bahadur emitían gritos escalofriantes y sin pensar lo que hacía, Alexander los imitó. Normalmente era una persona más bien tímida y nunca había chillado de esa manera. Toda su rabia, miedo y fuerza se concentraron en esos gritos que, junto a la descarga de adrenalina que corría por sus venas, lo hizo sentirse invencible, como el jaguar.

Dentro de la caverna había otros cuatro bandidos, la mujer de la cicatriz y, al fondo, las cautivas, que estaban amarradas de los tobillos. Tomados por sorpresa por aquel trío de atacantes que rugían como dementes, los guerreros azules vacilaron apenas un instante y enseguida echaron mano de sus puñales, pero bastó ese momento para que la primera flecha de Dil Bahadur diera en el blanco, atravesando el brazo derecho de uno de ellos.

La flecha no detuvo al bandido. Con un alarido de dolor, lanzó el puñal usando la mano izquierda y de inmediato sacó otro de la faja de su cintura. El puñal cruzó la estancia con un silbido, directo al corazón del príncipe. Dil Bahadur no lo esquivó. El arma pasó rozando su axila, sin herirlo, mientras él levantaba el brazo para disparar su segunda flecha y avanzaba con calma, convencido de que iba protegido por el escudo mágico del excremento de dragón.

Tensing, en cambio, esquivaba los puñales que volaban a su alrededor con increíble pericia. Una vida entera entrenándose en el arte del tao-shu le permitía adivinar la trayectoria y la velocidad del arma. No necesitaba pensar, su cuerpo reaccionaba por instinto. Con un rápido salto en el aire y una patada directa a la mandíbula, dejó a uno de los hombres fuera de combate y con un golpe lateral del brazo desarmó a otro que apuntaba con un fusil, sin darle tiempo de disparar. Enseguida se enfrentó a sus cuchillos.

Alexander no tuvo tiempo de apuntar. Apretó el gatillo y un tiro retumbó en el aire, estrellándose contra las paredes de roca. Recibió un empujón de Dil Bahadur, que lo hizo tambalear y lo salvó por un pelo de recibir uno de los puñales. Cuando vio que los bandidos que quedaban en pie tomaban los fusiles, cogió el suyo por el cañón, que estaba caliente, y corrió gritando a todo pulmón. Sin saber lo que hacía descargó un golpe de culata en el hombro del hombre más cercano, que no consiguió aturdirlo, pero lo dejó confundido y eso dio tiempo a Tensing de ponerle las manos encima. La presión de sus dedos en un punto clave del cuello lo paralizó completamente. Su víctima sintió una descarga eléctrica desde la nuca hasta los talones, se le doblaron las piernas y cayó como un muñeco de trapo, con los ojos desorbitados y un grito atorado en la garganta, incapaz de mover ni los dedos.

En pocos minutos los cuatro hombres azules estaban por tierra. El guardia se había recuperado un poco de la pedrada, pero no tuvo ocasión de echar mano de los cuchillos. Alexander le puso el cañón de su arma en la sien y le ordenó que se juntara con los demás. Lo dijo en inglés, pero el tono fue tan claro que el hombre no dudó en obedecer. Mientras Alexander los vigilaba con el arma que no sabía usar entre las manos, procurando aparecer lo más decidido y cruel posible, Tensing procedió a atarlos con las cuerdas que había en la cueva.

Dil Bahadur avanzó con su arco listo, hacia el fondo, donde estaban las niñas. Lo separaba de ellas una distancia de más o menos diez metros y un hoyo con carbones encendidos, donde había un par de ollas con comida. Un grito lo detuvo en seco. La mujer de la cicatriz tenía su látigo en una mano y una cesta destapada en la otra, que agitaba sobre las cabezas de las cinco cautivas.

—¡Un paso más y suelto los escorpiones sobre ellas! —chilló la carcelera.

El príncipe no se atrevió a disparar. Desde la distancia en que se encontraba podía eliminar a la mujer sin la menor dificultad, pero no podía evitar que los mortales arácnidos cayeran sobre las muchachas. Los hombres azules, y seguramente también esa mujer, eran inmunes a la ponzoña, pero los demás corrían peligro de muerte.

Todos quedaron inmóviles. Alexander mantuvo la vista

y el arma apuntada sobre sus prisioneros, dos de los cuales todavía no habían sido amarrados por Tensing y aguardaban la menor oportunidad para atacarlos. El lama no se atrevió a intervenir. Desde el sitio donde se encontraba sólo podía usar contra la mujer sus extraordinarios poderes parapsicológicos. Trató de proyectar con la mente una imagen que la asustara, ya que había demasiada confusión y distancia entre ambos como para intentar hipnotizarla. Distinguía vagamente su aura y se dio cuenta de que era un ser primitivo, cruel y además asustado, a quien seguramente deberían controlar a la fuerza.

La pausa duró unos breves segundos, pero fueron suficientes para romper el equilibrio de las fuerzas. Un instante más y Alexander habría tenido que disparar contra los hombres que se aprontaban para saltar sobre Tensing. De pronto ocurrió algo totalmente inesperado. Una de las muchachas se lanzó contra la mujer de la cicatriz y las dos rodaron, mientras la cesta salía proyectada por el aire y se estrellaba en el piso. Un centenar de negros escorpiones se desparramó al fondo de la caverna.

La chica que había intervenido era Pema. A pesar de su constitución delgada, casi etérea, y de que estaba amarrada por los tobillos, hizo frente a su carcelera con una decisión suicida, ignorando los golpes de látigo que ésta daba a ciegas y el peligro inminente de los escorpiones. Pema la golpeaba con los puños, la mordía y le tiraba del pelo, luchando cuerpo a cuerpo, en clara desventaja, porque, además de ser mucho más fornida, la otra había soltado el látigo para empuñar el cuchillo de cocina que llevaba en la cintura. La acción de Pema dio tiempo a Dil Bahadur de soltar el arco, tomar una lata de queroseno, que los bandidos usaban para sus lámparas, regar el combustible por el suelo y prenderle fuego con un tizón de la hoguera. Una cortina de llamas y humo espeso se elevó de inmediato, chamuscándole las pestañas.

Desafiando el fuego, el príncipe llegó hasta Pema, quien estaba de espaldas en el suelo, con la mujerona encima, sujetando a dos manos el brazo que se acercaba más y más a su cara. La punta del cuchillo ya arañaba la mejilla de Pema, cuando el príncipe cogió a la mujer por el cuello, la tiró hacia atrás y con un golpe seco con el dorso de la mano en la sien la aturdió.

Pema se había levantado y estaba dándose palmadas desesperadas para apagar las llamas que lamían su larga falda, pero la seda ardía como yesca. El príncipe se la arrancó de un tirón y luego se volvió hacia las otras muchachas, que gritaban de terror contra la pared. Utilizando el cuchillo de la mujer de la cicatriz, Pema rompió sus ligaduras y ayudó a Dil Bahadur a librar a sus compañeras y guiarlas al otro lado de la cortina de fuego, donde los escorpiones se retorcían achicharrados, hacia la salida de la cueva, que iba llenándose de humo.

Tensing, el príncipe y Alexander arrastraron a sus prisioneros al aire libre y los dejaron amarrados firmemente de dos en dos, espalda contra espalda. Borobá aprovechó que los bandidos estaban indefensos para burlarse de ellos, lanzándoles puñados de tierra y mostrándoles la lengua, hasta que Alexander lo llamó. El mono le saltó a los hombros, le enroscó la cola en el cuello y se aferró a sus orejas con firmeza. El joven suspiró, resignado.

Dil Bahadur se apoderó de la ropa de uno de los bandidos y le entregó su hábito de monje a Pema, que estaba medio desnuda. Le quedaba tan enorme que tuvo que darle dos vueltas en torno a la cintura. Con gran repugnancia el príncipe se colocó los trapos negros y hediondos del guerrero del Escorpión. Aunque prefería mil veces quedar vestido sólo con su taparrabos, se daba cuenta de que apenas se pusiera el sol y bajara la temperatura, necesitaría abrigo. Estaba tan impresionado con el valor y la serenidad de Pema, que el sacrificio de darle su túnica le pareció mínimo.

No podía despegar los ojos de ella. La joven agradeció su gesto con una sonrisa tímida y se colocó el rústico hábito rojo oscuro, que caracteriza a los monjes de su país, sin sospechar que estaba vestida con la ropa del príncipe heredero.

Tensing interrumpió las emotivas miradas entre Dil Bahadur y Pema para interrogar a la joven sobre lo que había oído en la cueva. Ésta confirmó lo que él ya sospechaba: el resto de la banda planeaba robar el Dragón de Oro y secuestrar al rey.

—Entiendo lo primero, porque la estatua es muy valiosa, pero no lo segundo. ¿Para qué quieren al rey? —preguntó el príncipe.

—No lo sé —replicó ella.

Tensing estudió brevemente el aura de sus prisioneros, así escogió el más vulnerable y se le plantó al frente, fijándolo con su penetrante mirada. La expresión siempre dulce de sus ojos cambió por completo: las pupilas se achicaron como dos rayas y el hombre tuvo la sensación de estar ante una víbora. El lama recitó con voz monótona unas palabras en sánscrito, que sólo Dil Bahadur comprendió, y en menos de un minuto el asustado bandido estaba en su poder, sumido en un sueño hipnótico.

El interrogatorio aclaró algunos aspectos del plan de la Secta del Escorpión y confirmó que ya era tarde para impedir que la banda entrara al palacio. El hombre no creía que le hubieran hecho daño al rey, porque las instrucciones del americano eran de apresarlo con vida, puesto que debían obligarlo a confesar algo. Nada más sabía el hombre. La información más importante que obtuvieron fue que el soberano y la estatua serían llevados al monasterio abandonado de Chenthan Dzong.

—¿Cómo piensan escapar desde allí? Ese lugar es inaccesible —preguntó el príncipe, extrañado.

—Volando —dijo el bandido.

—Deben tener un helicóptero —sugirió Alexander, quien captaba a grandes rasgos lo que decían, aunque no comprendía el idioma, porque las imágenes se formaban en su mente telepáticamente.

Así había sido la mayor parte de la comunicación con el lama y el príncipe, hasta que Pema pudo ayudar con los detalles.

—¿Es Tex Armadillo a quien se refieren? —preguntó Alexander.

No pudo averiguarlo, porque los bandidos sólo lo conocían por «el americano» y Pema no lo había visto.

Tensing sacó al hombre del trance hipnótico y luego anunció que dejarían allí a los bandidos, después de asegurarse de que no podrían soltar sus amarras. No les haría mal pasar una o dos noches a la intemperie, hasta que los encontraran los soldados del rey o, si tenían suerte, sus propios compañeros. Juntando las manos ante la cara e inclinándose levemente, pidió perdón a los maleantes por el tratamiento desconsiderado que les daba. Dil Bahadur hizo otro tanto.

—Oraré para que ustedes sean rescatados antes que lleguen los osos negros, los leopardos de nieve o los tigres —dijo Tensing seriamente.

Alexander quedó bastante intrigado por esas muestras de cortesía. Si la situación se diera al revés y ellos fueran los vencidos, esos hombres los asesinarían sin hacerles tantas reverencias.

—Tal vez debemos ir al monasterio —propuso Dil Bahadur.

—¿Qué será de ellas? —preguntó Alexander señalando a Pema y las otras muchachas.

—Posiblemente yo pueda conducirlas hasta el valle y avisar a las tropas del rey para que vayan también al monasterio —ofreció Pema.

—No creo que sea posible usar la ruta de los bandidos, porque deben haber otros vigilando en estas montañas. Tendrán que tomar un atajo —replicó Tensing.

—Mi maestro no estará pensando en el acantilado... —murmuró el príncipe.

—Tal vez no sea del todo una mala idea, Dil Bahadur —sonrió el lama.

—¿Acaso mi honorable maestro bromea? —sugirió el joven.

La respuesta del lama fue una amplia sonrisa, que iluminó su rostro, y un gesto indicando a los jóvenes que lo siguieran. Echaron a andar por el mismo lugar por el que habían llegado para reunirse con Nadia. Tensing iba delante, ayudando a trepar a las muchachas, quienes lo seguían a duras penas, porque iban calzadas con sandalias, vestidas con sarongs y no tenían experiencia en terreno tan abrupto, pero ninguna se quejaba. Estaban muy agradecidas de haber escapado de los hombres azules y ese gigantesco monje les inspiraba una confianza absoluta.

Alexander, quien cerraba la fila detrás del príncipe y Pema, dio una última mirada al patético grupo de bandidos que dejaba atrás. Le parecía increíble haber participado en una pelea con aquellos asesinos profesionales; esas cosas sólo se veían en las películas de acción. Acababa de sobrevivir a algo casi tan violento como lo que vivió en el Amazonas, cuando indios y soldados se enfrentaron en una batalla que dejó varios muertos, o cuando vio un par de cuerpos destrozados por las garras de las Bestias. No pudo disimular una sonrisa: definitivamente, hacer turismo con su abuela Kate no era para enclenques.

Nadia vio llegar a sus amigos en fila india por el desfiladero que conducía a su escondite y salió a recibirlos emocionada, pero se detuvo en seco al ver a uno de los hombres azules en el grupo. Una segunda mirada le reveló que era Dil Bahadur. Habían demorado menos de lo calculado, pero esas pocas horas a Nadia se le habían hecho eternas. Durante ese tiempo llamó a su animal totémico con la esperanza de que pudiera vigilarlos desde el aire, pero el águila blanca no apareció y tuvo que resignarse a esperar con un nudo en la garganta. Se dio cuenta de que no podía transformarse en el gran pájaro a voluntad, sólo ocurría en momentos de mucho peligro o de extraordinaria expansión mental. Era algo parecido al trance. El águila representaba su espíritu, la esencia de su carácter. Cuando tuvo la primera experiencia con ella en el Amazonas, se sorprendió de que fuera justamente un ave, porque ella sufría de vértigo y la altura la paralizaba de miedo. Nunca había soñado con volar, como los demás chicos que conocía. Si le hubieran preguntado antes cuál podría ser su espíritu totémico, habría contestado que seguramente el delfín, porque se identificaba con ese animal inteligente y juguetón. El águila, que volaba con tanta gracia por encima de las cumbres más altas, la había ayudado mucho a superar su fobia, aunque a veces todavía sentía miedo de la altura. En ese mismo momento, la vista de los abruptos acantilados que se abrían a sus pies la hacía temblar.

—¡Jaguar! —gritó, corriendo hacia su amigo, sin dar ni una mirada a los demás integrantes del grupo.

El primer impulso de Alexander fue abrazarla, pero se contuvo a tiempo: no quería que los otros pensaran que Nadia era su chica o algo por el estilo.

—¿Qué pasó? —preguntó ella.

—Nada interesante... —replicó él con un gesto de fingida indiferencia.

—¿Cómo liberaron a las niñas?

—Muy fácil: desarmamos a los bandidos, les dimos una golpiza, quemamos los escorpiones, ahumamos la cueva, torturamos a uno para obtener información y los dejamos amarrados sin agua y sin comida, para que mueran de a poco.

Nadia se quedó plantada con la boca abierta, hasta que Pema la estrechó en sus brazos. Las dos muchachas se contaron a toda prisa las peripecias que habían sufrido desde que se separaron.

—¿Sabes algo de ese monje? —susurró Pema al oído de Nadia, señalando a Dil Bahadur.

—Muy poco.

—¿Cómo se llama?

—Dil Bahadur.

—Eso quiere decir «corazón valiente», un nombre apropiado. Tal vez me case con él —dijo Pema.

—¡Pero si acabas de conocerlo! ¿Y ya te pidió que te casaras con él? —murmuró Nadia riendo.

—No, en general los monjes no se casan. Pero posiblemente se lo pediré yo, si se presenta la ocasión —replicó Pema con naturalidad.

15

EL ACANTILADO

Tensing decidió que debían comer algo y descansar antes de planear el descenso de las muchachas al valle. Dil Bahadur comentó que la harina y la manteca que tenían no alcanzaba para todos, pero ofreció sus escasas provisiones a Pema y las niñas, que no habían comido en muchas horas. Tensing le ordenó hacer un fuego para hervir agua para el té y derretir la grasa de yak. Apenas eso estuvo listo, el monje metió las manos entre los pliegues de su túnica, donde habitualmente llevaba su bolsa de mendigo, y empezó a sacar, como un mago, puñados de cereal, ajos, vegetales secos y otros alimentos para preparar la cena ante la sorpresa de los demás.

—Esto es como la multiplicación de los panes y los peces de Jesucristo, que sale en el Nuevo Testamento —comentó Alexander maravillado.

—Mi maestro es muy santo. No es la primera vez que lo veo hacer milagros —dijo el príncipe inclinándose con profundo respeto ante el lama.

—Tal vez tu maestro no es tan santo como rápido de manos, Dil Bahadur. En la cueva de los bandidos sobraban provisiones, que no debían perderse —replicó el lama inclinándose también.

—¡Mi maestro las robó! —exclamó el discípulo, incrédulo.

—Digamos que tal vez tu maestro las tomó prestadas... —dijo Tensing.

Los jóvenes intercambiaron una mirada de perplejidad y enseguida se echaron a reír. Esa explosión de alegría fue como abrir una válvula por donde escapó la tremenda ansiedad y el miedo en que habían vivido durante días. La risa se fue contagiando y pronto estaban todos en el suelo sacudidos por incontenibles carcajadas, mientras el lama revolvía la olla con *tsampa* y servía amablemente el té sin alterar para nada la serenidad de su rostro.

Por fin los jóvenes se calmaron un poco, pero apenas el maestro les sirvió la austera cena, se doblaron de risa de nuevo.

—Tal vez cuando recuperen la cordura, quieran escuchar mi plan... —sugirió Tensing, sin perder la paciencia.

El plan les cortó la risa en seco. Lo que sugería el lama era nada menos que bajar a las chicas por el acantilado. Se asomaron al borde y retrocedieron sin aliento: eran más o menos ochenta metros de caída vertical.

—Maestro, nadie ha bajado por allí jamás —dijo Dil Bahadur.

—Tal vez haya llegado el momento de que alguien sea el primero —replicó Tensing.

Las muchachas se echaron a llorar, menos Pema, que desde el principio había dado ejemplo de fortaleza a las demás, y Nadia, que decidió allí mismo que prefería morir en manos de los bandidos o helada de frío en un glaciar de las cumbres antes que bajar por ese precipicio. Tensing explicó que, si usaban ese atajo, las muchachas podrían llegar a una aldea del valle y pedir socorro antes que cayera la noche. De otro modo estaban atascados allí arriba, con peligro de que el resto de la banda del Escorpión los encontrara. Debían devolver las muchachas a sus hogares y dar aviso al general Myar Kunglung para que rescatara al rey del monasterio fortificado antes que lo mataran. En cuanto a él y Dil Bahadur, tomarían la delantera para llegar a Chenthan Dzong lo antes posible.

Alexander no participó en la discusión, sino que se puso a estudiar el asunto. ¿Qué haría su padre en esa situación? Ciertamente John Cold encontraría la manera no sólo de bajar, sino también de subir. Su padre había escalado montes más escarpados que ése y lo había hecho en medio del invierno, a veces por puro deporte y otras para ayudar a otros que se accidentaban o quedaban atrapados. John Cold era un hombre prudente y metódico, pero no retrocedía ante ningún peligro cuando se trataba de salvar una vida.

—Con mi equipo de rapel creo que puedo bajar —dijo.

—¿Cuántos metros de altura tiene esto? —preguntó Nadia, sin mirar hacia abajo.

—Muchos. Mis cuerdas no alcanzan, pero hay algunas salientes como terrazas, podemos escalonar el descenso —explicó Alex.

—Tal vez sea posible —replicó Tensing, quien había ideado ese audaz plan después de verlo rescatar a Nadia del hoyo donde había caído.

—Es muy arriesgado y con suerte puedo hacerlo; pero ¿cómo podrán descender estas chicas, que no tienen experiencia de montañismo? —preguntó Alexander.

—Posiblemente se nos ocurrirá la manera de bajarlas... —respondió el lama y enseguida pidió silencio para orar, porque llevaba muchas horas sin hacerlo.

Mientras Tensing meditaba sentado en una roca de cara al cielo infinito, Alexander medía su cuerda, contaba sus picos, probaba el arnés, calculaba sus posibilidades y discutía con el príncipe la mejor forma de efectuar esa arriesgada maniobra.

—¡Si al menos tuviéramos un volantín! —suspiró Dil Bahadur.

Les contó a sus amigos extranjeros que en el Reino del

Dragón de Oro existía el antiguo arte de fabricar volantines de seda en forma de pájaro con alas dobles. Algunos eran tan grandes y firmes, que podían sostener a un hombre de pie entre las alas. Tensing era experto en ese deporte y se lo había enseñado a su discípulo. El príncipe recordaba su primer vuelo, un par de años atrás, cuando al visitar un monasterio cruzó de una montaña a otra, utilizando las corrientes de aire, que le permitían dirigir su frágil vehículo, mientras seis monjes sujetaban la larga cuerda del volantín.

—Muchos se deben haber matado así... —sugirió Nadia.

—No es tan difícil como parece —aseguró el príncipe.

—Debe de ser como los planeadores —comentó Alexander.

—Un avión con alas de seda... No creo que me gustara probarlo —dijo Nadia, agradecida de que no hubiera volantines a mano.

Tensing rezaba para que no soplara viento, lo cual les impediría intentar el descenso. También rezaba para que el muchacho americano tuviera la experiencia y la determinación necesarias y para que a los demás no les faltara el valor.

—Es difícil calcular la altura desde aquí, maestro Tensing, pero si mis cuerdas alcanzan hasta esa delgada terraza que se ve allí abajo puedo hacerlo —le aseguró Alexander.

—¿Y las niñas?

—Las bajaré una por una.

—Menos a mí —interrumpió Nadia con firmeza.

—Nadia y yo queremos ir con usted y Dil Bahadur al monasterio —dijo Alexander.

—¿Quién conducirá a las muchachas hasta el valle? —inquirió el lama.

—Tal vez el honorable maestro me permita hacerlo... —dijo Pema.

—¿Cinco niñas solas? —interrumpió Dil Bahadur.

—¿Por qué no?

—La decisión es tuya, de nadie más, Pema —dijo Tensing, mientras observaba, complacido, el aura dorada de la joven.

—Posiblemente cualquiera de ustedes pueda hacerlo mejor que yo, pero, si el maestro me autoriza y me apoya con sus oraciones, tal vez yo pueda cumplir mi parte con honor —se ofreció la joven.

Dil Bahadur estaba pálido. Había decidido, con la certeza ciega del primer amor, que Pema era la única mujer para él en este mundo. El hecho de que no conociera otras y su experiencia fuera equivalente a cero, no entraba en sus cálculos. Temía que ella se estrellara al fondo del acantilado o, en el caso de llegar abajo sana y salva, se perdiera o enfrentara otros riesgos. En esa región había tigres y no podía olvidar a la Secta del Escorpión.

—Es muy peligroso —dijo.

—¿Tal vez mi discípulo ha decidido acompañar a las jóvenes? —preguntó Tensing.

—No, maestro, debo ayudarlo a usted a rescatar al rey —murmuró el príncipe, bajando la vista, avergonzado.

El lama lo llevó aparte, donde los demás no pudieran oírlos.

—Debes confiar en ella. Tiene el corazón tan valiente como el tuyo, Dil Bahadur. Si vuestro karma es que os juntéis, sucederá de todos modos. Si no lo es, nada que hagas cambiará el curso de la vida.

—¡No he dicho que quiera juntarme con ella, maestro!

—Tal vez no es necesario que lo digas —sonrió Tensing.

Alexander decidió emplear las horas de luz que quedaban preparando el camino para el día siguiente. Antes que nada debía asegurarse de que, con sus dos cuerdas de cincuenta metros cada una, podría hacerlo. Pasó media hora explicando a los demás los principios básicos del rapel, desde la colocación del arnés, sobre el cual se descendía sentado, hasta los movimientos para aflojar y tensar la cuerda. La segunda cuerda se empleaba como seguridad. Él no la necesitaba, pero era indispensable para que las muchachas pudieran bajar.

—Ahora voy a descender hasta la terraza y allí mediré la altura hasta el fondo del acantilado —anunció, una vez que había fijado su cuerda y se había colocado el arnés.

Todos observaron con gran interés sus maniobras, menos Nadia, quien no se atrevía a asomarse al abismo. A Tensing, quien había pasado la vida escalando como una cabra por las montañas del Himalaya, la técnica de Alexander le resultaba fascinante. Estudió con asombro la cuerda resistente y liviana, los ganchos metálicos, las cinchas de seguridad, el ingenioso arnés. Maravillado, lo vio hacer un gesto de despedida con la mano y lanzarse al vacío sentado en el arnés. Con los pies se separaba de la pared vertical de roca y con las manos iba soltando la cuerda, de modo que se deslizaba en caídas de tres a cinco metros, sin esfuerzo aparente. En menos de cinco minutos llegó a la pestaña del acantilado. Desde arriba se veía diminuto. Estuvo allí una media hora, midiendo la altura hasta abajo con la segunda cuerda, que llevaba enrollada a la cintura. Luego trepó con mucho más esfuerzo del empleado al bajar, pero sin grandes dificultades. Arriba lo recibieron con aplausos y gritos de alegría.

—Se puede hacer, maestro Tensing, la terraza es amplia y firme, cabemos las cinco muchachas y yo. La cuerda alcanza hasta abajo y creo que puedo enseñarles a usar el arnés. Pero hay un problema —dijo Alexander.

—¿Cuál?

—En la terraza necesitaré las dos cuerdas, porque ellas

no pueden hacerlo sin una cuerda de seguridad. Una se usa para colgar el arnés y la segunda se fija en las rocas con un aparato especial, que ya dejé colocado, y que me permite ayudar a bajar a las chicas de a poco. Es una indispensable medida de seguridad, por si pierden el control de la primera cuerda o si por cualquier razón falla el sistema. Como no tienen experiencia, es imposible que lo hagan sin esa segunda cuerda.

—Entiendo, pero tenemos dos cuerdas. ¿Cuál es el problema?

—Las usaremos para llegar a la terraza. Luego ustedes las soltarán para que yo las fije allí y descienda a las muchachas hasta el pie del acantilado. ¿Cómo voy a subir yo cuando las dos cuerdas estén en la terraza? No puedo escalar la pared vertical sin ayuda. Un escalador experto demoraría muchas horas, yo no me creo capaz de hacerlo. Es decir, necesitamos una tercera cuerda —explicó Alexander.

—O bien un cordel que nos permita izar una de las cuerdas desde la terraza hasta aquí —dijo Dil Bahadur.

—Exacto.

No disponían de cincuenta metros de cordel. La primera idea fue, por supuesto, cortar tiras finas de la ropa que llevaban, pero comprendieron que no podían quedar semidesnudos en ese clima, morirían de frío. Ninguna de las niñas llevaba algo más que un delgado sarong de seda y una chaquetilla. Tensing pensó en los rollos de cordel de pelo de yak que guardaban en su ermita, muy lejos de allí, pero no había tiempo de ir a buscarlos.

Para entonces se había puesto el sol y el cielo empezaba a volverse color índigo.

—Es muy tarde. Tal vez ha llegado la hora de prepararnos para pasar la noche más o menos confortables. Mañana veremos qué solución se nos ocurre —dijo el lama.

—Ese cordel que necesitamos no tiene que ser muy firme, ¿verdad? —preguntó Pema.

—No, pero debe ser largo. Lo usaremos sólo para izar una de las cuerdas —replicó Alexander.

—Tal vez nosotras podamos hacerlo... —sugirió ella.

—¿Cómo? ¿Con qué?

—Todas tenemos el cabello largo. Podemos cortarlo y trenzarlo.

Una expresión de absoluto asombro se fijó en todos los rostros. Las muchachas se llevaron las manos a la cabeza y acariciaron sus largas melenas, que colgaban hasta la cintura. Nunca un par de tijeras tocaba la cabellera de una mujer del Reino Prohibido, porque se consideraba el mayor atributo de belleza y feminidad. Las solteras lo usaban suelto y se lo perfumaban con almizcle y jazmín; las casadas lo untaban con aceite de almendras y lo trenzaban, formando elaborados peinados que decoraban con palillos de plata, turquesas, ámbar y corales. Sólo las monjas renunciaban a sus cabelleras y pasaban sus vidas con la cabeza rapada.

—Tal vez podemos sacar unas veinte trenzas delgadas de cada una. Multiplicado por cinco, son cien trenzas. Digamos que cada una mida cincuenta centímetros, tenemos cincuenta metros de pelo. Posiblemente yo puedo obtener unas veinticuatro de mi cabeza, así es que nos sobraría —explicó Pema.

—Yo también tengo pelo —ofreció Nadia.

—Es muy corto, no creo que sirva —observó Pema.

Una de las muchachas se echó a llorar desconsoladamente. Cortarse el cabello era un sacrificio demasiado grande, no podían pedirle eso, dijo. Pema se sentó junto a ella y procedió a convencerla suavemente de que el cabello era menos importante que las vidas de todos ellos y la seguridad del rey; de todos modos volvería a crecerle.

—Y mientras me crece, ¿cómo voy a mostrarme en público? —sollozó la chica.

—Con inmenso orgullo, porque habrás contribuido a

salvar a nuestro país de la Secta del Escorpión —replicó Pema.

Mientras el príncipe y Alexander buscaban raíces y bosta seca de animales para encender una pequeña fogata que los mantuviera tibios durante la noche, Tensing procedió a examinar a Nadia y ajustar sus vendas. Se mostró muy satisfecho: el hombro estaba todavía algo machucado, pero sano, y Nadia no sentía dolor.

Pema usó el cortaplumas suizo de Alexander para cortarse el cabello. Dil Bahadur no pudo mirar, estaba perturbado; le parecía un acto demasiado íntimo, casi doloroso. A medida que caían los sedosos cabellos y aparecía el cuello largo y la nuca frágil de la joven, su belleza se transformaba y Pema quedó parecida a un mozalbete.

—Ahora puedo mendigar como una monja —se rió, señalando la túnica del príncipe, que llevaba puesta, y su cabeza, donde se levantaban algunos mechones entre las peladuras.

Las demás muchachas tomaron el cortaplumas y procedieron a raparse unas a otras. Luego se sentaron en círculo a trenzar una fina cuerda negra y brillante, con olor a almizcle y jazmín.

Descansaron lo mejor que las circunstancias permitían en el estrecho refugio de las rocas. En el Reino del Dragón de Oro no se usaba el contacto físico entre personas de diferente sexo, excepto en el caso de los niños, pero esa noche tuvieron que hacerlo, porque hacía mucho frío y no contaban con más abrigo que la ropa sobre sus cuerpos y dos pieles de yak. Tensing y Dil Bahadur habían vivido en las cumbres y resistían el clima mucho mejor que los demás. También estaban acostumbrados a pasar privaciones, así es que cedieron las pieles y las porciones mayores de alimento a las muchachas. Alexander los imitó, aunque le sonaban las tripas de hambre, porque no quiso ser menos que los otros dos hombres. También repartió en minúsculos trocitos una barra de chocolate que encontró aplastada al fondo de su mochila.

Como disponían de muy poco combustible, debían mantener el fuego muy bajo, pero esas débiles llamas les ofrecían cierta seguridad. Al menos alejarían a los tigres y los leopardos de nieve que habitaban esos montes. En una escudilla calentaron agua y prepararon té con manteca y sal, lo que los ayudó a soportar los rigores de la noche.

Durmieron apelotonados como cachorros, dándose calor unos a otros, protegidos del viento por la grieta donde se hallaban. Dil Bahadur no se atrevió a colocarse cerca de Pema, como deseaba, porque temió la mirada burlona de su maestro. Se dio cuenta de que había evitado informarla de que el rey era su padre y que él no era un monje común y corriente. Le pareció que no era el momento de hacerlo, pero por otra parte sentía que esa omisión era tan grave como engañarla. Alexander, Nadia y Borobá se acomodaron en estrecho abrazo y durmieron profundamente hasta que el primer rayo del alba se insinuó en el horizonte.

Tensing dirigió la primera oración de la mañana y recitaron en coro *Om mani padme hum* varias veces. No adoraban una deidad, puesto que Buda era sólo un ser humano que había alcanzado la «iluminación» o suprema comprensión; enviaban sus oraciones como rayos de energía positiva al espacio infinito y al espíritu que reina en todo lo que existe. A Alexander, quien había crecido en una familia de agnósticos, donde no se practicaba ninguna religión, le maravillaba que en el Reino Prohibido hasta los actos más cotidianos estaban impregnados de un sentido divino. La religión en ese país era una forma de vida; cada persona cuidaba al Buda que llevaba dentro. Se sorprendió recitando el mantra sagrado con verdadero entusiasmo.

El lama bendijo los alimentos y los repartió, mientras Nadia circulaba las dos escudillas con té caliente.

—Posiblemente éste será un hermoso día, soleado y sin viento —anunció Tensing, escrutando el cielo.

—Tal vez si el honorable maestro lo ordenase, podríamos empezar lo antes posible, porque el camino hasta el valle será largo —sugirió Pema.

—Creo que, con un poco de suerte, en menos de una hora ustedes estarán abajo —dijo Alexander alistando su equipo.

Poco después comenzó el descenso. Alexander se colocó el equipo y bajó como un insecto en pocos minutos hasta la terraza que asomaba en medio de la pared vertical del abismo. Pema manifestó que deseaba ser la primera en seguirlo. Dil Bahadur recogió la cuerda y le puso el arnés a Pema, explicándole una vez más el mecanismo de los ganchos.

—Debes ir soltándote de a poco. Si hay un problema, no te asustes, porque yo te sujetaré con la segunda cuerda hasta que recuperes el ritmo, ¿entendido? —dijo.

—Tal vez sería conveniente que no mirases hacia abajo. Te sostendremos con nuestro pensamiento —añadió Tensing, retirándose un par de pasos para concentrarse en enviar energía mental a Pema.

Dil Bahadur pasó por su cintura la cuerda, que estaba fija a una grieta en la roca con un aparato metálico, y le hizo señas a Pema de que estaba listo. Ella se aproximó al abismo y sonrió para disimular el pánico que la asaltaba.

—Espero que nos volvamos a ver —susurró Dil Bahadur, sin atreverse a decir más por miedo a descubrir el secreto de amor que lo ahogaba desde que la vio por vez primera.

—Así lo espero yo también. Elevaré mis oraciones y haré ofrendas para que puedan salvar al rey... Cuídate —replicó ella, conmovida.

Pema cerró brevemente los ojos, encomendó su alma al

cielo y se lanzó al vacío. Cayó como una piedra durante varios metros, hasta que logró controlar el gancho que tensaba la cuerda. Una vez que aprendió el mecanismo y adquirió ritmo, pudo continuar el descenso cada vez con más seguridad. Con las piernas se separaba de las rocas y se daba impulso. Su túnica flotaba en el aire y desde arriba parecía un murciélago. Antes de lo que esperaba, sintió la voz de Alexander indicándole que faltaba muy poco.

—¡Perfecto! —exclamó el muchacho cuando la recibió en los brazos.

—¿Eso es todo? Terminó justo cuando empezaba a gustarme —replicó ella.

La terraza era tan angosta y expuesta, que un ventarrón los habría desequilibrado, pero, tal como había anunciado Tensing, el clima ayudaba. Desde arriba izaron el arnés y se lo pusieron a otra de las muchachas. Estaba aterrada y no tenía el carácter de Pema, pero el lama le clavó sus ojos hipnóticos y logró tranquilizarla. Una a una descendieron las cuatro jóvenes sin mayores problemas, porque cada vez que se atascaban o se soltaban Dil Bahadur las sostenía con la cuerda de seguridad. Cuando todas estuvieron en el delgado borde de la montaña resultaba difícil moverse, porque el peligro de rodar al abismo era enorme. Alexander había previsto esa dificultad y el día anterior había colocado varios ganchos para que pudieran sujetarse. Estaban listos para iniciar la segunda parte del descenso.

Dil Bahadur soltó las dos cuerdas, que Alexander utilizó para repetir la misma operación desde la terraza hasta el pie del precipicio. Esta vez Pema no tenía quien la recibiera abajo, pero había adquirido confianza y se lanzó sin vacilar. Poco después la siguieron sus compañeras.

Alexander les hizo una seña de adiós, deseando con todo su corazón que esas cuatro muchachas de aspecto tan frágil, ataviadas de fiesta y con sandalias doradas, guiadas por otra vestida de monja, pudieran encontrar el camino hasta la primera aldea. Las vio alejarse cerro abajo hacia el valle hasta que se convirtieron en puntos diminutos y luego desaparecieron. El Reino del Dragón de Oro contaba con muy pocas rutas para vehículos y muchas de ellas eran intransitables durante las lluvias intensas o las tormentas de nieve, pero en esa época no había problema. Si las muchachas lograban llegar a un camino, seguramente alguien las recogería.

Alexander hizo una seña y Dil Bahadur soltó la larga trenza de cabello negro con una piedra atada en el extremo. Después de maniobrar un poco desde arriba para dirigirla, cayó en la terraza, donde la recogió Alexander. Enrolló una cuerda y se la colgó en la cintura, luego ató la segunda a la trenza e indicó con señas que la izaran. Dil Bahadur tiró de la trenza cuidadosamente, hasta que recibió el extremo de la cuerda en la cima del acantilado, la ató a un gancho y Alexander inició el ascenso.

16

LOS GUERREROS YETIS

Una vez que se aseguraron de que Pema y las demás muchachas iban en dirección al valle, el lama, el príncipe, Alexander, Nadia y Borobá emprendieron la marcha montaña arriba. A medida que subían sentían más el frío. En un par de ocasiones debieron utilizar los largos bastones de los monjes para atravesar angostos precipicios. Esos improvisados puentes resultaron más seguros y firmes de lo que parecían a primera vista. Alexander, acostumbrado a balancearse a gran altura cuando hacía montañismo con su padre, no tenía dificultad en dar un paso sobre los bastones y saltar al otro lado, donde lo esperaba la mano firme de Tensing, quien iba adelante, pero Nadia no se hubiera atrevido a hacerlo en plena salud y mucho menos con un hombro dislocado. Dil Bahadur y Alexander sujetaban una cuerda tensa, uno a cada lado de la grieta, mientras Tensing realizaba la proeza con Nadia bajo el brazo, como un paquete. La idea era que la cuerda podía darle algo de seguridad en caso de un resbalón, pero era tanta su experiencia, que los jóvenes no sentían un tirón cuando pasaba: la mano del monje rozaba apenas la cuerda. Tensing se balanceaba sobre los bastones sólo un instante, como si flotara y, antes que Nadia sucumbiera al pánico, ya estaba al otro lado.

—Tal vez estoy en un error, honorable maestro, pero me parece que ésta no es la dirección de Chenthan Dzong

—insinuó el príncipe unas horas más tarde, cuando se sentaron brevemente a descansar y preparar té.

—Posiblemente por la ruta habitual demoraríamos varios días y los bandidos nos llevan ventaja. No sería mala idea tomar un atajo... —replicó Tensing.

—¡El túnel de los yetis! —exclamó Dil Bahadur.

—Creo que necesitaremos un poco de ayuda para enfrentar a la Secta del Escorpión.

—¿Mi honorable maestro piensa pedírsela a los yetis?

—Tal vez...

—Con todo respeto, maestro, creo que los yetis tienen tanto cerebro como este mono —replicó el príncipe.

—En ese caso estamos bien, porque Borobá tiene tanto cerebro como tú —interrumpió Nadia, ofendida.

Alexander procuraba seguir la conversación y captar las imágenes que se formaban telepáticamente en su mente, pero no sabía con certeza de qué hablaban.

—¿He entendido bien? ¿Se refieren al yeti? ¿Al abominable hombre de las nieves? —preguntó.

Tensing asintió.

—El profesor Ludovic Leblanc lo buscó durante años en el Himalaya y concluyó que no existe, que es sólo una leyenda —dijo Alexander.

—¿Quién es ese profesor? —quiso saber Dil Bahadur.

—Un enemigo de mi abuela Kate.

—Tal vez no buscó donde debiera... —insinuó Tensing.

La perspectiva de ver a un yeti les pareció a Nadia y Alexander tan fascinante como su extraordinario encuentro con las Bestias en la prodigiosa ciudad dorada del Amazonas. Esos prehistóricos animales habían sido comparados con el abominable hombre de las nieves, por las huellas enormes que dejaban y por su sigiloso comportamiento. De aquellas Bestias también se decía que eran sólo una leyenda, pero ellos habían comprobado su existencia.

—A mi abuela le dará un infarto cuando sepa que vimos a un yeti y no le tomamos fotografías —suspiró Alexander, pensando que había puesto de todo en su mochila, menos una cámara.

Continuaron la marcha en silencio, porque cada palabra les cortaba la respiración. Nadia y Alexander sufrían más con la falta de oxígeno, porque no estaban acostumbrados a esa altura. Les dolía la cabeza, estaban mareados y al atardecer ambos se encontraban en el límite de sus fuerzas. De pronto Nadia empezó a sangrar por la nariz, se dobló en dos y vomitó. Tensing buscó un lugar protegido y decidió que allí descansarían. Mientras Dil Bahadur preparaba *tsampa* y hervía agua para hacer un té medicinal, el lama alivió el malestar de altura de Nadia y Alexander con sus agujas de acupuntura.

—Creo que Pema y las otras muchachas están a salvo. Eso significa que tal vez muy pronto el general Myar Kunglung sabrá que el rey está en el monasterio... —dijo Tensing.

—¿Cómo lo sabe, honorable maestro? —preguntó Alexander.

—La mente de Pema ya no transmite tanta ansiedad. Su energía es diferente.

—Había oído de la telepatía, maestro, pero nunca imaginé que funcionara como un celular.

El lama sonrió amablemente. No sabía lo que era un celular.

Los jóvenes se acomodaron lo más abrigadamente posible entre las piedras, mientras Tensing descansaba la mente y el cuerpo, pero vigilaba con un sexto sentido, porque esas cumbres eran el territorio de los grandes tigres blancos. La noche se les hizo muy larga y muy fría.

Los viajeros llegaron a la entrada del largo túnel natural que conducía al secreto Valle de los Yetis. Para entonces

Nadia y Alexander se sentían exhaustos, su piel estaba quemada por la reverberación del sol en la nieve, y tenían costras en los labios secos y partidos. El túnel era tan estrecho y el olor a azufre tan intenso, que Nadia creyó que iban a morir sofocados, pero para Alexander, que había penetrado a las entrañas de la tierra en la Ciudad de las Bestias, resultó un paseo. Tensing, en cambio, que medía dos metros, apenas podía pasar en algunas partes, pero como había recorrido ese camino antes avanzaba confiado.

La sorpresa de Nadia y Alexander cuando por fin desembocaron en el Valle de los Yetis fue enorme. No estaban preparados para encontrar enclavado en las heladas cumbres del Himalaya un lugar bañado de vapor caliente, donde crecía vegetación inexistente en el resto del mundo. En pocos minutos les volvió al cuerpo el calor que no habían sentido en días y pudieron quitarse las chaquetas. Borobá, que había viajado entumido debajo de la ropa de Nadia, pegado a su cuerpo, asomó la cabeza y al sentir el aire tibio recuperó su buen humor habitual: se hallaba en su ambiente.

Si no estaban preparados para las altas columnas de vapor, los charcos de aguas sulfurosas y la niebla caliente del valle, las carnosas flores moradas y los rebaños de *chegnos*, que vagaban devorando el duro pasto seco del valle, menos lo estaban para los yetis que un poco más tarde les salieron al encuentro.

Una horda de machos armados de garrotes los enfrentó gritando y dando saltos de energúmeno. Dil Bahadur alistó su arco, porque comprendió que, vestido como estaba con las ropas del bandido, los yetis no podían reconocerlo. Instintivamente Nadia y Alexander, quienes nunca imaginaron que los yetis tuvieran ese aspecto tan horrendo, se colocaron detrás de Tensing. Éste, en cambio, avanzó confiado y, juntando las manos ante la cara, se inclinó y los saludó con energía mental y con las pocas palabras que conocía en su idioma.

Pasaron dos o tres eternos minutos antes que los primitivos cerebros de los yetis recordaran la visita del lama, varios meses antes. No se mostraron amables al reconocerlos, pero al menos dejaron de esgrimir los garrotes a pocos centímetros de los cráneos de los viajeros.

—¿Dónde está Grr-ympr? —inquirió Tensing.

Sin dejar de gruñir y vigilarlos de cerca, los condujeron a la aldea. Complacido, el lama comprobó que, a diferencia de antes, los guerreros estaban llenos de energía y en la aldea había hembras y críos de aspecto sano. Notó que ninguno tenía la lengua morada y que el pelo blancuzco, que los cubría enteramente de la nuca a los pies, ya no era un impenetrable amasijo de mugre. Algunas hembras no sólo estaban más o menos limpias, sino que además parecía que se habían alisado el pelaje, lo cual lo intrigó sobremanera, porque él nada sabía de coquetería femenina.

La aldea no había cambiado, seguía siendo un montón de cubiles y cuevas subterráneas bajo la costra de lava petrificada que formaba la mayor parte del terreno. Sobre esa costra había una delgada capa de tierra, que gracias al calor y la humedad del valle, era más o menos fértil y proveía alimento para los yetis y sus únicos animales domésticos, los *chegnos*. Lo condujeron directamente a la presencia de Grr-ympr.

La hechicera había envejecido mucho. Cuando la conocieron ya estaba bastante anciana, pero ahora parecía milenaria. Si los demás se veían más sanos y limpios que antes, ella en cambio estaba convertida en un atado de huesos torcidos cubiertos por un pellejo pringoso; por su horrendo rostro chorreaban secreciones de la nariz, los ojos y las orejas. El olor a suciedad y descomposición que despedía era tan repugnante, que ni siquiera Tensing, con su largo entrenamiento médico, podía aguantarlo. Se comunicaron telepáticamente y usando los pocos vocablos que compartían.

—Veo que tu pueblo está sano, honorable Grr-ympr.

—El agua color lavanda: prohibida. Al que la bebe: palos —replicó ella someramente.

—El remedio parece peor que la enfermedad —sonrió Tensing.

—Enfermedad: no hay —afirmó la anciana, impermeable a la ironía del monje.

—Me alegro mucho. ¿Han nacido niños?

Ella indicó con los dedos que tenían dos y agregó en su idioma que estaban sanos. Tensing entendió sin dificultad las imágenes que se formaban en su mente.

—Tus compañeros ¿quiénes son? —gruñó ella.

—A éste lo conoces, es Dil Bahadur, el monje que descubrió el veneno en el agua color lavanda de la fuente. Los otros también son amigos y vienen de muy lejos, de otro mundo.

—¿Para qué?

—Venimos a solicitar, con todo respeto, tu ayuda, honorable Grr-ympr. Necesitamos a tus guerreros para rescatar a un rey, que ha sido secuestrado por unos bandidos. Somos sólo tres hombres y una niña, pero con tus guerreros tal vez podamos vencerlos.

De esta perorata la vieja entendió menos de la mitad, pero adivinó que el monje venía a cobrar el favor que le había hecho antes. Pretendía usar a sus guerreros. Habría una batalla. No le gustó la idea, principalmente porque llevaba décadas tratando de mantener bajo control la tremenda agresividad de los yetis.

—Guerreros pelean: guerreros mueren. Aldea sin guerreros: aldea muere también —resumió.

—Cierto, lo que te pido es un favor muy grande, honorable Grr-ympr. Posiblemente habrá una lucha peligrosa. No puedo garantizar la seguridad de tus guerreros.

—Grr-ympr, muriendo —masculló la anciana, golpeándose el pecho.

—Ya lo sé, Grr-ympr —dijo Tensing.

—Grr-ympr muerta: muchos problemas. Tú curar Grr-ympr: tú llevar guerreros —ofreció ella.

—No puedo curarte de la vejez, honorable Grr-ympr. Tu tiempo en este mundo se ha cumplido, tu cuerpo está cansado y tu espíritu desea irse. No hay nada malo en eso —explicó el monje.

—Entonces, no guerreros —decidió ella.

—¿Por qué temes morir, honorable anciana?

—Grr-ympr: necesaria. Grr-ympr manda: yetis obedecen. Grr-ympr muerta: yetis pelean. Yetis matan, yetis mueren: fin —concluyó ella.

—Entiendo, no puedes irte de este mundo porque temes que tu pueblo sufra. ¿No hay quién pueda reemplazarte?

Ella negó tristemente. Tensing comprendió que la hechicera temía que a su muerte los yetis, que ahora estaban sanos y enérgicos, volvieran a matarse entre sí, como habían hecho antes, hasta desaparecer por completo de la faz de la tierra. Aquellas criaturas semihumanas habían dependido de la fortaleza y sabiduría de la hechicera por varias generaciones: ella era una madre severa, justa y sabia. La obedecían ciegamente, porque la creían dotada de poderes sobrenaturales; sin ella la tribu quedaría a la deriva. El lama cerró los ojos y durante varios minutos los dos permanecieron con la mente en blanco. Cuando volvió a abrirlos, Tensing anunció su plan en voz alta, para que también Nadia y Alexander comprendieran.

—Si me prestas algunos guerreros, prometo que regresaré al Valle de los Yetis y me quedaré aquí durante seis años. Con humildad, ofrezco reemplazarte, honorable Grr-ympr, así puedes irte al mundo de los espíritus en paz. Cuidaré de tu pueblo, le enseñaré a vivir lo mejor posible, a no matarse unos a otros, a utilizar los recursos del valle. Entrenaré al yeti más capaz para que al cabo de seis años sea el jefe o la jefa de la tribu. Esto es lo que ofrezco...

Al oír aquello Dil Bahadur se puso de pie de un salto

y enfrentó a su maestro, pálido de horror, pero el lama lo detuvo con un gesto: no podía perder la comunicación mental con la anciana. Grr-ympr necesitó varios minutos para asimilar lo que decía el monje.

—Sí —aceptó con un hondo suspiro de alivio, porque al fin estaba libre para morir.

Apenas tuvieron un momento de privacidad, Dil Bahadur, con los ojos llenos de lágrimas, pidió una explicación a su amado maestro. ¿Cómo podía haber ofrecido algo así a la hechicera? El Reino del Dragón de Oro lo necesitaba mucho más que los yetis; él no había terminado su educación, el maestro no podía abandonarlo de esa manera, clamó.

—Posiblemente serás rey antes de lo planeado, Dil Bahadur. Seis años pasan rápido. En ese tiempo tal vez podré ayudar un poco a los yetis.

—¿Y yo? —exclamó el joven, incapaz de imaginar su vida sin su mentor.

—Tal vez eres más fuerte y estás mejor preparado de lo que crees... Dentro de seis años pienso dejar el Valle de los Yetis para educar a tu hijo, el futuro monarca del Reino del Dragón de Oro.

—¿Qué hijo, maestro? No tengo ninguno.

—El que tendrás con Pema —replicó Tensing tranquilamente, mientras el príncipe se sonrojaba hasta las orejas.

Nadia y Alexander seguían la discusión con dificultad, pero captaron el sentido y ninguno de los dos manifestó asombro ante la profecía de Tensing respecto a Pema y Dil Bahadur o su plan de convertirse en mentor de los yetis. Alexander pensó que un año antes habría calificado todo eso como demencia, pero ahora sabía cuán misterioso es el mundo.

Valiéndose de la telepatía, las pocas palabras que él había aprendido en el idioma del Reino Prohibido, las que

Dil Bahadur había captado en inglés y la increíble capacidad para las lenguas de Nadia, Alexander logró comunicar a sus amigos que su abuela había hecho un reportaje para el *International Geographic* sobre un tipo de puma que existía en Florida y que había estado a punto de desaparecer. Estaba confinado a una región pequeña e inaccesible, no se había mezclado y, al reproducirse siempre dentro de la misma familia, se había debilitado y embrutecido. El seguro de vida de cualquier especie es la diversidad. Explicó que si hubiera, por ejemplo, una sola clase de maíz, muy pronto las pestes y las alteraciones del clima acabarían con ella, pero como existen centenares de variedades, si una perece, otra crece. La diversidad garantiza la sobrevivencia.

—¿Qué pasó con el puma? —preguntó Nadia.

—Llevaron a Florida a unos expertos que introdujeron en la zona otros felinos similares al puma. Se mezclaron y en menos de diez años la raza se había regenerado.

—¿Crees que eso ocurre también con los yetis? —preguntó Dil Bahadur.

—Sí. Han vivido demasiado tiempo aislados, son muy pocos, se mezclan sólo entre ellos, por eso son tan débiles.

Tensing se quedó pensando en lo que había dicho el muchacho extranjero. En todo caso, aunque los yetis salieran del misterioso valle, no tendrían con quien mezclarse, porque seguramente no había otros de su especie en el mundo y ningún ser humano estaría dispuesto a formar una familia con ellos. Pero tarde o temprano deberían integrarse al mundo, era inevitable. Habría que hacerlo con prudencia, porque el contacto con la gente podría ser fatal para ellos. Sólo en el ambiente protegido del Reino del Dragón de Oro eso era posible.

En las horas siguientes los amigos comieron y descansaron brevemente para reponer sus agotados cuerpos. Al saber que había pelea por delante, todos los yetis querían ir, pero Grr-ympr no lo permitió, porque no podía quedar la aldea sin varones. Tensing les advirtió que podrían morir, porque enfrentarían a unos malvados seres humanos llamados «hombres azules», que eran muy fuertes y tenían puñales y armas de fuego. Los yetis no sabían lo que eran esas cosas, y Tensing se lo explicó lo más exagerado que pudo, describiendo el tipo de herida que producían, los chorros de sangre y otros detalles para entusiasmar a los yetis. Eso renovó la frustración de los que debían quedarse en el valle: ninguno quería perder la ocasión de divertirse peleando contra los humanos. Desfilaron uno a uno delante del lama dando saltos y gritos espeluznantes y mostrando sus dientes y su musculatura para impresionarlo. Así Tensing pudo seleccionar a los diez que tenían el peor carácter y el aura más roja.

El lama revisó personalmente las corazas de cuero de los yetis, que podían mitigar el efecto de una puñalada, pero eran inefectivas contra una bala. Esas diez criaturas, apenas un poco más inteligentes que un chimpancé, no podrían vencer a los hombres del Escorpión, por feroces que fueran, pero el lama calculaba el elemento de sorpresa. Los hombres azules eran supersticiosos y si bien habían oído hablar del «abominable hombre de las nieves» nunca habían visto uno.

Por orden de Grr-ympr, esa tarde habían matado un par de *chegnos* para dar la bienvenida a los visitantes. Con gran repugnancia, porque no concebían el sacrificio de ningún ser vivo, Dil Bahadur y Tensing recogieron sangre de los animales y pintaron el pelaje hirsuto de los guerreros seleccionados. Utilizando tiras de piel, los cachos y los huesos más largos, fabricaron unos aterradores cascos ensangrentados, que los yetis se colocaron con chillidos de gusto, mientras las hembras y los críos saltaban de admiración. El maestro y su discípulo concluyeron complacidos que el aspecto de los yetis era como para asustar al más bravo.

Los hombres pretendían que Nadia permaneciera en la aldea, pero fue inútil convencerla y por fin debieron aceptar que fuera con ellos. Alexander no quería exponerla a los peligros que los aguardaban.

—Es posible que ninguno salgamos con vida, Águila... —argumentó.

—En ese caso yo tendría que pasar el resto de mi existencia en este valle sin más compañía que los yetis. No, gracias. Iré con ustedes, Jaguar —replicó ella.

—Al menos aquí estarías relativamente a salvo. No sé lo que vamos a encontrar en ese monasterio abandonado, pero seguro no será nada agradable.

—No me trates como a una niña. Sé cuidarme sola, lo he hecho por trece años, y creo que puedo ser útil.

—Está bien, pero harás exactamente lo que yo diga —decidió Alex.

—Ni lo sueñes. Haré lo que me parezca adecuado. Tú no eres un experto, sabes tan poco de pelear como yo —replicó Nadia, y él debió admitir que no le faltaba razón.

—Tal vez lo mejor sea partir de noche, así llegaremos al otro lado del túnel al amanecer y aprovecharemos la mañana para llegar hasta Chenthan Dzong —propuso Dil Bahadur y Tensing estuvo de acuerdo.

Después de llenarse las barrigas con una suculenta cena, los yetis se echaron por tierra a roncar, sin quitarse los nuevos yelmos, que habían adoptado como símbolo de valor. Nadia y Alexander estaban tan hambrientos, que devoraron su porción de carne asada de *chegno*, a pesar de su sabor amargo y de los pelos chamuscados que tenía adheridos. Tensing y Dil Bahadur prepararon su *tsampa* y su té; luego se sentaron a meditar de cara a la inmensidad del firmamento, cuyas estrellas no podían ver. Por la noche, cuando descendía la temperatura en las montañas, el vapor de las fumarolas se convertía en una neblina espesa que cubría el valle como un manto algodonoso. Los yetis nunca habían visto las estrellas y para ellos la luna era una inexplicable aureola de luz azul que a veces aparecía entre la niebla.

17

EL MONASTERIO FORTIFICADO

Tex Armadillo prefería el plan inicial para la retirada de Tunkhala con el rey y el Dragón de Oro, que consistía en un helicóptero provisto de una ametralladora que en el momento preciso descendería en los jardines del palacio. Nadie habría podido detenerlos. La fuerza aérea de ese país se componía de cuatro anticuados aviones, adquiridos en Alemania hacía más de veinte años, y que sólo volaban para el Año Nuevo, lanzando pájaros de papel sobre la capital, para deleite de los niños. Ponerlos en acción para darles caza habría tomado varias horas y el helicóptero habría tenido tiempo sobrado de llegar a terreno seguro. El Especialista, sin embargo, cambió el plan a última hora, sin dar mayores explicaciones. Se limitó a decir que no convenía llamar la atención, y mucho menos convenía ametrallar a los pacíficos habitantes del Reino Prohibido, porque eso provocaría un escándalo internacional. Su cliente, el Coleccionista, exigía discreción.

De modo que Armadillo tuvo que aceptar el segundo plan, en su opinión mucho menos expedito y seguro que el primero. Apenas le echó el guante al rey en el Recinto Sagrado, le cerró la boca con cinta adhesiva y le colocó una inyección en el brazo que en cinco segundos lo dejó anestesiado. Las instrucciones eran no hacerle daño; el monarca debía llegar al monasterio vivo y sano, porque debían extraerle la información necesaria para descifrar los mensajes de la estatua.

—Cuidado, el rey sabe artes marciales, puede defenderse. Pero les advierto que si lo lastiman, lo pagarán muy caro —había dicho el Especialista.

Tex Armadillo empezaba a perder la paciencia con su jefe, pero no había tiempo de rumiar su descontento.

Los cuatro bandidos estaban asustados e impacientes, pero eso no impidió que robaran algunos candelabros y perfumeros de oro. Estaban listos para arrancar el precioso metal de los muros con sus puñales, cuando el americano les ladró sus órdenes.

Dos de ellos tomaron el cuerpo inerte del rey por los hombros y los tobillos, mientras los demás retiraban la pesada estatua de oro del pedestal de piedra negra, donde había permanecido durante dieciocho siglos. Todavía se sentía en la sala la reverberación del cántico y los extraños sonidos del dragón. Tex Armadillo no podía detenerse a examinarlo, pero supuso que era como un instrumento musical. No creía que pudiera predecir el futuro, ésa era una patraña para ignorantes, pero en realidad no le importaba: el valor intrínseco de ese objeto era incalculable. ¿Cuánto ganaría el Especialista con esa misión? Muchos millones de dólares, seguramente. ¿Y cuánto le tocaba a él? Apenas una propina en comparación, pensaba.

Dos de los hombres azules pasaron unas cinchas de caballo bajo la estatua y así la levantaron con esfuerzo. Entonces Armadillo comprendió por qué el Especialista había exigido que llevara a seis bandidos. Ahora le hacían falta los dos que habían perecido en las trampas del palacio.

El retorno no fue más fácil, a pesar de que ya conocían el camino y pudieron evitar varios de los obstáculos, porque llevaban al rey y la estatua, que entorpecían sus movimientos. Pronto se dio cuenta, sin embargo, de que al hacer el camino inverso las trampas no se activaban. Eso lo tranquilizó, pero no se apuró ni bajó la guardia, porque temía que ese palacio albergara muchas sorpresas desagradables. Sin embargo, llegaron a la Última Puerta sin tropiezos. Al cruzar el umbral vieron en el suelo los cuerpos de los guardias reales apuñalados, tal como los habían dejado. Ninguno se dio cuenta de que uno de los jóvenes soldados aún respiraba.

Valiéndose del GPS, los forajidos recorrieron el laberinto de habitaciones con varias puertas y asomaron por fin al jardín en sombras del palacio, donde los aguardaba el resto de la banda. Tenían prisionera a Judit Kinski. De acuerdo con las órdenes, a ella no debían dormirla con una inyección, como al rey, y tampoco podían maltratarla. Los bandidos, que nunca habían visto antes a la mujer, no entendían cuál era el propósito de llevarla con ellos y Tex Armadillo no dio explicaciones.

Habían robado una camioneta del palacio, que aguardaba en la calle, junto a las cabalgaduras de los bandidos. Tex Armadillo evitó mirar de frente a Judit Kinski, quien se mantenía bastante tranquila, dadas las circunstancias, y señaló a sus hombres que la echaran en el vehículo junto al rey y la estatua, cubiertos por una lona. Se puso al volante, porque nadie más sabía manejar, acompañado por el jefe de los guerreros azules y uno de los bandidos. Mientras la camioneta se dirigía hacia el angosto camino de las montañas, los demás se dispersaron. Se reunirían más tarde en un lugar del Bosque de los Tigres, como había ordenado el Especialista, y desde allí emprenderían la marcha hacia Chenthan Dzong.

Tal como estaba previsto, la camioneta debió detenerse a la salida de Tunkhala, donde el general Myar Kunglung había apostado a una patrulla para controlar el camino. Fue un juego de niños para Tex Armadillo y los bandidos dejar fuera de combate a los tres hombres que montaban guardia y colocarse sus uniformes. La camioneta estaba pintada con los emblemas de la casa real, de modo que pudieron pasar el resto de los controles sin ser molestados y llegar al Bosque de los Tigres.

El inmenso bosque había sido originalmente el coto de caza de los reyes, pero desde hacía varios siglos nadie se dedicaba a ese cruel deporte. El inmenso parque se había convertido en una reserva natural, donde proliferaban las especies de plantas y animales más raras del Reino Prohibido. En primavera iban allí las tigresas a tener sus crías. El clima único de ese país, que según las estaciones oscilaba entre la humedad templada del trópico y el frío invernal de las alturas montañosas, daba origen a una flora y una fauna extraordinarias, un verdadero paraíso para los ecologistas. La belleza del lugar, con sus árboles milenarios, sus arroyos cristalinos, sus orquídeas, rododendros y aves multicolores, no tuvo el menor efecto en Tex Armadillo o en los bandidos: lo único que les importaba era no atraer a los tigres y partir de allí lo antes posible.

El americano desató a Judit Kinski.

—¡Qué hace! —exclamó el jefe de los bandidos, amenazante.

—No puede escapar, ¿adónde iría? —dijo el otro a modo de explicación.

En silencio, la mujer se frotó las muñecas y los tobillos, donde las ligaduras habían dejado marcas rojas. Sus ojos estudiaban el lugar, seguían cada movimiento de sus raptores y volvían siempre a Tex Armadillo, quien persistía en apartar la vista, como si no resistiera la mirada de ella. Sin pedir permiso, Judit se acercó al rey y con delicadeza, para no romperle los labios, fue quitándole de a poco la cinta adhesiva que le amordazaba. Se inclinó sobre él y puso el oído sobre su pecho.

—Pronto pasará el efecto de la inyección —comentó Armadillo.

—No le pongan más, puede fallarle el corazón —dijo

ella en un tono que no parecía súplica, sino una orden, clavando sus pupilas castañas en Tex Armadillo.

—No será necesario. Además tendrá que montar a caballo, así es que más le vale despercudirse —replicó él, dándole la espalda.

Al filtrarse en la espesura los primeros rayos de sol, la luz irrumpió dorada, como espesa miel, despertando a los monos y los pájaros en un coro alborotado. Del suelo se evaporaba el rocío de la noche, envolviendo el paisaje en una bruma amarilla, que esfumaba los contornos de los gigantescos árboles. Una pareja de osos panda se balanceaba de unas ramas sobre sus cabezas. Amanecía cuando finalmente se reunió la banda del Escorpión. Apenas hubo luz suficiente, Armadillo se dedicó a tomar fotografías de la estatua con una máquina Polaroid, luego dio orden de envolverla en la misma lona que habían usado en la camioneta y amarrarla con cuerdas.

Debían abandonar el vehículo y continuar montaña arriba a lomo de caballo por senderos casi intransitables, que nadie usaba desde que el terremoto cambió la topografía del lugar y Chenthan Dzong, así como otros monasterios de la región, fue abandonado. Los guerreros azules, que pasaban la vida sobre sus caballos y estaban acostumbrados a toda clase de terrenos, eran seguramente los únicos capaces de llegar hasta allá. Conocían las montañas bien y sabían que, una vez obtenida su recompensa en dinero y armas, podrían llegar al norte de India en tres o cuatro días. Por su parte Tex Armadillo contaba con el helicóptero, que debía recogerlo en el monasterio con el botín.

El rey había despertado, pero el efecto de la droga persistía; estaba confundido y mareado, sin saber qué había sucedido. Judit Kinski lo ayudó a sentarse y le explicó que habían sido raptados y que los bandidos habían robado el Dragón de Oro. Sacó una pequeña cantimplora de su bolso, que milagrosamente no se había perdido en la aventura, y le dio a beber un sorbo de whisky. El licor lo reanimó y pudo incorporarse.

—¡Qué significa esto! —exclamó el rey en un tono de autoridad que nadie había escuchado jamás en él.

Al ver que estaban acomodando la estatua en una plataforma metálica con ruedas, que sería tirada por los caballos, comprendió la magnitud de la desgracia.

—Esto es un sacrilegio. El Dragón de Oro es el símbolo de nuestro país. Existe una maldición muy antigua contra quien profane la estatua —les advirtió el rey.

El jefe de los bandidos levantó el brazo para golpearlo, pero el americano le apartó de un empujón.

—Cállese y obedezca, si no quiere más problemas —ordenó al monarca.

—Suelten a la señorita Kinski, ella es una extranjera, no tiene nada que ver en este asunto —replicó con firmeza el soberano.

—Ya me oyó, cállese o ella pagará las consecuencias, ¿entendido? —le advirtió Armadillo.

Judit Kinski tomó al rey de un brazo y le susurró que por favor se quedara tranquilo; nada podían hacer por el momento, más valía esperar que se presentara la ocasión para actuar.

—Vamos, no perdamos más tiempo —ordenó el jefe de los bandidos.

—El rey no puede montar todavía —dijo Judit Kinski al verlo vacilar como un ebrio.

—Montará con uno de mis hombres hasta que se reponga —decidió el americano.

Armadillo condujo la camioneta hasta una hondonada, donde quedó medio enterrada; luego la taparon con ramas y poco después emprendieron la marcha en fila india hacia la montaña. El día estaba claro, pero las cumbres del Himalaya se perdían entre manchones de nubes. Debían trepar continuamente, pasando por una región de bosque semitropical donde crecían bananos, rododendros, magnolias, hibiscus y muchas otras especies. En la altura el paisaje cambiaba abruptamente, el bosque desaparecía y empezaban los peligrosos desfiladeros de montaña, cortados a menudo por peñascos que rodaban de las cimas o caídas de agua, que convertían el suelo en un resbaloso lodazal. El ascenso era arriesgado, pero el americano confiaba en la pericia de los hombres azules y la fuerza extraordinaria de sus corceles. Una vez en las montañas, no podrían darles alcance, porque nadie sospechaba dónde se encontraban y, en todo caso, llevaban mucha ventaja.

Tex Armadillo no sospechaba que mientras él llevaba a cabo el robo de la estatua en el palacio, la cueva de los bandidos había sido desmantelada y sus ocupantes estaban atados de dos en dos, padeciendo hambre y sed, aterrados de que apareciera un tigre y los despachara para su cena. Los prisioneros tuvieron suerte, porque antes que llegaran las fieras, tan abundantes en esa región, apareció un destacamento de soldados reales. Pema les había indicado la ubicación del campamento de la Secta del Escorpión.

La joven había logrado llegar con sus compañeras hasta un camino rural, donde finalmente las encontró, extenuadas, un campesino que llevaba sus vegetales al mercado en una carreta tirada por caballos. Primero creyó que eran monjas, por las cabezas rapadas, pero le llamó la atención que todas, menos una, iban vestidas de fiesta. El hombre no tenía acceso al periódico ni a la televisión, pero se había enterado por la radio, como todos los demás habitantes del país, de que seis jóvenes habían sido secuestradas. Como no había visto sus fotos, no pudo reconocerlas, pero le bastó una mirada para darse cuenta de que esas niñas estaban en apuros. Pema se plantó de brazos abiertos en la mitad del camino, obligándolo a detenerse, y le contó en pocas palabras su situación.

—El rey está en peligro, debo conseguir ayuda de inmediato —dijo.

El campesino dio media vuelta y las llevó al trote al caserío de donde procedía. Allí consiguieron un teléfono y mientras Pema procuraba comunicarse con las autoridades, sus compañeras recibían los cuidados de las mujeres de la aldea. Las muchachas, que habían dado muestras de mucho valor durante esos días terribles, se quebraron al verse a salvo y lloraban, pidiendo que las devolvieran a sus familias lo antes posible. Pero Pema no pensaba en eso, sino en Dil Bahadur y el rey.

El general Myar Kunglung se puso al teléfono apenas le avisaron de lo ocurrido y habló directamente con Pema. Ella repitió lo que sabía pero se abstuvo de mencionar el Dragón de Oro, primero porque no estaba segura de que los bandidos lo hubieran robado, y segundo porque comprendió instintivamente que, de ser así, no convenía que el pueblo lo supiera. La estatua encarnaba el alma de la nación. No le correspondía a ella propagar una noticia que podía ser falsa, decidió.

Myar Kunglung dio instrucciones al puesto de guardias más cercano para que fueran a buscar a las niñas a la aldea y las condujeran a la capital. A medio camino él mismo les salió al encuentro, llevando consigo a Wandgi y Kate Cold. Al ver a su padre, Pema saltó del jeep donde viajaba y corrió a abrazarlo. El pobre hombre sollozaba como un crío.

—¿Qué te hicieron? —preguntaba Wandgi examinando a su hija por todos lados.

—Nada, papá, no me hicieron nada, te prometo; pero eso no importa ahora, tenemos que rescatar al rey, que corre mortal peligro.

—Eso le corresponde al ejército, no a ti. ¡Tú volverás conmigo a casa!

—No puedo, papá. ¡Mi deber es ir a Chenthan Dzong!

—¿Por qué?

—Porque se lo prometí a Dil Bahadur —replicó ella sonrojándose.

Myar Kunglung traspasó a la joven con su mirada de zorro y algo debió haber interpretado por el color arrebolado de sus mejillas y el temblor de sus labios, porque se inclinó profundamente ante el guía, con las manos en la cara.

—Tal vez el honorable Wandgi permita a su valiente hija acompañar a este humilde general. Creo que será bien cuidada por mis soldados —pidió.

El guía comprendió que, a pesar de la reverencia y del tono, el general no aceptaría un no por respuesta. Debió permitir que Pema partiera, rogando al cielo que retornara sana y salva.

La buena nueva de que las jóvenes habían escapado de las garras de sus raptores sacudió al país. En el Reino Prohibido las noticias circulaban de boca en boca con tal rapidez, que cuando cuatro de las chicas aparecieron en televisión contando sus peripecias, con las cabezas cubiertas por chales de seda, ya todo el mundo lo sabía. La gente salió a la calle a celebrarlo, llevó flores de magnolia a las familias de las niñas y se aglomeró en los templos para hacer ofrendas de agradecimiento. Las ruedas y las banderas de oración elevaban al aire la alegría incontenible de aquella nación.

La única que no tuvo nada que celebrar fue Kate Cold, quien estaba al borde de un colapso nervioso, porque Nadia y Alexander aún andaban perdidos. A esa hora iba cabalgando hacia Chenthan Dzong junto a Pema y Myar Kunglung, a la cabeza de un destacamento de soldados, por un camino que serpenteaba hacia las alturas. Pema les había contado a ambos lo que escuchó de boca de los bandidos sobre el Dragón de Oro. El general confirmó sus sospechas.

—Uno de los guardias que cuidaban la Última Puerta

sobrevivió a la puñalada y vio cómo se llevaban a nuestro amado rey y al dragón. Esto debe permanecer en secreto, Pema. Hiciste bien en no mencionarlo por teléfono. La estatua vale una fortuna, pero no me explico por qué se llevaron al rey... —dijo.

—El maestro Tensing, su discípulo y dos jóvenes extranjeros fueron al monasterio. Nos llevan muchas horas de ventaja. Posiblemente llegarán antes que nosotros —le informó Pema.

—Ésa puede ser una grave imprudencia, Pema. Si algo le sucede al príncipe Dil Bahadur, ¿quién ocupará el trono...? —suspiró el general.

—¿Príncipe? ¿Qué príncipe? —interrumpió Pema.

—Dil Bahadur es el príncipe heredero, ¿no lo sabías, niña?

—Nadie me lo dijo. En todo caso, nada le pasará al príncipe —afirmó ella, pero enseguida se dio cuenta de que había cometido una descortesía y se corrigió—: Es decir, posiblemente el karma del honorable príncipe sea rescatar a nuestro amado soberano y sobrevivir ileso...

—Tal vez... —asintió el general, preocupado.

—¿No puede enviar aviones al monasterio? —sugirió Kate, impaciente ante esa guerra que se llevaba a cabo a lomo de caballo, como si hubieran retrocedido varios siglos en el tiempo.

—No hay dónde aterrizar. Tal vez un helicóptero pueda hacerlo, pero se requiere un piloto muy experto, porque tendría que descender en un embudo de corrientes de aire —le notificó el general.

—Posiblemente el honorable general esté de acuerdo conmigo en que hay que intentarlo... —rogó Pema, con los ojos brillantes de lágrimas.

—Hay sólo un piloto capaz de hacerlo y vive en Nepal. Es un héroe, el mismo que subió hace unos años en helicóptero al Everest, para salvar a unos escaladores.

—Recuerdo el caso, el hombre es muy famoso, lo entrevistamos para el *International Geographic* —comentó Kate.

—Tal vez logremos comunicarnos con él y traerlo en las próximas horas —dijo el general.

Myar Kunglung no sospechaba que ese piloto había sido contratado con mucha anterioridad por el Especialista y ese mismo día volaba desde Nepal hacia las cumbres del Reino Prohibido.

La columna compuesta por Tensing, Dil Bahadur, Alexander, Nadia con Borobá en el hombro y los diez guerreros yetis se aproximó al acantilado donde se alzaban las antiguas ruinas de piedra de Chenthan Dzong. Los yetis, muy excitados, gruñían, repartían empujones y se daban mordiscos amistosos entre ellos, preparándose con gusto para el placer de una batalla. Hacía muchos años que esperaban una ocasión de divertirse en serio como la que ahora se les presentaba. Tensing debía detenerse de vez en cuando para calmarlos.

—Maestro, creo que por fin me acuerdo dónde he escuchado antes el idioma de los yetis: en los cuatro monasterios donde me enseñaron el código del Dragón de Oro —susurró Dil Bahadur a Tensing.

—Tal vez mi discípulo recuerde también que en nuestra visita al Valle de los Yetis le dije que había una razón importante por la cual estábamos allí —replicó el lama en el mismo tono.

—¿Tiene que ver con la lengua de los yetis?

—Posiblemente... —sonrió Tensing.

El espectáculo era sobrecogedor. Se encontraban rodeados de impresionante belleza: cumbres nevadas, enormes rocas, cascadas de agua, precipicios cortados a pique en los montes, corredores de hielo. Al ver aquel paisaje Alexander Cold comprendió por qué los habitantes del Reino Prohibido creían que la cima más alta de su país, a siete mil metros de altura, era el mundo de los dioses. El joven americano sintió que se llenaba por dentro de luz y de aire limpio, que algo se abría en su mente, que minuto a minuto cambiaba, maduraba, crecía. Pensó que sería muy triste dejar ese país y regresar a la mal llamada civilización.

Tensing interrumpió sus cavilaciones para explicarle que los *dzongs*, o monasterios fortificados, que sólo existían en Bután y en el Reino del Dragón de Oro, eran una mezcla de convento de monjes y caserna de soldados. Se alzaban en la confluencia de los ríos y en los valles, para proteger a los pueblos de los alrededores. Se construían sin planos ni clavos, siempre de acuerdo con el mismo diseño. El palacio real en Tunkhala fue originalmente uno de estos *dzongs*, hasta que las necesidades del gobierno obligaron a ampliarlo y modernizarlo, convirtiéndolo en un laberinto de mil habitaciones.

Chenthan Dzong era una excepción. Se levantaba sobre una terraza natural tan escarpada, que era difícil imaginar cómo llevaron los materiales y construyeron el edificio, que resistió tormentas invernales y avalanchas durante siglos, hasta que fue destruido por el terremoto. Existía un angosto sendero escalonado en la roca, pero se usaba muy poco, porque los monjes tenían escaso contacto con el resto del mundo. Ese camino, prácticamente tallado en la montaña, contaba con frágiles puentes de madera y cuerdas, que colgaban sobre los precipicios. La ruta no se usaba desde el terremoto y los puentes estaban en muy mal estado, con las maderas medio podridas y la mitad de las cuerdas cortadas, pero Tensing y su grupo no podían detenerse a considerar el peligro, puesto que no existía alternativa. Además, los yetis los cruzaban con la mayor confianza, porque habían pasado por allí en sus breves excursiones fuera de su valle en busca de alimento. Al ver los restos de un hombre al fondo de una quebrada adivinaron que Tex Armadillo y sus secuaces se les habían adelantado.

—El puente es inseguro, ese hombre se cayó —dijo Alexander, señalándolo.

—Hay huellas de caballo. Aquí debieron desmontar y soltar a los animales. Siguieron a pie, llevando el dragón en andas —observó Dil Bahadur.

—No imagino cómo los caballos llegaron hasta aquí. Deben ser como cabras —dijo Alexander.

—Posiblemente son corceles tibetanos, entrenados para trepar, resistentes y ágiles, y por lo tanto muy valiosos. Sus dueños deben tener muy buenas razones para abandonarlos —aventuró Dil Bahadur.

—Hay que cruzar —los interrumpió Nadia.

—Si los bandidos lo hicieron arrastrando el peso del Dragón de Oro, también podemos hacerlo nosotros —apuntó Dil Bahadur.

—Eso puede haber debilitado el puente aún más. Tal vez no sería mala idea probarlo antes de subirnos encima —determinó Tensing.

El abismo no era muy ancho, pero tampoco era suficientemente angosto como para usar las pértigas o bastones de madera de Tensing y el príncipe. Nadia sugirió amarrar a Borobá con una cuerda y mandarlo a probar el puente, pero el mono era muy liviano, de modo que no había garantía de que si él pasaba, también los demás pudieran hacerlo. Dil Bahadur examinó el terreno y vio que por fortuna al otro lado había una gruesa raíz. Alexander ató un extremo de su cuerda a una flecha y el príncipe la disparó con su precisión habitual, clavándola firmemente en la raíz. Alexander se ató la otra cuerda a la cintura y, sostenido por Tensing, se aventuró lentamente sobre el puente, probando cada trozo de madera con cuidado antes de poner su peso encima.

Si el puente cedía, la primera cuerda podría sostenerlo

brevemente. No sabían si la flecha soportaría el peso, pero si no era así, la segunda cuerda podría impedir que cayera al vacío. En ese caso, lo más importante era no estrellarse como un insecto contra las paredes laterales de roca. Esperaba que su experiencia como escalador lo ayudaría.

Paso a paso Alexander atravesó el puente. Iba por la mitad cuando dos tablones se partieron y él resbaló. Un grito de Nadia resonó entre las cumbres, devuelto por el eco. Durante un par de minutos eternos nadie se movió, hasta que cesó el balanceo del puente y el joven pudo recuperar el equilibrio. Con mucha lentitud extrajo la pierna que quedó colgando del hueco entre los tablones rotos, luego se echó hacia atrás, sujeto de la primera cuerda, hasta que logró ponerse nuevamente de pie. Estaba calculando si continuar o retroceder, cuando oyeron un extraño ruido, como si la tierra roncara. La primera sospecha fue que se trataba de un temblor, como tantos que había en esas regiones, pero enseguida vieron que rodaban piedras y nieve desde la cima de la montaña. El grito de Nadia había provocado un alud.

Impotentes, los amigos y los yetis vieron el mortal río de peñascos precipitarse sobre Alexander y el delicado puente. No había nada que hacer, era imposible retroceder o avanzar.

Tensing y Dil Bahadur se concentraron automáticamente en enviar energía al muchacho. En otras circunstancias Tensing habría intentado la máxima prueba de un *tulku* como él, reencarnación de un gran lama: alterar la voluntad de la naturaleza. En momentos de verdadera necesidad, ciertos *tulkus* podían detener el viento, desviar tormentas, evitar inundaciones en tiempos de lluvia e impedir heladas, pero Tensing nunca había tenido que hacerlo. No era algo que se pudiera practicar, como los viajes astrales. En esta ocasión era tarde para tratar de cambiar el rumbo del alud y salvar al muchacho americano. Tensing utilizó sus poderes mentales para traspasarle la inmensa fuerza de su propio cuerpo.

Alexander sintió el rugido de la avalancha de piedras y percibió la nube de nieve que se levantó, cegándolo. Supo que iba a morir y la descarga de adrenalina fue como un tremendo golpe de electricidad, borrando todo pensamiento de su mente y dejándolo a merced sólo del instinto. Una energía sobrenatural lo embargó y en una milésima parte de tiempo, su cuerpo se transformó en el jaguar negro del Amazonas. Con un rugido terrible y un formidable salto llegó al otro lado del precipicio, aterrizando en sus cuatro patas de felino, mientras a sus espaldas caían estrepitosamente las piedras.

Sus amigos no supieron que se había salvado milagrosamente, porque se lo impidió la nieve y tierra pulverizadas por los peñascos. Ninguno vio al muchacho hasta que se asentó el derrumbe, salvo Nadia. En el momento de la muerte, cuando creyó que Alexander estaba perdido, ella tuvo la misma reacción que él, la misma descarga de energía poderosa, la misma fantástica transformación. Borobá quedó tirado en el suelo mientras ella se elevaba, convertida en el águila blanca. Y desde la altura de su elegante vuelo, pudo ver al jaguar negro aferrado con sus garras al terreno firme.

Apenas pasó el peligro inminente, Alexander recuperó su aspecto usual. La única huella de su mágica experiencia fueron sus dedos ensangrentados y la expresión de su rostro, con la boca fruncida y los dientes expuestos en una mueca feroz. También sintió el fuerte olor del jaguar pegado a su piel, un olor de fiera carnívora.

El derrumbe botó un pedazo del estrecho camino y destruyó la mayor parte de las maderas del puente, pero las antiguas cuerdas y las de Alexander quedaron intactas. El joven las fijó firmemente a un lado, mientras Tensing lo hacía al otro y así pudieron atravesar. Los yetis tenían la agilidad de los primates y estaban acostumbrados a esa clase de terreno, de modo que no tuvieron dificultad en pasar colgando de una cuerda. Dil Bahadur pensó que si antes se valía de una pértiga, bien podría usar ahora una cuerda floja, como lo hizo con tanta gracia su maestro. Tensing no necesitó cargar a Nadia, sólo a Borobá, ya que el águila seguía volando sobre sus cabezas. Alexander le preguntó por qué Nadia no pudo convertirse en su animal totémico cuando se partió el hombro y debió enviar una proyección mental para pedir socorro. El lama le explicó que el dolor y el agotamiento la habían retenido en su forma física.

Fue el gran pájaro blanco el que les advirtió que pocos metros más adelante, a la vuelta de un recodo de la montaña, se alzaba Chenthan Dzong. Los caballos atados afuera indicaban la presencia de los forajidos, pero no se veía a nadie custodiando; era evidente que no esperaban visitas.

Tensing recibió el mensaje telepático del águila y reunió a los suyos para determinar la mejor forma de actuar. Los yetis nada entendían de estrategia, su manera de pelear era simplemente lanzarse de frente enarbolando sus garrotes y gritando como demonios, lo cual también podía ser muy efectivo, siempre que no fueran recibidos por una salva de balas. Primero debían averiguar exactamente cuántos hombres había en el monasterio y cómo estaban distribuidos, con qué armas contaban, dónde tenían al rey y al Dragón de Oro.

De pronto apareció Nadia entre ellos con tal naturalidad, que fue como si nunca hubiera estado volando en forma de ave. Ninguno hizo comentarios.

—Si mi honorable maestro lo permite, yo iré adelante —pidió Dil Bahadur.

—Tal vez ése no sea el mejor plan. Tú eres el futuro rey. Si algo le sucede a tu padre, la nación sólo cuenta contigo —replicó el lama.

—Si el honorable maestro lo permite, iré yo —dijo Alexander.

—Si el honorable maestro lo permite, creo que es mejor que vaya yo, porque tengo el poder de la invisibilidad —interrumpió Nadia.

—¡De ninguna manera! —exclamó Alexander.

—¿Por qué? ¿No confías en mí, Jaguar?

—Es muy peligroso.

—Es igualmente peligroso para mí que para ti. No hay diferencia.

—Tal vez la niña-águila tenga razón. Cada uno ofrece lo que tiene. En este caso es muy conveniente ser invisible. Tú, Alexander, corazón de gato negro, deberás pelear junto a Dil Bahadur. Los yetis irán conmigo. Me temo que soy el único aquí que puede comunicarse con ellos y controlarlos. Apenas se den cuenta de que están cerca de los enemigos, se volverán como locos —replicó Tensing.

—Ahora es cuando necesitamos tecnología moderna. Un *walkie-talkie* no nos vendría nada mal. ¿Cómo nos advertirá Águila que podemos avanzar? —preguntó Alexander.

—Posiblemente del mismo modo en que estamos comunicándonos ahora... —sugirió Tensing y Alex se echó a reír, porque acababa de darse cuenta de que llevaban un buen rato intercambiando ideas sin palabras.

—Procura no asustarte, Nadia, porque eso confunde las ideas. No dudes del método, porque eso también impide la recepción. Concéntrate en una sola imagen a la vez —le aconsejó el príncipe.

—No te preocupes, la telepatía es como hablar con el corazón —lo tranquilizó ella.

—Tal vez nuestra única ventaja sea la sorpresa —advirtió el lama.

—Si el honorable maestro me permite una sugerencia, creo que sería más conveniente que cuando se dirija a los yetis sea más directo —dijo irónicamente Alexander, imitando la forma educada de hablar en el Reino Prohibido.

—Tal vez el joven extranjero debería tener un poco más de confianza en mi maestro —interrumpió Dil Bahadur mientras probaba la tensión de su arco y contaba sus flechas.

—Buena suerte —se despidió Nadia, plantando un beso breve en la mejilla de Alexander.

Se desprendió de Borobá, que corrió a montarse en la nuca de Alexander, bien aferrado a sus orejas, como hacía en ausencia de su ama.

En ese momento un ruido parecido al del alud anterior lo paralizó en su sitio. Sólo los yetis comprendieron de inmediato que se trataba de algo diferente, algo aterrador que nunca habían escuchado antes. Se tiraron al suelo, escondiendo la cabeza entre los brazos, temblando, los garrotes olvidados y toda su fiereza reemplazada por un gimoteo de cachorros asustados.

—Parece que es un helicóptero —dijo Alexander, haciendo señas de que se parapetaran entre las grietas y sombras de la montaña, para no ser vistos desde el aire.

—¿Qué es eso? —preguntó el príncipe.

—Algo parecido a un avión. Y un avión es como un volantín con motor —contestó el americano, sin poder creer que en pleno siglo XXI hubiera gente viviendo como en el Medioevo.

—Sé lo que es un avión, los veo pasar todas las semanas rumbo a Tunkhala —dijo Dil Bahadur, sin molestarse por el tono de su nuevo amigo.

Al otro lado del edificio asomaba en el cielo un aparato metálico. Tensing procuró tranquilizar a los yetis, pero en los cerebros de esos seres no cabía la idea de una máquina voladora.

—Es un ave que obedece órdenes. No debemos temerla, nosotros somos más feroces —les informó por último el lama, calculando que eso lo podrían comprender.

—Esto significa que hay un lugar donde el aparato puede aterrizar. Ahora me explico por qué se dieron el trabajo de llegar hasta aquí y cómo pretenden escapar con la estatua fuera del país —concluyó Alexander.

—Ataquemos antes que huyan, si le parece bien a mi honorable maestro —propuso el príncipe.

Tensing hizo una señal de que debían esperar. Pasó casi una hora, mientras aterrizaba el aparato. No podían ver la maniobra desde donde se encontraban, pero imaginaron que debía ser muy complicada, porque lo intentó varias veces, volviendo a elevarse, dando vueltas y bajando de nuevo, hasta que por fin se apagó el ruido del motor. En el silencio prístino de aquellas cumbres oyeron voces humanas cercanas y supusieron que debían ser los bandidos. Cuando también las voces callaron, Tensing decidió que había llegado el momento de acercarse.

Nadia se concentró en volverse transparente como el aire y se encaminó hacia el monasterio. Alexander quedó temblando por ella; tan fuertes eran los golpes de tambor en su corazón, que temía que trescientos metros más adelante sus enemigos pudieran oírlos.

18

LA BATALLA

En el monasterio de Chenthan Dzong se llevaba a cabo la última parte del plan del Especialista. Cuando el helicóptero se posó en el pequeño plano cubierto de nieve, formado en otros tiempos por una avalancha, fue recibido con entusiasmo, porque se trataba de una verdadera proeza. Tex Armadillo había marcado el lugar de aterrizaje con una cruz roja, trazada con un polvo de fresa para hacer refrescos, tal como le había indicado su jefe. Desde el aire la cruz se veía como una moneda de veinticinco centavos, pero al acercarse era una señal perfectamente clara. Además del tamaño reducido de la cancha, lo que obligaba a maniobrar con destreza para que la hélice no se estrellara contra la montaña, el piloto debía navegar entre las corrientes de aire. En ese lugar las cumbres formaban un embudo donde el viento circulaba como un remolino.

El piloto era un héroe de la Fuerza Aérea de Nepal, un hombre de probado valor e integridad, a quien habían ofrecido una pequeña fortuna por recoger «un paquete» y dos personas en ese lugar. No sabía en qué consistía la carga y no sentía particular curiosidad por averiguarlo, le bastaba saber que no se trataba de drogas ni armas. El agente que lo había contactado se había presentado como miembro de un equipo internacional de científicos, que estudiaban muestras de rocas en la región. Las dos personas y el «paquete» debían ser trasladados de Chenthan Dzong a un destino desconocido en el norte de India, donde el piloto recibiría la otra mitad de su pago.

El aspecto de los hombres que lo ayudaron a descender del helicóptero no le gustó. No eran los científicos extranjeros que esperaba, sino unos nómades con la piel azul y expresión patibularia, con media docena de puñales de diferentes formas y tamaños en el cinturón. Detrás llegó un americano con ojos celestes, fríos como un glaciar, quien le dio la bienvenida y lo invitó a tomar una taza de café en el monasterio, mientras los otros echaban el «paquete» al helicóptero. Era un pesado bulto de extraña forma envuelto en lona y amarrado firmemente con cuerdas, que debieron izar entre varios hombres. El piloto supuso que se trataba de las muestras de rocas.

El americano lo condujo a través de varias salas en completa ruina. Los techos apenas se sostenían, la mayor parte de las paredes se había derrumbado, el piso estaba levantado por efecto del terremoto y por raíces que habían surgido en los años de abandono. Un pasto seco y duro surgía entre las grietas. Por todas partes había excrementos de animales, posiblemente tigres y cabras de alta montaña. El americano le explicó al piloto que, en la prisa por escapar del desastre, los monjes guerreros que habitaban el monasterio habían dejado atrás armas, utensilios y algunos objetos de arte. El viento y otros temblores de tierra habían tumbado las estatuas religiosas, que yacían en pedazos por el suelo. Costaba avanzar entre los escombros y cuando el piloto intentó desviarse, el americano lo cogió de un brazo y amable, pero firme, lo llevó al sitio donde habían improvisado una cocinilla, con café instantáneo, leche condensada y galletas.

El héroe de Nepal vio grupos de hombres con la piel teñida de un negro azuloso, pero no vio a una muchacha delgada, toda color de miel, que pasó muy cerca, deslizándose como un espíritu entre las ruinas del antiguo monasterio. Se preguntó quiénes eran esos tipos de mala catadura, con turbantes y túnicas, y qué relación tenían con los supuestos científicos que lo habían contratado. No le gustaba el cariz que había tomado ese trabajo; sospechaba que el asunto tal vez no era tan legal y limpio como se lo habían planteado.

—Debemos partir pronto, porque después de las cuatro de la tarde aumenta el viento —advirtió el piloto.

—No tardaremos mucho. Por favor no se mueva de aquí. El edificio está a punto de caerse, esto es peligroso —replicó Tex Armadillo y lo dejó con una taza en la mano, vigilado de cerca por los hombres de los puñales.

Al otro extremo del monasterio, pasando por innumerables salas cubiertas de escombros, estaban el rey y Judit Kinski solos, sin ataduras ni mordazas, porque, tal como dijo Tex Armadillo, escapar era imposible; el aislamiento del monasterio no lo permitía y la Secta del Escorpión vigilaba. Nadia fue contando a los bandidos a medida que avanzaba. Vio que los muros externos de piedra estaban tan destrozados como las paredes internas; la nieve se apilaba por los rincones y había huellas recientes de animales salvajes, que tenían allí sus guaridas, y seguramente habían huido ante la presencia humana. «Hablando con el corazón» transmitió a Tensing sus observaciones. Cuando se asomó al lugar donde estaban el rey y Judit Kinski, avisó al lama que estaban vivos; entonces éste consideró que había llegado el momento de actuar.

Tex Armadillo le había dado al rey otra droga para bajar sus defensas y anular su voluntad, pero, gracias al control sobre su cuerpo y su mente, el monarca logró mantenerse en taimado silencio durante el interrogatorio. Armadillo estaba furioso. No podía dar por concluida su misión sin averiguar el código del Dragón de Oro, ése era el acuerdo con el cliente. Sabía que la estatua «cantaba», pero de nada le servirían al Coleccionista esos sonidos sin la fórmula para interpretarlos. En vista de los escasos resultados con la droga, las amenazas y los golpes, el americano informó a su prisionero que torturaría a Judit Kinski hasta que él revelara el secreto o hasta matarla si fuera necesario, en cuyo caso su muerte pesaría en la conciencia y el karma del rey. Sin embargo, cuando se aprestaba a hacerlo, llegó el helicóptero.

—Lamento profundamente que por mi culpa usted se encuentre en esta situación, Judit —murmuró el rey, debilitado por las drogas.

—No es su culpa —lo tranquilizó ella, pero a él le pareció que estaba realmente asustada.

—No puedo permitir que le hagan daño, pero tampoco confío en estos desalmados. Creo que aunque les entregue el código, igual nos matarán a ambos.

—En verdad no temo la muerte, Majestad, sino a la tortura.

—Mi nombre es Dorji. Nadie me ha llamado por mi nombre desde que murió mi esposa, hace muchos años —susurró él.

—Dorji... ¿qué quiere decir?

—Significa rayo o luz verdadera. El rayo simboliza la mente iluminada, pero yo estoy muy lejos de haber alcanzado ese estado.

—Creo que usted merece ese nombre, Dorji. No he conocido a nadie como usted. Carece por completo de vanidad, a pesar de que es el hombre más poderoso de este país —dijo ella.

—Tal vez ésta sea mi única oportunidad de decirle, Judit, que antes de estos desgraciados acontecimientos contemplaba la posibilidad de que usted me acompañara en la misión de cuidar a mi pueblo...

—¿Qué significa eso exactamente?

—Pensaba pedirle que fuera la reina de este modesto país.

—En otras palabras, que me casara con usted...

—Comprendo que resulta absurdo hablar de eso ahora, cuando estamos a punto de morir, pero ésa era mi intención. He meditado mucho sobre esto. Siento que usted y yo estamos destinados a hacer algo juntos. No sé qué, pero siento que es nuestro karma. No podremos hacerlo en esta vida, pero posiblemente será en otra reencarnación —dijo el rey, sin atreverse a tocarla.

—¿Otra vida? ¿Cuándo?

—Cien años, mil años, no importa, de todos modos la vida del espíritu es una sola. La vida del cuerpo, en cambio, transcurre como un sueño efímero, es pura ilusión —respondió el rey.

Judit le dio la espalda y fijó la vista en la pared, de modo que el rey ya no podía ver su rostro. El monarca supuso que estaba turbada, como también lo estaba él.

—Usted no me conoce, no sabe cómo soy —murmuró al fin la mujer.

—No puedo leer su aura ni su mente, como desearía, Judit, pero puedo apreciar su clara inteligencia, su gran cultura, su respeto por la naturaleza...

—¡Pero no puede ver dentro de mí!

—Dentro de usted sólo puede haber belleza y lealtad —le aseguró el monarca.

—La inscripción de su medallón sugiere que el cambio es posible. ¿Usted realmente cree eso, Dorji? ¿Podemos transformarnos por completo? —preguntó Judit, volviéndose para mirarlo a los ojos.

—Lo único cierto es que en este mundo todo cambia constantemente, Judit. El cambio es inevitable, ya que todo es temporal. Sin embargo, a los seres humanos nos cuesta mucho modificar nuestra esencia y evolucionar a un estado superior de conciencia. Los budistas creemos que podemos cambiar por nuestra propia voluntad, si estamos convencidos de una verdad, pero nadie puede obligarnos a hacerlo. Eso es lo que ocurrió con Sidarta Gautama: era un príncipe mimado, pero al ver la miseria del mundo se transformó en Buda —replicó el rey.

—Yo creo que es muy difícil cambiar... ¿Por qué confía en mí?

—Tanto confío en usted, Judit, que estoy dispuesto a decirle cuál es el código del Dragón de Oro. No puedo soportar la idea de que usted sufra y mucho menos por mi culpa. No debo ser yo quien decida cuánto sufrimiento puede soportar usted, ésa es su decisión. Por eso el secreto de los reyes de mi país debe estar en sus manos. Entréguelo a estos malhechores a cambio de su vida, pero por favor, hágalo después de mi muerte —pidió el soberano.

—¡No se atreverán a matarlo! —exclamó ella.

—Eso no ocurrirá, Judit. Yo mismo pondré fin a mi vida, porque no deseo que mi muerte pese sobre la conciencia de otros. Mi tiempo aquí ha terminado. No se preocupe, será sin violencia, sólo dejaré de respirar —le explicó el rey.

—Escuche atentamente, Judit, le daré el código y usted debe memorizarlo —dijo el rey—. Cuando la interroguen, explique que el Dragón de Oro emite siete sonidos. Cada combinación de cuatro sonidos representa uno de los ochocientos cuarenta ideogramas de un lenguaje perdido, el lenguaje de los yetis.

—¿Se refiere a los abominables hombres de las nieves? ¿Realmente existen esos seres? —preguntó ella, incrédula.

—Quedan muy pocos y han degenerado, ahora son como animales y se comunican con muy pocas palabras; sin embargo, hace tres mil años tuvieron un lenguaje y una cierta forma de civilización.

—¿Ese lenguaje está escrito en alguna parte?

—Se preserva en la memoria de cuatro lamas en cuatro diferentes monasterios. Nadie, salvo mi hijo Dil Bahadur y yo, conoce el código completo. Estaba escrito en un pergamino, pero lo robaron los chinos cuando invadieron Tíbet.

—De modo que la persona que tenga el pergamino puede descifrar las profecías... —dijo ella.

—El pergamino está escrito en sánscrito, pero si se moja con leche de yak aparece en otro color un diccionario donde cada ideograma está traducido en la combinación de los cuatro sonidos que lo representan. ¿Comprende, Judit?

—¡Perfectamente! —irrumpió Tex Armadillo, con una expresión de triunfo y una pistola en la mano—. Todo el mundo tiene su talón de Aquiles, Majestad. Ya ve cómo obtuvimos el código después de todo. Admito que me tenía un poco preocupado, pensé que se llevaría el secreto a la tumba, pero mi jefa resultó mucho más astuta que usted —agregó.

—¿Qué significa esto? —murmuró el monarca, confundido.

—¿Nunca sospechó de ella, hombre, por Dios? ¿Nunca se preguntó cómo y por qué Judit Kinski entró en su vida justamente ahora? No me explico cómo no averiguó el pasado de la paisajista experta en tulipanes antes de traerla a su palacio. ¡Qué ingenuo es usted! Mírela. La mujer por la cual pensaba morir es mi jefa, el Especialista. Ella es el cerebro detrás de toda esta operación —anunció el americano.

—¿Es cierto lo que dice este hombre, Judit? —preguntó el rey, incrédulo.

—¿Cómo cree que robamos su Dragón de Oro? Ella descubrió cómo entrar al Recinto Sagrado: colocó una cámara en su medallón. Y para hacerlo tuvo que ganar su confianza —dijo Tex Armadillo.

—Usted se valió de mis sentimientos... —murmuró el monarca, pálido como la ceniza, con los ojos fijos en Judit Kinski, quien no fue capaz de sostener su mirada.

—¡No me diga que hasta se enamoró de ella! ¡Qué cosa más ridícula! —exclamó el americano, soltando una risotada seca.

—¡Basta, Armadillo! —le ordenó Judit.

—Ella estaba segura de que no podríamos arrancarle el secreto por la fuerza, por eso se le ocurrió la amenaza de que la torturáramos a ella. Es tan profesional, que pensaba cumplirla, nada más que para asustarlo a usted y obligarlo a confesar —explicó Tex Armadillo.

—Está bien, Armadillo, esto ha concluido. No es necesario hacerle daño al rey, ya podemos partir —le ordenó Judit Kinski.

—No tan rápido, jefa. Ahora me toca a mí. No pensará que voy a entregarle la estatua, ¿verdad? ¿Por qué haría eso? Vale mucho más que su peso en oro y pienso negociar directamente con el cliente.

—¿Se ha vuelto loco, Armadillo? —ladró la mujer, pero no pudo seguir, porque él la interrumpió, poniéndole la pistola frente a la cara.

—Deme la grabadora o le vuelo los sesos, señora —la amenazó Armadillo.

Por un segundo las pupilas siempre alertas de Judit Kinski se dirigieron a su bolso, que estaba en el suelo. Fue apenas un parpadeo, pero eso dio la clave a Armadillo. El hombre se inclinó para recoger el bolso, sin dejar de apuntarla, y vació el contenido en el suelo. Apareció una combinación de artículos femeninos, una pistola, unas fotografías y algunos aparatos electrónicos, que el rey nunca había visto. Varias cintas de grabación, en un formato minúsculo, cayeron también. El americano las pateó lejos, porque no eran ésas las que buscaba. Sólo le interesaba aquella que aún estaba en el aparato.

—¿Dónde está la grabadora? —gritó furioso.

Mientras con una mano apretaba la pistola contra el pecho de Judit Kinski, con la otra la cacheaba de arriba abajo. Por último le ordenó desprenderse del cinturón y las botas, pero no encontró nada. De súbito se fijó en el ancho brazalete de hueso tallado que adornaba su brazo.

—¡Quíteselo! —le ordenó en un tono que no admitía demoras.

A regañadientes la mujer se desprendió del adorno y se lo pasó. El americano retrocedió varios pasos para examinarlo a la luz; enseguida dio un grito de triunfo: allí se ocultaba una diminuta grabadora que habría hecho las delicias del más sofisticado espía. En materia de tecnología, el Especialista iba a la vanguardia.

—Se arrepentirá de esto, Armadillo, se lo juro. Nadie juega conmigo —masculló Judit, desfigurada de ira.

—¡Ni usted ni este viejo patético vivirán para vengarse! Me cansé de obedecer órdenes. Usted ya pasó a la historia, jefa. Tengo la estatua, el código y el helicóptero, no necesito nada más. El Coleccionista estará muy satisfecho —replicó él.

Un instante antes que Tex Armadillo apretara el gatillo, el rey empujó violentamente a Judit Kinski, protegiéndola con su cuerpo. La bala destinada a ella le dio a él en medio del pecho. La segunda bala sacó chispas en el muro de piedra, porque Nadia Santos había corrido como un bólido y se había estrellado con todas sus fuerzas contra el americano, lanzándolo al suelo.

Armadillo se puso de pie de un salto, con la agilidad que le daban muchos años de entrenamiento en artes marciales. Apartó a Nadia de un puñetazo y dio un salto de felino, para caer junto a la pistola, que había rodado a cierta distancia. Judit Kinski también corría hacia ella, pero el hombre fue más rápido y se le adelantó.

Tensing irrumpió con los yetis en el otro extremo del monasterio, donde aguardaba la mayoría de los hombres azules, mientras Alexander seguía a Dil Bahadur en busca del rey, orientándose por las imágenes que Nadia había enviado mentalmente. Aunque Dil Bahadur había estado allí antes, no recordaba bien el plano del edificio y además le costaba ubicarse entre los montones de escombros y otros obstáculos diseminados por todas partes. Iba adelante con su arco preparado, mientras Alexander lo seguía, armado precariamente con el bastón de madera que él le había prestado.

Los jóvenes trataron de evitar a los bandidos, pero de pronto se encontraron frente a una pareja de ellos, que al verlos se paralizó de sorpresa por un breve instante. Esa vacilación fue suficiente para dar tiempo al príncipe de lanzar una flecha dirigida a la pierna de uno de sus contrincantes. De acuerdo a sus principios, no podía tirar a matar, pero debía inmovilizarlo. El hombre cayó al suelo con un grito visceral, pero el otro ya tenía en las manos dos cuchillos, que salieron disparados contra Dil Bahadur.

La acción fue tan rápida, que Alexander no se dio cuenta de cómo habían sucedido las cosas. Él jamás habría podido esquivar las dagas, pero el príncipe se movió levemente, como si ejecutara un discreto paso de danza, y las afiladas hojas de acero pasaron rozándolo, sin herirlo. Su enemigo no alcanzó a empuñar otro cuchillo, porque una flecha se le clavó con prodigiosa precisión en el pecho, a pocos centímetros del corazón, bajo la clavícula, sin tocar ningún órgano vital.

Alexander aprovechó ese momento para descargar un bastonazo sobre el primer bandido, quien desde el suelo y sangrando de la pierna, ya se preparaba para usar otros de sus numerosos puñales. Lo hizo sin pensar, movido por la desesperación y la urgencia, pero en el instante en que el grueso palo hizo contacto con el cráneo del otro, Alexander oyó el sonido de una nuez al ser partida. Eso le hizo recuperar la razón y se dio cuenta de la brutalidad de su acto. Una oleada de náusea lo invadió. Se cubrió de sudor frío, se le llenó la boca de saliva y creyó que iba a vomitar, pero ya Dil Bahadur iba corriendo adelante y tuvo que vencer su debilidad y seguirlo.

El príncipe no temía las armas de los bandidos, porque se creía protegido por el mágico amuleto que le había dado Tensing y que llevaba colgado al cuello: el excremento petrificado de dragón. Mucho más tarde, cuando Alexander se lo contó a su abuela Kate, ésta comentó que eso no había salvado a Dil Bahadur de los puñales, sino su entrenamiento en tao-shu, que le permitió esquivarlos.

—No importa lo que fuera, lo cierto es que funciona —replicó su nieto.

Dil Bahadur y Alexander irrumpieron en la sala donde estaba el rey en el mismo instante en que la mano de Tex Armadillo se cerraba sobre la pistola, ganándole por una milésima de segundo a Judit Kinski. En lo que el americano se demoró en colocar el dedo en el gatillo, el príncipe lanzó su tercera flecha, atravesándole el antebrazo. Un terrible alarido escapó del pecho de Armadillo, pero no soltó el arma. La pistola quedó entre sus dedos, aunque era de suponer que le faltarían fuerzas para apuntar o disparar.

—¡No se mueva! —gritó Alexander, casi histérico, sin calcular cómo podía evitarlo, puesto que su palo nada podía contra las balas del americano.

Lejos de obedecerle, Tex Armadillo tomó a Nadia con su brazo sano y la levantó como una muñeca, protegiéndose con el cuerpo de ella. Borobá, que había seguido a Dil Bahadur y Alexander, corrió a colgarse de la pierna de su ama, chillando desesperado, pero una patada del americano lo lanzó lejos. Aunque todavía estaba medio aturdida por el golpe, la chica intentó débilmente defenderse, pero el brazo de hierro de Armadillo no le permitió hacer ni el menor movimiento.

El príncipe calculó sus posibilidades. Confiaba ciegamente en su puntería, pero el riesgo de que el hombre disparara a Nadia era muy alto. Impotente, vio a Tex Armadillo retroceder hacia la salida, arrastrando a la muchacha inerte, en dirección a la pequeña cancha donde aguardaba el helicóptero sobre una delgada capa de nieve.

Judit Kinski aprovechó la confusión para escapar corriendo en la dirección contraria, perdiéndose entre los vericuetos del monasterio.

Mientras todo esto sucedía en un extremo del edificio, en el otro también se desarrollaba una escena violenta. La mayoría de los hombres azules se había concentrado en los alrededores de la improvisada cocina, donde tomaban licor de sus cantimploras, masticaban betel y discutían en voz baja la posibilidad de traicionar a Tex Armadillo. Ignoraban, por supuesto, que Judit Kinski era realmente quien daba las órdenes; creían que era un rehén, como el rey. El americano les había pagado lo acordado en dinero contante y sonante, y sabían que en India les esperaban las armas y caballos que completaban el trato, pero después de ver la estatua de oro cubierta de piedras preciosas, consideraban que se les debía mucho más. No les gustaba la idea de que el tesoro estuviera fuera de su alcance, instalado en el helicóptero, aunque comprendían que era la única forma de sacarlo del país.

—Hay que raptar al piloto —propuso el jefe entre dientes, echando miradas de reojo al héroe nepalés, quien bebía su taza de café con leche condensada en un rincón.

—¿Quién irá con él? —preguntó uno de los bandidos.

—Yo iré —decidió el jefe.

—¿Y quién nos asegura que tú no te vas a quedar con el botín? —lo emplazó otro de sus hombres.

El jefe, indignado, llevó la mano a uno de sus puñales, pero no pudo completar el gesto, porque Tensing, seguido por los yetis, entró como un tornado por el ala sur de Chenthan Dzong. El pequeño destacamento era verdaderamente aterrador. Adelante iba el monje, armado con dos palos unidos por una cadena, que halló entre las ruinas de lo que en su tiempo fuera la sala de armas de los célebres monjes guerreros que habitaban el monasterio fortificado. Por la forma en que enarbolaba los palos y movía su cuerpo, cualquiera podía adivinar que era un experto en artes marciales. Detrás iban los diez yetis, que normalmente eran de aspecto bastante temible y que en esas circunstancias eran como monstruos escapados de la peor pesadilla. Parecían haberse multiplicado al doble, provocando el alboroto de una horda. Armados de garrotes y peñascos, con sus corazas de cuero y sus horrendos sombreros de cuernos ensangrentados, nada tenían de humanos. Gritaban y saltaban como orangutanes enloquecidos, felices de la oportunidad que se les brindaba de repartir garrotazos y, por qué no, de recibirlos también, ya que era parte de la diversión. Tensing les ordenó atacar, resignado al hecho de que no podría controlarlos. Antes de irrumpir en el monasterio elevó una breve oración pidiendo al cielo que no hubiera muertos en el enfrentamiento, porque caerían sobre su conciencia. Los yetis no eran responsables de sus actos; una vez que despertaba su agresividad, perdían el poco uso de razón que tenían.

Los supersticiosos hombres azules creyeron que eran víctimas del maleficio del Dragón de Oro y que un ejército de demonios acudía a vengarse por el sacrilegio cometido. Podían enfrentar a los peores enemigos, pero la idea de encontrarse ante fuerzas del infierno los aterrorizó. Echaron a correr como gamos, seguidos de cerca por los yetis, ante el espanto del piloto, quien se había aplastado contra el muro para dejarlos pasar, todavía con la taza en la mano, sin saber qué sucedía a su alrededor. Supuestamente había ido a buscar a unos científicos, y en vez de ello se halló al centro de una horda de bárbaros pintados de azul, de simios extraterrestres y un gigantesco monje armado como en las películas chinas de kung-fu.

Pasada la estampida de bandidos y yetis, el lama y el piloto se encontraron súbitamente solos.

—*Namasté* —saludó el piloto, cuando recuperó la voz, porque no se le ocurrió nada más.

—*Tachu kachi* —saludó en su lengua Tensing, inclinándose brevemente, como si fuera una reunión social.

—¿Qué diablos pasa aquí? —preguntó el primero.

—Tal vez sea un poco difícil de explicar. Los que llevan cascos con cuernos son mis amigos, los yetis. Los otros robaron el Dragón de Oro y secuestraron al rey —le informó Tensing.

—¿Se refiere al legendario Dragón de Oro? ¡Entonces eso es lo que pusieron en mi helicóptero! —gritó el héroe de Nepal y salió disparado rumbo a la cancha de aterrizaje.

Tensing lo siguió. La situación le parecía ligeramente cómica, porque aún no sabía que el rey estaba herido. Por un hueco del muro vio correr montaña abajo a los aterrorizados miembros de la Secta del Escorpión, perseguidos por los yetis. En vano procuró llamar a los segundos con fuerza mental: los guerreros de Grr-ympr estaban divirtiéndose demasiado como para hacerle el menor caso. Sus espeluznantes alaridos de batalla se habían transformado en chillidos de anticipado placer, como si fueran niños jugando. Tensing oró una vez más para que no dieran alcance a ninguno de los bandidos: no deseaba seguir echándole manchas indelebles a su karma con más actos de violencia.

El buen humor de Tensing cambió apenas salió del monasterio y vio la escena que se desarrollaba ante sus ojos. Un extranjero, a quien identificó como el americano al mando de los hombres azules, de acuerdo con lo que le había dicho Nadia, estaba junto al helicóptero. Tenía un brazo atravesado de lado a lado por una flecha, pero eso no le impedía blandir una pistola. Con el otro brazo sostenía prácticamente en el aire a Nadia, apretada contra su cuerpo, de modo que la muchacha le servía de escudo.

A unos treinta metros se encontraba Dil Bahadur con el arco tenso y la flecha lista, acompañado por Alexander, quien a nada atinaba, paralizado en su sitio.

—¡Suelte el arco! ¡Retírense o mato a la chica! —amenazó Tex Armadillo y a ninguno le cupo duda de que lo haría.

El príncipe soltó su arma y los dos jóvenes retrocedieron hacia las ruinas del edificio, mientras Tex Armadillo se las arreglaba para subir al helicóptero arrastrando a Nadia, a quien lanzó adentro con su fuerza brutal.

—¡Espere! ¡No podrá salir de aquí sin mí! —gritó en ese momento el piloto, adelantándose, pero ya el otro había puesto el motor en marcha y la hélice comenzaba a girar.

Para Tensing era la oportunidad de ejercitar sus supernaturales poderes psíquicos. La prueba máxima de un *tulku* consistía en alterar la conducta de la naturaleza. Debía concentrarse e invocar al viento para que impidiera al americano huir con el tesoro sagrado de su nación. Sin embargo, si un remolino de aire cogía al helicóptero en pleno vuelo, Nadia perecería también. La mente del lama calculó rápidamente sus posibilidades y decidió que no podía arriesgarse: una vida humana es más importante que todo el oro del mundo.

Dil Bahadur volvió a tomar su arco, pero era inútil atacar esa máquina metálica con flechas. Alexander comprendió que aquel desalmado se llevaba a Nadia y comenzó a gritar el nombre de su amiga. La joven no podía oírle, pero el rugido del motor y la ventolera de la hélice lograron despercudirla de su aturdimiento. Había caído como un saco de arroz sobre el asiento, empujada por su captor. En el momento en que el aparato comenzaba a elevarse, Nadia aprovechó que Tex Armadillo estaba ocupado con los controles, que debía manejar con una sola mano, mientras el brazo herido colgaba inerte, y se deslizó hacia la puertezuela, la abrió y, sin mirar hacia abajo y sin pensarlo dos veces, saltó al vacío.

Alexander corrió hacia ella, sin cuidarse del helicóptero, que se balanceaba sobre su cabeza. Nadia había caído de más de dos metros de altura, pero la nieve amortiguó el golpe, de otro modo se podría haber matado.

—¡Águila! ¿Estás bien? —gritó Alexander, aterrado.

Ella lo vio acercarse y le hizo un gesto, más sorprendida de su proeza que asustada. El rugido del helicóptero en el aire ahogó las voces.

Tensing se aproximó también, pero a Dil Bahadur le bastó saber que ella estaba viva y se volvió corriendo a la sala donde había dejado a su padre atravesado por la bala de Tex Armadillo. Cuando Tensing se inclinó sobre ella, Nadia le gritó que el rey estaba herido de gravedad y le hizo señas de que fuera donde él. El monje se precipitó al monasterio, siguiendo al príncipe, mientras Alexander procuraba acomodar un poco a su amiga, colocándole su chaqueta bajo la cabeza, en medio de la ventolera y el polvillo de nieve suelta que había levantado el helicóptero. Nadia estaba bastante magullada por la caída, pero el hombro que antes se le había dislocado se encontraba en su lugar.

—Parece que no me voy a morir tan joven —comentó Nadia, haciendo acopio de valor para incorporarse. Tenía la boca y la nariz llenas de sangre del puñetazo que le había propinado Armadillo.

—No te muevas hasta que vuelva Tensing —le ordenó Alexander, quien no estaba para bromas.

Desde su posición, de espaldas en el suelo, Nadia vio al helicóptero ascender como un gran insecto de plata contra el azul profundo del cielo. Pasó rozando la pared de la montaña y subió bamboleándose por el embudo que formaban en ese sitio las cimas del Himalaya. Durante largos minutos pareció que se achicaba en el firmamento, alejándose más y más. Nadia empujó a Alexander, quien insistía en retenerla acostada sobre la nieve, y se puso de pie con gran esfuerzo. Se echó un puñado de nieve a la boca y enseguida lo escupió, rosado de sangre. La cara comenzaba a hinchársele.

—¡Miren! —gritó de súbito el piloto, quien no había despegado los ojos del aparato.

La máquina oscilaba en el aire, como una mosca detenida en pleno vuelo. El héroe de Nepal sabía exactamente lo que estaba sucediendo: un remolino de viento lo había envuelto y las aspas de la hélice vibraban peligrosamente. Comenzó a gesticular desesperado, gritando instrucciones que, por supuesto, Armadillo no podía oír. La única posibilidad de salir del remolino era volar con él en espiral ascendente. Alexander pensó que debía ser como el deporte de surfing: había que tomar la ola en el momento exacto y aprovechar el impulso, de otro modo la fuerza del mar lo revolcaba a uno.

Tex Armadillo tenía muchas horas de vuelo, era un requisito indispensable en su línea de trabajo, y había manejado toda clase de aviones, avionetas, planeadores, helicópteros y hasta un globo dirigible; así cruzaba fronteras sin ser visto con tráfico de armas, drogas y objetos robados. Se consideraba un experto, pero nada lo había preparado para lo que ocurrió.

Justo cuando la máquina emergía del embudo y él lanzaba gritos de entusiasmo, como cuando domaba potros en su lejano rancho del oeste americano, sintió la tremenda vibración que sacudía la máquina. Comprendió que no podía controlarla y ésta empezaba a dar vueltas más y más de prisa, como si estuviera batiéndose en una licuadora. Al ruido atronador del motor y la hélice se sumó el rugido del viento. Trató de razonar, poniendo a su servicio sus nervios de acero y la experiencia acumulada, pero nada de lo que intentó dio resultados. El helicóptero siguió girando enloquecido, atrapado por el remolino. De pronto un sonido estrepitoso y un golpe violento advirtieron a Armadillo que la hélice se había roto. Siguió en el aire varios minutos más, sostenido por la fuerza del viento, hasta que de repente éste cambió de curso. Por un instante hubo silencio y Tex Armadillo tuvo la fugaz esperanza de que aún podía maniobrar, pero enseguida comenzó la caída vertical.

Más tarde Alexander se preguntó si el hombre se había dado cuenta de lo que sucedía o si la muerte le alcanzó como un rayo, sin darle tiempo de sentirla llegar. Desde donde se encontraba, el muchacho no vio dónde caía el helicóptero, pero todos oyeron la violenta explosión, seguida por una negra y espesa columna de humo que ascendió al cielo.

Tensing encontró al rey inerte en el suelo, con la cabeza sobre las rodillas de su hijo Dil Bahadur, quien le acariciaba el cabello. El príncipe no había visto a su padre desde que era un niño de seis años, cuando lo arrancaron de su cama una noche para depositarlo en brazos de Tensing, pero pudo reconocerlo, porque durante esos años había guardado su imagen en la memoria.

—Padre, padre... —murmuraba, impotente ante ese hombre que se desangraba ante sus ojos.

—Majestad, soy yo, Tensing —dijo el lama, inclinándose a su vez sobre el soberano.

El rey levantó los ojos, velados por la agonía. Al enfocar la vista vio a un joven apuesto que se parecía notablemente a su fallecida esposa. Le indicó con un gesto que se acercara más.

—Escúchame, hijo, debo decirte algo... —murmuró.

Tensing se hizo a un lado, para darles un instante de privacidad.

—Anda de inmediato a la sala del Dragón de Oro en el palacio —ordenó con dificultad el monarca.

—Padre, han robado la estatua —respondió el príncipe.

—Anda de todos modos.

—¿Cómo puedo hacerlo si no va usted conmigo?

Desde tiempos muy antiguos eran siempre los reyes quienes acompañaban al heredero la primera vez, para enseñarle a evitar las trampas mortales que protegían el Recinto Sagrado. Esa primera visita del padre y el hijo al Dragón de Oro era un rito de iniciación y marcaba el fin de un reinado y el comienzo de otro.

—Deberás hacerlo solo —le ordenó el rey y cerró los ojos.

Tensing se acercó a su discípulo y le puso una mano en el hombro.

—Tal vez debas obedecer a tu padre, Dil Bahadur —dijo el lama.

En ese momento entraron a la sala Alexander, sosteniendo a Nadia por un brazo, porque le flaqueaban las rodillas, y el piloto de Nepal, quien todavía no se reponía de la pérdida de su helicóptero y del cúmulo de sorpresas experimentadas en esa misión. Nadia y el piloto se quedaron a prudente distancia, sin atreverse a interferir en el drama que sucedía ante sus ojos entre el rey y su hijo, mientras Alexander se agachaba para examinar el contenido del bolso de Judit Kinski, que aún estaba en el suelo.

—Debes ir al Recinto del Dragón de Oro, hijo —repitió el rey.

—¿Puede mi honorable maestro Tensing venir conmigo? Mi entrenamiento es sólo teórico. No conozco el palacio ni las trampas. Detrás de la Última Puerta me espera la muerte —alegó el príncipe.

—Es inútil que vaya contigo, porque yo tampoco conozco el camino, Dil Bahadur. Ahora mi lugar está junto al rey —replicó tristemente el lama.

—¿Podrá salvar a mi padre, honorable maestro? —suplicó Dil Bahadur.

—Haré todo lo posible.

Alexander se acercó al príncipe y le entregó un pequeño artefacto, cuyo uso éste no podía imaginar.

—Esto puede ayudarte a encontrar el camino dentro del Recinto Sagrado. Es un GPS —dijo.

—¿Un qué? —preguntó el príncipe, desconcertado.

—Digamos que es un mapa electrónico para ubicarse dentro del palacio. Así puedes llegar hasta la sala del Dragón de Oro, como hicieron Tex Armadillo y sus hombres para robar la estatua —le explicó su amigo.

—¿Cómo puede ser eso? —preguntó Dil Bahadur.

—Me imagino que alguien filmó el recorrido —sugirió Alexander.

—Eso es imposible, nadie excepto mi padre tiene acceso a esa parte del palacio. Nadie más puede abrir la Última Puerta ni eludir las trampas.

—Armadillo lo hizo, tiene que haber usado este aparato. Judit Kinski y él eran cómplices. Tal vez tu padre le mostró a ella el camino... —insistió Alexander.

—¡El medallón! ¡Armadillo dijo algo sobre una cámara oculta en el medallón del rey! —exclamó Nadia, quien había presenciado la escena entre el Especialista y Tex Armadillo, antes que sus amigos irrumpieran en la sala.

Nadia se disculpó por lo que iba a hacer y, con el mayor cuidado, procedió a cachear la figura postrada del monarca, hasta que dio con el medallón real, que se había deslizado entre el cuello y la chaqueta del rey. Le pidió al príncipe que lo ayudara a quitárselo y éste vaciló, porque ese gesto tenía un profundo significado: el medallón representaba el poder real y en ningún caso se atrevería a arrebatárselo a su padre. Pero la urgencia en la voz de su amiga Nadia lo obligó a actuar.

Alexander llevó la joya hacia la luz y la examinó brevemente. Descubrió de inmediato la cámara en miniatura disimulada entre los adornos de coral. Se la mostró a Dil Bahadur y a los demás.

—Seguramente Judit Kinski la puso aquí. Este aparato del tamaño de una arveja filmó la trayectoria del rey dentro del Recinto Sagrado. Así es como Tex Armadillo y los guerreros azules pudieron seguirlo, todos sus pasos están grabados en el GPS.

—¿Por qué esa mujer hizo eso? —preguntó el príncipe, horrorizado, ya que en su mente no cabía el concepto de la traición o de la codicia.

—Supongo que por la estatua, que es muy valiosa —aventuró Alexander.

—¿Oyeron la explosión? El helicóptero se estrelló y la estatua fue destruida —dijo el piloto.

—Tal vez sea mejor así... —suspiró el rey, sin abrir los ojos.

—Con la mayor humildad, me permito insinuar que los dos jóvenes extranjeros acompañen al príncipe al palacio. Alexander-Jaguar y Nadia-Águila son de corazón puro, como el príncipe Dil Bahadur, y posiblemente puedan ayudarlo en su misión, Majestad. El joven Alexander sabe usar ese aparato moderno y la niña Nadia sabe ver y escuchar con el corazón —sugirió Tensing.

—Sólo el rey y su heredero pueden entrar allí —murmuró el monarca.

—Con todo respeto, Majestad, me atrevo a contradecirlo. Tal vez haya momentos en que se deba romper la tradición... —insistió el lama.

Un largo silencio siguió a las palabras de Tensing. Parecía que las fuerzas del herido habían llegado a su límite, pero de pronto se oyó de nuevo su voz.

—Bien, que vayan los tres —aceptó por fin el soberano.

—Tal vez no sería del todo inútil, Majestad, que yo diera una mirada a su herida —sugirió Tensing.

—¿Para qué, Tensing? Ya tenemos otro rey, mi tiempo ha concluido.

—Posiblemente no tendremos otro rey hasta que el príncipe pruebe que puede serlo —replicó el lama, levantando al herido en sus poderosos brazos.

El héroe de Nepal encontró un saco de dormir que Tex Armadillo había dejado en un rincón para improvisar una cama, donde Tensing colocó al rey. El lama abrió la ensangrentada chaqueta del herido y procedió a lavar el pecho para examinarlo. La bala lo había atravesado, dejando una perforación brutal con salida por la espalda. Por el aspecto y ubicación de la herida y por el color de la sangre, Tensing comprendió que los pulmones estaban comprometidos; no había nada que él pudiera hacer; toda su capacidad de sanar y sus poderes mentales de poco servían en un caso como ése. El moribundo también lo sabía, pero necesitaba un poco más de tiempo para tomar sus últimas medidas. El lama atajó la hemorragia, vendó firmemente el torso y dio orden al piloto de traer agua hirviendo de la improvisada cocina para hacer un té medicinal. Una hora más tarde el monarca había recuperado el conocimiento y la lucidez, aunque estaba muy débil.

—Hijo, deberás ser mejor rey que yo —dijo a Dil Bahadur, indicándole que se colgara el medallón real al cuello.

—Padre, eso es imposible.

—Escúchame, porque no hay mucho tiempo. Éstas son mis instrucciones. Primero: cásate pronto con una mujer tan fuerte como tú. Ella debe ser la madre de nuestro pueblo y tú el padre. Segundo: preserva la naturaleza y las tradiciones de nuestro reino; desconfía de lo que viene de afuera. Tercero: no castigues a Judit Kinski, la mujer europea. No deseo que pase el resto de su vida en prisión. Ella ha cometido faltas muy graves, pero no nos corresponde a nosotros limpiar su karma. Tendrá que volver en otra reencarnación para aprender lo que no ha aprendido en ésta.

Recién entonces se acordaron de la mujer responsable de la tragedia ocurrida. Supusieron que no podría llegar muy lejos, porque no conocía la región, iba desarmada, sin provisiones, sin ropa abrigada y aparentemente descalza, ya que Armadillo la había obligado a quitarse las botas. Pero Alexander pensó que si había sido capaz de robar el dragón en esa forma tan espectacular, también era capaz de escapar del mismo infierno.

—No me siento preparado para gobernar, padre —gimió el príncipe, con la cabeza gacha.

—No tienes elección, hijo. Has sido bien entrenado, eres valiente y de corazón puro. Pide consejo al Dragón de Oro.

—¡Ha sido destruido!

—Acércate, debo decirte un secreto.

Los demás dieron varios pasos atrás, para dejarlos solos, mientras Dil Bahadur ponía el oído junto a los labios del rey. El príncipe escuchó atentamente el secreto mejor guardado del reino, el secreto que desde hacía dieciocho siglos sólo los monarcas coronados conocían.

—Tal vez sea hora de que te despidas, Dil Bahadur —sugirió Tensing.

—¿Puedo quedarme con mi padre hasta el final...?

—No, hijo, debes partir ahora mismo... —murmuró el soberano.

Dil Bahadur besó a su padre en la frente y retrocedió. Tensing estrechó a su discípulo en un fuerte abrazo. Se despedían por mucho tiempo, tal vez para siempre. El príncipe debía enfrentar su prueba de iniciación y podía ser que no regresara vivo; por su parte el lama debía cumplir la promesa hecha a Grr-ympr y partir a reemplazarla por seis años en el Valle de los Yetis. Por primera vez en su vida Tensing se sintió derrotado por la emoción: amaba a ese muchacho como a un hijo, más que a sí mismo; separarse de él le dolía como una quemadura. El lama procuró tomar distancia y calmar la ansiedad de su corazón. Observó el proceso de su propia mente, respiró hondo, tomando nota de sus desbocados sentimientos y del hecho de que aún le faltaba un largo camino para alcanzar el absoluto desprendimiento de los asuntos terrenales, incluso de los afectos. Sabía que en el plano espiritual no existe la separación. Recordó que él mismo le había enseñado al príncipe que cada ser forma parte de una sola unidad, todo está conectado. Dil Bahadur y él mismo estarían eternamente entrelazados, en esta y otras reencarnaciones. ¿Por qué, entonces, sentía esa angustia?

—¿Seré capaz de llegar hasta el Recinto Sagrado, honorable maestro? —preguntó el joven, interrumpiendo sus pensamientos.

—Acuérdate que debes ser como el tigre del Himalaya: escucha la voz de la intuición y del instinto. Confía en las virtudes de tu corazón —replicó el monje.

El príncipe, Nadia y Alexander iniciaron el viaje de regreso a la capital. Como ya conocían la ruta, iban preparados para los obstáculos. Usaron el atajo por el Valle de los Yetis, de modo que no se cruzaron con el destacamento de soldados del general Myar Kunglung, que en ese mismo momento ascendía por el escarpado sendero de la montaña, acompañados por Kate Cold y Pema.

Los hombres azules, en cambio, no pudieron evitar a

Kunglung. Habían corrido monte abajo, a la mayor velocidad que el abrupto terreno permitía, escapando de los horripilantes demonios que los perseguían. Los yetis no lograron darles alcance, porque no se atrevieron a descender más allá de sus límites habituales. Esas criaturas tenían grabada en la memoria genética su ley fundamental: mantenerse aislados. Muy rara vez abandonaban su valle secreto y, si lo hacían, era sólo para buscar alimento en las cumbres más inaccesibles, lejos de los seres humanos. Eso salvó a la Secta del Escorpión, porque el instinto de preservación de los yetis fue más fuerte que el deseo de atrapar a sus enemigos; llegó un momento en que se detuvieron en seco. No lo hicieron de buena gana, porque renunciar a una sabrosa pelea, tal vez la única que se les presentaría en muchos años, resultó un sacrificio enorme. Se quedaron por un largo rato aullando de frustración, se dieron unos cuantos garrotazos entre ellos, para consolarse, y luego emprendieron cabizbajos el regreso a sus parajes.

Los guerreros del Escorpión no supieron por qué los diablos de cascos ensangrentados abandonaban la persecución, pero dieron gracias a la diosa Kali de que así fuera. Estaban tan asustados, que la idea de regresar para apoderarse de la estatua, como habían planeado, no se les pasó por la mente. Siguieron bajando por el único sendero posible e inevitablemente se encontraron frente a los soldados del Reino Prohibido.

—¡Son ellos, los hombres azules! —gritó Pema apenas los vislumbró de lejos.

El general Myar Kunglung no tuvo dificultad en apresarlos, porque los otros no tenían cómo escapar. Se entregaron sin oponer la menor resistencia. Un oficial se encargó de conducirlos hacia la capital, vigilados por la mayoría de los soldados, mientras Pema, Kate, el general y varios de sus mejores hombres continuaban hacia Chenthan Dzong.

—¿Qué les harán a esos bandidos? —preguntó Kate al general.

—Tal vez su caso sea estudiado por los lamas, consultado por los jueces y luego el rey decidirá su castigo. Al menos así se ha hecho en otros casos, pero en realidad no tenemos mucha práctica en castigar criminales.

—En Estados Unidos seguramente pasarían el resto de sus vidas en prisión.

—¿Y allí alcanzarían la sabiduría? —preguntó el general.

Fueron tales las carcajadas de Kate, que estuvo a punto de caerse del caballo.

—Lo dudo, general —replicó secándose las lágrimas, cuando al fin recuperó el equilibrio.

Myar Kunglung no supo qué le producía tanta hilaridad a la vieja escritora. Concluyó que los extranjeros son personas algo raras, con modales incomprensibles, y que más vale no perder energía tratando de analizarlos; es suficiente con aceptarlos.

Para entonces empezaba a caer la noche y fue necesario detenerse y armar un pequeño campamento, aprovechando una de las terrazas cortadas en la montaña. Estaban impacientes por llegar al monasterio, pero comprendían que escalar sin más luz que las linternas era una acción descabellada.

Kate estaba extenuada. Al esfuerzo del viaje se sumaban la altura, a la cual no estaba habituada, y la tos, que no la dejaba en paz. Sólo la sostenía su voluntad de hierro y la esperanza de que arriba encontraría a Alexander y a Nadia.

—Tal vez no debiera preocuparse, abuelita. Su nieto y Nadia están seguros, porque con el príncipe y Tensing nada malo puede pasarles —la tranquilizó Pema.

—Algo muy malo debe haber ocurrido allá arriba para que esos bandidos huyeran de esa manera —replicó Kate.

—Esos hombres mencionaron algo sobre el maleficio

del Dragón de Oro y la persecución de unos diablos. ¿Usted cree que en estas montañas hay demonios, abuelita? —preguntó la joven.

—No creo ninguna de esas tonterías, niña —replicó Kate, quien se había resignado a ser llamada abuelita por todo el mundo en ese país.

La noche se hizo muy larga y nadie pudo dormir demasiado. Los soldados prepararon un simple desayuno de té salado con manteca, arroz y unos vegetales secos con aspecto y sabor de suela de zapatos; luego continuaron la marcha. Kate no se quedaba atrás, a pesar de sus sesenta y cinco años y sus pulmones debilitados por el humo del tabaco. El general Myar Kunglung nada decía y no le dirigía la mirada, por temor de cruzarse con los penetrantes ojos azules de ella, pero en su corazón de guerrero empezaba a surgir una inevitable admiración. Al principio la detestaba y no veía las horas de librarse de ella, pero con el correr de los días dejó de considerarla una vieja imposible y le tomó respeto.

El resto del ascenso resultó sin sorpresas. Cuando por fin pudieron asomarse al monasterio fortificado, creyeron que allí no había nadie. Un silencio absoluto imperaba en las antiguas ruinas. Alertas, con las armas en la mano, el general y los soldados avanzaron adelante, seguidos de cerca por las dos mujeres. Así recorrieron una a una las vastas salas, hasta que llegaron a la última, en cuyo umbral fueron interceptados por un monje gigantesco provisto de dos palos unidos por una cadena. Con un complicado paso de danza éste enarboló su arma y, antes de que el grupo alcanzara a reaccionar, enrolló la cadena en torno al cuello del general. Los soldados se inmovilizaron, desconcertados, mientras su jefe pataleaba en el aire entre los brazos monumentales del monje.

—¡Honorable maestro Tensing! —exclamó Pema, encantada al verlo.

—¿Pema? —preguntó él.

—¡Soy yo, honorable maestro! —dijo ella, y agregó, señalando al humillado militar—: Tal vez sería prudente que soltase al honorable general Myar Kunglung...

Tensing lo depositó en el suelo con delicadeza, le quitó la cadena del cuello y se inclinó respetuosamente ante él con las manos juntas a la altura de su frente.

—*Tampo kachi*, honorable general —saludó.

—*Tampo kachi*. ¿Dónde está el rey? —replicó el general, procurando disimular su indignación y acomodándose la chaqueta del uniforme.

Tensing les cedió el paso y el grupo entró a la vasta habitación. Medio techo se había desmoronado hacía años y el resto se sostenía a duras penas, había un gran hueco en uno de los muros exteriores, por donde entraba la luz difusa del día. Una nube, atrapada en la cima de la montaña, creaba un ambiente brumoso, en el cual todo aparecía desdibujado, como imágenes en un sueño. Un tapiz en hilachas colgaba entre las ruinas y una elegante estatua del Buda reclinado, milagrosamente intacta, estaba en el suelo, como sorprendida en pleno descanso.

Sobre una improvisada mesa yacía el cuerpo del rey, rodeado de media docena de velas de manteca encendidas. Una ráfaga de aire frío como cristal hacía vacilar las llamas de las velas en la niebla dorada. El heroico piloto de Nepal, que velaba junto al cadáver, no se movió con la irrupción de los militares.

A Kate Cold le pareció que presenciaba la filmación de una película. La escena era irreal: la sala en ruinas, envuelta en una neblina algodonosa; los restos de estatuas centenarias y columnas partidas en el suelo; parches de nieve y escarcha en las irregularidades del piso. Los personajes eran tan teatrales como el escenario: el descomunal monje con cuerpo de guerrero mongol y rostro de santo, sobre cuyo hombro se balanceaba el monito Borobá; el severo general

Myar Kunglung, varios soldados y el piloto, todos en uniforme, como caídos allí por error; y finalmente el rey, quien aun en la muerte se imponía con su presencia serena y digna.

—¿Dónde están Alexander y Nadia? —preguntó la abuela, vencida por la fatiga.

19

EL PRÍNCIPE

Alexander iba adelante siguiendo las instrucciones del video y el GPS, porque el príncipe no entendió cómo funcionaban y no era el momento de darle una lección. Alexander no era un experto en esos aparatos, y además aquél era un modelo ultramoderno que sólo usaba el ejército americano, pero estaba acostumbrado a usar tecnología y no le resultó difícil descubrir cómo manejarlo.

Dil Bahadur había pasado doce años de su vida preparándose para el momento de recorrer el laberinto de puertas del piso inferior del palacio, cruzar la Última Puerta y vencer uno a uno los obstáculos sembrados en el Recinto Sagrado. Había aprendido las instrucciones confiado en que, si le fallaba la memoria, su padre estaría a su lado hasta que pudiera hacerlo solo. Ahora debía enfrentar la prueba con los consejos de su maestro Tensing y la presencia de sus nuevos amigos, Nadia y Alexander, como única ayuda. Al principio miraba con desconfianza la pequeña pantalla que Alexander llevaba en la mano, hasta que se dio cuenta de que los guiaba directo a la puerta adecuada. Ni una vez tuvieron que retroceder y nunca abrieron una puerta equivocada, así se encontraron ante la sala de las lámparas de oro. Esta vez nadie cuidaba la Última Puerta. El guardia herido por los hombres azules, así como el cadáver de su compañero, habían sido retirados, sin que otros los reemplazaran, y la sangre del suelo había sido lavada sin dejar rastro.

—¡Uau! —exclamaron Nadia y Alexander al unísono al ver la magnífica puerta.

—Tenemos que girar los jades precisos; si nos equivocamos, el sistema se atranca y no podremos entrar —advirtió el príncipe.

—Todo es cuestión de fijarnos bien en lo que hizo el rey. Está grabado en el video —explicó Alexander.

Vieron la filmación dos veces, hasta estar completamente seguros, y luego Dil Bahadur movió cuatro jades tallados en forma de flor de loto. Nada ocurrió. Los tres jóvenes aguardaron sin respirar, contando los segundos. De pronto las dos hojas de la puerta comenzaron lentamente a moverse.

Se encontraron en la habitación circular con nueve puertas idénticas y, tal como hiciera Tex Armadillo días antes, Alexander se colocó sobre el ojo pintado en el suelo, abrió los brazos y giró en un ángulo de cuarenta y cinco grados. Su mano derecha apuntó a la puerta que debían abrir.

Oyeron un coro espeluznante de lamentos y les dio en las narices un olor fétido a tumba y descomposición. Nada se veía, sólo una insondable negrura.

—Yo iré primero, porque se supone que mi animal totémico, el jaguar, puede ver en la oscuridad —se ofreció Alexander, cruzando el umbral, seguido por sus amigos.

—¿Ves algo? —le preguntó Nadia.

—Nada —confesó Alexander.

—En una ocasión como ésta convendría tener un animal totémico más humilde que el jaguar. Como una cucaracha, por ejemplo —se rió Nadia, nerviosa.

—Posiblemente no sería del todo una mala idea usar tu linterna... —sugirió el príncipe.

Alexander se sintió como un tonto: había olvidado por completo que llevaba la linterna y el cortaplumas en los bolsillos de la parka. Al encender la linterna se hallaron en un corredor, que recorrieron vacilantes, hasta llegar a la puerta que había al final. La abrieron con grandes precauciones. Allí la fetidez era mucho más insoportable, pero había una débil claridad que permitía ver. Estaban rodeados de esqueletos humanos que colgaban del techo, meciéndose en el aire con un macabro tintinear de huesos, mientras a sus pies hervía un asqueroso colchón vivo de serpientes. Alexander dio un alarido y trató de retroceder, pero Dil Bahadur lo sujetó por un brazo.

—Son huesos muy antiguos, fueron puestos aquí hace siglos para desanimar a los intrusos —dijo.

—¿Y las culebras?

—Los hombres del Escorpión pasaron por aquí, Jaguar, eso quiere decir que nosotros también podemos hacerlo —lo alentó Nadia.

—Pema dijo que esos tipos son inmunes al veneno de insectos y reptiles —le recordó Alexander.

—Tal vez estas culebras no sean venenosas. Según me enseñó mi honorable maestro Tensing, la forma de la cabeza de las víboras peligrosas es más triangular. Sigamos —ordenó el príncipe.

—Estos reptiles no aparecen en el video —anotó Nadia.

—El rey llevaba la cámara en el medallón, de modo que sólo filmaba lo que tenía al frente, no a los pies —explicó Alexander.

—Eso significa que debemos tener mucho cuidado con lo que hay más abajo y más arriba del pecho del rey —concluyó ella.

A manotazos, el príncipe y sus amigos apartaron los esqueletos y, pisando las víboras, avanzaron hasta la puerta siguiente, que daba acceso a una habitación en penumbra y vacía.

—¡Espera! —lo detuvo Alexander—. Aquí tu padre movió algo que hay en el umbral.

—Lo recuerdo, es una piña tallada en la madera —dijo Dil Bahadur tanteando la pared.

Encontró la palanca que buscaba y la empujó. La piña se hundió y de inmediato oyeron una terrible sonajera y vieron caer del techo un bosque de lanzas, que levantó una nube de polvo. Aguardaron a que la última lanza se clavara en el suelo.

—Ahora es cuando más falta nos hace Borobá. Él podría probar el camino... En fin, yo pasaré antes, porque soy la más delgada y liviana —decidió Nadia.

—Se me ocurre que posiblemente esta trampa no sea tan simple como parece —les advirtió Dil Bahadur.

Deslizándose como una anguila, Nadia pasó entre las primeras barras metálicas. Había recorrido un par de metros cuando rozó con el codo una de ellas y de súbito se abrió un hueco bajo sus pies. Instintivamente se aferró a las lanzas que tenía más cerca y quedó prácticamente colgando sobre el vacío. Sus manos resbalaban por el metal mientras ella buscaba con los pies algún punto de apoyo. Para entonces Alexander la había alcanzado, sin cuidarse de dónde pisaba en la prisa por ayudarla. La cogió con un brazo por la cintura y la atrajo, sosteniéndola apretadamente contra su cuerpo. La sala entera pareció vacilar, como si hubiera un terremoto, y varias lanzas más cayeron del techo, pero ninguna cerca de ellos. Durante varios minutos los dos amigos permanecieron inmóviles, abrazados, esperando. Luego empezaron a desprenderse con inmensa lentitud.

—No toques nada —susurró Nadia, temiendo que hasta el aire que exhalaba provocara una tragedia.

Llegaron al otro lado y le hicieron señas a Dil Bahadur de que pasara, aunque éste ya había iniciado el trayecto, porque no temía a las lanzas: estaba protegido por su amuleto.

—Podríamos haber muerto clavados como insectos —comentó Alexander, limpiándose los lentes, que estaban empañados.

—Pero eso no ocurrió, ¿verdad? —le recordó Nadia, a pesar de que estaba tan asustada como su amigo.

—Si aspiran profundo tres veces, dejan que el aire llegue hasta el vientre y luego lo sueltan lentamente, tal vez se tranquilicen... —les aconsejó el príncipe.

—No hay tiempo para hacer yoga. Sigamos —lo interrumpió Alexander.

El GPS indicó la puerta que debían abrir y, apenas lo hicieron, las lanzas se levantaron simultáneamente y el cuarto volvió a verse vacío. Después encontraron dos habitaciones, cada una con varias puertas, pero sin trampas. Se relajaron un poco y empezaron a respirar con normalidad, pero no se descuidaron.

De pronto se encontraron en un espacio completamente oscuro.

—En el video no se ve nada, la pantalla está negra —dijo Alexander.

—¿Qué habrá aquí? —inquirió Nadia.

El príncipe tomó la linterna y alumbró el piso, donde vieron un árbol frondoso y lleno de frutas y pájaros, pintado con tal maestría que parecía plantado en tierra firme, erguido al centro de la habitación. Era tan hermoso y de aspecto tan inofensivo, que invitaba a acercarse y tocarlo.

—¡No den un solo paso! Es el Árbol de la Vida. He oído historias sobre los peligros de pisarlo —exclamó Dil Bahadur, olvidando por una vez sus buenos modales.

El príncipe tomó la pequeña escudilla en la cual preparaba su comida, que siempre llevaba entre los pliegues de su túnica, y la tiró al suelo. El Árbol de la Vida estaba pintado en una delgada seda tendida sobre un pozo profundo. Un paso al frente los habría precipitado al vacío. No sabían que allí había perecido uno de los secuaces de Tex Armadillo en ese mismo recorrido. El bandido yacía al fondo de un pozo donde en ese mismo momento las ratas terminaban de pelar sus huesos.

—¿Cómo podemos pasar? —preguntó Nadia.

—Tal vez sería mejor que esperen aquí —indicó el príncipe.

Con grandes precauciones, Dil Bahadur buscó con el pie hasta que encontró una delgada pestaña a lo largo de la pared. No se veía porque estaba pintada de negro y se fundía contra el color del piso. Con la espalda pegada contra el muro fue avanzando. Movía la pierna derecha unos centímetros, buscaba el equilibrio y luego movía la izquierda. Así llegó hasta el otro lado.

Alexander comprendió que para Nadia ésa sería una de las pruebas más difíciles, por su temor a la altura.

—Ahora debes recurrir al espíritu del águila. Dame la mano, cierra los ojos y pon toda tu atención en los pies —le dijo.

—¿Por qué no espero aquí, mejor? —sugirió ella.

—No. Vamos a pasar juntos —la conminó su amigo.

No sospechaban qué profundidad tenía el hueco y no pensaban averiguarlo. El bandido de Tex Armadillo que cayó al pozo había resbalado sin que nadie pudiera impedirlo. Por un instante pareció flotar en el aire, sostenido por la copa del Árbol de la Vida, abierto de piernas y brazos, envuelto en sus negras vestiduras, como un gran murciélago. La ilusión duró una pestañada. Con un alarido de absoluto terror, el hombre cayó a la negra boca del pozo. Sus compañeros oyeron el golpe del cuerpo al tocar fondo y luego reinó un silencio escalofriante. Por suerte Nadia nada sabía de esto. Se aferró a la mano de Alexander y paso a paso le siguió hasta el otro lado.

Al abrir otra de las puertas, los tres amigos se encontraron rodeados de espejos. No sólo los había en las paredes, sino también en el techo y el suelo, multiplicando sus imágenes hasta el infinito. Además la habitación estaba inclinada, como un cubo sostenido en una de sus esquinas. No podían avanzar de pie, debían hacerlo gateando, sujetándose unos a otros, completamente desorientados. Las puertas no se veían, porque eran también de espejo. En pocos segundos estaban con náuseas, sentían que les estallaba la cabeza y perdían la razón.

—No miren hacia los lados, claven la vista en el que va adelante. Síganme en fila, sin separarse. La dirección está indicada en mi pantalla —ordenó Alexander.

—No sé cómo vamos a encontrar la salida —dijo Nadia, totalmente confundida.

—Si abrimos la puerta equivocada, posiblemente se active un seguro y quedemos atrapados aquí para siempre —les advirtió el príncipe con su habitual calma.

—Para eso contamos con la tecnología más moderna —lo tranquilizó Alexander, aunque él mismo apenas podía controlar sus nervios.

Las puertas eran todas iguales, pero mediante el GPS Alexander se dio cuenta de la dirección que debían tomar. El rey se había detenido en varios lugares antes de abrir la puerta correcta. Echó atrás el video para observar los detalles y se fijó que el espejo reflejaba una imagen deformada del rey.

—Uno de los espejos es cóncavo. Ésa es la puerta —concluyó.

Cuando Dil Bahadur se vio gordo y paticorto en el espejo, empujó; éste cedió y pudieron salir. Se encontraron en un angosto y largo corredor que se enroscaba en sí mismo como una espiral. Se diferenciaba de los demás recintos del palacio en que no había puertas visibles, pero no dudaron que encontrarían una al final, porque así indicaba el video. No había dónde perderse, era simplemente cuestión de avanzar. El aire estaba enrarecido y flotaba un polvillo fino, que parecía dorado en la luz de las pequeñas lámparas colgadas del techo. En el video vieron que el rey había pasado rápido y sin vacilar, pero eso no significaba que fuera seguro, podía haber riesgos que el video no registraba.

Entraron al corredor, observando el entorno, sin saber por dónde vendría la amenaza, pero conscientes de que no podían descuidarse ni un segundo. Habían dado varios pasos cuando comprendieron que pisaban algo blando. Tenían la sensación de caminar sobre una lona estirada, que cedía con el peso de los cuerpos.

Dil Bahadur se tapó la boca y la nariz con la túnica e hizo gestos desesperados a sus amigos de seguir sin detenerse. Acababa de darse cuenta de que en realidad avanzaban sobre un sistema de fuelles. Con cada paso salía de unos agujeros en el suelo el polvo que habían notado al entrar. En pocos segundos el aire estaba tan saturado que no se veía a treinta centímetros de distancia. Las ganas de toser eran insoportables, pero se controlaron como pudieron, porque al hacerlo aspiraban el polvo a bocanadas. La única solución era tratar de llegar a la salida lo antes posible. Echaron a correr, procurando no respirar, lo cual era imposible, dada la longitud del pasillo. Temieron que fuera un veneno mortal, pero pensaron que, si el rey cruzaba ese corredor a menudo, no podía tratarse de eso.

Nadia era buena nadadora, porque se había criado en el Amazonas, donde la vida transcurre sobre el agua, y podía permanecer sumergida más de un minuto. Eso le permitió sujetar la respiración mejor que sus amigos, pero aun así tuvo que inhalar un par de veces. Calculó que Alexander y Dil Bahadur tenían bastante más de ese extraño polvo en el organismo que ella. De cuatro zancadas llegó al final del pasillo, abrió la única puerta que había y tiró a los otros hacia el umbral.

Sin pensar en los riesgos que la habitación próxima podía contener, los tres amigos se precipitaron fuera del corredor, cayendo unos encima de otros, ahogados, respirando a todo pulmón y tratando de sacudirse el polvo adherido a la ropa. En el video nada amenazante aparecía: el rey había pasado por ese cuarto con la misma seguridad con que lo hizo por el corredor. Nadia, quien se hallaba en mejores condiciones que los muchachos, les señaló que no se movieran mientras ella revisaba el lugar.

La sala estaba bien iluminada y el aire parecía normal. Había varias puertas, pero la pantalla indicaba claramente cuál debían usar. Se adelantó un par de pasos y se dio cuenta de que le costaba fijar la vista: millares de puntos, líneas y figuras geométricas en brillantes colores bailaban ante sus ojos. Estiró los brazos, tratando de mantener el equilibrio. Volvió atrás y comprobó que Alexander y Dil Bahadur también se tambaleaban.

—Me siento muy mal —murmuró Alexander, dejándose caer sentado en el piso.

—¡Jaguar, abre los ojos! —lo sacudió Nadia—. El efecto de ese polvo se parece a la poción que nos dieron los indios en el Amazonas. ¿Te acuerdas que vimos visiones?

—¿Un alucinógeno? ¿Crees que estamos drogados?

—¿Qué es un alucinógeno? —preguntó el príncipe, quien sólo se sostenía de pie gracias al control que siempre ejercía sobre su cuerpo.

—Sí, eso creo. Seguramente cada uno de nosotros verá algo diferente. No es real —explicó Nadia, sosteniendo a sus amigos para ayudarlos a seguir, sin imaginar que en pocos segundos ella misma caería en el infierno de aquella droga.

A pesar de la advertencia de Nadia, ninguno de los tres sospechaba el terrible poder de aquel polvo dorado. El primer síntoma fue que se hundían en un laberinto psicodélico de colores y figuras iridiscentes que se movían a velocidad vertiginosa. Mediante un supremo esfuerzo lograron mantener los ojos abiertos y avanzar trastabillando, preguntándose cómo lo hacía el rey para sobreponerse a la droga. Sentían que se desprendían del mundo y de la realidad, como si fueran a morir; no podían contener los gemidos de angustia. Para entonces habían llegado a la sala siguiente, que resultó ser mucho más amplia que las anteriores. Al ver lo que allí había, lanzaron una exclamación de espanto, a pesar de que una parte de sus cerebros repetía que esas imágenes eran fruto únicamente de la imaginación.

Se encontraron en el infierno, rodeados de monstruos y demonios que los amenazaban como una jauría de fieras. Por todos lados vieron cuerpos destrozados, tortura, sangre y muerte. Un horripilante coro de alaridos los ensordecía; voces cavernosas llamaban sus nombres, como hambrientos fantasmas.

Alexander vio claramente a su madre en las garras de una poderosa ave de rapiña, negra y amenazante. Estiró las manos para tratar de rescatarla y en ese instante el pájaro de la muerte devoró la cabeza de Lisa Cold. Un grito se le escapó de lo más profundo del pecho.

Nadia se encontró de pie, en precario equilibrio, sobre una angosta viga en el último piso de uno de los rascacielos que había visitado con Kate en Nueva York. A sus pies, centenares de metros más abajo, veía todo cubierto de lava ardiente. El vértigo de la muerte se apoderó de su mente, anulando su capacidad de razonar, mientras la viga se inclinaba más y más. Oyó el llamado del abismo como una fatal tentación.

Por su parte, Dil Bahadur sintió que su espíritu se desprendía, cruzaba el firmamento como un rayo y llegaba a las ruinas del monasterio fortificado en el preciso instante en que su padre moría en los brazos de Tensing. Enseguida vio a un ejército de seres sanguinarios que atacaba al desvalido Reino del Dragón de Oro. Y lo único que había entre ambos era él mismo, desnudo y vulnerable.

Las visiones eran distintas para cada uno y todas eran atroces; representaban lo que más temían, sus peores recuerdos, pesadillas y debilidades. Ése era un viaje personal a las cámaras prohibidas de sus propias conciencias. Sin embargo, para ellos fue un viaje mucho menos arduo que para Tex Armadillo y los guerreros del Escorpión, porque los tres jóvenes eran almas buenas, no cargaban el peso de los crímenes abominables de los otros individuos.

El primero en reaccionar fue el príncipe, quien tenía muchos años de practicar control sobre su mente y su cuerpo. Se desprendió con brutal esfuerzo de las figuras maléficas que lo atacaban y dio unos pasos en la habitación.

—Todo lo que vemos es ilusión —dijo y, tomando a sus amigos de la mano, los condujo a la fuerza hacia la salida.

Alexander no podía enfocar bien la vista para seguir las instrucciones de la pantalla, pero le alcanzó la cordura para darse cuenta de que en el video no se veía nada más que un cuarto vacío, prueba de que Dil Bahadur tenía razón y esas escenas diabólicas eran sólo producto de su imaginación. Allí se sentaron, apoyándose unos en otros, para descansar, por un rato, hasta que se calmaron y lograron manejar las horrendas visiones del alucinógeno, aunque éstas no desaparecieron. Dándose ánimo entre ellos, los tres jóvenes pudieron ponerse de pie. El rey se había dirigido a la puerta precisa, aparentemente sin sufrir nada de lo que ahora los afectaba a ellos; pensó que seguramente había aprendido a no inhalar el polvo, o bien disponía de un antídoto contra la droga. En todo caso, en el video el monarca parecía a salvo del suplicio psicológico que sufrían ellos.

En la última habitación del laberinto que protegía al Dragón de Oro, la más amplia de todas, los demonios y las escenas de horror desaparecieron súbitamente y fueron reemplazados por un paisaje maravilloso. El malestar producido por la droga había dado paso a una inexplicable euforia. Se sentían livianos, poderosos, invencibles. En la luz cálida de centenares de lamparitas de aceite vieron un jardín envuelto en una suave bruma rosada, que se desprendía del suelo y se elevaba hasta las copas de los árboles. Hasta sus oídos llegaba un coro de voces angélicas, y notaron que había una fragancia penetrante de flores silvestres y frutas tropicales. El techo había desaparecido y en su lugar vieron un cielo a la hora de la puesta del sol, cruzado de pájaros de vivos plumajes. Se restregaron los ojos, incrédulos.

—Esto tampoco es real. Seguro que estamos todavía drogados —murmuró Nadia.

—¿Vemos todos lo mismo? Yo veo un parque —agregó Alexander.

—Yo también —dijo Nadia.

—Y yo. Si los tres vemos lo mismo, no se trata de visiones. Esto es una trampa, tal vez la más peligrosa de todas. Sugiero que no toquemos nada y pasemos rápidamente... —advirtió Dil Bahadur.

—¿De modo que no estamos soñando? Esto se parece al Jardín del Edén —comentó Alexander, todavía un poco ebrio por los polvos dorados de la sala anterior.

—¿Qué jardín es ése? —preguntó Dil Bahadur.

—El Jardín del Edén aparece en la Biblia; allí colocó el Creador a la primera pareja de seres humanos. Creo que casi todas las religiones tienen un jardín similar. El Paraíso, un lugar de eterna belleza y felicidad —explicó su amigo.

Alexander pensó que lo que presenciaban podían ser imágenes virtuales o proyecciones de cine, pero enseguida comprendió la imposibilidad de que fuera una tecnología tan moderna. El palacio había sido construido hacía muchos siglos.

Entre las brumas, donde volaban delicadas mariposas,

surgieron tres figuras humanas, dos muchachas y un joven de radiante hermosura, con los cabellos como hilos de seda que la brisa levantaba, vestidos de livianas sedas bordadas, con grandes alas de plumas áureas. Se movían con extraordinaria gracia, llamándolos con gestos, tendiéndoles los brazos. La tentación de acercarse a aquellos seres translúcidos y abandonarse al placer de volar con ellos llevados por esas alas poderosas era casi irresistible. Alexander dio un paso adelante, hipnotizado por una de las doncellas, y Nadia le sonrió al joven desconocido, pero Dil Bahadur tuvo suficiente presencia de ánimo para sujetar a sus amigos por los brazos.

—No los toquen, son fatales. Éste es el jardín de las tentaciones —les advirtió.

Pero Nadia y Alexander, perdida la razón, se sacudían, tratando de desprenderse de las manos del príncipe.

—No son reales, están pintadas en los muros o son estatuas. Ignórenlas —repetía éste.

—Se mueven y nos llaman... —murmuró Alexander, embobado.

—Es un truco, una ilusión óptica. ¡Miren allí! —exclamó Dil Bahadur obligándolos a dirigir la vista hacia un rincón del jardín.

Tirado boca abajo en el suelo sobre un macizo de flores pintadas, estaba el cuerpo inerte de uno de los hombres azules. Dil Bahadur condujo a la fuerza a sus amigos hasta él. Se inclinó y lo dio vuelta, entonces vieron la forma horrible en que había perecido.

Los guerreros del Escorpión habían penetrado en ese fantástico jardín como en un sueño, drogados por los polvos dorados, que les hacían creer todo lo que veían. Eran hombres brutales, que pasaban la vida a caballo, dormían sobre el duro suelo, estaban habituados a la crueldad, el sufrimiento y la pobreza. Jamás habían visto nada hermoso o delicado, nada sabían de música, de flores, de fragancias o de mariposas como las de ese jardín. Adoraban serpientes, escorpiones y dioses sanguinarios del panteón hindú. Temían a los demonios y al infierno, pero no habían oído hablar del Paraíso o de seres angélicos como los de aquella última trampa del Recinto Sagrado. Lo más cercano a la intimidad o al amor que conocían era la ruda camaradería entre ellos. Tex Armadillo había tenido que amenazarlos con su pistola para impedir que se detuvieran en aquel jardín embrujado, pero no logró evitar que uno de ellos sucumbiera a la tentación.

El hombre estiró la mano y tocó el brazo extendido de una de las hermosas doncellas aladas. Encontró la frialdad del mármol, pero la textura no era lisa como el mármol, sino áspera como lija o vidrio molido. Retiró la mano sorprendido y vio que su palma estaba arañada. Al instante la piel empezó a resquebrajarse, abrirse, mientras la carne se disolvía como si fuera quemada hasta los huesos. A sus gritos acudieron los demás, pero no había nada que hacer: el mortal veneno ya había penetrado en la corriente sanguínea y rápidamente avanzó por el brazo, como un ácido corrosivo. En menos de un minuto el desdichado estaba muerto.

Ahora Alexander, Nadia y Dil Bahadur se hallaban frente al cadáver, que en esos días se había secado como una momia por efecto del veneno. El cuerpo se había reducido, era un esqueleto con un pellejo negro adherido a los huesos, que desprendía un olor persistente a hongos y musgo.

—Como dije, tal vez sea mejor no tocar nada... —repitió el príncipe, pero su advertencia ya no era necesaria, porque ante ese espectáculo Nadia y Alexander despertaron del trance.

Los tres jóvenes se encontraron por fin en la sala del Dragón de Oro. Aunque nunca la había visto, Dil Bahadur la reconoció al punto por las descripciones que le habían dado los monjes en los cuatro monasterios donde aprendió el código. Allí estaban las paredes cubiertas de láminas de oro, grabadas con escenas en bajorrelieve de la vida de Sidarta Gautama, los candelabros de oro macizo con las velas de cera de abeja, las delicadas lámparas de aceite con sus pantallas de filigrana de oro, los perfumeros de oro donde se quemaban mirra e incienso. Oro, oro por todas partes. Aquel oro que había despertado la codicia de Tex Armadillo y los hombres azules dejaba completamente indiferentes a Dil Bahadur, Alexander y Nadia, para quienes ese metal amarillo resultaba más bien feo.

—Tal vez no fuera mucho pedir que nos dijeras qué estamos haciendo aquí —sugirió Alexander al príncipe, sin poder evitar la ironía en su tono.

—Tal vez ni yo mismo lo sepa —replicó Dil Bahadur.

—¿Por qué tu padre te pidió que vinieras aquí? —quiso saber Nadia.

—Posiblemente para consultar al Dragón de Oro.

—¡Pero si se lo robaron! Aquí no hay nada más que esa piedra negra con un trocito de cuarzo, que debe ser la base donde antes estaba la estatua —dijo Alexander.

—Ése es el Dragón de Oro —les informó el príncipe.

—¿Cuál?

—La base de piedra. Se llevaron una estatua muy bonita, pero en realidad el oráculo sale de la piedra. Ése es el secreto de los reyes, que ni los monjes de los monasterios saben. Ése es el secreto que me entregó mi padre y que ustedes jamás podrán repetir.

—¿Cómo funciona?

—Primero tengo que salmodiar la pregunta en el idioma de los yetis, entonces el cuarzo en la piedra comienza a vibrar y emite un sonido, que luego debo interpretar.

—¿Me estás tomando el pelo? —preguntó Alexander.

Dil Bahadur no entendió qué quería decir. No tenía la menor intención de coger a nadie por el pelo.

—Veamos cómo se hace. ¿Qué piensas preguntarle? —dijo Nadia, siempre práctica.

—Tal vez lo más importante es saber cuál es mi karma, para cumplir mi destino sin desviarme —decidió Dil Bahadur.

—¿Hemos desafiado a la muerte para llegar aquí a consultar sobre tu karma? —se burló Alexander.

—Eso te lo puedo decir yo: eres un buen príncipe y serás un buen rey —agregó Nadia.

Dil Bahadur les pidió a sus amigos que se sentaran en silencio al fondo de la sala y luego se aproximó a la plataforma donde antes se apoyaban las patas de la magnífica estatua. Encendió los perfumeros de incienso y las velas, luego se sentó con las piernas cruzadas por un tiempo que a los otros les pareció muy largo. El príncipe meditó en silencio hasta calmar su ansiedad y limpiar su mente de todo pensamiento, de deseos y temores, también de curiosidad. Se abrió por dentro como la flor del loto, tal como le había enseñado su maestro, para recibir la energía del universo.

Las primeras notas fueron casi un murmullo, pero rápidamente el cántico del príncipe se convirtió en un rugido poderoso que brotaba de la tierra misma, un sonido gutural que los otros dos jóvenes nunca habían escuchado. Costaba imaginar que fuera un sonido humano, parecía provenir de un gran tambor al centro de una enorme caverna. Las roncas notas rodaban, ascendían, bajaban, adquirían ritmo, volumen y velocidad; luego se calmaban para volver a comenzar, como el oleaje del mar. Cada nota se estrellaba contra las láminas de oro de las paredes y volvía multiplicada. Fascinados, Nadia y Alexander sentían la vibración dentro de sus propios vientres, como si fueran ellos quienes la emitían. Pronto se dieron cuenta de que al canto del príncipe se había sumado una segunda voz, muy diferente: era la respuesta del pequeño trozo de cuarzo amarillento incrustado en la piedra negra. Dil Bahadur se calló para escuchar el mensaje de la piedra, que continuaba en el aire como el eco de grandes campanas de bronce repicando al unísono. Su concentración era total, ni un músculo se movía en su cuerpo, mientras su mente retenía las notas de cuatro en cuatro y simultáneamente las traducía a los ideogramas del lenguaje perdido de los yetis, que durante doce años había memorizado.

El cántico de Dil Bahadur se prolongó por más de una hora, que a Nadia y Alexander les pareció apenas unos pocos minutos, porque esa extraordinaria música los había transportado a un estado superior de la conciencia. Sabían que durante dieciocho siglos esa sala había sido visitada solamente por los reyes del Reino Prohibido y que nadie antes que ellos había presenciado un oráculo. Mudos, con los ojos redondos de asombro, los dos jóvenes seguían el ondulante sonido de la piedra, sin comprender con exactitud lo que hacía Dil Bahadur, pero seguros de que era algo prodigioso y con profundo sentido espiritual.

Por fin reinó el silencio en el Recinto Sagrado. El trozo de cuarzo, que durante el cántico parecía brillar con una luz interna, se tornó opaco, como al principio. El príncipe, agotado, permaneció en la misma posición durante un buen rato, sin que sus amigos se atrevieran a interrumpirlo.

—Mi padre ha muerto —dijo finalmente Dil Bahadur, poniéndose de pie.

—¿Eso dijo la piedra? —preguntó Alexander.

—Sí. Mi padre esperó a que yo llegara hasta aquí y luego pudo abandonarse a la muerte.

—¿Cómo supo que habías llegado?

—Se lo comunicó mi maestro Tensing —dijo el joven príncipe, tristemente.

—¿Qué más dijo la piedra? —preguntó Nadia.

—Mi karma es ser el penúltimo monarca del Reino del Dragón de Oro. Tendré un hijo, que será el último rey. Después de él el mundo y este reino cambiarán y ya nada volverá a ser como antes. Para gobernar con justicia y sabiduría contaré con la ayuda de mi padre, quien me guiará en sueños. También tendré la ayuda de Pema, con quien voy a casarme, de Tensing y del Dragón de Oro.

—Es decir, de esta piedra, porque la estatua se convirtió en ceniza —anotó Alexander.

—Tal vez entendí mal, pero me parece que la recuperaremos —comentó el príncipe, indicándoles con una seña que había llegado el momento de regresar.

Timothy Bruce y Joel González, los fotógrafos del *International Geographic*, habían cumplido al pie de la letra las órdenes de Kate Cold. Pasaron ese tiempo recorriendo los sitios más inaccesibles del reino, guiados por un *sherpa* de corta estatura, quien cargaba el pesado equipo y las carpas en la espalda, sin perder su plácida sonrisa ni el ritmo regular de sus pasos. Los extranjeros, en cambio, desfallecían con el esfuerzo de seguirlo y con la altura, que los ahogaba. Los fotógrafos, que no se habían enterado de las peripecias de sus compañeros, llegaron muy entusiasmados a contar sus aventuras con raras orquídeas y ositos panda, pero Kate Cold no demostró el menor interés. La escritora los apabulló con la noticia de que su nieto y Nadia habían contribuido a derrotar a una organización criminal, rescatar a varias niñas cautivas, apresar a una secta de bandidos patibularios y colocar al príncipe Dil Bahadur en el trono, todo esto con la ayuda de una banda de yetis y un misterioso monje con poderes mentales. Timothy Bruce y Joel González cerraron la boca y no dijeron una palabra más hasta la hora de subir al avión para regresar a su país.

—En todo caso, no vuelvo a viajar con Alexander y Nadia, porque atraen el peligro, como la miel a las moscas. Ya estoy muy vieja para pasar tanto susto —comentó la escritora, quien todavía no se había repuesto de los sobresaltos pasados.

Alexander y Nadia intercambiaron una mirada de complicidad, porque ambos habían decidido que de todos modos iban a acompañarla en su próximo reportaje. No podían perder la oportunidad de vivir otra aventura con Kate Cold.

Los chicos no le habían confiado a la abuela los detalles del Recinto Sagrado, ni la forma en que operaba el prodigioso pedazo de cuarzo, porque se habían comprometido a guardar el secreto. Se limitaron a decirle que en aquel lugar Dil Bahadur, como todos los monarcas del Reino Prohibido, contaba con los medios para predecir el futuro.

—En la antigua Grecia existía un templo en Delfos al que acudía la gente a oír las profecías de una pitonisa que caía en trance —les contó Kate—. Sus palabras eran siempre enigmáticas, pero los clientes les encontraban sentido. Ahora se sabe que en ese lugar se desprendía un gas de la tierra, seguramente éter. La sacerdotisa se mareaba con el gas y hablaba en clave, el resto lo imaginaban sus ingenuos clientes.

—La situación no es comparable. Lo que vimos no se explica con un gas —replicó su nieto.

La vieja escritora lanzó una risotada seca.

—Se han invertido los papeles, Kate: antes era yo el escéptico que nada creía sin pruebas y tú la que me repetías que el mundo es un lugar muy misterioso y que no todo tiene una explicación racional —sonrió Alexander.

La mujer no pudo contestar, porque la risa se le había convertido en un ataque de tos y estaba a punto de ahogarse. Su nieto le dio unos golpes en la espalda, con más energía de la necesaria, mientras Nadia iba a buscar un vaso de agua.

—Es una lástima que Tensing haya partido al Valle de los Yetis, de otro modo te habría curado la tos con sus agujas mágicas y sus oraciones. Me temo que tendrás que dejar de fumar, abuela —dijo Alexander.

—¡No me llames abuela!

La tarde antes de partir de vuelta a Estados Unidos, los miembros de la expedición del *International Geographic* estaban reunidos en el palacio de mil habitaciones con la familia real y el general Kunglung, después de asistir a los funerales del rey. Éste había sido incinerado, como era la tradición, y sus cenizas se habían repartido en cuatro antiguos recipientes de alabastro, que los mejores soldados llevaron a lomo de caballo hacia los cuatro puntos cardinales del reino, donde fueron lanzadas al viento. Ni su pueblo ni su familia, que tanto lo amaban, lloraron su muerte, porque creían que el llanto obliga al espíritu a quedarse en el mundo para consolar a los vivos. Lo correcto era demostrar alegría, para que el espíritu se fuera contento a cumplir otro ciclo en la rueda de la reencarnación, evolucionando en cada vida hasta alcanzar finalmente la iluminación y el cielo, o Nirvana.

—Tal vez mi padre nos haga el honor de reencarnarse en nuestro primer hijo —dijo el príncipe Dil Bahadur.

A Pema le tembló la taza de té en las manos, delatando su turbación. La joven vestía enteramente de seda y brocado, con botas de piel y adornos de oro en los brazos y las orejas, pero llevaba la cabeza descubierta, porque estaba orgullosa de haber usado su hermosa cabellera en una causa que le parecía justa. Su ejemplo sirvió para que las otras cuatro muchachas rapadas no se acomplejaran. La larga trenza de cincuenta metros que hicieron con sus cabelleras había sido colocada como ofrenda ante el Gran Buda del palacio, donde la gente hacía peregrinaciones para verla. Tanto se había comentado el asunto y tantas veces fueron mostradas en televisión, que se produjo una reacción histérica y centenares de muchachas se afeitaron la cabeza por imitación, hasta que Dil Bahadur en persona tuvo que aparecer en la pantalla para insinuar que el reino no necesitaba esas pruebas de patriotismo tan extremas. Alexander comentó que en Estados Unidos eso de llevar la cabeza rapada estaba de moda, así como hacerse tatuajes y perforarse las narices, las orejas y el ombligo para ponerse adornos metálicos, pero nadie le creyó.

Estaban todos sentados en un círculo sobre cojines en el suelo, bebiendo *chai*, el aromático té dulce de India, y tratando de tragar una pésima torta de chocolate que las monjas cocineras del palacio habían inventado para halagar a los visitantes extranjeros. Tschewang, el leopardo real, se había echado junto a Nadia con las orejas gachas. Desde la muerte del rey, su amo, el hermoso felino andaba deprimido. Durante varios días no quiso comer, hasta que Nadia logró convencerlo, en el idioma de los gatos, de que ahora tenía la responsabilidad de cuidar a Dil Bahadur.

—Al despedirse de nosotros para ir a cumplir su misión en el Valle de los Yetis, mi honorable maestro Tensing me entregó algo para ti —dijo Dil Bahadur a Alexander.

—¿Para mí?

—No exactamente para ti, sino para tu honorable madre —replicó el nuevo rey, pasándole una cajita de madera.

—¿Qué es esto?

—Excremento de dragón.

—¿Qué? —preguntaron Alexander, Nadia y Kate al unísono.

—Tiene la reputación de ser una medicina muy poderosa. Posiblemente si la disuelves en un poco de licor de arroz y se la das a tomar, tu honorable madre se mejore de su enfermedad —dijo Dil Bahadur.

—¡Cómo le voy a dar de comer esto a mi mamá! —exclamó el joven, ofendido.

—Tal vez sería mejor no decirle lo que es. Está petrificado. No es lo mismo que excremento fresco, me parece… En todo caso, Alexander, tiene poderes mágicos. Un trocito de eso me salvó de los puñales de los hombres azules —explicó Dil Bahadur, señalando la piedrecilla que colgaba de una tira de cuero sobre su pecho.

Kate no pudo evitar que se le pusieran los ojos en blanco y una mueca burlona bailara brevemente en sus labios, pero Alexander agradeció conmovido el regalo de su amigo y lo guardó en el bolsillo de su camisa.

—El Dragón de Oro se fundió con la explosión del helicóptero; es una pérdida grave, porque nuestro pueblo cree que la estatua defiende las fronteras y mantiene la prosperidad de la nación —dijo el general Kunglung.

—Tal vez no sea la estatua, sino la sabiduría y prudencia de sus gobernantes las que hayan mantenido a salvo al país —replicó Kate, ofreciéndole con disimulo su torta de chocolate al leopardo, que la olisqueó brevemente, arrugó el hocico en un gesto de repugnancia y enseguida volvió a echarse junto a Nadia.

—¿Cómo podemos hacerle comprender al pueblo que puede confiar en el joven rey Dil Bahadur, aunque no cuente con el dragón sagrado? —preguntó el general.

—Con todo respeto, honorable general, posiblemente el pueblo tenga otra estatua dentro de poco —dijo la escritora, quien por fin había aprendido a hablar de acuerdo a las normas de cortesía en ese país.

—¿Tendría la honorable abuelita deseos de explicar a qué se refiere? —interrumpió Dil Bahadur.

—Posiblemente un amigo mío pueda resolver el problema —dijo Kate y procedió a explicar su plan.

Al cabo de varias horas de lucha con la primitiva compañía de teléfonos del Reino Prohibido, la escritora había logrado comunicarse directamente con Isaac Rosenblat en Nueva York, para preguntarle si podía fabricar un dragón similar al anterior, basándose en cuatro fotografías Polaroid, unas imágenes algo borrosas filmadas en video y una descripción detallada que habían dado los bandidos del Escorpión, esperando congraciarse con las autoridades del país.

—¿Me estás pidiendo que haga una estatua de oro? —preguntó a gritos desde el otro lado del planeta el buen Isaac Rosenblat.

—Sí, más o menos del tamaño de un perro, Isaac. Además hay que incrustarle varios centenares de piedras preciosas, incluyendo diamantes, zafiros, esmeraldas y, por supuesto, un par de rubíes estrella idénticos para los ojos.

—¿Quién va a pagar todo esto, muchacha, por Dios?

—Un cierto coleccionista que tiene su oficina muy cerca de la tuya, Isaac —replicó Kate Cold, muerta de risa.

La escritora estaba muy orgullosa de su plan. Se había hecho enviar desde Estados Unidos una grabadora especial, que no se vende en el comercio, pero que obtuvo gracias a sus contactos con un agente de la CIA, del cual se había hecho amiga durante un reportaje en Bosnia. Con ese aparato pudo escuchar las minúsculas cintas que Judit Kinski escondía en su bolso. Contenían la información necesaria para descubrir la identidad del cliente llamado el Coleccionista. Con eso Kate pensaba presionarlo. Lo dejaría en paz sólo a cambio de que repusiera la estatua perdida, era lo menos que podía hacer para reparar el daño cometido. El Coleccionista había tomado precauciones para que las llamadas telefónicas no fueran interceptadas, pero no sospechaba que cada uno de los agentes enviados por el Especialista para cerrar el trato grabó las negociaciones. Para Judit esas cintas grabadas eran un seguro de vida, que podía usar si el asunto se ponía demasiado feo; por eso las llevaba siempre consigo, hasta que en la lucha con Tex Armadillo perdió el bolso. Kate Cold sabía que el segundo hombre más rico del mundo no permitiría que la historia de sus tratos con una organización criminal, que incluía el secuestro del monarca de una nación pacífica, apareciera en la prensa y tendría que ceder a sus exigencias.

El plan expuesto por Kate sorprendió mucho a la corte del Reino Prohibido.

—Posiblemente fuera conveniente que la honorable abuelita consultara este asunto con los lamas. Su idea es muy bienintencionada, pero tal vez la acción que pretende sea algo ilegal... —sugirió amablemente Dil Bahadur.

—Tal vez no sea muy legal que digamos, pero el Coleccionista no merece un trato mejor. Déjelo todo en mis manos, Majestad. En este caso se justifica plenamente ensuciar mi karma con un pequeño chantaje. Y a propósito, si no es una impertinencia, ¿puedo preguntar a Su Majestad qué trato recibirá Judit Kinski? —preguntó Kate.

La mujer había sido encontrada, sin conocimiento y entumecida, por uno de los destacamentos enviados en su búsqueda por el general Kunglung. Había vagado por las montañas durante días, perdida y hambrienta, hasta que se le congelaron los pies y ya no pudo seguir. El frío la adormeció y fue quitándole rápidamente los deseos de vivir. Judit Kinski se abandonó a su suerte con una especie de alivio secreto. Después de tantos riesgos y tanta codicia, la tentación de la muerte resultaba dulce. En sus breves momentos de lucidez no venían a su mente los triunfos de su pasado, sino el rostro sereno de Dorji, el rey. ¿Qué razón había para esa tenaz presencia en su memoria? En verdad nunca lo había amado. Fingió hacerlo porque necesitaba que él le entregara el código del Dragón de Oro, nada más. Admitía, sin embargo, su admiración por él. Aquel hombre bondadoso le produjo una profunda impresión. Pensaba que en otras circunstancias, o si ella fuera una mujer diferente, se habría enamorado inevitablemente de él; pero no era el caso, de eso estaba segura. Por lo mismo le extrañaba que el espíritu del rey la acompañara en ese lugar gélido donde esperaba su muerte. Los ojos apacibles y atentos del soberano fueron lo último que vio antes de sumirse en la oscuridad.

La patrulla de soldados la encontró justo a tiempo para salvarle la vida. En ese momento estaba en un hospital, donde la mantenían sedada, después de haberle amputado algunos dedos de los pies y las manos, que se habían congelado.

—Antes de morir, mi padre me ordenó que no condenara a Judit Kinski a prisión. Deseo ofrecer a esa señora la ocasión de mejorar su karma y evolucionar espiritualmente. La enviaré a pasar el resto de su vida en un monasterio budista en la frontera con Tíbet. El clima es algo rudo y está un poco aislado, pero las monjas son muy santas. Me han dicho que se levantan antes que salga el sol, pasan el día meditando y se alimentan apenas con unos granos de arroz —dijo Dil Bahadur.

—¿Y usted cree que allí Judit alcanzará la sabiduría? —preguntó Kate, irónica, dándole una mirada de complicidad al general Myar Kunglung.

—Eso depende sólo de ella, honorable abuelita —respondió el príncipe.

—¿Puedo rogar a Su Majestad que por favor me llame Kate? Ése es mi nombre —pidió la escritora.

—Será un privilegio llamarla por su nombre. Tal vez la honorable abuelita Kate, sus valientes fotógrafos y mis amigos Nadia y Alexander deseen regresar a este humilde reino, donde Pema y yo siempre los estaremos esperando... —dijo el joven rey.

—¡Claro que sí! —exclamó Alexander, pero un codazo de Nadia le recordó sus modales y agregó—: Aunque posiblemente no merecemos la generosidad de Su Majestad y su digna novia, tal vez tengamos el atrevimiento de aceptar tan honrosa invitación.

Sin poder evitarlo, todos se echaron a reír, incluso las monjas que servían ceremoniosamente el té y el pequeño Borobá, que daba saltos alegres, lanzando pedazos de pastel de chocolate al aire.

EL BOSQUE DE LOS PIGMEOS

Al hermano Fernando de la Fuente,
misionero en África,
cuyo espíritu anima esta historia

1

LA ADIVINA DEL MERCADO

A una orden del guía, Michael Mushaha, la caravana de elefantes se detuvo. Empezaba el calor sofocante del mediodía, cuando las bestias de la vasta reserva natural descansaban. La vida se detenía por unas horas, la tierra africana se convertía en un infierno de lava ardiente y hasta las hienas y los buitres buscaban sombra. Alexander Cold y Nadia Santos montaban un elefante macho caprichoso de nombre Kobi. El animal le había tomado cariño a Nadia, porque en esos días ella había hecho el esfuerzo de aprender los fundamentos de la lengua de los elefantes y de comunicarse con él. Durante los largos paseos le contaba de su país, Brasil, una tierra lejana donde no había criaturas tan grandes como él, salvo unas antiguas bestias fabulosas ocultas en el impenetrable corazón de las montañas de América. Kobi apreciaba a Nadia tanto como detestaba a Alexander y no perdía ocasión de demostrar ambos sentimientos.

Las cinco toneladas de músculo y grasa de Kobi se detuvieron en un pequeño oasis, bajo unos árboles polvorientos, alimentados por un charco de agua color té con leche. Alexander había cultivado un arte propio para tirarse al suelo desde tres metros de altura sin machucarse demasiado, porque en los cinco días de safari todavía no conseguía colaboración del animal. No se dio cuenta de que

Kobi se había colocado de tal manera, que al caer aterrizó en el charco, hundiéndose hasta las rodillas. Borobá, el monito negro de Nadia, le brincó encima. Al intentar desprenderse del mono, perdió el equilibrio y cayó sentado. Soltó una maldición entre dientes, se sacudió a Borobá y se puso de pie con dificultad, porque no veía nada; sus lentes chorreaban agua sucia. Estaba buscando un trozo limpio de su camiseta para limpiarlos, cuando recibió un trompazo en la espalda que lo tiró de bruces. Kobi aguardó que se levantara para dar media vuelta y colocar su monumental trasero en posición, luego soltó una estruendosa ventosidad frente a la cara del muchacho. Un coro de carcajadas de los otros miembros de la expedición celebró la broma.

Nadia no tenía prisa en descender, prefirió esperar a que Kobi la ayudara a llegar a tierra firme con dignidad. Pisó la rodilla que él le ofreció, se apoyó en su trompa y llegó al suelo con liviandad de bailarina. El elefante no tenía esas consideraciones con nadie más, ni siquiera con Michael Mushaha, por quien sentía respeto, pero no afecto. Era una bestia con principios claros. Una cosa era pasear turistas sobre su lomo, un trabajo como cualquier otro, por el cual era remunerado con excelente comida y baños de barro, y otra muy diferente era hacer trucos de circo por un puñado de maní. Le gustaba el maní, no podía negarlo, pero más placer le daba atormentar a personas como Alexander. ¿Por qué le caía mal? No estaba seguro, era una cuestión de piel. Le molestaba que estuviera siempre cerca de Nadia. Había trece animales en la manada, pero él tenía que montar con la chica; era muy poco delicado de su parte entrometerse de ese modo entre Nadia y él. ¿No se daba cuenta de que ellos necesitaban privacidad para conversar? Un buen trompazo y algo de viento fétido de vez en cuando era lo menos que ese tipo merecía. Kobi lanzó un largo soplido cuando Nadia pisó tierra firme y le agradeció plantándole un beso en la trompa. Esa muchacha tenía buenos modales, jamás lo humillaba ofreciéndole maní.

—Ese elefante está enamorado de Nadia —se burló Kate Cold.

A Borobá no le gustó el cariz que había tomado la relación de Kobi con su ama. Observaba, bastante preocupado. El interés de Nadia por aprender el idioma de los paquidermos podía tener peligrosas consecuencias para él. ¿No estaría pensando cambiar de mascota? Tal vez había llegado la hora de fingirse enfermo para recuperar la completa atención de su ama, pero temía que lo dejara en el campamento y perderse los estupendos paseos por la reserva. Ésta era su única oportunidad de ver a los animales salvajes y, por otra parte, no convenía apartar la vista de su rival. Se instaló en el hombro de Nadia, dejando bien establecido su derecho, y desde allí amenazó al elefante con un puño.

—Y este mono está celoso —agregó Kate.

La vieja escritora estaba acostumbrada a los cambios de humor de Borobá, porque compartía el mismo techo con él desde hacía casi dos años. Era como tener un hombrecito peludo en su apartamento. Así fue desde el principio, porque Nadia sólo aceptó irse a Nueva York a estudiar y vivir con ella si llevaba a Borobá. Nunca se separaban. Estaban tan apegados que consiguieron un permiso especial para que pudiera ir a la escuela con ella. Era el único mono en la historia del sistema educativo de la ciudad que acudía a clases regularmente. A Kate no le extrañaría que supiera leer. Tenía pesadillas en las que Borobá, sentado en el sofá, con lentes y un vaso de brandy en la mano, leía la sección económica del periódico.

Kate observó al extraño trío que formaban Alexander, Nadia y Borobá. El mono, que sentía celos de cualquier criatura que se aproximara a su ama, al principio aceptó a Alexander como un mal inevitable y con el tiempo le tomó cariño. Tal vez se dio cuenta de que en ese caso no le convenía plantear a Nadia el ultimátum de «o él o yo», como solía hacer. Quién sabe a cuál de los dos ella hubiera escogido. Kate pensó que ambos jóvenes habían cambiado mucho en ese año. Nadia cumpliría quince años y su nieto dieciocho, y ya tenía el porte físico y la seriedad de los adultos.

También Nadia y Alexander tenían conciencia de los cambios. Durante las obligadas separaciones se comunicaban con una tenacidad demente por correo electrónico. Se les iba la vida tecleando ante la computadora en un diálogo inacabable, en el cual compartían desde los detalles más aburridos de sus rutinas, hasta los tormentos filosóficos propios de la adolescencia. Se enviaban fotografías con frecuencia, pero eso no los preparó para la sorpresa que se llevaron al verse cara a cara y comprobar cuánto habían crecido. Alexander dio un estirón de potrillo y alcanzó la altura de su padre. Sus facciones se habían definido y en los últimos meses debía afeitarse a diario. Por su parte Nadia ya no era la criatura esmirriada con plumas de loro ensartadas en una oreja que él conociera en el Amazonas unos años antes; ahora podía adivinarse la mujer que sería dentro de poco.

La abuela y los dos jóvenes se encontraban en el corazón de África, en el primer safari en elefante que existía para turistas. La idea nació de Michael Mushaha, un naturalista africano graduado en Londres, a quien se le ocurrió que ésa era la mejor forma de acercarse a la fauna salvaje. Los elefantes africanos no se domesticaban fácilmente, como los de la India y otros lugares del mundo, pero con paciencia y prudencia, Michael lo había logrado. En el folleto publicitario lo explicaba en pocas frases: «Los elefantes son parte del entorno y su presencia no aleja a otras bestias; no necesitan gasolina ni camino, no contaminan el aire, no llaman la atención».

Cuando Kate Cold fue comisionada para escribir un artículo al respecto, Alexander y Nadia estaban con ella en Tunkhala, la capital del Reino del Dragón de Oro. Habían sido invitados por el rey Dil Bahadur y su esposa, Pema, a conocer a su primer hijo y asistir a la inauguración de la nueva estatua del dragón. La original, destruida en una explosión, fue reemplazada por otra idéntica, que fabricó un joyero amigo de Kate.

Por primera vez el pueblo de aquel reino del Himalaya tenía ocasión de ver el misterioso objeto de leyenda, al cual antes sólo tenía acceso el monarca coronado. Dil Bahadur decidió exponer la estatua de oro y piedras preciosas en una sala del palacio real, por donde desfiló la gente a admirarla y depositar sus ofrendas de flores e incienso. Era un espectáculo magnífico. El dragón, colocado sobre una base de madera policromada, brillaba en la luz de cien lámparas. Cuatro soldados, vestidos con los antiguos uniformes de gala, con sus sombreros de piel y penachos de plumas, montaban guardia con lanzas decorativas. Dil Bahadur no permitió que se ofendiera al pueblo con un despliegue de medidas de seguridad.

Acababa de terminar la ceremonia oficial para develar la estatua cuando avisaron a Kate Cold que había una llamada para ella de Estados Unidos. El sistema telefónico del país era anticuado y las comunicaciones internacionales resultaban un lío, pero después de mucho gritar y repetir, el editor de la revista *International Geographic* consiguió que la escritora comprendiera la naturaleza de su próximo trabajo. Debía partir para África de inmediato.

—Tendré que llevar a mi nieto y su amiga Nadia, que están aquí conmigo —explicó ella.

—¡La revista no paga sus gastos, Kate! —replicó el editor desde una distancia sideral.

—¡Entonces no voy! —chilló ella de vuelta.

Y así fue como días más tarde llegó a África con los

chicos y allí se reunió con los dos fotógrafos que siempre trabajaban con ella, el inglés Timothy Bruce y el latinoamericano Joel González. La escritora había prometido no volver a viajar con su nieto y con Nadia, que le habían hecho pasar bastante susto en dos viajes anteriores, pero pensó que un paseo turístico por África no presentaba peligro alguno.

Un empleado de Michael Mushaha recibió a los miembros de la expedición cuando aterrizaron en la capital de Kenia. Les dio la bienvenida y los llevó al hotel para que descansaran, porque el viaje había sido matador: tomaron cuatro aviones, cruzaron tres continentes y volaron miles de millas. Al día siguiente se levantaron temprano y partieron a dar una vuelta por la ciudad, visitar un museo y el mercado, antes de embarcarse en la avioneta que los conduciría al safari.

El mercado se encontraba en un barrio popular, en medio de una vegetación lujuriosa. Las callejuelas sin pavimentar estaban atiborradas de gente y vehículos: motocicletas con tres y cuatro personas encima, autobuses destartalados, carretones tirados a mano. Los más variados productos de la tierra, del mar y de la creatividad humana se ofrecían allí, desde cuernos de rinoceronte y peces dorados del Nilo hasta contrabando de armas. Los miembros del grupo se separaron, con el compromiso de juntarse al cabo de una hora en una determinada esquina. Era más fácil decirlo que cumplirlo, porque en el tumulto y el bochinche no había cómo ubicarse. Temiendo que Nadia se perdiera o la atropellaran, Alexander la tomó de la mano y partieron juntos.

El mercado presentaba una muestra de la variedad de razas y culturas africanas: nómadas del desierto; esbeltos jinetes en sus caballos engalanados; musulmanes con elaborados turbantes y medio rostro tapado; mujeres de ojos ardientes con dibujos azules tatuados en la cara; pastores desnudos con los cuerpos decorados con barro rojo y tiza blanca. Centenares de niños correteaban descalzos entre jaurías de perros. Las mujeres eran un espectáculo: unas lucían vistosos pañuelos almidonados en la cabeza, que de lejos parecían las velas de un barco, otras iban con el cráneo afeitado y collares de cuentas desde los hombros hasta la barbilla; unas se envolvían en metros y metros de tela de brillantes colores, otras iban casi desnudas. Llenaban el aire un incesante parloteo en varias lenguas, música, risas, bocinazos, lamentos de animales que mataban allí mismo. La sangre chorreaba de las mesas de los carniceros y desaparecía en el polvo del suelo, mientras negros gallinazos volaban a poca altura, listos para atrapar las vísceras.

Alexander y Nadia paseaban maravillados por aquella fiesta de color, deteniéndose para regatear el precio de una pulsera de vidrio, saborear un pastel de maíz o tomar una foto con la cámara automática ordinaria que habían comprado a última hora en el aeropuerto. De pronto se estrellaron de narices contra un avestruz, que estaba atado por las patas aguardando su suerte. El animal —mucho más alto, fuerte y bravo de lo imaginado— los observó desde arriba con infinito desdén y sin previo aviso dobló el largo cuello y dirigió un picotazo a Borobá, quien iba sobre la cabeza de Alexander, aferrado firmemente a sus orejas. El mono alcanzó a esquivar el golpe mortal y se puso a chillar como un demente. El avestruz, batiendo sus cortas alas, arremetió contra ellos hasta donde alcanzaba la cuerda que lo retenía. Por casualidad Joel González apareció en ese instante y pudo plasmar con su cámara la expresión de espanto de Alexander y del mono, mientras Nadia los defendía a manotazos del inesperado atacante.

—¡Esta foto aparecerá en la tapa de la revista! —exclamó Joel.

Huyendo del altanero avestruz, Nadia y Alexander doblaron una esquina y se encontraron de súbito en el sector del mercado destinado a la brujería. Había hechiceros de magia buena y de magia mala, adivinos, fetichistas, curanderos, envenenadores, exorcistas, sacerdotes de vudú, que ofrecían sus servicios a los clientes bajo unos toldos sujetos por cuatro palos, para protegerse del sol. Provenían de centenares de tribus y practicaban diversos cultos. Sin soltarse las manos, los amigos recorrieron las callecitas, deteniéndose ante animalejos en frascos de alcohol y reptiles disecados; amuletos contra el mal de ojo y el mal de amor; hierbas, lociones y bálsamos medicinales para curar las enfermedades del cuerpo y del alma; polvos de soñar, de olvidar, de resucitar; animales vivos para sacrificios; collares de protección contra la envidia y la codicia; tinta de sangre para escribir a los muertos y, en fin, un arsenal inmenso de objetos fantásticos para paliar el miedo de vivir.

Nadia había visto ceremonias de vudú en Brasil y estaba más o menos familiarizada con sus símbolos, pero para Alexander esa zona del mercado era un mundo fascinante. Se detuvieron ante un puesto diferente a los otros, un techo cónico de paja, del cual colgaban unas cortinas de plástico. Alexander se inclinó para ver qué había adentro y dos manos poderosas lo agarraron de la ropa y lo halaron hacia el interior.

Una mujer enorme estaba sentada en el suelo bajo la techumbre. Era una montaña de carne coronada por un gran pañuelo color turquesa en la cabeza. Vestía de amarillo y azul, con el pecho cubierto de collares de cuentas multicolores. Se presentó como mensajera entre el mundo de los espíritus y el mundo material, adivina y sacerdotisa vudú. En el suelo había una tela pintada con dibujos en blanco y negro; la rodeaban varias figuras de dioses o demonios en madera, algunos mojados con sangre fresca de animales sacrificados, otros llenos de clavos, junto a los cuales se veían ofrendas de frutas, cereales, flores y dinero. La mujer fumaba unas hojas negras enrolladas como un cilindro, cuyo humo espeso hizo lagrimear a los jóvenes. Alexander trató de soltarse de las manos que lo inmovilizaban, pero ella lo fijó con sus ojos protuberantes, al tiempo que lanzaba un rugido profundo. El muchacho reconoció la voz de su animal totémico, la que oía en trance y emitía cuando adoptaba su forma.

—¡Es el jaguar negro! —exclamó Nadia a su lado.

La sacerdotisa obligó al chico americano a sentarse frente a ella, sacó del escote una bolsa de cuero muy gastado y vació su contenido sobre la tela pintada. Eran unas conchas blancas, pulidas por el uso. Empezó a mascullar algo en su idioma, sin soltar el cigarro, que sujetaba con los dientes.

—*Anglais? English?* —preguntó Alexander.

—Vienes de otra parte, de lejos. ¿Qué quieres de Ma Bangesé? —replicó ella, haciéndose entender en una mezcla de inglés y vocablos africanos.

Alexander se encogió de hombros y sonrió nervioso, mirando de reojo a Nadia, a ver si ella entendía lo que estaba sucediendo. La muchacha sacó del bolsillo un par de billetes y los colocó en una de las calabazas, donde estaban las ofertas de dinero.

—Ma Bangesé puede leer tu corazón —dijo la mujerona, dirigiéndose a Alexander.

—¿Qué hay en mi corazón?

—Buscas medicina para curar a una mujer —dijo ella.

—Mi madre ya no está enferma, su cáncer está en remisión... —murmuró Alexander, asustado, sin comprender cómo una hechicera de un mercado en África sabía sobre Lisa.

—De todos modos, tienes miedo por ella —dijo Ma

Bangesé. Agitó las conchas en una mano y las hizo rodar como dados—. No eres dueño de la vida o de la muerte de esa mujer —agregó.

—¿Vivirá? —preguntó Alexander, ansioso.

—Si regresas, vivirá. Si no regresas, morirá de tristeza, pero no de enfermedad.

—¡Por supuesto que volveré a mi casa! —exclamó el joven.

—No es seguro. Hay mucho peligro, pero eres valiente. Deberás usar tu valor, de otro modo morirás y esta niña morirá contigo —declamó la mujer señalando a Nadia.

—¿Qué significa eso? —preguntó Alexander.

—Se puede hacer daño y se puede hacer el bien. No hay recompensa por hacer el bien, sólo satisfacción en tu alma. A veces hay que pelear. Tú tendrás que decidir.

—¿Qué debo hacer?

—Mama Bangesé sólo ve el corazón, no puede mostrar el camino. —Y volviéndose hacia Nadia, quien se había sentado junto a Alexander, le puso un dedo en la frente, entre los ojos—. Tú eres mágica y tienes visión de pájaro, ves desde arriba, desde la distancia. Puedes ayudarlo —dijo.

Cerró los ojos y empezó a balancearse hacia delante y hacia atrás, mientras el sudor le corría por la cara y el cuello. El calor era insoportable. Hasta ellos llegaba el olor del mercado: fruta podrida, basura, sangre, gasolina. Ma Bangesé emitió un sonido gutural, que surgió de su vientre, un largo y ronco lamento que subió de tono hasta estremecer el suelo, como si proviniera del fondo mismo de la tierra. Mareados y transpirando, Nadia y Alexander temieron que les fallaran las fuerzas. El aire del minúsculo recinto, lleno de humo, se hizo irrespirable. Cada vez más aturdidos, trataron de escapar, pero no pudieron moverse. Los sacudió una vibración de tambores, oyeron aullar perros, se les llenó la boca de saliva amarga y ante sus ojos incrédulos la inmensa mujer se redujo a la nada, como un globo que se desinfla, y en su lugar emergió un fabuloso pájaro de espléndido plumaje amarillo y azul con una cresta color turquesa, un ave del paraíso que desplegó el arco iris de sus alas y los envolvió, elevándose con ellos.

Los amigos fueron lanzados al espacio. Pudieron verse a sí mismos como dos trazos de tinta negra perdidos en un caleidoscopio de colores brillantes y formas ondulantes que cambiaban a una velocidad aterradora. Se convirtieron en luces de bengala, sus cuerpos se deshicieron en chispas, perdieron la noción de estar vivos, del tiempo y del miedo. Luego las chispas se juntaron en un torbellino eléctrico y volvieron a verse como dos puntos minúsculos volando entre los dibujos del fantástico caleidoscopio. Ahora eran dos astronautas de la mano, flotando en el espacio sideral. No sentían sus cuerpos, pero tenían una vaga conciencia del movimiento y de estar conectados. Se aferraron a ese contacto, porque era la única manifestación de su humanidad; con las manos unidas no estaban totalmente perdidos.

Verde, estaban inmersos en un verde absoluto. Comenzaron a descender como flechas y cuando el choque parecía inevitable, el color se volvió difuso y en vez de estrellarse flotaron como plumas hacia abajo, hundiéndose en una vegetación absurda, una flora algodonosa de otro planeta, caliente y húmeda. Se convirtieron en medusas transparentes, diluidas en el vapor de aquel lugar. En ese estado gelatinoso, sin huesos que les dieran forma, ni fuerzas para defenderse, ni voz para llamar, confrontaron las violentas imágenes que se presentaron en rápida sucesión ante ellos, visiones de muerte, sangre, guerra y bosque arrasado. Una procesión de espectros en cadenas desfiló ante ellos, arrastrando los pies entre carcasas de grandes animales. Vieron canastos llenos de manos humanas, niños y mujeres en jaulas.

De pronto volvieron a ser ellos mismos, en sus cuerpos de siempre, y entonces surgió ante ellos, con la espantosa nitidez de las peores pesadillas, un amenazante ogro de tres cabezas, un gigante con piel de cocodrilo. Las cabezas eran diferentes: una con cuatro cuernos y una hirsuta melena de león; la segunda era calva, sin ojos, y echaba fuego por las narices; la tercera era un cráneo de leopardo con colmillos ensangrentados y ardientes pupilas de demonio. Las tres tenían en común fauces abiertas y lenguas de iguana. Las descomunales zarpas del monstruo se movieron pesadamente tratando de alcanzarlos, sus ojos hipnóticos se clavaban en ellos, los tres hocicos escupieron una densa saliva ponzoñosa. Una y otra vez los jóvenes eludían los feroces manotazos, sin poder huir porque estaban presos en un lodazal de pesadumbre. Esquivaron al monstruo por un tiempo infinito, hasta que de súbito se encontraron con lanzas en las manos y, desesperados, empezaron a defenderse a ciegas. Cuando vencían a una de las cabezas, las otras dos arremetían y si lograban hacer retroceder a éstas, la primera volvía al ataque. Las lanzas se quebraron en el combate. Entonces, en el instante final, cuando iban a ser devorados, reaccionaron con un esfuerzo sobrehumano y se convirtieron en sus animales totémicos, Alexander en el Jaguar y Nadia en el Águila; pero ante aquel enemigo formidable no servían la fiereza del primero o las alas del segundo... Sus gritos se perdieron entre los bramidos del ogro.

—¡Nadia! ¡Alexander!

La voz de Kate Cold los trajo de vuelta al mundo conocido y se encontraron sentados en la misma postura en que habían iniciado el viaje alucinante, en el mercado africano, bajo el techo de paja, frente a la enorme mujer vestida de amarillo y azul.

—Los oímos gritar. ¿Quién es esta mujer?, ¿qué pasó? —preguntó la abuela.

—Nada, Kate, no pasó nada —logró articular Alexander, tambaleándose.

No supo explicar a su abuela lo que acababan de experimentar. La voz profunda de Ma Bangesé pareció llegarles desde la dimensión de los sueños.

—¡Cuidado! —les advirtió la adivina.

—¿Qué les pasó? —repitió Kate.

—Vimos un monstruo de tres cabezas. Era invencible... —murmuró Nadia, todavía aturdida.

—No se separen. Juntos pueden salvarse, separados morirán —dijo Ma Bangesé.

A la mañana siguiente el grupo del *International Geographic* viajó en una avioneta hasta la vasta reserva natural, donde los aguardaba Michael Mushaha y el safari en elefante. Alexander y Nadia todavía se hallaban bajo el impacto de la experiencia del mercado. Alexander concluyó que el humo del tabaco de la hechicera contenía una droga, pero eso no explicaba el hecho de que ambos tuvieran exactamente las mismas visiones. Nadia no trató de racionalizar el asunto, para ella ese horrible viaje era una fuente de información, una forma de aprender, como se aprende en los sueños. Las imágenes permanecieron nítidas en su memoria; estaba segura de que en algún momento tendría que recurrir a ellas.

La avioneta era piloteada por su dueña, Angie Ninderera, una mujer aventurera y animada por una contagiosa energía, quien aprovechó el vuelo para dar un par de vueltas extra y mostrarles la majestuosa belleza del paisaje. Una hora después aterrizaron en un descampado a un par de millas del campamento de Mushaha.

Las modernas instalaciones del safari defraudaron a Kate, que esperaba algo más rústico. Varios eficientes y amables empleados africanos, de uniforme caqui y walkie-talkie, atendían a los turistas y se ocupaban de los elefantes. Había varias carpas, tan amplias como suites de hotel, y un par de construcciones livianas de madera, que contenían las áreas comunes y las cocinas. Mosquiteros blancos colgaban sobre las camas, los muebles eran de bambú y a modo de alfombra había pieles de cebra y antílope. Los baños contaban con letrinas y unas ingeniosas duchas con agua tibia. Disponían de un generador de electricidad, que funcionaba de siete a diez de la noche, el resto del tiempo se arreglaban con velas y lámparas de petróleo. La comida, a cargo de dos cocineros, resultó tan sabrosa que hasta Alexander, quien por principio rechazaba cualquier plato cuyo nombre no supiera deletrear, la devoraba. Total, el campamento era más elegante que la mayoría de los lugares donde Kate había tenido que dormir en su profesión de viajera y escritora. La abuela decidió que eso restaba puntos al safari; no dejaría de criticarlo en su artículo.

Sonaba una campana a las 5.45 de la mañana, así aprovechaban las horas más frescas del día, pero despertaban antes con el sonido inconfundible de las bandadas de murciélagos, que regresaban a sus guaridas al anunciarse el primer rayo de sol, después de haber volado la noche entera. A esa hora el olor del café recién preparado ya impregnaba el aire. Los visitantes abrían sus tiendas y salían a estirar los miembros, mientras se elevaba el incomparable sol de África, un grandioso círculo de fuego que llenaba el horizonte. En la luz del alba el paisaje reverberaba, parecía que en cualquier momento la tierra, envuelta en una bruma rojiza, se borraría hasta desaparecer, como un espejismo.

Pronto el campamento hervía de actividad, los cocineros llamaban a la mesa y Michael Mushaha dictaba sus primeras órdenes. Después del desayuno los reunía para darles una breve conferencia sobre los animales, los pájaros y la vegetación que verían durante el día. Timothy Bruce y Joel González preparaban sus cámaras y los empleados traían a los elefantes. Los acompañaba un bebé elefante de dos años, que trotaba alegre junto a su madre, el único a quien de vez en cuando debían recordarle el camino, porque se distraía soplando mariposas o bañándose en las pozas y ríos.

Desde la altura de los elefantes el panorama era soberbio. Los grandes paquidermos se movían sin ruido, mimetizados con la naturaleza. Avanzaban con pesada calma, pero cubrían sin esfuerzo muchas millas en poco tiempo. Ninguno, salvo el bebé, había nacido en cautiverio; eran animales salvajes y, por lo tanto, impredecibles. Michael Mushaha les advirtió que debían atenerse a las normas, de otro modo no les podía garantizar seguridad. La única del grupo que solía violar el reglamento era Nadia Santos, quien desde el primer día estableció una relación tan especial con los elefantes, que el director del safari optó por hacer la vista gorda.

Los visitantes pasaban la mañana recorriendo la reserva. Se entendían con gestos, sin hablar para no ser detectados por otros animales. Abría la marcha Mushaha sobre el macho más viejo de la manada; detrás iban Kate y los fotógrafos sobre hembras, una de ellas la madre del bebé; luego Alexander, Nadia y Borobá sobre Kobi. Cerraban la fila un par de empleados del safari montados en machos jóvenes, con las provisiones, los toldos para la siesta y parte del equipo fotográfico. Llevaban también un poderoso anestésico para disparar, en caso de verse frente a una fiera agresiva.

Los paquidermos solían detenerse a comer hojas de los mismos árboles bajo los cuales momentos antes descansaba una familia de leones. Otras veces pasaban tan cerca de los rinocerontes, que Alexander y Nadia podían verse reflejados en el ojo redondo que los estudiaba con desconfianza desde abajo. Las manadas de búfalos y de impalas no se inmutaban con la llegada del grupo; tal vez olían a los seres humanos, pero la poderosa presencia de los elefantes los desorientaba. Pudieron pasearse entre tímidas cebras, fotografiar de cerca a una jauría de hienas disputándose la carroña de un antílope y acariciar el cuello de una jirafa, mientras ella los observaba con ojos de princesa y les lamía las manos.

—Dentro de unos años no habrá animales salvajes libres en África, sólo se podrán ver en parques y reservas —se lamentó Michael Mushaha.

Se detenían a mediodía bajo la protección de los árboles, almorzaban el contenido de unos canastos y descansaban en la sombra hasta las cuatro o cinco de la tarde. A la hora de la siesta los animales salvajes se echaban a descansar y la extensa planicie de la reserva se inmovilizaba bajo los rayos ardientes. Michael Mushaha conocía el terreno, sabía calcular bien el tiempo y la distancia; cuando el disco inmenso del sol comenzaba a descender ya estaban cerca del campamento y podían ver el humo. A veces por las noches salían de nuevo a ver a los animales que acudían al río a beber.

2

SAFARI EN ELEFANTE

Una banda de media docena de mandriles se las había arreglado para demoler las instalaciones. Las carpas yacían por el suelo, había harina, mandioca, arroz, frijoles y tarros de conserva tirados por todas partes, los sacos de dormir despedazados colgaban de los árboles, sillas y mesas rotas se amontonaban en el patio. El efecto era como si el campamento hubiera sido barrido por un tifón. Los mandriles, encabezados por uno más agresivo que los demás, se habían apoderado de las ollas y sartenes, y las usaban como garrotes para aporrearse unos a otros y atacar a cualquiera que intentara aproximarse.

—¡Qué les ha pasado! —exclamó Michael Mushaha.

—Me temo que están algo bebidos... —explicó uno de los empleados.

Los monos rondaban siempre el campamento, listos para apropiarse de lo que pudieran echarse al hocico. Por las noches se metían en la basura y si no se aseguraban bien las provisiones, las robaban. No eran simpáticos, mostraban los colmillos y gruñían, pero tenían respeto por los humanos y se mantenían a prudente distancia. Ese asalto era inusitado.

Ante la imposibilidad de dominarlos, Mushaha dio orden de dispararles anestésico, pero dar en el blanco no fue fácil, porque corrían y saltaban como endemoniados.

Por fin, uno a uno, los mandriles recibieron el picotazo del tranquilizante y fueron cayendo secos por tierra. Alexander y Timothy Bruce ayudaron a levantarlos por los tobillos y las muñecas y llevarlos a doscientos metros del campamento, donde roncarían sin ser molestados hasta que se les pasara el efecto de la droga. Los cuerpos peludos y malolientes pesaban mucho más de lo que cabía suponer por su tamaño. Alexander, Timothy y los empleados que los tocaron debieron ducharse, lavar su ropa y espolvorearse con insecticida para librarse de las pulgas.

Mientras el personal del safari procuraba poner algo de orden en aquel revoltijo, Michael Mushaha averiguó lo que había sucedido. En un descuido de los encargados, uno de los mandriles se introdujo en la tienda de Kate y Nadia, donde la primera tenía su reserva de botellas de vodka. Los simios podían oler el alcohol a la distancia, incluso con los envases cerrados. El babuino se robó una botella, le quebró el gollete y compartió el contenido con sus compinches. Al segundo trago se embriagaron y al tercero se lanzaron contra el campamento como una horda de piratas.

—Necesito mi vodka para el dolor de huesos —se quejó Kate, calculando que debía cuidar como oro las pocas botellas que tenía.

—¿No puede arreglarse con aspirina? —sugirió Mushaha.

—¡Las píldoras son veneno! Yo sólo uso productos naturales —exclamó la escritora.

Una vez que dominaron a los mandriles y lograron organizar de nuevo el campamento, alguien se fijó en que Timothy Bruce tenía la camisa ensangrentada. Con su tradicional indiferencia, el inglés admitió que había sido mordido.

—Parece que uno de esos muchachos no estaba completamente dormido... —dijo, a modo de explicación.

—Déjeme ver —exigió Mushaha.

Bruce levantó la ceja izquierda. Era el único gesto de su impasible rostro de caballo y lo usaba para expresar cualquiera de las tres emociones que era capaz de sentir: sorpresa, duda y molestia. En este caso era la última, detestaba cualquier clase de alboroto, pero Mushaha insistió y no tuvo más alternativa que levantarse la manga. La mordida ya no sangraba, había costras secas en los puntos donde los dientes habían perforado la piel, pero el antebrazo estaba hinchado.

—Estos monos contagian enfermedades. Voy a inyectarle un antibiótico, pero es mejor que lo vea un médico —anunció Mushaha.

La ceja izquierda de Bruce subió hasta la mitad de la frente: definitivamente, había demasiado alboroto.

Michael Mushaha llamó por radio a Angie Ninderera y le explicó la situación. La joven pilota replicó que no podía volar de noche, pero llegaría al día siguiente temprano a buscar a Bruce y llevarlo a la capital, Nairobi. El director del safari no pudo evitar una sonrisa: la mordida del mandril le ofrecía una inesperada oportunidad de ver pronto a Angie, por quien sentía una inconfesada debilidad.

Por la noche Bruce tiritaba de fiebre y Mushaha no estaba seguro de si era a causa de la herida o de un súbito ataque de malaria, pero en cualquier caso estaba preocupado, porque el bienestar de los turistas era su responsabilidad.

Un grupo de nómadas masai, que solía atravesar la reserva, llegó al campamento a media tarde arreando sus vacas de enormes cuernos. Eran muy altos, delgados, hermosos y arrogantes; se adornaban con complicados collares de cuentas en el cuello y la cabeza; se vestían con telas atadas en la cintura e iban provistos de lanzas. Creían ser el pueblo escogido de Dios; la tierra y lo que contenía les pertenecía por gracia divina. Eso les daba derecho a apropiarse del ganado ajeno, una costumbre que caía muy mal entre otras tribus. Como Mushaha no poseía ganado, no temía que le robaran. El acuerdo con ellos era claro: les daba hospitalidad cuando pasaban por la reserva, pero no podían tocar ni un pelo de los animales salvajes.

Como siempre, Mushaha les ofreció comida y les invitó a quedarse. A la tribu no le gustaba la compañía de extranjeros, pero aceptó porque uno de sus niños estaba enfermo. Esperaban a una curandera, que venía en camino. La mujer era famosa en la región, recorría enormes distancias para sanar a sus clientes con hierbas y con la fuerza de la fe. La tribu no podía comunicarse con ella por medios modernos, pero de algún modo se enteró de que llegaría esa noche, por eso se quedó en los dominios de Mushaha. Y tal como suponían, al ponerse el sol oyeron el tintineo lejano de las campanillas y amuletos de la curandera.

Una figura escuálida, descalza y miserable surgió en el polvo rojizo del atardecer. Vestía sólo una falda corta de trapo y su equipaje consistía en unas calabazas, bolsas con amuletos, medicinas y dos palos mágicos, coronados de plumas. Llevaba el cabello, que nunca había sido cortado, en largos rollos empastados de barro rojo. Parecía muy anciana, la piel le colgaba en pliegues sobre los huesos, pero caminaba erguida y sus piernas y brazos eran fuertes. La curación del paciente se llevó a cabo a pocos metros del campamento.

—La curandera dice que el espíritu de un antepasado ofendido ha entrado en el niño. Debe identificarlo y mandarlo de vuelta al otro mundo, donde pertenece —explicó Michael Mushaha.

Joel González se rió, la idea de que algo así sucediera en pleno siglo XXI le pareció muy divertida.

—No se burle, hombre. En un ochenta por ciento de los casos el enfermo mejora —le dijo Mushaha.

Agregó que en una ocasión vio a dos personas revolcándose por la tierra, que mordían, echaban espuma por la boca, gruñían y ladraban. Según decían sus familiares, habían sido poseídas por hienas. Esa misma curandera las había sanado.

—Eso se llama histeria —alegó Joel.

—Llámelo como quiera, pero el hecho es que sanaron mediante una ceremonia. La medicina occidental rara vez obtiene el mismo resultado con sus drogas y golpes eléctricos —sonrió Mushaha.

—Vamos, Michael, usted es un científico educado en Londres, no me diga que...

—Antes que nada, soy africano —lo interrumpió el naturalista—. En África los médicos han comprendido que en vez de ridiculizar a los curanderos, deben trabajar con ellos. A veces la magia da mejores resultados que los métodos traídos del extranjero. La gente cree en ella, por eso funciona. La sugestión obra milagros. No desprecie a nuestros hechiceros.

Kate Cold se dispuso a tomar notas de la ceremonia y Joel González, avergonzado de haberse reído, preparó su cámara para fotografiarla.

Colocaron al niño desnudo sobre una manta en el suelo, rodeado por los miembros de su numerosa familia. La anciana comenzó a golpear sus palos mágicos y hacer ruido con las calabazas, danzando en círculos, mientras entonaba un cántico, que pronto fue coreado por la tribu. Al poco rato cayó en trance, su cuerpo se estremecía y los ojos se le voltearon hacia arriba y quedaron en blanco. Entretanto el niño en el suelo se puso rígido, arqueó el cuerpo hacia atrás y quedó apoyado sólo en la nuca y los talones.

Nadia sintió la energía de la ceremonia como una corriente eléctrica y sin pensarlo, impulsada por una emoción desconocida, se unió al cántico y la danza frenética de los nómadas. La curación demoró varias horas, durante las cuales la vieja hechicera absorbió el espíritu maligno que se había apoderado del niño y lo incorporó a su propio cuerpo, como explicó Mushaha. Por fin el pequeño paciente perdió la rigidez y se puso llorar, lo cual fue interpretado como signo de salud. Su madre lo tomó en brazos y empezó a mecerlo y besarlo, ante la alegría de los demás.

Al cabo de unos veinte minutos, la curandera salió del trance y anunció que el paciente estaba libre del mal y desde esa misma noche podía comer con normalidad, en cambio sus padres debían ayunar por tres días para congraciarse con el espíritu expulsado. Como único alimento y recompensa, la anciana aceptó una calabaza con una mezcla de leche agria y sangre fresca que los pastores masai obtenían mediante un pequeño corte en el cuello de las vacas. Luego se retiró a descansar antes de realizar la segunda parte de su trabajo: sacar el espíritu que ahora estaba dentro de ella y mandarlo al Más Allá, donde pertenecía. La tribu, agradecida, se fue a pasar la noche más lejos.

—Si este sistema es tan efectivo, podríamos pedirle a esa buena señora que atienda a Timothy —sugirió Alexander.

—Esto no funciona sin fe —replicó Mushaha—. Y además, la curandera está extenuada, tiene que reponer su energía antes de atender a otro paciente.

De modo que el fotógrafo inglés continuó tiritando de fiebre en su litera durante el resto de la noche, mientras bajo las estrellas el niño africano gozaba de su primera comida de la semana.

Angie Ninderera se presentó al día siguiente en el safari, tal como había prometido a Mushaha en su comunicación por radio. Vieron su avión en el aire y partieron a recogerla en un Land Rover al sitio donde siempre aterrizaba. Joel González quería acompañar a su amigo Timothy al hospital, pero Kate le recordó que alguien debía tomar las fotografías para el artículo de la revista.

Mientras echaban gasolina al avión y preparaban al

enfermo y su equipaje, Angie se sentó bajo un toldo a saborear una taza de café y descansar. Era una africana de piel café, saludable, alta, maciza y reidora, de edad indefinida, podía tener entre veinticinco y cuarenta años. Su risa fácil y su fresca belleza cautivaban desde la primera mirada. Contó que había nacido en Botswana y aprendió a pilotar aviones en Cuba, donde recibió una beca. Poco antes de morir, su padre vendió su rancho y el ganado que poseía, para darle una dote, pero en vez de usar el capital para conseguir un marido respetable, como su padre deseaba, ella lo utilizó para comprar su primer avión. Angie era un pájaro libre, sin nido en parte alguna. Su trabajo la conducía de un lado a otro, un día llevaba vacunas a Zaire, al siguiente transportaba actores y técnicos para una película de aventura en las planicies de Serengueti, o un grupo de audaces escaladores a los pies del legendario monte Kilimanjaro. Se jactaba de poseer la fuerza de un búfalo y para demostrarlo apostaba luchando brazo a brazo contra cualquier hombre que se atreviera a aceptar el desafío. Había nacido con una marca en forma de estrella en la espalda, signo seguro de buena suerte, según ella. Gracias a esa estrella había sobrevivido a innumerables aventuras. Una vez estuvo a punto de ser ejecutada a pedradas por una turba en Sudán; en otra ocasión anduvo perdida cinco días en el desierto de Etiopía, sola, a pie, sin comida y con sólo una botella de agua. Pero nada se comparaba con aquella oportunidad en que debió saltar en paracaídas y cayó en un río poblado de cocodrilos.

—Eso fue antes que tuviera mi Cessna Caravan, que no falla nunca —se apresuró en aclarar cuando les contó la historia a sus clientes del *International Geographic.*

—¿Y cómo escapó con vida? —preguntó Alexander.

—Los cocodrilos se entretuvieron mascando la tela del paracaídas y eso me dio tiempo de nadar a la orilla y salir corriendo de allí. Me libré esa vez, pero tarde o temprano voy a morir devorada por cocodrilos, es mi destino…

—¿Cómo lo sabe? —inquirió Nadia.

—Porque me lo dijo una adivina que puede ver el futuro. Ma Bangesé tiene fama de no equivocarse nunca —replicó Angie.

—¿Ma Bangesé? ¿Una señora gorda que tiene un puesto en el mercado? —interrumpió Alexander.

—La misma. No es gorda, sino robusta —aclaró Angie, quien era algo susceptible al tema del peso.

Alexander y Nadia se miraron, sorprendidos por aquella extraña coincidencia.

A pesar de su considerable volumen y su trato algo brusco, Angie era muy coqueta. Se vestía con túnicas floreadas, se adornaba con pesadas joyas étnicas adquiridas en ferias artesanales y solía pintarse los labios de un llamativo color rosado. Lucía un elaborado peinado de docenas de trenzas salpicadas de cuentas de colores. Decía que su línea de trabajo era fatal para las manos y no estaba dispuesta a permitir que las suyas se convirtieran en las de un mecánico. Llevaba las uñas largas pintadas y para proteger la piel se echaba grasa de tortuga, que consideraba milagrosa. El hecho de que las tortugas fueran arrugadas no disminuía su confianza en el producto.

—Conozco varios hombres enamorados de Angie —comentó Mushaha, pero se abstuvo de aclarar que él era uno de ellos.

Ella le guiñó un ojo y explicó que nunca se casaría, porque tenía el corazón roto. Se había enamorado una sola vez en su vida: de un guerrero masai que tenía cinco esposas y diecinueve hijos.

—Tenía los huesos largos y los ojos de ámbar —dijo Angie.

—¿Y qué pasó...? —preguntaron al unísono Nadia y Alexander.

—No quiso casarse conmigo —concluyó ella con un suspiro trágico.

—¡Qué hombre tan tonto! —se rió Michael Mushaha.

—Yo tenía diez años y quince kilos más que él —explicó Angie.

La pilota terminó su café y se preparó para partir. Los amigos se despidieron de Timothy Bruce, a quien la fiebre de la noche anterior había debilitado tanto que ni siquiera le alcanzaron las fuerzas para levantar la ceja izquierda.

Los últimos días del safari se fueron muy rápido en el placer de las excursiones en elefante. Volvieron a ver a la pequeña tribu nómada y comprobaron que el niño estaba curado. Al mismo tiempo se enteraron por radio de que Timothy Bruce seguía en el hospital con una combinación de malaria y de mordedura de mandril infectada, rebelde a los antibióticos.

Angie Ninderera llegó a buscarlos en la tarde del tercer día y se quedó a dormir en el campamento, para salir temprano a la mañana siguiente. Desde el primer momento hizo buena amistad con Kate Cold; las dos eran buenas bebedoras —Angie de cerveza y Kate de vodka— y ambas disponían de un bien nutrido arsenal de historias espeluznantes para embelesar a sus oyentes. Esa noche, cuando el grupo estaba sentado en círculo en torno a una fogata, disfrutando del asado de antílope y otras delicias preparadas por los cocineros, las dos mujeres se peleaban la palabra para deslumbrar al auditorio con sus aventuras. Hasta Borobá escuchaba los cuentos con interés. El monito repartía su tiempo entre los humanos, a cuya compañía estaba habituado, vigilar a Kobi y jugar con una familia de tres chimpancés pigmeos, adoptados por Michael Mushaha.

—Son un veinte por ciento más pequeños y mucho más pacíficos que los chimpancés normales —explicó Mushaha—. Entre ellos las hembras mandan. Eso significa que tienen mejor calidad de vida, hay menos competencia y más colaboración; en su comunidad se come y se duerme bien, las crías están protegidas y el grupo vive de fiesta. No como otros monos en que los machos forman pandillas y no hacen más que pelear.

—¡Ojalá fuera así entre los humanos! —suspiró Kate.

—Estos animalitos son muy parecidos a nosotros: compartimos gran parte de nuestro material genético, incluso su cráneo es parecido al nuestro. Seguramente tenemos un antepasado común —dijo Michael Mushaha.

—Entonces hay esperanza de que evolucionemos como ellos —agregó Kate.

Angie fumaba cigarros que, según ella, constituían su único lujo, y se enorgullecía de la fetidez de su avión. «A quien no le guste el olor a tabaco, que se vaya caminando», solía decirles a los clientes que se quejaban. Como fumadora arrepentida, Kate Cold seguía con ojos ávidos la mano de su nueva amiga. Había dejado de fumar hacía más de un año, pero las ganas de hacerlo no habían desaparecido y al contemplar el ir y venir del cigarro de Angie, sentía ganas de llorar. Sacó del bolsillo su pipa vacía, que siempre llevaba consigo para esos momentos desesperados, y se puso a masticarla con tristeza. Debía admitir que se le había curado la tos de tuberculosa que antes no la dejaba respirar. Lo atribuía al té con vodka y unos polvos que le había dado Walimiai, el chamán del Amazonas amigo de Nadia. Su nieto Alexander achacaba el milagro a un amuleto de excremento de dragón, regalo del rey Dil Bahadur en el Reino Prohibido, de cuyos poderes mágicos estaba convencido. Kate no sabía qué pensar de su nieto, antes muy racional y ahora propenso a la fantasía. La amistad con Nadia lo había cambiado. Tanta confianza tenía Alex en aquel fósil, que trituró unos gramos hasta convertirlos en polvo, los disolvió en licor de arroz y obligó a su madre a beberlo para combatir el cáncer. Lisa debió llevar el resto del fósil colgado al cuello durante meses y ahora lo usaba Alexander, quien no se lo quitaba ni para ducharse.

—Puede curar huesos quebrados y otros males, Kate; también sirve para desviar flechas, cuchillos y balas —le aseguró su nieto.

—En tu lugar yo no lo pondría a prueba —replicó ella secamente, pero permitió a regañadientes que él le frotara el pecho y la espalda con el excremento de dragón, mientras mascullaba para sus adentros que ambos estaban perdiendo la razón.

Esa noche en torno a la hoguera del campamento, Kate Cold y los demás lamentaban tener que despedirse de sus nuevos amigos y de aquel paraíso, donde habían pasado una inolvidable semana.

—Será bueno partir, quiero ver a Timothy —dijo Joel González para consolarse.

—Mañana partiremos a eso de las nueve —los instruyó Angie, echándose al gaznate medio tarro de cerveza y aspirando su cigarro.

—Pareces cansada, Angie —apuntó Mushaha.

—Los últimos días han sido pesados. Tuve que llevar alimento al otro lado de la frontera, donde la gente está desesperada; es horrible ver el hambre frente a frente —dijo ella.

—Esa tribu es de una raza muy noble. Antes vivían con dignidad de la pesca, la caza y sus cultivos, pero la colonización, las guerras y las enfermedades los redujeron a la miseria. Ahora viven de la caridad. Si no fuera por esos paquetes de comida que reciben, ya habrían muerto todos. La mitad de los habitantes de África sobreviven por debajo del nivel mínimo de subsistencia —explicó Michael Mushaha.

—¿Qué significa eso? —preguntó Nadia.

—Que no tienen suficiente para vivir.

Con esa afirmación el guía puso punto final a la sobremesa, que ya se extendía pasada la medianoche, y anunció que era hora de retirarse a las tiendas. Una hora más tarde reinaba la paz en el campamento.

Durante la noche sólo quedaba de guardia un empleado que vigilaba y alimentaba las fogatas, pero al rato también a él lo venció el sueño. Mientras en el campamento se descansaba, en los alrededores hervía la vida; bajo el grandioso cielo estrellado rondaban centenares de especies animales, que a esa hora salían en busca de alimento y agua. La noche africana era un verdadero concierto de voces variadas: el ocasional bramido de elefantes, ladridos lejanos de hienas, chillidos de mandriles asustados por algún leopardo, croar de sapos, canto de chicharras.

Poco antes del amanecer, Kate despertó sobresaltada, porque creyó haber oído un ruido muy cercano. «Debo haberlo soñado», murmuró, dando media vuelta en su litera. Trató de calcular cuánto rato había dormido. Le crujían los huesos, le dolían los músculos, le daban calambres. Le pesaban sus sesenta y siete años bien vividos; tenía el esqueleto aporreado por las excursiones. «Estoy muy vieja para este estilo de vida...», pensó la escritora, pero enseguida se retractó, convencida de que no valía la pena vivir de ninguna otra manera. Sufría más por la inmovilidad de la noche que por la fatiga del día; las horas dentro de la tienda pasaban con una lentitud agobiante. En ese instante volvió a percibir el ruido que la había despertado. No pudo identificarlo, pero le parecieron rascaduras o arañazos.

Las últimas brumas del sueño se disiparon por completo y Kate se irguió en la litera, con la garganta seca y el corazón agitado. No había duda: algo había allí, muy cerca, separado apenas por la tela de la carpa. Con mucho cuidado, para no hacer ruido, tanteó en la oscuridad buscando la linterna, que siempre dejaba cerca. Cuando la tuvo entre los dedos se dio cuenta de que transpiraba de miedo, no pudo activarla con las manos húmedas. Iba a intentarlo de nuevo, cuando oyó la voz de Nadia, quien compartía la carpa con ella.

—Chisss, Kate, no enciendas la luz... —susurró la chica.

—¿Qué pasa?

—Son leones, no los asustes —dijo Nadia.

A la escritora se le cayó la linterna de la mano. Sintió que los huesos se le ponían blandos como budín y un grito visceral se le quedó atravesado en la boca. Un solo arañazo de las garras de un león rasgaría la delgada tela de nylon y el felino les caería encima. No sería la primera vez que un turista moría así en un safari. Durante las excursiones había visto leones de tan cerca que pudo contarles los dientes; decidió que no le gustaría sufrirlos en carne propia. Pasó fugazmente por su mente la imagen de los primeros cristianos en el coliseo romano, condenados a morir devorados por esas fieras. El sudor le corría por la cara mientras buscaba la linterna en el suelo, enredada en la red del mosquitero que protegía su catre. Oyó un ronroneo de gato grande y nuevos arañazos.

Esta vez se estremeció la carpa, como si le hubiera caído un árbol encima. Aterrada, Kate alcanzó a darse cuenta de que Nadia también emitía un ruido de gato. Por fin encontró la linterna y sus dedos temblorosos y mojados lograron encenderla. Entonces vio a la muchacha en cuclillas, con la cara muy cerca de la tela de la tienda, embelesada en un intercambio de ronroneos con la fiera que se encontraba al otro lado. El grito atascado adentro de Kate salió convertido en un terrible alarido, que pilló a Nadia de sorpresa y la tiró de espaldas. La zarpa de Kate cogió a la joven por un brazo y empezó a halarla. Nuevos gritos, acompañados esta vez por pavorosos rugidos de leones, rompieron la quietud del campamento.

En pocos segundos, empleados y visitantes se encontraban fuera, a pesar de las instrucciones precisas de Michael Mushaha, quien les había advertido mil veces de los peligros de salir de las tiendas de noche. A tirones, Kate consiguió arrastrar a Nadia hacia fuera, mientras la chica pataleaba tratando de librarse. Media carpa se desmoronó en el jaleo y uno de los mosquiteros se desprendió y les cayó encima, envolviéndolas; parecían dos larvas luchando por salir del capullo. Alexander, el primero en llegar, corrió a su lado y trató de desprenderlas del mosquitero. Una vez libre, Nadia lo empujó, furiosa porque habían interrumpido de manera tan brutal su conversación con los leones.

Entretanto Mushaha disparó al aire y los rugidos de las fieras se alejaron. Los empleados encendieron algunos faroles, empuñaron sus armas y partieron a explorar los alrededores. Para entonces los elefantes se habían alborotado y los cuidadores procuraban calmarlos antes de que salieran en estampida de los corrales y arremetieran contra el campamento. Frenéticos por el olor de los leones, los tres chimpancés pigmeos daban chillidos y se colgaban del primero que se pusiera cerca. Entretanto Borobá se había encaramado sobre la cabeza de Alexander, quien intentaba inútilmente quitárselo de encima tirándole de la cola. En aquella confusión nadie comprendía qué había sucedido.

Joel González salió gritando despavorido.

—¡Serpientes! ¡Una pitón!

—¡Son leones! —le corrigió Kate.

Joel se detuvo en seco, desorientado.

—¿No son culebras? —vaciló.

—¡No, son leones! —repitió Kate.

—¿Y por eso me despertaron? —masculló el fotógrafo.

—¡Cúbrase las vergüenzas, hombre, por Dios! —se burló Angie Ninderera, quien apareció en pijama.

Recién entonces Joel González se dio cuenta de que estaba completamente desnudo; retrocedió hacia su tienda, tapándose con las dos manos.

Michael Mushaha regresó poco después con la noticia de que había huellas de varios leones en los alrededores y de que la tienda de Kate y Nadia estaba rasgada.

—Ésta es la primera vez que ocurre algo así en el campamento. Jamás esos animales nos habían atacado —comentó, preocupado.

—¡No nos atacaron! —lo interrumpió Nadia.

—¡Ah! ¡Entonces fue una visita de cortesía! —dijo Kate, indignada.

—¡Vinieron a saludar! ¡Si no te pones a chillar, Kate, todavía estaríamos hablando!

Nadia dio media vuelta y se refugió en su tienda, a la cual debió entrar arrastrándose, porque sólo quedaban dos esquinas en pie.

—No le hagan caso, es la adolescencia. Ya se le pasará, todo el mundo se cura de eso —opinó Joel González, quien había reaparecido envuelto en una toalla.

Los demás se quedaron comentando y ya nadie volvió a dormir. Atizaron las fogatas y mantuvieron los faroles encendidos. Borobá y los tres chimpancés pigmeos, todavía muertos de miedo, se instalaron lo más lejos posible de la tienda de Nadia, donde permanecía el olor de las fieras. Poco después se oyó el aleteo de los murciélagos anunciando el alba, entonces los cocineros comenzaron a colar el café y preparar los huevos con tocino del desayuno.

—Nunca te había visto tan nerviosa. Con la edad te estás ablandando, abuela —dijo Alexander, pasándole la primera taza de café a Kate.

—No me llames abuela, Alexander.

—Y tú no me llames Alexander, mi nombre es Jaguar, al menos para mi familia y los amigos.

—¡Bah, déjame en paz, mocoso! —replicó ella, quemándose los labios con el primer sorbo del humeante brebaje.

3

EL MISIONERO

Los empleados del safari cargaron el equipaje en los Land Rovers y acompañaron a los forasteros hacia el avión de Angie, a pocos kilómetros del campamento, en una zona despejada. Para los visitantes era el último paseo sobre los elefantes. El orgulloso Kobi, a quien Nadia había montado durante esa semana, presentía la separación y parecía triste, como lo estaba el grupo del *International Geographic*. También Borobá lo estaba, porque dejaba atrás a los tres chimpancés, con quienes había hecho excelente amistad; por primera vez en su vida debía admitir que existían monos casi tan listos como él.

Al Cessna Caravan se le notaban los años de uso y las millas de vuelo. Un letrero al costado anunciaba su arrogante nombre: *Súper Halcón*. Angie le había pintado cabeza, ojos, pico y garras de ave de rapiña, pero con el tiempo la pintura se había descascarado y el vehículo parecía más bien una patética gallina desplumada en la luz reverberante de la mañana. Los viajeros se estremecieron ante la idea de usarlo como medio de transporte; menos Nadia, porque comparado con la anciana y mohosa avioneta en la cual su padre se desplazaba en el Amazonas, el *Súper Halcón* de Angie resultaba magnífico. La misma pandilla de mandriles maleducados que se bebieron el vodka de Kate se hallaba instalada sobre las alas. Los monos se entretenían matándose los piojos unos a otros con gran atención, como suelen hacer los seres humanos. Kate había visto en muchos lugares del mundo el mismo cariñoso ritual del despioje, que unía a las familias y creaba lazos entre amigos. A veces los niños se ponían en fila uno detrás de otro, del más pequeño al más grande, para escarbarse mutuamente la cabeza. Sonrió pensando que en Estados Unidos la sola palabra «piojo» producía escalofríos de horror. Angie comenzó a lanzar piedras e improperios a los babuinos, pero éstos respondieron con olímpico desprecio y no se movieron hasta que los elefantes estuvieron prácticamente encima de ellos.

Michael Mushaha le entregó a Angie una ampolla del anestésico para animales.

—Es la última que me queda. ¿Puedes traerme una caja en tu próximo viaje? —le pidió.

—Claro que sí.

—Llévatela de muestra, porque hay varias marcas diferentes y puedes confundirte. Ésta es la que necesito.

—Está bien —dijo Angie, guardando la ampolla en el botiquín de emergencia del avión, donde estaría segura.

Habían terminado de colocar el equipaje en el avión cuando surgió de unos arbustos cercanos un hombre que hasta entonces nadie había visto. Vestía pantalones vaqueros, gastadas botas a media pierna y una camisa de algodón inmunda. Sobre la cabeza llevaba un sombrero de tela y a la espalda una mochila de donde colgaban una olla negra de hollín y un machete. Era de baja estatura, delgado, anguloso, calvo, con lentes de vidrios muy gruesos, la piel pálida y las cejas oscuras y enjutas.

—Buenos días, señores —dijo en español y enseguida tradujo el saludo al inglés y francés—. Soy el hermano Fernando, misionero católico —se presentó, estrechando primero la mano de Michael Mushaha y luego la de los demás.

—¿Cómo llegó usted hasta aquí? —preguntó éste.

—Con la ayuda de algunos camioneros y andando buena parte del camino.

—¿A pie? ¿Desde dónde? ¡No hay aldeas en muchas millas alrededor!

—Los caminos son largos, pero todos conducen a Dios —replicó el otro.

Explicó que era español, nacido en Galicia, aunque hacía muchos años que no visitaba su patria. Apenas salió del seminario lo mandaron a África, donde cumplió su ministerio por más de treinta años en diversos países. Su última destinación había sido en una aldea de Ruanda, donde trabajaba con otros hermanos y tres monjas en una pequeña misión. Era una región asolada por la guerra más cruel que se había visto en el continente; innumerables refugiados iban de un lado a otro escapando de la violencia, pero ésta siempre los alcanzaba; la tierra estaba cubierta de ceniza y sangre, no se había plantado nada por años, los que se libraban de balas y cuchillos caían víctimas del hambre y las enfermedades; por los caminos infernales vagaban viudas y huérfanos famélicos, muchos de ellos heridos o mutilados.

—La muerte anda de fiesta por esos lados —concluyó el misionero.

—Yo lo he visto también. Ha muerto más de un millón de personas, la matanza continúa y al resto del mundo le importa poco —agregó Angie.

—Aquí, en África, empezó la vida humana. Todos descendemos de Adán y Eva, que, según dicen los científicos, eran africanos. Éste es el paraíso terrenal que menciona la Biblia. Dios quiso que esto fuera un jardín donde sus criaturas vivieran en paz y abundancia, pero vean ustedes en lo que se ha convertido por el odio y la estupidez humana... —añadió el misionero en tono de prédica.

—¿Usted salió escapando de la guerra? —preguntó Kate.

—Mis hermanos y yo recibimos orden de evacuar la misión cuando los rebeldes quemaron la escuela, pero yo no soy otro refugiado. La verdad es que tengo una tarea por delante, debo encontrar a dos misioneros que han desaparecido.

—¿En Ruanda? —preguntó Mushaha.

—No, están en una aldea llamada Ngoubé. Miren aquí...

El hombre abrió un mapa y lo estiró en el suelo para señalar el punto donde sus compañeros habían desaparecido. Los demás se agruparon alrededor.

—Ésta es la zona más inaccesible, caliente e inhóspita del África ecuatorial. Allí no llega la civilización, no hay medios de transporte fuera de canoas en el río, no existe teléfono ni radio —explicó el misionero.

—¿Cómo se comunican con los misioneros? —preguntó Alexander.

—Las cartas demoran meses, pero ellos se las arreglaban para enviarnos noticias de vez en cuando. La vida por esos lados es muy dura y peligrosa. La región está controlada por un tal Maurice Mbembelé, es un psicópata, un loco, un tipo bestial al cual se le acusa incluso de cometer actos de canibalismo. Desde hace varios meses nada sabemos de nuestros hermanos. Estamos muy preocupados.

Alexander observó el mapa que el hermano Fernando aún tenía en el suelo. Ese trozo de papel no podía dar ni una remota idea de la inmensidad del continente, con sus cuarenta y cinco países y seiscientos millones de personas. Durante esa semana de safari con Michael Mushaha había aprendido mucho, pero igual se sentía perdido ante la complejidad de África, con sus diversos climas, paisajes, culturas, creencias, razas, lenguas. El sitio que el dedo del misionero señalaba nada significaba para él; sólo comprendió que Ngoubé quedaba en otro país.

—Necesito llegar allí —dijo el hermano Fernando.

—¿Cómo? —preguntó Angie.

—Usted debe ser Angie Ninderera, la dueña de este avión, ¿verdad? He oído hablar mucho de usted. Me dijeron que es capaz de volar a cualquier parte...

—¡Hey! ¡Ni se le ocurra pedirme que lo lleve, hombre! —exclamó Angie levantando ambas manos a la defensiva.

—¿Por qué no? Se trata de una emergencia.

—Porque a donde usted pretende ir es una región de bosques pantanosos, allí no se puede aterrizar. Porque nadie con dos dedos de frente anda por esos lados. Porque estoy contratada por la revista *International Geographic* para transportar a estos periodistas sanos y salvos a la capital. Porque tengo otras cosas que hacer y, finalmente, porque no veo que usted pueda pagarme el viaje —replicó Angie.

—Se lo pagaría Dios, sin duda —dijo el misionero.

—Oiga, me parece que su Dios ya tiene demasiadas deudas.

Mientras ellos discutían, Alexander cogió a su abuela por un brazo y se la llevó aparte.

—Tenemos que ayudar a este hombre, Kate —dijo.

—¿Qué estás pensando, Alex, digo, Jaguar?

—Podríamos pedirle a Angie que nos lleve a Ngoubé.

—¿Y quién correrá con los gastos? —alegó Kate.

—La revista, Kate. Imagínate el reportaje formidable que puedes escribir si encontramos a los misioneros perdidos.

—¿Y si no los encontramos?

—Igual es noticia, ¿no lo ves? No volverás a tener otra oportunidad como ésta —suplicó su nieto.

—Debo consultarlo con Joel —replicó Kate, en cuyos

ojos comenzaba a brillar la luz de la curiosidad, que su nieto reconoció al punto.

A Joel González no le pareció mala idea, ya que aún no podía regresar a Londres, donde vivía, porque Timothy Bruce seguía en el hospital.

—¿Hay culebras por esos lados, Kate?

—Más que en ningún otro lugar del mundo, Joel.

—Pero también hay gorilas. Tal vez puedas fotografiarlos de cerca. Sería una tapa excelente para el *International Geographic*... —lo tentó Alexander.

—Bueno, en ese caso, voy con ustedes —decidió Joel.

Convencieron a Angie, con un fajo de billetes que Kate le puso ante la cara y con la perspectiva de un vuelo muy difícil, desafío que la pilota no pudo resistir. Cogió el dinero de un zarpazo, encendió el primer cigarro del día y dio orden de echar los bultos en la cabina, mientras ella revisaba los niveles y se aseguraba de que el *Súper Halcón* funcionara bien.

—¿Este aparato es seguro? —preguntó Joel González, para quien lo peor de su trabajo eran los reptiles y en segundo lugar los vuelos en avioneta.

Como única respuesta Angie le lanzó un salivazo de tabaco a los pies. Alex le dio un codazo de complicidad: tampoco a él le parecía muy seguro ese medio de transporte, sobre todo considerando que lo piloteaba una mujer excéntrica con una caja de cerveza a los pies, quien además llevaba un cigarro encendido entre los dientes, a poca distancia de los tambores de gasolina para reabastecimiento.

Veinte minutos más tarde el Cessna estaba cargado y los pasajeros en sus sitios. No todos disponían de un asiento, Alex y Nadia se acomodaron en la cola sobre los bultos, y ninguno contaba con cinturón de seguridad, porque Angie los consideraba una precaución inútil.

—En caso de accidente, los cinturones sólo sirven para que no se desparramen los cadáveres —dijo.

La mujer puso en marcha los motores y sonrió con la inmensa ternura que ese sonido siempre le producía. El avión se sacudió como un perro mojado, tosió un poco y luego comenzó a moverse sobre la improvisada pista. Angie lanzó un triunfal grito de comanche cuando las ruedas se desprendieron del suelo y su querido halcón comenzó a elevarse.

—En el nombre de Dios —murmuró el misionero, persignándose, y Joel González lo imitó.

La vista desde el aire ofrecía una pequeña muestra de la variedad y belleza del paisaje africano. Dejaron atrás la reserva natural donde habían pasado la semana, vastas planicies rojizas y calientes, salpicadas de árboles y animales salvajes. Volaron sobre secos desiertos, bosques, montes, lagos, ríos, aldeas separadas por grandes distancias. A medida que avanzaban hacia el horizonte, iban retrocediendo en el tiempo.

El ruido de los motores era un obstáculo serio para la conversación, pero Alexander y Nadia insistían en hablar a gritos. El hermano Fernando respondía a sus incesantes preguntas en el mismo tono. Se dirigían a los bosques de una zona cercana a la línea ecuatorial, dijo. Algunos audaces exploradores del siglo XIX y los colonizadores franceses y belgas en el siglo XX penetraron brevemente en aquel infierno verde, pero era tan alta la mortalidad —ocho de cada diez hombres perecía por fiebres tropicales, crímenes o accidentes— que debieron retroceder. Después de la independencia, cuando los colonos extranjeros se retiraron del país, sucesivos gobiernos extendieron sus tentáculos hacia las aldeas más remotas. Construyeron algunos caminos, enviaron soldados, maestros, médicos y burócratas, pero la jungla y las terribles enfermedades detenían a la civilización. Los misioneros, determinados a extender el cristianismo a cualquier precio, fueron los únicos que perseveraron en el propósito de echar raíces en aquella infernal región.

—Hay menos de un habitante por kilómetro cuadrado y la población se concentra cerca de los ríos, el resto está deshabitado —explicó el hermano Fernando—. Nadie entra a los pantanos. Los nativos aseguran que allí viven los espíritus y todavía hay dinosaurios.

—¡Parece fascinante! —dijo Alexander.

La descripción del misionero se parecía al África mitológica que él había visualizado cuando su abuela le anunció el viaje. Se llevó una desilusión cuando llegaron a Nairobi y se encontró en una moderna ciudad de altos edificios y bullicioso tráfico. Lo más parecido a un guerrero que vio fue la tribu de nómadas que llegó con el niño enfermo al campamento de Mushaha. Hasta los elefantes del safari le parecieron demasiado mansos. Cuando se lo comentó a Nadia, ella se encogió de hombros, sin entender por qué él se sintió defraudado con su primera impresión de África. Ella no esperaba nada en particular. Alexander concluyó que si África hubiera estado poblada por extraterrestres, Nadia los habría asumido con la mayor naturalidad, porque nunca anticipaba nada. Tal vez ahora, en el sitio marcado en el mapa del hermano Fernando, encontraría la tierra mágica que había imaginado.

Al cabo de varias horas de vuelo sin inconvenientes, salvo el cansancio, la sed y el mareo de los pasajeros, Angie comenzó a bajar entre delgadas nubes. La pilota señaló abajo un inacabable terreno verde, donde podía distinguirse la sinuosa línea de un río. No se vislumbraba señal alguna de vida humana, pero estaban todavía a demasiada altura para ver aldeas, en caso de que las hubiera.

—¡Allí es, estoy seguro! —gritó el hermano Fernando de pronto.

—¡Se lo advertí, hombre, ahí no hay donde aterrizar! —le respondió Angie también a gritos.

—Descienda usted a tierra, señorita, y Dios proveerá —aseguró el misionero.

—¡Más vale que lo haga, porque tenemos que echar gasolina!

El *Súper Halcón* comenzó a bajar en grandes círculos. A medida que se acercaban al suelo, los pasajeros comprobaron que el río era mucho más ancho de lo que parecía visto desde arriba. Angie Ninderera explicó que hacia el sur podrían encontrar aldeas, pero el hermano Fernando insistió en que debía enfilar más bien hacia el noroeste, hacia la región donde sus compañeros habían instalado la misión. Ella dio un par de vueltas, cada vez más cerca del suelo.

—¡Estamos malgastando la poca gasolina que nos queda! Voy hacia el sur —decidió finalmente.

—¡Allí, Angie! —señaló de súbito Kate.

A un lado del río surgió como por encantamiento la franja despejada de una playa.

—La pista es muy angosta y corta, Angie —le advirtió Kate.

—Sólo necesito doscientos metros, pero creo que no los tenemos —replicó Angie.

Dio una vuelta a baja altura para medir la playa al ojo y buscar el mejor ángulo para la maniobra.

—No será la primera vez que aterrizo en menos de doscientos metros. ¡Sujétense, muchachos, que vamos a galopar! —anunció con otro de sus típicos gritos de guerra.

Hasta ese momento Angie Ninderera había piloteado muy relajada, con una lata de cerveza entre las rodillas y su cigarro en la mano. Ahora su actitud cambió. Apagó el cigarro contra el cenicero pegado con cinta adhesiva en el piso, acomodó su corpulenta humanidad en el asiento, se aferró a dos manos del volante y se dispuso a tomar posición, sin dejar de maldecir y aullar como comanche, llamando a la buena suerte que, según ella, nunca le fallaba, porque para eso llevaba su fetiche colgado al cuello. Kate Cold coreó a Angie, gritando hasta desgañitarse, porque no se le ocurrió otra forma de desahogar los nervios. Nadia Santos cerró los ojos y pensó en su padre. Alexander Cold abrió bien los suyos, invocando a su amigo, el lama Tensing, cuya prodigiosa fuerza mental podría serles de gran ayuda en esos momentos, pero Tensing estaba muy lejos. El hermano Fernando se puso a rezar en voz alta en español, acompañado por Joel González. Al final de la breve playa se elevaba, como una muralla china, la vegetación impenetrable de la selva. Tenían sólo una oportunidad de aterrizar; si fallaban, no había pista suficiente para volver a elevarse y se estrellarían contra los árboles.

El *Súper Halcón* descendió bruscamente y las primeras ramas de los árboles le rozaron el vientre. Apenas se encontró sobre el improvisado aeródromo, Angie buscó el suelo, rogando para que fuera firme y no estuviera sembrado de rocas. El avión cayó dando bandazos, como un pajarraco herido, mientras en su interior reinaba el caos: los bultos saltaban de un lado a otro, los pasajeros se azotaban contra el techo, rodaba la cerveza y bailaban los tambores de gasolina. Angie, con las manos agarrotadas sobre los instrumentos de control, aplicó los frenos a fondo, tratando de estabilizar el aparato para evitar que se quebraran las alas. Los motores rugían, desesperados, y un fuerte olor a goma quemada invadía la cabina. El aparato temblaba en su intento de detenerse, recorriendo los últimos metros de pista en una nube de arena y humo.

—¡Los árboles! —gritó Kate cuando estuvieron casi encima de ellos.

Angie no contestó a la gratuita observación de su clienta: ella también los veía. Sintió esa mezcla de terror absoluto y de fascinación que la invadía cuando se jugaba la vida, una súbita descarga de adrenalina que le hacía hormiguear la piel y aceleraba su corazón. Ese miedo feliz era lo mejor de su trabajo. Sus músculos se tensaron en el esfuerzo brutal de dominar la máquina; luchaba cuerpo a cuerpo con el avión, como un vaquero sobre un toro bravo. De pronto, cuando los árboles estaban a dos metros de distancia y los pasajeros creyeron que había llegado su último instante, el *Súper Halcón* se fue hacia delante, dio una sacudida tremenda y enterró el pico en el suelo.

—¡Maldición! —exclamó Angie.

—No hable así, mujer —dijo el hermano Fernando con voz temblorosa desde el fondo de la cabina, donde pataleaba enterrado bajo las cámaras fotográficas—. ¿No ve que Dios proveyó una pista de aterrizaje?

—¡Dígale que me mande también un mecánico, porque tenemos problemas! —bramó de vuelta Angie.

—No nos pongamos histéricos. Antes que nada debemos examinar los daños —ordenó Kate Cold preparándose para bajar, mientras los demás se arrastraban a gatas hacia la portezuela. El primero en saltar afuera fue el pobre Borobá, quien rara vez había estado más asustado en su vida. Alexander vio que Nadia tenía la cara cubierta de sangre.

—¡Águila! —exclamó, tratando de librarla de la confusión de bultos, cámaras y asientos desprendidos del suelo.

Cuando por fin estuvieron afuera y pudieron evaluar la situación, resultó que ninguno estaba herido; lo de Nadia era una hemorragia nasal. El avión, en cambio, había sufrido daños.

—Tal como temía, se dobló la hélice —dijo Angie.

—¿Es grave? —preguntó Alexander.

—En circunstancias normales no es grave. Si consigo otra hélice, yo misma la puedo cambiar, pero aquí estamos fritos. ¿De dónde voy a sacar una de repuesto?

Antes que el hermano Fernando alcanzara a abrir la boca, Angie lo enfrentó con los brazos en jarra.

—¡Y no me diga que su Dios proveerá, si no quiere que me enoje de verdad!

El misionero guardó prudente silencio.

—¿Dónde estamos exactamente? —preguntó Kate.

—No tengo la menor idea —admitió Angie.

El hermano Fernando consultó su mapa y concluyó que seguramente no estaban muy lejos de Ngoubé, la aldea donde sus compañeros habían establecido la misión.

—Estamos rodeados de jungla tropical y pantanos, no hay forma de salir de aquí sin un bote —dijo Angie.

—Entonces hagamos fuego. Una taza de té y un trago de vodka no nos caerían mal —propuso Kate.

4

INCOMUNICADOS EN LA JUNGLA

Al caer la noche los expedicionarios decidieron acampar cerca de los árboles, donde estarían mejor protegidos.

—¿Hay pitones por estos lados? —preguntó Joel González, pensando en el abrazo casi fatal de una anaconda en el Amazonas.

—Las pitones no son problema, porque se ven de lejos y se pueden matar a tiros. Peores son la víbora de Gabón y la cobra del bosque. El veneno mata en cuestión de minutos —dijo Angie.

—¿Tenemos antídoto?

—Para ésas no hay antídoto. Me preocupan más los cocodrilos, esos bichos comen de todo... —comentó Angie.

—Pero se quedan en el río, ¿no? —preguntó Alexander.

—También son feroces en tierra. Cuando los animales salen de noche a beber, los cogen y los arrastran hasta el fondo del río. No es una muerte agradable —explicó Angie.

La mujer disponía de un revólver y un rifle, aunque nunca había tenido ocasión de dispararlos. En vista de que deberían hacer turnos para vigilar por la noche, les explicó a los demás cómo usarlos. Dieron unos cuantos tiros y comprobaron que las armas estaban en buen estado, pero ninguno de ellos fue capaz de acertar al blanco a pocos metros de distancia. El hermano Fernando se negó a participar, porque según dijo, las armas de fuego las carga el diablo. Su experiencia en la guerra de Ruanda lo había dejado escaldado.

—Ésta es mi protección, un *escapulario* —dijo, mostrando un trozo de tela que llevaba colgado de un cordel al cuello.

—¿Qué? —preguntó Kate, quien nunca había oído esa palabra.

—Es un objeto santo, está bendito por el Papa —aclaró Joel González, mostrando uno similar en su pecho.

Para Kate, formada en la sobriedad de la Iglesia protestante, el culto católico resultaba tan pintoresco como las ceremonias religiosas de los pueblos africanos.

—Yo también tengo un amuleto, pero no creo que me salve de las fauces de un cocodrilo —dijo Angie mostrando una bolsita de cuero.

—¡No compare su fetiche de brujería con un escapulario! —replicó el hermano Fernando, ofendido.

—¿Cuál es la diferencia? —preguntó Alexander, muy interesado.

—Uno representa el poder de Cristo y el otro es una superstición pagana.

—Las creencias propias se llaman religión, las de los demás se llaman superstición —comentó Kate.

Repetía esa frase delante de su nieto en cuanta oportunidad se le presentaba, para machacarle respeto por otras culturas. Otros de sus dichos favoritos eran: «Lo nuestro es *idioma*, lo que hablan los demás son *dialectos*», y «Lo que hacen los blancos es *arte* y lo que hacen otras razas es *artesanía*». Alexander había tratado de explicar estos dichos de su abuela en la clase de ciencias sociales, pero nadie captó la ironía.

Se armó de inmediato una apasionada discusión sobre la fe cristiana y el animismo africano, en la cual participó el grupo entero, menos Alexander, quien llevaba su propio amuleto al cuello y prefirió callarse la boca, y Nadia, quien estaba ocupada recorriendo con gran atención la pequeña playa de punta a cabo, acompañada por Borobá. Alexander se reunió con ellos.

—¿Qué buscas, Águila? —preguntó.

Nadia se agachó y recogió de la arena unos trozos de cordel.

—Encontré varios de éstos —dijo.

—Debe ser alguna clase de liana...

—No. Creo que son fabricados a mano.

—¿Qué pueden ser?

—No lo sé, pero significa que alguien ha estado aquí hace poco y tal vez volverá. No estamos tan desamparados como Angie supone —dedujo Nadia.

—Espero que no sean caníbales.

—Eso sería muy mala suerte —dijo ella, pensando en lo que le había oído al misionero sobre el loco que reinaba en la región.

—No veo huellas humanas por ninguna parte —comentó Alexander.

—Tampoco se ven huellas de animales. El terreno es blando y la lluvia las borra.

Varias veces al día caía una fuerte lluvia, que los mojaba como una ducha y terminaba tan de súbito como había comenzado. Esos chaparrones los mantenían empapados, pero no atenuaban el calor, por el contrario, la humedad lo hacía aún más insoportable. Armaron la carpa de Angie, en la cual tendrían que amontonarse cinco de los viajeros, mientras el sexto vigilaba. Por sugerencia del hermano Fernando buscaron excremento de animales para hacer fuego, única manera de mantener a raya a los mosquitos y disimular el olor de los seres humanos, que podría atraer a las fieras de los alrededores. El misionero los previno contra los chinches, que ponían huevos entre uña y carne, las heridas se infectaban y después había que levantar las uñas con un cuchillo para arrancar las larvas, procedimiento parecido a la tortura china. Para evitarlo se frotaron manos y pies con gasolina. También les advirtió que no dejaran comida al aire libre, porque atraía las hormigas, que podían ser más peligrosas que los cocodrilos. Una invasión de termitas era algo aterrador: a su paso desaparecía la vida y no quedaba más que tierra asolada. Alexander y Nadia habían oído eso en el Amazonas, pero se enteraron de que las africanas eran aún más voraces. Al atardecer llegó una nube de minúsculas abejas, las insufribles *mopani*, y a pesar del humo invadieron el campamento y los cubrieron hasta los párpados.

—No pican, sólo chupan el sudor. Es mejor no tratar de espantarlas, ya se acostumbrarán a ellas —dijo el misionero.

—¡Miren! —señaló Joel González.

Por la orilla avanzaba una antigua tortuga cuyo caparazón tenía más de un metro de diámetro.

—Debe tener más de cien años —calculó el hermano Fernando.

—¡Yo sé preparar una deliciosa sopa de tortuga! —exclamó Angie, empuñando un machete—. Hay que aprovechar el momento en que asoma la cabeza para…

—No pensará matarla… —la interrumpió Alexander.

—La concha vale mucho dinero —dijo Angie.

—Tenemos sardinas en lata para la cena —le recordó Nadia, también opuesta a la idea de comerse a la indefensa tortuga.

—No conviene matarla. Tiene un olor fuerte, que puede atraer animales peligrosos —agregó el hermano Fernando.

El centenario animal se alejó con paso tranquilo hacia el otro extremo de la playa, sin sospechar cuán cerca estuvo de acabar en la olla.

Descendió el sol, se alargaron las sombras de los árboles cercanos y por fin refrescó en la playa.

—No voltee los ojos para este lado, hermano Fernando, porque voy a darme un chapuzón en el agua y no quiero tentarlo —se rió Angie Ninderera.

—No le aconsejo acercarse al río, señorita. Nunca se sabe lo que puede haber en el agua —replicó el misionero secamente, sin mirarla.

Pero ella ya se había quitado los pantalones y la blusa y corría en ropa interior hacia la orilla. No cometió la imprudencia de introducirse en el agua más allá de las rodillas y permaneció alerta, lista para salir volando en caso de peligro. Con la misma taza de latón que usaba para el café, empezó a echarse agua en la cabeza con evidente placer. Los demás siguieron su ejemplo, menos el misionero, quien permaneció de espaldas al río dedicado a preparar una magra comida de frijoles y sardinas en lata, y Borobá, que odiaba el agua.

Nadia fue la primera en ver a los hipopótamos. En la penumbra de la tarde se mimetizaban con el color pardo del agua y sólo se dieron cuenta de su presencia cuando los tuvieron muy cerca. Había dos adultos, más pequeños que los de la reserva de Michael Mushaha, remojándose a pocos metros del lugar donde ellos se bañaban. Al tercero, un crío, lo vieron después asomando la cabeza entre los contundentes traseros de sus padres. Sigilosamente, para no provocarlos, los amigos salieron del río y retrocedieron en dirección al campamento. Los pesados animales no manifestaron ninguna curiosidad por los seres humanos; siguieron bañándose tranquilos durante largo rato, hasta que cayó la noche y desaparecieron en la oscuridad. Tenían la piel gris y gruesa, como la de los elefantes, con profundos pliegues. Las orejas eran redondas y pequeñas, los ojos muy brillantes, de color café caoba. Dos bolsas colgaban de las mandíbulas, protegiendo los enormes caninos cuadrados, capaces de triturar un tubo de hierro.

—Andan en pareja y son más fieles que la mayoría de las personas. Tienen una cría a la vez y la cuidan por años —explicó el hermano Fernando.

Al ponerse el sol, la noche se dejó caer deprisa y el grupo humano se vio rodeado por la infranqueable oscuridad del bosque. Sólo en el pequeño claro de la orilla donde habían aterrizado se podía ver la luna en el cielo. La soledad era absoluta. Se organizaron para dormir por turnos, mientras uno de ellos montaba guardia y mantenía encendido el fuego. Nadia, a quien habían exonerado de esa responsabilidad por ser la más joven, insistió en acompañar a Alexander durante su turno. Durante la noche desfilaron diversos animales, que se acercaban a beber al río, desconcertados por el humo, el fuego y el olor de los seres humanos. Los más tímidos retrocedían asustados, pero otros olfateaban el aire, vacilaban y por fin, vencidos por la sed, se aproximaban. Las instrucciones del hermano Fernando, quien había estudiado la flora y la fauna de África durante treinta años, eran de no molestarlos. Por lo general no atacaban a los seres humanos, dijo, salvo que estuvieran hambrientos o fueran agredidos.

—Eso es en teoría. En la práctica son impredecibles y pueden atacar en cualquier momento —le rebatió Angie.

—El fuego los mantendrá alejados. En esta playa creo que estamos a salvo. En el bosque habrá más peligro que aquí... —dijo el hermano Fernando.

—Sí, pero no entraremos al bosque —lo cortó Angie.

—¿Piensa quedarse en esta playa para siempre? —preguntó el misionero.

—No podemos salir de aquí por el bosque. La única ruta es el río.

—¿Nadando? —insistió el hermano Fernando.

—Podríamos construir una balsa —sugirió Alexander.

—Has leído demasiadas novelas de aventuras, chaval —replicó el misionero.

—Mañana tomaremos una decisión, por el momento vamos a descansar —ordenó Kate.

El turno de Alexander y Nadia cayó a las tres de la madrugada. A ellos y Borobá les tocaría ver salir el sol. Sentados espalda contra espalda, con las armas en las rodillas, conversaban en susurros. Se mantenían en contacto cuando estaban separados, pero igual tenían un millar de cosas que contarse cuando se encontraban. Su amistad era muy profunda y calculaban que les duraría el resto de sus vidas. La verdadera amistad, pensaban, resiste el paso del tiempo, es desinteresada y generosa, no pide nada a cambio, sólo lealtad. Sin haberse puesto de acuerdo, defendían ese delicado sentimiento de la curiosidad ajena. Se querían sin alarde, sin grandes demostraciones, discreta y calladamente. Por correo electrónico compartían sueños, pensamientos, emociones y secretos. Se conocían tan bien que no necesitaban decirse mucho, a veces una palabra bastaba para entenderse.

En más de una ocasión su madre le preguntó a Alexander si Nadia era «su chica» y él siempre se lo negó con más energía de la necesaria. No era «su chica» en el sentido vulgar del término. La sola pregunta lo ofendía. Su relación con Nadia no podía compararse con los enamoramientos que solían trastornar a sus amigos, o con sus propias fantasías con Cecilia Burns, la muchacha con quien pensaba casarse desde que entró a la escuela. El cariño entre Nadia y él era único, intocable, precioso. Comprendía que una relación tan intensa y pura no es habitual entre un par de adolescentes de diferente sexo; por lo mismo no hablaba de ella, nadie la entendería.

Una hora más tarde desaparecieron una a una las estrellas y el cielo comenzó a aclarar, primero como un suave resplandor y pronto como un magnífico incendio, alumbrando el paisaje con reflejos anaranjados. El cielo se llenó de pájaros diversos y un concierto de trinos despertó al grupo. Se pusieron en acción de inmediato, unos atizando el fuego y preparando algo para desayunar, otros ayudando a Angie Ninderera a desprender la hélice con la intención de repararla.

Debieron armarse de palos para mantener a raya a los monos que se abalanzaron sobre el pequeño campamento para robar comida. La batalla los dejó extenuados. Los monos se retiraron al fondo de la playa y desde allí vigilaban, esperando cualquier descuido para atacar de nuevo. El calor y la humedad eran agobiantes, tenían la ropa pegada al cuerpo, el cabello mojado, la piel ardiente. Del bosque se desprendía un olor pesado a materia orgánica en descomposición, que se mezclaba con la fetidez del excremento que habían usado para la fogata. La sed los acosaba y debían cuidar las últimas reservas de agua envasada que llevaban en el avión. El hermano Fernando propuso usar el agua del río, pero Kate dijo que les daría tifus o cólera.

—Podemos hervirla, pero con este calor no habrá forma de enfriarla, tendremos que beberla caliente —agregó Angie.

—Entonces hagamos té —concluyó Kate.

El misionero utilizó la olla que colgaba de su mochila para sacar agua del río y hervirla. Era de color óxido, sabor metálico y un extraño olor dulzón, un poco nauseabundo.

Borobá era el único que entraba al bosque en rápidas excursiones, los demás temían perderse en la espesura. Nadia notó que iba y venía a cada rato, con una actitud que al principio era de curiosidad y pronto parecía de desesperación. Invitó a Alexander y ambos partieron detrás del mono.

—No se alejen, chicos —les advirtió Kate.

—Volvemos enseguida —replicó su nieto.

Borobá los condujo sin vacilaciones entre los árboles. Mientras él saltaba de rama en rama, Nadia y Alexander avanzaban con dificultad abriéndose camino entre los tupidos helechos, rogando para no pisar una culebra o encontrarse frente a frente con un leopardo.

Los jóvenes se adentraron en la vegetación sin perder de vista a Borobá. Les pareció que iban por una especie de sendero apenas trazado en el bosque, tal vez una ruta antigua, que las plantas habían cubierto, por donde transitaban animales cuando iban a beber al río. Estaban cubiertos de insectos de pies a cabeza; ante la imposibilidad de librarse de ellos, se resignaron a tolerarlos. Era mejor no pensar en la serie de enfermedades transmitidas por insectos, desde malaria hasta el sopor mortal inducido por la mosca tse-tse, cuyas víctimas se hundían en un letargo profundo, hasta que morían atrapadas en el laberinto de sus pesadillas. En algunos lugares debían romper a manotadas las inmensas telarañas que les cerraban el paso; en otros se hundían hasta media pierna en un lodo pegajoso.

De pronto distinguieron en el bullicio continuo del bosque algo similar a un lamento humano, que los detuvo en seco. Borobá se puso a saltar ansioso, indicándoles que continuaran. Unos metros más adelante vieron de qué se trataba. Alexander, quien abría el camino, estuvo a punto de caer en un hueco que surgió ante sus pies, como una hendidura. El llanto provenía de una forma oscura, que yacía en el hoyo y que a primera vista parecía un gran perro.

—¿Qué es? —murmuró Alexander, sin atreverse a levantar la voz, retrocediendo.

Los chillidos de Borobá se intensificaron, la criatura en el hoyo se movió y entonces se dieron cuenta de que era un simio. Estaba envuelto en una red que lo inmovilizaba por completo. El animal levantó la vista y al verlos comenzó a dar alaridos, mostrando los dientes.

—Es un gorila. No puede salir... —dijo Nadia.

—Esto parece una trampa.

—Hay que sacarlo —propuso Nadia.

—¿Cómo? Nos puede morder...

Nadia se agachó a la altura del animal atrapado y empezó a hablar como lo hacía con Borobá.

—¿Qué le dices? —le preguntó Alexander.

—No sé si me entiende. No todos los monos hablan la misma lengua, Jaguar. En el safari pude comunicarme con los chimpancés, pero no con los mandriles.

—Esos mandriles eran unos desalmados, Águila. No te habrían hecho caso aunque te hubieran entendido.

—No conozco el idioma de los gorilas, pero imagino que será parecido al de otros monos.

—Dile que se quede quieto y veremos si podemos desprenderlo de la red.

Poco a poco la voz de Nadia logró calmar al animal prisionero, pero si intentaban acercarse volvía a mostrar los dientes y a gruñir.

—¡Tiene un bebé! —señaló Alexander.

Era diminuto, no podía tener más de unas cuantas semanas, y se adhería con desesperación al grueso pelaje de su madre.

—Vamos a buscar ayuda. Necesitamos cortar la red —decidió Nadia.

Volvieron a la playa lo más deprisa que el terreno permitía y les contaron a los demás lo que habían encontrado.

—Ese animal puede atacarlos. Los gorilas son pacíficos,

pero una hembra con una cría siempre es peligrosa —les advirtió el hermano Fernando.

Pero ya Nadia había echado mano de un cuchillo y partía seguida por el resto del grupo. Joel González apenas podía creer su buena fortuna: iba a fotografiar a un gorila, después de todo. El hermano Fernando se armó de su machete y un palo largo, Angie llevaba el revólver y el rifle. Borobá los condujo directo a la trampa donde estaba la gorila, quien al verse rodeada de rostros humanos se puso frenética.

—En este momento nos vendría muy bien el anestésico de Michael Mushaha —observó Angie.

—Tiene mucho miedo. Trataré de acercarme, ustedes esperen atrás —propuso Nadia.

Los demás retrocedieron varios metros y se agazaparon entre los helechos, mientras Nadia y Alexander se aproximaban centímetro a centímetro, deteniéndose y esperando. La voz de Nadia continuaba su largo monólogo para tranquilizar al pobre animal atrapado. Así transcurrieron varios minutos, hasta que los gruñidos cesaron.

—Jaguar, mira allá arriba —susurró Nadia al oído de su amigo.

Alexander levantó los ojos y vio en la copa del árbol señalado un rostro negro y brillante, con ojos muy juntos y nariz aplastada, observándolo con gran atención.

—Es otro gorila. ¡Y mucho más grande! —replicó Alexander también en un murmullo.

—No lo mires a los ojos, eso es una amenaza para ellos y puede enojarse —le aconsejó ella.

El resto del grupo también lo vio, pero nadie se movió. A Joel González le picaban las manos por enfocar su cámara, pero Kate lo disuadió con una severa mirada. La oportunidad de estar a tan corta distancia de aquellos grandes simios era tan rara, que no podían arruinarla con un movimiento falso. Media hora más tarde nada había sucedido;

el gorila del árbol permanecía quieto en su puesto de observación y la figura encogida bajo la red guardaba silencio. Sólo su respiración agitada y la forma en que apretaba a su cría delataban su angustia.

Nadia empezó a gatear hacia la trampa, observada por la aterrorizada hembra desde el suelo y por el macho desde arriba. Alexander la siguió con el cuchillo entre los dientes, sintiéndose vagamente ridículo, como si estuviera en una película de Tarzán. Cuando Nadia estiró la mano para tocar al animal bajo la red, las ramas del árbol donde estaba el otro gorila se balancearon.

—Si ataca a mi nieto, lo matas allí mismo —le sopló Kate a Angie.

Angie no respondió. Temía que aunque el animal estuviera a un metro de distancia no sería capaz de darle un tiro: le temblaba el rifle entre las manos.

La hembra seguía los movimientos de los jóvenes en estado de alerta, pero parecía algo más tranquila, como si hubiera comprendido la explicación, repetida una y otra vez por Nadia, de que esos seres humanos no eran los mismos que habían armado la trampa.

—Quieta, quieta, vamos a liberarte —murmuraba Nadia como una letanía.

Por fin la mano de la muchacha tocó el pelaje negro del simio, que se encogió al contacto y mostró los dientes. Nadia no retiró la mano y poco a poco el animal se tranquilizó. A una seña de Nadia, Alexander comenzó a arrastrarse con prudencia para reunirse con ella. Con mucha lentitud, para no asustarla, acarició también el lomo de la gorila, hasta que ella se familiarizó con su presencia. Respiró hasta el fondo de los pulmones, frotó el amuleto que llevaba al pecho para darse ánimo y empuñó el cuchillo para cortar la cuerda. La reacción del animal al ver el filo del metal a ras de piel fue encogerse como una bola, protegiendo al bebé con su cuerpo. La voz de Nadia le llegaba de lejos, penetrando en su mente aterrorizada, calmándola, mientras sentía a su espalda el roce del cuchillo y los tirones de la red. Cortar las cuerdas resultó una faena más larga de lo supuesto, pero al fin Alexander logró abrir un boquete para liberar a la prisionera. Le hizo una seña a Nadia y los dos retrocedieron varios pasos.

—¡Fuera! ¡Ya puedes salir! —ordenó la joven.

El hermano Fernando avanzó gateando con prudencia y le pasó a Alexander su bastón, quien lo usó para picar delicadamente al bulto acurrucado bajo la red. Eso produjo el efecto esperado, la gorila levantó la cabeza, olfateó el aire y observó a su alrededor con curiosidad. Tardó un poco en comprobar que podía moverse y entonces se irguió, sacudiéndose la red. Nadia y Alexander la vieron de pie, con su cría en el pecho, y tuvieron que taparse la boca para no gritar de excitación. No se movieron. La gorila se agachó, sujetando a su bebé con una mano contra su pecho, y se quedó mirando a los jóvenes con una expresión concentrada.

Alexander se estremeció al comprender cuán cerca estaba el animal. Sintió su calor y un rostro negro y arrugado surgió a diez centímetros del suyo. Cerró los ojos, sudando. Cuando volvió a abrirlos vio vagamente un hocico rosado y lleno de dientes amarillos; tenía los lentes empañados, pero no se atrevió a quitárselos. El aliento de la gorila le dio de lleno en la nariz, tenía un olor agradable a pasto recién cortado. De pronto la manita curiosa del bebé lo cogió por el cabello y le dio un tirón. Alexander, ahogado de felicidad, estiró un dedo y el monito se aferró como hacen los niños recién nacidos. A la madre no le gustó esta muestra de confianza y le propinó un empujón a Alexander, aplastándolo contra el suelo, pero sin agresividad. Lanzó un gruñido enfático, en el tono de quien hace una pregunta, y de dos saltos se alejó hacia el árbol donde aguardaba el macho y ambos se perdieron en el follaje. Nadia ayudó a su amigo a incorporarse.

—¿Vieron? ¡Me tocó! —exclamó Alexander, brincando de entusiasmo.

—Bien hecho, chavales —aprobó el hermano Fernando.

—¿Quién habrá puesto esa red? —preguntó Nadia, pensando que era del mismo material de las cuerdas en la playa.

5

EL BOSQUE EMBRUJADO

De regreso en el campamento, Joel González improvisó una caña de pescar con bambú y un alambre torcido y se instaló en la orilla con la esperanza de atrapar algo para comer, mientras los demás comentaban la reciente aventura. El hermano Fernando estuvo de acuerdo con la teoría de Nadia: había esperanza de que alguien acudiera a socorrerlos, porque la red indicaba presencia humana. En algún momento los cazadores regresarían en busca del botín.

—¿Por qué cazan a los gorilas? La carne es mala y la piel es fea —quiso saber Alexander.

—La carne es aceptable si no hay otra cosa que comer. Sus órganos se usan en brujería, con la piel y el cráneo hacen máscaras y venden las manos convertidas en ceniceros. A los turistas les encantan —explicó el misionero.

—¡Qué horror!

—En la misión en Ruanda teníamos un gorila de dos años, el único que pudimos salvar. Mataban a las madres y a veces nos traían a los pobres bebés, que quedaban abandonados. Son muy sensibles, se mueren de tristeza, si antes no se mueren de hambre.

—A propósito, ¿ustedes no tienen hambre? —preguntó Alexander.

—Fue mala idea dejar escapar a la tortuga, podríamos haber cenado espléndidamente —apuntó Angie.

Los responsables guardaron silencio. Angie tenía razón: en esas circunstancias no podían darse el lujo de ponerse sentimentales, lo primero era sobrevivir.

—¿Qué pasó con la radio del avión? —preguntó Kate.

—He mandado varios mensajes pidiendo socorro, pero no creo que fueran recibidos, estamos muy lejos. Seguiré tratando de conectarme con Michael Mushaha. Le prometí que lo llamaría dos veces al día. Seguro que le extrañará no recibir noticias nuestras —replicó Angie.

—En algún momento alguien nos echará de menos y saldrá a buscarnos —les consoló Kate.

—Estamos fritos: mi avión en pedazos, nosotros perdidos y hambrientos —farfulló Angie.

—¡Pero qué pesimista es usted, mujer! Dios aprieta, pero no ahoga. Usted verá que nada ha de faltarnos —replicó el hermano Fernando.

Angie cogió al misionero de los brazos y lo levantó unos centímetros del suelo para mirarlo de cerca, ojo a ojo.

—¡Si me hubiera hecho caso, no estaríamos en este embrollo! —exclamó echando chispas.

—La decisión de venir aquí fue mía, Angie —intervino Kate.

Los miembros del grupo se dispersaron por la playa, cada uno ocupado en lo suyo. Con ayuda de Alexander y Nadia, Angie había logrado desprender la hélice y, después de examinarla a fondo, confirmó lo que ya sospechaban: no podrían repararla con los medios a su alcance. Estaban atrapados.

Joel González no confiaba en que algo picara en su primitivo anzuelo, por lo mismo casi se va de espaldas de sorpresa cuando sintió un tirón en el hilo. Los demás acudieron a ayudarlo y por fin, después de un buen rato de forcejeo, sacaron del agua una carpa de buen tamaño. El pez dio coletazos de agonía sobre la arena durante largos minutos, que para Nadia fueron un eterno tormento, porque no podía ver sufrir a los animales.

—Así es la naturaleza, niña. Unos mueren para que otros puedan vivir —la consoló el hermano Fernando.

No quiso agregar que Dios les había enviado la carpa, como realmente pensaba, para no seguir provocando a Angie Ninderera. Limpiaron el pez, lo envolvieron en hojas y lo asaron; nunca habían probado algo tan delicioso. Para entonces la playa ardía como un infierno. Improvisaron sombra con lonas sujetas sobre palos y se echaron a descansar, observados por los monos y unos grandes lagartos verdes que habían salido a tomar sol.

El grupo dormitaba sudando bajo la precaria sombra de las lonas, cuando de pronto surgió del bosque, en el otro extremo de la playa, una verdadera tromba levantando nubes de arena. Al principio creyeron que era un rinoceronte, tanto era el escándalo de su llegada, pero pronto vieron que se trataba de un gran jabalí de pelambre erizado y amenazantes colmillos. La bestia arremetió a ciegas contra el campamento, sin darles oportunidad de empuñar las armas, que habían puesto de lado durante la siesta. Apenas tuvieron tiempo de apartarse cuando los embistió, estrellándose contra los palos que sostenían la lona y echándolos por tierra. Desde las ruinas del toldo los observó con ojos malévolos, resoplando.

Angie Ninderera corrió a buscar su revólver y sus movimientos atrajeron la atención del animal, que se dispuso a atacar de nuevo. Con las pezuñas de las patas delanteras rascó la playa, bajó la cabeza y echó a correr en dirección a Angie, cuya corpulencia presentaba un blanco perfecto.

Cuando el fin de Angie parecía inevitable, el hermano Fernando se interpuso entre ella y el jabalí, agitando un trozo de lona en el aire. La bestia se detuvo en seco, dio media vuelta y se lanzó contra él, pero en el instante del choque el misionero escamoteó el cuerpo con un pase de danza. El jabalí tomó distancia, furioso, y volvió a la carga, enredándose de nuevo en la lona, sin tocar al hombre. Entretanto Angie había empuñado su revólver, pero no se atrevió a disparar porque el animal daba vueltas en torno al hermano Fernando, tan cerca que se confundían.

El grupo comprendió que presenciaba la más original corrida de toros. El misionero usaba la lona como capa, provocaba al animal y lo azuzaba con gritos de «¡Olé, toro!». Lo engañaba, se le ponía por delante, lo enloquecía. Al poco rato lo tenía agotado, a punto de desmoronarse, babeando y con las patas temblorosas. Entonces el hombre le volvió la espalda y, con la suprema arrogancia de un torero, se alejó varios pasos arrastrando la capa, mientras el jabalí hacía esfuerzos por mantenerse sobre sus patas. Angie aprovechó ese instante para matarlo de dos tiros en la cabeza. Un coro de aplausos y rechiflas saludó la atrevida proeza del hermano Fernando.

—¡Vaya qué gustazo me he dado! ¡No toreaba desde hacía treinta y cinco años! —exclamó.

Sonrió por primera vez desde que lo conocían y les contó que el sueño de su juventud fue seguir los pasos de su padre, un famoso torero, pero Dios tenía otros planes para él: unas fiebres tremendas lo dejaron casi ciego y no pudo seguir toreando. Se preguntaba qué haría con su vida cuando se enteró, a través del párroco de su pueblo, de que la Iglesia estaba reclutando misioneros para África. Acudió al llamado sólo por la desesperación de no poder torear, pero pronto descubrió que tenía vocación. Para ser misionero se requerían las mismas virtudes que para torear: valor, resistencia y fe para enfrentar dificultades.

—Lidiar toros es fácil. Servir a Cristo es bastante más complicado —concluyó el hermano Fernando.

—A juzgar por la demostración que nos ha dado, parece que no se requieren buenos ojos para ninguna de las dos cosas —dijo Angie, emocionada porque él le había salvado la vida.

—Ahora tendremos carne para varios días. Hay que cocinarla para que dure un poco más —dijo el hermano Fernando.

—¿Fotografiaste la corrida? —preguntó Kate a Joel González.

El hombre debió admitir que en la excitación del momento había olvidado por completo su obligación.

—¡Yo la tengo! —dijo Alexander, blandiendo la minúscula cámara automática que siempre llevaba consigo.

El único que pudo quitar el cuero y arrancar las vísceras del jabalí resultó ser el hermano Fernando, porque en su pueblo había visto muchas veces faenar cerdos. Se quitó la camisa y puso manos a la obra. No contaba con cuchillos apropiados, de manera que la tarea resultó lenta y sucia. Mientras él trabajaba, Alexander y Joel González, armados de palos, espantaban a los buitres que volaban en círculos sobre sus cabezas. Al cabo de una hora la carne que podían aprovechar estuvo lista. Echaron al río los restos, para evitar moscas y animales carnívoros, que sin duda llegarían atraídos por el olor de la sangre. El misionero desprendió los colmillos del cerdo salvaje con el cuchillo y, después de limpiarlos con arena, se los dio a Alexander y a Nadia.

—Para que se los lleven de recuerdo a Estados Unidos —dijo.

—Si es que salimos con vida de aquí —agregó Angie.

Gran parte de la noche cayeron breves chubascos, que dificultaban mantener encendido el fuego. Lo defendieron protegiéndolo con una lona, pero se apagaba a menudo y al fin se resignaron a dejarlo morir. Durante el turno de Angie sucedió el único incidente, que después ella describió como «una escapada milagrosa». Un cocodrilo, defraudado porque no pudo atrapar una presa en la orilla del río, se atrevió a acercarse al tenue resplandor de las brasas y de la lámpara de petróleo. Angie, agazapada bajo un trozo de plástico para no mojarse, no lo oyó. Se dio cuenta de su presencia cuando lo tuvo tan cerca que pudo ver sus fauces abiertas a menos de un metro de sus piernas. En una fracción de segundo pasó por su mente la premonición de Ma Bangesé, la adivina del mercado, creyó que había llegado su última hora y no tuvo presencia de ánimo para usar el fusil que descansaba a su lado. El instinto y el susto la hicieron retroceder a saltos y lanzar unos alaridos pavorosos, que despertaron a sus amigos. El cocodrilo vaciló unos segundos y enseguida atacó de nuevo. Angie echó a correr, tropezó y se cayó, rodando hacia un lado para escabullirse del animal.

El primero en acudir a los gritos de Angie fue Alexander, quien acababa de salir de su saco de dormir, porque tocaba su turno de vigilancia. Sin pensar en lo que hacía, tomó lo primero que encontró a mano y asestó un garrotazo con todas sus fuerzas en el hocico a la bestia. El muchacho chillaba más que Angie y repartía golpes y patadas a ciegas, la mitad de los cuales no caían sobre el cocodrilo. De inmediato los demás acudieron a socorrerlo y Angie, recuperada de la sorpresa, comenzó a disparar su arma sin apuntar. Un par de balas dieron en el blanco pero no penetraron en las gruesas escamas del saurio. Por fin el alboroto y los golpes de Alexander lo hicieron desistir de su cena y partió indignado dando coletazos en dirección al río.

—¡Era un cocodrilo! —exclamó Alexander, tartamudeante y tembloroso, sin poder creer que había batallado con uno de esos monstruos.

—Ven para darte un beso, hijo, me salvaste la vida —lo llamó ella, estrujándolo en su amplio pecho.

Alexander sintió que le crujían las costillas y lo sofocaba una mezcla de olor a miedo y a perfume de gardenias, mientras Angie lo cubría de sonoros besos, riéndose y llorando de nervios.

Joel González se acercó a examinar el arma que había empleado Alexander.

—¡Es mi cámara! —exclamó.

Lo era. El estuche de cuero negro estaba destrozado, pero la pesada máquina alemana había resistido el rudo encuentro con el cocodrilo sin aparente daño.

—Perdona, Joel. La próxima vez usaré la mía —dijo Alexander señalando su pequeña cámara de bolsillo.

Por la mañana dejó de llover y aprovecharon para lavar la ropa, con un fuerte jabón de creolina que Angie llevaba en su equipaje, y ponerla a secar al sol. Desayunaron carne asada, galletas y té. Estaban planeando la forma de construir una balsa, tal como Alexander había sugerido el primer día, para flotar río abajo hasta la aldea más cercana, cuando surgieron dos canoas aproximándose por el río. El alivio y la alegría fueron tan explosivos que todos corrieron lanzando alaridos de júbilo, como los náufragos que eran. Al verlos, las canoas se detuvieron a cierta distancia y los tripulantes comenzaron a remar en sentido contrario, alejándose. Iban dos hombres en cada una, vestidos con pantalones cortos y camisetas. Angie les saludó a gritos en inglés y otros idiomas locales que pudo recordar, rogándoles que regresaran, que estaban dispuestos a pagarles si los ayudaban. Los hombres consultaron entre sí y por fin la curiosidad o la codicia los venció y empezaron a remar, acercándose cautelosamente a la orilla. Comprobaron que había una mujer robusta, una extraña abuela, dos adolescentes, un tipo flaco con lentes gruesos y otro hombre que tampoco parecía de temer; formaban un grupo más bien ridículo. Una vez convencidos de que esa gente no presentaba peligro, a pesar de las armas en manos de la dama gorda, saludaron con gestos y desembarcaron.

Los recién llegados se presentaron como pescadores provenientes de una aldea situada algunas millas hacia el sur. Eran fuertes, macizos, casi cuadrados, con la piel muy oscura, e iban armados con machetes. Según el hermano Fernando, eran de raza bantú.

Debido a la colonización, la segunda lengua de la región era el francés. Ante la sorpresa de su nieto, resultó que Kate Cold lo hablaba pasablemente y así pudo intercambiar algunas frases con los pescadores. El hermano Fernando y Angie conocían varias lenguas africanas, y aquello que los demás no lograron expresar en francés ellos lo transmitieron. Explicaron el accidente, les mostraron el avión averiado y les pidieron ayuda para salir de allí. Los bantúes bebieron las cervezas tibias que les ofrecieron y devoraron unos trozos de jabalí, pero no se ablandaron hasta que acordaron un precio y Angie les repartió cigarrillos, que tuvieron el poder de relajarlos.

Entretanto, Alexander echó una mirada en las canoas y como no vio ningún implemento de pesca, concluyó que los tipos mentían y no eran de fiar. Los demás del grupo tampoco estaban tranquilos.

Mientras los hombres de las canoas comían, bebían y fumaban, el grupo de amigos se apartó para discutir la situación. Angie aconsejó no descuidarse, porque podrían asesinarlos para robarles, aunque el hermano Fernando creía que eran enviados del cielo para ayudarlos en su misión.

—Estos hombres nos llevarán río arriba a Ngoubé. Según el mapa... —dijo.

—¡Cómo se le ocurre! —lo interrumpió Angie—. Iremos al sur, a la aldea de estos hombres. Allí debe existir algún medio de comunicación. Tengo que conseguir otra hélice y regresar a buscar mi avión.

—Estamos muy cerca de Ngoubé. No puedo abandonar a mis compañeros, quién sabe qué penurias están pasando —alegó el hermano Fernando.

—¿No le parece que ya tenemos bastantes problemas? —replicó la pilota.

—¡Usted no respeta la labor de los misioneros! —exclamó el hermano Fernando.

—¿Acaso usted respeta a las religiones africanas? ¿Por qué trata de imponernos sus creencias? —replicó Angie.

—¡Cálmense! Tenemos asuntos más urgentes que resolver —los urgió Kate.

—Sugiero que nos separemos. Los que deseen, van al sur con usted; los que quieran acompañarme, van en la otra canoa a Ngoubé —propuso el hermano Fernando.

—¡De ninguna manera! Juntos estamos más seguros —interrumpió Kate.

—¿Por qué no lo sometemos a votación? —sugirió Alexander.

—Porque en este caso no se aplica la democracia, joven —sentenció el misionero.

—Entonces dejemos que Dios lo decida —dijo Alexander.

—¿Cómo?

—Lancemos una moneda al aire: cara vamos al sur, sello vamos al norte. Está en manos de Dios o de la suerte, como prefieran —explicó el joven sacando una moneda del bolsillo.

Angie Ninderera y el hermano Fernando vacilaron por unos instantes y enseguida se echaron a reír. La idea les pareció de un humor irresistible.

—¡Hecho! —exclamaron al unísono.

Los demás aprobaron también. Alexander le pasó la

moneda a Nadia, quien la tiró al aire. El grupo contuvo la respiración hasta que cayó sobre la arena.

—¡Sello! ¡Vamos al norte! —gritó triunfante el hermano Fernando.

—Le daré tres días en total, hombre. Si en ese plazo no ha encontrado a sus amigos, regresamos, ¿entendido? —rugió Angie.

—Cinco días.

—Cuatro.

—Está bien, cuatro días y ni un minuto menos —aprobó a regañadientes el misionero.

Convencer a los supuestos pescadores de que los llevaran hacia el sitio señalado en el mapa resultó más complicado de lo previsto. Los hombres explicaron que nadie se aventuraba por esos lados sin autorización del rey Kosongo, quien no simpatizaba con extranjeros.

—¿Rey? En este país no hay reyes, hay un presidente y un parlamento, se supone que es una democracia... —dijo Kate.

Angie les aclaró que además del gobierno nacional, ciertos clanes y tribus de África tenían reyes e incluso algunas reinas, cuyo papel era más simbólico que político, como algunos soberanos que aún quedaban en Europa.

—Los misioneros mencionaron en sus cartas a un tal rey Kosongo, pero se referían más al comandante Maurice Mbembelé. Parece que el militar es quien manda —dijo el hermano Fernando.

—Tal vez no se trata de la misma aldea —sugirió Angie.

—No me cabe duda de que es la misma.

—No me parece prudente introducirnos en las fauces del lobo —comentó Angie.

—Debemos averiguar qué pasó con los misioneros —dijo Kate.

—¿Qué sabe sobre Kosongo, hermano Fernando? —preguntó Alexander.

—No mucho. Parece que Kosongo es un usurpador; lo puso en el trono el comandante Mbembelé. Antes había una reina, pero desapareció. Se supone que la mataron, nadie la ha visto en varios años.

—¿Y qué contaron los misioneros de Mbembelé? —insistió Alexander.

—Estudió un par de años en Francia, de donde fue expulsado por líos con la policía —explicó el hermano Fernando.

Agregó que de vuelta en su país, Maurice Mbembelé entró al ejército, pero también allí tuvo problemas por su temperamento indisciplinado y violento. Fue acusado de poner fin a una revuelta asesinando a varios estudiantes y quemando casas. Sus superiores le echaron tierra al asunto, para evitar que saliera en la prensa, y se quitaron al oficial de encima enviándolo al punto más ignorado del mapa. Esperaban que las fiebres de los pantanos y las picaduras de mosquitos le curaran el mal carácter o acabaran con él. Allí Mbembelé se perdió en la espesura, junto a un puñado de sus hombres más leales, y poco después reapareció en Ngoubé. Según contaron los misioneros en sus cartas, Mbembelé se acuarteló en la aldea y desde allí controlaba la zona. Era un bruto, imponía los castigos más crueles a la gente. Decían incluso que en más de una ocasión se había comido el hígado o el corazón de sus víctimas.

—Es canibalismo ritual, se supone que así se adquiere el valor y la fuerza del enemigo derrotado —aclaró Kate.

—Idi Amín, un dictador de Uganda, solía servir en la cena a sus ministros asados al horno —agregó Angie.

—El canibalismo no es tan raro como creemos, lo vi en Borneo hace algunos años —explicó Kate.

—¿De verdad presenciaste actos de canibalismo, Kate...? —preguntó Alexander.

—Eso pasó cuando estuve en Borneo haciendo un reportaje. No vi cómo cocinaban gente, si a eso te refieres, hijo, pero lo supe de primera mano. Por precaución sólo comí frijoles en lata —le contestó su abuela.

—Creo que me voy a convertir en vegetariano —concluyó Alexander, asqueado.

El hermano Fernando les contó que el comandante Mbembelé no veía con buenos ojos la presencia de los misioneros cristianos en su territorio. Estaba seguro de que no durarían mucho: si no morían de alguna enfermedad tropical o a causa de un oportuno accidente, los vencería el cansancio y la frustración. Les permitió construir una pequeña escuela y un dispensario con los medicamentos que llevaron, pero no autorizó a los niños a asistir a clases ni a los enfermos a acercarse a la misión. Los hermanos se dedicaron a impartir conocimientos de higiene a las mujeres, hasta que eso también fue prohibido. Vivían aislados, bajo constante amenaza, a merced de los caprichos del rey y el comandante.

El hermano Fernando sospechaba, por las pocas noticias que los misioneros lograron enviar, que Kosongo y Mbembelé financiaban su reino de terror con contrabando. Esa región era rica en diamantes y otras piedras preciosas. Además, había uranio que todavía no se había explotado.

—¿Y las autoridades no hacen nada al respecto? —preguntó Kate.

—¿Dónde cree que está, señora? Por lo visto no sabe cómo se manejan las cosas por estos lados —replicó el hermano Fernando.

Los bantúes aceptaron llevarlos al territorio de Kosongo por un precio en dinero, cerveza y tabaco, además de dos cuchillos. El resto de las provisiones fueron colocadas en bolsos; escondieron al fondo el licor y los cigarrillos, que eran más apreciados que dinero y podían usar para pagar servicios y sobornos. Latas de sardinas y duraznos al jugo, fósforos, azúcar, leche en polvo y jabón también eran muy valiosos.

—Mi vodka no la tocará nadie —rezongó Kate Cold.

—Lo más necesario son antibióticos, pastillas para malaria y suero contra picaduras de serpientes —dijo Angie, empacando el botiquín de emergencia del avión, que también contenía la ampolla de anestésico que le había dado Michael Mushaha de muestra.

Los bantúes voltearon las canoas y las levantaron con un palo para improvisar dos techos, bajo los cuales descansaron, después de haber bebido y cantado a voz en cuello hasta altas horas. Aparentemente nada temían de los blancos ni de los animales. Los demás, en cambio, no se sentían seguros. Aferrados a sus armas y sus bultos, no pegaron los ojos por vigilar a los pescadores, que dormían a pierna suelta. Poco después de las cinco amaneció. El paisaje, envuelto en misteriosa bruma, parecía una delicada acuarela. Mientras los extranjeros, exhaustos, realizaban los preparativos para marcharse, los bantúes corrían por la arena pateando una pelota de trapo en un vigoroso partido de fútbol.

El hermano Fernando hizo un pequeño altar coronado por una cruz hecha con dos palos, y llamó a rezar. Los bantúes se acercaron por curiosidad y los demás por cortesía, pero la solemnidad que impartió al acto logró conmover a todos, incluso a Kate, quien había visto tantos ritos diferentes en sus viajes que ya ninguno le impresionaba.

Cargaron las delgadas canoas, distribuyendo lo mejor posible el peso de los pasajeros y los bultos, y dejaron en el avión lo que no pudieron llevarse.

—Espero que nadie venga en nuestra ausencia —dijo Angie, dándole una palmada de despedida al *Súper Halcón.*

Era el único capital que tenía en este mundo y temía

que le robaran hasta el último tornillo. «Cuatro días no es mucho», murmuró para sus adentros, pero el corazón se le encogió, lleno de malos presentimientos. Cuatro días en esa jungla eran una eternidad.

Partieron alrededor de las ocho de la mañana. Colgaron las lonas como toldos en las canoas para protegerse del sol, que ardía sin piedad sobre sus cabezas cuando iban por el medio del río. Mientras los extranjeros padecían de sed y calor, acosados por abejas y moscas, los bantúes remaban sin esfuerzo contra la corriente, animándose unos a otros con bromas y largos tragos de vino de palma, que llevaban en envases de plástico. Lo obtenían del modo más simple: hacían un corte en forma de V en la base del tronco de las palmeras, colgaban una calabaza debajo y esperaban a que se llenara con la savia del árbol, que luego dejaban fermentar.

Había una algarabía de aves en el aire y una fiesta de diversos peces en el agua; vieron hipopótamos, tal vez la misma familia que habían encontrado en la orilla durante la primera noche, y cocodrilos de dos clases, unos grises y otros más pequeños color café. Angie, a salvo en la canoa, aprovechó para cubrirlos de insultos. Los bantúes quisieron lacear a uno de los más grandes, cuya piel podían vender a buen precio, pero Angie se puso histérica y los demás tampoco aceptaron compartir el reducido espacio de la embarcación con el animal, por mucho que le ataran las patas y el hocico: habían tenido ocasión de apreciar sus hileras de dientes renovables y la fuerza de sus coletazos.

Una especie de culebra oscura pasó rozando una de las canoas y de repente se infló, transformándose en un pájaro con alas de rayas blancas y cola negra, que se elevó, perdiéndose en el bosque. Más tarde una gran sombra voló sobre sus cabezas y Nadia dio un grito de reconocimiento: era un águila coronada. Angie contó que había visto a una de ellas levantar una gacela en sus garras. Nenúfares blancos flotaban entre grandes hojas carnosas, formando islas, que debían sortear con cuidado para evitar que los botes se atascaran en las raíces. En ambas orillas la vegetación era tupida, colgaban lianas, helechos, raíces y ramas. De vez en cuando surgían puntos de color en el verde uniforme de la naturaleza: orquídeas moradas, rojas, amarillas y rosadas.

Gran parte del día navegaron hacia el norte. Los remeros, incansables, no variaron el ritmo de sus movimientos ni siquiera a la hora de más calor, cuando los demás estaban medio desmayados. No se detuvieron para comer; debieron darse por satisfechos con galletas, agua embotellada y un puñado de azúcar. Nadie quiso sardinas, cuyo solo olor les revolvía el estómago.

A eso de la media tarde, cuando el sol todavía estaba alto, pero el calor había disminuido un poco, uno de los bantúes señaló la orilla. Las canoas se detuvieron. El río se bifurcaba en un brazo ancho, que continuaba hacia el norte, y un delgado canal, que se internaba en la espesura hacia la izquierda. A la entrada del canal vieron en tierra firme algo que parecía un espantapájaros. Era una estatua de madera de tamaño humano, vestida de rafia, plumas y tiras de piel, tenía cabeza de gorila, con la boca abierta como en un grito espantoso. En las cuencas de los ojos tenía dos piedras incrustadas. El tronco estaba lleno de clavos y la cabeza coronada por una incongruente rueda de bicicleta a modo de sombrero, de la cual colgaban huesos y manos disecadas, tal vez de monos. Lo rodeaban varios muñecos igualmente pavorosos y cráneos de animales.

—¡Son muñecos satánicos de brujería! —exclamó el hermano Fernando, haciendo el signo de la cruz.

—Son un poco más feos que los santos de las iglesias católicas —le contestó Kate en tono sarcástico.

Joel González y Alexander enfocaron sus cámaras.

Los bantúes, aterrorizados, anunciaron que hasta allí no más llegaban y aunque Kate los tentó con más dinero y cigarrillos, se negaron a continuar. Explicaron que ese macabro altar señalaba la frontera del territorio de Kosongo. De allí hacia dentro eran sus dominios, nadie podía internarse sin su permiso. Agregaron que podrían llegar a la aldea antes que cayera la noche siguiendo una huella en el bosque. No estaba muy lejos, dijeron, sólo una o dos horas de marcha. Debían guiarse por los árboles marcados con tajos de machete. Los remeros atracaron las frágiles embarcaciones a la orilla y sin esperar instrucciones empezaron a lanzar los bultos a tierra.

Kate les pagó una parte de lo debido y, mediante su mal francés y la ayuda del hermano Fernando, logró comunicarles que debían regresar a buscarlos a ese mismo punto dentro de cuatro días, entonces recibirían el resto del dinero prometido y un premio en cigarrillos y latas de durazno al jugo. Los bantúes aceptaron con fingidas sonrisas y, retrocediendo a tropezones, treparon en sus canoas y se alejaron como si los persiguieran demonios.

—¡Qué tipos tan excéntricos! —comentó Kate.

—Me temo que no volveremos a verlos —agregó Angie, preocupada.

—Mejor emprendemos la marcha antes que oscurezca —dijo el hermano Fernando, colocándose la mochila a la espalda y empuñando un par de bultos.

6

LOS PIGMEOS

La huella anunciada por los bantúes era invisible. El terreno resultó ser un lodazal sembrado de raíces y ramas, donde a menudo se hundían los pies en una nata blanda de insectos, sanguijuelas y gusanos. Unas ratas gordas y grandes, como perros, se escurrían a su paso. Por fortuna llevaban botas hasta media pierna, que al menos los protegían de las serpientes. Era tanta la humedad que Alexander y Kate optaron por quitarse los lentes empañados, mientras el hermano Fernando, quien poco o nada veía sin los suyos, debía limpiarlos cada cinco minutos. En aquella vegetación lujuriosa no era fácil descubrir los árboles marcados por los machetes.

Una vez más Alexander comprobó que el clima del trópico agotaba el cuerpo y producía una pesada indiferencia en el alma. Echó de menos el frío limpio y vivificante de las montañas nevadas que solía escalar con su padre y que tanto amaba. Pensó que si él se sentía abrumado, su abuela debía estar al borde de un ataque al corazón, pero Kate rara vez se quejaba. La escritora no estaba dispuesta a dejarse vencer por la vejez. Decía que los años se notan cuando se encorva la espalda y se emiten ruidos: toses, carraspeos, crujir de huesos, gemidos. Por lo mismo ella andaba muy derecha y sin hacer ruido.

El grupo avanzaba casi a tientas, mientras los monos les tiraban proyectiles desde los árboles. Los amigos tenían una idea general de la dirección a seguir, pero no sospechaban la distancia que los separaba de la aldea; menos aún sospechaban el tipo de recibimiento que les esperaba.

Caminaron durante más de una hora, pero avanzaron poco, era imposible apurar el paso en ese terreno. Debieron atravesar varios pantanos con el agua hasta la cintura. En uno de ellos Angie Ninderera pisó en falso y dio un grito al comprender que se hundía en barro movedizo y sus esfuerzos por desprenderse eran inútiles. El hermano Fernando y Joel González sujetaron un extremo del rifle y ella se agarró a dos manos del otro, así la llevaron a tierra firme. En el proceso Angie soltó el bulto que llevaba.

—¡Perdí mi bolso! —exclamó Angie al ver que éste se hundía irremediablemente en el barro.

—No importa, señorita, lo esencial es que pudimos sacarla —replicó el hermano Fernando.

—¿Cómo que no importa? ¡Allí están mis cigarros y mi lápiz de labios!

Kate dio un suspiro de alivio: al menos no tendría que oler el maravilloso tabaco de Angie, la tentación era demasiado grande.

Aprovecharon un charco para lavarse un poco, pero debieron resignarse al barro metido en las botas. Además, tenían la incómoda sensación de ser observados desde la espesura.

—Creo que nos espían —dijo Kate por último, incapaz de soportar la tensión por más tiempo.

Se pusieron en círculo, armados con su reducido arsenal: el revólver y el rifle de Angie, un machete y un par de cuchillos.

—Que Dios nos ampare —musitó el hermano Fernando, una invocación que escapaba de sus labios cada vez con más frecuencia.

A los pocos minutos surgieron cautelosamente de la espesura unas figuras humanas tan pequeñas como niños; el más alto no alcanzaba el metro cincuenta. Tenían la piel de un color café amarillento, las piernas cortas, los brazos y el tronco largos, los ojos muy separados, las narices aplastadas, el cabello agrupado en motas.

—Deben ser los famosos pigmeos del bosque —dijo Angie, saludándolos con un gesto.

Estaban apenas cubiertos con taparrabos; uno llevaba una camiseta rotosa que le colgaba hasta debajo de las rodillas. Iban armados con lanzas, pero no las blandían amenazantes, sino que las usaban como bastones. Llevaban una red enrollada en un palo, que cargaban entre dos. Nadia se dio cuenta de que era idéntica a la que había atrapado a la gorila en el lugar donde aterrizaron con el avión, a muchas millas de distancia. Los pigmeos contestaron al saludo de Angie con una sonrisa confiada y unas palabras en francés, luego se lanzaron en un incesante parloteo en su lengua, que nadie entendió.

—¿Pueden llevarnos a Ngoubé? —les interrumpió el hermano Fernando.

—¿Ngoubé? *Non... non...!* —exclamaron los pigmeos.

—Tenemos que ir a Ngoubé —insistió el misionero.

El de la camiseta resultó ser quien mejor podía comunicarse, porque además de su reducido vocabulario en francés contaba con varias palabras en inglés. Se presentó como Beyé-Dokou. Otro lo señaló con un dedo y dijo que era el *tuma* de su clan, es decir, el mejor cazador. Beyé-Dokou lo hizo callar con un empujón amistoso, pero por la expresión satisfecha de su rostro pareció orgulloso del título. Los demás se echaron a reír a carcajadas, burlándose a voz en cuello de él. Cualquier asomo de vanidad era muy mal visto entre los pigmeos. Beyé-Dokou hundió la cabeza entre los hombros, avergonzado. Con alguna dificultad logró explicar a Kate que no debían acercarse a la aldea, porque era un lugar muy peligroso, sino alejarse de allí lo más deprisa posible.

—Kosongo, Mbembelé, Sombe, soldados... —repetía y hacía gestos de terror.

Cuando le notificaron que debían ir a Ngoubé a cualquier costo y que las canoas no regresarían a buscarlos antes de cuatro días, pareció muy preocupado, consultó largamente con sus compañeros y por último ofreció guiarlos por una ruta secreta del bosque de vuelta a donde habían dejado el avión.

—Ellos deben ser los que pusieron la red donde cayó la gorila —comentó Nadia, observando la que llevaban dos de los pigmeos.

—Parece que la idea de ir a Ngoubé no les parece muy conveniente —comentó Alexander.

—He oído que ellos son los únicos seres humanos capaces de vivir en la selva pantanosa. Pueden desplazarse por el bosque y se orientan por instinto. Es mejor que vayamos con ellos, antes de que sea demasiado tarde —dijo Angie.

—Ya estamos aquí y seguiremos a la aldea de Ngoubé. ¿No fue eso lo que acordamos? —dijo Kate.

—A Ngoubé —repitió el hermano Fernando.

Los pigmeos expresaron con gestos elocuentes su opinión sobre la extravagancia que eso significaba, pero finalmente aceptaron guiarlos. Dejaron la red bajo un árbol y sin más trámite les quitaron los bultos y las mochilas a los extranjeros, se los echaron a la espalda, y partieron trotando entre los helechos con tal prisa que resultaba casi imposible seguirlos. Eran muy fuertes y ágiles, cada uno llevaba más de treinta kilos de peso encima, pero eso no les molestaba, los músculos de piernas y brazos eran de cemento armado; mientras que los expedicionarios jadeaban, a punto de desmayarse de fatiga y calor, ellos corrían con pasos cortos y los pies hacia fuera, como patos, sin el menor esfuerzo y sin cesar de hablar.

Beyé-Dokou les contó de los tres personajes que había mencionado antes, el rey Kosongo, el comandante Mbembelé y Sombe, a quien describió como un terrible hechicero.

Les explicó que el rey Kosongo nunca tocaba el suelo con los pies, porque si lo hacía, la tierra temblaba. Dijo que llevaba la cara cubierta, para que nadie viera sus ojos; éstos eran tan poderosos que una sola mirada podía matar de lejos. Kosongo no dirigía la palabra a nadie, porque su voz era como el trueno: dejaba sorda a la gente y aterrorizaba a los animales. El rey hablaba sólo a través de la Boca Real, un personaje de la corte entrenado para soportar la potencia de su voz, cuya tarea también consistía en probar su comida, para evitar que lo envenenaran o le hicieran daño con magia negra a través de los alimentos. Les advirtió que mantuvieran siempre la cabeza más baja que la del rey. Lo correcto era caer de bruces y arrastrarse en su presencia.

El hombrecito de la camiseta amarilla describió a Mbembelé apuntando un arma invisible, disparando y cayendo al suelo como muerto; también dando lanzazos y cortando manos y pies con machete o hacha. La mímica no podía ser más clara. Agregó que jamás debían contrariarlo; pero fue evidente que a quien más temía era a Sombe. El solo nombre del brujo ponía a los pigmeos en estado de terror.

El sendero era invisible, pero sus pequeños guías lo habían recorrido muchas veces y para avanzar no necesitaban consultar las señales en los árboles. Pasaron frente a un claro en la espesura, donde había otras muñecas vudú parecidas a las que habían visto antes, pero éstas eran de color rojizo, como óxido. Al acercarse vieron que se trataba de sangre seca. En torno a ellas había pilas de basura, cadáveres de animales, frutas podridas, trozos de mandioca, calabazas con diversos líquidos, tal vez vino de palma y otros licores. El olor era insoportable. El hermano Fernando se persignó y Kate le recordó al espantado Joel González que estaba allí para tomar fotografías.

—Espero que no sea sangre humana, sino de animales sacrificados —murmuró el fotógrafo.

—La aldea de los antepasados —dijo Beyé-Dokou señalando el delgado sendero que comenzaba en la muñeca y se perdía en el bosque.

Explicó que había que dar un rodeo para llegar a Ngoubé, porque no se podía pasar por los dominios de los antepasados, donde rondaban los espíritus de los muertos. Era una regla básica de seguridad: sólo un necio o un lunático se aventuraría por ese lado.

—¿De quiénes son esos antepasados? —inquirió Nadia.

A Beyé-Dokou le costó un poco comprender la pregunta, pero al fin la captó con ayuda del hermano Fernando.

—Son nuestros antepasados —aclaró, señalando a sus compañeros y haciendo gestos para indicar que eran de baja estatura.

—¿Kosongo y Mbembelé tampoco se acercan a la aldea fantasma de los pigmeos? —insistió Nadia.

—Nadie se acerca. Si los espíritus son molestados, se vengan. Entran en los cuerpos de los vivos, se apoderan de la voluntad, provocan enfermedad y sufrimientos, también la muerte —contestó Beyé-Dokou.

Los pigmeos indicaron a los forasteros que debían apurarse, porque en la noche salían también los espíritus de los animales a cazar.

—¿Cómo saben si es un fantasma de animal o un animal común y corriente? —preguntó Nadia.

—Porque el espectro no tiene el olor del animal. Un leopardo que huele a antílope, o una serpiente que huele a elefante, es un espectro —le explicaron.

—Hay que tener buen olfato y acercarse mucho para distinguirlos... —se burló Alexander.

Beyé-Dokou les contó que antes ellos no tenían miedo de la noche o de los espíritus de animales, sólo de los antepasados, porque estaban protegidos por Ipemba-Afua. Kate quiso saber si se trataba de alguna divinidad, pero él la sacó de su error: era un amuleto sagrado que había pertenecido a su tribu desde tiempos inmemoriales. Por la descripción que lograron entender, se trataba de un hueso humano, y contenía un polvo eterno que curaba muchos males. Habían usado ese polvo infinidad de veces durante muchas generaciones, sin que se terminara. Cada vez que abrían el hueso, lo encontraban lleno de aquel mágico producto. Ipemba-Afua representaba el alma de su pueblo, dijeron; era su fuente de salud, de fuerza y de buena suerte para la caza.

—¿Dónde está? —preguntó Alexander.

Les informó, con lágrimas en los ojos, que Ipemba-Afua había sido arrebatado por Mbembelé y ahora estaba en poder de Kosongo. Mientras el rey tuviera el amuleto, ellos carecían de alma, estaban a su merced.

Entraron en Ngoubé con las últimas luces del día, cuando sus habitantes comenzaban a encender antorchas y fogatas para alumbrar la aldea. Pasaron ante unas escuálidas plantaciones de mandioca, café y banano, un par de altos corrales de madera —tal vez para animales— y una hilera de chozas sin ventanas, con paredes torcidas y techos en ruina. Unas cuantas vacas de cuernos largos masticaban las hierbas del suelo y por todas partes correteaban pollos medio desplumados, perros famélicos y monos salvajes. Unos metros más adelante se abría una avenida o plaza central bastante amplia, rodeada de viviendas más decentes, chozas de barro con techo de cinc corrugado o paja.

Con la llegada de los extranjeros se produjo una gritería y en pocos minutos acudió la gente de la aldea a ver qué sucedía. Por su aspecto parecían bantúes, como los hombres de las canoas que los habían llevado hasta la bifurcación del río. Mujeres en andrajos y niños desnudos formaban una masa compacta a un lado del patio, a través de la cual se abrieron paso cuatro hombres más altos que el resto de la población, indudablemente de otra raza. Vestían rotosos pantalones de uniforme del ejército e iban armados con rifles anticuados y cinturones de balas. Uno tenía un casco de explorador adornado con unas plumas, una camiseta y sandalias de plástico, los otros llevaban el torso desnudo y estaban descalzos; lucían tiras de piel de leopardo atadas en los bíceps o en torno a la cabeza y cicatrices rituales en las mejillas y brazos. Eran unas líneas de puntos, como si debajo de la piel hubiera piedrecillas o cuentas incrustadas.

Con la aparición de los soldados cambió la actitud de los pigmeos, la seguridad y la alegre camaradería que demostraron en el bosque desaparecieron de sopetón; tiraron su carga al suelo, agacharon las cabezas y se retiraron como perros apaleados. Beyé-Dokou fue el único que se atrevió a hacer un leve gesto de despedida a los extranjeros.

Los soldados apuntaron sus armas a los recién llegados y ladraron unas palabras en francés.

—Buenas tardes —saludó Kate en inglés, quien encabezaba la fila y no se le ocurrió otra cosa que decir.

Los soldados ignoraron su mano estirada, los rodearon y los empujaron con los cañones de las armas contra la pared de una choza, ante los ojos curiosos de los mirones.

—Kosongo, Mbembelé, Sombe... —gritó Kate.

Los hombres vacilaron ante el poder de esos nombres y comenzaron a discutir en su idioma. Hicieron esperar al grupo durante un tiempo que pareció eterno, mientras uno de ellos iba en busca de instrucciones.

Alexander se fijó en que a algunas personas les faltaban una mano o las orejas. También vio que varios de los niños, que observaban la escena desde cierta distancia, tenían horribles úlceras en la cara. El hermano Fernando le aclaró que eran provocadas por un virus transmitido por las moscas; él había visto lo mismo en los campamentos de refugiados en Ruanda.

—Se cura con agua y jabón, pero por lo visto aquí no hay ni siquiera eso —agregó.

—¿No dijo usted que los misioneros tenían un dispensario? —preguntó Alexander.

—Esas úlceras son muy mal signo, hijo; significan que mis hermanos no están aquí, de otro modo ya las habrían curado —replicó el misionero, preocupado.

Mucho rato después, cuando ya era noche cerrada, el mensajero regresó con la orden de conducirlos al Árbol de las Palabras, donde se decidían los asuntos de gobierno. Les indicaron que cogieran sus bultos y los siguieran.

La multitud se apartó abriendo camino y el grupo atravesó el patio o plaza que dividía la aldea. En el centro vieron que se alzaba un árbol magnífico, cuyas ramas cubrían como un paraguas el ancho del recinto. El tronco tenía unos tres metros de diámetro y las gruesas raíces expuestas al aire caían como largos tentáculos desde la altura y se hundían en el suelo. Allí aguardaba el impresionante Kosongo.

El rey estaba sobre una plataforma, sentado en un sillón de felpa roja y madera dorada con patas torcidas, de un anticuado estilo francés. A ambos lados se erguían un par de colmillos de elefante colocados verticalmente y varias pieles de leopardo cubrían el suelo. Rodeaban el trono una serie de estatuas de madera con expresiones terroríficas y muñecos de brujería. Tres músicos con chaquetas azules de uniforme militar, pero sin pantalones y descalzos, golpeaban unos palos. Antorchas humeantes y un par de fogatas alumbraban la noche, dando a la escena un aire teatral.

Kosongo iba ataviado con un manto enteramente bordado de conchas, plumas y otros objetos inesperados, como tapas de botella, rollos de película y balas. El manto debía pesar unos cuarenta kilos y además llevaba un monumental sombrero de un metro de altura, adornado con cuatro cuernos de oro, símbolos de potencia y valor. Lucía collares de colmillos de león, varios amuletos y una piel de pitón enrollada en la cintura. Una cortina de cuentas de vidrio y oro le tapaba la cara. Un bastón de oro macizo, con una cabeza disecada de mono en la empuñadura, le servía de cetro o báculo. Del bastón colgaba un hueso tallado con delicados dibujos; por el tamaño y la forma, parecía una tibia humana. Los forasteros dedujeron que posiblemente era Ipemba-Afua, el amuleto que habían descrito los pigmeos. El rey usaba voluminosos anillos de oro en los dedos con formas de animales y gruesas pulseras del mismo metal, que le cubrían los brazos hasta el codo. Su aspecto era tan impresionante como el de los soberanos de Inglaterra en el día de su coronación, aunque en otro estilo.

En un semicírculo en torno al trono se hallaban los guardias y ayudantes del rey. Parecían bantúes, como el resto de la población de la aldea, en cambio el rey era aparentemente de la misma raza alta que los soldados. Como estaba sentado, era difícil calcular su tamaño, pero parecía enorme, aunque eso también podía ser efecto del manto y el sombrero. Al comandante Maurice Mbembelé y al brujo Sombe no se les veía en parte alguna.

Mujeres y pigmeos no formaban parte del entorno real, pero detrás de la corte masculina había una veintena de mujeres muy jóvenes, que se distinguían del resto de los habitantes de Ngoubé porque estaban vestidas con telas de vistosos colores y adornadas con pesadas joyas de oro. En la luz vacilante de las antorchas, el metal amarillo relucía contra su piel oscura. Algunas sostenían infantes en los brazos y había varios niños pequeños jugueteando a su alrededor. Dedujeron que se trataba de la familia del rey y les llamó la atención que las mujeres parecían tan sumisas como los pigmeos. Por lo visto no sentían orgullo de su posición social, sino miedo.

El hermano Fernando les informó que la poligamia es común en África y a menudo el número de esposas y de hijos indica poder económico y prestigio. En el caso de un rey, cuantos más hijos tiene, más próspera es su nación. En ese aspecto, como en muchos otros, la influencia del cristianismo y de la cultura occidental no había cambiado las costumbres. El misionero aventuró que las mujeres de Kosongo tal vez no habían escogido su suerte, sino que habían sido obligadas a casarse.

Los cuatro soldados altos empujaron a los extranjeros, indicándoles que debían postrarse ante el rey. Cuando Kate intentó levantar la vista, un golpe en la cabeza la hizo desistir de inmediato. Así quedaron, tragando el polvo de la plaza, humillados y temblando, durante largos e incómodos minutos, hasta que cesó el golpeteo de los palos de los músicos y un sonido metálico puso fin a la espera. Los prisioneros se atrevieron a mirar hacia el trono: el extraño monarca agitaba una campana de oro en la mano.

Cuando murió el eco de la campana, uno de los consejeros se adelantó y el rey le dijo algo al oído. El hombre se dirigió a los extranjeros en una mezcolanza de francés, inglés y bantú para anunciar, a modo de introducción, que Kosongo había sido designado por Dios y tenía la misión divina de gobernar. Los forasteros volvieron a enterrar la nariz en el polvo, sin ánimo de poner en duda esta afirmación. Comprendieron que se trataba de la Boca Real, tal como les había explicado Beyé-Dokou. Enseguida el emisario preguntó cuál era el propósito de esa visita en los dominios del magnífico soberano Kosongo. Su tono amenazante no dejó lugar a dudas sobre lo que pensaba del asunto. Nadie contestó. Los únicos que entendieron sus palabras fueron Kate y el hermano Fernando, pero estaban ofuscados, desconocían el protocolo y no querían arriesgarse a cometer una imprudencia; tal vez la pregunta era sólo retórica y Kosongo no esperaba respuesta.

El rey aguardó unos segundos en medio de un silencio absoluto, luego agitó de nuevo la campana, lo cual fue interpretado por el pueblo como una orden. La aldea entera, menos los pigmeos, empezó a gritar y amenazar con los puños, cerrando el círculo en torno al grupo de visitantes. Curiosamente, no parecía una revuelta popular, sino un acto teatral ejecutado por malos actores; no había el menor entusiasmo en el bochinche, incluso algunos se reían con disimulo. Los soldados que disponían de armas de fuego coronaron la manifestación colectiva con una inesperada salva de balas al aire, que produjo una estampida en la plaza. Adultos, niños, monos, perros y gallinas corrieron a refugiarse lo más lejos posible y los únicos que quedaron bajo el árbol fueron el rey, su reducida corte, su atemorizado harén y los prisioneros, tirados en el suelo, cubriéndose la cabeza con los brazos, seguros de que había llegado su última hora.

La calma volvió de a poco al villorrio. Una vez concluida la balacera y disipado el ruido, la Boca Real repitió la pregunta. Esta vez Kate Cold se levantó sobre las rodillas, con la poca dignidad que sus viejos huesos le permitían, manteniéndose por debajo de la altura del temperamental soberano, tal como Beyé-Dokou les había instruido, y se dirigió al intermediario con firmeza, pero tratando de no provocarlo.

—Somos periodistas y fotógrafos —dijo, señalando vagamente a sus compañeros.

El rey cuchicheó algo a su ayudante y éste repitió sus palabras.

—¿Todos?

—No, Su Serenísima Majestad, esa dama es dueña del avión que nos trajo hasta aquí y el señor con lentes es un misionero —explicó Kate apuntando a Angie y al hermano Fernando. Y agregó antes que preguntaran por Alexander y Nadia—: Hemos venido de muy lejos a entrevistar a Su Originalísima Majestad, porque su fama ha traspasado las fronteras y se ha regado por el mundo.

Kosongo, quien parecía saber mucho más francés que la Boca Real, fijó la vista en la escritora con expresión de profundo interés, pero también de desconfianza.

—¿Qué quieres decir, mujer vieja? —preguntó a través del otro hombre.

—En el extranjero hay gran curiosidad por su persona, Su Altísima Majestad.

—¿Cómo es eso? —dijo la Boca Real.

—Usted ha logrado imponer paz, prosperidad y orden en esta región, Su Absolutísima Majestad. Han llegado noticias de que usted es un valiente guerrero, se sabe de su autoridad, sabiduría y riqueza. Dicen que usted es tan poderoso como el antiguo rey Salomón.

Kate continuó con su discurso, enredándose en las palabras, porque no había practicado francés en veinte años, y en las ideas, porque no tenía demasiada fe en su plan. Estaban en pleno siglo XXI: ya no quedaban de esos reyezuelos bárbaros de las malas películas, que se espantaban con un oportuno eclipse de sol. Supuso que Kosongo estaba un poco pasado de moda, pero no era ningún tonto: un eclipse de sol no bastaría para convencerlo. Se le ocurrió, sin embargo, que debía ser susceptible a la adulación, como la mayoría de los hombres con poder. No estaba en su carácter echar flores a nadie, pero en su larga vida había comprobado que se le puede decir a un hombre la lisonja más ridícula y por lo general la cree. Su única esperanza era que Kosongo se tragara aquel burdo anzuelo.

Sus dudas se disiparon muy pronto, porque la táctica de halagar al rey tuvo el efecto esperado. Kosongo estaba convencido de su origen divino. Por años nadie había cuestionado su poder; la vida y la muerte de sus súbditos dependían de sus caprichos. Consideró normal que un grupo de periodistas cruzara medio mundo para entrevistarlo; lo raro era que no lo hubieran hecho antes. Decidió recibirlos como merecían.

Kate Cold se preguntó de dónde provenía tanto oro, porque la aldea era de las más pobres que ella había visto. ¿Qué otras riquezas había en manos del rey? ¿Cuál era la relación de Kosongo y el comandante Mbembelé? Posiblemente los dos planeaban retirarse a disfrutar de sus fortunas en un lugar más atractivo que ese laberinto de pantanos y jungla. Entretanto la gente de Ngoubé vivía en la miseria, sin comunicación con el mundo exterior, electricidad, agua limpia, educación o medicamentos.

7

PRISIONEROS DE KOSONGO

Con una mano, Kosongo agitó la campanilla de oro y con la otra ordenó a los habitantes de la aldea, que continuaban ocultos tras las chozas y los árboles, que se acercaran. La actitud de los soldados cambió, incluso se inclinaron para ayudar a los extranjeros a levantarse y trajeron unos banquitos de tres patas, que pusieron a su disposición. La población se aproximó cautelosamente.

—¡Fiesta! ¡Música! ¡Comida! —ordenó Kosongo a través de la Boca Real, indicando al aterrorizado grupo de forasteros que podían tomar asiento en los banquitos.

El rostro cubierto por la cortina de cuentas del rey se volvió hacia Angie. Sintiéndose examinada, ella procuró desaparecer detrás de sus compañeros, pero en realidad su volumen resultaba imposible de disimular.

—Creo que me está mirando. Sus ojos no matan, como dicen, pero siento que me desnudan —le susurró a Kate.

—Tal vez pretende incorporarte a su harén —replicó ésta en broma.

—¡Ni muerta!

Kate admitió para sus adentros que Angie podía competir en belleza con cualquiera de las esposas de Kosongo; a pesar de que ya no era tan joven. Allí las niñas se casaban en la adolescencia y la pilota podía considerarse una mujer madura en África; pero su figura alta y gorda, sus dientes muy blancos y su piel lustrosa resultaban muy atrayentes. La escritora sacó de su mochila una de sus preciosas botellas de vodka y la puso a los pies del monarca, pero éste no pareció impresionado. Con un gesto despectivo, Kosongo autorizó a sus súbditos a disfrutar del modesto regalo. La botella pasó de mano en mano entre los soldados. Enseguida el rey sacó un cartón de cigarrillos entre los pliegues de su manto y los soldados los repartieron de a uno por cabeza entre los hombres de la aldea. Las mujeres, que no se consideraban de la misma especie que los varones, fueron ignoradas. Tampoco les ofrecieron a los extranjeros, ante la desesperación de Angie, quien empezaba a sufrir los efectos de la falta de nicotina.

Las esposas del rey no recibían más consideración que el resto de la población femenina de Ngoubé. Un viejo severo tenía la tarea de mantenerlas en orden, para lo cual disponía de una delgada caña de bambú, que no vacilaba en usar para golpearles las piernas cuando le daba la gana. Aparentemente no era mal visto maltratar a las reinas en público.

El hermano Fernando se atrevió a preguntar por los misioneros ausentes y la Boca Real respondió que nunca hubo misioneros en Ngoubé. Agregó que no habían ido extranjeros a la aldea por años, excepto un antropólogo que llegó a medir las cabezas de los pigmeos y salió escapando pocos días más tarde, porque no soportó el clima ni los mosquitos.

—Ése debió ser Ludovic Leblanc —suspiró Kate.

Recordó que Leblanc, su archienemigo y socio en la Fundación Diamante, le había dado a leer su ensayo sobre los pigmeos del bosque ecuatorial, publicado en una revista científica. Según Leblanc, los pigmeos eran la sociedad más libre e igualitaria que se conocía. Hombres y mujeres vivían en estrecha camaradería, los esposos cazaban juntos y se repartían por igual el cuidado de los niños. Entre ellos no había jerarquías, los únicos cargos honoríficos eran «jefe», «curandero» y «mejor cazador», pero esas posiciones no traían consigo poder ni privilegios, sólo deberes. No existían diferencias entre hombres y mujeres o entre viejos y jóvenes; los niños no debían obediencia a los padres. La violencia entre miembros del clan era desconocida. Vivían en grupos familiares, nadie poseía más bienes que otro, producían sólo lo indispensable para el consumo del día. No había incentivo para acumular bienes, porque apenas alguien adquiría algo su familia tenía derecho a quitárselo. Todo se compartía. Eran un pueblo ferozmente independiente, que no había sido subyugado ni siquiera por los colonizadores europeos, pero en tiempos recientes muchos de ellos habían sido esclavizados por los bantúes.

Kate nunca estaba segura de cuánta verdad contenían los trabajos académicos de Leblanc, pero su intuición le advirtió que, en lo referente a los pigmeos, el pomposo profesor podía estar en lo correcto. Por primera vez, Kate lo echaba de menos. Discutir con Leblanc era la sal de su vida, eso la mantenía combativa; no le convenía pasar mucho tiempo lejos de él, porque se le podía ablandar el carácter. Nada temía tanto la vieja escritora como la idea de convertirse en una abuelita inofensiva.

El hermano Fernando estaba seguro de que la Boca Real mentía respecto a los misioneros perdidos e insistió con sus preguntas, hasta que Angie y Kate le recordaron el protocolo. Era evidente que el tema molestaba al rey. Kosongo parecía una bomba de tiempo lista para explotar y ellos estaban en una posición muy vulnerable.

Para festejar a los visitantes les ofrecieron calabazas con vino de palma, unas hojas con aspecto de espinaca y budín de mandioca; también una cesta con grandes ratas, que habían asado en las hogueras y aliñado con chorros de un aceite anaranjado, obtenido de semillas de palma. Alexander cerró los ojos, pensando con nostalgia en las latas de sardinas que había en su mochila, pero una patada de su abuela lo devolvió a la realidad. No era prudente rechazar la cena del rey.

—¡Son ratones, Kate! —exclamó, tratando de controlar las náuseas.

—No seas fastidioso. Saben a pollo —replicó ella.

—Eso dijiste de la serpiente del Amazonas y no era cierto —le recordó su nieto.

El vino de palma resultó ser un espantoso brebaje dulce y nauseabundo, que el grupo de amigos probó por cortesía, pero no pudo tragar. Por su parte, los soldados y otros hombres de la aldea lo bebieron a grandes sorbos, hasta que no quedó nadie sobrio. Aflojaron la vigilancia, pero los prisioneros no tenían dónde escapar, estaban rodeados por la jungla, la miasma de los pantanos y el peligro de los animales salvajes. Las ratas asadas y las hojas resultaron bastante más pasables de lo que su aspecto hacía suponer, en cambio el budín de mandioca sabía a pan remojado en agua jabonosa, pero estaban hambrientos y se atragantaron de comida sin hacer remilgos. Nadia se limitó a la amarga espinaca, pero Alexander se sorprendió chupando con mucho agrado los huesitos de una pata de ratón. Su abuela tenía razón: tenía gusto a pollo. Más bien dicho, a pollo ahumado.

De súbito Kosongo volvió a agitar su campana de oro.

—¡Ahora quiero a mis pigmeos! —gritó la Boca Real a los soldados y añadió para beneficio de los visitantes—: Tengo muchos pigmeos, son mis esclavos. No son humanos, viven en el bosque como los monos.

Llevaron a la plaza varios tambores de diferentes tamaños, algunos tan grandes que debían ser cargados entre dos hombres, otros hechos con pieles estiradas sobre calabazas o con mohosos bidones de gasolina. A una orden de los soldados, el reducido grupo de pigmeos, el mismo que condujo a los extranjeros hasta Ngoubé y que permanecía aparte, fue empujado hacia los instrumentos. Los hombres se colocaron en sus puestos cabizbajos, reticentes, sin atreverse a desobedecer.

—Tienen que tocar música y bailar para que sus antepasados conduzcan un elefante hasta sus redes. Mañana salen de caza y no pueden volver con las manos vacías —explicó Kosongo utilizando a la Boca Real.

Beyé-Dokou dio unos golpes tentativos, como para establecer el tono y entrar en calor, y enseguida se sumaron los demás. La expresión de sus rostros cambió, parecían transfigurados, los ojos brillaban, los cuerpos se movían al compás de sus manos, mientras aumentaba el volumen y se aceleraba el ritmo de los sonidos. Parecían incapaces de resistir la seducción de la música que ellos mismos creaban. Sus voces se elevaron en un canto extraordinario, que ondulaba en el aire como una serpiente y de pronto se detenía para dar paso a un contrapunto. Los tambores adquirieron vida, compitiendo unos con otros, sumándose, palpitando, animando la noche. Alexander calculó que media docena de orquestas de percusión con amplificadores eléctricos no podría igualar aquello. Los pigmeos reproducían en sus burdos instrumentos las voces de la naturaleza; algunas delicadas, como agua entre piedras o salto de gacelas; otras profundas, como pasos de elefantes, truenos o galope de búfalos; otras eran lamentos de amor, gritos de guerra o gemidos de dolor. La música aumentaba en intensidad y rapidez, alcanzando un apogeo, luego disminuía hasta convertirse en un suspiro casi inaudible. Así se repetían los ciclos, nunca iguales, cada uno magnífico, llenos de gracia y emoción, como sólo los mejores músicos de jazz podrían igualar.

A otra señal de Kosongo trajeron a las mujeres, que hasta entonces los extranjeros no habían visto. Las tenían en los corrales de animales que había a la entrada de la aldea. Eran de raza pigmea, todas jóvenes, vestidas sólo con faldas de rafia. Avanzaron arrastrando los pies, con una actitud humillada, mientras los guardias les daban órdenes a gritos y las amenazaban. Al verlas hubo una reacción como de parálisis entre los músicos, los tambores se detuvieron de súbito y por unos instantes sólo su eco vibró en el bosque.

Los guardias levantaron los bastones y las mujeres se encogieron, abrazándose mutuamente para protegerse. De inmediato los instrumentos volvieron a resonar con nuevos bríos. Entonces, ante la mirada impotente de los visitantes, se produjo un diálogo mudo entre ellas y los músicos. Mientras los hombres azotaban los tambores expresando toda la gama de emociones humanas, desde la ira y el dolor hasta el amor y la nostalgia, las mujeres bailaban en círculo, balanceando las faldas de rafia, levantando los brazos, golpeando el suelo con los pies desnudos, contestando con sus movimientos y su canto al llamado angustioso de sus compañeros. El espectáculo era de una intensidad primitiva y dolorosa, insoportable.

Nadia ocultó la cara entre las manos; Alexander la abrazó con firmeza, sujetándola, porque temió que su amiga saltara al centro del patio con intención de poner fin a esa danza degradante. Kate se acercó para advertirles que no hicieran ni un movimiento en falso, porque podía ser fatal. Bastaba ver a Kosongo para comprender sus razones: parecía poseído. Se estremecía al ritmo de los tambores como sacudido por corriente eléctrica, siempre sentado sobre el sillón francés que le servía de trono. Los adornos del manto y el sombrero tintineaban, sus pies marcaban el ritmo de los tambores, sus brazos se agitaban haciendo sonar las pulseras de oro. Varios miembros de su corte y hasta los soldados embriagados se pusieron a danzar también y después lo hicieron los demás habitantes de la aldea.

Al poco rato había un pandemonio de gente retorciéndose y brincando.

La demencia colectiva cesó tan súbitamente como había comenzado. Ante una señal que sólo ellos percibieron, los músicos dejaron de golpear los tambores y el patético baile de sus compañeras se detuvo. Las mujeres se agruparon y retrocedieron hacia los corrales. Al callarse los tambores Kosongo se inmovilizó de inmediato y el resto de la población siguió su ejemplo. Sólo el sudor que le corría por los brazos desnudos recordaba su danza en el trono. Entonces los forasteros se fijaron en que lucía en los brazos las mismas cicatrices rituales de los cuatro soldados y que, como ellos, tenía brazaletes de piel de leopardo en los bíceps. Sus cortesanos se apresuraron a acomodarle el pesado manto sobre los hombros y el sombrero, que se le había torcido.

La Boca Real explicó a los forasteros que si no se iban pronto, les tocaría presenciar Ezenji, la danza de los muertos, que se practica en funerales y ejecuciones. Ezenji era también el nombre del gran espíritu. Esta noticia no cayó bien en el grupo, como era de esperar. Antes que alguien se atreviera a pedir detalles, el mismo personaje les comunicó en nombre del rey que serían conducidos a sus «aposentos».

Cuatro hombres levantaron la plataforma donde estaba el sillón real y se llevaron a Kosongo en andas rumbo a su vivienda, seguido por sus mujeres, que cargaban los dos colmillos de elefante y guiaban a sus hijos. Tanto habían bebido los portadores, que el trono se balanceaba peligrosamente.

Kate y sus amigos tomaron sus bultos y siguieron a dos bantúes provistos de antorchas, que los guiaron alumbrando el sendero. Iban escoltados por un soldado con brazalete de leopardo y un fusil. El efecto del vino de palma y la desenfrenada danza los había puesto de buen humor; iban riéndose, bromeando y dándose palmadas bonachonas unos a otros, pero eso no tranquilizó a los amigos, porque resultaba obvio que los llevaban prisioneros.

Los llamados «aposentos» resultaron ser una construcción rectangular de barro y techo de paja, más grande que las demás viviendas, al otro extremo de la aldea, en el borde mismo de la jungla. Contaba con dos huecos en el muro a modo de ventanas y una entrada sin puerta. Los hombres de las antorchas alumbraron el interior y, ante la repugnancia de quienes iban a pasar la noche allí, millares de cucarachas se escurrieron por el suelo hacia los rincones.

—Son los bichos más antiguos del mundo, existen hace trescientos millones de años —dijo Alexander.

—Eso no los hace más agradables —apuntó Angie.

—Las cucarachas son inofensivas —agregó Alexander, aunque en realidad no estaba seguro de que lo fueran.

—¿Habrá culebras aquí? —preguntó Joel González.

—Las pitones no atacan en la oscuridad —se burló Kate.

—¿Qué es este terrible olor? —preguntó Alexander.

—Pueden ser orines de rata o excremento de murciélagos —aclaró el hermano Fernando sin inmutarse, porque había pasado por experiencias similares en Ruanda.

—Viajar contigo siempre es un placer, abuela —se rió Alexander.

—No me llames abuela. Si no te gustan las instalaciones, ándate al Sheraton.

—¡Me muero por fumar! —gimió Angie.

—Ésta es tu oportunidad de dejar el vicio —replicó Kate, sin mucho convencimiento, porque también echaba de menos su vieja pipa.

Uno de los bantúes encendió otras antorchas, que estaban colocadas en las paredes, y el soldado les ordenó que no salieran hasta el día siguiente. Si quedaban dudas sobre sus palabras, el gesto amenazante con el arma las disipó.

El hermano Fernando quiso averiguar si había alguna letrina cerca y el soldado se rió; la idea le resultó muy divertida. El misionero insistió y el otro perdió la paciencia y le dio un empujón con la culata del fusil, lanzándolo al suelo. Kate, habituada a hacerse respetar, se interpuso con gran decisión, plantándose delante del agresor y, antes que éste arremetiera también contra ella, le puso una lata de duraznos al jugo en la mano. El hombre tomó el soborno y salió; a los pocos minutos regresó con un balde de plástico y se lo entregó a Kate sin más explicaciones. Ese destartalado recipiente sería la única instalación sanitaria.

—¿Qué significan esas tiras de piel de leopardo y las cicatrices de los brazos? Los cuatro soldados tienen las mismas —comentó Alexander.

—Lástima que no podamos comunicarnos con Leblanc; seguro que podría darnos una explicación —dijo Kate.

—Creo que esos hombres pertenecen a la Hermandad del Leopardo. Es una cofradía secreta que existe en varios países de África —dijo Angie—. Los reclutan en la adolescencia y los marcan con esas cicatrices, así pueden reconocerse en cualquier parte. Son guerreros mercenarios, combaten y matan por dinero. Tienen la reputación de ser brutales. Hacen un juramento de ayudarse durante toda la vida y matar a los enemigos mutuos. No tienen familia ni ataduras de ninguna clase, salvo la unión con sus Hermanos del Leopardo.

—Solidaridad negativa. Es decir, cualquier acto cometido por uno de los nuestros se justifica, no importa cuán horrendo sea —aclaró el hermano Fernando—. Es lo contrario de la solidaridad positiva, que une a la gente para construir, plantar, nutrir, proteger a los débiles, mejorar las condiciones de vida. La solidaridad negativa es la de la guerra, la violencia, el crimen.

—Veo que estamos en muy buenas manos... —suspiró Kate, muy cansada.

El grupo se dispuso a pasar una mala noche, vigilados desde la puerta por los dos guardias bantúes armados de machetes. El soldado se retiró. Apenas se acomodaron en el suelo con los bultos por almohadas, regresaron las cucarachas a pasearse por encima de ellos. Debieron resignarse a las patitas que se les introducían por las orejas, les rascaban los párpados y curioseaban bajo la ropa. Angie y Nadia, quienes tenían el cabello largo, se amarraron pañuelos para evitar que los insectos anidaran en sus cabezas.

—Donde hay cucarachas, no hay culebras —dijo Nadia.

La idea acababa de ocurrírsele y dio el resultado esperado: Joel González, quien hasta entonces era un manojo de nervios, se tranquilizó como por obra de encantamiento, feliz de tener a las cucarachas por compañeras.

Durante la noche anterior, cuando a sus compañeros finalmente los rindió el sueño, Nadia decidió actuar. Era tanta la fatiga de los demás, que lograron dormir al menos durante unas horas, a pesar de las ratas, las cucarachas y la amenazante cercanía de los hombres de Kosongo. Nadia, sin embargo, estaba muy perturbada por el espectáculo de los pigmeos y decidió averiguar qué pasaba en esos corrales, donde había visto desaparecer a las mujeres después de la danza. Se quitó las botas y echó mano de una linterna. Los dos guardias, sentados al lado, afuera, con sus machetes sobre las rodillas, no constituían un impedimento para ella, porque llevaba tres años practicando el arte de la invisibilidad aprendido de los indios del Amazonas. La «gente de la neblina» desaparecía, mimetizada en la naturaleza, con los cuerpos pintados, en silencio, moviéndose con liviandad y con una concentración mental tan profunda que sólo podía sostenerse por tiempo limitado. Esa «invisibilidad» le había servido a Nadia para salir de apuros en más de una ocasión, por eso la practicaba a menudo. Entraba y salía de clase sin que sus compañeros o profesores se dieran cuenta y más tarde ninguno recordaba si ese día ella había estado en la escuela. Circulaba en el metro de Nueva York atestado de gente sin ser vista y para probarlo se colocaba a pocos centímetros de otro pasajero, mirándolo a la cara, sin que el afectado manifestara reacción alguna. Kate Cold, que vivía con Nadia, era la principal víctima de este tenaz entrenamiento, porque nunca estaba segura de si la chica estaba allí o si la había soñado.

La joven ordenó a Borobá quedarse quieto en la choza, porque no podía llevarlo consigo; enseguida respiró hondo varias veces, hasta calmar por completo su ansiedad, y se concentró en desaparecer. Cuando estuvo lista, su cuerpo se movió en estado casi hipnótico. Pasó por encima de los cuerpos de sus amigos dormidos sin tocarlos y se deslizó hacia la salida. Afuera los guardias, aburridos e intoxicados con vino de palma, habían decidido turnarse para vigilar. Uno de ellos estaba echado contra la pared roncando y el otro escrutaba la negrura de la selva un poco asustado, porque temía a los espectros del bosque. Nadia se asomó al umbral, el hombre se volvió hacia ella y por un momento los ojos de ambos se cruzaron. Al guardia le pareció estar en presencia de alguien, pero de inmediato esa impresión se borró y un sopor irresistible lo obligó a bostezar. Se quedó en su sitio, luchando contra el sueño, con el machete abandonado en el suelo, mientras la silueta delgada de la joven se alejaba.

Nadia atravesó la aldea en el mismo estado etéreo, sin llamar la atención de las pocas personas que permanecían despiertas. Pasó cerca de las antorchas que alumbraban las construcciones de barro del recinto real. Un mono insomne saltó de un árbol y cayó a sus pies, haciéndola volver a su cuerpo durante unos instantes, pero enseguida se concentró y siguió avanzando. No sentía su peso, le parecía ir flotando. Así llegó a los corrales, dos perímetros rectangulares hechos con troncos clavados en tierra y amarrados con lianas y tiras de cuero. Una parte de cada corral tenía techo de paja, la otra mitad estaba abierta al cielo. La puerta se cerraba mediante una pesada tranca que sólo podía abrirse por el exterior. Nadie vigilaba.

La chica caminó en torno a los corrales tanteando la empalizada con las manos, sin atreverse a encender la linterna. Era un cerco firme y alto, pero una persona decidida podía aprovechar las protuberancias de la madera y los nudos de las cuerdas para treparlo. Se preguntó por qué las pigmeas no escapaban. Después de dar un par de vueltas y comprobar que no había nadie por los alrededores, decidió levantar la tranca de una de las puertas. En su estado de invisibilidad, sólo podía moverse con mucho cuidado, pero no podía actuar como lo hacía normalmente; debió salir del trance para forzar la puerta.

Los sonidos del bosque poblaban la noche: voces de animales y pájaros, murmullos entre los árboles y suspiros en la tierra. Nadia pensó que con razón la gente no salía de la aldea por la noche: era fácil atribuir esos ruidos a razones sobrenaturales. Sus esfuerzos para abrir la puerta no resultaron silenciosos, porque la madera crujía. Unos perros se aproximaron ladrando, pero Nadia les habló en idioma canino y se callaron al punto. Le pareció oír un llanto de niño, pero a los pocos segundos cesó; ella volvió a ponerle el hombro a la tranca, que resultó más pesada de lo imaginado. Por fin logró sacar la viga de los soportes, entreabrió el portón y se deslizó al interior.

Para entonces sus ojos se habían acostumbrado a la noche y pudo darse cuenta de que estaba en una especie de patio. Sin saber qué iba a encontrar, avanzó calladamente hacia la parte techada con paja, calculando su retirada en caso de peligro. Decidió que no podía aventurarse en la oscuridad y, después de una breve vacilación, encendió su linterna. El rayo de luz alumbró una escena tan inesperada que Nadia soltó un grito y casi deja caer la linterna. Unas doce o quince figuras muy pequeñas estaban de pie al fondo de la estancia, con la espalda contra la empalizada. Creyó que eran niños, pero enseguida se dio cuenta de que eran las mismas mujeres que habían danzado para Kosongo. Parecían tan aterrorizadas como lo estaba ella misma, pero no emitieron ni el menor sonido; se limitaron a mirar a la intrusa con ojos desorbitados.

—Chisss... —dijo Nadia, llevándose un dedo a los labios—. No les voy a hacer daño, soy amiga... —agregó en brasilero, su idioma natal, y luego lo repitió en todas las lenguas que conocía.

Las prisioneras no entendieron todas sus palabras, pero adivinaron sus intenciones. Una de ellas dio un paso adelante, aunque permaneció encogida y con el rostro oculto, y tendió a ciegas un brazo. Nadia se acercó y la tocó. La otra se retiró, temerosa, pero luego se atrevió a echar una mirada de reojo y debió haber quedado satisfecha con el rostro de la joven forastera, porque sonrió. Nadia estiró su mano de nuevo y la mujer hizo lo mismo; los dedos de ambas se entrelazaron y ese contacto físico resultó ser la forma más transparente de comunicación.

—Nadia, Nadia —se presentó la muchacha tocándose el pecho.

—Jena —replicó la otra.

Pronto las demás rodearon a Nadia, tanteándola con curiosidad, mientras cuchicheaban y se reían. Una vez descubierto el lenguaje común de las caricias y la mímica, el resto fue fácil. Las pigmeas explicaron que habían sido separadas de sus compañeros, a los cuales Kosongo obligaba a cazar elefantes, no por la carne, sino por los colmillos, que vendía a contrabandistas. El rey tenía otro clan de esclavos que explotaba una mina de diamantes algo más al norte. Así había hecho su fortuna. La recompensa de los cazadores eran cigarrillos, algo de comida y el derecho a ver a sus familias por un rato. Cuando el marfil o los diamantes no eran suficientes, intervenía el comandante Mbembelé. Había muchos castigos; el más soportable era la muerte, el más atroz era perder a sus hijos, que eran vendidos como esclavos a los contrabandistas. Jena agregó que quedaban muy pocos elefantes en el bosque, los pigmeos debían buscarlos más y más lejos. Los hombres no eran numerosos y ellas no podían ayudarlos, como siempre habían hecho. Al escasear los elefantes, la suerte de sus niños era muy incierta.

Nadia no estaba segura de haber entendido bien. Suponía que la esclavitud había terminado hacía tiempo, pero la mímica de las mujeres era muy clara. Después Kate le confirmaría que en algunos países aún existen esclavos. Los pigmeos se consideraban criaturas exóticas y los compraban para hacer trabajos degradantes o, si tenían buena fortuna, para divertir a los ricos o para los circos.

Las prisioneras contaron que ellas hacían las labores pesadas en Ngoubé, como plantar, acarrear agua, limpiar y hasta construir las chozas. Lo único que deseaban era reunirse con sus familias y volver a la selva, donde su pueblo había vivido en libertad durante miles de años. Nadia les demostró con gestos que podían trepar la empalizada y escapar, pero ellas replicaron que los niños estaban encerrados en el otro corral a cargo de un par de abuelas, no podían huir sin ellos.

—¿Dónde están sus maridos? —preguntó Nadia.

Jena le indicó que vivían en el bosque y sólo tenían permiso para visitar la aldea cuando traían carne, pieles o marfil. Los músicos que tocaron los tambores durante la fiesta de Kosongo eran sus maridos, dijeron.

8

EL AMULETO SAGRADO

Después de despedirse de las pigmeas y prometerles que las ayudaría, Nadia regresó a su choza tal como había salido, utilizando el arte de la invisibilidad. Al llegar comprobó que sólo había un guardia, el otro se había ido y el que quedaba roncaba como un bebé, gracias al vino de palma, lo cual ofrecía una inesperada ventaja. La chica se deslizó silenciosa como una ardilla junto a Alexander, lo despertó tapándole la boca con la mano y en pocas palabras le contó lo sucedido en el corral de las esclavas.

—Es horrible, Jaguar, debemos hacer algo.

—¿Qué, por ejemplo?

—No sé. Antes los pigmeos vivían en el bosque y tenían relaciones normales con los habitantes de esta aldea. En esa época había una reina llamada Nana-Asante. Pertenecía a otra tribu y venía de muy lejos, la gente creía que había sido enviada por los dioses. Era curandera, conocía el uso de plantas medicinales y exorcismos. Me dijeron que antes había caminos anchos en el bosque, hechos por las patas de cientos de elefantes, pero ahora quedan muy pocos y la selva se ha tragado los caminos. Los pigmeos se convirtieron en esclavos cuando les quitaron el amuleto mágico, como dijo Beyé-Dokou.

—¿Sabes dónde está?

—Es el hueso tallado que vimos en el cetro de Kosongo —explicó Nadia.

Discutieron un buen rato, proponiendo diferentes ideas, cada una más arriesgada que la anterior. Por fin acordaron, como primer paso, recuperar el amuleto y llevárselo a la tribu, para devolverle la confianza y el valor. Tal vez así los pigmeos imaginarían alguna forma de liberar a sus mujeres y niños.

—Si conseguimos el amuleto, yo iré a buscar a Beyé-Dokou al bosque —dijo Alexander.

—Te perderías.

—Mi animal totémico me ayudará. El jaguar puede ubicarse en cualquier parte y ve en la oscuridad —replicó Alexander.

—Voy contigo.

—Es un riesgo inútil, Águila. Si voy solo tendré más movilidad.

—No podemos separarnos. Acuérdate de lo que dijo Ma Bangesé en el mercado: si nos separamos, moriremos.

—¿Y tú la crees?

—Sí. La visión que tuvimos es una advertencia: en alguna parte nos aguarda un monstruo de tres cabezas.

—No existen monstruos de tres cabezas, Águila.

—Como diría el chamán Walimai, *puede ser y puede no ser* —replicó ella.

—¿Cómo obtendremos el amuleto?

—Borobá y yo lo haremos —dijo Nadia con gran seguridad, como si fuera la cosa más simple del mundo.

El mono era de una habilidad pasmosa para robar, lo cual se había convertido en un problema en Nueva York. Nadia vivía devolviendo objetos ajenos que el animalito le traía de regalo, pero en este caso su mala costumbre podría ser una bendición. Borobá era pequeño, silencioso y muy hábil con las manos. Lo más difícil sería averiguar dónde se guardaba el amuleto y burlar la vigilancia. Jena, una de las pigmeas, le había dicho a Nadia que estaba en la vivienda del rey, donde ella lo había visto cuando iba a limpiar. Esa noche la población estaba embriagada y la vigilancia era mínima. Habían visto pocos soldados con armas de fuego, sólo los soldados de la Hermandad del Leopardo, pero podía haber otros. No sabían con cuántos hombres contaba Mbembelé, pero el hecho de que el comandante no hubiera aparecido durante la fiesta de la tarde anterior podía significar que se encontraba ausente de Ngoubé. Debían actuar de inmediato, decidieron.

—A Kate esto no le gustará nada, Jaguar. Acuérdate de que le prometimos no meternos en líos —dijo Nadia.

—Ya estamos en un lío bastante grave. Le dejaré una nota para que sepa adónde vamos. ¿Tienes miedo? —preguntó el muchacho.

—Me da miedo ir contigo, pero me da más miedo quedarme aquí.

—Ponte las botas, Águila. Necesitamos una linterna, baterías de repuesto y por lo menos un cuchillo. El bosque está infestado de serpientes, creo que necesitamos una ampolla de antídoto contra el veneno. ¿Crees que podemos tomar prestado el revólver de Angie? —sugirió Alexander.

—¿Piensas matar a alguien, Jaguar?

—¡Claro que no!

—¿Entonces?

—Perfecto, Águila. Iremos sin armas —suspiró Alexander, resignado.

Los amigos recogieron lo necesario, moviéndose sigilosamente entre las mochilas y los bultos de sus compañeros. Al buscar el antídoto en el botiquín de Angie vieron el anestésico para animales y, en un impulso, Alexander se lo echó al bolsillo.

—¿Para qué quieres eso? —preguntó Nadia.

—No lo sé, pero puede servirnos —replicó Alexander.

Nadia salió primero, cruzó sin ser vista la corta distancia alumbrada por la antorcha de la puerta y se ocultó en las sombras. Desde allí pensaba llamar la atención de los guardias, para dar a Alexander oportunidad de seguirla, pero vio que el único guardia seguía durmiendo, el otro no había regresado. Fue muy fácil para Alexander y Borobá reunirse con ella.

La vivienda del rey era un recinto de barro y paja compuesto de varias chozas; daba la impresión de ser transitoria. Para un monarca cubierto de oro de pies a cabeza, con un numeroso harén y con los supuestos poderes divinos de Kosongo, el «palacio» resultaba de una modestia sospechosa. Alexander y Nadia dedujeron que el rey no pensaba envejecer en Ngoubé, por eso no había construido algo más elegante y cómodo. Una vez que se terminaran el marfil y los diamantes se iría lo más lejos posible a gozar de su fortuna.

El sector del harén estaba rodeado de una empalizada, sobre la cual habían ensartado antorchas separadas por más o menos diez metros, de modo que estaba bien iluminado. Las antorchas eran unos palos con trapos empapados en resina, que despedían una humareda negra y un olor penetrante. Delante del cerco había una construcción más grande, decorada con dibujos geométricos negros y provista de una puerta muy ancha y alta. Los jóvenes supusieron que albergaba al rey, porque el tamaño de la puerta permitía pasar a los portadores con la plataforma sobre la cual se desplazaba Kosongo. Con seguridad la prohibición de pisar el suelo no se aplicaba dentro de su casa; en la intimidad Kosongo debía andar en sus dos pies, mostrar el rostro y hablar sin necesidad de un intermediario, como cualquier persona normal. A poca distancia había otro edificio rectangular, largo y chato, sin ventanas, conectado a la vivienda real por un pasillo con techo de paja, que posiblemente era la caserna de los soldados.

Un par de guardias de raza bantú, armados con fusiles, caminaban en torno al recinto. Alexander y Nadia los observaron en la distancia por un buen rato y llegaron a la conclusión de que Kosongo no temía ser atacado, porque la vigilancia era un chiste. Los guardias, todavía bajo el efecto del vino de palma, hacían su ronda trastabillando, se detenían a fumar cuando les venía en gana y al cruzarse se detenían a conversar. Incluso los vieron beber de una botella, que posiblemente contenía licor. No vieron a ninguno de los soldados de la Hermandad del Leopardo, lo cual los tranquilizó un poco, porque parecían bastante más temibles que los guardias bantúes. De todos modos, la idea de introducirse al edificio, sin saber con qué se iban a encontrar adentro, era una temeridad.

—Tú esperas aquí, Jaguar, yo iré primero. Te avisaré con un grito de lechuza cuando sea el momento de mandar a Borobá —decidió Nadia.

A Alexander el plan no le gustó, pero no disponía de otro mejor. Nadia sabía desplazarse sin ser vista y nadie se fijaría en Borobá, porque la aldea estaba llena de monos. Con el corazón en la mano, se despidió de su amiga y de inmediato ella desapareció. Hizo un esfuerzo por verla y por unos segundos lo logró, aunque parecía apenas un velo flotando en la noche. A pesar de la tensión del momento, Alexander no pudo menos que sonreír al ver cuán efectivo era el arte de la invisibilidad.

Nadia aprovechó cuando los guardias estaban fumando para aproximarse a una de las ventanas de la residencia real. Sin el menor esfuerzo se trepó al dintel y desde allí echó una mirada al interior. Estaba oscuro, pero algo de la luz de las antorchas y de la luna entraba por las ventanas, que no eran más que aperturas sin vidrios ni persianas. Al comprobar que no había nadie, se deslizó al interior.

Los guardias terminaron sus cigarrillos y dieron otra vuelta completa en torno al recinto real. Por fin un grito de lechuza rompió la horrible tensión de Alexander. El joven soltó a Borobá y éste salió disparado en dirección a la ventana donde había visto a su ama por última vez. Durante varios minutos, largos como horas, nada sucedió. De súbito Nadia surgió como por encantamiento junto a su amigo.

—¿Qué pasó? —preguntó Alex, conteniéndose para no abrazarla.

—Muy fácil. Borobá sabe lo que debe hacer.

—Eso quiere decir que encontraste el amuleto.

—Kosongo debe estar en otra parte con alguna de sus mujeres. Había unos hombres durmiendo por el suelo y otros jugando naipes. El trono, la plataforma, el manto, el sombrero, el cetro y los dos colmillos de elefante están allí. También vi unos cofres donde supongo que guardan los adornos de oro —explicó Nadia.

—¿Y el amuleto?

—Estaba con el cetro, pero no pude retirarlo porque habría perdido la invisibilidad. Eso lo hará Borobá.

—¿Cómo?

Nadia señaló la ventana y Alexander vio que empezaba a salir una negra humareda.

—Le prendí fuego al manto real —dijo Nadia.

Casi de inmediato se produjo un alboroto de gritos, los guardias que estaban adentro salieron corriendo, de la caserna surgieron varios soldados y pronto despertó la aldea y se llenó el lugar de gente corriendo con baldes de agua para apagar el fuego. Borobá aprovechó la confusión para apoderarse del amuleto y salir por la ventana. Instantes después se reunió con Nadia y Alexander y los tres se perdieron en dirección al bosque.

Bajo la cúpula de los árboles reinaba una oscuridad casi total. A pesar de la visión nocturna del jaguar, invocado por Alexander, resultaba casi imposible avanzar. Era la hora de las serpientes y bichos ponzoñosos, de las fieras en busca de alimento; pero el peligro más inmediato era caer en un pantano y perecer tragados por el lodo.

Alexander encendió la linterna y revisó su entorno. No temía ser visto desde la aldea, porque lo rodeaba la tupida vegetación, pero debía cuidar las baterías. Se adentraron en la espesura luchando con raíces y lianas, sorteando charcos, tropezando con obstáculos invisibles, envueltos por el murmullo constante de la selva.

—¿Y ahora qué haremos? —preguntó Alexander.

—Esperar a que amanezca, Jaguar, no podemos seguir en esta oscuridad. ¿Qué hora es?

—Casi las cuatro —respondió el muchacho, consultando su reloj.

—Dentro de poco habrá luz y podremos movernos. Tengo hambre, no me pude comer los ratones de la cena —dijo Nadia.

—Si el hermano Fernando estuviera aquí, diría que Dios proveerá —se rió Alexander.

Se acomodaron lo mejor posible entre unos helechos. La humedad les empapaba la ropa, las espinas los pinchaban, los bichos les caminaban por encima. Sentían el roce de animales deslizándose junto a ellos, batir de alas, el aliento pesado de la tierra. Después de su aventura en el Amazonas, Alexander no salía de excursión sin un encendedor, porque sabía que frotando piedras no es la manera más rápida de hacer fuego. Quisieron hacer una pequeña fogata para secarse y amedrentar a las fieras, pero no encontraron palos secos y luego de varios intentos debieron desistir.

—Este lugar está lleno de espíritus —dijo Nadia.

—¿Crees en eso? —preguntó Alexander.

—Sí, pero no les tengo miedo. ¿Te acuerdas de la esposa de Walimai? Era un espíritu amistoso.

—Eso era en el Amazonas, no sabemos cómo son los de aquí. Por algo la gente les teme —dijo Alexander.

—Si estás tratando de asustarme, ya lo conseguiste —replicó Nadia.

Alexander puso un brazo en torno a los hombros de su

amiga y la acercó contra su pecho, tratando de darle calor y seguridad. Ese gesto, antes tan natural entre ellos, ahora estaba cargado de un significado nuevo.

—Por fin Walimai se reunió con su esposa —le contó Nadia.

—¿Se murió?

—Sí, ahora viven los dos en el mismo mundo.

—¿Cómo lo sabes?

—¿Te acuerdas de cuando caí en ese precipicio y me rompí el hombro en el Reino Prohibido? Walimai me hizo compañía hasta que llegaste tú con Tensing y Dil Bahadur. Cuando el chamán apareció a mi lado, supe que era un espíritu y ahora puede desplazarse en este mundo y en otros —explicó Nadia.

—Era un buen amigo, podías llamarlo soplando un silbato y él siempre acudía —le recordó Alexander.

—Si lo necesito vendrá, tal como fue a ayudarme al Reino Prohibido. Los espíritus viajan lejos —le aseguró Nadia.

A pesar del temor y la incomodidad, pronto empezaron a cabecear, agotados, porque llevaban veinticuatro horas sin dormir. Habían padecido demasiadas emociones desde el momento en que el avión de Angie Ninderera se accidentó. No supieron cuántos minutos descansaron, ni cuántas culebras y otros animales les pasaron rozando. Despertaron sobresaltados cuando Borobá les haló el pelo a dos manos, dando chillidos de terror. Todavía estaba oscuro. Alexander encendió la linterna y su rayo de luz dio de lleno en un rostro negro, casi encima del suyo. Ambos, la criatura y él, lanzaron un grito simultáneo y se echaron hacia atrás. La linterna rodó por el suelo y pasaron varios segundos antes que el joven la encontrara. En esa pausa Nadia alcanzó a reaccionar y sujetó el brazo de Alexander, susurrándole que se quedara quieto. Sintieron una mano enorme que los tanteó a ciegas y de pronto cogió a Alexander por la camisa y lo sacudió con una fuerza descomunal. El joven volvió a encender la linterna, pero no apuntó directamente la luz a su atacante. En la penumbra se dieron cuenta de que se trataba de un gorila.

—*Tempo kachi*, que tenga usted felicidad...

El saludo del Reino Prohibido fue lo primero y lo único que se le ocurrió decir a Alexander, demasiado asustado para pensar. Nadia, en cambio, saludó en el idioma de los monos, porque la reconoció antes de verla por el calor que irradiaba y el olor a pasto recién cortado de su aliento. Era la gorila que salvaron de la trampa unos días antes y, como entonces, llevaba a su bebé prendido de los duros pelos de la barriga. Los observaba con sus ojos inteligentes y curiosos. Nadia se preguntó cómo había llegado hasta allí, debió haberse desplazado por muchas millas en el bosque, algo poco usual en esos animales.

La gorila soltó a Alexander y puso su mano sobre la cara de Nadia, empujándola un poco, con suavidad, como una caricia. Sonriendo, ella devolvió el saludo con otro empujón, que no logró mover a la gorila ni medio centímetro, pero estableció una forma de diálogo. El animal les dio la espalda y caminó unos pasos, luego regresó y, acercándoles de nuevo la cara, emitió unos gruñidos mansos y, sin previo aviso, le dio unos mordiscos delicados en una oreja a Alexander.

—¿Qué quiere? —preguntó éste alarmado.

—Que la sigamos, nos va a mostrar algo.

No tuvieron que andar mucho. De pronto el animal dio unos saltos y se trepó a una especie de nido colocado entre las ramas de un árbol. Alexander apuntó con la linterna y un coro de gruñidos nada tranquilizadores respondió a su gesto. Desvió de inmediato la luz.

—Hay varios gorilas en este árbol, debe ser una familia —dijo Nadia.

—Eso significa que hay un macho y varias hembras con sus bebés. El macho puede ser peligroso.

—Si nuestra amiga nos ha traído hasta aquí es porque somos bienvenidos.

—¿Qué haremos? No sé cuál es el protocolo entre humanos y gorilas en este caso —bromeó Alexander, muy nervioso.

Esperaron por largos minutos, inmóviles bajo el gran árbol. Los gruñidos cesaron. Por último, cansados, los muchachos se sentaron entre las raíces del inmenso árbol, con Borobá aferrado al pecho de Nadia, temblando de susto.

—Aquí podemos dormir tranquilos, estamos protegidos. La gorila quiere pagarnos el favor que le hicimos —le aseguró Nadia a Alexander.

—¿Tú crees que entre los animales existen esos sentimientos, Águila? —dudó él.

—¿Por qué no? Los animales hablan entre ellos, forman familias, aman a sus hijos, se agrupan en sociedades, tienen memoria. Borobá es más listo que la mayoría de las personas que conozco —replicó Nadia.

—En cambio mi perro Poncho es bastante tonto.

—No todo el mundo tiene el cerebro de Einstein, Jaguar.

—Definitivamente, Poncho no lo tiene —sonrió Alexander.

—Pero Poncho es uno de tus mejores amigos. Entre los animales también hay amistad.

Durmieron tan profundamente como en cama de plumas; la proximidad de los grandes simios les daba una sensación de absoluta seguridad, no podían estar mejor protegidos.

Horas después despertaron sin saber dónde se encontraban. Alexander miró el reloj y se dio cuenta de que habían dormido mucho más de lo planeado, eran pasadas las siete de la mañana. El calor del sol evaporaba la humedad del suelo y el bosque, envuelto en bruma caliente, parecía un baño turco. Se pusieron de pie de un salto y echaron una mirada a su alrededor. El árbol de los gorilas estaba vacío y por un momento dudaron de la veracidad de lo ocurrido la noche anterior. Tal vez había sido sólo un sueño, pero allí estaban los nidos entre las ramas y unos brotes tiernos de bambú, alimento preferido de los gorilas, puestos a su lado como ofrendas. Y como si eso no bastara, comprendieron que desde la espesura varios pares de ojos negros los observaban. La presencia de los gorilas era tan cercana y palpable que no necesitaban verlos para saber que vigilaban.

—*Tempo kachi* —se despidió Alexander.

—Gracias —dijo Nadia en el idioma de Borobá.

Un rugido largo y ronco les respondió desde el verde impenetrable del bosque.

—Creo que ese gruñido es un signo de amistad —se rió Nadia.

El amanecer se anunció en la aldea de Ngoubé con una neblina espesa como humareda, que penetró por la puerta y las aperturas que servían de ventanas. A pesar de la incomodidad de la vivienda, durmieron profundamente y no se enteraron de que hubo un amago de incendio en una de las habitaciones reales. Kosongo tuvo poco que lamentar, porque las llamas fueron apagadas de inmediato. Al disiparse el humo se vio que el fuego había comenzado en el manto real, lo cual fue interpretado como pésimo augurio, y se extendió a unas pieles de leopardo, que prendieron como yesca, provocando una densa humareda. Nada de esto supieron los prisioneros hasta varias horas más tarde.

Por la paja del techo se colaban los primeros rayos de sol. En la luz del alba los amigos pudieron examinar su entorno y comprobar que se encontraban en una choza larga y angosta, con gruesas paredes de barro oscuro. En uno de los muros había un calendario del año anterior, aparentemente grabado con la punta de un cuchillo. En otro vieron versículos del Nuevo Testamento y una tosca cruz de madera.

—Ésta es la misión, estoy seguro —dijo el hermano Fernando, emocionado.

—¿Cómo lo sabe? —preguntó Kate.

—No tengo dudas. Miren esto… —dijo.

Sacó de su mochila un papel doblado en varias partes y lo estiró cuidadosamente. Era un dibujo a lápiz hecho por los misioneros perdidos. Se veía claramente la plaza central de la aldea, el Árbol de las Palabras con el trono de Kosongo, las chozas, los corrales, una construcción más grande marcada como la vivienda del rey, otra similar que se usaba como caserna para los soldados. En el punto exacto donde ellos se encontraban, el dibujo indicaba la misión.

—Aquí los hermanos debían tener la escuela y atender enfermos. Debe haber un huerto muy cerca que ellos plantaron, y un pozo.

—¿Para qué querían un pozo si aquí llueve cada dos minutos? Sobra agua por estos lados —comentó Kate.

—El pozo no fue hecho por ellos, estaba aquí. Los hermanos se referían al pozo entre comillas, como si fuera algo especial. Siempre me pareció muy extraño…

—¿Qué habrá sido de ellos? —preguntó Kate.

—No me iré de aquí sin averiguarlo. Tengo que ver al comandante Mbembelé —determinó el hermano Fernando.

Los guardias les trajeron un racimo de bananas y un jarro de leche salpicada de moscas a modo de desayuno, luego volvieron a sus puestos en la entrada, indicando así que los extranjeros no estaban autorizados para salir. Kate arrancó una banana y se volvió para dársela a Borobá. Y en ese momento se dieron cuenta de que Alexander, Nadia y el monito no estaban entre ellos.

Kate se alarmó mucho al comprobar que su nieto y Nadia no estaban en la choza con el resto del grupo y que nadie los había visto desde la noche anterior.

—Tal vez los chavales fueron a dar una vuelta... —sugirió el hermano Fernando, sin mucha convicción.

Kate salió como un energúmeno, antes que el guardia de la puerta pudiera detenerla. Afuera despertaba la aldea, circulaban niños y algunas mujeres, pero no se veían hombres, porque ninguno trabajaba. Vio de lejos a las pigmeas que habían bailado la noche anterior; unas iban a buscar agua al río, otras se dirigían a las chozas de los bantúes o a las plantaciones. Corrió a preguntarles por los jóvenes ausentes, pero no pudo comunicarse con ellas o no quisieron responderle. Recorrió el pueblo llamando a Alexander y Nadia a gritos, pero no los vio por ninguna parte; sólo logró despertar a las gallinas y llamar la atención de un par de soldados de la guardia de Kosongo, que en esos momentos empezaban sus rondas. La tomaron por los brazos sin mayores miramientos y la llevaron en vilo en dirección al conjunto de viviendas reales.

—¡Se llevan a Kate! —gritó Angie al ver la escena de lejos.

Se colocó el revólver al cinto, cogió su rifle e indicó a los demás que la siguieran. No debían actuar como prisioneros, dijo, sino como huéspedes. El grupo apartó a empujones a los dos vigilantes de la puerta y corrió en la dirección en que se habían llevado a la escritora.

Entretanto los soldados tenían a Kate en el suelo y se disponían a molerla a golpes, pero no tuvieron tiempo de hacerlo, porque sus amigos irrumpieron dando voces en español, inglés y francés. La atrevida actitud de los extranjeros desconcertó a los soldados; no tenían costumbre de ser contrariados. Existía una ley en Ngoubé: no se podía tocar a un soldado de Mbembelé. Si ocurría por casualidad o error, se pagaba con azotes; de otro modo se pagaba con la vida.

—¡Queremos ver al rey! —exigió Angie, apoyada por sus compañeros.

El hermano Fernando ayudó a Kate a levantarse del suelo; estaba doblada por un calambre agudo en las costillas. Ella misma se dio un par de puñetazos en los costados, con lo cual recuperó la capacidad de respirar.

Se hallaban en una choza grande de barro con piso de tierra apisonada, sin muebles de ninguna clase. En los muros vieron dos cabezas embalsamadas de leopardo y en un rincón un altar con fetiches de vudú. En otro rincón, sobre un tapiz rojo, había un refrigerador y un televisor, símbolos de riqueza y modernidad, pero inútiles porque en Ngoubé no había electricidad. La estancia tenía dos puertas y varios huecos por los cuales entraba un poco de luz.

En ese instante se oyeron unas voces y al punto los soldados se cuadraron. Los extranjeros se volvieron hacia una de las puertas, por donde hizo su entrada un hombre con aspecto de gladiador. No les cupo duda de que se trataba del célebre Maurice Mbembelé. Era muy alto y fornido, con musculatura de levantador de pesas, cuello y hombros descomunales, pómulos marcados, labios gruesos y bien delineados, una nariz quebrada de boxeador, el cráneo afeitado. No le vieron los ojos, porque usaba lentes de sol con vidrios de espejo, que le daban un aspecto particularmente siniestro. Vestía pantalón del ejército, botas, un ancho cinturón de cuero negro y llevaba el torso desnudo. Lucía las cicatrices de la Hermandad del Leopardo y tiras de piel del mismo animal en los brazos. Le acompañaban dos soldados casi tan altos como él.

Al ver los poderosos músculos del comandante, Angie quedó boquiabierta de admiración; de un plumazo se le borró la furia y se avergonzó como una colegiala. Kate Cold comprendió que estaba a punto de perder a su mejor aliada y dio un paso al frente.

—Comandante Mbembelé, presumo —dijo.

El hombre no contestó, se limitó a observar al grupo de forasteros con inescrutable expresión, como si llevara una máscara.

—Comandante, dos personas de nuestro equipo han desaparecido —anunció Kate.

El militar acogió la noticia con un silencio helado.

—Son los dos jóvenes, mi nieto Alexander y su amiga Nadia —agregó Kate.

—Queremos saber dónde están —agregó Angie cuando se recuperó del flechazo apasionado que la había dejado temporalmente muda.

—No pueden haber ido muy lejos, deben estar en la aldea... —farfulló Kate.

La escritora tenía la sensación de que iba hundiéndose en un barrizal; había perdido pie, su voz temblaba. El silencio se hizo insoportable. Al cabo de un minuto completo, que pareció interminable, oyeron por fin la voz firme del comandante.

—Los guardias que se descuidaron serán castigados.

Eso fue todo. Dio media vuelta y se fue por donde había llegado, seguido por sus dos acompañantes y por los que habían maltratado a Kate. Iban riéndose y comentando. El hermano Fernando y Angie captaron parte del chiste: los muchachos blancos que escaparon eran verdaderamente estúpidos: morirían en el bosque devorados por fieras o por fantasmas.

En vista de que nadie los vigilaba ni parecía interesado en ellos, Kate y sus compañeros regresaron a la choza que les habían asignado como vivienda.

—¡Estos muchachos se esfumaron! ¡Siempre me causan problemas! ¡Juro que me las van a pagar! —exclamó Kate, mesándose las cortas mechas grises que coronaban su cabeza.

—No jure, mujer. Recemos mejor —propuso el hermano Fernando.

Se hincó entre las cucarachas, que paseaban tranquilas por el piso, y comenzó a orar. Nadie lo imitó, estaban ocupados haciendo conjeturas y trazando planes.

Angie opinaba que lo único razonable era negociar con el rey para que les facilitara un bote, única forma de salir de la aldea. Joel González creía que el rey no mandaba en la aldea, sino el comandante Mbembelé, quien no parecía dispuesto a ayudarlos, de modo que tal vez convenía conseguir que los pigmeos los guiaran por los senderos secretos del bosque, que sólo ellos conocían. Kate no pensaba moverse mientras no volvieran los jóvenes.

De pronto el hermano Fernando, quien aún estaba de rodillas, intervino para mostrarles una hoja de papel que había encontrado sobre uno de los bultos al hincarse a rezar. Kate se la arrebató de la mano y se acercó a uno de los ventanucos por donde entraba luz.

—¡Es de Alexander!

Con voz quebrada la escritora leyó el breve mensaje de su nieto: «Nadia y yo trataremos de ayudar a los pigmeos. Distraigan a Kosongo. No se preocupen, volveremos pronto».

—Estos chicos están locos —comentó Joel González.

—No, éste es su estado natural. ¿Qué podemos hacer? —gimió la abuela.

—No diga que oremos, hermano Fernando. ¡Debe haber algo más práctico que podamos hacer! —exclamó Angie.

—No sé qué hará usted, señorita. Lo que es yo, confío en que los chavales volverán. Aprovecharé el tiempo para averiguar la suerte de los hermanos misioneros —replicó el hombre, poniéndose de pie y sacudiéndose las cucarachas de los pantalones.

9

LOS CAZADORES

Vagaron entre los árboles, sin saber hacia dónde se dirigían. Alexander descubrió una sanguijuela pegada en sus piernas, hinchada con su sangre, y se la quitó sin hacer aspavientos. Las había experimentado en el Amazonas y ya no las temía, pero aún le producían repugnancia. En la exuberante vegetación no había manera de orientarse, todo les parecía igual. Las únicas manchas de otro color en el verde eterno del bosque eran las orquídeas y el vuelo fugaz de un pájaro de alegre plumaje. Pisaban una tierra rojiza y blanda, ensopada de lluvia y sembrada de obstáculos, donde en cualquier momento podían dar un paso en falso. Había pantanos traicioneros ocultos bajo un manto de hojas flotantes. Debían apartar las lianas, que en algunas partes formaban verdaderas cortinas, y evitar las afiladas espinas de algunas plantas. El bosque no era tan impenetrable como les pareció antes, había claros entre las copas de los árboles por donde se filtraban rayos del sol.

Alexander llevaba el cuchillo en la mano, dispuesto a clavar al primer animal comestible que se pusiera a su alcance, pero ninguno le dio esa satisfacción. Varias ratas pasaron entre sus piernas, pero resultaron muy veloces. Los jóvenes debieron aplacar el hambre con unos frutos desconocidos de gusto amargo. Como Borobá los comió, supusieron que no eran dañinos y lo imitaron. Temían perderse, como de hecho ya lo estaban; no sospechaban cómo regresar a Ngoubé ni cómo dar con los pigmeos. Su esperanza era que éstos los encontraran a ellos.

Llevaban varias horas moviéndose sin rumbo fijo, cada vez más perdidos y angustiados, cuando de pronto Borobá empezó a dar chillidos. El mono había tomado la costumbre de sentarse sobre la cabeza de Alexander, con la cola enrollada en torno a su cuello y aferrado a sus orejas, porque desde allí veía el mundo mejor que en brazos de Nadia. Alexander se lo sacudía de encima, pero al primer descuido Borobá volvía a instalarse en su lugar favorito. Gracias a que iba montado en Alexander, vio las huellas. Estaban a sólo un metro de distancia, pero resultaban casi invisibles. Eran huellas de grandes patas, que aplastaban todo a su paso y trazaban una especie de sendero. Los jóvenes las reconocieron al punto, porque las habían visto en el safari de Michael Mushaha.

—Es el rastro de un elefante —dijo Alexander, esperanzado—. Si hay uno por aquí, seguro que los pigmeos andan cerca también.

El elefante había sido hostigado durante días. Los pigmeos perseguían a la presa, cansándola hasta debilitarla por completo, luego la dirigían a las redes y la arrinconaban; recién entonces atacaban. La única tregua que tuvo el animal fue cuando Beyé-Dokou y sus compañeros se distrajeron para conducir a los forasteros a la aldea de Ngoubé. Durante esa tarde y parte de la noche el elefante trató de volver a sus dominios, pero estaba fatigado y confundido. Los cazadores lo habían obligado a penetrar en terreno desconocido, no lograba encontrar su camino, daba vueltas en círculo. La presencia de los seres humanos, con sus lanzas y sus redes, anunciaba su fin; el instinto se lo advertía, pero seguía corriendo, porque aún no se resignaba a morir.

Durante miles y miles de años, el elefante se ha enfrentado al cazador. En la memoria genética de los dos está grabada la ceremonia trágica de la caza, en la que se disponen a matar o morir. El vértigo ante el peligro resulta fascinante para ambos. En el momento culminante de la caza, la naturaleza contiene la respiración, el bosque se calla, la brisa se desvía, y al final, cuando se decide la suerte de uno de los dos, el corazón del hombre y el del animal palpitan al mismo ritmo. El elefante es el rey del bosque, la bestia más grande y pesada, la más respetable, ninguna otra se le opone. Su único enemigo es el hombre, una criatura pequeña, vulnerable, sin garras ni colmillos, a la cual puede aplastar con una pata, como a una lagartija. ¿Cómo se atreve ese ser insignificante a ponérsele por delante? Pero una vez comenzado el ritual de la caza, no hay tiempo para contemplar la ironía de la situación, el cazador y su presa saben que esa danza sólo termina con la muerte.

Los cazadores descubrieron el rastro de vegetación aplastada y ramas de árboles arrancadas de cuajo mucho antes que Nadia y Alexander. Hacía muchas horas que seguían al elefante, desplazándose en perfecta coordinación para cercarlo desde prudente distancia. Se trataba de un macho viejo y solitario, provisto de dos colmillos enormes. Eran sólo una docena de pigmeos con armas primitivas, pero no estaban dispuestos a permitir que se les escapara. En tiempos normales las mujeres cansaban al animal y lo conducían hacia las trampas, donde ellos aguardaban.

Años antes, en la época de la libertad, siempre hacían una ceremonia para invocar la ayuda de los antepasados y agradecer al animal por entregarse a la muerte; pero desde que Kosongo impuso su reino de terror, nada era igual. Incluso la caza, la más antigua y fundamental actividad de la tribu, había perdido su condición sagrada para convertirse en una matanza.

Alexander y Nadia oyeron largos bramidos y percibieron la vibración de las enormes patas en el suelo. Para entonces ya había comenzado el acto final: las redes inmovilizaban al elefante y las primeras lanzas se clavaban en sus costados.

Un grito de Nadia detuvo a los cazadores con las lanzas en alto, mientras el elefante se debatía furioso, luchando con sus últimas fuerzas.

—¡No lo maten! ¡No lo maten! —repetía Nadia.

La joven se colocó entre los hombres y el animal con los brazos en alto. Los pigmeos se repusieron rápidamente de la sorpresa y trataron de apartarla, pero entonces saltó Alexander al ruedo.

—¡Basta! ¡Deténganse! —gritó el joven, mostrándoles el amuleto.

—¡Ipemba-Afua! —exclamaron, cayendo postrados ante el símbolo sagrado de su tribu, que por tanto tiempo estuviera en manos de Kosongo.

Alexander comprendió que ese hueso tallado era más valioso que el polvo que contenía; aunque hubiera estado vacío, la reacción de los pigmeos sería la misma. Ese objeto había pasado de mano en mano por muchas generaciones, se le atribuían poderes mágicos. La deuda contraída con Alexander y Nadia por haberles devuelto Ipemba-Afua era inmensa: nada podían negarles a esos jóvenes forasteros que les traían el alma de la tribu.

Antes de entregarles el amuleto, Alexander les explicó las razones para no matar al animal, que ya estaba vencido en las redes.

—Quedan muy pocos elefantes en el bosque, pronto serán exterminados. ¿Qué harán entonces? No habrá marfil para rescatar a sus niños de la esclavitud. La solución no es el marfil, sino eliminar a Kosongo y liberar de una vez a sus familias —dijo el joven.

Agregó que Kosongo era un hombre común y corriente, la tierra no temblaba si sus pies la tocaban, no podía matar con la mirada o con la voz. Su único poder era aquel que los demás le daban. Si nadie le tuviera miedo, Kosongo se desinflaba.

—¿Y Mbembelé? ¿Y los soldados? —preguntaron los pigmeos.

Alexander debió admitir que no habían visto al comandante y que, en efecto, los miembros de la Hermandad del Leopardo parecían peligrosos.

—Pero si ustedes tienen valor para cazar elefantes con lanzas, también pueden desafiar a Mbembelé y sus hombres —agregó.

—Vamos a la aldea. Con Ipemba-Afua y con nuestras mujeres podemos vencer al rey y al comandante —propuso Beyé-Dokou.

En su calidad de *tuma* —mejor cazador— contaba con el respeto de sus compañeros, pero no tenía autoridad para imponerles nada. Los cazadores empezaron a discutir entre ellos y, a pesar de la seriedad del tema, de pronto estallaban en risotadas. Alexander consideró que sus nuevos amigos estaban perdiendo un tiempo precioso.

—Liberaremos a sus mujeres para que peleen junto a nosotros. También mis amigos ayudarán. Seguro que a mi abuela se le ocurrirá algún truco, es muy lista —prometió Alexander.

Beyé-Dokou tradujo sus palabras, pero no logró convencer a sus compañeros. Pensaban que ese patético grupo de extranjeros no sería de mucha utilidad a la hora de luchar. La abuela tampoco les impresionaba, era sólo una vieja de cabellos erizados y ojos de loca. Por su parte, ellos se contaban con los dedos y sólo disponían de lanzas y redes, mientras que sus enemigos eran muchos y muy poderosos.

—Las mujeres me dijeron que en tiempos de la reina

Nana-Asante los pigmeos y los bantúes eran amigos —les recordó Nadia.

—Cierto —dijo Beyé-Dokou.

—Los bantúes también viven aterrorizados en Ngoubé. Mbembelé los tortura y los mata si le desobedecen. Si pudieran, se liberarían de Kosongo y el comandante. Tal vez se pongan de nuestro lado —sugirió la chica.

—Aunque los bantúes nos ayuden y derrotemos a los soldados, siempre queda Sombe, el hechicero —alegó Beyé-Dokou.

—¡También al brujo podemos vencerlo! —exclamó Alexander.

Pero los cazadores rechazaron enfáticos la idea de desafiar a Sombe y explicaron en qué consistían sus terroríficos poderes: tragaba fuego, caminaba por el aire y sobre brasas ardientes, se convertía en sapo y su saliva mataba. Se enredaron en las limitaciones de la mímica y Alexander entendió que el brujo se ponía a cuatro patas y vomitaba, lo cual no le pareció nada del otro mundo.

—No se preocupen, amigos, nosotros nos encargaremos de Sombe —prometió con un exceso de confianza.

Les entregó el amuleto mágico, que sus amigos recibieron conmovidos y alegres. Habían esperado ese momento por varios años.

Mientras Alexander argumentaba con los pigmeos, Nadia se había acercado al elefante herido y procuraba tranquilizarlo en el idioma aprendido de Kobi, el elefante del safari. La enorme bestia estaba en el límite de sus fuerzas; había sangre en su costado, donde un par de lanzazos de los cazadores lo habían herido, y en la trompa, que azotaba contra el suelo. La voz de la muchacha hablándole en su lengua le llegó de muy lejos, como si la oyera en sueños. Era la primera vez que se enfrentaba a los seres humanos y no esperaba que hablaran como él. De pura fatiga acabó por prestar oídos. Lento, pero seguro, el sonido de esa voz atravesó la densa barrera de la desesperación, el dolor y el terror y llegó hasta su cerebro. Poco a poco se fue calmando y dejó de debatirse entre las redes. Al rato se quedó quieto, acezando, con los ojos fijos en Nadia, batiendo sus grandes orejas. Despedía un olor a miedo tan fuerte que Nadia lo sintió como un bofetón, pero continuó hablándole, segura de que le entendía. Ante el asombro de los hombres, el elefante comenzó a contestar y pronto no les cupo duda de que la niña y el animal se comunicaban.

—Haremos un trato —propuso Nadia a los cazadores—. A cambio de Ipemba-Afua, ustedes le perdonan la vida al elefante.

Para los pigmeos el amuleto era mucho más valioso que el marfil del elefante, pero no sabían cómo quitarle las redes sin perecer aplastados por las patas o ensartados en los mismos colmillos que pretendían llevarle a Kosongo. Nadia les aseguró que podían hacerlo sin peligro. Entretanto Alexander se había acercado suficiente para examinar los cortes de las lanzas en la gruesa piel.

—Ha perdido mucha sangre, está deshidratado y estas heridas pueden infectarse. Me temo que le espera una muerte lenta y dolorosa —anunció.

Entonces Beyé-Dokou tomó el amuleto y se aproximó a la bestia. Quitó un pequeño tapón en un extremo de Ipemba-Afua, inclinó el hueso, agitándolo como un salero, mientras otro de los cazadores colocaba las manos para recibir un polvo verdoso. Por señas indicaron a Nadia que lo aplicara, porque ninguno se atrevía a tocar al elefante. Nadia explicó al herido que iban a curarlo y, cuando adivinó que había comprendido, puso el polvo en los profundos cortes de las lanzas.

Las heridas no se cerraron mágicamente, como ella esperaba, pero a los pocos minutos dejaron de sangrar. El elefante volteó la cabeza para tantearse el lomo con la trompa, pero Nadia le advirtió que no debía tocarse.

Los pigmeos se atrevieron a quitar las redes, una tarea bastante más complicada que ponerlas, pero al fin el viejo elefante estuvo libre. Se había resignado a su suerte, tal vez alcanzó a cruzar la frontera entre la vida y la muerte, y de pronto se encontró milagrosamente libre. Dio unos pasos tentativos, luego avanzó hacia la espesura, tambaleándose. En el último momento, antes de perderse bosque adentro, se volvió hacia Nadia y, mirándola con un ojo incrédulo, levantó la trompa y lanzó un bramido.

—¿Qué dijo? —preguntó Alexander.

—Que si necesitamos ayuda, lo llamemos —tradujo Nadia.

Dentro de poco sería de noche. Nadia había comido muy poco en los últimos días y Alexander tenía tanta hambre como ella. Los cazadores descubrieron huellas de un búfalo, pero no las siguieron porque eran peligrosos y andaban en grupo. Poseían lenguas ásperas como lija: podían lamer a un hombre hasta pelarle la carne y dejarlo en los huesos, dijeron. No podían cazarlos sin ayuda de sus mujeres. Los condujeron al trote hasta un grupo de viviendas minúsculas, hechas con ramas y hojas. Era una aldea tan miserable que no parecía posible que la habitaran seres humanos. No construían viviendas más sólidas porque eran nómadas, estaban separados de sus familias y debían desplazarse cada vez más lejos en busca de elefantes. La tribu nada poseía, sólo aquello que cada individuo podía llevar consigo. Los pigmeos sólo fabricaban los objetos básicos para sobrevivir en el bosque y cazar, lo demás lo obtenían mediante trueque. Como no les interesaba la civilización, otras tribus creían que eran como simios.

Los cazadores sacaron de un hueco en el suelo medio

antílope cubierto de tierra e insectos. Lo habían cazado un par de días antes y, después de comerse una parte, habían enterrado el resto para evitar que otros animales se lo arrebataran. Al ver que todavía estaba allí, empezaron a cantar y bailar. Nadia y Alexander comprobaron una vez más que a pesar de sus sufrimientos, esa gente era muy alegre cuando estaba en el bosque, cualquier pretexto servía para bromear, contar historias y reírse a carcajadas. La carne despedía un olor fétido y estaba medio verde, pero gracias al encendedor de Alexander y la habilidad de los pigmeos para encontrar combustible seco, hicieron una pequeña fogata donde la asaron. También se comieron con entusiasmo las larvas, orugas, gusanos y hormigas adheridas a la carne, que consideraban una verdadera delicia, y completaron la cena con frutos salvajes, nueces y agua de los charcos en el suelo.

—Mi abuela nos advirtió que el agua sucia nos daría cólera —dijo Alexander, bebiendo a dos manos, porque estaba muerto de sed.

—Tal vez a ti, porque eres muy delicado —se burló Nadia—, pero yo me crié en el Amazonas; soy inmune a las enfermedades tropicales.

Le preguntaron a Beyé-Dokou a qué distancia estaba Ngoubé, pero no pudo darles una respuesta precisa, porque para ellos la distancia se medía en horas y dependía de la velocidad a la cual se desplazaban. Cinco horas caminando equivalían a dos corriendo. Tampoco pudo señalar la dirección, porque jamás había contado con una brújula o un mapa, no conocía los puntos cardinales. Se orientaba por la naturaleza, podía reconocer cada árbol en un territorio de cientos de hectáreas. Explicó que sólo ellos, los pigmeos, tenían nombres para todos los árboles, plantas y animales; el resto de la gente creía que el bosque era sólo una uniforme maraña verde y pantanosa. Los soldados y los bantúes sólo se aventuraban entre la aldea y la bifurcación del río, donde establecían contacto con el exterior y negociaban con los contrabandistas.

—El tráfico de marfil está prohibido en casi todo el mundo. ¿Cómo lo sacan de la región? —preguntó Alexander.

Beyé-Dokou le informó que Mbembelé pagaba soborno a las autoridades y contaba con una red de secuaces a lo largo del río. Amarraban los colmillos debajo de los botes, de modo que quedaban bajo el agua y así los transportaban a plena luz del día. Los diamantes iban en el estómago de los contrabandistas. Se los tragaban con cucharadas de miel y budín de mandioca, y un par de días más tarde, cuando se encontraban en lugar seguro, los eliminaban por el otro extremo, método algo repugnante, pero seguro.

Los cazadores les contaron de los tiempos anteriores a Kosongo, cuando Nana-Asante gobernaba en Ngoubé. En esa época no había oro, no se traficaba con marfil, los bantúes vivían del café, que llevaban por el río a vender en las ciudades, y los pigmeos permanecían la mayor parte del año cazando en el bosque. Los bantúes cultivaban hortalizas y mandioca, que cambiaban a los pigmeos por carne. Celebraban fiestas juntos. Existían las mismas miserias, pero al menos vivían libres. A veces llegaban botes trayendo cosas de la ciudad, pero los bantúes compraban poco, porque eran muy pobres, y a los pigmeos no les interesaban. El gobierno los había olvidado, aunque de vez en cuando mandaba una enfermera con vacunas, o un maestro con la idea de crear una escuela, o un funcionario que prometía instalar electricidad. Se iban enseguida; no soportaban la lejanía de la civilización, se enfermaban, se volvían locos. Los únicos que se quedaron fueron el comandante Mbembelé y sus hombres.

—¿Y los misioneros? —preguntó Nadia.

—Eran fuertes y también se quedaron. Cuando ellos vinieron Nana-Asante ya no estaba. Mbembelé los expulsó, pero no se fueron. Trataron de ayudar a nuestra tribu. Después desaparecieron —dijeron los cazadores.

—Como la reina —apuntó Alexander.

—No, no como la reina... —respondieron, pero no quisieron dar más explicaciones.

10

LA ALDEA DE LOS ANTEPASADOS

Para Nadia y Alexander ésa era la primera noche completa en el bosque. La noche anterior habían estado en la fiesta de Kosongo, Nadia había visitado a las pigmeas esclavas, habían robado el amuleto e incendiado la vivienda real antes de salir de la aldea, de modo que no se les hizo tan larga; pero ésta les pareció eterna. La luz se iba temprano y volvía tarde bajo la cúpula de los árboles. Estuvieron más de diez horas encogidos en los patéticos refugios de los cazadores, soportando la humedad, los insectos y la cercanía de animales salvajes, nada de lo cual incomodaba a los pigmeos, quienes sólo temían a los fantasmas.

La primera luz del alba sorprendió a Nadia. Alexander y Borobá estaban despiertos y hambrientos. Del antílope asado quedaban puros huesos quemados y no se atrevieron a comer más fruta, porque les producía dolor de tripas. Decidieron no pensar en comida. Pronto despertaron también los pigmeos y se pusieron a hablar entre ellos en su idioma por largo rato. Como no tenían jefe, las decisiones requerían horas de discusión en círculo, pero una vez que se ponían de acuerdo actuaban como un solo hombre. Gracias a su pasmosa facilidad para las lenguas, Nadia entendió el sentido general de la conferencia; en cambio Alexander sólo captó algunos nombres que conocía: Ngoubé, Ipemba-Afua, Nana-Asante. Por fin concluyó la animada charla y los jóvenes se enteraron del plan.

Los contrabandistas llegarían en busca del marfil —o de los niños de los pigmeos— dentro de un par de días. Eso significaba que debían atacar Ngoubé en un plazo máximo de treinta y seis horas. Lo primero y más importante, decidieron, era hacer una ceremonia con el amuleto sagrado para pedir la protección a los antepasados y a Ezenji, el gran espíritu del bosque, de la vida y la muerte.

—¿Pasamos cerca de la aldea de los antepasados cuando llegamos a Ngoubé? —preguntó Nadia.

Beyé-Dokou les confirmó que, en efecto, los antepasados vivían en un sitio entre el río y Ngoubé. Quedaba a varias horas de camino de donde ellos se encontraban en ese momento. Alexander se acordó de que cuando su abuela Kate era joven recorrió el mundo con una mochila a la espalda y solía dormir en cementerios, porque eran muy seguros, nadie se introducía a ellos de noche. La aldea de los espectros era el lugar perfecto para preparar el ataque a Ngoubé. Allí estarían a corta distancia de su objetivo y completamente seguros, porque Mbembelé y sus soldados jamás se aproximarían.

—Éste es un momento muy especial, el más importante en la historia de su tribu. Creo que deben hacer la ceremonia en la aldea de los antepasados... —sugirió Alexander.

Los cazadores se maravillaron ante la absoluta ignorancia del joven forastero y le preguntaron si acaso en su país faltaban el respeto a los antepasados. Alexander debió admitir que en Estados Unidos los antepasados ocupaban una posición insignificante en la escala social. Le explicaron que el villorrio de los espíritus era un lugar prohibido, ningún humano podía entrar sin perecer de inmediato. Sólo iban allí para llevar a los muertos. Cuando alguien fallecía en la tribu, se realizaba una ceremonia que duraba un día y una noche, luego las mujeres más ancianas envolvían el cuerpo en trapos y hojas, lo amarraban con cuerdas hechas con fibra de corteza de árbol, la misma que usaban para sus redes, y lo llevaban a descansar con los antepasados. Se aproximaban deprisa a la aldea, depositaban su carga y salían corriendo lo más rápido posible. Esto siempre se realizaba por la mañana, a plena luz del día, después de numerosos sacrificios. Era la única hora segura, porque los fantasmas dormían durante el día y vivían de noche. Si los antepasados eran tratados con el debido respeto, no molestaban a los humanos, pero cuando se les ofendía no perdonaban. Los temían más que a los dioses, porque estaban más cerca.

Angie Ninderera les había contado a Nadia y Alexander que en África existe una relación permanente de los seres humanos con el mundo espiritual.

—Los dioses africanos son más compasivos y razonables que los dioses de otros pueblos —les había dicho—. No castigan como el dios cristiano. No disponen de un infierno donde las almas sufren por toda la eternidad. Lo peor que puede ocurrirle a un alma africana es vagar perdida y sola. Un dios africano jamás mandaría a su único hijo a morir en la cruz para salvar pecados humanos, que puede borrar con un solo gesto. Los dioses africanos no crearon a los seres humanos a su imagen y tampoco los aman, pero al menos los dejan en paz. Los espíritus, en cambio, son más peligrosos, porque tienen los mismos defectos que las personas, son avaros, crueles, celosos. Para mantenerlos tranquilos hay que ofrecerles regalos. No piden mucho: un chorro de licor, un cigarro, la sangre de un gallo.

Los pigmeos creían que habían ofendido gravemente a sus antepasados, por eso padecían en manos de Kosongo. No sabían cuál era esa ofensa ni cómo enmendarla, pero suponían que su suerte cambiaría si aplacaban su enojo.

—Vamos a su aldea y les preguntamos por qué están

ofendidos y qué desean de ustedes —propuso Alexander.

—¡Son fantasmas! —exclamaron los pigmeos, horrorizados.

—Nadia y yo no les tememos. Iremos a hablar con ellos, tal vez nos ayuden. Después de todo, ustedes son sus descendientes, deben tenerles algo de simpatía, ¿no?

Al principio la idea fue rechazada de plano, pero los jóvenes insistieron y, después de discutir por largo rato, los cazadores acordaron dirigirse a las proximidades de la aldea prohibida. Se mantendrían ocultos en el bosque, donde prepararían sus armas y harían una ceremonia, mientras los forasteros intentaban parlamentar con los antepasados.

Caminaron durante horas por el bosque. Nadia y Alexander se dejaban conducir sin hacer preguntas, aunque a menudo les parecía que pasaban varias veces por el mismo lugar. Los cazadores avanzaban confiados, siempre al trote, sin comer ni beber, inmunes a la fatiga, sostenidos sólo por el tabaco negro de sus pipas de bambú. Salvo las redes, lanzas y dardos, esas pipas eran sus únicas posesiones terrenales. Los dos jóvenes los seguían tropezando a cada rato, mareados de cansancio y calor, hasta que se tiraron al suelo, negándose a seguir. Necesitaban descansar y comer algo.

Uno de los cazadores disparó un dardo a un mono, que cayó como una piedra a sus pies. Lo cortaron en pedazos, le arrancaron la piel e hincaron los dientes en la carne cruda. Alexander hizo una pequeña fogata y tostó los trozos que les tocaron a él y a Nadia, mientras Borobá se tapaba la cara con las manos y gemía; para él era un acto horrendo de canibalismo. Nadia le ofreció brotes de bambú y trató de explicarle que dadas las circunstancias no podían rechazar la carne; pero Borobá, espantado, le dio la espalda y no permitió que ella lo tocara.

—Esto es como si un grupo de simios devoraran a una persona delante de nosotros —dijo Nadia.

—En realidad es una grosería de nuestra parte, Águila, pero si no nos alimentamos no podremos continuar —argumentó Alexander.

Beyé-Dokou les explicó lo que pensaban hacer. Se presentarían en Ngoubé al caer la tarde del día siguiente, cuando Kosongo esperaba la cuota de marfil. Sin duda se pondría furioso al verlos llegar con las manos vacías. Mientras unos lo distraían con excusas y promesas, otros abrirían el corral de las mujeres y traerían las armas. Iban a pelear por sus vidas y rescatar a sus hijos, dijeron.

—Me parece una decisión muy valiente, pero poco práctica. Terminará en una masacre, porque los soldados tienen fusiles —alegó Nadia.

—Son anticuados —apuntó Alexander.

—Sí, pero igual matan de lejos. No se puede luchar con lanzas contra armas de fuego —insistió Nadia.

—Entonces debemos apoderarnos de las municiones.

—Imposible. Las armas están cargadas y los soldados tienen cinturones de balas. ¿Cómo podemos inutilizar los fusiles?

—No sé nada de eso, Águila, pero mi abuela ha estado en varias guerras y vivió durante meses con unos guerrilleros en Centroamérica. Estoy seguro de que ella sabe cómo hacerlo. Tenemos que volver a Ngoubé a preparar el terreno antes de que lleguen los pigmeos —propuso Alexander.

—¿Cómo lo haremos sin que nos vean los soldados? —preguntó Nadia.

—Iremos durante la noche. Entiendo que la distancia entre Ngoubé y la aldea de los antepasados es corta.

—¿Por qué insistes en ir a la aldea prohibida, Jaguar?

—Dicen que la fe mueve montañas, Águila. Si logramos convencer a los pigmeos de que sus antepasados los protegen, se sentirán invencibles. Además tienen el amuleto Ipemba-Afua, eso también les dará valor.

—¿Y si los antepasados no quieren ayudar?

—¡Los antepasados no existen, Águila! La aldea es sólo un cementerio. Pasaremos allí unas horas muy tranquilos, luego saldremos a contarles a nuestros amigos que los antepasados nos prometieron ayuda en la batalla contra Mbembelé. Ése es mi plan.

—No me gusta tu plan. Cuando hay engaño, las cosas no resultan bien... —dijo Nadia.

—Si prefieres, voy solo.

—Ya sabes que no podemos separarnos. Iré contigo —decidió ella.

Todavía había luz en el bosque cuando llegaron al sitio marcado por los ensangrentados muñecos vudú que habían visto antes. Los pigmeos se negaron a internarse en esa dirección, porque no podían pisar los dominios de los espíritus hambrientos.

—No creo que los fantasmas sufran de hambre, se supone que no tienen estómago —comentó Alexander.

Beyé-Dokou le señaló los montones de basura que había por los alrededores. Su tribu hacía sacrificios de animales y llevaba ofrendas de fruta, miel, nueces y licor, que colocaba a los pies de los muñecos. Por la noche la mayor parte desaparecía, tragada por los insaciables espectros. Gracias a eso vivían en paz, porque si los fantasmas eran alimentados como se debía, no atacaban a la gente. El joven insinuó que seguramente las ratas se comían las ofrendas, pero los pigmeos, ofendidos, rechazaron esa sugerencia de plano. Las ancianas encargadas de llevar los cadáveres hasta la entrada de la aldea durante los funerales podían atestiguar que la comida era arrastrada hasta allí. A veces habían oído unos gritos espeluznantes, capaces de producir tal pavor que el cabello se volvía blanco en pocas horas.

—Nadia, Borobá y yo iremos allí, pero necesitamos que alguien nos espere aquí para conducirnos hasta Ngoubé antes que amanezca —dijo Alexander.

Para los pigmeos la idea de pasar la noche en el cementerio era la prueba más contundente de que los jóvenes forasteros estaban mal de la cabeza, pero como no habían logrado disuadirlos, terminaron por aceptar su decisión. Beyé-Dokou les indicó la ruta, se despidió de ellos con grandes muestras de afecto y tristeza, porque estaba seguro de que no volvería a verlos, pero aceptó por cortesía esperarlos en el altar vudú hasta que saliera el sol en la mañana siguiente. Los demás también se despidieron, admirados ante el valor de los muchachos extranjeros.

A Nadia y Alexander les llamó la atención que en esa jungla voraz, donde sólo los elefantes dejaban rastros visibles, hubiera un sendero que conducía al cementerio. Eso significaba que alguien lo usaba con frecuencia.

—Por aquí pasan los antepasados... —murmuró Nadia.

—Si existieran, Águila, no dejarían huellas y no necesitarían un camino —replicó Alexander.

—¿Cómo lo sabes?

—Es cuestión de lógica.

—Los pigmeos y los bantúes no se acercan por ningún motivo a este lugar y los soldados de Mbembelé son todavía más supersticiosos, ésos ni siquiera entran al bosque. Explícame quién hizo este sendero —le exigió Nadia.

—No lo sé, pero lo averiguaremos.

Al cabo de una media hora de caminata se encontraron de pronto en un claro del bosque, frente a un grueso y alto muro circular construido con piedras, troncos, paja y barro. Colgando en el muro había cabezas disecadas de animales, calaveras y huesos, máscaras, figuras talladas en madera, vasijas de barro y amuletos. No se veía puerta alguna, pero descubrieron un hueco redondo, de unos ochenta centímetros de diámetro, colocado a cierta altura.

—Creo que las ancianas que traen los cadáveres los echan por ese hueco. Al otro lado debe haber pilas de huesos —dijo Alexander.

Nadia no alcanzaba la apertura, pero él era más alto y pudo asomarse.

—¿Qué hay? —preguntó ella.

—No veo bien. Mandemos a Borobá a investigar.

—¡Cómo se te ocurre! Borobá no puede ir solo. Vamos todos o no va ninguno —decidió Nadia.

—Espérame aquí, vuelvo enseguida —respondió Alexander.

—Prefiero ir contigo.

Alexander calculó que si se deslizaba a través del hoyo caería de cabeza. No sabía qué iba a encontrar al otro lado; era mejor trepar el muro, un juego de niños para él, dada su experiencia en montañismo. La textura irregular de la pared facilitaba el ascenso y en menos de dos minutos estaba a horcajadas sobre la pared, mientras Nadia y Borobá aguardaban abajo, bastante nerviosos.

—Es como un villorrio abandonado, parece antiguo, nunca he visto nada parecido —dijo Alexander.

—¿Hay esqueletos? —preguntó Nadia.

—No. Se ve limpio y vacío. Tal vez no introducen los cuerpos por la apertura, como pensábamos...

Con ayuda de su amigo Nadia saltó también al otro lado. Borobá vaciló, pero el temor de quedarse solo lo impulsó a seguirla; nunca se separaba de su ama.

A primera vista la aldea de los antepasados parecía un conjunto de hornos de barro y piedras colocados en círculos concéntricos, en perfecta simetría. Cada una de esas construcciones redondas tenía un hoyo a modo de portezuela, cerrado con trozos de tela o cortezas de árbol. No había estatuas, muñecos ni amuletos. La vida parecía haberse detenido en el recinto cercado por el alto muro. Allí la jungla no penetraba y hasta la temperatura era diferente. Reinaba un silencio inexplicable, no se oía la algarabía de monos y pájaros del bosque, ni el repicar de la lluvia, ni el murmullo de la brisa entre las hojas de los árboles. La quietud era absoluta.

—Son tumbas, allí deben poner a los difuntos. Vamos a investigar —decidió Alexander.

Al levantar algunas de las cortinas que tapaban las entradas, vieron que adentro había restos humanos colocados en orden, como una pirámide. Eran esqueletos secos y quebradizos, que tal vez habían estado allí por cientos de años. Algunas chozas estaban llenas de huesos, otras a medias y algunas permanecían vacías.

—¡Qué cosa tan macabra! —observó Alexander con un estremecimiento.

—No entiendo, Jaguar... Si nadie entra aquí, ¿cómo es que hay tanto orden y limpieza? —preguntó Nadia.

—Es muy misterioso —admitió su amigo.

11

ENCUENTRO CON LOS ESPÍRITUS

La luz, siempre tenue bajo la cúpula verde de la jungla, comenzaba a disminuir. Hacía un par de días, desde que salieran de Ngoubé, que los amigos sólo veían el cielo en las aperturas que a veces había entre las copas de los árboles. El cementerio estaba en un claro del bosque y pudieron ver sobre sus cabezas un trozo de cielo, que empezaba a tornarse azul oscuro. Se sentaron entre dos tumbas dispuestos a pasar unas horas de soledad.

En los tres años que habían transcurrido desde que Alexander y Nadia se conocieron, su amistad había crecido como un gran árbol, hasta convertirse en lo más importante de sus vidas. El afecto infantil del comienzo evolucionó en la medida en que maduraban, pero nunca hablaban de eso. Carecían de palabras para describir ese delicado sentimiento y temían que al hacerlo se rompiera, como cristal. Expresar su relación en palabras significaba definirla, ponerle límites, reducirla; si no se mencionaba permanecía libre e incontaminada. En silencio la amistad se había expandido sutilmente, sin que ellos mismos lo percibieran.

En los últimos tiempos Alexander padecía más que nunca la explosión de las hormonas propia de la adolescencia, que la mayoría de los muchachos sufre más temprano; su cuerpo parecía su enemigo, no lo dejaba en paz. Sus notas en la escuela habían bajado, ya no tocaba música, incluso las excursiones a la montaña con su padre, antes fundamentales en su vida, ahora lo aburrían. Padecía arrebatos de mal humor, se peleaba con su familia y después, arrepentido, no sabía cómo hacer las paces. Se había vuelto torpe, estaba enredado en una maraña de sentimientos contradictorios. Pasaba de la depresión a la euforia en cuestión de minutos, sus emociones eran tan intensas que a veces se preguntaba en serio si valía la pena seguir viviendo. En los momentos de pesimismo pensaba que el mundo era un desastre y la mayor parte de la humanidad era estúpida. A pesar de haber leído libros al respecto y de que en la escuela se discutía la adolescencia a fondo, él la sufría como una enfermedad inconfesable. «No te preocupes, todos hemos pasado por lo mismo», le consolaba su padre, como si se tratara de un resfrío; pero pronto tendría dieciocho años y su condición no mejoraba. Alexander apenas podía comunicarse con sus padres, lo volvían loco, eran de otra época, todo lo que decían sonaba anticuado. Sabía que lo querían incondicionalmente y por eso les estaba agradecido, pero creía que no podían entenderlo. Sólo con Nadia compartía sus problemas. En el lenguaje cifrado que usaba con ella por correo electrónico podía describir lo que le pasaba sin avergonzarse, pero nunca lo había hecho en persona. Ella lo aceptaba tal como él era, sin juzgarlo. Leía los mensajes sin dar su opinión, porque en verdad no sabía qué contestar; las inquietudes de ella eran diferentes.

Alexander pensaba que su obsesión con las muchachas era ridícula, pero no podía evitarla. Una palabra, un gesto, un roce bastaban para llenarle la cabeza de imágenes y el alma de deseo. El mejor paliativo era el ejercicio: invierno y verano hacía surfing en el Pacífico. El choque del agua helada y la maravillosa sensación de volar sobre las olas le devolvían la inocencia y la euforia de la infancia, pero ese estado de ánimo duraba poco. Los viajes con su abuela, en cambio, lograban distraerlo durante semanas. Delante de su abuela lograba controlar sus emociones, eso le daba cierta esperanza; tal vez su padre tenía razón y esa locura sería pasajera.

Desde que se encontraron en Nueva York para iniciar el viaje, Alexander contemplaba a Nadia con ojos nuevos, aunque la excluía por completo de sus fantasías románticas o eróticas. Ni siquiera podía imaginarla en ese plano, ella estaba en la misma categoría de sus hermanas: lo unía a ella un cariño puro y celoso. Su papel era protegerla de quien pudiera hacerle daño, especialmente de otros muchachos. Nadia era bonita —al menos así le parecía a él— y tarde o temprano habría un enjambre de enamorados a su alrededor. Jamás permitiría que esos zánganos se acercaran a ella, la sola idea lo ponía frenético. Notaba las formas del cuerpo de Nadia, la gracia de sus gestos y la expresión concentrada de su rostro. Le gustaba su colorido, el cabello rubio oscuro, la piel tostada, los ojos como avellanas; podía pintar su retrato con una paleta reducida de amarillo y marrón. Era diferente a él y eso lo intrigaba: su fragilidad física, que ocultaba una gran fortaleza de carácter, su silenciosa atención, la forma en que armonizaba con la naturaleza. Siempre había sido reservada, pero ahora le parecía misteriosa. Le encantaba estar cerca de ella, tocarla de vez en cuando, pero le resultaba mucho más fácil comunicarse desde la distancia; cuando estaban juntos se confundía, no sabía qué decirle y empezaba a medir sus palabras, le parecía que a veces sus manos eran muy pesadas, sus pies muy grandes, su tono muy dominante.

Allí, sentados en la oscuridad, rodeados de tumbas en un antiguo cementerio de pigmeos, Alexander sentía la cercanía de su amiga con una intensidad casi dolorosa. La quería más que a nadie en el mundo, más que a sus padres y todos sus amigos juntos, temía perderla.

—¿Qué tal Nueva York? ¿Te gusta vivir con mi abuela? —le preguntó, por decir algo.

—Tu abuela me trata como a una princesa, pero echo de menos a mi papá.

—No vuelvas al Amazonas, Águila, queda muy lejos y no nos podemos comunicar.

—Ven conmigo —dijo ella.

—Iré contigo donde quieras, pero primero tengo que estudiar medicina.

—Tu abuela dice que estás escribiendo sobre nuestras aventuras en el Amazonas y en el Reino del Dragón de Oro. ¿Escribirás también sobre los pigmeos? —preguntó Nadia.

—Son sólo apuntes, Águila. No pretendo ser escritor, sino médico. Se me ocurrió la idea cuando se enfermó mi mamá y lo decidí cuando el lama Tensing te curó el hombro con agujas y oraciones. Me di cuenta de que no bastan la ciencia y la tecnología para sanar, hay otras cosas igualmente importantes. Medicina holística, creo que se llama lo que quiero hacer —explicó Alexander.

—¿Te acuerdas de lo que te dijo el chamán Walimai? Dijo que tienes el poder de curar y debes aprovecharlo. Creo que serás el mejor médico del mundo —le aseguró Nadia.

—Y tú, ¿qué quieres hacer cuando termines la escuela?

—Voy a estudiar idiomas de animales.

—No hay academias para estudiar idiomas de animales —se rió Alexander.

—Entonces fundaré la primera.

—Sería bueno que viajáramos juntos, yo como médico y tú como lingüista —propuso Alexander.

—Eso será cuando nos casemos —replicó Nadia.

La frase quedó colgada en el aire, tan visible como una bandera. Alexander sintió que la sangre le hormigueaba en el cuerpo y el corazón le daba bandazos en el pecho. Estaba tan sorprendido, que no pudo responder. ¿Cómo no se le ocurrió esa idea a él? Había vivido enamorado de Cecilia Burns, con la cual nada tenía en común. Ese año la había perseguido con una tenacidad invencible, aguantando estoicamente sus desaires y caprichos. Mientras él todavía actuaba como un chiquillo, Cecilia Burns se había convertido en una mujer hecha y derecha, aunque tenían la misma edad. Era muy atractiva y Alexander había perdido la esperanza de que se fijara en él. Cecilia aspiraba a ser actriz, suspiraba por los galanes del cine y planeaba irse a tentar suerte en Hollywood apenas cumpliera dieciocho años. El comentario de Nadia le reveló un horizonte que hasta entonces él no había contemplado.

—¡Qué idiota soy! —exclamó.

—¿Qué quiere decir eso? ¿Que no nos vamos a casar?

—Yo... —balbuceó Alexander.

—Mira, Jaguar, no sabemos si vamos a salir vivos de este bosque. Como tal vez no nos quede mucho tiempo, hablemos con el corazón —propuso ella seriamente.

—¡Por supuesto que nos casaremos, Águila! No hay ni la menor duda —replicó él, con las orejas ardientes.

—Bueno, faltan varios años para eso —dijo ella, encogiéndose de hombros.

Por un rato largo no tuvieron más que decirse. A Alexander lo sacudía un huracán de ideas y emociones contradictorias, que iban entre el temor de volver a mirar a Nadia a plena luz del día hasta la tentación de besarla. Estaba seguro de que jamás se atrevería a hacer eso... El silencio se le hizo insoportable.

—¿Tienes miedo, Jaguar? —preguntó Nadia media hora más tarde.

Alexander no respondió, pensando que ella le había adivinado el pensamiento y se refería al nuevo temor que ella había despertado en él y que en esos momentos lo paralizaba. A la segunda pregunta comprendió que ella hablaba de algo mucho más inmediato y concreto.

—Mañana hay que enfrentar a Kosongo, Mbembelé y tal vez el brujo Sombe… ¿cómo lo haremos?

—Ya se verá, Águila. Como dice mi abuela: no hay que tener miedo al miedo.

Agradeció que ella hubiera cambiado de tema y decidió que no volvería a mencionar el amor, al menos hasta que no estuviera a salvo en California, separado de ella por el ancho del continente americano. Mediante el correo electrónico sería un poco más fácil hablar de sentimientos, porque ella no podría verle las orejas coloradas.

—Espero que el águila y el jaguar vengan en nuestra ayuda —dijo Alexander.

—Esta vez necesitamos más que eso —concluyó Nadia.

Como si acudiera a un llamado, en ese mismo instante sintieron una silenciosa presencia a pocos pasos de donde se encontraban. Alexander echó mano de su cuchillo y encendió la linterna, entonces una escalofriante figura surgió ante ellos en el haz de luz.

Paralizados de susto, vieron a tres metros de distancia una vieja bruja, envuelta en andrajos, con una enorme melena blanca y desgreñada, tan flaca como un esqueleto. Un fantasma, pensaron los dos al instante, pero enseguida Alexander razonó que debía haber otra explicación.

—¡Quién está allí! —gritó en inglés, poniéndose de pie de un salto.

Silencio. El joven repitió la pregunta y volvió a apuntar con su linterna.

—¿Es usted un espíritu? —preguntó Nadia en una mezcla de francés y bantú.

La aparición respondió con un murmullo incomprensible y retrocedió, cegada por la luz.

—¡Parece que es una anciana! —exclamó Nadia.

Por fin entendieron con claridad lo que el supuesto fantasma decía: Nana-Asante.

—¿Nana-Asante? ¿La reina de Ngoubé? ¿Viva o muerta? —preguntó Nadia.

Pronto salieron de dudas: era la antigua reina en cuerpo y alma, la misma que había desaparecido, aparentemente asesinada por Kosongo cuando éste le usurpó el trono. La mujer había permanecido oculta por años en el cementerio, donde sobrevivió alimentada por las ofrendas que dejaban los cazadores para sus antepasados. Ella era quien mantenía limpio el lugar; ella colocaba en las tumbas los cadáveres que echaban por el hueco del muro. Les dijo que no estaba sola, sino en muy buena compañía, la de los espíritus, con quienes esperaba reunirse en forma definitiva muy pronto, porque estaba cansada de habitar su cuerpo. Contó que antes ella era una *nganga*, una curandera que viajaba al mundo de los espíritus cuando caía en trance. Los había visto durante las ceremonias y les tenía pavor, pero desde que vivía en el cementerio, les había perdido el miedo. Ahora eran sus amigos.

—Pobre mujer, se debe haber vuelto loca —susurró Alexander a Nadia.

Nana-Asante no estaba loca, por el contrario, esos años de recogimiento le habían dado una extraordinaria lucidez. Estaba informada de todo lo que ocurría en Ngoubé, sabía de Kosongo y sus veinte esposas, de Mbembelé y sus diez soldados de la Hermandad del Leopardo, del brujo Sombe y sus demonios. Sabía que los bantúes de la aldea no se atrevían a oponerse a ellos, porque cualquier signo de rebelión se pagaba con terribles tormentos. Sabía que los pigmeos eran esclavos, que Kosongo les había quitado el amuleto sagrado y que Mbembelé vendía a sus hijos si no le llevaban marfil. Y sabía también que un grupo de forasteros había llegado a Ngoubé buscando a los misioneros y que los dos más jóvenes habían escapado de Ngoubé y acudirían a visitarla. Los estaba esperando.

—¡Cómo puede saber eso! —exclamó Alexander.

—Me lo contaron los antepasados. Ellos saben muchas cosas. No sólo salen de noche, como cree la gente, también salen de día, andan con otros espíritus de la naturaleza por aquí y por allá, entre los vivos y los muertos. Saben que ustedes les pedirán ayuda —dijo Nana-Asante.

—¿Aceptarán ayudar a sus descendientes? —preguntó Nadia.

—No sé. Ustedes deberán hablar con ellos —determinó la reina.

Una enorme luna llena, amarilla y radiante, surgió en el claro del bosque. Durante el tiempo de la luna algo mágico ocurrió en el cementerio, que en los años venideros Alexander y Nadia recordarían como uno de los momentos cruciales de sus vidas.

El primer síntoma de que algo extraordinario ocurría fue que los jóvenes pudieron ver con la mayor claridad en la noche, como si el cementerio estuviera alumbrado por las tremendas lámparas de un estadio. Por primera vez desde que estaban en África, Alexander y Nadia sintieron frío. Tiritando, se abrazaron para darse ánimo y calor. Un creciente murmullo de abejas invadió el aire y ante los ojos maravillados de los jóvenes, el lugar se llenó de seres traslúcidos. Estaban rodeados de espíritus. Era imposible describirlos, porque carecían de forma definida, parecían vagamente humanos, pero cambiaban como si fueran dibujos de humo; no estaban desnudos y tampoco vestidos; no tenían color, pero eran luminosos.

El intenso zumbido musical de insectos que vibraba en sus oídos tenía significado, era un lenguaje universal que ellos entendían, similar a la telepatía. Nada tenían que explicar a los fantasmas, nada que contarles, nada que pedirles con palabras. Esos seres etéreos sabían lo que había ocurrido y también lo que sucedería en el futuro, porque en su dimensión no había tiempo. Allí estaban las almas de los antepasados muertos y también las de los seres por nacer, almas que permanecían indefinidamente en estado espiritual, otras listas para adquirir forma física en este planeta o en otros, aquí o allá.

Los amigos se enteraron de que los espíritus rara vez intervienen en los acontecimientos del mundo material, aunque a veces ayudan a los animales mediante la intuición, y a las personas mediante la imaginación, los sueños, la creatividad y la revelación mística o espiritual. La mayor parte de la gente vive desconectada de lo divino y no advierte los signos, las coincidencias, las premoniciones y los minúsculos milagros cotidianos con los cuales se manifiesta lo sobrenatural. Se dieron cuenta de que los espíritus no provocan enfermedades, desgracias o muerte, como habían oído; el sufrimiento es causado por la maldad y la ignorancia de los vivos. Tampoco destruyen a quienes violan sus dominios o los ofenden, porque no poseen dominios y no hay modo de ofenderles. Los sacrificios, regalos y oraciones no les llegan; su única utilidad es tranquilizar a las personas que hacen las ofrendas.

El diálogo silencioso con los fantasmas duró un tiempo imposible de calcular. De manera gradual la luz aumentó y entonces el ámbito se abrió a una dimensión mayor. El muro que habían trepado para introducirse al cementerio se disolvió y se encontraron en medio del bosque, aunque no parecía el mismo donde habían estado antes. Nada era igual, había una radiante energía. Los árboles ya no formaban una masa compacta de vegetación, ahora cada uno tenía su propio carácter, su nombre, sus memorias. Los más altos, de cuyas semillas habían brotado otros más jóvenes, les contaron sus historias. Las plantas más viejas manifestaron su intención de morir pronto para alimentar la tierra; las más nuevas extendían sus tiernos brotes, aferrándose a la vida. Había un continuo murmullo de la naturaleza, sutiles formas de comunicación entre las especies.

Centenares de animales rodearon a los jóvenes, algunos cuya existencia no conocían: extraños okapis de cuello largo, como pequeñas jirafas; almizcleros, algalias, mangostas, ardillas voladoras, gatos dorados y antílopes con rayas de cebra; hormigueros cubiertos de escamas y una multitud de monos encaramados en los árboles, parloteando como niños en la mágica luz de esa noche. Ante ellos desfilaron leopardos, cocodrilos, rinocerontes y otras fieras en buena armonía. Aves extraordinarias llenaron el aire con sus voces e iluminaron la noche con su atrevido plumaje. Millares de insectos danzaron en la brisa: mariposas multicolores, escarabajos fosforescentes, ruidosos grillos, delicadas luciérnagas. El suelo hervía de reptiles: víboras, tortugas y grandes lagartos, descendientes de los dinosaurios, que observaban a los jóvenes con ojos de tres párpados.

Se hallaron en el centro del bosque espiritual, rodeados de millares y millares de almas vegetales y animales. Las mentes de Alexander y Nadia se expandieron de nuevo y percibieron las conexiones entre los seres, el universo entero entrelazado por corrientes de energía, por una red exquisita, fina como seda, fuerte como acero. Entendieron que nada existe aislado; cada cosa que ocurre, desde un pensamiento hasta un huracán, afecta a lo demás. Sintieron la tierra palpitante y viva, un gran organismo acunando en su regazo la flora y la fauna, los montes, los ríos, el viento de las llanuras, la lava de los volcanes, las nieves eternas de las más altas montañas. Y esa madre planeta es parte de otros organismos mayores, unida a los infinitos astros del inmenso firmamento.

Los jóvenes vieron los ciclos inevitables de vida, muerte, transformación y renacimiento como un maravilloso dibujo en el cual todo ocurre simultáneamente, sin pasado, presente o futuro, ahora desde siempre y para siempre.

Y por fin, en la última etapa de su fantástica odisea, comprendieron que las incontables almas, así como cuanto hay en el universo, son partículas de un espíritu único, como gotas de agua de un mismo océano. Una sola esencia espiritual anima todo lo existente. No hay separación entre los seres, no hay frontera entre la vida y la muerte.

En ningún momento durante aquel increíble viaje Nadia y Alexander tuvieron temor. Al principio les pareció que flotaban en la nebulosa de un sueño y sintieron una profunda calma, pero a medida que el peregrinaje espiritual expandía sus sentidos y su imaginación, la tranquilidad dio paso a la euforia, una felicidad incontenible, una sensación de tremenda energía y fuerza.

La luna continuó su paseo por el firmamento y desapareció en el bosque. Durante unos minutos la luz de los fantasmas permaneció en el ámbito, mientras el zumbido de abejas y el frío disminuían poco a poco. Los dos amigos despertaron del trance y se encontraron entre las tumbas, con Borobá colgado de la cintura de Nadia. Durante un rato no hablaron ni se movieron, para preservar el encantamiento. Por último se miraron, desconcertados, dudando de lo que habían vivido, pero entonces surgió ante ellos la figura de la reina Nana-Asante, quien les confirmó que no había sido sólo una alucinación.

La reina estaba iluminada por un intenso resplandor interno. Los jóvenes la vieron tal como era y no en la forma en que había aparecido al principio, como una vieja miserable, puros huesos y harapos. En verdad era una presencia formidable, una amazona, una antigua diosa del bosque. Nana-Asante se había vuelto sabia durante esos años de meditación y soledad entre los muertos; había limpiado su corazón de odio y codicia, nada deseaba, nada la inquietaba, nada temía. Era valiente porque no se aferraba a la vida; era fuerte porque la animaba la compasión; era justa porque intuía la verdad; era invencible porque la sostenía un ejército de espíritus.

—Hay mucho sufrimiento en Ngoubé. Cuando usted reinaba había paz, los bantúes y los pigmeos recuerdan esos tiempos. Venga con nosotros, Nana-Asante, ayúdenos —suplicó Nadia.

—Vamos —replicó la reina sin vacilar, como si se hubiera preparado durante años para ese momento.

12

EL REINO DEL TERROR

Durante el par de días que Nadia y Alexander pasaron en el bosque, una serie de eventos dramáticos se desencadenó en la aldea de Ngoubé. Kate, Angie, el hermano Fernando y Joel González no volvieron a ver a Kosongo y debieron entenderse con Mbembelé, quien a todas luces era mucho más temible que el rey. Al enterarse de la desaparición de dos de sus prisioneros, el comandante se preocupó más de castigar a los guardias por haberlos dejado ir, que por la suerte de los jóvenes ausentes. No hizo el menor empeño en encontrarlos y cuando Kate Cold le pidió ayuda para salir a buscarlos, se la negó.

—Ya están muertos, no voy a perder tiempo en ellos. Nadie sobrevive por la noche en el bosque, sólo los pigmeos, que no son humanos —le dijo Mbembelé.

—Entonces mande a unos cuantos pigmeos que me acompañen a buscarlos —le exigió Kate.

Mbembelé tenía la costumbre de no responder preguntas y mucho menos peticiones, por lo mismo nadie se atrevía a planteárselas. La actitud desfachatada de esa vieja extranjera le produjo más desconcierto que furia, no podía creer tanta insolencia. Permaneció en silencio, observándola a través de sus siniestros lentes de espejo, mientras gotas de sudor le corrían por el cráneo pelado y los brazos desnudos, marcados por las cicatrices rituales. Estaban en «su oficina», donde había hecho conducir a la escritora.

La «oficina» de Mbembelé era un calabozo con un destartalado escritorio metálico en un rincón y un par de sillas. Horrorizada, Kate vio instrumentos de tortura y manchas oscuras, como de sangre, en las paredes de barro pintadas con cal. Sin duda la intención del comandante al citarla allí era intimidarla y lo consiguió, pero Kate no estaba dispuesta a mostrar debilidad. Sólo contaba con su pasaporte americano y su licencia de periodista para protegerla, pero de nada servirían si Mbembelé captaba el miedo que ella sentía.

Le pareció que el militar, a diferencia de Kosongo, no se tragó el cuento de que habían ido a entrevistar al rey; el militar seguramente sospechaba que la verdadera causa de su presencia allí era descubrir la suerte de los misioneros desaparecidos. Estaban en manos de ese hombre, pero Mbembelé debía calcular los riesgos antes de dejarse llevar por un arrebato de crueldad, no podía maltratar extranjeros, dedujo Kate con demasiado optimismo. Una cosa era maltratar a los pobres diablos que tenía bajo el puño en Ngoubé y otra muy distinta hacerlo con extranjeros, sobre todo si eran blancos. No le convenía una investigación de las autoridades. El comandante tendría que librarse de ellos lo antes posible; si averiguaban mucho no le quedaría más alternativa que matarlos. Sabía que no se irían sin Nadia y Alexander y eso complicaba las cosas. Kate concluyó que debían tener mucho cuidado, porque la mejor salida del comandante era que sus huéspedes sufrieran un bien planeado accidente. A la escritora no se le pasó por la mente que al menos uno de ellos era visto con buenos ojos en Ngoubé.

—¿Cómo se llama la otra mujer de su grupo? —preguntó Mbembelé después de una larga pausa.

—Angie, Angie Ninderera. Ella nos trajo en su avión, pero...

—Su Majestad, el rey Kosongo, está dispuesto a aceptarla entre sus mujeres.

Kate Cold sintió que le flaqueaban las rodillas. Lo que fuera una broma la tarde anterior, ahora resultaba una desagradable —y tal vez peligrosa— realidad. ¿Qué diría Angie de las atenciones de Kosongo? Nadia y Alexander deberían aparecer pronto, como indicaba la nota de su nieto. En los viajes anteriores también había pasado momentos desesperados por culpa de los chicos, pero en ambas ocasiones volvieron sanos y salvos. Debía confiar en ellos. Lo primero sería reunir a su grupo, luego pensaría en la forma de volver a la civilización. Se le ocurrió que el súbito interés del rey por Angie podía servir al menos para ganar un poco de tiempo.

—¿Desea que comunique a Angie la petición del rey? —preguntó Kate cuando logró sacar la voz.

—No es una petición, es una orden. Hable con ella. La veré durante el torneo que habrá mañana. Entretanto tienen permiso para circular por la aldea, pero les prohíbo que se acerquen al recinto real, los corrales o el pozo.

El comandante hizo un gesto y de inmediato el soldado que montaba guardia en la puerta cogió a Kate de un brazo y se la llevó. La luz del día cegó por un momento a la vieja escritora.

Kate se reunió con sus amigos y transmitió el mensaje de amor a Angie, quien lo tomó bastante mal, como era de esperar.

—¡Jamás formaré parte del rebaño de mujeres de Kosongo! —exclamó, furiosa.

—Por supuesto que no, Angie, pero podrías ser amable con él por un par de días y...

—¡Ni por un minuto! Claro que si en vez de Kosongo fuera el comandante... —suspiró Angie.

—¡Mbembelé es una bestia! —la interrumpió Kate.

—Es una broma, Kate. No pretendo ser amable con Kosongo, con Mbembelé ni con nadie. Pretendo salir de este infierno lo antes posible, recuperar mi avión y escapar donde estos criminales no puedan alcanzarme.

—Si usted distrae al rey, como propone la señora Cold, podemos ganar tiempo —alegó el hermano Fernando.

—¿Cómo quiere que haga eso? ¡Míreme! Mi ropa está sucia y mojada, perdí mi lápiz de labios, mi peinado es un desastre. ¡Parezco un puerco espín! —replicó Angie, señalando sus cabellos embarrados que apuntaban en varias direcciones.

—La gente de la aldea tiene miedo —la interrumpió el misionero, cambiando el tema—. Nadie quiere responder a mis preguntas, pero he atado cabos. Sé que mis compañeros estuvieron aquí y que desaparecieron hace varios meses. No pueden haber ido a ninguna otra parte. Lo más probable es que sean mártires.

—¿Quiere decir que los mataron? —preguntó Kate.

—Sí. Creo que dieron sus vidas por Cristo. Ruego para que al menos no hayan sufrido demasiado...

—De verdad lo lamento, hermano Fernando —dijo Angie, súbitamente seria y conmovida—. Perdone mi frivolidad y mi malhumor. Cuente conmigo, haré lo que sea por ayudarlo. Bailaré la danza de los siete velos para distraer a Kosongo, si usted quiere.

—No le pido tanto, señorita Ninderera —replicó tristemente el misionero.

—Llámeme Angie —dijo ella.

El resto del día transcurrió aguardando que volvieran Nadia y Alexander y vagando por el villorrio en busca de información y haciendo planes para escapar. Los dos guardias que se habían descuidado la noche anterior fueron arrestados por los soldados y no fueron reemplazados, de modo que nadie los vigilaba. Averiguaron que los Hermanos del Leopardo, que desertaron del ejército regular y llegaron a Ngoubé con el comandante, eran los únicos con acceso a las armas de fuego, que se guardaban en la caserna. Los guardias bantúes eran reclutados a la fuerza en la adolescencia. Estaban mal armados, principalmente con machetes y cuchillos, y obedecían más por miedo que por lealtad. Bajo las órdenes del puñado de soldados de Mbembelé, los guardias debían reprimir al resto de la población bantú, es decir, sus propias familias y amigos. La feroz disciplina no dejaba escapatoria; los rebeldes y los desertores eran ejecutados sin juicio.

Las mujeres de Ngoubé, que antes eran independientes y tomaban parte en las decisiones de la comunidad, perdieron sus derechos y fueron destinadas a trabajar en las plantaciones de Kosongo y atender las exigencias de los hombres. Las jóvenes más bellas se destinaban al harén del rey. El sistema de espionaje del comandante empleaba incluso a los niños, quienes aprendían a vigilar a sus propios familiares. Bastaba ser acusado de traición, aunque no hubiera prueba, para perder la vida. Al comienzo asesinaron a muchos, pero la población de la zona no era numerosa y, al ver que se estaban quedando sin súbditos, el rey y el comandante debieron limitar su entusiasmo.

También contaban con la ayuda de Sombe, el brujo, a quien convocaban cuando se requerían sus servicios. La gente estaba acostumbrada a los curanderos o brujos, cuya misión era servir de enlace con el mundo de los espíritus, sanar enfermedades, realizar encantamientos y fabricar amuletos de protección. Suponían que por lo general el fallecimiento de una persona es causado por magia. Cuando alguien moría, al brujo le tocaba averiguar quién había provocado la muerte, deshacer el maleficio y castigar al culpable u obligarlo a pagar una retribución a la familia del difunto. Eso le daba poder en la comunidad. En Ngoubé, como en muchas otras partes de África, siempre hubo brujos, unos más respetados que otros, pero ninguno como Sombe.

No se sabía dónde vivía el macabro hechicero. Se materializaba en la aldea, como un demonio, y una vez cumplido su cometido se evaporaba sin dejar rastro y no volvían a verlo durante semanas o meses. Tan temido era que hasta Kosongo y Mbembelé evitaban su presencia y ambos se mantenían encerrados en sus viviendas cuando Sombe llegaba. Su aspecto imponía terror. Era enorme —tan alto como el comandante Mbembelé— y cuando caía en trance adquiría una fuerza descomunal, era capaz de levantar pesados troncos de árbol, que seis hombres no podían mover. Tenía cabeza de leopardo y un collar de dedos que, según decían, había amputado de sus víctimas con el filo de su mirada, tal como decapitaba gallos sin tocarlos durante sus exhibiciones de hechicería.

—Me gustaría conocer al famoso Sombe —opinó Kate cuando los amigos se reunieron para contarse lo que cada uno había averiguado.

—Y a mí me gustaría fotografiar sus trucos de ilusionismo —agregó Joel González.

—Tal vez no son trucos. La magia vudú puede ser muy peligrosa —dijo Angie, estremeciéndose.

La segunda noche en la choza, que les pareció eterna, los expedicionarios mantuvieron las antorchas encendidas, a pesar del olor a resina quemada y la negra humareda, porque al menos se podían ver las cucarachas y las ratas. Kate pasó horas en vela, con el oído atento, esperando que regresaran Nadia y Alexander. Como no había guardias ante la entrada, pudo salir a ventilarse cuando la pesadez del aire en la vivienda se le hizo insoportable. Angie se reunió con ella afuera y se sentaron en el suelo, hombro a hombro.

—Me muero por un cigarro —masculló Angie.

—Ésta es tu oportunidad de dejar este vicio, como hice yo. Provoca cáncer de pulmón —le advirtió Kate—. ¿Quieres un trago de vodka?

—¿Y el alcohol no es un vicio, Kate? —se rió Angie.

—¿Estás insinuando que soy alcohólica? ¡No te atrevas! Bebo unos sorbos de vez en cuando para el dolor de huesos, nada más.

—Hay que escapar de aquí, Kate.

—No podemos irnos sin mi nieto y Nadia —replicó la escritora.

—¿Cuánto tiempo estás dispuesta a esperarlos? Los botes vendrán a buscarnos pasado mañana.

—Para entonces los chicos estarán de regreso.

—¿Y si no es así?

—En ese caso ustedes se van, pero yo me quedo —dijo Kate.

—No te dejaré sola aquí, Kate.

—Tú irás con los demás a buscar ayuda. Deberás comunicarte con la revista *International Geographic* y con la Embajada americana. Nadie sabe dónde estamos.

—La única esperanza es que Michael Mushaha haya captado alguno de los mensajes que envié por radio, pero yo no contaría con eso —dijo Angie.

Las dos mujeres permanecieron en silencio por largo rato. A pesar de las circunstancias en que se encontraban, podían apreciar la belleza de la noche bajo la luna. A esa hora había muy pocas antorchas encendidas en la aldea, salvo las que alumbraban el recinto real y la caserna de los soldados. Llegaba hasta ellas el rumor continuo del bosque y el aroma penetrante de la tierra húmeda. A pocos pasos de distancia existía un mundo paralelo de criaturas que jamás veían la luz del sol y que ahora las acechaban desde las sombras.

—¿Sabes lo que es el pozo, Angie? —preguntó Kate.

—¿El que mencionaban los misioneros en sus cartas?

—No es lo que imaginábamos. No se trata de un pozo de agua —dijo Kate.

—¿No? ¿Y qué es entonces?

—Es el sitio de las ejecuciones.

—¡Qué estás diciendo! —exclamó Angie.

—Lo que te digo, Angie. Está detrás de la vivienda real, rodeado por una empalizada. Está prohibido acercarse.

—¿Es un cementerio?

—No. Es una especie de charco o alberca con cocodrilos...

Angie se puso de pie de un salto, sin poder respirar, con la sensación de llevar una locomotora en el pecho. Las palabras de Kate confirmaban el terror que sentía desde que su avión se estrelló en la playa y se encontró atrapada en esa bárbara región. Hora a hora, día a día, se afirmó en ella el convencimiento de que caminaba inexorablemente hacia su fin. Siempre creyó que moriría joven en un accidente de su avión, hasta que Ma Bangesé, la adivina del mercado, le anunció los cocodrilos. Al principio no tomó demasiado en serio la profecía, pero como sufrió un par de encuentros casi fatales con esas bestias, la idea echó raíces en su mente y se convirtió en una obsesión. Kate adivinó lo que su amiga estaba pensando.

—No seas supersticiosa, Angie. El hecho de que Kosongo críe cocodrilos no significa que tú serás la cena.

—Es mi destino, Kate, no puedo escapar.

—Vamos a salir con vida de aquí, Angie, te lo prometo.

—No puedes prometerme eso, porque no lo puedes cumplir. ¿Qué más sabes?

—En el pozo echan a quienes se rebelan contra la autoridad de Kosongo y Mbembelé —le explicó Kate—. Lo supe por las mujeres pigmeas. Sus maridos tienen que cazar para alimentar a los cocodrilos. Ellas saben cuanto ocurre en la aldea. Son esclavas de los bantúes, hacen el trabajo más pesado, entran en las chozas, escuchan las conversaciones, observan. Andan libres de día, sólo las encierran de noche. Nadie les hace caso, porque creen que no tienen inteligencia humana.

—¿Crees que así mataron a los misioneros y por eso no quedó rastro de ellos? —preguntó Angie con un estremecimiento.

—Sí, pero no estoy segura, por eso no se lo he dicho al hermano Fernando todavía. Mañana averiguaré la verdad y, si es posible, echaré una mirada al pozo. Debemos fotografiarlo, es parte esencial de la historia que pienso escribir para la revista —decidió Kate.

Al día siguiente Kate se presentó de nuevo ante el comandante Mbembelé para comunicarle que Angie Ninderera se sentía muy honrada de las atenciones del rey y estaba dispuesta a considerar su proposición, pero necesitaba por lo menos unos días para decidir, porque le había prometido su mano a un hechicero muy poderoso en Botswana y, como todo el mundo sabía, era muy peligroso traicionar a un brujo, aun en la distancia.

—En ese caso el rey Kosongo no está interesado en la mujer —decidió el comandante.

Kate echó pie atrás rápidamente. No esperaba que Mbembelé lo tomara tan en serio.

—¿No cree que debería consultar a Su Majestad?

—No.

—En realidad, Angie Ninderera no dio su palabra al brujo, digamos que no tiene un compromiso formal, ¿comprende? Me han dicho que por aquí vive Sombe, el hechicero más poderoso de África, tal vez él pueda liberar a Angie de la magia del otro pretendiente... —propuso Kate.

—Tal vez.

—¿Cuándo vendrá el famoso Sombe a Ngoubé?

—Haces muchas preguntas, mujer vieja, molestas como las *mopani* —replicó el comandante haciendo el gesto de espantar una abeja—. Hablaré con el rey Kosongo. Veremos la forma de librar a la mujer.

—Una cosa más, comandante Mbembelé —dijo Kate desde la puerta.

—¿Qué quieres ahora?

—Los aposentos donde nos han puesto son muy agradables, pero están algo sucios, hay un poco de excremento de ratas y murciélagos...

—¿Y?

—Angie Ninderera es muy delicada, el mal olor la pone enferma. ¿Puede mandar a una esclava para que limpie y nos prepare comida? Si no es mucha molestia.

—Está bien —replicó el comandante.

La sirvienta que les asignaron parecía una niña, vestía sólo una falda de rafia, medía escasamente un metro cuarenta de altura y era delgada, pero fuerte. Apareció provista de una escoba de ramas y procedió a barrer el suelo a una velocidad pasmosa. Cuanto más polvo levantaba, peor eran el olor y la mugre. Kate la interrumpió, porque en realidad la había solicitado con otros fines: necesitaba una aliada. Al comienzo la mujer pareció no entender las intenciones y los gestos de Kate, ponía una expresión en blanco, como la de una oveja, pero cuando la escritora le mencionó a Beyé-Dokou, su rostro se iluminó. Kate comprendió que la estupidez era fingida, le servía de protección.

Con mímica y unas pocas palabras en bantú y francés, la pigmea explicó que se llamaba Jena y era la esposa de Beyé-Dokou. Tenían dos hijos, a quienes veía muy poco, porque los tenían encerrados en un corral, pero por el momento los niños estaban bien cuidados por las abuelas. El plazo para que Beyé-Dokou y los otros cazadores se presentaran con el marfil era sólo hasta el día siguiente, si fallaban, perderían a sus niños, dijo Jena, llorando. Kate no supo qué hacer ante esas lágrimas, pero Angie y el hermano Fernando procuraron consolarla con el argumento de que Kosongo no se atrevería a vender a los niños habiendo un grupo de periodistas como testigos. Jena fue de la opinión de que nada ni nadie podía disuadir a Kosongo.

El siniestro tamtan de tambores llenaba la noche africana, estremeciendo el bosque y aterrorizando a los extranjeros, que escuchaban desde su choza con el corazón cargado de oscuros presagios.

—¿Qué significan esos tambores? —preguntó Joel González, tembloroso.

—No sé, pero nada bueno pueden anunciar —replicó el hermano Fernando.

—¡Estoy harta de tener miedo todo el tiempo! ¡Hace días que me duele el pecho de angustia, no puedo respirar! ¡Quiero irme de aquí! —exclamó Angie.

—Recemos, amigos míos —sugirió el misionero.

En ese instante apareció un soldado y, dirigiéndose sólo a Angie, anunció que se llevaría a cabo un «torneo» y que el comandante Mbembelé exigía su presencia.

—Iré con mis compañeros —dijo ella.

—Como quiera —replicó el emisario.

—¿Por qué suenan los tambores? —preguntó Angie.

—Ezenji —fue la escueta respuesta del soldado.

—¿La danza de la muerte?

El hombre no contestó, le dio la espalda y se fue. Los miembros del grupo consultaron entre ellos. Joel González era de la opinión que seguro que se trataba de la propia muerte: les tocaría ser los actores principales en el espectáculo. Kate lo hizo callar.

—Me estás poniendo nerviosa, Joel. Si pretenden matarnos, no lo harán en público. No les conviene provocar un escándalo internacional asesinándonos.

—¿Quién se enteraría, Kate? Estamos a merced de estos dementes. ¿Qué les importa la opinión del resto del mundo? Hacen lo que les da la gana —gimió Joel.

La población de la aldea, menos los pigmeos, se reunió en la plaza. Habían trazado un cuadrilátero con cal en el suelo, como un ring de boxeo, iluminado por antorchas. Bajo el Árbol de las Palabras estaba el comandante acompañado por sus «oficiales», es decir, los diez soldados de la Hermandad del Leopardo, que se mantenían de pie detrás de la silla que él ocupaba. Iba vestido como siempre, con pantalones y botas del ejército, y llevaba sus lentes de espejo, a pesar de que era de noche. A Angie Ninderera la condujeron a otra silla, colocada a pocos pasos del comandante, mientras sus amigos fueron ignorados. El rey Kosongo no estaba, pero sus esposas se apiñaban en el sitio habitual, de pie detrás del árbol, vigiladas por el viejo sádico con la varilla de bambú.

El «ejército» se encontraba presente: los Hermanos del Leopardo con sus fusiles y los guardias bantúes armados de machetes, cuchillos y bastones. Los guardias eran muy jóvenes y daban la impresión de estar tan asustados como el resto de los habitantes de la aldea. Pronto los extranjeros comprenderían la razón.

Los tres músicos con chaquetas de uniforme militar y sin pantalones, que la noche de la llegada de Kate y su grupo golpeaban palos, ahora disponían de tambores. El sonido que producían era monótono, lúgubre, amenazante, muy diferente a la música de los pigmeos. El tamtan continuó un largo rato, hasta que la luna sumó su luz a la de las antorchas. Entretanto habían traído bidones de plástico y calabazas con vino de palma, que pasaban de mano en mano. Esta vez ofrecieron a las mujeres, a los niños y a los visitantes. El comandante disponía de whisky americano, seguramente obtenido de contrabando. Bebió un par de sorbos y le pasó la botella a Angie, quien la rechazó dignamente, porque no quería establecer ningún tipo de familiaridad con ese hombre; pero cuando él le ofreció un cigarrillo, no pudo resistir, llevaba una eternidad sin fumar.

Ante un gesto de Mbembelé, los músicos tocaron un redoble de tambores, anunciando el comienzo de la función. Desde el otro extremo del patio trajeron a los dos guardias designados para vigilar la choza de los forasteros y bajo cuyas narices escaparon Nadia y Alexander. Los empujaron al cuadrilátero, donde permanecieron de rodillas, con las cabezas gachas, temblando. Eran muy jóvenes, Kate calculó que debían tener la edad de su nieto, unos diecisiete o dieciocho años. Una mujer, tal vez la madre de uno de ellos, dio un grito y se lanzó hacia el ring, pero de inmediato fue retenida por otras mujeres, que se la llevaron abrazada, tratando de consolarla.

Mbembelé se puso de pie, con las piernas separadas, las manos empuñadas sobre las caderas, la mandíbula protuberante, el sudor brillando en su cráneo afeitado y su desnudo torso de atleta. Con esa actitud y los lentes de sol que ocultaban sus ojos, era la imagen misma del villano de las películas de acción. Ladró unas cuantas frases en su idioma, que los visitantes no entendieron, enseguida volvió a instalarse echado hacia atrás en su silla. Un soldado entregó un cuchillo a cada uno de los hombres en el cuadrilátero.

Kate y sus amigos no tardaron en darse cuenta de las reglas del juego. Los dos guardias estaban condenados a luchar por sus vidas y sus compañeros, así como sus familiares y amigos, estaban condenados a presenciar aquella cruel forma de disciplina. Ezenji, la danza sagrada, que los pigmeos ejecutaban antiguamente antes de salir de caza para invocar al gran espíritu del bosque, en Ngoubé había degenerado, convirtiéndose en un torneo de muerte.

La pelea entre los dos guardias castigados fue breve. Durante unos minutos parecieron bailar en círculos, con los puñales en las manos, buscando un descuido del contrincante para asestar el golpe. Mbembelé y sus soldados los azuzaban con gritos y rechiflas, pero el resto de los espectadores guardaba ominoso silencio. Los otros guardias bantúes estaban aterrados, porque calculaban que cualquiera de ellos podría ser el próximo en ser condenado. La gente de Ngoubé, impotente y furiosa, se despedía de los jóvenes; sólo el miedo a Mbembelé y el mareo provocado por el vino de palma, impedían que estallara una revuelta. Las familias estaban unidas por múltiples lazos de sangre; quienes observaban aquel espantoso torneo eran parientes de los muchachos con los puñales.

Cuando por fin los luchadores se decidieron a atacarse, las hojas de los cuchillos brillaron un instante en la luz de las antorchas antes de descender sobre los cuerpos. Dos gritos simultáneos desgarraron la noche y ambos muchachos cayeron, uno revolcándose por el suelo y el otro a gatas, con el arma todavía en la mano. La luna pareció detenerse en el cielo, mientras la población de Ngoubé retenía el aliento. Durante largos minutos el joven que yacía por tierra se estremeció varias veces y luego quedó inmóvil. Entonces el otro soltó el cuchillo y se postró con la frente en el suelo y los brazos sobre la cabeza, convulsionado de llanto.

Mbembelé se puso de pie, se acercó con estudiada lentitud y con la punta de la bota le dio la vuelta al cuerpo del primero, enseguida desenfundó la pistola que llevaba en el cinturón y apuntó a la cabeza del otro joven. En ese mismo instante Angie Ninderera se lanzó hacia el centro de la plaza y se colgó del comandante con tal celeridad y fuerza, que lo tomó de sorpresa. La bala se estrelló en el suelo a pocos centímetros de la cabeza del condenado. Una exclamación de horror recorrió la aldea: estaba absolutamente prohibido tocar al comandante. Nunca antes se había atrevido alguien a ponerse frente a él en aquella forma. La acción de Angie produjo tal incredulidad en el militar, que demoró un par de segundos en sacudirse el estupor, eso le dio tiempo a ella de colocarse delante de la pistola, bloqueando a la víctima.

—Dígale al rey Kosongo que acepto ser su esposa y quiero la vida de estos muchachos como regalo de bodas —dijo la mujer con voz firme.

Mbembelé y Angie se miraron a los ojos, midiéndose con ferocidad, como un par de boxeadores antes del combate. El comandante era media cabeza más alto y mucho más fuerte que ella, además tenía una pistola, pero Angie era una de esas personas con inquebrantable confianza en sí misma. Se creía bella, lista, irresistible y tenía una actitud atrevida, que le servía para hacer su santa voluntad. Apoyó sus dos manos sobre el pecho desnudo del odiado militar —tocándolo por segunda vez— y lo empujó con suavidad, obligándolo a retroceder. Acto seguido lo fulminó con una sonrisa capaz de desarmar al más bravo.

—Vamos, comandante, ahora sí que acepto un trago de su whisky —dijo alegremente, como si en vez de un duelo a muerte hubieran presenciado un acto de circo.

Entretanto el hermano Fernando, seguido por Kate y Joel González, se acercaron también y procedieron a levantar a los dos muchachos. Uno estaba cubierto de sangre y se tambaleaba, el otro inconsciente. Los sostuvieron por los brazos y se los llevaron casi a rastras hacia la choza donde estaban alojados, mientras la población de Ngoubé, los guardias bantúes y los Hermanos del Leopardo observaban la escena con el más absoluto asombro.

13

DAVID Y GOLIAT

La reina Nana-Asante acompañó a Nadia y Alexander por la delgada huella en el bosque, que unía la aldea de los antepasados con el altar donde aguardaba Beyé-Dokou. Aún no salía el sol y la luna había desaparecido, era la hora más negra de la noche, pero Alexander llevaba su linterna y Nana-Asante conocía el sendero de memoria, porque lo recorría a menudo para apoderarse de las ofrendas de comida que dejaban los pigmeos.

Alexander y Nadia estaban transformados por la experiencia vivida en el mundo de los espíritus. Durante unas horas dejaron de ser individuos y se fundieron en la totalidad de lo que existe. Se sentían fuertes, seguros, lúcidos; podían ver la realidad desde una perspectiva más rica y luminosa. Perdieron el temor, incluso el temor a la muerte, porque comprendieron que, pasara lo que pasara, no desaparecerían tragados por la oscuridad. Nunca estarían separados, formaban parte de un solo espíritu.

Resultaba difícil imaginar que en el plano metafísico los villanos como Mauro Carías en el Amazonas, el Especialista en el Reino Prohibido y Kosongo en Ngoubé tenían almas idénticas a las de ellos. ¿Cómo podía ser que no hubiera diferencia entre villanos y héroes, santos y criminales; entre los que hacen el bien y los que pasan por el mundo causando destrucción y dolor? No conocían la respuesta a ese misterio, pero supusieron que cada ser contribuye con su experiencia a la inmensa reserva espiritual del universo. Unos lo hacen a través del sufrimiento causado por la maldad, otros a través de la luz que se adquiere mediante la compasión.

Al volver a la realidad presente, los jóvenes pensaron en las pruebas que se avecinaban. Tenían una misión inmediata que cumplir: debían ayudar a liberar a los esclavos y derrocar a Kosongo. Para ello había que sacudir la indiferencia de los bantúes, quienes eran cómplices de la tiranía por no oponerse a ella; en ciertas circunstancias no se puede permanecer neutral. Sin embargo, el desenlace no dependía de ellos, los verdaderos protagonistas y héroes de la historia eran los pigmeos. Eso les quitó un tremendo peso de los hombros.

Beyé-Dokou estaba dormido y no los oyó llegar. Nadia lo despertó con suavidad. Cuando vio a Nana-Asante en la luz de la linterna, creyó estar en presencia de un fantasma, se le desorbitaron los ojos y se puso color ceniza, pero la reina se echó a reír y le acarició la cabeza, para probar que estaba tan viva como él; luego le contó que durante esos años había permanecido oculta en el cementerio, sin atreverse a salir por miedo a Kosongo. Agregó que estaba cansada de esperar a que las cosas se arreglaran solas, había llegado el momento de regresar a Ngoubé, enfrentar con el usurpador y liberar a su gente de la opresión.

—Nadia y yo iremos a Ngoubé a preparar el terreno —anunció Alexander—. Nos las arreglaremos para conseguir ayuda. Cuando la gente sepa que Nana-Asante está viva, creo que tendrá ánimo para rebelarse.

—Los cazadores iremos por la tarde. A esa hora nos espera Kosongo —dijo Beyé-Dokou.

Acordaron que Nana-Asante no se presentaría en la aldea sin la certeza de que la población la respaldaba, de otro modo Kosongo la mataría con impunidad. Ella era la única carta de triunfo con que contaban en ese peligroso juego, debían dejarla para el final. Si lograban despojar a Kosongo de sus supuestos atributos divinos, tal vez los bantúes le perderían el miedo y se levantarían contra él. Quedaban, por supuesto, Mbembelé y sus soldados, pero Alexander y Nadia propusieron un plan, que fue aprobado por Nana-Asante y Beyé-Dokou. Alexander le entregó su reloj a la reina, porque el pigmeo no sabía usarlo, y se pusieron de acuerdo sobre la hora y la forma de actuar.

El resto de los cazadores se reunió con ellos. Habían pasado buena parte de la noche danzando en una ceremonia para pedir ayuda a Ezenji y otras divinidades del mundo animal y vegetal. Al ver a la reina tuvieron al principio una reacción bastante más exagerada que la de Beyé-Dokou. Primero creyeron que era un fantasma y echaron a correr despavoridos, seguidos por Beyé-Dokou, quien procuraba explicarles a gritos que no se trataba de un alma en pena. Por fin regresaron uno a uno, cautelosamente, y se atrevieron a tocar a la mujer con la punta de un dedo tembloroso. Luego de comprobar que no estaba muerta, la acogieron con respeto y esperanza.

La idea de inyectar al rey Kosongo con el tranquilizante de Michael Mushaha fue de Nadia. El día anterior había visto a uno de los cazadores tumbar a un mono utilizando un dardo y una cerbatana parecidos a los de los indios del Amazonas. Pensó que del mismo modo se podía lanzar el anestésico. No sabía qué efecto tendría en un ser humano. Si podía tumbar a un rinoceronte en pocos minutos, tal vez mataría a una persona, pero supuso que, dado su enorme tamaño, Kosongo resistiría. Su grueso manto constituía un obstáculo casi insalvable. Con el arma adecuada se podía atravesar el cuero de un elefante, pero con una cerbatana había que dar en la piel desnuda del rey.

Cuando Nadia expuso su proyecto, los pigmeos señalaron al cazador con mejores pulmones y buena puntería. El hombre infló el pecho y sonrió ante la distinción que se le hacía, pero el orgullo no le duró mucho, porque de inmediato los demás se echaron a reír y empezaron a burlarse, como siempre hacían cuando alguien se jactaba. Una vez que le bajaron los humos de la cabeza, procedieron a entregarle la ampolla con el tranquilizante. El humillado cazador la guardó sin decir palabra en una bolsita que llevaba en la cintura.

—El rey dormirá como un muerto por varias horas. Eso nos dará tiempo para sublevar a los bantúes y luego aparecerá la reina Nana-Asante —propuso Nadia.

—¿Y qué haremos con el comandante y los soldados? —preguntaron los cazadores.

—Yo desafiaré a Mbembelé en combate —dijo Alexander.

No supo por qué lo dijo ni cómo pretendía llevar a cabo tan temerario propósito, simplemente fue lo primero que se le pasó por la mente y lo soltó sin pensar. Tan pronto lo dijo, sin embargo, la idea tomó cuerpo y comprendió que no había otra solución. Tal como a Kosongo debían despojarlo de sus atributos divinos, para que la gente le perdiera el miedo, que a fin de cuentas era el frágil fundamento de su poder, a Mbembelé había que derrotarlo en su propio terreno, el de la fuerza bruta.

—No puedes ganar, Jaguar, no eres como él, eres un tipo pacífico. Además él tiene armas y tú nunca has disparado un tiro —arguyó Nadia.

—Será un combate sin armas de fuego, mano a mano o con lanzas.

—¡Estás demente!

Alexander explicó a los cazadores que tenía un amuleto muy poderoso, les mostró el fósil que llevaba colgado al cuello y les contó que provenía de un animal mitológico, un dragón que había vivido en las altas montañas del Himalaya antes que existieran los seres humanos sobre la tierra. Ese amuleto, dijo, lo protegía de objetos cortantes, y para probarlo les ordenó que se colocaran a diez pasos de distancia y lo atacaran con sus lanzas.

Los pigmeos se abrazaron en un círculo, como jugadores de fútbol americano, hablando deprisa y riéndose. De vez en cuando echaban unas miradas de lástima al joven extranjero que solicitaba semejante chifladura. Alexander perdió la paciencia, se introdujo al medio e insistió en que lo pusieran a prueba.

Los hombres se alinearon entre los árboles, poco convencidos y doblados de risa. Alexander midió diez pasos, lo cual no era simple en medio de aquella vegetación, se puso frente a ellos con las manos en jarra y les gritó que estaba listo. Uno a uno los pigmeos tiraron sus lanzas. El muchacho no movió ni un músculo mientras los filos de las armas pasaban rozando a un milímetro de su piel. Los cazadores, desconcertados, recuperaron las lanzas y volvieron a intentarlo, esta vez sin risas y con más energía, pero tampoco lograron tocarlo.

—Ahora ataquen con machetes —les ordenó Alexander.

Dos de ellos, los únicos que disponían de machetes, se le fueron encima gritando a pleno pulmón, pero el muchacho escamoteó el cuerpo sin ninguna dificultad y los filos de las armas se hundieron en la tierra.

—Eres un hechicero muy poderoso —concluyeron, maravillados.

—No, pero mi amuleto vale casi tanto como Ipemba-Afua —replicó Alexander.

—¿Quieres decir que cualquiera con ese amuleto puede hacer lo mismo? —preguntó uno de los cazadores.

—Exactamente.

Una vez más los pigmeos se abrazaron en un círculo, cuchicheando con pasión por largo rato, hasta que se pusieron de acuerdo.

—En ese caso uno de nosotros peleará con Mbembelé —concluyeron.

—¿Por qué? Yo puedo hacerlo —replicó Alexander.

—Porque tú no eres fuerte como nosotros. Eres alto, pero no sabes cazar y te cansas cuando corres. Cualquiera de nuestras mujeres es más hábil que tú —dijo uno de los cazadores.

—¡Vaya! Gracias...

—Es la verdad —asintió Nadia disimulando una sonrisa.

—El *tuma* peleará con Mbembelé —decidieron los pigmeos.

Todos señalaron al mejor cazador, Beyé-Dokou, quien rechazó el honor con humildad, como signo de buena educación, aunque era fácil adivinar cuán complacido se sentía. Después que le rogaron varias veces, aceptó colgarse el excremento de dragón al cuello y colocarse delante de las lanzas de sus compañeros. Se repitió la escena anterior y así se convencieron de que el fósil era un escudo impenetrable. Alexander visualizó a Beyé-Dokou, aquel hombrecito del tamaño de un niño, frente a Mbembelé, quien por lo que sabía era un adversario formidable.

—¿Conocen la historia de David y Goliat? —preguntó.

—No —replicaron los pigmeos.

—Hace mucho tiempo, lejos de este bosque, dos tribus estaban en guerra. Una contaba con un campeón, llamado Goliat, que era un gigante tan alto como un árbol y tan fuerte como un elefante, con una espada que pesaba como diez machetes. Todos le tenían terror. David, un muchacho de la otra tribu se atrevió a desafiarlo. Su arma era una honda y una piedra. Se juntaron las dos tribus a observar el combate. David lanzó una piedra que le dio a Goliat en medio de la frente y lo tiró al suelo, luego le quitó la espada y lo mató.

Los oyentes se doblaron de la risa, la historia les pareció de una comicidad insuperable, pero no vieron el paralelo hasta que Alexander les dijo que Goliat era Mbembelé y David era Beyé-Dokou. Lástima que no dispusieran de una honda, dijeron. No tenían idea de qué era eso, pero imaginaban que sería un arma formidable. Por último se pusieron en camino para conducir a sus nuevos amigos hasta las proximidades de Ngoubé. Se despidieron con fuertes palmadas en los brazos y desaparecieron en el bosque.

Alexander y Nadia entraron a la aldea cuando empezaba a aclarar el día. Sólo unos perros advirtieron su presencia; la población dormía y nadie vigilaba la antigua misión. Se asomaron en la entrada de la vivienda con cautela, para no sobresaltar a sus amigos, y fueron recibidos por Kate, quien había dormido muy poco y muy mal. Al ver a su nieto la escritora sintió una mezcla de profundo alivio y ganas de zurrarle una buena paliza. Las fuerzas sólo le alcanzaron para cogerlo por una oreja y sacudirlo, mientras lo cubría de insultos.

—¿Dónde estaban ustedes, mocosos del demonio? —les gritó.

—Yo también te quiero, abuela —se rió Alexander, dándole un apretado abrazo.

—¡Esta vez hablo en serio, Alexander, nunca más voy a viajar contigo! ¡Y usted, señorita, tiene muchas explicaciones que darme! —agregó dirigiéndose a Nadia.

—No hay tiempo para ponernos sentimentales, Kate, tenemos mucho que hacer —la interrumpió su nieto.

Para entonces los demás habían despertado y rodeaban a los jóvenes acosándolos a preguntas. Kate se aburrió de mascullar recriminaciones que nadie escuchaba y optó por ofrecer de comer a los recién llegados. Les señaló las pilas de piñas, mangos y bananas, los recipientes llenos de pollo frito en aceite de palma, budín de mandioca y vegetales, que les habían traído de regalo y que los chicos devoraron agradecidos, porque habían comido muy poco en ese par de días. De postre Kate les dio la última lata de durazno al jugo que le quedaba.

—¿No dije que los chavales regresarían? ¡Bendito sea Dios! —exclamaba una y otra vez el hermano Fernando.

En un rincón de la choza habían acomodado a los guardias salvados por Angie. Uno de ellos, de nombre Adrien, estaba moribundo con una cuchillada en el estómago. El otro, llamado Nze, tenía una herida en el pecho, pero según el misionero, quien había visto muchas heridas en la guerra en Ruanda, no había ningún órgano vital comprometido y podría salvarse, siempre que no se infectara. Había perdido mucha sangre, pero era joven y fuerte. El hermano Fernando lo curó lo mejor posible y le estaba administrando los antibióticos que Angie llevaba en el botiquín de emergencia.

—Menos mal que volvieron, chicos. Tenemos que escapar de aquí antes que Kosongo me reclame como esposa —les dijo Angie.

—Lo haremos con ayuda de los pigmeos, pero antes nosotros debemos ayudarlos a ellos —replicó Alexander—. Por la tarde vendrán los cazadores. El plan es desenmascarar a Kosongo y luego desafiar a Mbembelé.

—Suena sumamente fácil. ¿Puedo saber cómo lo harán? —preguntó Kate, irónica.

Alexander y Nadia expusieron la estrategia, que comprendía, entre otros puntos, sublevar a los bantúes, anunciándoles que la reina Nana-Asante estaba viva, y liberar a las esclavas para que pelearan junto a sus hombres.

—¿Sabe alguno de ustedes cómo podemos inutilizar los fusiles de los soldados? —preguntó Alexander.

—Habría que atrancar el mecanismo... —sugirió Kate.

A la escritora se le ocurrió que podían usar para ese fin

la resina que se empleaba para encender las antorchas, una sustancia espesa y pegajosa que se almacenaba en tambores de latón en cada vivienda. Las únicas con acceso libre a la caserna de los soldados eran las esclavas pigmeas, encargadas de limpiar, acarrear el agua y hacerles la comida. Nadia se ofreció para dirigir la operación, porque ya había establecido relación con ellas cuando las visitó en el corral. Kate aprovechó el rifle de Angie para explicarle dónde colocar la resina.

El hermano Fernando anunció que Nze, uno de los jóvenes heridos, podía ayudarlos también. Su madre, así como la madre de Adrien y otros familiares, habían acudido la noche anterior con regalos de fruta, comida, vino de palma y hasta tabaco para Angie, quien se había convertido en la heroína de la aldea por ser la única en la historia capaz de enfrentar al comandante. No sólo lo había hecho de palabra, incluso lo había tocado. No sabían cómo pagarle el haber salvado a los muchachos de una muerte segura en manos de Mbembelé.

Esperaban que Adrien falleciera en cualquier momento, pero Nze estaba lúcido, aunque muy débil. El terrible torneo sacudió la parálisis de terror en que el muchacho había vivido por años. Se consideraba resucitado, el destino le ofrecía unos días más de vida como un regalo. Nada tenía que perder, puesto que estaba igual que muerto; apenas los extranjeros se marcharan, Mbembelé lo lanzaría a los cocodrilos. Al aceptar la posibilidad de su muerte inmediata, adquirió el valor que antes no tenía. Ese valor se vio redoblado cuando se enteró de que la reina Nana-Asante estaba a punto de regresar para reclamar el trono usurpado por Kosongo. Aceptó el plan de los extranjeros de incitar a los bantúes de Ngoubé a sublevarse, pero les pidió que si el plan no resultaba como esperaban, le dieran a él y a Adrien una muerte misericordiosa. No deseaba ir a parar vivo a manos de Mbembelé.

Durante la mañana Kate se presentó ante el comandante para informarle de que Nadia y Alexander se habían salvado por milagro de perecer en el bosque y estaban de regreso en la aldea. Eso significaba que ella y el resto del grupo se marcharían tan pronto regresaran las canoas a buscarlos al día siguiente. Agregó que se sentía muy defraudada por no haber podido hacer el reportaje para la revista sobre su Serenísima Majestad, el rey Kosongo.

El comandante pareció aliviado con la idea de que esos molestos extranjeros abandonaran su territorio y se dispuso a facilitarles la retirada, siempre que Angie cumpliera su promesa de formar parte del harén de Kosongo. Kate temía que eso ocurriera y tenía una historia preparada. Preguntó dónde estaba el rey, por qué no lo habían visto, ¿acaso estaba enfermo? ¿No sería que el brujo que pretendía casarse con Angie Ninderera le había echado una maldición desde la distancia? Todo el mundo sabe que la prometida o la esposa de un brujo es intocable; en este caso se trata de uno particularmente vengativo, dijo. En una ocasión anterior, un político importante que insistió en hacer la corte a Angie, perdió su posición en el gobierno, su salud y su fortuna. El hombre, desesperado, pagó a unos truhanes para que asesinaran al hechicero, pero no pudieron hacerlo, porque los machetes se derritieron como manteca en sus manos, agregó.

Tal vez Mbembelé se impresionó con el cuento, pero Kate no lo advirtió, porque su expresión era inescrutable tras los lentes de espejo.

—En la tarde Su Majestad, el rey Kosongo, dará una fiesta en honor a la mujer y al marfil que traerán los pigmeos —anunció el militar.

—Disculpe, comandante… ¿no está prohibido traficar con marfil? —preguntó Kate.

—El marfil y todo lo que hay aquí pertenece al rey, ¿entendido, mujer vieja?
—Entendido, comandante.

Entretanto, Nadia, Alexander y los demás llevaban a cabo los preparativos para la tarde. Angie no pudo participar, como deseaba, porque cuatro jóvenes esposas del rey acudieron a buscarla y la condujeron al río, donde la acompañaron a darse un largo baño, vigiladas por el viejo de la caña de bambú. Cuando éste hizo ademán de propinarle unos azotes preventivos a la futura esposa de su amo, Angie le mandó un sopapo en la mandíbula y lo dejó tendido en el barro. Luego partió la caña contra su gruesa rodilla y le tiró los pedazos a la cara con la advertencia de que la próxima vez que le levantara la mano, ella lo mandaría a reunirse con sus antepasados. Las cuatro muchachas sufrieron tal ataque de risa que debieron sentarse, porque las piernas no las sostenían. Admiradas, palparon los músculos de Angie y comprendieron que si esa fornida dama entraba al harén, sus vidas posiblemente darían un vuelco positivo. Tal vez Kosongo había encontrado al fin una contrincante a su altura.

Entretanto Nadia instruyó a Jena, la esposa de Beyé-Dokou, en la forma de usar la resina para inutilizar los fusiles. Una vez que la mujer comprendió lo que se esperaba de ella, partió con sus pasitos de niña en dirección a la caserna de los soldados, sin hacer preguntas ni comentarios. Era tan pequeña e insignificante, tan silenciosa y discreta, que nadie percibió el feroz brillo de venganza en sus ojos castaños.

El hermano Fernando se enteró por Nze de la suerte de los misioneros desaparecidos. Aunque ya lo sospechaba, el choque al ver sus temores confirmados fue violento. Los misioneros habían llegado a Ngoubé con la intención de extender su fe y nada pudo disuadirlos; ni amenazas, ni el clima infernal, ni la soledad en que vivían. Kosongo los mantuvo aislados, pero poco a poco fueron ganando la confianza de algunas personas, lo cual terminó por atraer la furia del rey y Mbembelé. Cuando empezaron a oponerse abiertamente al abuso que sufría la población y a interceder por los esclavos pigmeos, el comandante los puso con sus bártulos en una canoa y los mandó río abajo, pero una semana más tarde los hermanos regresaron más determinados que antes. A los pocos días desaparecieron. La versión oficial fue que nunca habían estado en Ngoubé. Los soldados quemaron sus escasas pertenencias y se prohibió mencionar sus nombres. Para nadie era un misterio, sin embargo, que los misioneros perecieron asesinados y sus cuerpos fueron lanzados al pozo de los cocodrilos. Nada quedó de ellos.

—Son mártires, verdaderos santos, nunca serán olvidados —prometió el hermano Fernando secándose las lágrimas que bañaban sus enjutas mejillas.

A eso de las tres de la tarde regresó Angie Ninderera. Casi no la reconocieron. Venía peinada con una torre de trenzas y cuentas de oro y vidrio que rozaba el techo, tenía la piel brillante de aceite, estaba envuelta en una amplia túnica de atrevidos colores, llevaba pulseras de oro en los brazos desde las muñecas hasta el codo y sandalias de piel de culebra. Su aparición llenó la choza.

—¡Parece la Estatua de la Libertad! —comentó Nadia, encantada.

—¡Jesús! ¡Qué han hecho con usted, mujer! —exclamó horrorizado el misionero.

—Nada que no pueda quitarse, hermano —replicó ella y, haciendo sonar las pulseras de oro, agregó—: Con esto pienso comprarme una flotilla de aviones.

—Si es que puede escapar de Kosongo.

—Escaparemos todos, hermano —sonrió ella, muy segura de sí misma.

—No todos. Yo me quedaré para reemplazar a los hermanos que fueron asesinados —replicó el misionero.

14

LA ÚLTIMA NOCHE

Los festejos comenzaron alrededor de las cinco de la tarde, cuando el calor disminuyó un poco. Entre la población de Ngoubé reinaba un clima de gran tensión. La madre de Nze había echado a correr la voz entre los bantúes de que Nana-Asante, la legítima reina, tan llorada por su pueblo, estaba viva. Agregó que los extranjeros pensaban ayudar a la reina a recuperar su trono y que ésa sería la única oportunidad que tendrían de deshacerse de Kosongo y Mbembelé. ¿Hasta cuándo iban a soportar que reclutaran a sus hijos para convertirlos en asesinos? Vivían espiados sin libertad para moverse o pensar, cada vez más pobres. Todo lo que producían se lo llevaba Kosongo; mientras él acumulaba oro, diamantes y marfil, el resto de la gente no contaba ni con vacunas. La mujer habló discretamente con sus hijas, éstas con las amigas y en menos de una hora la mayor parte de los adultos compartían la misma inquietud. No se atrevieron a hacer partícipes a los guardias, aunque eran miembros de sus propias familias, porque no sabían cómo reaccionarían; Mbembelé les había lavado el cerebro y los tenía en un puño.

La angustia era mayor entre las mujeres pigmeas, porque esa tarde se vencía el plazo para salvar a sus hijos. Sus maridos siempre conseguían llegar a tiempo con los colmillos de elefante, pero ahora algo había cambiado. Nadia le dio a Jena la fantástica noticia de que habían recuperado el amuleto sagrado, Ipemba-Afua, y que los hombres no vendrían con el marfil, sino con la decisión de enfrentarse a Kosongo. Ellas también tendrían que luchar. Durante años habían soportado la esclavitud creyendo que si obedecían sus familias podrían sobrevivir; pero la mansedumbre de poco les había servido, sus condiciones de vida eran cada vez más duras. Cuanto más aguantaban, peor era el abuso que padecían. Tal como Jena explicó a sus compañeras, cuando no hubiera más elefantes en el bosque, venderían a sus hijos de todos modos. Más valía morir en la rebelión, que vivir en la esclavitud.

El harén de Kosongo también estaba alborotado, porque ya se sabía que la futura esposa no tenía miedo de nada y era casi tan fuerte como Mbembelé, se burlaba del rey y había aturdido al viejo de un solo sopapo. Las mujeres que no tuvieron la suerte de ver la escena no lo podían creer. Sentían terror de Kosongo, quien las había obligado a casarse con él, y un respeto reverencial por el viejo cascarrabias encargado de vigilarlas. Algunas pensaban que en menos de tres días la arrogante Angie Ninderera sería domada y convertida en una más de las sumisas esposas del rey, tal como les ocurrió a cada una de ellas; pero las cuatro jóvenes que la acompañaron al río y vieron sus músculos y su actitud, estaban convencidas de que no sería así.

Los únicos que no se daban cuenta de que algo estaba sucediendo eran justamente quienes debían estar mejor informados: Mbembelé y su «ejército». La autoridad se les había subido a la cabeza, se sentían invencibles. Habían creado su propio infierno, donde se sentían confortables y, como jamás habían sido desafiados, se descuidaron.

Por orden de Mbembelé, las mujeres de la aldea se encargaron de los preparativos para la boda del rey. Decoraron la plaza con un centenar de antorchas y arcos hechos con ramas de palma, amontonaron pirámides de fruta y cocinaron un banquete con lo que había a mano: gallinas, ratas, lagartos, antílope, mandioca y maíz. Los bidones con vino de palma empezaron a circular temprano entre los guardias, pero la población civil se abstuvo de beberlo, tal como había instruido la madre de Nze.

Todo estaba listo para la doble ceremonia de la boda real y la entrega del marfil. La noche aún no había caído, pero ya ardían las antorchas y el aire estaba impregnado del olor a carne asada. Bajo el Árbol de las Palabras se alineaban los soldados de Mbembelé y los personajes de su patética corte. La población de Ngoubé se agrupaba a ambos lados de la plazuela y los guardias bantúes vigilaban en sus puestos, armados con sus machetes y garrotes. Para los visitantes extranjeros habían provisto banquitos de madera. Joel González tenía sus cámaras listas y los demás se mantenían alertas, preparados para actuar cuando llegara el momento. La única del grupo que estaba ausente era Nadia.

En un sitio de honor bajo el árbol aguardaba Angie Ninderera, impresionante en su túnica nueva y sus adornos de oro. No parecía preocupada en lo más mínimo, a pesar de que muchas cosas podían salir mal esa tarde. Cuando por la mañana Kate le planteó sus temores, Angie replicó que no había nacido aún el hombre que pudiera asustarla y agregó que ya vería Kosongo quién era ella.

—Pronto el rey me ofrecerá todo el oro que tiene, para que me vaya lo más lejos posible —se rió.

—A menos que te eche al pozo de los cocodrilos —masculló Kate, muy nerviosa.

Cuando los cazadores llegaron a la aldea con sus redes y sus lanzas, pero sin los colmillos de elefante, los habitantes de la aldea comprendieron que la tragedia ya había comenzado y nada podría detenerla. Un largo suspiro salió de todos los pechos y recorrió la plaza; en cierta forma la gente se sintió aliviada, cualquier cosa era mejor que seguir soportando la horrible tensión de ese día. Los guardias bantúes, desconcertados, rodearon a los pigmeos esperando instrucciones de su jefe, pero el comandante no se encontraba allí.

Transcurrió media hora, durante la cual la angustia entre los presentes aumentó a un nivel insoportable. Los bidones con licor circulaban entre los jóvenes guardias, que tenían los ojos inyectados y se habían puesto locuaces y desordenados. Unos de los Hermanos del Leopardo les ladró y de inmediato dejaron los recipientes de vino en el suelo y se cuadraron por unos minutos, pero la disciplina no duró mucho.

Un marcial redoble de tambores anunció por fin la llegada del rey. Abría la marcha la Boca Real, acompañado por un guardia con una cesta de pesadas joyas de oro de regalo para la novia. Kosongo podía mostrarse generoso en público, porque apenas Angie pasara a ser parte de su harén, las joyas volvían a su poder. Seguían las esposas cubiertas de oro y el viejo que las cuidaba, con la cara hinchada y sólo cuatro dientes sueltos bailándole en la boca. Se notaba un cambio evidente en la actitud de las mujeres, ya no actuaban como ovejas, sino como una manada de animadas cebras. Angie les hizo un gesto con la mano y ellas contestaron con amplias sonrisas de complicidad.

Detrás del harén iban los cargadores llevando en andas la plataforma sobre la cual estaba Kosongo sentado en el sillón francés. Lucía el mismo atuendo de antes, con el impresionante sombrero y la cortina de cuentas tapándole la cara. El manto aparecía chamuscado en algunas partes, pero en buen estado. Lo único que faltaba era el amuleto de los pigmeos colgando del cetro, en su lugar había un hueso similar, que a la distancia podía pasar por Ipemba-Afua. Al rey no le convenía admitir que le habían despojado del objeto sagrado. Por lo demás, estaba seguro de que no necesitaba el amuleto para controlar a los pigmeos, a quienes consideraba unas criaturas miserables.

El cortejo real se detuvo en el centro de la plaza, para que nadie dejara de admirar al soberano. Antes que los portadores llevaran la plataforma a su sitio bajo el Árbol de las Palabras, la Boca Real preguntó a los pigmeos por el marfil. Los cazadores se adelantaron y la población entera pudo apreciar que uno de ellos llevaba el amuleto sagrado, Ipemba-Afua.

—Se acabaron los elefantes. No podemos traer más colmillos. Ahora queremos a nuestras mujeres y nuestros hijos. Vamos a volver al bosque —anunció Beyé-Dokou sin que le temblara la voz.

Un silencio sepulcral recibió este breve discurso. La posibilidad de una rebelión de los esclavos no se le había ocurrido a nadie todavía. La primera reacción de los Hermanos del Leopardo fue matar a tiros al grupo de hombrecitos, pero no estaba Mbembelé entre ellos para dar la orden y el rey aún no reaccionaba. La población estaba desconcertada, porque la madre de Nze no había dicho nada respecto a los pigmeos. Durante años los bantúes se beneficiaron del trabajo de los esclavos y no les convenía perderlos, pero comprendieron que se había roto el equilibrio de antes. Por primera vez sintieron respeto por aquellos seres, los más pobres, indefensos y vulnerables, mostraban un valor increíble.

Kosongo llamó a su mensajero con un gesto y murmuró algo a su oído. La Boca Real dio orden de traer a los niños. Seis guardias se dirigieron a uno de los corrales y poco después reaparecieron conduciendo a un grupo miserable: dos mujeres de edad, vestidas con faldas de rafia, cada una con bebés en brazos, rodeadas por varios niños de diferentes edades, diminutos y aterrorizados. Cuando vieron a sus padres algunos hicieron ademán de correr hacia ellos, pero fueron detenidos por los guardias.

—El rey debe comerciar, es su deber. Ustedes saben lo que pasa si no traen marfil —anunció la Boca Real.

Kate Cold no pudo soportar más la angustia y, a pesar de haberle prometido a Alexander que no iba a intervenir, corrió hacia el centro de la plazuela y se plantó delante de la plataforma real, que aún estaba sobre los hombros de los portadores. Sin acordarse para nada del protocolo, que la obligaba a postrarse, increpó a Kosongo a gritos, recordándole que ellos eran periodistas internacionales, que informarían al mundo sobre los crímenes contra la humanidad que se cometían en esa aldea. No alcanzó a terminar, porque dos soldados armados de fusiles la levantaron por los brazos. La vieja escritora siguió alegando mientras se la llevaban pataleando en el aire en dirección al pozo de los cocodrilos.

El plan trazado con tanto cuidado por Nadia y Alexander se desmoronó en cuestión de minutos. Habían asignado una misión a cada miembro del grupo, pero la intervención a destiempo de Kate sembró caos entre los amigos. Por fortuna también los guardias y el resto de la población estaban confundidos.

El pigmeo designado para disparar al rey la ampolla de anestésico, quien se había mantenido oculto entre las chozas, no pudo esperar el mejor momento para hacerlo. Apurado por las circunstancias, se llevó la cerbatana a la boca y sopló, pero la inyección destinada a Kosongo dio en el pecho de uno de los cargadores que sostenían la plataforma. El hombre sintió una picada de abeja, pero no disponía de una mano libre para sacudir al supuesto insecto. Durante unos instantes se mantuvo en pie y de súbito se le doblaron las rodillas y cayó inconsciente. Sus compañeros no estaban preparados y el peso fue insostenible, la plataforma se inclinó y el sillón francés rodó hacia el suelo.

Kosongo dio un grito tratando de equilibrarse y por una fracción de segundo quedó suspendido en el aire, luego aterrizó enredado en el manto, con el sombrero torcido y bramando de rabia.

Angie Ninderera decidió que había llegado el momento de improvisar, puesto que el plan original estaba arruinado. De cuatro zancadas llegó junto al rey caído, de dos manotazos apartó a los guardias que intentaron detenerla y con uno de sus largos alaridos de indio comanche cogió el sombrero y lo arrancó de la cabeza real.

La acción de Angie fue tan inesperada y tan atrevida, que la gente se paralizó, como en una fotografía. La tierra no tembló cuando los pies del rey se posaron en ella. Con sus gritos de rabia nadie quedó sordo, no cayeron pájaros muertos del cielo ni se convulsionó el bosque en estertores de agonía. Al ver el rostro de Kosongo por primera vez nadie quedó ciego, sólo sorprendido. Cuando cayó el sombrero y la cortina, todos pudieron ver la cabeza inconfundible del comandante Maurice Mbembelé.

—¡Ya decía Kate que ustedes se parecen demasiado! —exclamó Angie.

Para entonces los soldados habían reaccionado y se precipitaron a rodear al comandante, pero ninguno se atrevió a tocarlo. Incluso los hombres que conducían a Kate hacia su muerte soltaron a la escritora y regresaron corriendo junto a su jefe, pero tampoco ellos osaron ayudarlo. Esto permitió a Kate disimularse entre la gente y hablar con Nadia. Mbembelé logró desprenderse del manto y de un salto se puso de pie. Era la imagen misma de la furia, cubierto de sudor, con los ojos desorbitados, echando espuma por la boca, rugiendo como una fiera. Levantó su poderoso puño con la intención de descargarlo sobre Angie, pero ésta ya estaba fuera de su alcance.

Beyé-Dokou escogió ese momento para adelantarse. Se requería un valor inmenso para desafiar al comandante en tiempos normales; hacerlo entonces, cuando estaba indignado, era de una temeridad suicida. El pequeño cazador se veía insignificante frente al descomunal Mbembelé, quien se elevaba como una torre frente a él. Mirándolo hacia arriba, el pigmeo invitó al gigante a batirse en combate singular.

Un murmullo de asombro recorrió la aldea. Nadie podía creer lo que estaba ocurriendo. La gente se adelantó, agrupándose detrás de los pigmeos, sin que los guardias, tan pasmados como el resto de la población, atinaran a intervenir.

Mbembelé vaciló, desconcertado, mientras las palabras del esclavo penetraban en su cerebro. Cuando por fin comprendió el inmenso atrevimiento que tal desafío implicaba, lanzó una carcajada estrepitosa, que se prolongó en oleadas durante varios minutos. Los Hermanos del Leopardo lo imitaron, porque supusieron que eso se esperaba de ellos, pero la risa resultó forzada; el asunto había tomado un cariz demasiado grotesco y no sabían cómo actuar. Podían palpar la hostilidad de la población y presentían que los guardias bantúes estaban confundidos, listos para sublevarse.

—¡Despejen la plaza! —ordenó Mbembelé.

La idea de Ezenji o duelo mano a mano no resultaba novedosa para nadie en Ngoubé, porque así se castigaba a los presos y de paso se creaba una diversión que al comandante le encantaba. Lo único diferente en este caso era que Mbembelé no sería juez y espectador, sino que le tocaría participar. Por supuesto que pelear contra un pigmeo no le causaba ni la menor preocupación, pensaba aplastarlo como un gusano, pero antes lo haría sufrir un poco.

El hermano Fernando, quien se había mantenido a cierta distancia, ahora salió al frente revestido de una nueva autoridad. La noticia de la muerte de sus compañeros había reforzado su fe y su coraje. No temía a Mbembelé, porque albergaba la convicción de que los seres malvados tarde o temprano pagan sus faltas y aquel comandante había cumplido ampliamente su cuota de crímenes; había llegado la hora de rendir cuentas.

—Yo serviré de árbitro. No pueden usar armas de fuego. ¿Qué armas escogen, lanza, cuchillo o machete? —anunció.

—Nada de eso. Lucharemos sin armas, mano a mano —replicó el comandante con una mueca feroz.

—Está bien —aceptó Beyé-Dokou sin vacilar.

Alexander se dio cuenta de que su amigo se creía protegido por el fósil; no sabía que sólo servía de escudo contra armas cortantes, pero no lo salvaría de la fuerza sobrehumana del comandante, quien podía descuartizarlo a mano limpia. Se llevó aparte al hermano Fernando para rogarle que no aceptara esas condiciones, pero el misionero replicó que Dios velaba por la causa de los justos.

—¡Beyé-Dokou está perdido en una lucha cuerpo a cuerpo! ¡El comandante es mucho más fuerte! —exclamó Alexander.

—También el toro es más fuerte que el torero. El truco consiste en cansar a la bestia —indicó el misionero.

Alexander abrió la boca para replicar y al instante comprendió lo que el hermano Fernando intentaba explicarle. Salió disparado a preparar a su amigo para la tremenda prueba que debía enfrentar.

En el otro extremo de la aldea, Nadia había quitado la tranca y abierto el portón del corral donde mantenían encerradas a las pigmeas. Un par de cazadores, que no se habían presentado en Ngoubé con los demás, se aproximaron trayendo lanzas, que repartieron entre ellas. Las mujeres se deslizaron como fantasmas entre las chozas y se ubicaron en torno a la plaza, ocultas por las sombras de la noche, preparadas para actuar cuando llegara el momento. Nadia se reunió con Alexander, quien estaba aleccionando a Beyé-Dokou, mientras los soldados trazaban el ring en el lugar habitual.

—No hay que preocuparse por los fusiles, Jaguar, sólo la pistola que tiene Mbembelé en el cinturón, es la única que no pudimos inutilizar —dijo Nadia.

—¿Y los guardias bantúes?

—No sabemos cómo van a reaccionar, pero a Kate se le ha ocurrido una idea —replicó ella.

—¿Crees que debo decirle a Beyé-Dokou que el amuleto no puede protegerlo de Mbembelé?

—¿Para qué? Eso le quitaría confianza —contestó ella.

Alexander notó que la voz de su amiga sonaba cascada, no parecía totalmente humana, era casi un graznido. Nadia tenía los ojos vidriosos, estaba muy pálida y respiraba agitadamente.

—¿Qué te pasa, Águila? —preguntó.

—Nada. Cuídate mucho, Jaguar. Tengo que irme.

—¿Adónde vas?

—A buscar ayuda contra el monstruo de tres cabezas, Jaguar.

—¡Acuérdate de la predicción de Ma Bangesé, no podemos separarnos!

Nadia le dio un beso ligero en la frente y salió corriendo. En la excitación que reinaba en la aldea, nadie, salvo Alexander, vio al águila blanca que se elevaba por encima de las chozas y se perdía en dirección al bosque.

En una esquina del cuadrilátero aguardaba el comandante Mbembelé. Iba descalzo y vestía solamente el pantalón corto, que había llevado bajo el mando real, y un ancho cinturón de cuero con su pistola al cinto. Se había frotado el cuerpo con aceite de palma, sus prodigiosos músculos parecían esculpidos en roca viva y su piel relucía como obsidiana en la luz vacilante de las cien antorchas. Las cicatrices rituales en sus brazos y mejillas acentuaban su extraordinario aspecto. Sobre el cuello de toro su cabeza afeitada parecía pequeña. Las facciones clásicas de su rostro habrían sido hermosas si no estuvieran desfiguradas por una expresión bestial. A pesar del odio que ese hombre provocaba, nadie dejaba de admirar su estupendo físico.

Por contraste, el hombrecito que estaba en la esquina opuesta era un enano que a duras penas alcanzaba la cintura del gigantesco Mbembelé. Nada atrayente había en su figura desproporcionada y su rostro chato, de nariz aplastada y frente corta, excepto el coraje y la inteligencia que brillaban en sus ojos. Se había quitado su roñosa camiseta amarilla y también estaba prácticamente desnudo y embetunado de aceite. Llevaba al cuello un trozo de roca colgado de una cuerda: el mágico excremento de dragón de Alexander.

—Un amigo mío, llamado Tensing, que conoce mejor que nadie el arte de la lucha cuerpo a cuerpo, me dijo que la fuerza del enemigo es también su debilidad —explicó Alexander a Beyé-Dokou.

—¿Qué quiere decir eso? —preguntó el pigmeo.

—La fuerza de Mbembelé reside en su tamaño y su peso. Es como un búfalo, puro músculo. Como pesa mucho, no tiene flexibilidad y se cansa rápido. Además, es arrogante, no está acostumbrado a que lo desafíen. Hace muchos años que no tiene necesidad de cazar o de pelear. Tú estás en mejor forma.

—Y yo tengo esto —agregó Beyé-Dokou acariciando el amuleto.

—Más importante que eso, amigo mío, es que tú peleas por tu vida y la de tu familia. Mbembelé lo hace por gusto. Es un matón y como todos los matones, es cobarde —replicó Alexander.

Jena, la esposa de Beyé-Dokou, se acercó a su marido, le dio un breve abrazo y le dijo unas palabras al oído. En ese instante los tambores anunciaron el comienzo del combate.

En torno al cuadrilátero, alumbrado por antorchas y por la luna, estaban los soldados de la Hermandad del Leopardo con sus fusiles, detrás los guardias bantúes y en tercera fila la población de Ngoubé, todos en peligroso estado de agitación. Por orden de Kate, quien no podía desperdiciar la ocasión de escribir un fantástico reportaje para la revista, Joel González se disponía a fotografiar el evento.

El hermano Fernando limpió sus lentes y se quitó la camisa. Su cuerpo ascético, muy delgado y fibroso, era de un blanco enfermizo. Vestido sólo con pantalones y botas, se preparaba para servir de árbitro, a pesar de que tenía poca esperanza de hacer respetar las reglas elementales de cualquier deporte. Comprendía que se trataba de una lucha mortal; su esperanza consistía en evitar que lo fuera. Besó el escapulario que llevaba al cuello y se encomendó a Dios.

Mbembelé lanzó un rugido visceral y avanzó haciendo temblar el suelo con sus pasos. Beyé-Dokou lo aguardó inmóvil, en silencio, en la misma actitud alerta, pero calmada, que empleaba durante la caza. Un puño del gigante salió disparado como un cañonazo contra el rostro del pigmeo, quien lo esquivó por unos milímetros. El comandante se fue hacia delante, pero recuperó de inmediato el equilibrio. Cuando asestó el segundo golpe, su contrincante ya no estaba allí, lo tenía detrás. Se volvió furioso y se le fue encima como una fiera brava, pero ninguno de sus puñetazos lograba tocar a Beyé-Dokou, quien danzaba por las orillas del ring. Cada vez que lo atacaba, el otro se escabullía.

Dada la escasa estatura de su oponente, Mbembelé debía boxear hacia abajo, en una postura incómoda que restaba fuerza a sus brazos. Si hubiera logrado colocar uno solo de sus golpes, habría destrozado la cabeza de Beyé-Dokou, pero no podía asestar ninguno, porque el otro era rápido como una gacela y resbaloso como un pez. Pronto el comandante estaba jadeando y el sudor le caía sobre los ojos, cegándolo. Calculó que debía medirse: no derrotaría al otro en un solo *round*, como había supuesto. El hermano Fernando ordenó una pausa y el fornido Mbembelé obedeció al punto, retirándose a su rincón, donde lo esperaba un balde con agua para beber y lavarse el sudor.

Alexander recibió en su esquina a Beyé-Dokou, quien llegó sonriendo y dando pasitos de baile, como si se tratara de una fiesta. Eso aumentó la rabia del comandante, quien lo observaba desde el otro lado luchando por recuperar el aliento. Beyé-Dokou no parecía tener sed, pero aceptó que le echaran agua por la cabeza.

—Tu amuleto es muy mágico, es lo más mágico que existe después de Ipemba-Afua —dijo, muy satisfecho.

—Mbembelé es como un tronco de árbol, le cuesta mucho doblar la cintura, por eso no puede golpear hacia abajo —le explicó Alexander—. Vas muy bien, Beyé-Dokou, pero tienes que cansarlo más.

—Ya lo sé. Es como el elefante. ¿Cómo vas a cazar al elefante si no lo cansas primero?

Alexander consideró que la pausa era demasiado breve, pero Beyé-Dokou estaba brincando de impaciencia y tan pronto como el hermano Fernando dio la señal, salió al centro del ring brincando como un chiquillo. Para Mbembelé esa actitud fue una provocación que no podía dejar pasar. Olvidó su resolución de medirse y arremetió como un camión a toda marcha. Por supuesto que no encontró al pigmeo por delante y el impulso lo sacó fuera del ring.

El hermano Fernando le indicó con firmeza que volviera a los límites marcados por la cal. Mbembelé se volvió hacia él para hacerle pagar la osadía de darle una orden, pero una rechifla cerrada de la población de Ngoubé lo detuvo. ¡No podía creer lo que oía! Jamás, ni en sus peores pesadillas, pasó por su cerebro la posibilidad de que alguien se atreviera a contradecirlo. No alcanzó a entretenerse pensando en formas de castigar a los insolentes, porque Beyé-Dokou lo llamó de vuelta al ring dándole por detrás una patada en una pierna. Era el primer contacto entre los dos. ¡Ese mono lo había tocado! ¡A él! ¡Al comandante Maurice Mbembelé! Juró que iba a destrozarlo y luego se lo comería, para dar una lección a esos pigmeos alzados.

Cualquier pretensión de seguir las normas de un juego limpio desapareció en ese instante y Mbembelé perdió por completo el control. De un empujón lanzó al hermano Fernando a varios metros de distancia y se fue encima de Beyé-Dokou, quien súbitamente se tiró al suelo. Encogiéndose casi en posición fetal, apoyado sólo en las asentaderas, el pigmeo comenzó a lanzar patadas cortas, que aterrizaban en las piernas del gigante. A su vez el comandante procuraba golpearlo desde arriba, pero Beyé-Dokou giraba como un trompo, rodaba hacia los costados y no había manera de alcanzarlo. El pigmeo calculó el momento en que Mbembelé se preparaba para asestarle una feroz patada y golpeó la pierna que lo sostenía. La inmensa torre humana del comandante cayó hacia atrás y quedó como una cucaracha de espalda, sin poder levantarse.

Para entonces el hermano Fernando se había recuperado del porrazo, había vuelto a limpiar sus gruesos lentes y estaba otra vez encima de los luchadores. En medio de un griterío tremendo de los espectadores, logró hacerse oír para proclamar al vencedor. Alexander saltó adelante y levantó el brazo de Beyé-Dokou, dando alaridos de júbilo, coreado por todos los demás, menos los Hermanos del Leopardo, que no se reponían de la sorpresa.

Jamás la población de Ngoubé había presenciado un espectáculo tan soberbio. Francamente, pocos se acordaban del origen de la pelea, estaban demasiado excitados ante el hecho inconcebible de que el pigmeo venciera al gigante. La historia formaba ya parte de la leyenda del bosque, no se cansarían de contarla por generaciones y generaciones. Como siempre ocurre con el árbol caído, en un segundo todos estaban dispuestos a hacer leña con Mbembelé, a quien minutos antes todavía consideraban un semidiós. La ocasión se prestaba para festejar. Los tambores empezaron a sonar con vivo entusiasmo y los bantúes a bailar y cantar, sin considerar que en esos minutos habían perdido a sus esclavos y el futuro se presentaba incierto.

Los pigmeos se deslizaron entre las piernas de los guardias y los soldados ocuparon el cuadrilátero y levantaron a Beyé-Dokou en andas. Durante ese estallido de euforia colectiva, el comandante Mbembelé logró ponerse de pie, le arrebató el machete a uno de los guardias y se lanzó contra el grupo que paseaba triunfalmente a Beyé-Dokou, quien instalado sobre los hombros de sus compañeros quedaba al fin a su misma altura.

Nadie vio claramente lo que sucedió enseguida. Unos dijeron que el machete resbaló entre los dedos sudorosos y aceitados del comandante, otros juraban que el filo se detuvo mágicamente en el aire a un centímetro del cuello de Beyé-Dokou y luego voló por los aires como arrastrado por un huracán. Cualquiera que fuese la causa, el hecho es que la multitud se paralizó y Mbembelé, presa de un terror supersticioso, le arrebató el cuchillo a otro guardia y lo lanzó. No pudo apuntar bien, porque Joel González se había aproximado y le disparó una fotografía, cegándolo con el flash.

Entonces el comandante Mbembelé ordenó a sus soldados que dispararan contra los pigmeos. La población se dispersó gritando. Las mujeres arrastraban a sus hijos, los viejos tropezaban, corrían los perros, aleteaban las gallinas y al final sólo quedaron a la vista los pigmeos, los soldados y los guardias, que no se decidían por un bando u otro. Kate y Angie corrieron a proteger a los niños pigmeos, que gritaban amontonados como cachorros en torno a las dos abuelas. Joel buscó refugio bajo la mesa, donde estaba la comida del banquete nupcial, y desde allí tomaba fotografías sin enfocar. El hermano Fernando y Alexander se colocaron de brazos abiertos ante los pigmeos, protegiéndolos con sus cuerpos.

Tal vez algunos de los soldados intentaron disparar y se encontraron con que sus armas no funcionaban. Tal vez otros, asqueados ante la cobardía del jefe que hasta entonces respetaban, se negaron a obedecerle. En cualquier caso, ningún balazo sonó en el patio y un instante después los diez soldados de la Hermandad del Leopardo tenían la punta de una lanza en la garganta: las discretas mujeres pigmeas habían entrado en acción.

Nada de esto percibió Mbembelé, ciego de rabia. Sólo captó que sus órdenes habían sido ignoradas. Sacó la pistola del cinto, apuntó a Beyé-Dokou y disparó. No supo que la bala no dio en el blanco, desviada por el mágico poder del amuleto, porque antes que alcanzara a apretar el gatillo por segunda vez, un animal desconocido se le fue encima, un gato negro enorme, con la velocidad y fiereza de un leopardo y con los ojos amarillos de una pantera.

15

EL MONSTRUO DE TRES CABEZAS

Los que vieron la transformación del muchacho forastero en un felino negro comprendieron que ésa era la noche más fantástica de sus vidas. Su idioma carecía de palabras para contar tantas maravillas; ni siquiera existía un nombre para ese animal nunca visto, un gran gato negro que se abalanzó rugiendo contra el comandante. El ardiente aliento de la fiera le dio a Mbembelé en pleno rostro y las garras se le clavaron en los hombros. Podría haber eliminado al felino de un tiro, pero el terror lo paralizó, porque se dio cuenta de que estaba ante un hecho sobrenatural, un prodigioso acto de hechicería. Se desprendió del fatal abrazo del jaguar golpeándolo con ambos puños y echó a correr desesperado hacia el bosque, seguido por la bestia. Ambos se perdieron en la oscuridad ante el asombro de quienes presenciaron la escena.

Tanto la población de Ngoubé como los pigmeos vivían en una realidad mágica, rodeados de espíritus, siempre temerosos de violar un tabú o cometer una ofensa que pudiera desencadenar fuerzas ocultas. Creían que las enfermedades son causadas por hechicería y por lo tanto se curan de la misma manera, que no se puede salir de caza o de viaje sin una ceremonia para aplacar a los dioses, que la noche está poblada de demonios y el día de fantasmas, que los muertos se convierten en seres carnívoros. Para ellos el mundo físico era muy misterioso y la vida misma un sortilegio. Habían visto —o creían haber visto— muchas manifestaciones de brujería, por lo mismo no consideraron imposible que una persona se convirtiera en fiera. Podía haber dos explicaciones: Alexander era un hechicero muy poderoso o bien era un espíritu de animal que había tomado temporalmente la forma del muchacho.

La situación era muy diferente para el hermano Fernando, quien estaba junto a Alexander cuando se encarnó en su animal totémico. El misionero, que se preciaba de ser un europeo racional, una persona con educación y cultura, vio lo ocurrido, pero su mente no pudo aceptarlo. Se quitó los lentes y los limpió contra sus pantalones. «Definitivamente, tengo que cambiarlos», masculló, refregándose los ojos. El hecho de que Alexander hubiera desaparecido en el mismo instante en que ese enorme gato salió de la nada podía tener muchas causas: era de noche, en la plaza reinaba una espantosa confusión, la luz de las antorchas era incierta y él mismo se encontraba en un estado emocional alterado. No disponía de tiempo para perder en conjeturas inútiles, había mucho por hacer, decidió. Los pigmeos —hombres y mujeres— tenían a los soldados en la punta de sus lanzas e inmovilizados con las redes; los guardias bantúes vacilaban entre tirar sus armas al suelo o intervenir en ayuda de sus jefes; la gente de la aldea estaba amotinada; había un clima de histeria que podía degenerar en una masacre si los guardias ayudaban a los soldados de Mbembelé.

Alexander regresó unos minutos más tarde. Sólo la extraña expresión de su rostro, con los ojos incandescentes y los dientes a la vista, indicaba lo que había sucedido. Kate le salió al encuentro muy excitada.

—¡No vas a creer lo que pasó, hijo! ¡Una pantera negra le saltó encima a Mbembelé! Espero que lo haya devorado, es lo menos que merece.

—No era una pantera sino un jaguar, Kate. No se lo comió, pero le dio un buen susto.

—¿Cómo lo sabes?

—¿Cuántas veces tengo que decirte que mi animal totémico es el jaguar, Kate?

—¡Otra vez con la misma obsesión, Alexander! Tendrás que ver un psiquiatra cuando volvamos a la civilización. ¿Dónde está Nadia?

—Volverá pronto.

En la media hora siguiente el delicado equilibrio de fuerzas en la aldea se fue definiendo, gracias en buena parte al hermano Fernando, a Kate y a Angie. El primero logró convencer a los soldados de la Hermandad del Leopardo que se rindieran, si querían salir con vida de Ngoubé, porque sus armas no funcionaban, habían perdido al comandante y estaban rodeados por una población hostil.

Entretanto Kate y Angie habían ido a la choza a buscar a Nze y, con ayuda de unos familiares del herido, lo cargaron en una improvisada angarilla. El pobre muchacho ardía de fiebre, pero se dispuso a colaborar cuando su madre le explicó lo ocurrido esa tarde. Lo colocaron en un lugar visible y, con voz débil pero clara, arengó a sus compañeros incitándolos a sublevarse. No había nada que temer, Mbembelé ya no estaba allí. Los guardias deseaban volver a una vida normal junto a sus familias, pero sentían un terror atávico hacia el comandante y estaban acostumbrados a obedecer su autoridad. ¿Dónde estaba? ¿Lo había devorado el espectro del felino negro? Si le hacían caso a Nze y el militar regresaba, acabarían en el pozo de los cocodrilos. No creían que la reina Nana-Asante estuviera viva y, aunque así fuera, su poder no podía compararse al de Mbembelé.

Una vez reunidos con sus familias, los pigmeos consideraron que había llegado el momento de regresar al bosque, de donde no pensaban volver a salir. Beyé-Dokou se colocó su camiseta amarilla, tomó su lanza y se aproximó a Alexander para devolverle el fósil que, según creía, le había salvado de ser hecho papilla por Mbembelé. Los demás cazadores también se despidieron emocionados, sabiendo que ya no volverían a ver a ese prodigioso amigo con el espíritu de un leopardo. Alexander los detuvo. No podían irse aún, les dijo. Explicó que no estarían a salvo aunque se internaran en la más profunda espesura, allí donde ningún otro ser humano podía sobrevivir. Huir no era la solución, ya que tarde o temprano serían alcanzados o necesitarían el contacto con el resto del mundo. Debían acabar con la esclavitud y volver a tener relaciones cordiales con la gente de Ngoubé, como antes, para lo cual debían despojar de su poder a Mbembelé y echarlo para siempre de la región junto con sus soldados.

Por su parte, las esposas de Kosongo, que habían vivido prisioneras en el harén desde los catorce o quince años, se habían amotinado y por vez primera le tomaban el gusto a la juventud. Sin hacer ni el menor caso de los serios asuntos que perturbaban al resto de la población, ellas habían organizado su propio carnaval; tocaban tambores, cantaban y danzaban; se arrancaban los adornos de oro de brazos, cuellos y orejas y los lanzaban al aire, locas de libertad.

En eso estaban los habitantes de la aldea, cada grupo dedicado a lo suyo, pero todos en la plaza, cuando hizo su espectacular aparición Sombe, quien acudía llamado por las fuerzas ocultas para imponer orden, castigo y terror.

Una lluvia de chispas, como fuegos artificiales, anunció la llegada del formidable hechicero. Un grito colectivo recibió a la temida aparición. Sombe no se había materializado en muchos meses y algunos albergaban la esperanza de que se hubiera ido definitivamente al mundo de los demonios; pero allí estaba el mensajero del infierno, más impresionante y furioso que nunca. La gente retrocedió, horrorizada, y él ocupó el corazón de la plaza.

La fama de Sombe trascendía la región y se había regado de aldea en aldea por buena parte de África. Decían que era capaz de matar con el pensamiento, curar con un soplo, adivinar el futuro, controlar la naturaleza, alterar los sueños, sumir a los mortales en un sueño sin retorno y comunicarse con los dioses. Proclamaban también que era invencible e inmortal, que podía transformarse en cualquier criatura del agua, el cielo o la tierra, y que se introducía dentro de sus enemigos y los devoraba desde adentro, bebía su sangre, hacía polvo sus huesos y dejaba sólo la piel, que luego rellenaba con ceniza. De ese modo fabricaba zombis, o muertos-vivos, cuya horrible suerte era servirle de esclavos.

El brujo era gigantesco y su estatura parecía el doble por el increíble atuendo que llevaba. Se cubría la cara con una máscara en forma de leopardo, sobre la cual había, a modo de sombrero, un cráneo de búfalo con grandes cuernos, que a su vez iba coronado por un penacho de ramas, como si un árbol le brotara de la cabeza. En brazos y piernas lucía adornos de colmillos y garras de fieras, en el cuello unos collares de dedos humanos y en la cintura una serie de fetiches y calabazas con pociones mágicas. Estaba cubierto por tiras de piel de diferentes animales, tiesas de sangre seca.

Sombe llegó con la actitud de un diablo vengador, decidido a imponer su propia forma de injusticia. La población bantú, los pigmeos y hasta los soldados de Mbembelé se rindieron sin un amago de resistencia; se encogieron, procurando desaparecer, y se dispusieron a obedecer lo que Sombe mandara. El grupo de extranjeros, inmovilizado de asombro, vio cómo la aparición del brujo destruía la frágil armonía que empezaba a lograrse en Ngoubé.

El hechicero, agachado como un gorila, apoyándose en

las manos y rugiendo, comenzó a girar cada vez más rápido. De pronto se detenía y señalaba con un dedo a alguien y al punto la persona caía al suelo, en profundo trance, estremeciéndose con terribles estertores de epiléptico. Otros quedaban rígidos, como estatuas de granito, otros empezaban a sangrar por la nariz, la boca y las orejas. Sombe volvía a su rutina de dar vueltas como un trompo, detenerse y fulminar a alguien con el poder de un gesto. En pocos minutos había una docena de hombres y mujeres revolcándose por tierra, mientras el resto de la gente chillaba de rodillas, tragaba tierra, pedía perdón y juraba obediencia.

Un viento inexplicable pasó como un tifón por la aldea y se llevó de un soplido la paja de las chozas, todo lo que había sobre la mesa del banquete, los tambores, los arcos de palmas y la mitad de las gallinas. La noche se iluminó con una tempestad de rayos y del bosque llegó un coro horrible de lamentos. Centenares de ratas se repartieron como una peste por la plaza y enseguida desaparecieron, dejando una mortal fetidez en el aire.

De súbito Sombe saltó sobre una de las hogueras, donde habían asado la carne para la cena, y empezó a bailar entre las brasas ardientes, tomándolas con las manos desnudas para lanzarlas a la espantada multitud. En medio de las llamas y el humo surgieron centenares de figuras demoníacas, los ejércitos del mal, que acompañaron al brujo en su siniestra danza. De la cabeza de leopardo coronada de cuernos emergió un vozarrón cavernario gritando los nombres del rey depuesto y el vencido comandante, que la gente, histérica, hipnotizada, coreó largamente: Kosongo, Mbembelé, Kosongo, Mbembelé, Kosongo, Mbembelé…

Y entonces, cuando el hechicero ya tenía a la población de la aldea en su puño y surgía triunfante de la hoguera, con las llamas lamiéndole las piernas sin quemarlo, un gran pájaro blanco apareció por el sur y voló en círculos sobre la plaza. Alexander dio un grito de alivio al reconocer a Nadia.

Por los cuatro puntos cardinales entraron a Ngoubé las fuerzas convocadas por el águila. Abrían el desfile los gorilas del bosque, negros y magníficos, los grandes machos adelante, seguidos por las hembras con sus crías. Luego venía la reina Nana-Asante, soberbia en su desnudez y sus escasos harapos, con el cabello blanco erizado como un halo de plata, montada sobre un enorme elefante, tan antiguo como ella, marcado con cicatrices de lanzazos al costado. La acompañaban Tensing, el lama del Himalaya, quien había acudido al llamado de Nadia en su forma astral, trayendo a su banda de horrendos yetis en atuendos de guerra. También venían el chamán Walimai y el delicado espíritu de su esposa, a la cabeza de trece prodigiosas bestias mitológicas del Amazonas. El indio había vuelto a su juventud y estaba convertido en un apuesto guerrero con el cuerpo pintado y adornos de plumas. Y finalmente entró a la aldea la vasta muchedumbre luminosa del bosque: los antepasados y los espíritus de animales y plantas, millares y millares de almas, que alumbraron la aldea como un sol de mediodía y refrescaron el aire con una brisa limpia y fría.

En esa luz fantástica desaparecieron los malignos ejércitos de demonios y el hechicero se redujo a su verdadera dimensión. Sus andrajos de pieles ensangrentadas, sus collares de dedos, sus fetiches, sus garras y colmillos, dejaron de ser espeluznantes y parecieron sólo un disfraz ridículo. El gran elefante que montaba la reina Nana-Asante le asestó un golpe con la trompa, que hizo volar la máscara de leopardo con cuernos de búfalo, exponiendo el rostro del brujo. Todos pudieron reconocerlo: Kosongo, Mbembelé y Sombe eran el mismo hombre, las tres cabezas del mismo ogro.

La reacción de la gente fue tan inesperada como el resto de lo sucedido en esa extraña noche. Un bramido largo y ronco sacudió a la masa humana. Los que estaban con convulsiones, los que se habían convertido en estatuas y los que sangraban salieron del trance, lo que estaban postrados se levantaron del suelo y la muchedumbre se movió con aterradora determinación hacia el hombre que la había tiranizado. Kosongo-Mbembelé-Sombe retrocedió, pero en menos de un minuto fue rodeado. Un centenar de manos lo cogieron, lo levantaron en vilo y lo llevaron en andas hacia el pozo de los suplicios. Un alarido espantoso remeció el bosque cuando el pesado cuerpo del monstruo de tres cabezas cayó en las fauces de los cocodrilos.

Para Alexander sería muy difícil recordar los detalles de esa noche, no podría escribirlos con la facilidad con que había descrito sus aventuras anteriores. ¿Lo soñó? ¿Fue presa de la histeria colectiva de los demás? ¿O en efecto vio con sus propios ojos a los seres convocados por Nadia? No tenía respuesta para esas preguntas. Después, cuando confrontó su versión de los hechos con Nadia, ella escuchó en silencio, enseguida le dio un beso ligero en la mejilla y le dijo que cada uno tiene su verdad y todas son válidas.

Las palabras de la muchacha resultaron proféticas, porque cuando quiso averiguar lo sucedido con los otros miembros del grupo, cada uno le contó una historia diferente. El hermano Fernando, por ejemplo, sólo se acordaba de los gorilas y el elefante montado por una anciana. A Kate Cold le pareció percibir el aire lleno de seres fulgurantes, entre los que reconoció al lama Tensing, aunque eso era imposible. Joel González decidió esperar hasta que pudiera revelar sus rollos de película antes de emitir una opinión: lo que no saliera en las fotografías, no había sucedido. Los pigmeos y los bantúes describieron más o menos lo que él vio, desde el brujo danzando entre las llamas, hasta los antepasados volando en torno a Nana-Asante.

Angie Ninderera captó mucho más que Alexander: vio ángeles de alas traslúcidas y bandadas de pájaros multicolores, oyó música de tambores, olió el perfume de una lluvia de flores y fue testigo de varios otros milagros. Así se lo contó a Michael Mushaha cuando éste llegó al día siguiente a buscarlos en una lancha a motor.

Uno de los mensajes de la radio de Angie fue captado en su campamento y de inmediato Michael se puso en acción para encontrarlos. No pudo conseguir un piloto con suficiente valor para ir al bosque pantanoso donde sus amigos se habían perdido; debió tomar un vuelo comercial a la capital, alquilar una lancha y subir por el río a buscarlos sin más guía que su instinto. Lo acompañaron un funcionario del gobierno nacional y cuatro gendarmes, quienes llevaban la misión de investigar el contrabando de marfil, diamantes y esclavos.

En pocas horas Nana-Asante puso orden en la aldea, sin que nadie cuestionara su autoridad. Empezó por reconciliar a la población bantú con los pigmeos y recordarles la importancia de colaborar. Los primeros necesitaban la carne que proveían los cazadores y los segundos no podían vivir sin los productos que conseguían en Ngoubé. Debería obligar a los bantúes a respetar a los pigmeos; también debía conseguir que los pigmeos perdonaran los maltratos sufridos.

—¿Cómo hará para enseñarles a vivir en paz? —le preguntó Kate.

—Empezaré por las mujeres, porque tienen mucha bondad adentro —replicó la reina.

Por fin llegó el momento de partir. Los amigos estaban extenuados, porque habían dormido muy poco y estaban todos, menos Nadia y Borobá, enfermos del estómago. Además, en las últimas horas a Joel González lo picaron los mosquitos de pies a cabeza, se hinchó, le dio fiebre y de tanto rascarse quedó en carne viva. Discretamente, para no parecer jactándose, Beyé-Dokou le ofreció el polvo del amuleto sagrado. En menos de dos horas el fotógrafo volvió a la normalidad. Muy impresionado, pidió que le dieran una pizca para curar a su amigo Timothy Bruce de la mordedura del mandril, pero Mushaha le informó que éste ya estaba completamente repuesto, esperando al resto del equipo en Nairobi. Los pigmeos usaron el mismo prodigioso polvo para tratar a Adrien y Nze, quienes empezaron a mejorar de sus heridas a ojos vista. Al comprobar los poderes del misterioso producto, Alexander se atrevió a pedir un poco para llevarle a su madre. Según los médicos, Lisa Cold había derrotado al cáncer por completo, pero su hijo supuso que unos gramos del maravilloso polvo verde de Ipemba-Afua podrían garantizarle una larga vida.

Angie Ninderera decidió sacudirse el miedo a los cocodrilos mediante la negociación. Se asomó con Nadia por encima de la empalizada que protegía el pozo y ofreció un trato a los grandes lagartos y que Nadia tradujo lo mejor posible, a pesar de que sus conocimientos del lenguaje de los saurios eran mínimos. Angie les explicó que ella podía matarlos a tiros, si le daba la gana, pero en vez de eso los haría conducir al río, donde serían puestos en libertad. A cambio, exigía respeto por su vida. Nadia no estaba segura de que hubieran comprendido; tampoco que cumplieran su palabra, o que fueran capaces de extender el trato al resto de los cocodrilos africanos, pero prefirió decirle a Angie que desde ese momento ya no tenía nada que temer. No moriría devorada por saurios; con un poco de suerte se cumpliría su deseo de morir en un accidente de avión, le aseguró.

Las esposas de Kosongo, ahora viudas alegres, quisieron regalar sus adornos de oro a Angie, pero el hermano Fernando intervino. Colocó una manta en el suelo y obligó a las mujeres a depositar sus joyas en ella; enseguida ató las cuatro puntas y arrastró el bulto donde la reina Nana-Asante.

—Este oro y un par de colmillos de elefante es todo lo que tenemos en Ngoubé. Usted sabrá disponer de este capital —le explicó.

—¡Lo que me dio Kosongo es mío! —alegó Angie aferrada a sus brazaletes.

El hermano Fernando la fulminó con una de sus miradas apocalípticas y estiró las manos. A regañadientes Angie se quitó sus joyas y se las entregó. Además, debió prometerle que dejaría la radio del avión, para que pudieran comunicarse, y que haría por lo menos un vuelo cada dos semanas, costeado por ella, para aprovisionar la aldea de cosas esenciales. Al comienzo tendría que lanzarlas desde el aire, hasta que pudieran despejar un trozo de bosque para una cancha de aterrizaje. Dadas las condiciones del terreno, no sería fácil.

Nana-Asante aceptó que el hermano Fernando se quedara en Ngoubé y fundara su misión y su escuela, siempre que llegaran a un acuerdo ideológico. Tal como la gente debía aprender a vivir en paz, las divinidades debían hacer lo mismo. No había razón para que los diversos dioses y espíritus no compartieran el mismo espacio en el corazón humano.

Epílogo

DOS AÑOS MÁS TARDE

Alexander Cold se presentó en el apartamento de su abuela en Nueva York con una botella de vodka para ella y un ramo de tulipanes para Nadia. Su amiga le había dicho que no se pondría flores en la muñeca o el escote para su graduación, como todas las chicas. Esos *corsages* le parecían horrendos. Soplaba una ligera brisa que aliviaba el calor de mayo en Nueva York, pero aun así los tulipanes estaban desmayados. Pensó que nunca se acostumbraría al clima de esa ciudad y celebraba no tener que hacerlo. Asistía a la Universidad en Berkeley y, si sus planes resultaban, obtendría su título de médico en California. Nadia lo acusaba de ser muy cómodo. «No sé cómo piensas practicar medicina en los sitios más pobres de la tierra, si no puedes vivir sin los tallarines italianos de tu mamá y tu tabla de surfing», se burlaba. Alexander pasó meses convenciéndola de las ventajas de estudiar en su misma universidad y por fin lo consiguió. En septiembre ella estaría en California y ya no sería necesario cruzar el continente para verla.

Nadia abrió la puerta y él se quedó con los tulipanes mustios en la mano y las orejas coloradas, sin saber qué decir. No se habían visto en seis meses y la joven que apareció en el umbral era una desconocida. Se le pasó por la mente que estaba ante la puerta equivocada, pero sus dudas se disiparon cuando Borobá le saltó encima para saludarlo con efusivos abrazos y mordiscos. La voz de su abuela llamando su nombre le llegó desde el fondo del apartamento.

—¡Soy yo, Kate! —respondió él, todavía desconcertado.

Entonces Nadia le sonrió y al instante volvió a ser la chica de siempre, la que él conocía y amaba, salvaje y dorada. Se abrazaron, los tulipanes cayeron al suelo y él la rodeó con un brazo por la cintura y la levantó con un grito de alegría, mientras con la otra mano luchaba por desprenderse del mono. En eso apareció Kate Cold arrastrando los pies, le arrebató la botella de vodka, que él sostenía precariamente, y cerró la puerta de una patada.

—¿Has visto qué horrible se ve Nadia? Parece la mujer de un mafioso —dijo Kate.

—Dinos lo que realmente piensas, abuela —se rió Alexander.

—¡No me llames abuela! ¡Compró el vestido a mis espaldas, sin consultarme! —exclamó ella.

—No sabía que te interesara la moda, Kate —comentó Alexander, ojeando los pantalones deformes y la camiseta con papagayos que usaba su abuela.

Nadia llevaba tacones altos y estaba enfundada en un tubo de satén negro, corto y sin tirantes. Hay que decir en su favor que no parecía afectada en lo más mínimo por la opinión de Kate. Dio una vuelta completa para lucirse ante Alexander. Se veía muy diferente a la criatura en pantalones cortos y adornada con plumas que él recordaba. Tendría que acostumbrarse al cambio, pensó, aunque esperaba que no fuera permanente; le gustaba mucho su antigua Águila. No sabía cómo actuar ante esa nueva versión de su amiga.

—Deberás pasar el bochorno de ir a la graduación con este espantapájaros, Alexander —dijo su abuela señalando a Nadia—. Ven, quiero mostrarte algo...

Condujo a los dos muchachos hacia la diminuta y polvorienta oficina, atestada de libros y documentos, donde escribía. Las paredes estaban empapeladas de fotografías que la escritora había juntado en los últimos años. Alexander reconoció a los indios del Amazonas posando para la Fundación Diamante, a Dil Bahadur, Pema y su bebé en el Reino del Dragón de Oro, al hermano Fernando en su misión en Ngoubé, a Angie Ninderera con Michael Mushaha sobre un elefante, y varios más. Kate había enmarcado una portada de la revista *International Geographic* del año 2002, que ganó un premio importante. La fotografía, tomada por Joel González en un mercado en África, lo mostraba a él con Nadia y Borobá enfrentándose con un furibundo avestruz.

—Mira, hijo, los tres libros ya están publicados —dijo Kate—. Cuando leí tus notas comprendí que nunca serás escritor, no tienes ojo para los detalles. Tal vez eso no sea un impedimento para la medicina, ya ves que el mundo está lleno de médicos chambones, pero para la literatura es fatal —aseguró Kate.

—No tengo ojo y no tengo paciencia, Kate, por eso te di mis notas. Tú podías escribir los libros mejor que yo.

—Puedo hacer casi todo mejor que tú, hijo —se rió ella, desordenándole el cabello de un manotazo.

Nadia y Alexander examinaron los libros con una extraña tristeza, porque contenían todo lo que les había sucedido en tres prodigiosos años de viajes y aventuras. Tal vez en el futuro no habría nada comparable a lo que ya habían vivido, nada tan intenso ni tan mágico. Al menos era un consuelo saber que en esas páginas estaban preservados los personajes, las historias y las lecciones que habían aprendido. Gracias a la escritura de la abuela, nunca olvidarían. Las memorias del Águila y el Jaguar estaban allí, en la Ciudad de las Bestias, el Reino del Dragón de Oro y el Bosque de los Pigmeos...

ÍNDICE

LA CIUDAD DE LAS BESTIAS

EL REINO DEL DRAGÓN DE ORO

EL BOSQUE DE LOS PIGMEOS